華山歸還

華山歸還

화산귀환 5

비가 장편소설

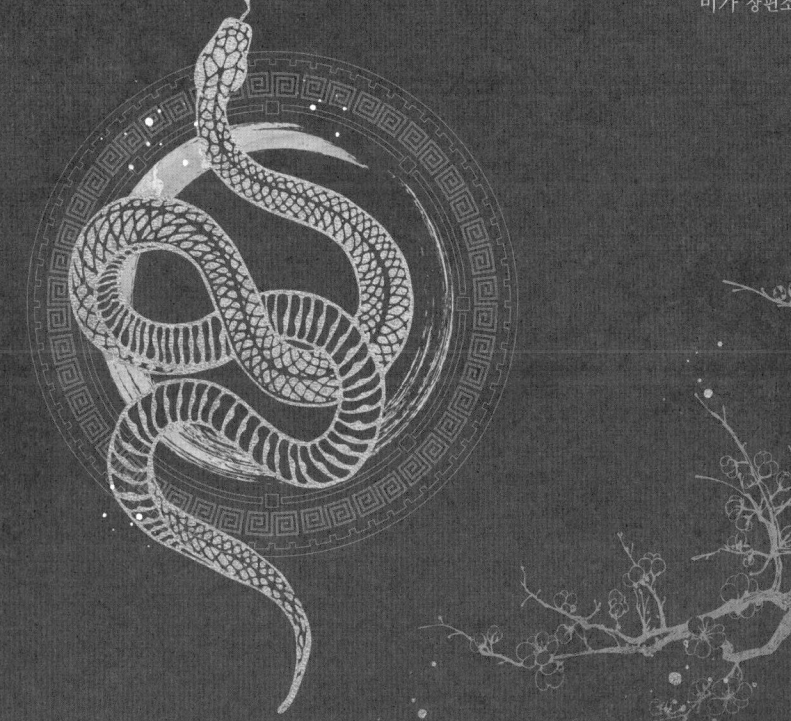

목차

15장	16장	17장	외전	외전
지금 화산이라 했느냐?	아직은 그리 말하지 마라	뭐가 열린다고?	외유 外遊	조우 遭遇
007	157	293	421	469

15장

지금 화산이라 했느냐?

"이른 아침부터 어찌 나와 계십니까?"

현상의 물음에 현종이 가만히 미소를 지었다.

"잠이 잘 오질 않는구나."

"아이들 때문에 그러십니까?"

"그렇단다."

현종이 나직하게 한숨을 내쉬었다.

"아이들만 그 멀고 험한 곳에 보냈더니 영 마음이 편치 않구나. 현영의 말대로 그게 그 아이들을 위함이고, 화산을 위한 길임을 알고는 있지만……."

"사람 마음이라는 게 다 그런 거지요. 어디 뜻대로 된다면 그것이 사람 마음이겠습니까?"

"그래. 그렇더구나."

현종은 씁쓸함을 감추지 못했다.

'이끌어 주어야 할 아이들을 내가 모자라서 제대로 이끌지 못하는구나.'

현종의 가슴속에 남은 한이다. 화산은 청명이 등장한 뒤로 나날이 발전하고 있지만, 그 발전의 동력은 오로지 아이들이었다. 화산의 어른으로서 그들을 이끌어 주지 못하고 그저 아이들에게 기대어 응원할 수밖에 없다는 게 때때로 현종을 서글프게 했다.

그때 현상이 조용히, 하지만 굳건한 목소리로 말했다.

"장문인, 아이들을 믿으시지요."

현종이 돌아보자 그가 빙긋 웃으며 말했다.

"현영이 놈이 그러지 않았습니까? 그 아이들이 우리보다 낫다고. 저도 그 말이 틀리지 않다고 생각합니다. 처음 들었을 때는 황당했지만, 따지고 보면 모두 맞는 말 아닙니까?"

"그래, 그렇지."

"우리는 그저 그 아이들이 돌아올 수 있는 터전이 되어 주면 됩니다. 땅은 그저 품는 것이지요."

현종이 가만히 고개를 끄덕였다. 그러나 얼굴은 그리 쉬이 밝아지지 않았다.

"하나, 그렇다고 해도 걱정이구나. 이토록 먼 외지에 나가는 일은 처음일진대."

"자, 장문인!"

그때였다. 저쪽에서 눈을 휘둥그레 뜬 현영이 현종을 향해 허둥지둥 달려왔다.

"이른 아침부터 무어가 그리 급한 일이 있다고 다급하게 뛰느냐."

"크, 큰일 났습니다! 장문인! 큰일! 크, 크, 큰일입니다! 아니, 진짜 큰일이라니까요!"

현종의 표정이 심각해졌다. 현영에게 경박스러운 면이 없다고는 할 수 없지만, 저리 혼을 빼놓고 다니는 이는 아니다. 저 정도로 호들갑을 떤다는 건, 정말 제대로 큰일이 벌어졌다는 의미였다.
"무슨 일이더냐! 알아듣게 설명해 보거라!"
"다, 당! 당가!"
"당가?"
"당가주! 당가주가 찾아왔습니다! 지금 산문 앞에 있습니다!"
너무 예상을 벗어난 소식에 현종이 찢어지도록 눈을 부릅떴다.
"누, 누구? 누가 왔다고?"
"사천당가의 가주가 장문인을 뵙겠다고 찾아왔습니다!"
당가주? 갑자기 당가주가 왜?
"어, 어서!"
"그래. 내 이럴 때가 아니지!"
현종의 발이 바삐 움직이기 시작했다. 단숨에 산문까지 뛰어간 그는 문 앞에서 기다리고 있는 당군악을 발견하고는 지체 없이 포권을 했다. 아니, 포권을 하려 했다. 하지만 그가 포권을 하기도 전에 당가주가 공손히 양손을 모아 잡고 허리를 숙였다.
"사천당가의 가주 당군악이 화산파의 장문인을 뵙습니다."
현종이 움찔하고는 입을 벌렸다.
사천당가의 가주. 그는 절대 현종보다 격이 낮지 않다. 과거의 화산이라면 당가의 가주보다 힘이 강했겠지만, 지금의 화산은 감히 사천당가와 비할 수 있는 곳이 아니다. 구파일방에서 쫓겨난 화산이 어찌 오대세가 중 하나이자 사천의 패자인 당가와 맞먹을 수 있겠는가?
그런 사실을 당군악이 모를 리가 없을 터인데, 지금 그는 최대한 공손한 자세로 현종에게 예의를 표하고 있다.

현종이 어찌할 바를 모르자 현영이 그런 그의 옆구리를 쿡 찔렀다.
"어? 어엇!"
조금 뒤늦게 정신을 차린 현종이 재빨리 맞포권을 했다.
"화산파의 장문인인 현종이 대 사천당가의 가주를 뵙습니다."
인사가 끝나자 당군악이 고개를 들며 가볍게 웃었다.
"반갑습니다, 장문인. 연락도 없이 찾아온 것을 너무 탓하지는 말아 주십시오."
"무슨 말씀이십니까! 사천당가의 가주께서 친히 와 주시다니요. 너무 놀라 제가 정신이 없습니다."
"환대에 감사드립니다."
"그, 그런데 무슨 일로?"
당군악이 가만히 현종을 보며 입을 열었다.
"화산의 제자들이 당가에 다녀갔습니다."
"……예?"
"당가는 그들에게 은혜를 입었고 그들과 친우의 연을 맺기로 했습니다. 그러니 당연히 화산에 찾아뵙고 앞날을 논의해야 하지 않겠습니까?"
"치, 친우라 하셨습니까?"

친우? 친구? 녀석들이 당가와 친구가 되었다고?

현종이 어안이 벙벙한 표정으로 당군악을 바라보았다. 동맹이라는 말이 어울릴 만한 곳에 친우라는 말이 쓰였다. 이는 당가주가 화산과 동맹 이상의 관계를 원한다는 뜻이다.

현영이 다시 넋을 놓은 현종의 옆구리를 쿡 찔렀다.
"으응?"
현종이 영 감을 잡지 못하자 현영이 슬쩍 한 발짝 앞으로 나섰다.

"방문하신 객을 산문에 세워 두는 것은 예의가 아닙니다. 제가 객청으로 안내하겠습니다."

"그, 그렇지! 객청! 객청으로!"

당군악이 빙그레 웃었다.

"그리 당황하지 않으셔도 됩니다, 장문인. 저는 정말 화산과 좋은 인연을 맺고 싶어서 온 것입니다. 다른 뜻은 없습니다. 그 증거로……."

당군악이 고개를 돌렸다.

"인사드리거라, 소소야."

당소소가 그 자리에서 고개를 푹 숙였다.

"사천당가의 여식 당소소가 대 화산파의 장문인께 인사 올립니다. 소녀는 사천당가를 떠나 화산에 입문하고자 하오니 장문인께서는 소녀를 가엾이 여기시어 내쫓지 말아 주십시오."

"이, 입문?"

쟤가 왜? 현종의 얼굴에 혼란과 당혹이 고스란히 떠올랐다. 당군악은 그저 담담하게 말했다.

"제 여식입니다."

그러니까 네 딸이 왜? 도저히 상황을 따라갈 수 없어 혼란스러워하는 현종의 귀에 웃음기 섞인 목소리가 들려왔다.

"보나 마나 청명이 놈이 뭔가를 또 저지른 모양이군요."

"정확합니다."

"아……."

현영과 당군악의 대화를 들은 현종이 그제야 고개를 끄덕인다. 일단 이해가 안 가는 일이 있으면 거기에 청명이라는 두 글자를 끼워 넣으면 된다.

"자세한 이야기는 안에서 하시지요."

"그러겠습니다."

"이쪽으로."

현영이 공손한 자세로 당군악을 안내했다. 당군악과 현영이 객청을 향해 한참 멀어질 때까지도 현종은 헤 벌린 입을 다물지 못했다. 그러자 현상이 웃음기 띤 목소리로 말한다.

"보십시오. 우리 아이들입니다. 알아서 잘할 거라 하지 않았습니까? 보나 마나 운남에서도 잘하고 있을 겁니다. 그 아이들이 어디 보통 아이들입니까."

자부심이 묻어나는 그 말에, 현종은 감동한 표정으로 격하게 동의했다.

"그래. 그렇지. 그래야지."

그의 시선이 먼 남쪽으로 향한다. 저 멀리 어딘가에 화산의 제자들이 있다.

"잘해 내겠지! 잘하고말고! 아암! 우리 아이들인데!"

현종의 목소리에 커다란 기쁨과 기대가 묻어났다.

◆ ❖ ◆

덜컥덜컥. 몸이 흔들린다. 청명이 유유자적 드러누워 평온하게 말했다.

"아, 오랜만에 편하게 가네. 진즉에 이리했으면 되는 거였는데."

"……."

"사숙도 좀 누워. 세상 편하네."

청명이 태연하게 바닥을 통통 쳐 보였다. 그러나 백천은 가만히 청명을 노려보기만 했다.

이 새끼의 대가리 속에는 뭐가 들었을까? 백천은 때때로 청명의 머리를 쪼개서 그 안에 뭔가 들었는지 확인해 보고 싶다는 충동을 느꼈다.
"청명아."
"응?"
"괜찮겠니?"
"왜? 편안하게 모셔 주고 좋잖아."
편안? 모셔 줘? 백천이 슬쩍 고개를 들어 주위를 둘러보았다.
보인다. 드넓게 펼쳐진 대지와 삐죽이 솟아 있는 산들. 장엄하게 펼쳐진, 깎아지른 기암절벽들까지. 그야말로 절경이라 할 만했다. 그 시야의 사이사이를 가로막고 있는 목제 창살만 아니라면 말이다!
음머어어어어!
그들이 탄 달구지를 끌던 소가 크게 울음을 터뜨렸다. 그러니까, 지금 청명을 비롯한 화산의 제자들은 죄수들이 타는 목제 창살 달구지에 갇혀서 남만야수궁으로 압송되는 중이었다.
그런데 뭐? 편안? 백천의 입에서 깊은 한숨이 새어 나왔다.
"……청명아. 위기감이 좀 있어야 하지 않겠니?"
"위기는 무슨."
청명이 피식 웃고는 손을 깍지 껴 베개 삼았다.
"그럼 다른 방법 있어? 자목초를 구하려면 야수궁에 문의를 해야 하고, 야수궁주가 허락 안 해 주면 야수궁 놈들은 우리한테 아무 말도 안 해 줄 거 아냐."
"……그렇지."
"그럼 제일 좋은 방법은 야수궁주를 직접 만나는 거잖아."
"그도 그렇지!"

"그럼 이 방법이 제일 빠르잖아!"

"그게 문제라고, 이 썩을 놈아!"

백천이 버럭 소리를 지르며 청명에게 달려들었다. 소란스러워지기가 무섭게 쾅쾅 소리가 들리며 제지가 들어왔다. 호송하던 야수궁도가 화를 내며 창살을 후려친 것이다.

"조용히 하지 못해, 이놈들!"

"끄으으응."

백천이 마지못해 다시 앉자 야수궁도가 혀를 찼다.

"아니, 이놈들은 뭐 하는 놈들인데, 잡혀가면서도 이렇게 천하태평 뻔뻔해?"

"중원 놈들 중에 이렇게나 제정신 아닌 놈들은 처음 보는군."

"내버려둬. 저러다 신담(神潭)에 끌려가 봐야 상황이 어떻게 돌아가고 있는지 알게 되겠지."

그때 청명이 나무 창살 사이로 고개를 삐쭉 내밀었다.

"아저씨, 아저씨!"

"……이놈은 또 뭐야?"

"얼마나 더 가야 돼요?"

"허…….."

야수궁도가 황당하다는 듯 청명을 바라보았다. 이건 숫제 마차에 탄 승객 같지 않은가.

"명을 재촉하고 싶은 모양인데, 안 그래도 곧 도착한다."

대답을 들은 청명이 고개를 끄덕이더니 다시 자리에 앉았다. 조걸은 그런 청명을 보며 연신 한숨을 내쉬었고, 유이설은 무슨 생각을 하는지 알 수 없는 무표정한 얼굴로 가부좌를 틀고 있었다.

"……사고는 언제 또 잡혔어?"

"네 뒤에 계속 있었잖아."

"……사람이 뭔 존재감이 없어. 그런데 잡히기는 또 잡히네. 뭐든 있으면 좋은 쪽으로 써야지! 나쁜 쪽으로만 쓰냐!"

"언제는 또 잡힌 게 아니라더니!"

"아, 그랬나?"

청명이 너스레를 떨며 고개를 돌렸다. 세상이 무너진 것 같은 표정으로 구석에 처박힌 윤종이 보였다. 청명이 그런 그를 보며 고개를 갸웃했다.

"저 양반은 또 왜 저래?"

"……자기 때문에 우리가 모두 잡혔다고 생각하는 모양이다. 내가 아니라고 그렇게 말했는데도."

"잡히긴 뭘 잡혀. 편히 가는 거라니까."

"말을 말아야지."

결국 혈압이 치솟은 백천은 입을 다물었다. 청명이 윤종을 물끄러미 바라보다 피식 웃으며 말했다.

"윤종 사형."

"……응."

"좋은 의도로 행한 일이 반드시 좋은 결과를 낳는 건 아냐."

"……."

"좋은 의도로 움직였다가 보답은커녕 그 일 때문에 오래도록 고통받는 사람들도, 이 세상엔 얼마든지 있어."

그제야 윤종의 고개가 서서히 들렸다. 초점 없던 눈에 조금씩 초점이 돌아왔다. 청명이 말을 이었다.

"그렇다고 그 일 자체가 부정되는 건 아냐. 사형은 보답받고 싶어서 그 일을 한 거야?"

"아니. 그런 건 아니다."

"그럼 배에 힘주고 버텨. 내가 한 일은 잘못되지 않았다고."

"……무슨 말인지 알겠다."

윤종이 무겁게 고개를 끄덕였다. 청명은 속으로 말을 건넸다.

'그렇죠, 장문사형?'

화산은 천하를 위해 모든 것을 희생했다. 하지만 아무도 그 사실을 알아주지 않았고, 되레 화산을 괄시하며 제 잇속만 챙겨 댔다. 그럼…… 화산이 행한 모든 일은 그저 실수였고, 잘못된 일이었을까?

아니. 그렇지는 않을 것이다. 설사 청명이 그리 생각한다고 해도, 저승에 있을 장문사형과 그의 사제들은 자신들이 한 일에 한 점 후회 없이 어깨를 펼 것이다. 청명과 그들이 천마를 막지 않았다면 화산 역시 사라졌을 테니까. 그리고 그 뒷수습은 지금 청명이 열심히 하고 있고.

"……생각하니 열받네."

사고는 지들이 치고! 수습은 내가 하고!

- 억울하면 때려치우든가.

"끄으으응."

청명이 한숨을 푹푹 내쉬었다. 윤종을 위로하려다가 청명이 직격탄을 맞았다. 누가 누굴 욕하겠는가.

그때 백천이 주위를 슬쩍 돌아보며 말했다.

"지금이라도 탈출하는 게 낫지 않을까? 이딴 나무 창살 따위는 얼마든지 부술 수 있잖으냐?"

"탈출해서 뭐 하게?"

"그야……."

"중요한 건 자목초를 손에 넣는 거잖아. 이게 제일 빠른 방법이라니까. 몇 번이나 더 말해야 해?"

백천이 한숨을 푹 내쉬었다. 그때 잠자코 있던 조걸이 돌연 손을 들어 한쪽을 가리켰다.

"봐라, 청명아."

그가 가리킨 곳을 바라보니 커다란 전각이 눈에 들어왔다.

"오?"

전각이 있는 곳은 지금까지 봐 온 운남과는 그 경치가 확연히 달랐다. 한눈에도 거대해 보이는 전각 뒤로 울창하기 짝이 없는 숲이 끝없이 펼쳐져 있었다. 얼마나 숲이 우거져 있는지 빛도 한 점 들지 않을 것 같다. 오면서 봤던 황량한 들판과 너무 달라 이질적인 광경이었다.

"여기가 남만야수궁인가."

백천의 중얼거림에 화산 제자들의 얼굴에 긴장한 기색이 돌았다. 남만야수궁이라는 다섯 글자가 주는 무게가 전각을 본 순간부터 피부로 와닿은 것이다. 더구나 그들은 압송 아닌 압송을 당하고 있는 처지가 아니던가. 거대한 전각을 보고 있으니 야수궁의 그 웅장한 힘이 확연히 느껴지…….

"오, 애들은 그래도 돈이 좀 있나 보네."

……지금 이 상황에서 그런 생각이 드나? 이 상황에서? 이 썩을 놈아?

잠깐 얌전히 가는 듯하던 청명이 도로 슬쩍 고개를 밖으로 뺐다.

"아저씨. 궁금한 게 하나 더 있는데요."

"……넌 대체 뭐 하는 놈이냐?"

청명을 보며 야수궁도들은 기가 막힌다는 듯 헛웃음을 흘렸다.

"저희 같은 놈들은 처음 본다고 하셨잖아요."

"아니. 너 같은 놈을 처음 본다."

아니, 이 양반 첨 본 사이에 말씀이 좀 지나치시네.

"······여하튼. 그럼 우리 전에도 야수궁으로 잡혀간 중원인이 있었다는 거죠?"

"당연한 말을 하는군."

"그 사람들은 어떻게 됐어요?"

야수궁도가 미묘한 미소를 머금었다.

"야수궁에 잡혔다가 풀려났다는 사람의 이야기를 중원에서 들어 본 적이 있느냐?"

"없는데요."

"잘 아는구나. 그런데 뭘 물어보는 거냐?"

청명이 고개를 다시 집어넣었다. 그러더니 뒤를 돌아보며 어깨를 으쓱했다.

"그렇다는데? 다 죽은 모양이지?"

······제발. 제발 그 주둥아리 좀 닫아라, 청명아. 제발.

화산의 제자들은 이제 차라리 빨리 야수궁에 들어가고 싶은 심정이었다. 청명이 놈과 이런 좁은 곳에 갇혀 간다는 건 너무 끔찍한 고행이었다. 그리고 다행스럽게도, 그들의 소원은 금세 이루어졌다.

"문을 열어라!"

전각의 문이 좌우로 활짝 열리고 화산의 제자들을 실은 소달구지가 느리게 들어섰다.

"와······."

화산의 제자들은 저도 모르게 탄성을 흘렸다. 전각 안에 펼쳐진 광경은 상상 그 이상이었다.

드넓은 광장에 수많은 무인이 좌우로 도열해 있다. 그리고 그 무인들의 주변에는 언뜻 보기에도 범상치 않아 보이는 맹수들이 어슬렁거리고 있었다. 인간과 야수들이 조화로이 있는 광경은 정말이지, 지금껏 경험하지 못한 기이한 느낌을 주었다.

"저거 호랑이 아닌가?"

"아니, 뭔 호랑이가 사람 옆에 앉아 있어?"

"저건 구렁이 같은데……? 왜 뱀을 목에 감고 있냐?"

백천이 눈을 끔벅거렸다. 남만야수궁의 무인들이 맹수를 부린다는 말은 들은 적이 있지만, 설마 진짜 짐승들과 같이 살 줄이야. 게다가 지금 이곳에 있는 맹수들은 익히 알던 것에 비해 두 배는 족히 컸다. 그들을 압송하던 이 중 하나가 차갑게 말했다.

"놀랄 것 없다. 곧 너희가 저 아이들을 배불리 먹이게 될 테니까."

그거 말이 좀 이상한 것 같지 않아요? 우리가 뭘 먹일……. 아, 우리가 먹이구나. 그럼 배부르지. 그렇지.

한편 잠자코 있던 청명은 피식 웃었다.

'재밌는 광경이네. 이럴 줄 알았으면 야수궁에도 미리 와 볼걸.'

전생에서는 너무 중원만 돌아다녔나 싶었다. 주위를 두리번거리는 동안에도 야수궁의 무인들이 속속 모여들었다. 한눈에 들어오는 이들만 수백이다. 그리고 그들을 압송해 온 무리도 백은 가볍게 넘겼다.

운남 전체를 감시해야 하는 야수궁의 문도들이 이곳에 모두 모여 있을 리 없다. 그렇다는 건, 이곳에 모인 이들도 야수궁의 모든 전력은 아니라는 뜻. 그 사실을 감안해 보면 야수궁의 규모가 얼마나 큰지 이해할 수 있었다.

'과연 새외오궁.'

백천의 얼굴이 긴장으로 딱딱하게 굳었다. 이곳의 무인들 하나하나가 얼마나 강한지는 둘째 치고, 무공을 익힌 이들이 이리 많다는 건 실로 대단한 일이다. 천하의 소림도 이토록 많은 무승을 보유하지는 못했을 테니까.
　거대한 짐승을 보고 겁을 먹은 소가 절로 발을 멈추었다. 그러자 야수궁도들이 잠가 놓은 문을 열고 화산의 제자들을 끌어냈다. 그러고는 그들을 광장의 한가운데로 끌고 간다.
　"아, 살살 잡아. 확 팔목 뽑아 버릴라!"
　청명이 득달같이 눈을 부라리자 끌고 가던 이가 황당하다는 듯 돌아보았다.
　"살다 살다 이리 겁대가리가 없는 놈은 처음 보는군. 성질 같아서는 그냥 확!"
　"성질 같아서는 뭐? 그냥 확 뭐? 내 성질은 어떤지 알아?"
　모르는 게 나을 텐데?
　"이익!"
　약이 오른 야수궁도가 발작하려 하자 뒤쪽에서 서 있던 이가 싸늘하게 일갈했다.
　"그만둬라. 궁주님께서 곧 나오신다."
　궁주라는 말에 야수궁도의 몸이 움츠러들었다. 그 반응만 봐도 야수궁주가 얼마나 큰 두려움의 대상인지 알 수 있었다.
　그들은 청명 일행을 광장의 가운데에 세워 둔 채 각자의 자리로 돌아갔다. 정말 말 그대로 세워 두었다. 무기도 뺏지 않고 몸을 속박하려 들지도 않는다.
　"달아나면 어쩌려고 이러는 걸까요?"

"달아나 봤자라는 뜻이겠지. 저들의 눈을 피해 이 넓은 운남 땅을 통과한 뒤 사천까지 갈 수 있겠느냐?"

"……그렇네요."

지금까지 온 길을 되돌아가는 데만 해도 열흘은 걸릴 것이다. 야수궁의 영역이라 할 수 있는 운남에서 그들을 피해 달아난다는 건 결코 쉬운 일이 아니다.

"그리고 당장 여기서 달아나기도 쉽지 않을 것 같다. 다들…… 생각 이상으로 강하다."

화산의 제자들이 긴장한 눈빛으로 주변을 둘러보았다. 위압적이다. 도열한 무인들의 구릿빛 육체는 탄탄한 근육으로 빈틈없이 덮여 있다. 눈빛은 하나같이 강렬하고 매서웠다. 야수궁이라는 이름에서 느껴지는 자유로움과는 다르게 모두가 정련된 군인 같았다.

그것만으로도 위압적인데 그 사이를 자유롭게 누비는 맹수들이 간간이 이를 드러내며 위협을 해 온다. 이쪽을 향해 으르렁대는 호랑이의 날카로운 이빨이 섬뜩하기 그지없었다.

"……저 호랑이는 중원에 가져다 놓으면 산신 소리는 쉽게 듣겠는데?"

"저쯤 되면 이미 호랑이가 아닌 것 아닙니까?"

"아까부터 머리 위에서 사람만 한 새가 날아다녀요."

"……나는 진짜 도무지 모르겠다. 왜 뱀을 목에 감고 있냐고, 왜?"

뭔가 오금이 저린다. 적이 강해서 불안한 게 아니다. 단 한 번도 경험해 보지 못한 미지의 무언가를 마주하고 있다는 데서 오는 불안함이다. 운남이나 곤명에서 느꼈던 이질감은, 지금 야수궁에서 느껴지는 그것에 비하면 아무것도 아니었다. 마치 이곳은 다른 세계 같았다.

그리고 그 순간!

"뭐, 뭐야!"

카아아아아아! 날카로운 소리와 함께 그들의 바로 앞으로 백색의 섬전이 달려들었다. 달려든 섬전은 겨우 한 발짝 앞에서 멈춰 섰다.

전신이 순백색 털로 뒤덮인 담비였다. 털을 세우며 위협을 가해 오는 모습이…….

"여, 영물인 것 같은데?"

"고양이인가?"

뭐? 모두의 고개가 청명에게로 돌아갔다. 이 새끼는 눈이 없나?

"쯧쯧쯧. 이리 와 봐. 쯧쯧!"

"하지 마! 그러다 손가락 잘려!"

쪼그려 앉은 청명이 성질을 부리는 담비를 향해 손을 내밀자 윤종과 조걸이 기겁하여 뜯어말렸다. 하지만 청명은 태연하기 짝이 없었다.

"왜? 말 잘 듣네. 착한데?"

"응?"

조걸과 윤종이 눈을 비볐다. 조금 전까지 공격적으로 털을 바짝 세우고 있던 백색의 담비가 어느새 청명의 품에 반쯤 안기다시피 해 손을 핥고 있었다. 중간중간 애교를 부리는 꼴이…….

"필사적인데?"

"……뭘 느꼈나?"

열심히 꼬리를 쳐 대는 모습이, 어쩐지 귀엽다기보다는 간절해 보였다.

"……진짜 영물인가 보다."

"대가리는 소중한 거지. 안 맞아도 아는 걸 보니 확실히 영물이네."

동물은 본능적으로 그 사람이 좋은 사람인지 나쁜 사람인지를 안다던데. 영물쯤 되는 놈이 저리 열심히 꼬리를 쳐야 할 정도면 청명이 놈은 대체 얼마나 성격이 나쁜 건가? 어쨌거나 덕분에 긴장이 조금 풀리는 느낌이었다.

청명은 아예 담비를 들어다가 백천에게 들이밀며 낄낄거렸다.

"물어, 물어!"

"하지 말라고!"

"흐즈 믈르그!"

백천이 이를 갈았다. 이런 순간에도 장난을 치다니. 대단한 건지, 정신이 나간 건지 알 수가 없다.

그때 돌로 된 계단 위에 세워진 커다란 전각의 문이 쾅 하고 요란하게 열렸다. 그 안에서 한 사내가 보무당당하게 걸어 나왔다.

"와……."

"오……."

순간 화산의 제자들 모두가 그 모습에 압도되었다.

마치 돌기둥을 박아 넣은 것 같은 두꺼운 팔과 다리에는 약동하는 근육이 터질 듯 부풀어 있고, 몸을 감싼 짐승의 털가죽 틈새로 드러난 대흉근은 강철보다도 단단해 보였다. 어깨 아래로 길게 자라난 머리는 그 결이 철사처럼 거칠어 폭발적인 야수성을 여지없이 보여 주었다.

'이, 이 사람이…….'

호랑이처럼 느리게 걸어 계단 위에 선 사내는 이글이글 불타는 눈빛으로 화산의 제자들을 노려보았다.

"중원인!"

우렁우렁한 일갈에 백천이 눈을 질끈 감았다. 때로는 말에 담긴 내용보다는 어투에서 더 많은 것을 느낄 수 있는 때가 있다. 야수궁주의 짧은 외침에는 그가 가진 중원인에 대한 적대감이 고스란히 드러났다.

'처음부터 너무 쉽게 생각했다.'

중원인에 대한 야수궁주의 적대감이 저 정도라면, 어떤 수를 써도 일이 쉽게 풀리지는 않을 것이다.

이를 무섭게 갈아붙인 야수궁주가 소리쳤다.

"너희는 누구냐! 누군데 감히 신분을 위장하고 이 신성한 땅에 들어왔느냐! 말하라! 그 이유가 충분치 않다면 너희 모두를 갈기갈기 찢어 짐승 먹이로 주겠다!"

그 목소리가 어마어마한 공력을 담고 세상을 진동시켰다. 백천은 저도 모르게 귀를 막으려다 움찔하고는 손을 내렸다. 실로 어마어마한 내력이다. 그 당가주조차 무색하게 할 만큼. 물론 내력이 무력의 전부는 아니지만, 적어도 야수궁주의 내력은 지금까지 그가 본 이들 중 독보적인 수준이었다.

"말하라! 저주받을 중원인들아! 그러지 않는다면 지금 당장 찢어 죽일 테니!"

야수궁주의 눈에 핏발이 섰다. 저건 변명을 들어 보겠다는 태도가 아니다. 당당히 찢어 죽일 명분을 찾겠다는 태도다.

'어찌해야 하나?'

백천의 이마에 식은땀이 맺혔다. 단 한 번의 말실수에 돌이킬 수 없는 일이 벌어질지도 모른다. 하지만 그가 말을 채 고르기도 전에 낭랑한 목소리가 울렸다.

"저희는 화산에서 왔는데요."

화산 제자들의 고개가 획 돌아갔다. 청명이 어느새 앞으로 두어 발짝

나서 있었다. 그는 태연하게 콧잔등을 긁으며 말했다.
"뭘 좀 찾으러 왔는데. 도와주실 수 있나요?"
"어……."
"야! 야, 인마!"
"……딸꾹."
 언제 어디서나 침착함을 유지하는 유이설마저도 이번엔 적잖이 당황한 듯 딸꾹질을 했다. 그, 그걸 밝히면 어떡해…….
"화산? 지금 화산이라 했느냐?"
"네, 화산에서 왔는데요."
 아니나 다를까, 야수궁주의 눈에서 어마어마한 광망이 뿜어졌다.
"저주받을 구파일방이었던, 그 화산을 말하는 것이냐? 섬서의 그 화산! 네놈들이 그 화산의 제자들이라고!"
 야수궁주의 얼굴이 일그러졌다. 목소리가 두 배는 더 커지고, 그에 담긴 내력도 배로 늘어났다. 거의 음공(音功) 수준으로 터져 나온 목소리 탓에 화산 제자들의 무릎이 휘청했다. 하지만 청명은 조금도 기죽지 않고 가슴을 펴며 당당하게 외쳤다.
"네. 그 화산요!"
"이……."
 야수궁주는 거의 계단을 박차고 뛰어 내려와 가공할 기세로 청명을 향해 일직선으로 달려왔다. 그러고는 청명의 바로 앞에서 굳건한 바위처럼 우뚝 멈춰 섰다.
 화산의 제자들이 그 자리에 얼어붙었다. 야수궁주가 청명의 앞에 선 순간 그가 얼마나 거대한지 새삼 알게 되었다. 청명도 작은 키는 아닌데, 그의 머리가 야수궁주의 가슴팍까지밖에 오지 않았다. 그 거대한 육체에서 뿜어져 나오는 기세는 그야말로 어마어마했다. 보는 것만으로도 입에 힘이 들어가고 몸이 뻣뻣하게 굳어 왔다.

그 기세에 어울리지 않게 야수궁주가 아주 작게 속삭였다.

"화산?"

나직한, 그래서 더욱 위협적으로 들리는 음성이었다. 청명을 눈빛으로 찢어 죽이겠다는 듯 노려보던 야수궁주가 갑자기 양팔을 획 들어 올렸다. 그 두 팔로 청명을 내려쳐 그대로 뭉개 버릴 것만 같았다.

백천이 자신도 모르게 검을 뽑아 들었다. 하지만 그가 공격을 시작하기도 전에 야수궁주가 팔을 힘차게 내리쳤다. 백천의 입에서 비명이 터져 나왔다.

"안 돼!"

탁!

그러나 당장이라도 청명을 짓이길 듯하던 야수궁주의 커다란 손은 청명의 양쪽 어깨를 움켜잡았다. 굳건하게 청명을 붙든 그가 우렁우렁하게 말했다.

"그렇다면 너희들이 바로 그 매화검존의 후예란 말이더냐!"

"......네?"

어? 그 이름이 여기서 왜 나와?

"내 살아생전 매화검존의 후예를 만나게 되는 날이 올 줄이야! 어서 오너라! 남만야수궁은 매화검존의 후예들을 환영한다! 그분의 후예라면 야수궁의 손님이 될 자격이 있다!"

......네? 왜요?

"흐하하하하핫! 잔치를 준비해라! 손님이다! 손님이 오셨다!"

야수궁주가 껄껄 웃으며 외쳤다. 그러자 야수궁도들이 환호성을 내지르며 일사불란하게 바지런히 움직이기 시작했다. 그 광경을 지켜보던 윤종이 얼떨떨하게 백천을 보았다.

"이게…… 뭐 어떻게 돌아가는 상황입니까?"

……나라고 알겠냐? 나라고?

· ❖ ·

뿌우우우우우우! 뿌우우우우우우우!

뿔피리 소리가 야수궁에 널리 퍼져 나갔다.

쿵! 쿵! 쿵! 쿵!

그에 이어 북소리도 슬슬 박자를 타기 시작했다. 이내 갖은 악기가 소리를 내뿜으며 신명 나는 가락을 만들어 내었다. 그 훌륭하고 흥겨운 음악에 파묻힌 백천은 그저 멍한 표정으로 허공을 보았다.

'환장하겠네.'

좌우에서 악기를 든 야수궁도들이 신나게 연주해 대고 있다. 조금 전까지 화산의 제자들이 죄인처럼 서 있었던 광장에서는 나풀대는 천을 걸친 무희들이 춤을 춘다.

시선을 슬쩍 내렸다. 눈앞에 산해진미가 계속해서 쌓이고 있다. 접시마다 들어 본 적도 없는 기묘한 요리들이 놓여 먹음직스러운 자태를 뽐냈다. 태어나서 처음 보는 요리들이지만 그 향과 빛깔은 '나 끝내주는 요리요!'라고 당당히 외치는 것 같다.

주위를 슬쩍 둘러보니 그의 사형제들도 마찬가지로 모두 넋이 빠져 있었다. 그럴 만했다. 당장 백천만 해도 이게 뭐 어떻게 돌아가는 상황인지를 모르겠는데, 저들이라고 뭘 알겠는가.

그런 그들의 기분을 아는지 모르는지 옆에선 호탕한 웃음소리가 터져 나왔다.

"으하하하하핫! 많이 먹어라! 많이 먹어! 운남 음식이 입에 맞을지 모르겠지만!"

야수궁주가 껄껄 웃어 젖히는 소리였다. 한번 웃음이 터질 때마다 그 우렁우렁한 목소리가 고막을 진동시킨다. 이러다간 귀에서 피가 흐를지도 모른다고 생각한 백천이 손가락으로 귀를 꾹꾹 눌렀다. 다행히 피는 흐르지 않았다.

"내 언제고 한번 꼭 화산을 방문하고 싶었지만, 중원으로 갈 수 없는 몸이라 그동안 참고 있었다. 그런데 화산의 제자들이, 매화검존의 후예들이 이리 직접 방문해 주다니! 최근 들어 가장 기쁜 날이구나! 여봐라! 술을 더 내와라!"

"예, 궁주님!"

"아, 그렇지! 도원향(桃原香)! 도원향을 내어 오도록 해라! 내 이 손님들을 제대로 대접해야겠다!"

주변에 서 있던 야수궁도들 몇이 부리나케 달려갔다. 궁주는 껄껄 웃더니 화산의 제자들을 흐뭇하게 돌아보았다. 하지만 화산의 제자들은 불편함을 온몸으로 느끼고 있었다.

'살 떨려서 눈을 못 마주치겠네.'

'여긴 뭐가 다 이렇게 커? 심지어 사람도 크네.'

'왜 머리가 저기에 있지?'

옆에 앉아 보니 야수궁주가 얼마나 거대한지 더 확실히 실감이 났다. 그들도 청명과 수련하며 나름대로 탄탄한 몸을 얻었는데, 야수궁주의 옆에 앉으니 못 먹어 피골이 상접한 세 살짜리 아이가 된 기분이었다.

"흐하하하하하하핫!"

쭈뼛거리는 그들을 보며 야수궁주가 또다시 호탕하게 웃음을 터트렸다. 웃을 때마다 꿈틀꿈틀 약동하는 근육을 보니 더더욱 젓가락을 잡을 엄두가 나지 않았다.

"이거 진짜 다 먹어도 되는 거죠?"

한 놈만 빼고.

"당연한 말을 하는구나! 다 너희를 위해 준비한 것이다!"

"그 도원향인가 하는 술은 맛있나요?"

"운남 최고의 술이지! 원래 외인에게 내놓는 술이 아니다. 소량만 주조되기에 특별한 날에 특별한 이들만 마시는 술이다! 아마 천상의 향을 느낄 수 있을 거다."

"히히히힛!"

청명이 좋아 죽겠다는 듯 꺄륵꺄륵 웃어 댔다. 그러더니 태연하게 젓가락을 들어 음식을 엄청난 속도로 흡입하기 시작했다.

"오, 이거 맛이 상당히 독특한데? 뭔가 낯선데 당기는 맛이야! 다들 빨리 먹어 봐!"

그게 넘어가냐? 이 상황에서? 이제는 청명을 웬만큼 이해했다고 생각했었는데. 화산의 제자들은 자신들이 얼마나 큰 착각을 하고 있었는지를 깨달았다. 저건 애초에 이해가 불가능한 놈이다.

그사이 야수궁주가 말했던 도원향이 나왔다. 새하얀 백옥자기에 든 술병 다섯 개가 놓이자 야수궁주가 눈을 불뚝 부라렸다.

"네 이놈들! 내가 도원향을 내오라 하지 않았느냐!"

"도, 도원향입니다, 궁주님."

"모조리 내어 오란 말이다, 모조리! 지금 네놈들이 대 매화검존의 후예들 앞에서 나를 망신 주려는 것이냐? 네 목을 쳐서 그 피를 마셔야 정신을 차리겠느냐!"

……그럼 죽어요. 죽었는데 어떻게 정신을 차립니까?

야수궁주가 내지르는 노성에 궁도가 사색이 되어 연신 허리를 숙였다.

"지금 당장 모조리 가져오겠습니다!"

"당장!"

"예! 궁주님!"

부리나케 달려가는 궁도를 못마땅하게 바라보던 야수궁주가 돌연 고개를 획 돌렸다. 입가엔 어느새 부드러운 미소가 걸려 있었다.

"이거 부끄러운 꼴을 보였군. 중원의 손님들은 야수궁을 너무 탓하지 말아 주시게나."

"에이. 무슨 말씀이세요? 이렇게 밥도 주고 술도 주시는데. 다들 좋은 사람이죠!"

"하하하하! 화통하구만!"

"낄낄낄낄낄!"

화산의 제자들이 아연한 표정으로 두 사람을 바라보았다. 뭐가 저렇게 죽이 잘 맞지? 그동안 청명이 다른 문파 사람들과 대화하는 모습은 여러 번 보았지만, 저렇게 오랜 친구를 만난 것처럼 죽이 착착 맞는 모습은 처음 보았다.

"자, 한잔 마셔 보게나!"

야수궁주가 도원향을 들었다. 다른 사람은 두 손으로 잡아야 할 커다란 술병이 야수궁주의 손에 잡히니 어린아이 장난감처럼 보였다. 왜 술 다섯 병을 보고 화를 냈는지 이해가 가는 광경이었다.

그가 화산 제자들 모두의 잔에 도원향을 채워 주었다. 무어라 형용할 수 없는 상쾌한 향이 코를 간질였다.

"하하하. 어서 들어 보게나."

화산의 제자들이 가볍게 고개를 숙여 감사를 표하고는 술을 쭉 들이켰다. 이윽고 모두의 눈이 휘둥그레졌다.

"와……. 세상에!"

입 안에서 말도 안 되는 향이 농밀하게 퍼져 나갔다.

"괜찮은가?"

"……도원향이라는 이름이 더없이 적절합니다."

"으하하하하하! 젊은 친구가 말을 잘하는군! 사람을 기분 좋게 할 줄 알아!"

야수궁주가 팔을 쭉 뻗더니 백천의 등을 팡팡 두드렸다.

"끅! 끄윽!"

백천의 몸이 불판 위의 오징어처럼 뒤틀렸다. 좋다고 툭툭 두드리는 손길이지만 맞는 사람에게는 내장이 입으로 튀어나올 것 같은 충격이 느껴졌다.

"하하하하! 이리 기분 좋은 날이 또 있겠는가! 내가 매화검존의 후예를 만나다니."

야수궁주의 말을 듣고 있던 조걸이 슬그머니 입을 열었다.

"저, 그런데…… 외람되지만 운남에서 매화검존이 유명합니까?"

"뭐?"

순간 야수궁주의 표정이 돌변했다. 세상 행복하게 웃던 게 거짓말인 것처럼 눈에서 새파란 광망이 뿜어졌다.

"운남에서라니! 그게 무슨 말이냐! 매화검존은 당연히 천하의 영웅이 아니더냐?"

"……예?"

조걸이 얼떨떨하게 반문했다. 야수궁주는 되레 이해가 안 간다는 듯 되물었다.

"아니, 그럼 중원에서는 척마오걸(斥魔五傑)을 모시지 않는단 말이더냐?"

"척마오걸이요? 처음 들어 보는…….."

"뭐라!"

끝내 궁주의 입에서 어마어마한 폭음이 터져 나왔다. 음악이 뚝 끊겼다. 모두가 기겁하여 귀를 틀어막았다.

"중원이 왜 척마오걸을 회자하고 존중하지 않는다는 말이더냐! 그분들이 없었다면 운남이고 중원이고 모조리 그 잔혹한 마교의 발아래서 신음했을 것을! 중원 놈들은 은혜와 도리도 모른단 말이더냐!"

그는 정말로 분노가 치민 듯 소리쳐 댔다. 그 기세에 화산의 제자들은 돌처럼 굳어 버렸다. 어마어마한, 그야말로 태산 같은 기세였다. 그때 여전히 술을 음미하던 청명이 너스레를 떨며 말했다.

"에이. 왜 애들한테 화를 내세요."

"음? 아, 그렇지. 그래. 매화검존의 후예들에게 낼 화가 아니긴 하지!"

야수궁주가 다시 껄껄 웃었다. 그러고는 살짝 정색하며 말을 이었다.

"그럼 너희는 척마오걸이 뭔지도 모른다는 말이더냐?"

"예."

"마교와의 전쟁에서 가장 눈부신 전과를 세운 다섯 명의 영웅을 어찌 모를 수 있지? 그럼 너희는 대체 마교를 어찌 이겼다고 들었느냐?"

"……중원의 모든 이들이 합심하여……."

"합심은 처맞아 뒈질 합심이야! 그 구겨 놓은 두꺼비 같은 놈들이!"

"워워. 진정하세요."

"으음, 그렇지. 너희 잘못이 아니지."

백천이 눈을 질끈 감았다. 세상에는 청명도 있고, 청명 같은 인간도 있다. 문제는 그 둘이 지금 한자리에 모여 있다는 사실이다. 여기가 지옥인가? 적어도 그 비슷한 건 될 것 같았다.

잠깐 생각하던 야수궁주가 혀를 쯧쯧 찼다.

"척마오걸이란 그 끔찍했던 마교와의 전쟁에서 가장 눈부신 활약을 보인 다섯 영웅을 말한다. 그중 하나가 그대들의 선조인 매화검존이시고, 다른 하나는 그의 친우이셨던 사천당가의 암존 당보. 그리고 남은 셋은······."

말하려던 야수궁주가 순간 눈살을 찌푸리더니 고개를 저었다.

"알 것 없다."

"네?"

갑자기 뭔 소리야. 화산 제자들의 표정에 황당한 기색이 스쳤다. 야수궁주는 냉소하며 말했다.

"애초에 척마오걸이라는 것은 매화검존의 눈부신 전과를 시샘한 강호의 잡것들이 그분의 발끝에도 미치지 못하는 어중이떠중이들을 억지로 밀어 넣어 만든 말에 불과하다. 그러니 너희는 하나만 기억하면 된다!"

야수궁주가 당당히 말했다.

"매화검존께서 마교를 무찌르셨다!"

순간 화산 제자들의 등줄기에 소름이 돋아 올랐다. 심지어 몸이 부르르 떨렸다. 설마 화산도 아닌 다른 곳에서 이런 말을 듣게 될 줄은 몰랐다. 아니, 심지어 저런 말은 화산에서도 들어 보지 못했다. 어마어마한 감격이 밀려오려는 찰나······.

"엣헴!"

……백천이 고개를 갸웃했다. 뭐지? 왜 저놈이 배를 내밀지? 얼씨구? 저 뿌듯한 표정은 뭐고? 다른 제자들은 그런 청명의 행동을 보지 못했는지 야수궁주에게 시선을 고정한 채 물었다.

"매화검존께서 말입니까?"

"전혀 몰랐단 말이더냐?"

"그분께서 천하에 손꼽히는 고수셨고, 마교와의 전쟁에서 굉장한 활약을 하셨다고는 들었습니다. 하지만 그렇게까지……?"

"뭐라! 천하에 손꼽히는 고수? 이 멍청한 놈이!"

야수궁주가 무섭게 눈을 부라렸다.

"어느 미친놈이 감히 매화검존을 그따위로 지칭한단 말이더냐! 그분은 당대의 천하제일인이셨다! 그 마교조차도 매화검존의 매 자만 들으면 꽁무니를 빼고 달아나기 바빴는데! 감히 그분을 그따위로 불러?"

"에엣헴!"

……청명아. 목 부러지겠다. 너 자꾸 왜 그러니?

"천하 모두가 그분께 구원받은 것이다! 심지어 우리 운남도 마찬가지였지! 잔혹한 마교의 마수가 운남을 향했을 때 빌어먹을 중원 놈들은 그간 우호적인 척하던 태도를 싹 바꾸어 우리를 외면했지. 그 때문에 우리는 멸문 직전까지 가야 했다! 그런데 매화검존께서 그놈들의 뒤를 쳐 주신 덕분에 운남의 마교들이 중원으로 물러났지!"

"아……."

백천이 탄성을 흘리며 연신 고개를 끄덕였다. 저 이야기를 듣고 보니 중원인에 대한 적대적 태도와 매화검존에 대한 우호적 태도가 모두 이해되었다.

"그뿐만이 아니다! 마교 놈들이 별동대를 만들어 운남을 완전히 정리하려 했을 때, 사천까지 달려와 그놈들을 싹 다 몰살시켜 버리신 분도 바로 그 위대하신 매화검존이시다! 그분께서 우리 운남을 지켜 주셨다!"

"오오!"

"그분이 아니었다면 야수궁은 멸문하고 말았을 것이다! 그러니 어찌 은인이 아니겠느냐. 저 간악하고 비열한 중원인들 중 그런 성인이 등장하시다니, 그야말로 개천에서 용이 난 꼴이지!"

"아, 그래서……."

"그래! 그래서 우리 야수궁은 매화검존을 모시는 사당을 만들고 매해 그분께 제를 올리고 있다. 은혜를 모르는 자는 벌레만도 못한 법 아니냐! 그분이 우리 운남을 그토록 아끼셨는데, 어찌 우리가 그 하해와 같은 은혜를 잊겠느냐?"

야수궁주의 찬사를 들으며, 청명은 흐뭇하게 웃었다.

'뭐라 하는지 하나도 모르겠다.'

그냥 여기서 싸워야 한다면 싸우고, 저기 마교 놈들 있다고 하면 달려가서 신나게 후려 깐 것밖에는 없다. 뭐? 운남을 아껴? 그래……. 그렇다면 그런 거겠지, 뭐. 뭔가 심각한 오해가 생긴 모양인데, 굳이 바로잡아 줄 필요는 없을 것이다.

"심지어 그분이 운남을 지키셨을 때, 중원 놈들은 그분께서 사천까지 오는 걸 반대했다고 하더구나! 크으으으. 운남인을 사랑하는 마음이 없으셨다면 그분께서 어찌 그 반대를 무릅써 가며 오셨겠느냐?"

말만 해도 격한 감동이 몰려오는 듯, 야수궁주는 덩치에 어울리지 않게 눈가를 훔쳤다. 화산 제자들의 입에서도 탄성이 터져 나왔다.

"아……. 그런 일이."

"역시 매화검존!"

청명만이 고개를 갸웃했다. 뭔 소리지. 내가 그런 적이……. 아?

- 도사 형님! 그 새끼들이 사천에 나타났답니다!
- 가자! 가서 대가리 다 깨 버린다!
- 그런데 지휘부 놈들이 가지 말라는데요?
- 그래? 그럼 더 가야지! 이 새끼들이 싸가지 없게 누구한테 명령질이야! 가자!
- 예!

어……. 그게 이렇게 되네? 허허허허. 역시 사람은 마음을 곱게 써야 해.

야수궁주가 껄껄껄 웃으며 말했다.

"그분은 당연히 성인으로 존중받으실 분이시지만, 무인으로서도 존경받아야 할 분이시다! 그분의 검은 하늘의 경지에 올라 그 사악한 마교도들마저 벌벌 떨었다. 그분의 업적은 너무도 눈부셔서 감히 일일이 입으로 옮길 수 없을 정도다."

"에에에에엣헴!"

……백천이 뚱한 표정으로 고개를 돌려 청명을 바라보았다.

"매화검존께서!"

"까륵!"

"그야말로 눈부신!"

"꺄르륵!"

"그분의 은혜를 잊지 않아야!"

"꺄르르륵."

……이게 미쳤나? 아니, 미치긴 원래 미쳐 있었지만, 이제는 아예 완

전히 맛이 간 것 같은데? 매화검존의 칭찬이 나올 때마다 청명이 몸을 배배 꼬았다.

"그러니 내가 어찌 매화검존의 후예를 대접하지 않을 수 있겠느냐? 그대들은 이 운남에서 손님이 될 수 있는 유일한 중원인이다! 그러니 편히 쉬고 즐기거라! 운남은 너희를 환영한다!"

야수궁주가 크게 소리쳤다.

"뭐 하느냐! 모두 먹고 마셔라! 내가 허락한다! 귀한 분들이 오셨다!"

"예, 궁주님!"

다시 왁자지껄해지는 장내를 보며 청명이 흐뭇하게 웃었다.

'키야. 이리 알아주는 사람이 있었네.'

역시 사람은 착하게 살고 봐야 해. 그렇죠, 장문사형? 낄낄낄낄!

화산 제자들의 얼굴 역시 상기됐다.

'매화검존께서.'

'그분이 그토록 위대했다니……!'

물론 매화검존은 화산의 자존심이다. 하지만 그건 화산 내에서일 뿐, 다른 곳에서는 화산의 매화검존을 그리 높이 여기지 않는다. 당장 일전에 무당을 만났을 때만 해도 매화검존이 무당의 검에 미치지 못했다는 소리를 듣지 않았던가.

화산만의 자존심. 그런데 그 자존심이 이 먼 운남에서 인정받고 있었던 것이다. 백천이 손을 뻗어 도원향이 든 술잔을 움켜잡고 단숨에 털어 넣었다.

"하!"

입 안에 향긋한 주향이 쫙 퍼지자 정신이 번쩍 드는 것 같다. 뿌듯해지는 가슴과 올라가는 어깨를 억제하기가 힘들었다.

언제 화산이 이토록이나 인정받은 적이 있었던가? 백천 역시 화산의 제자. 화산의 선조께서 저토록 위대했다는 이야기를 듣고 어찌 기분이 좋지 않을 수 있겠는가.

하지만 그럴수록 정신을 다잡아야 했다. 기분이 좋다고 아무 말이나 하다가는 실수를 할지도 모른다. 이곳은 남만야수궁. 아무리 야수궁주가 그들에게 우호적으로 나온다고 해도 언제 태도가 돌변할지 모른다.

"그럼……."

백천이 뭔가 말을 꺼내려 고개를 돌리는 순간이었다.

꼴꼴꼴꼴꼴.

"크하아아아아! 오늘 술발 좀 받네!"

청명이 도원향을 아예 나발로 불고 있었다. 백천의 표정이 멍해졌다. 야수궁주 앞이다. 다른 사람도 아니고 야수궁주의 앞인데 저래도 되는 건가?

"캬아! 안주도 기막히네요. 오늘 좀 취할 것 같은데?"

"크하하하하핫! 너 정말 호탕하군! 마음에 든다! 그래, 오늘 어디 한번 진탕 취해 보자꾸나! 여봐라! 도원향! 도원향을 더 내와라!"

옆쪽에 시립하고 있던 궁도가 무척이나 곤란하다는 어투로 입을 열었다.

"구, 궁주님. 창고에 있는 도원향은 모조리 내어 왔습니다."

"그래? 그럼 보고에 있는 도원향을 모조리 내와라! 따로 빼놓은 도원향이 두 상자 있을 것이다!"

"그, 그건 궁주님께서 손자분 혼사 때 쓰신다고……."

"이런 멍청한 놈!"

야수궁주가 탁자를 쾅 내리쳤다. 그러자 탁자가 허공으로 한 자는 붕

떴다가 다시 내려앉았다. 그 와중에 청명은 술병을 귀신같이 잡아채어 귀한 술이 엎어지는 사태를 막아 냈다.

백천은 그 광경을 보며 눈을 질끈 감았다. 내력도 쓰지 않고 이 거대한 탁자를 내리쳐 허공에 띄워 버리는 저 완력에 감탄해야 할지, 그 주먹질에도 버텨 낸 탁자에 감탄해야 할지 알 수가 없다. 아니, 그 와중에 술 챙기는 저 새끼가 더 감탄스럽긴 하다.

"지금 매화검존의 후예들이 왔는데 그깟 혼사가 문제더냐!"

"하, 하나……!"

"이놈이?"

야수궁주의 눈에 핏발이 섰다.

"이 어리석은 놈! 네놈은 매년 매화검존의 사당에 제를 올리지 않느냐?"

"물론 그분께서는 운남의 영웅이자 성인이십니다!"

"그런데 내가 이들을 성심성의껏 대접하지 않는다면 저승에서 그분이 내게 뭐라 하시겠느냐? 내가 그분을 뵙고 할 말이 있어야 할 게 아니냐!"

"아암."

청명이 연신 고개를 끄덕였다. 물론 매화검존의 후예를 잘 대접하는 게 아니라 매화검존 본인을 잘 대접해 주고 있다. 조금 상황이 어긋났지만 뭐 어떤가? 후예보다는 본인을 대접하는 게 낫지. 야수궁주가 저승에 가서 이 상황을 알게 된다면 외려 더 뿌듯해할 것이다.

"어서 내와라! 당장!"

"예, 궁주님!"

결국 성화를 이기지 못한 궁도가 허겁지겁 달려갔다. 야수궁주가 껄껄 웃었다.

"이거 못난 꼴을 보였군."
"에이. 못난 꼴이라니요. 이렇게 호탕하신데."
"허? 그런가? 하하하하핫! 자네, 가면 갈수록 마음에 드는군."
"저도 궁주님이 마음에 드네요. 한잔 받으시죠."

청명이 손에 든 도원향을 병째로 야수궁주에게 내밀었다. 그러고는 다른 손으로 새 병을 집어 들었다.

"호오? 병째로? 그렇지, 그렇지! 사나이가 쩨쩨하게 잔으로 술을 마실 수야 있나! 이거 주도(酒道)를 아는 이로군."
"크으. 제가 도사다 보니 온갖 도에 통달해 있습니다."
"뭐? 크하하하하하핫! 좋아! 아주 좋아! 그럼 어디 도사님과 함께 술 한잔 마셔 볼까?"

청명과 야수궁주가 동시에 병나발을 불기 시작했다. 화산의 제자들은 울지도, 웃지도 못한 채 망연히 그 광경을 바라만 보았다.

'뭐 저리 죽이 착착 맞아. 헤어졌다 다시 만난 부자지간 같네.'
'저 새끼는 운남에서 태어났어야 해!'

두 사람이 거나하게 술을 주고받는 모습을 보던 백천이 슬그머니 입을 열었다.

"그런데 궁주님."
"음?"

야수궁주가 고개를 획 돌렸다. 그 부리부리한 눈과 거대한 덩치에 움찔한 백천이 살짝 심호흡하고는 말을 이었다.

"지금 하신 말씀이 전부 사실입니까?"
"어떤 말? 매화검존에 대한 이야기 말하는 것이냐?"
"예, 궁주님."

"지금 화산의 제자가 내게 그걸 묻는 것이냐?"
"에이. 화내지 마시라니까?"
"으응? 그래, 그렇지! 껄껄껄껄."
야수궁주가 호탕하게 웃어 젖혔다.
"물론 나는 그분의 활약을 눈으로 보지 못했다. 하지만 그 사실은 전대의 야수궁은 물론, 운남 전체가 아는 일이다."
백천이 살짝 고개를 갸웃했다.
"궁주님의 말씀대로 매화검존께서 그리 위대했다면 왜 그 사실이 중원에서는 거의 회자되지 않는 겁니까?"
퍽!
야수궁주가 들고 있던 술병을 탁자 위로 내리쳤다. 백천과 화산의 제자들이 움찔하여 몸을 뒤로 바짝 당겼다. 저 몸뚱어리 때문인지, 아니면 야수궁주라는 지고한 지위 때문인지 그가 뭔만 했다 하면 심장이 벌렁거렸다.
야수궁주는 자신이 더 분통이 터진다는 듯 가슴을 쾅쾅 두드렸다. 그러더니 두 눈을 부라리며 소리치듯 말했다. 귀를 아프게 하는 우렁우렁한 목소리가 사방으로 퍼졌다.
"그 빌어먹을 좀생이 같은 놈들이 암묵적으로 없던 일로 만들어 버렸기 때문이지! 역사란 회자되어야 역사다! 역사는 일어난 일 그 자체만을 말하는 게 아니야! 일어난 일이 전해질 때 비로소 역사가 되는 법이다!"
야수궁주의 억센 얼굴에 놀랍도록 안 어울리는 감정들이 묻어났다. 그는 안쓰러움을 가득 담아 백천을 바라보았다.
"화산의 상황이 영 좋지 않다고 들었다."
"……."

"본래라면 화산이 전해야 했지. 우리의 선조께서 그만한 일을 하셨다고. 하지만 화산은 그 말을 전할 사람도, 그 말을 할 힘도 잃었던 게다."

그는 이내 속이 탄다는 듯 새 술병을 잡아 뚜껑을 뜯고 벌컥벌컥 들이켰다.

"그러니 회자되지 않을 수밖에. 역사는 승자의 것이다. 그 사실을 말할 승자가 없다면, 승냥이들이 공을 차지한다. 중원과 운남이 연을 끊지만 않았어도 이런 일은 없었을 텐데! 다 저 빌어먹을 중원 놈들 때문이지. 갈아 마셔도 시원치 않은 것들!"

저······. 죄송합니다만, 저희도 중원인인데요. 살 떨려서 말을 못 하겠습니다, 궁주님.

화산을 대신하여 야수궁주가 분노해 주고 있지만, 청명은 대수롭지 않다는 듯 술만 꼴꼴 마셔 댔다. 그리고 생각했다.

'그것 때문만은 아니지.'

정확하게 말하면 부채감 때문이다. 청명이 그 전쟁통에서 그만한 활약을 하고 마침내 천마를 쓰러뜨리는 데 큰 공을 세웠다는 사실을 인정해 버리면, 중원은 몰락한 화산을 내버려둘 수 없게 된다. 협의를 내세우는 명문거파들이 신세를 진 상대를 외면한다는 건 있을 수 없는 일이기 때문이다.

그러나 막 전쟁을 끝낸 이들에게 여유가 있었을 리 없다. 그러니 차라리 화산에게 빚을 진 일을 없던 것으로 해서, 은혜 자체를 없애 버리자는 암묵적인 합의가 이뤄진 것에 가까울 것이다.

세상은 원래 그렇다. 누군가, 딱 한 사람만이라도 '화산에 은혜를 갚아야 하지 않겠습니까?'라는 말을 했다면 어떻게든 이뤄졌을지도 모른다. 그런데 그 말을 한 사람이 없었던 것이다.

청명이 피식 웃었다. 무슨 기대를 할 수 있겠는가. 강호는 원래 비정한 곳이다. 그 사실을 기억하고 사당까지 세워 감사하는 이들이 특이한 거지.

야수궁주가 씁쓸하게 말했다.

"그 전쟁은 너무도 많은 것을 앗아 갔구나. 그 전쟁통에 매화검존께서 등선하지만 않으셨어도 강호의 역사는 화산을 중심으로 재편되었을 것을……. 그분이 그리 가 버리셔서 화산이 받아야 할 것을 받지 못했구나."

백천은 눈을 감고 말았다. 새삼 매화검존이라는 분이 얼마나 위대했는지 알 것 같다. 화산조차 자신들의 선조가 그토록 위대했다는 것을 알지 못했다. 그 잊힌 역사가 이 먼 운남 땅에서 그들을 반기고 있는 것이다.

"야수궁도, 화산도 그 전쟁으로 너무 많은 것을 잃었지. 그리고 아직도 그 상처에 신음하는구나."

야수궁주가 술병을 들어 화산 제자들의 잔을 채웠다.

"받아라. 이건 같은 처지에 처한 사람이 너희에게 주는 술이다. 남만 야수궁의 궁주가 주는 술이 아니라 가슴 아픈 역사를 가진 동료가 주는 술이다."

화산의 제자들이 야수궁주가 주는 술을 두 손으로 받아 말없이 들이켰다. 잔을 비운 그들은 상기된 얼굴을 들어 야수궁주를 응시했다. 야수궁주가 씁쓸하게 말했다.

"세상은 비정하지. 아픔이 많겠구나."

그때 태연한 목소리가 툭 끼어들었다.

"아뇨, 뭐 딱히."

"응?"

청명은 술병을 입에 물고 꼴꼴 들이켜더니 탁 소리 내며 탁자에 내려놓았다.

"크으으으. 뭐, 했던 일에 걸맞은 보상을 모두 받을 거라 생각하는 게 더 이상한 거죠."

"……."

"그때 그 양반들도 뭔가 보상을 받겠다고 그런 건 아니었을 거예요."

"그 양반이라니! 선조님들한테!"

"저 조동아리!"

"야, 인마!"

"아, 그렇지."

청명이 머쓱하다는 듯 뒷머리를 긁적였다.

'거, 내 사형제들인데 그 양반이라는 말도 못 하네.'

아, 원래 안 되는 거던가? 그럼 뭐라고 불러 드려야 하나. 청명은 피식 웃으며 말을 이어 갔다.

"여하튼, 지나간 일은 그냥 지나간 일일 뿐이에요. 억울하다고 드러눕고 소리쳐 봐야 뭐 어쩌겠어요. 이미 끝난 일인데. 중요한 건 지금이죠. 우리 대에서 화산을 최고로 만들면 돼요. 그럼 그 과거도 당연히 인정받겠죠. 역사는 승자의 것이니까!"

야수궁주가 청명을 가만히 바라본다. 그러더니 이내 입꼬리를 씰룩거리기 시작했다.

"그래. 그러면 된 거지. 그러면 된 거야."

그답지 않게 작은 목소리로 뇌까리던 야수궁주가 손을 뻗어 청명의 등을 팡팡 때렸다.

"흐하하하하핫! 들으면 들을수록 마음에 드는 말만 하는군! 과연 매화검존의 후예로다!"

"끄륵."

자신의 간단한 손동작이 매화검존을 또다시 저승으로 보낼 뻔했다는 걸 모르는 야수궁주가 기뻐 죽겠다는 듯 웃음을 터뜨렸다. 어쩌면 야수궁도들의 탄탄한 근육은 이 손길로부터 살아남기 위해서 만들어진 것일지도 모른다고, 청명은 생각했다.

"아, 참. 그렇지."

야수궁주가 고개를 휙 돌려 청명을 바라본다.

"그러고 보니 묻는 것을 잊었구나. 이 먼 운남까지는 어째서 왔느냐? 섬서에서부터 여기까지 오는 것이 결코 짧은 길이 아니었을 텐데."

"아, 그렇죠. 안 그래도 말씀을 드리려고 했는데요. 혹시 여기에 자목초라는 풀이 있나요?"

"음? 자목초?"

야수궁주가 고개를 갸웃하며 곰곰이 생각했다.

"자목초. 자목초라……. 나는 처음 듣는 것 같은데."

"모르세요?"

예상 밖의 상황에 청명이 눈살을 찌푸렸다. 야수궁주가 모른다면 이건 문제다.

"그런 눈으로 보지 말거라. 내가 야수궁주라고는 하나 운남의 모든 일에 대해 알 수는 없다. 더구나 나는 그런 자잘한 것에는 신경을 쓰지 않는 사람이다."

아, 그래 보이네요. 근육 채우기도 바쁘신 분이 풀때기 이름에 관심이 있을 리가 없지.

"걱정하지 말거라! 내가 내일 당장 수하들에게 시켜 그 자목초라는 풀에 대해 알아 오겠다!"

"크으! 그렇게까지!"

"하하하핫! 매화검존의 후예가 왔는데 그 정도도 못 해 주겠느냐! 그러니 걱정은 집어치우고 먹고 마시자꾸나! 좋은 날이다! 너무도 좋은 날이야! 흐하하하하하핫! 자, 받아라!"

청명과 야수궁주가 다시 술병을 하나씩 들고 고개를 확 젖혀 술을 입 안으로 쏟아 넣기 시작했다.

그 똑 닮은 모습을 보며 백천이 한숨을 푹 내쉬었다. 세상에 닮은 사람이 꼭 하나는 있다더니. 물론 완전히 같지는 않지만, 저 청명과 조금이라도 비슷한 사람이 있을 거라고는 상상도 못 했다. 뭐, 덕분에 일이 잘 풀리고는 있지만.

"끄으! 어린 도사가 술이 세구나?"

"궁주님도 좀 마실 줄 아시네요?"

"뭐라? 허허?"

야수궁주가 술병을 움켜잡았다.

"오냐! 어디 한번 오늘 끝장을 보자!"

"에이. 그러다가 수하들 앞에서 망신당하실 텐데?"

"내 생전 술 내기로는 져 본 적이 없다!"

"그건 저도 마찬가지예요."

"마셔라!"

"좋죠!"

술이 미친 듯이 사라져 갔다. 화산의 제자들도 어느새 긴장을 풀고 편히 마시기 시작했다. 손님으로서 초대받은 곳에서 술을 마다하는 것도 예의가 아니니까.

"그래서 그때 매화검존이!"
"꺄르르륵!"
하지만…… 아무래도 저 대화에는 끼지 못하겠다고 생각하는 화산의 제자들이었다.

* ❖ *

"으……. 너무 많이 마셨나."
조걸이 고개를 들어 하늘을 바라보았다. 밤이 깊다 못해 곧 해가 뜰 판이다. 야수궁주가 주최한 잔치는 새벽이 늦도록 이어졌다. 정확하게 말하자면 야수궁주와 청명의 술 내기가 새벽까지 이어졌다. 누가 이겼냐고?
'내가 어떻게 알아?'
도무지 음주를 멈출 생각이 없는 둘을 두고 나머지는 모두 처소로 돌아가 버렸다. 화산의 제자들 역시 지친 몸을 이끌고 야수궁에서 배정해 준 처소에 먼저 짐을 풀기로 했다.
"끄응. 점심까지 안 깨우면 좋을 텐데."
하기야 저들도 많이 마셨을 테니까 안 깨우겠지. 우물가에서 세안하고 얼굴의 물기를 털어 낸 조걸은 비틀거리며 처소 문을 열었다. 이미 잘 준비를 마친 윤종이 창을 열고 밖을 내다보고 있었다.
"안 주무십니까, 사형?"
"자야지."
윤종이 가벼운 대답과 함께 조걸을 돌아보았다.
"……무슨 걱정이라도 있으십니까?"

"걱정이라기보다는……."

말끝을 흐린 윤종이 피식 웃었다. 운남까지 와 남만야수궁에 들어와 있는데 무슨 걱정이 있느냐고 묻는 것도 우스운 일이다. 아무리 야수궁주가 예상과는 전혀 달리 그들을 환대했다고는 하나, 이곳은 긴장을 풀어서는 안 되는 곳이니까. 하지만 윤종은 지금 조걸의 물음이 뜻하는 것이 그게 아니라는 것을 알고 있다.

"걸아."

"예, 사형."

"미안하다. 이 못난 놈 때문에."

"무슨 그런 말씀을 하십니까, 사형! 이미 다 끝난 일 아닙니까."

조걸이 정색했다. 하지만 윤종의 굳은 표정은 풀리지 않았다.

"일이 잘 풀렸기에 망정이지, 까딱하면 나 하나 때문에 다 죽을 뻔했다."

"설령 잘못되었다 해도 청명이 놈이 있으니 어떻게든 했을 겁니다."

"그게 문제지."

윤종이 고개를 저었다.

"청명이 놈이 있으니 어떻게든 될 거라고, 나도 은연중에 그런 생각을 했을지도 모른다. 나는 녀석에게 도움이 되어야 하지, 짐이 되어서는 안 돼. 그런데 결국 짐이 되고 말았잖느냐?"

"사형……."

"멍청한 짓이었지. 다시는 그런 짓은 하지 않을 거다. 미안하다."

"아닙니다, 사형."

조걸이 한숨을 쉬었다. 어떤 말을 해도 윤종의 마음이 씻은 듯 가벼워지진 않으리란 걸 알아서 마음이 덩달아 무거웠다.

"그런데…… 왜 그러신 겁니까? 저는 사형이 그렇게 정색하는 모습은 처음 봤습니다."

윤종이 입을 다물었다. 그러고는 뭔가 곰곰이 생각하는 듯하더니 이내 깊이 한숨을 내쉬었다.

"……내가 고아였다는 것은 알고 있느냐?"

"예, 들었잖습니까."

"그럼 내가 거지 출신이라는 건 아느냐?"

"예?"

조걸이 눈을 살짝 크게 떴다. 윤종이 그런 그를 가만히 보다 담담한 목소리로 입을 열었다.

"기억이 있을 때부터 나는 어머니와 둘이 살았다. 친척도 없고 지인도 없었지. 그러다 어머니가 돌아가신 후로는 빌어먹는 거지가 되는 길밖엔 없었다."

"……사형."

"아직 생생해. 그 추운 겨울날, 누구 하나 도와주지 않는 길거리에서 홀로 죽어 가던 때가. 더 우스운 건, 그때 나는 추위보다 배고픔이 더 고통스러웠다는 거다. 열흘이 넘게 아무것도 먹지 못하니 나중에는 사람을 죽여서라도 먹을 것을 빼앗고 싶더구나. 내가 아이가 아니었다면, 필시 도적이 되었을 것이다."

조걸은 차마 어떤 반응도 보이지 못했다. 윤종의 과거에 관해 이토록 자세히 듣는 것은 처음이다. 그리고 항상 대제자로서 도인의 본분을 지키려 애쓰던 그에게서 이런 적나라한 말을 듣는 것도 처음이었다.

"그때 마침 그곳을 지나던 장로님이 나를 구해 주시지 않았다면, 나는 끝내 그 길바닥에서 죽었을 것이다. 화산은 내게 은인이지. 그 어려운 살림에도 죽어 가는 어린 거지를 살려 키워 줬으니."

윤종이 가만히 눈을 감았다. 과거를 추억하는지, 아니면 생각을 정리하는지는 알 수 없었다. 조걸은 다만 함부로 입을 열어 윤종의 사색을 방해하고 싶지 않았다.

"그 이후로 굶주리는 이들만 보면 옛 생각이 난다. 그게 얼마나 힘들고 고통스러운지 알아서 그런 건지……. 내가 나를 어쩌지 못하겠더구나. 배 속을 긁어내는 것 같은 그 고통을 다시 생생하게 느끼는 기분이었다."

"이해합니다, 사형."

"이해한단 말이냐? 네가 죽었어도 나를 이해하겠느냐?"

"……."

"저승에서도 내게 그래도 괜찮다고 말할 수 있었겠느냐?"

윤종이 단호하게 고개를 저었다.

"멍청하기 짝이 없는 짓이었다. 이름도 모르는 이들을 돕는 것도 도지만, 내가 아는 이들, 사형제들의 안전을 도모하는 것 역시 도인 것을. 어찌 그것만 도라 생각했다는 말이더냐. 사문의 검마저 팔아먹고."

윤종의 얼굴에 깊은 회한이 묻어났다. 만약 일이 잘못되었더라면 그는 죽어서도 눈을 감지 못했을 것이다. 입술을 지그시 깨문 그가 말했다.

"화산으로 돌아가는 대로 장문인께 죄를 청하겠다. 다시 매화검을 받을 수 있을지 모르지만…… 그럴 수 없다고 한들 내게 무슨 할 말이 있겠느냐?"

그 참담한 목소리를 잠자코 듣던 조걸이 손을 내저었다.

"사형. 앞에 건 몰라도 매화검을 팔았다고 욕을 먹지는 않을 겁니다."

"어째서?"

"그야, 매화검은 화산의 검이지만 화산의 신물은 아니니까요."

조걸이 목소리를 가다듬었다.

"청명이 놈이 들었다면 이렇게 말했을 겁니다. '뭐? 신물? 신무우우울? 검에다가 매화 박았다고 신물이면, 옷에다가 매화 박았으니 옷도 신물이겠다? 술병에다 매화 박으면 술도 신물이냐?'라고요."

조걸이 할 말을 잃은 윤종을 보며 씨익 웃었다.

"중요한 건 그런 신외지물이 아니지요. 사형이 얼마나 화산을 생각하는지가 중요한 거 아니겠습니까?"

윤종은 씁쓸한 미소를 지었다. 조걸의 말에 동의해서가 아니다. 어떻게든 사형의 마음을 편히 해 주려 애쓰는 조걸의 마음을 이해해서였다.

"청명이 놈이 그랬잖습니까. 중요한 건 실수를 저지르지 않는 게 아니라, 실수로부터 무엇을 배우는가라고요. 사형은 배우셨습니까?"

"……그래. 배웠다."

"그럼 된 것 아니겠습니까?"

윤종이 한숨을 내쉬고는 가만히 눈을 감았다.

– 괜찮으냐? 눈을 좀 떠 보거라.

그를 안아 들던 현상의 모습이 눈에 아른거렸다. 윤종은 아직도 생생하게 느껴지는 그 온기를 떠올리며 속으로 중얼거렸다.

'장로님. 죄송합니다.'

"그만 주무시지요. 해야 할 일이 많습니다. 자목초를 찾아 화산에 돌아가는 것만 생각하십시오."

"그래. 그래야지."

윤종이 가볍게 고개를 끄덕이고는 침상으로 향했다. 침상에 누워 눈을 감고 쉬이 오지 않는 잠을 애써 청하려는데 낮은 목소리가 들려왔다.

"사형."

"음?"

"사형이 한 일은 잘못된 거였는지도 모릅니다. 그래도 말입니다."

"……."

"저는 사형이 그런 사람이라 좋습니다."

"……."

"주무십시오."

방 안이 고요해졌다. 손을 들어 눈가를 훔친 윤종은 굳게 눈을 감았다. 아무래도 아침이 올 때까지 잠들지 못할 것 같았다.

· ◈ ·

"……살아 있나?"

"죽은 것 같은데?"

"아니, 숨은 쉬는 것 같기도 하고."

화산의 제자들이 처소의 앞에 엎어져 있는 청명의 주위로 모여들었다. 다들 표정이 심각했다. 조걸이 어디선가 주워 온 작대기로 청명을 콕콕 찔렀다.

"진짜 죽었나?"

"죽었겠지. 그만큼 처먹고 살아 있으면 사람이 아니지."

"상식적으로 사람 배에 들어갈 수 있는 양에 한계라는 게 있는데, 그걸 다 마신다는 게 말이나 되나? 어제 그거 혼례 잔치 때 쓰려고 모아 둔 술이라며?"

"주정뱅이."

조걸이 꾸준히 콕콕 찔러 대자 엎어져 있던 청명이 돌연 꿈틀했다.
"살아 있다!"
"도를 깨치랬더니 주도를 깨쳤네. 그것도 아주 잘못된 방향으로."
"그래서 누가 이겼대요?"
그때였다.
"끄으으으으……."
엎어져 있던 청명의 입에서 지옥에서나 들려올 법한 끔찍한 신음이 흘러나왔다.
"내…… 내가 이겼……."
"그만 잠들어라. 너는 훌륭했다."
"그래, 그래. 이겼으니 죽어도 된다."
"카악! 안 죽었어!"
청명이 끄응 하고 아주 느리게 몸을 일으키곤 대청마루에 쓰러지듯 걸터앉았다.
"내, 냉수 한 잔만……."
"문파 꼴 참 잘 돌아간다. 그렇지? 사숙이 사질한테 물도 떠다 바치고."
백천이 미리 준비해 두었던 냉수를 내밀었다. 그러자 청명은 가타부타 말도 없이 냉수를 받아 단숨에 들이켜더니 그릇을 내려놓고 머리를 움켜잡았다.
"으으으……. 머, 머리가……."
"……그쯤 되면 주독을 날려 버리는 게 낫지 않겠냐? 전에는 그렇게 했잖아."
"그럴 거면 술을 왜 먹어, 물을 먹지!"
"그래, 그래. 전에도 똑같이 말했었다."

백천의 입에서 한숨이 푹 터져 나왔다. 반송장에 가까운 놈의 몰골을 보자니 한숨을 막을 길이 없다.

하지만…… 어쨌거나 이놈이 잘해 줬다. 야수궁과 우호를 다지는 가장 좋은 방법은 야수궁주와 친해지는 것이다. 이곳에서 야수궁주의 입지는 절대적인 것 같으니까. 알고 한 건지, 모르고 그냥 좋아라 마시다 보니 그런 건지는 모르겠지만……. 어쨌든 청명이 놈이 야수궁주와 친교를 제대로 다져 놓은 건 확실하다.

"아으, 죽겠네."

절레절레한 청명이 고개를 들 때, 한 야수궁도가 쪼르르 달려왔다.

"일어나셨습니까?"

어제와는 완전히 다른 태도였다. 허리를 굽히는 자세에서 깍듯한 격식이 느껴진다. 하기야 야수궁주가 그들을 손님으로 인정했으니 태도가 달라지는 것도 당연했다.

"궁주님께서 찾으십니다."

"뭐?"

청명이 눈을 부라렸다.

"벌써 일어났다고? 그렇게 퍼마시고?"

그의 정색에 백천의 입꼬리가 씰룩거렸다.

"아무래도 청명이 네가 진 것 같은데?"

"……이, 이럴 리가 없는데?"

"패배자."

백천이 웃으며 야수궁도를 따라나섰다. 살다 보니 청명이 지는 모습도 다 본다. 그 사실이 더없이 유쾌했다.

'……그럴 리가 없지.'

아주 잠깐 기쁨에 젖었던 백천의 눈에 어느새 서글픔이 가득했다. 그들의 앞, 호랑이 가죽이 씌워진 거대한 의자에 앉은 야수궁주는 더없이 패기로운…….

아니, 패기롭지는 않다.

"끄으…….."

'대체 둘이 얼마나 퍼마신 거야?'

무너지는 하늘도 거뜬히 떠받칠 것 같던 야수궁주가 하루 사이에 반쪽이 되어 있었다. 눈가가 시커멓고 퀭한 데다 볼까지 쑥 들어가서 흡사 죽을병이라도 걸린 사람 같았다. 그는 갈라지는 목소리로 청명을 향해 물었다.

"……괘, 괜찮으냐?"

"하핫. 저는 멀쩡하죠. 오늘도 마실……. 우욱! 마실……. 우우웁!"

화산의 제자들이 순간 사색이 되어 청명에게 달려들어 일단 입부터 틀어막으며 외쳤다.

"토하지 마, 미친놈아!"

"여기가 어디라고 토해! 삼켜!"

"양동이! 양동이 빨리!"

야수궁주가 그 꼴을 보며 껄껄 웃었다.

"그렇지. 그리 먹고 멀쩡할 수가 없……. 우웨에에에에엑!"

"으아아아! 궁주님! 또 토하시면 안 됩니다!"

"여기! 여기다가!"

아수라장이었다. 참다못한 궁도 하나가 외쳤다.

"그렇게 속이 안 좋으시면 내력으로 주독을 다스리면 되잖습니까!"

"뭐야? 이 멍청한 놈아! 그럴 거면 술을 왜 처먹어? 물을 먹지!"

그러자 그 광경을 지켜보던 백천이 흐뭇하게 웃으며 물었다.

"……나 저 말 어디서 들은 것 같은데 착각이겠지?"

"착각입니다, 사숙. 그럴 리가요."

그때 한참을 몸부림치던 청명과 야수궁주가 입가를 훔치더니 고개를 들어 서로를 바라보았다.

"이렇게 되면……."

"무승부인가?"

어젯밤 새벽까지 퍼마신 둘의 승부는 결국 술이 떨어지는 것으로 결착이 났다. 그럼 다음 날의 상태로 결판을 내야 하는데 망가진 꼴에도 별 차이가 없다.

"……대단하시네요."

"너야말로."

화산의 제자들은 초췌한 몰골의 두 사나이가 서로를 향해 엄지를 치켜드는 모습을 보며 뿌듯하게 웃었다.

'잘 논다.'

'끼리끼리 통하는 게 있는 모양이네.'

'끔찍하다.'

그리고 생각했다. 야수궁도들의 삶도 그리 행복하지는 않겠다고. 궁주가 저놈과 비슷한 걸 보니 지옥을 겪고 있을 게 분명하다. 어쩐지 갑작스러운 동질감과 연민 같은 게 느껴졌다.

"그런데 아침부터 왜 부르셨어요?"

"아, 그렇지."

야수궁주가 양동이를 옆으로 치우고는 입을 열었다.

"어제 네가 말했던 그 자목초인가 뭔가 말이다. 옆에서 주워들은 놈이 벌써 상인들에게 문의한 모양이다. 알고 있는 상인이 오기로 하여 불렀다."

"와, 빠르네요."

"후후후. 운남인들이 원래 신속 정확하지."

두 사람이 낄낄대며 웃는 모습을 보며 화산의 제자들이 한숨을 내쉬었다. 누가 보면 한 이십 년은 알고 지낸 사이라 생각할 것 같다.

다행히 얼마 지나지 않아 문을 열고 상인이 들어와 두 사람이 그 이상 의기투합하는 것을 막아 주었다.

"운남의 태양이신 궁주님을 뵙습니다."

"허례는 치우고! 그래서 자목초에 대해 아느냐?"

자신이 누군지 소개할 시간조차 주지 않는 화끈한 화법이었다. 상인은 이런 상황이 익숙한지 즉각 본론을 꺼냈다.

"중원에서 말하는 자목초는 운남에서 말하는 신령초(神靈草)를 뜻합니다."

"뭐라?"

야수궁주의 목소리가 크게 울렸다.

"지금 신령초라 했느냐?"

"예, 그렇습니다."

"신령초를 찾으러 왔다고?"

야수궁주의 눈이 퉁방울처럼 커졌다. 목소리에서 사라졌던 패기가 돌아왔다.

아니, 그게 뭔데……. 반응이 격한 게 아무래도 영 분위기가 좋지 않다. 청명이 조금 찝찝한 마음으로 물었다.

"대단한 거예요, 그거?"

"……아니, 뭐 대단한 건 아닌데."

그럼 그렇지. 예전에는 중원에 들어오던 품목이라 하지 않았는가. 그게 그리 대단한 것이라면 무역 품목이 될 수 있었을 리 없다. 그러나 야수궁주는 여전히 곤란한 표정이었다. 그가 커다란 손으로 머리를 벅벅 긁었다.

"끄으응. 그게 참 뭐랄까……."

"무슨 문제라도 있나요?"

청명의 물음에 야수궁주의 커다란 입에서 한숨이 푹 나왔다.

"상황이 꼬여도 이리 꼬이는구나. 일단 너희가 말한 자목초, 그러니까 신령초는 운남에 분명 존재한다. 그런데……."

그는 뭔가 말을 하려다 말고 고개를 내저었다.

"아니다. 말로 해 봐야 별 소용이 없겠구나. 따라오너라. 내가 직접 신령초가 있는 곳으로 안내해 주겠다."

야수궁주가 몸을 벌떡 일으켰다. 그 커다란 몸을 보니 신뢰감이 절로…….

"따라오……. 우웁! 양동이! 양동이 빨리! 우웨에에에엑!"

……절로 사라지네. 절로 사라져.

◆ ◈ ◆

하아아아아아악! 하아아아아아악!

앞에서 털을 잔뜩 세우고 위협하는 담비를 보곤, 청명이 피식 웃었다.

"앉아."

말이 떨어지기 무섭게 담비가 바닥에 궁둥이를 붙이고 부동자세를 취했다.

"이리 와."

쪼르르르르르.

짧게 혀를 찬 청명이 담비를 한 손으로 안아 들었다. 그러자 담비가 필사적으로 재롱을 부리기 시작했다. 앞발을 바동거리기도 하고 몸을 이리저리 틀며 배를 까뒤집더니 예쁜 짓을 해 댔다. 그 모습이 더없이 귀엽기는 한데…… 불쌍했다. 너무 간절해 보여서 안타까웠다.

'지금 쟤 눈에는 청명이 저승사자쯤으로 보이지 않을까?'

'살려면 필사적이어야지. 그렇지.'

옆에서 실컷 토하고 속을 추스른 야수궁주가 그 광경을 보더니 말했다.

"으음. 신기하군. 백아는 외인을 잘 따르지 않는데."

"백아요?"

"이 담비의 이름이다. 하얀 섬전이라는 의미로 백전(白電)이라고 하지."

"백천이요?"

"백전."

"백천이요?"

고마해, 이 미친놈아! 백천의 얼굴이 시뻘겋게 달아올랐다.

"사람을 잘 따르지 않고, 성질이 표독스럽지."

"아, 그렇죠. 분명 그렇죠."

"그런 주제에 까탈스럽기 그지없다. 뭘 믿고 이러는지 나도 한 번씩 이해가 안 갈 때가 있단다."

"크으. 진짜 잘 아시네요."

윤종과 조걸이 몸을 들썩이는 백천의 양팔을 잽싸게 잡았다. 그러지 않았다면 백천이 금방이라도 튀어 나가 난동을 피웠을 것이다.

"진정하십시오, 사숙! 사숙을 두고 하는 말이 아니잖습니까!"

"끄으으으응."

백천이 몸을 부들부들 떨었다. 야수궁주는 아니겠지! 그런데 저 새끼는 맞잖아! 이제는 하다 하다 담비를 가지고 와서 사람을 까네!

청명이 백'전'의 목덜미를 쥐고 바닥에 내려놓았다. 슬쩍 그의 눈치를 본 백전이 뒤로 슬금슬금 물러났다. 야수궁주는 진심으로 감탄한 눈치였다.

"허허. 야수궁의 동물들도 잘 따르다니. 동물은 사람의 선함을 알아본다고 하지. 그런 걸 보면 너는 꽤 선한 사람인가 보구나."

"도인이니까요."

그 자연스러운 대화에 화산 제자들의 입이 쩍 벌어졌다. 자신이 도인이라 선하다고 당당하게 주장하는 저 청명 놈의 뻔뻔스러움에 놀라야 할지, 야수궁의 궁주가 저걸 잘 따른다고 받아들이는 데 놀라야 할지.

'여하튼 둘 다 이상해.'

'집에 가고 싶다.'

"그런데 성질도 더럽고 말도 잘 안 듣는 놈을 굳이 키우실 필요가 있나요?"

"그래 봬도 그놈이 영물 중의 영물이다. 집채만 한 호랑이도 그놈 앞에서는 꼼짝을 못 한단다."

"요만한 게요?"

"크기가 전부는 아니지."

야수궁주가 덩치에 걸맞지 않은 말을 했다. 이제 화산의 제자들은 놀라는 데도 지쳐 버렸다.

"자, 이제 출발하자꾸나."

"네."

청명이 야수궁주를 따라서 몸을 돌렸다. 그러더니 뒤를 흘끗 보며 외쳤다.

"가자, 백전!"

"저 새끼가……!"

"참으십쇼, 사숙!"

"사숙한테 하는 말이 아닐 겁니다!"

"끄으으으응!"

백천이 앓는 소리를 내며 터덜터덜 야수궁주와 청명의 뒤를 따랐다. 사실 이들이 말리지 않았다 한들, 야수궁주 앞에서 뭘 할 수 있겠는가? 단지 화가 치밀 뿐이다.

그렇게 방을 나서서 광장을 가로지르자 호법들이 우르르 달려와 야수궁주에게 깊이 고개를 조아렸다.

"궁주님! 어디로 가시옵니까?"

야수궁주는 심드렁하게 대답했다.

"신담(神潭)으로 간다."

"시, 신담이라고 하셨습니까?"

호법들의 시선이 그의 뒤를 따르고 있던 화산의 제자들에게 날카롭게 꽂혔다. 순간적으로 뒤바뀐 그 눈빛에 백천의 안색이 조금 굳어졌다. 아무래도 신담이라는 곳이 예사로운 공간은 아닌 모양이군. 그러니 저런 눈으로 보는 것 아니겠는가? 만일 그곳이 외인의 출입을 금하는 곳이라면…….

"손님들께서 무슨 커다란 잘못이라도 저지른 것입니까? 신담이라니요."

엥? 뭐라고?

호법들의 시선에는 의심과 의문이 가득했다. 화산의 제자들 역시 지지 않고 이게 뭔 소리냐는 눈빛으로 그들을 보았다. 야수궁주가 우렁우렁한 목소리로 외쳤다.

"잘못은 무슨 잘못! 신담에서 할 일이 있을 뿐이다!"

"하나, 궁주님! 신담은……."

"내가 그런 것도 모를 거라고 생각하는 거냐?"

야수궁주가 매섭게 눈을 부라리자 호법들이 즉시 허리를 숙였다.

"아닙니다, 궁주님! 속하들이 어리석었습니다!"

야수궁주가 못마땅하다는 듯이 혀를 찼다. 호법들은 어쩔 줄 몰라 하며 슬그머니 뒤로 물러났다. 새삼 야수궁에서 야수궁주의 지위가 어느 정도인지 실감할 수 있는 광경이다.

보아하니 이곳의 호법이면 화산에서는 장로쯤 되는 신분 같은데, 궁주에게 제대로 말도 붙이지 못한다. 물론 화산의 장문인 현종도 나름 장로들에게 우대를 받고 있지만, 야수궁에 비하면 뒷방 늙은이 취급을 받는다고 해도 과언이 아니다.

'심지어 당가도 이 정도는 아니었는데.'

야수궁의 특성인지, 운남의 특성인지는 모르겠지만 남만야수궁의 궁주가 가지는 권위는 중원의 문파에서 장문인들이 가지는 권위를 확연히 뛰어넘는 것 같았다.

"비켜라!"

야수궁주가 앞으로 나서자 호법들이 화들짝하며 물러났다. 정문을 지키고 있던 호위들도 그의 발걸음에 맞추어 재빨리 문을 열었다.

"궁주님 만세!"

"조심해서 다녀오십시오!"

그 자리에 납작 엎드리는 궁도들을 보며 윤종이 혀를 내둘렀다.

"야수궁주가 운남에서는 거의 왕이라더니 그 말이 맞는 모양입니다."

"으음, 그렇구나. 남만야수궁의 체계가 이러했을 줄이야. 오히려 중원보다 더 고하가 확실하구나."

백천의 대답이었다. 그때 심드렁한 목소리가 들려왔다.

"아닐걸?"

"응?"

청명이 양손을 머리 뒤로 깍지 끼며 퉁하게 말했다.

"야수궁이 궁주를 우대한다는 말은 들어 보지도 못했어. 오히려 궁주가 자주 바뀐다는 말은 들어 봤어도."

"……그럼 왜?"

"뭐 뻔한 소리를. 저 근육 보고도 대들고 싶은 마음이 생겨?"

화산 제자들의 시선이 앞서가는 야수궁주에게로 향했다. 등에 태산을 짊어지고 있다는 말이 무슨 뜻인지 알 것 같……. 아니, 그건 이럴 때 쓰는 말이 아니던가? 여하튼 마치 태산이 움직이는 것 같다. 상체를 반쯤 드러낸 덕분에, 한 걸음을 내디딜 때마다 등 근육이 힘 있게 꿈틀거리는 게 확연히 눈에 들어왔다. 게다가 여태껏 보아 왔던 야수궁주의 급한 성질까지 감안한다면…….

"……아니."

"죽어도 싫다."

"그냥 목을 매는 쪽이 빠르지 않을까?"

지금 화산이라 했느냐? 65

그제야 모두는 저 과한 충성심을 이해했다. 청명도 궁주의 등에 시선을 꽂은 채로 말했다.

"크. 화산도 이리되어야 하는데."

"이상한 소리 하지 마라!"

"나의 화산을 망치지 마!"

"큰일 날 소리를!"

사형제들이 뭐라 하든 말든 청명은 무척이나 감명받은 표정으로 야수궁주를 보며 고개를 끄덕였다. 화산의 제자들이 부르르 몸을 떨었다. 요즘 들어 화산의 미래에 대한 걱정이 커져만 가는 이들이었다.

야수궁주의 발길은 야수궁 뒤쪽에 펼쳐진 드넓은 숲으로 향했다. 화산의 제자들이 감탄했다.

"이 정도면 밀림(密林)이라고 불러야 할 정도네."

"정말 나무가 빽빽하구나. 중원에서는 보기 힘든 광경이야."

"여길 지나야 신담이라는 곳에 도착한다는 거군요. 그런데 대체 어떤 곳이기에 아까 그분들이 그런 반응을 보인 걸까요?"

앞서가던 야수궁주가 그 말을 들었는지 설명해 주었다.

"신담은 야수궁의 성지다. 성지인 동시에 금지지. 이곳에서는 신담을 신성하게 여겨, 함부로 접근하는 걸 금하고 있다. 야수궁의 궁도라면 누구도 신담에 발을 들일 수 없지. 그건 궁주인 나도 마찬가지다."

"……아, 그래서?"

"하지만 외인은 아니지. 외인은 신담에 들어도 된다."

"……네?"

백천이 자신도 모르게 고개를 갸웃했다. 이건 또 무슨 소린가?

"말 그대로다. 신담은 야수궁의 성지다. 그러니 야수궁의 누구도 함부로 신담에 발을 들일 수 없다. 하지만 너희는 야수궁의 궁도가 아니니 상관없겠지."

"……보통은 성지나 금지인 곳은 외인의 출입부터 막지 않나요?"

"그럴 필요가 있느냐? 출입을 막으려면 동물들의 출입도 막아야 할 텐데."

"사람과 동물은 다르잖습니까?"

야수궁주가 고개를 저었다.

"다르지 않다. 결국 사람도 머리가 좀 똑똑한 동물에 지나지 않는다. 너희 중원인들은 우리가 동물들을 어여삐 여겨 키운다고 생각하는 모양이더구나."

"그런 말을 자주 들었습니다."

"하지만 엄밀히 말하자면 그건 틀린 말이다. 야수궁은 동물을 아끼는 것이 아니라 우리가 동물과 그리 다르지 않다고 생각할 뿐이지. 그러니 어우러져 함께 사는 것이다."

백천이 조금 감탄한 듯 고개를 끄덕였다.

"동물을 막지 않을 거라면 사람도 막지 않는다. 어차피 성지라고 해봐야 우리끼리의 성지가 아니더냐? 그래 봐야 자연의 일부. 우리의 성지라 해서 타인도 성지로 여겨 주길 기대하지 않는다."

"그러다 성지를 훼손하기라도 하면요?"

야수궁주가 피식 웃었다.

"그럼 뭐가 달라지느냐? 성지는 성지다. 어떤 모습이건 성지지. 훼손되었다 해서 성지가 아닌 게 아니다. 그 겉모습에 연연하는 건 성지의 진정한 의미를 이해하지 못한 이들의 아집일 뿐이지. 내가 성지로 여긴다면 그곳은 어떤 모습이든 성지가 되는 것이다."

"아……."

백천이 놀란 눈빛으로 야수궁주를 바라보았다. 의외로 말속에 깊은 현기가 묻어났다.

'확실히. 새외오궁의 궁주 자리를 그저 완력만으로 손에 넣을 수는 없겠지.'

어쩌면 야수궁주가 보이는 것과 달리 무척이나 그 속이 깊고 현명한 사람일지도 모른다는 생각을 한 백천이었다. 하지만 청명은 야수궁주의 말에 별다른 감명을 받지 못한 듯 갸웃거리며 물었다.

"그런데 그럼 굳이 성지라고 할 필요도 없지 않나요?"

"음? 그런가? 그렇게는 생각 안 해 봤는데?"

……아니. 아닌가 보다.

깊숙한 곳으로 들어갈수록 점점 더 숲이 울창해졌다. 이제는 빛 한 점도 제대로 들지 않는 느낌이다. 사위가 컴컴해지고 습해졌다. 워낙 깊은 숲까지 들어와서인지 중간중간 짐승들을 마주할 수 있었다. 사람을 대여섯은 눕혀야 겨우 비슷한 길이가 될 것 같은 커다란 구렁이, 그리고 중원에서 보던 것보다 두 배는 더 커 보이는 호랑이까지.

응? 위험하지 않냐고? 글쎄.

"껄껄껄. 호아, 이놈! 많이 컸구나!"

호랑이가 모공이 송연해질 정도로 우렁찬 울음을 토하며 벼락같이 달려들더니 야수궁주의 앞에 배를 까고 애교를 부렸다.

'그래, 너도 살아야지. 근육 앞에 모두가 평등하네.'

사람이고 짐승이고 일단 살고 봐야 하지 않겠는가. 커다란 호랑이가 고양이처럼 애교를 부리는 모습은 무척이나 이질적이었지만, 야수궁주와 함께 있으면 호랑이도 고양이처럼 보이니 아무래도 괜찮을 것 같았다.

그렇게 가는 길에 틈틈이 짐승들을 쓰다듬어 준 야수궁주가 저 앞쪽을 바라보며 살짝 눈살을 찌푸렸다.

"저 앞이 신담이다."

"아, 드디어 도착했군요."

오는 길에서 보였던 모습과 달리 야수궁주는 사뭇 진지한 표정으로 말했다.

"너희가 찾는 자목초, 그러니까 운남에서 말하는 신령초는 원래는 그리 채취하기 어려운 풀이 아니었다. 심지어 아주 드넓은 자생지가 있을 정도였지. 하지만 지금은 그 자생지가 거의 남아 있지 않다."

"왜요?"

"백 년 전 마교 놈들이 쳐들어왔을 때, 화공으로 공격한답시고 불을 질러 버렸거든."

"……."

"그놈들이 싹 다 타 죽는 모습을 내가 봤어야 하는 건데."

"그래서 효과는 있었대요?"

"아니. 별 효과는 없었다는구나. 무인이라 불이 번지는 것보다 빨라서 그냥 다 피해 버렸다는데?"

그럼 왜 태웠는데? 아니, 일을 저지르기 전에 생각을 해야 할 것 아니냐고! 덮어 놓고 저지르고 나서 생각을 할 게 아니라!

"여하튼 그 이후로 운남에서 신령초를 찾아볼 수 있는 곳은 오직 한 군데밖에 없다. 바로 신담이지."

야수궁주가 눈앞에 우거진 수풀을 손으로 헤쳤다. 펼쳐진 광경을 본 화산의 제자들은 자신도 모르게 입을 쩍 벌렸다.

"와아……."

아름답다. 아니, 그저 아름답다기보다는 신성하다는 말이 더 어울릴 듯했다. 사방이 우거진 숲 한가운데에 거대한 연못이 자리하고 있었다. 이 정도 크기라면 연못이 아니라 호수라고 부르는 게 맞을지도 모른다. 너무 투명해서 겁이 날 정도로 맑은 물이 가득 찬 호수 주위로, 여태껏 살며 단 한 번도 본 적 없는 형형색색의 꽃들이 피어 있었다.

정말 아름다운 광경이지만, 마음 한편에 두려움이 생겨났다. 분명 물은 더없이 투명한데 그 바닥이 보이지 않는다. 아래로 내려갈수록 푸른빛이 짙어지는 것이, 자칫 잘못 다가섰다간 빨려들어 갈 것만 같았다.

신담이라는 이름이 신이 머무는 연못이란 뜻이라면 정말 잘 지은 이름이 아닐 수 없다. 신이 있다면 분명 이런 곳에 머물 테니까.

"이곳이 신담이다. 여기서부터 나는 더 갈 수가 없다."

"그럼 저희가……."

"잠깐."

야수궁주가 눈살을 찌푸렸다.

"……들어가면 안 됩니까?"

"아니다. 너희는 자유로이 신담을 왕래할 수 있다. 내가 이미 말하지 않았더냐."

"그런데 왜?"

"그…… 아주 사소한 문제가 하나 있는데. 으음. 눈으로 보는 게 낫겠지."

잠깐 망설이던 야수궁주가 손을 뻗었다. 그러자 무언가가 진동하는 소리가 희미하게 들리더니 지나가던 토끼 한 마리가 허공으로 붕 떠올랐다. 야수궁주의 손아귀에 잡혀 놀란 토끼가 코를 찡긋거렸다.

"응? 갑자기 토끼는 왜……."

"으음. 잘 보거라."

야수궁주가 토끼를 호수 쪽으로 가볍게 던졌다. 호수 가장자리에 사뿐 내려앉은 토끼가 의아한 듯 주변을 돌아보며 귀를 털었다. 어쩐지 고요하고 마음이 평온해지는 광경이었다.

"대체 뭐가……."

그 순간이었다.

콰아아아아아아아아아아아아앙!

백천의 눈이 불뚝 튀어나왔다. 호수 저 아래 보이지도 않는 곳에서 갑자기 시커먼 뭔가가 솟아오르더니 이내 수면 위로 튀어나온 것이다.

"히이이이이익! 뭐, 뭐야!"

순간적으로 눈에 들어온 것이라고는 동굴처럼 커다란 입과 그 안에 박혀 있는 기다란 송곳니뿐이었다. 그 거대한 입은 이내 토끼가 있는 곳의 주변을 통째로 베어 물었다.

콰아아아아아앙!

굉음과 함께 바닥째로 토끼를 집어삼킨 그 무언가는 거대한 머리를 획획 돌리며 주변을 응시하고는 이내 다시 호수 안으로 모습을 감췄다. 토끼가 있던 곳에 남은 것이라고는 사람 하나가 충분히 눕고도 남을 만한 거대한 구덩이뿐이었다.

정적이 흘렀다. 눈이 툭 튀어나올 듯 놀란 모습 그대로 화산의 제자들은 아무 말도 하지 못하고 멍하니 그 광경을 바라만 보았다. 호수의 파문이 사그라들 때까지 망연하게.

그렇게 얼마나 시간이 흘렀을까. 드물게 유이설이 입을 열었다.

"……바, 방금 그게……?"

정신을 차린 나머지도 황급히 입을 떼기 시작했다.

"커, 컸는데. 엄청나게 컸는데?"

"사, 사람도 한입에 삼키겠던데?"

야수궁주가 묵묵히 고개를 끄덕이며 눈살을 찌푸렸다.

"묵린혈망(墨鱗血蟒)이라는 놈이다. 신담에 사는 거대한 뱀이지."

네? 뱀이요? 저쯤 되면 용 아닌가요? 신성한 곳이라 출입을 안 하는 게 아니라 저 괴물 때문에 출입을 못 해서 강제로 신성해진 거 아닙니까……?

"허……. 허허허허."

천하의 청명마저 입에서 어이없어하는 웃음소리가 새어 나왔다. 그러다 청명이 꽥 외쳤다.

"뭔 놈의 연못에 용이 살아! 여기 뭐 하는 동네야!"

야수궁주가 고개를 내저었다.

"용은 상상 속의 동물이지. 저건 묵린혈망이라는 놈이다."

"뭐가 달라요! 저것도 상상 속의 동물이지!"

"하지만 저렇게 실존하지 않느냐."

"끄으으으으응."

청명이 앓는 소리를 흘리며 머리를 벅벅 긁었다.

"한때나마 여기를 좋게 생각한 내가 등신이지!"

왜 이 기름진 땅을 두고 척박한 황무지에만 사람이 몰려 사나 싶었더니! 이걸 보니 알겠다. 이런 데서 사람이 어떻게 사나. 집채만 한 호랑이가 고양이처럼 뛰놀고 연못에는 용이 사는데! 망할 동네 같으니!

하지만 야수궁주는 광활한 어깨를 태연하게 으쓱할 뿐이었다.

"저놈은 묵린혈망이라는 영물이다. 비늘은 도검은 물론이고 고수의 강기마저 통하지 않고, 그 힘은 한 번의 꼬리질로 지형을 바꿔 버릴 만큼 강력하지. 말 그대로 괴물이다."

"구, 궁주님도 감당을 못 하시는 겁니까?"

"글쎄. 잘 모르겠다. 붙어 봐야 알 텐데 알다시피 나는 저 안으로는 들어갈 수 없다. 그리고 묵린혈망도 저 안에서 나오지 않다 보니 딱히 마주칠 일이 없지."

……어, 그러니까…… 이길 수 있는지 장담 못 한다는 말 같은데. 그 몸으로 약한 소리를 하는 게 이상하게 느껴지기도 하지만, 생각해 보면 저 묵린혈망이라는 놈은 뱀계의 야수궁주다. 일단 저만한 덩치를 가진 놈을 뱀의 영역에 넣을 수 있는지부터 고민되긴 하지만…….

"혹시 야수궁에서 저놈을 숭배하는 겁니까?"

야수궁주가 피식 웃었다.

"숭배? 뭔 놈의 뱀 새끼를 숭배씩이나. 사람이 짐승을 숭배할 일이 뭐가 있겠느냐?"

어……. 야수궁의 궁주 자리에 앉은 사람이 그런 말을 해도 되나요? 황당해 보이는 화산 제자들과 달리 야수궁주의 어깨에 올라탄 백'전'은 동의한다는 듯 꼬리를 살랑살랑 흔들었다.

"묵린혈망이 있어서 야수궁이 신담을 성지로 삼은 것이 아니다. 야수궁의 성지에 묵린혈망이 자리를 잡은 것이지."

"그러면…… 퇴, 퇴치해야 하는 것 아닙니까?"

"왜?"

"예?"

"말하지 않았느냐. 성지는 그저 성지일 뿐이라고. 그 성지에 짐승이 자리 잡고 사는 것 역시 당연한 일이지. 다만 자리 잡은 짐승이 살짝 특이할 뿐이고."

살짝요? 살짜악? 지금 살짝의 의미를 잘 모르시는 것 같은데?

"야수궁도는 원래 신담 안으로 들어가지 못한다. 그리고 저놈은 신담 안에서 나오지 않지. 다시 말하면 영원히 마주칠 일이 없는 이웃 같은 존재다. 그런데 왜 퇴치해야 하느냐?"

"……그렇겠네요."

야수궁주가 피식 웃었다.

"여하튼 저놈은 신담 안으로 들어오는 것이라면 가리지 않고 공격한다. 그게 문제인 건데……."

백천이 그 말을 받았다.

"자목초를 얻기 위해서는 신담으로 들어가야 하고, 그러려면 저 이무기……. 아니, 묵린혈망인가 뭔가를 상대해야 한다는 뜻이군요."

야수궁주가 잘 알아들어 줘서 흐뭇하다는 듯이 고개를 끄덕였다.

"그렇다. 그런 사소한 문제가 있는 거지."

청명이 흐뭇하게 웃었다.

"네. 아주 사소하네요. 죽고 사는 문제가 뭐 그리 대단하겠습니까. 어차피 인생이란 티끌과도 같은 것인데. 아미타불."

"너 도사라고, 인마!"

"그럼 무량수불만 붙이면 되지!"

청명이 소리를 버럭 지르며 신담의 한쪽을 가리켰다.

"저기 들어갔다가는 다 뒈지게 생겼는데, 지금 아미타불이고 무량수불이고 그게 뭐가 중요해? 도사고 땡중이고 들어가면 그냥 다 한 방이야! 한 방! 저 아가리 앞에서는 모두가 다 평등하다고!"

조화롭게 자라난 풀들 사이에 생겨난 시커먼 구덩이가 자꾸 눈에 밟힌다. 저만한 범위를 한입에 물 만큼 거대하다는 것도 놀랍지만, 아예 땅을 두부처럼 일격에 뜯어내 버린 힘이 더욱 놀라웠다.

'당가주님도 저건 못 할 것 같은데?'

무당의 장로가 만들어 낸 강기도 저런 위력은 아니었다. 고수의 그것과 비교할 수는 없겠지만, 저만한 위력의 일격을 가벼운 주둥이질 한 번으로 만들어 낸 것이다.

이제 거짓말처럼 잠잠해진 호수를 물끄러미 바라보던 백천이 사뭇 진지하게 말했다.

"거의 용이 되기 직전의 이무기 같은데 그럼 살생을 자제하고 도를 닦아야 하는 것 아닌가?"

"용은 뭔 놈의 용이야! 뭔 꿈같은 이야기를 하고 있어!"

"저런 뱀도 있는데 용이 없을 건 뭐냐!"

……어? 듣고 보니? 할 말을 잃은 청명이 한숨을 푹푹 내쉬었다. 조금 전까지는 살짝 무섭긴 해도 아름다워 보이던 풍경이 이젠 숫제 저승 초입 같았다.

"……어쩐지 일이 잘 풀린다 싶었어. 내 팔자에 그럴 리가 없지! 끄으으응."

청명은 머리를 벅벅 긁다 못해 쥐어뜯었다. 야수궁에서 일이 잘 풀려서 운남에서 잘 대접받고 편히 풀 뜯어서 돌아갈 수 있을 줄 알았는데 생각지도 못한 난관을 만났다.

"저걸 무슨 수로 잡지?"

윤종의 말에 청명이 획 돌아보며 눈을 희번덕거렸다.

"어떻게 잡긴! 지가 그래 봐야 짐승인데, 신명 나게 후려 까면 언젠간 죽는 거지!"

백천이 부드럽게 웃는다.

"청명아. 나는 언제나 너의 의견을 존중해 왔지만, 이번만은 다시 생각해 보는 게 좋을 것 같구나."

그러다 진짜로 뒈져요, 사질아.

"괜찮아! 저놈이라고 대가리가 없는 것도 아니고. 세상 대부분의 일은 대가리를 깨면 해결할 수 있어."

"……가끔 나는 네가 도사라는 사실에 놀란단다."

백천의 생각 따윈 상관없다는 듯, 청명은 비장한 눈빛으로 호수를 노려보았다. 금방이라도 호수로 달려들 기세다. 그러자 야수궁주가 걱정스러운 표정으로 그를 바라보았다.

"내가 데리고 왔으면서 할 말은 아니다마는……. 괜찮겠느냐?"

"괜찮아요. 제가 생각보다 좀 세거든요."

"그래. 안심이 되는구나. 내가 제사는 잘 치러 주마."

……아니, 이 양반들이 사람을 어떻게 보고? 내가 왕년의 매화검존인데! 매화검존! 청명이 이를 뿌득 갈았다.

"한낱 미물이 사람 못 알아보고 달려들면 뱀탕 되는 거야! 안 그래도 곤명 식량 사정이 안 좋은 것 같던데 저거 잡아가면 삼박 사일은 먹겠지."

"……굉장한 해결책이네. 제갈공명도 그런 생각은 못 하겠다."

"좋아! 간……."

"아, 잠깐만!"

백천의 외침에 앞으로 달려들려던 청명이 순간 휘청했다.

"왜?!"

"궁주님. 혹여 자목초가 어디에 있는지 알 수 있겠습니까?"

"으음. 어렵지 않지. 저기에 보이는 흰 꽃이 핀 풀이 신령초다."

야수궁주가 한쪽을 가리켰다. 위치를 확인한 백천이 고개를 끄덕였다.

"잘 봐라, 청명아. 용을……. 아니, 뱀을 잡는 게 중요한 게 아니다. 싸우는 와중에 저 풀이 상하면 다 망한다."

"알았어!"

이 조언은 가치가 있었다는 듯 청명이 힘차게 고개를 끄덕였다. 당가에서 받아 온 명검이 스르릉 맑은 소리를 내며 뽑혀 나왔다. 몇 번 검을 허공에 휘둘러 무게를 가늠해 본 그가 눈을 희번덕거렸다.

"지가 그래 봐야 미물이지! 간다!"

그러고는 지체 없이 신담을 향해 몸을 날렸다.

"와…… 괜찮을까?"

화산의 제자들이 걱정스러운 눈빛으로 그 광경을 바라보았다. 다른 건 다 접어 두더라도 저 용 같은 뱀을 상대하겠다고 달려드는 저 똘기 하나만큼은 천하제일이라 할 수 있었다. 하지만 이번만큼은 그 똘기가 영 걱정스러운 것도 사실이었다.

청명이 호수의 물가에 내려섰다. 풀에 발이 스치는 소리가 희미하게 울렸다. 뛰어오를 때의 그 과격한 기세와는 달리, 신담에 내려서는 몸놀림은 가볍기 짝이 없었다. 너무 가벼워서 담을 넘어 숨어드는 도둑처럼 보일 정도다. 그는 고개를 획 돌려 수면을 살폈다.

'좋아. 안 오지?'

발을 슬그머니 움직이기 시작했다.

'자, 잘 생각하자. 내 임무는 뱀을 때려잡는 게 아니라 자목초를 구해 가는 거지.'

일단 자목초를 확보해 놓고 저 뱀을 때려잡든 뱀탕을 끓이든 해야지. 조심스럽게 자목초가 있는 곳을 향해 움직이기 시작했다. 일단은 자목초를 뽑아서…….

그때였다. 스으으으으으. 귓가로 이상한 소리가 들려오기 시작한다. 듣는 것만으로 심장이 쿵쾅대는 낮고 소름 돋는 소리.

청명이 천천히, 느리게 고개를 돌렸다.

호수 위로 솟아오른 거대하고 길쭉한 무언가가 보였다. 투명하게 빛나는 검은색 비늘은 빛을 받을 때마다 칠색의 광채를 자아냈고, 꽉 닫힌 입 사이로 날름거리는 혀는 너무도 검어 보는 이를 절로 소름 끼치게 했다.

그리고 무엇보다 인상적인 것은 눈이다. 검디검은 몸뚱어리 사이에 붉은 점처럼 박힌 작은 눈이 청명을 정확하게 응시하고 있었다.

"어……."

거, 되게 예민하시네. 남이랑 같이 살기는 힘드시겠어?

청명은 도둑질하다 걸린 사람처럼 머쓱한 표정으로 뒷머리를 긁었다. 이러면 망했는데……?

일단은 가볍게 웃었다. 웃는 얼굴에 침 못 뱉는다고 일단은 웃는 낯으로 대화를…….

"그, 꽃부터 가져가고 천천히 이야기하면 안 될까?"

파아아아아아아앗!

"히이이이이이이이익!"

묵린혈망이 과격한 기세로 달려들어 청명이 있는 자리를 그대로 물어뜯었다. 콰아아앙, 굉음이 울렸다.

"미쳐 가지고 뱀하고 말을 하네, 내가!"

몸을 날려 가까스로 묵린혈망의 공격을 피해 낸 청명은 이를 악물며 검은 몸체를 향해 달려들었다. 허점투성이다. 아무리 영물이라고 해도 결국은 짐승. 묵린혈망의 가장 큰 약점은 바로 저 커다란 덩치였다. 벨 곳이 얼마나 많은지 눈 감고 휘둘러도 다 맞힐 수 있을 판이다!

"으라아아아아아!"

검에 내력을 미친 듯이 밀어 넣어 강기를 뽑아 낸 청명이 묵린혈망의 목덜미 부근을 강맹하게 내리쳤다.

깡!

"엥?"

깡? 카아앙도 아니고 깡? 뭐 이런 맑고 청명한 소리……. 청명이 슬쩍 검을 들었다.

"……어?"

검이 두 동강 났다. 깨끗하게 딱 절반으로. 강기를 품고 있음에도 묵린혈망의 비늘에 부딪혀 깔끔하게 동강이 나 버린 것이다.

부러진 검의 윗부분이 팽이처럼 회전하며 허공으로 솟구쳤다가 청명의 옆으로 떨어져 땅에 푸욱 박혔다. 아이고, 고놈 참 깊게도 들어가네. 땅은 잘 베네, 땅은. 청명이 흐뭇하게 웃으며 동강 난 검을 바라보았다.

– 당가에서 보검으로 내려오는 검이네. 내 우정의 징표로 주는 것이니 잘 쓰게나.

보검은 개뿔이! 어디서 불량품 가지고 약을 팔아! 표정도 없는 양반이! 뱀도 못 베는 검을 가지고!

청명이 긴장 어린 표정으로 천천히 고개를 든다.

스으으으으으으.

묵린혈망이 그를 내려다보며 살짝살짝 고개를 좌우로 꺾었다. 마치 열 받은 사람이 이리저리 목을 꺾어 대는 모습 같다.

'어, 저거 내가 많이 하던 건데.'

너도 성격이 그리 좋지는 않구나? 청명은 부러진 검과 위협적으로 혀를 날름거리는 묵린혈망을 번갈아 보다가 어색하게 웃었다.

"음……. 네가 사람 말을 알아들을 것 같지는 않지만……. 정정당당하게 검 좀 바꾸고 싸우면 안 될까? 아니면 안 싸워도 괜찮은……."

콰아아아아아아아!

"에라, 썩을!"

묵린혈망이 호수의 물을 뒤집어엎으며 청명을 향해 돌진한다. 바짝 독이 오른 독사가 사냥감에게 독니를 박아 넣는 것처럼, 저 덩치에서 나올 거라고는 믿기 힘든 속도로 청명을 향해 달려들었다. 쩌어억 벌린 입 안이 온통 시커먼 것이, 마치 지옥으로 들어가는 동혈처럼 느껴질 정도다.

"으아아아아!"

청명이 잽싸게 묵린혈망의 머리 위로 뛰어올랐다. 그러고는 반 토막이 난 검에 강기를 불어넣고는 죽어라 대가리를 내리치기 시작했다.

"죽어! 죽어! 죽어! 깨져라! 아니, 깨지라고!"

까앙. 까앙. 까앙. 까아아아앙. 까앙!

강기를 실은 검으로 내리치는데 맥 빠지는 소리만 난다. 비늘이 얼마나 단단한지 강기로 후려치는데도 흠집조차 나지 않았다.

……아니, 이게 말이나 되나? 천하의 청명조차도 얼굴이 새파랗게 질리고 말았다. 일단 뭐 칼이 먹히기라도 해야 검법이고 매화검이고 의미가 있지! 이건 숫제 버들가지를 들고 갑옷 입은 사람을 상대하는 꼴 아닌가.

그때 묵린혈망이 몸을 살짝 튕겨 냈다. 그와 동시에 놈의 머리 위에 있던 청명의 몸이 허공으로 살짝 솟아올랐다. 이윽고…… 당황한 청명의 눈이 커다래졌다. 제 발목을 덥석 깨문 묵린혈망과 눈이 마주친 것이다. 어……. 저거 눈이 웃고 있는 것 같은데? 아니지?

그 순간 놈이 좌우로 격하게 몸을 흔들기 시작했다.

쾅! 쾅! 쾅! 쾅! 왼쪽으로 패대기치고 오른쪽으로 패대기치고! 좌우좌우좌우우!

"아아아아아아아악!"

땅에 연속으로 처박히며 청명이 고통에 겨운 비명을 내질렀다.

"야, 이 뱀 새……. 어?"

그런데 대뜸 묵린혈망이 입을 벌리며 다시 한번 허공으로 청명을 띄워 올렸다.

쇄애애애애애애액!

잠시 후 청명은 보았다. 물속에 잠겨 있던 묵린혈망의 꼬리가, 말 그대로 가공할 속도로 대기를 가르며 그에게로 날아드는 것을.

"……거, 좀 심하네."

퍼어어어어어어어어어어어억!

묵린혈망의 꼬리 치기에 얻어맞은 청명의 몸이 쏘아 낸 포탄처럼 일직선으로 날아간다. 수면에 부딪히며 물수제비처럼 튀어 올라 호수 끝에 이르렀다. 그리고도 바닥에 두어 번 팅겨 솟구친 뒤 그대로 땅에 쿠웅 처박히고 말았다.

화산의 제자들은 차마 그 광경을 보지 못하고 눈을 질끈 감았다.

"……죽었나?"

"에이, 설마. 죽었겠지?"

"그런 말씀 마십시오. 죽었습니다."

"이, 일단 확인은 해 보자."

화산의 제자들과 야수궁주가 청명이 처박힌 곳을 향해 몸을 날렸다. 상태를 본 모두가 일제히 눈을 감고 도호를 외었다.

"죽었네."

"굳이 무덤 만들 필요도 없을 것 같은데?"

"무량수불. 죽어서는 착하게 살거라."

사실 상태를 보았다고 하기엔, 보이는 것이 애처롭게 파들대는 두 다리밖에 없었다. 나머지 몸은 머리부터 거꾸로 바닥을 뚫고 들어가 있었다.

에이, 그래. 저러면 죽어야지. 그래야 양심이 있지.

"푸아아아아앗!"

하지만 그 순간 청명이 흙바닥을 날려 버리며 몸을 벌떡 일으켰다.

"……양심 없이 살아 있네."

"저승에서도 안 받아 주는 거지. 나는 이해해."

흙투성이가 된 청명이 코에서 피를 줄줄 흘리며 눈을 까뒤집었다.

"아니, 저 뱀 새끼가 진짜 뒈지려고 환장을 했나!"

한낱 미물에게 이렇게 일방적으로 처맞다니, 있을 수 없는 일이었다. 이성의 끈이 날아가 버린 청명이 악을 쓰듯 소리쳤다.

"내가 저 뱀 새끼! 무슨 수를 써서라도 오늘 저 새끼로 뱀탕 끓인다!"

"뭘 어쩌려고? 칼도 안 드는 것 같던데."

"강기에도 흠집 하나 안 나는데 저걸 무슨 수로 잡아?"

청명이 눈을 희번덕대며 소리쳤다.

"강기에 흠집이 안 나? 안 되면 되게 하면 그만이지! 세상에 안 되는 게 어디 있어!"

"그래, 그래. 일단 코피 좀 닦아라, 청명아."

"아. 자존심 상해! 내가 한낱 뱀한테, 퉤! 아오, 흙! 퉤퉤!"

청명은 입 안에 가득 찬 흙을 뱉었다. 흙을 뱉을 때마다 코에서 피가 주룩주룩 흘러나왔다.

"……코피 좀 닦으라고."

"지금 코피가 중요……. 뭐야? 뭐가 이렇게 줄줄 흘러? 아이고? 뱀 새끼가 사람 잡네!"

그 몰골을 지켜보던 유이설이 고개를 절레절레 젓더니 소매 안에서 손수건을 꺼내 청명에게 다가왔다. 닦아 줄 생각…….

"아야! 아야야!"

유이설이 청명의 코에 손수건을 쑤욱 쑤셔 박았다. 청명이 저항했지만 유이설은 그의 목덜미를 움켜잡고는 무표정한 얼굴로 손수건을 콧속으로 쑥쑥 밀어 넣었다. 배려해 주는 건지 괴롭히는 건지 얼핏 헷갈리는 광경이었다. 청명의 표정만 보면 괴롭히는 것 같기는 했다.

코에 손수건을 쑤셔 박은 청명이 이를 빠득빠득 갈아붙였다.

"끄으으응. 어디 성한 데가 없네."

호들갑을 떠는 화산의 제자들을 가만히 바라보던 야수궁주가 슬쩍 입을 열었다.

"묵린혈망은 운남의 수많은 영물 중에서도 가장 위험한 영물이다. 그나마 성격이 온순하고 자신의 영역만 침입하지 않으면 해를 끼치지 않기에 망정이지 포악하기까지 했으면 재앙이었을 거다."

"온순이요?"

"그렇지. 나름 온순한 편이다. 다만 자신의 영역에 대해서는 과할 정도의 집착을 보이지. 돌 하나, 풀 한 포기 건드리는 것을 용납하지 않는다. 저 묵린혈망의 감각을 속이고 신령초를 뽑아 나오는 것은 거의 불가능한 일이다."

그 얘기를 좀 진즉에 해 주시지…….

"결국은 저걸 쓰러뜨려야 자목초를 구해 갈 수 있다는 뜻이네요."

야수궁주가 고개를 끄덕였다.

"그렇지. 중원에서 찾아온 매화검존의 후예들에게 이런 말을 하게 되어 유감스럽지만, 이 일만큼은 야수궁에서 도움을 줄 수 없겠구나. 전적으로 너희가 해결해야 한다."

대화를 마친 백천이 자못 심각한 표정으로 청명에게 다가갔다.

"청명아, 아무래도 이 일은 포기하는 게 나을 것 같다."

"포기는 뭔 놈의 포기야?"

"방법이 없지 않으냐. 칼이 박히질 않는데 무슨 수로 상대하려고? 방금은 운이 좋았다. 운이 나빴으면 제아무리 너라도 저놈의 밥이 되었을 거다."

청명이 앓는 소리를 냈다. 사실 맞는 말이다. 까딱하면 죽을 뻔했다. 청명이 아닌 다른 사람이었다면 저 꼬리 치기 한 방에 깔끔하게 이승을 하직하고 염라대왕과 심도 있는 면담에 들어갔을 것이다.

'뭐 저런 게 다 있지?'

저 거대한 덩치에서 나오는 힘은 둘째 치고, 더 끔찍한 것은 저 비늘의 말도 안 되는 단단함이었다. 강기를 있는 대로 끌어 올렸는데도 비늘에 흠집조차 내지 못했다. 지금의 청명이라면 만년한철도 벨 수 있을 테니, 저 비늘 하나하나의 강도가 만년한철보다 더 강하다는 뜻이다.

청명은 귀찮게 됐다는 듯 머리를 벅벅 긁었다. 애초에 검술이라는 것은 사람을 상대하기 위해서 만들어진 것. 몸에 칼이 닿으면 베인다는 것을 전제로 갈고닦는 것이다. 다시 말하자면, 검이 들지 않으면 그 어떤 검술도 의미가 없다는 뜻과 같았다.

"결국은 내력이라 이거지?"

"그래. 지금 네 내력으로는 어림도 없다. 아무래도 중원으로 돌아간

다음에 방법을 마련……."

"알겠어. 일단 돌아가자!"

백천이 살짝 놀란 눈빛으로 청명을 바라보았다. 아니, 이놈이 웬일로 사람 말을 순순히 들어 먹지?

"일단 야수궁으로 돌아간다!"

……아, 반만 들었구나. 그럼 그렇지.

"내력이 부족하면 내력을 늘리면 그만이지! 검술이고 나발이고 힘으로 깨 버리겠어!"

청명이 으득으득 이를 갈았다. 매화검존 때였다면 젓가락으로도 쑤셔 버릴 수 있었을 뱀한테 얻어맞고 도망가는 꼴이라니. 설움이 물밀듯 밀려왔다. 아이고, 사형! 장문사형! 제가 이리 삽니다! 광기 어린 눈으로 호수를 한번 노려본 그가 읊조렸다.

"너 조금 있다가 다시 보자."

청명이 이내 몸을 획 돌려 야수궁이 있는 쪽으로 달려가기 시작했다.

"아니, 또 뭘 하려고?"

"같이 가!"

화산의 제자들이 부리나케 그 뒤를 따라 뛰기 시작했다. 지켜보던 야수궁주가 허허, 하고 웃음을 터뜨렸다.

"재미있는 놈들이야."

• ❖ •

"아무도 들어오지 마!"

"야, 이놈아. 대체……."

쾅! 소리와 함께 청명은 문을 닫고 처소에 틀어박혀 버렸다. 면전에서 닫혀 버린 문을 보며 백천은 한숨을 푹 내쉬었다.

"……또 뭘 하려고."

윤종이 그를 보며 슬쩍 입을 열었다.

"그래도 청명이 아닙니까. 문제가 있을 때마다 어떻게든 해결책을 찾아냈던 놈입니다."

"……그래서 그 해결책이 언제 조용히 끝난 적이 있더냐?"

"예?"

"놈이 이상한 짓을 할까 봐 걱정하는 게 아니다. 그건 너무 당연한 일이지. 나는 그놈이 이상한 짓을 하는 곳이 남만야수궁이라는 게 걱정이다."

……어, 그건…… 확실히 맞는 말이네요. 윤종이 슬쩍 주변을 둘러보았다. 이쪽을 힐끔힐끔 바라보는 야수궁도들의 시선을 느끼고 나니 절로 어색한 웃음이 흘러나왔다.

"설마 그리 생각이 없지는 않겠죠?"

"그럼 좋겠다마는……."

슬픈 예감은 틀린 적이 없다는 걸 아는 백천이 깊은 한숨을 내쉬었다.

처소로 들어간 청명이 봇짐에서 두 개의 목함을 꺼냈다. 하나는 큰 목함. 그리고 다른 하나는 작은 목함. 거기에 품 안에서 또 하나의 작은 목함까지 꺼낸 그는 총 세 개의 함 앞에 가부좌를 틀고 앉았다.

깊게 심호흡했다.

'어차피 한 번은 해야 했던 일이야.'

언젠가는 이런 날이 올 거라고 생각했다.

그는 지금 과거에 비하면 눈이 돌아갈 정도로 빠르게 강해지고 있지만, 그것만으로는 부족하다. 물론 지금의 청명은 과거로 치자면 화산에서 수련이나 하고 있을 나이이다. 그러나 그는 더 많은 일을 해야 하고, 더 많은 적을 상대해야 한다. 과거처럼 느긋하게 시간을 들여 강해질 여유가 없다.

지금 이대로 수련만 한다 해도 삼십 년 내로는 과거의 경지를 따라잡겠지만…… 삼십 년 동안 아무런 일이 없을 거라는 보장이 어디에 있단 말인가. 종남이나 무당이 미쳐서 화산으로 쳐들어올 수도 있고, 어딘가에 있을지 모르는 마교의 잔당이 부활해 중원으로 밀고 들어올 수도 있다. 그리고 운이 나쁘면 저런 괴상한 영물한테 잡아먹힐 수도 있겠지.

그 어떤 상황이 오더라도 이겨 내려면 우선 청명부터 더 강해져야 한다. 그래야 화산 역시 강해질 수 있다.

결국은 내력의 문제다. 이 육체에 맞춰 무학을 손보는 건 거의 끝냈다. 이제 내력만 있으면 자연히 과거와 비슷한 수준의 무학들을 펼쳐 낼 수 있을 것이다.

"자, 그럼……."

청명이 입맛을 다시며 제 앞에 내려놓은 세 개의 목함을 바라보았다.

딸깍 소리와 함께 첫 번째 커다란 목함이 열렸다. 그 안에는 청명이 현종에게서 강탈(?)한 혼원단이 들어 있었다. 영롱하게 빛나는 환을 심유한 눈빛으로 바라보던 청명이 이윽고 두 번째 목함을 바라보았다. 첫 번째 목함보다 작지만 더 고급스럽다.

딸깍, 두 번째 목함을 열자마자 코를 찌르는 악독한 향이 퍼졌다. 보기만 해도 불길함이 스멀스멀 흘러나오는 시커먼 단환. 이게 바로 당문의 비전인 천독단(天毒團)이다.

천독단은 당문 최고의 영약이라 할 수 있다. 본래는 외인에게 줄 수 있는 것이 아니지만, 청명에게 빚을 진 당군악이 특별히 내어 준 것이다. 불길하기 짝이 없는 검은 빛과는 달리 천독단은 복용자의 내력을 증진해 주는 천고의 영약이다. 이를 복용한 이는 웬만한 독에는 중독되지 않고, 설사 중독이 되더라도 그 피해가 확연히 줄어들게 된다. 복용하는 것만으로 독에 대한 내성이 생기는 무가지보 중 하나다.

"후우우우."

청명이 깊이 한숨을 내쉬었다. 고개를 돌려 마지막 목함을 바라보았다. 앞선 두 개의 영약까지는 별다른 문제가 없다. 지금의 수준에 오른 청명이 영약을 감당하지 못할 리는 없으니까.

문제는 바로 이 세 번째다. 당군악마저 도무지 용도를 알지 못해 내어 주기 주저했던 것.

청명은 살짝 주저하며 손을 뻗었다. 앞선 목함과는 달리 작은 백옥빛 자기 병이 들어 있었다. 심호흡하고 뚜껑을 열었다. 즉시 코를 자극하는 향이 흘러나왔다. 살짝 달큼하면서도 시원한 향. 향으로만 따진다면 혼원단보다 오히려 더 청아하게 느껴진다.

하지만 향기에 속아서는 안 된다. 이 자기에 든 것은 다름 아닌 당문의 독이다. 그것도 미인루(美人淚)라 불리는 극독.

청명은 잠깐 매끈한 병의 표면을 응시하다 코로 가지고 와 향을 맡았다. 코를 찌르는 향을 맡자마자 이런 짓까지 해야 하나, 하는 생각이 들었다.

"끄으으응. 내가 그놈을 진짜 믿어도 되나."

머릿속에 옛 기억이 떠오르기 시작했다.

· ❖ ·

"도사 형님. 중원에서 제일가는 영약이 뭔 줄 아슈?"

뜬금없는 질문에 청명이 살짝 눈살을 찌푸렸다. 하기야 당보 놈은 원래 이런 식으로 말을 꺼내곤 했다.

"대환단? 아니면 태청단? 아니지. 혼원단이겠지."

"틀렸수다. 그것들은 영약이라고 할 수도 없지."

"……또 뭔 소리냐, 그게."

청명의 표정을 본 당보가 낄낄대며 웃었다.

"진짜 영약은 우리 당문에 있단 말이지!"

"당문의 천독단은 다른 문파의 영약에 비하면 급이 떨어지는 걸로 아는데. 독도 잘 만들고 의술도 뛰어난 주제에 영단은 못 만들어서 웃음거리가 되는 곳이 당문 아니더냐."

냅다 뼈를 때리는 듯한 청명의 말에, 당보가 떨떠름하게 입맛을 다셨다.

"어쨌든 천독단 같은 게 아니오. 당문의 진짜 영약은 바로 미인루(美人淚)요."

"미인루? 들어 본 적 없는데?"

"그럴 거요. 이건 독이니까. 심지어 당문에서도 정말 만들기가 어려운 독이지."

"……독이 영약이라고? 네가 요즘 여기저기서 많이 맞더니 맛이 좀 가 버린 모양이구나."

"내가 어디서 맞았다고 그러시오! 다 도사 형님이 때린 거 아니오!"

청명이 가만히 자리에서 일어났다. 그러자 당보가 사색이 되어 뒤로 물러나더니 벽에 바짝 붙어 버린다.

"그, 그렇다고 불만이 있다는 건 아니고!"

청명이 피식 웃고는 자리에 앉았다.

"계속해 봐라."

"이 미인루는 천하의 수많은 독을 합쳐서 만든 것이외다."

"어마어마한 극독인가?"

"……아니, 뭐 생각만큼 그렇게 심한 독은 아니오."

"응?"

당보가 어색하게 웃었다.

"사실은 독이란 독은 다 모아 놓으면 엄청 독해지겠지 싶어서 만든 거였는데, 이게 의외로 그렇게 좋은 효과가 나지 않았다는 말이지. 저들끼리 막 중화가 되고, 상승효과가 안 나서 반쯤은 실패한 독이외다."

매화검존 청명이 떨떠름한 눈빛으로 당보를 바라보았다.

"그래서 결론이 뭐냐?"

"도사 형님. 내력이란 게 뭡니까?"

"……기운이지."

"그렇지요. 기운입니다. 그런데 짐승들이나 식물들은 제 크기에 맞는 기운을 품을 뿐입니다. 하지만 무인은 그 기운을 몸 안에 끝없이 담지 않습니까?"

"그렇지."

"그런데 짐승 중에서도 기운을 머금을 줄 아는 것들이 있습니다. 그걸 영물이라고 하지요. 그 영물들은 몸 안에 내단을 만들어 짐승의 한계를 뛰어넘지요."

"뻔한 소리 하지 말고 결론만 말해라."

"에이, 다 왔습니다. 그런데 기운을 품을 수 있는 짐승이 영물만은 아니라는 겁니다. 독물 역시 기운을 품습니다."

당보가 씨익 웃었다.

"독이 없는 짐승이 기운을 품으면 영물이 되고, 독이 있는 짐승이 기운을 품으면 독물이 되는 법이죠. 영물은 내단에 기운을 모으지만 독물은……."

"독에 기운을 모은다?"

"바로 그렇습니다. 그게 아니라면 덩치 좀 커졌다고 독이 더욱 독해질 리가 없지 않습니까? 다시 말해 독물의 독이라는 것은 그 독물이 평생 모아 온 기운을 모은 영단이나 다름없다는 거지요!"

어째 사짜 냄새가 나는데. 청명이 고개를 갸웃했다.

"그래서 우리 당문에서는 이 온갖 독물의 독을 뭉친 미인루를 흡수하여 내력으로 활용하려는 시도를 몇 번 한 적이 있습니다!"

"어떻게 됐는데?"

"다 죽었죠, 뭐."

……아니, 이 새끼가?

청명의 팔뚝에 핏줄이 돋아났다. 당보가 황급히 손을 내저으며 뒤로 물러났다.

"아, 아니! 끝까지 들어 보십쇼, 끝까지!"

"그 헛소리를 계속 들으라고?"

"헛소리가 아니라니까 그러시네! 실패는 했지만 효과는 있었습니다!"

"그걸 어떻게 알아? 죽었는데."

당보가 씨익 웃었다.

"독 때문에 발광하는 놈을 제압하려고 당문의 고수들이 달려들었다가 모조리 처맞고 나가떨어졌거든요. 그 어마어마한 내력 탓에 당가가 무너질 뻔했답니다. 이백 년 전의 일이지만요. 물론 독에 저항하지 않고 있는 그대로 죄다 받아들이는 짓을 한 덕분에 아주 깔끔하게 한 줌의 혈수(血水)가 되어 버렸지만, 어쨌든 효과는 있다 이 말이지요. 그것도 다른 영단 따위는 근처에도 가지 못할 만큼 어마어마한 내력을 얻을 수 있습니다! 미인루는 천하의 극독은 되지 못했지만, 천하의 영약은 될 수 있다 이겁니다! 정화만 할 수 있으면!"

당보가 쏟아 내는 말을 모두 들은 청명이 한숨을 푹 내쉬었다.

"그래서 그걸 어떻게 정화하는데?"

"······나야 모르죠."

"······."

"내가 그걸 알면 이러고 살겠습니까. 벌써 미인루 한 사발 먹고 도사 형님 허리를 분지르고 있었겠······. 아니, 이건 말실수."

"분질러?"

"······."

"허리를?"

청명이 빙그레 웃으며 자리에서 일어났다. 당보가 어색하게 웃으며 뒤로 슬금슬금 물러났다.

"오냐. 오늘 한번 뒈져 보자!"

청명이 곧장 당보를 향해 날아들었다.

"히이이이익! 도사 형님! 아악! 그게 아니고! 야, 이 말코 새끼야! 도사가 사람을 이렇게 패도 되······. 아악! 살려 주십쇼, 형님!"

"죽어! 죽어, 이 새끼야! 죽어!"

· ❖ ·

 과거의 기억을 떠올리던 청명이 미인루가 든 자기 병을 보며 한숨을 푹 내쉬었다.
 "……아무래도 약 팔이에 당하는 것 같은데."
 이걸 먹어? 말아? 청명이 입맛을 다시며 손에 든 미인루를 뚫어져라 보았다. 슬프게도, 당보는 헛소리는 밥 먹듯이 하면서도 거짓말만큼은 하지 않는 놈이었다. 그러니 그 말은 진짜라고 해도 좋을 것이다.
 "끄응. 확실히 이론상으로는 틀린 게 없어."
 이미 몇 번의 실험을 통해 내력을 증대시키는 데는 성공했다고 했다. 그것도 어마어마한 수준으로 말이다. 물론 그 이후 독기를 감당하지 못하고 다 죽었다고 했지만.
 '관건은 독 기운을 받아들이면서 정화를 해낼 수 있느냐는 거지.'
 기본적으로 고수가 독 기운을 처리하는 방법은 독 자체를 외부로 배출하거나 몸 한구석에 가두어 두었다가 나중에 빼내는 식이다. 설사 정화한다고 해도 그를 통해 배출할 뿐이지, 내력으로 흡수하려는 시도는 하지 않는 게 보통이다. 뭔 일이 벌어질 줄 알고 그런 미친 짓을 하겠는가?
 그런데 당보 그 미친놈은 이 기운을 정화해서 몸 안으로 받아들이라고 했다. 몸 밖으로 배출하거나 삼매진화로 태워 버리는 게 아니라.
 "……사짜야, 사짜."
 청명이 고개를 휘휘 내저었다.
 ─ 농담이 아니라 도사 형님 정도면 해 볼 만하다고 생각하는 거요. 도가 계열 내력의 특징이 정화력이 뛰어나다는 거 아니외까! 독에 반쯤 동화되어 있는 당가의 내력으로는 불가능하지만 도사 형님의 내력이라면

그놈을 배출하지 않고 정화해서 내력으로 만들 수 있다니까 그러네? 그럼 천마 새끼 대가리도 깔 수 있소!

– 그러다 죽으면?

– 그것참 아쉽고 딱한 일이지. 내가 제사는 잘 지내 드리겠소.

물론 그 말 뒤엔 당보의 제사를 치를 뻔했다.

'도가 계열의 내력이라 이거지.'

청명이 입맛을 다셨다. 조건은 갖춰졌다. 그의 앞에는 미인루가 있고, 그 미인루의 억제를 도와줄 천하에서 가장 깨끗한 영단과, 독에 대한 내성을 올려 줄 영단까지 있다.

그리고 청명의 내력. 이미 당가에서 비무를 하면서 그가 새로 만들어 낸 내력이 과거의 매화검존의 내력 이상으로 독에 강하다는 것을 확인하지 않았던가.

이건 과거의 매화검존 청명조차 시도할 수 없었던 일이다. 다시 말하자면 천하의 누구도 감히 이 방법을 시도할 수 없다는 뜻이다.

할 수 있다면 오직 한 명. 과거의 매화검존 청명 이상으로 정순한 내력을 가진 채, 기의 운용 역시 당시의 매화검존에 필적하는 지금의 청명만이 가능한 방법이다. 다른 이들이 어설프게 따라 하려 했다가는 입에 독을 넣는 순간 독수로 화해 버릴 게 뻔했다.

청명이 결국 혼원단 한 알과 천독단 한 알을 움켜잡았다.

"돼지기야 하겠어? 안 되면 배출해 버리면 그만이지!"

뱀 새끼 때문에 먹는 거긴 하지만, 예전부터 생각은 쭉 해 왔었다. 그러니 당가에서 미인루를 받아 왔지. 그동안은 결심이 서지 않았는데, 마침내 계기가 생긴 것뿐이다.

"앓느니 죽어야지!"

청명이 과감하게 손을 뻗어 혼원단과 천독단을 집어 들고는 즉각 입 안에 털어 넣었다. 두 영단 모두 입 안에 들어가자마자 순식간에 싸아아 녹아 목구멍을 타고 꿀꺽 넘어갔다. 불길이 번지듯 배 속이 화아악 뜨거워진다. 몸 안에서 느껴지는 뿌듯함에 순간 멈칫할 정도였다.

'이거면 되지 않을까?'

천하의 청명도 살짝 고민하지 않을 수 없었다. 천독단도 먹었고, 혼원단도 몇 알 더 있겠다……. 차라리 영단만 먹고 다시 한번 붙어 보는 게……. 하지만 이내 와락 얼굴을 일그러뜨렸다.

"내가 언제부터 이렇게 겁이 많았다고!"

사람이 늙으면 겁쟁이가 된다더니……. 아, 나 젊어졌구나? 오히려 젊으면 겁이 많은가?

어쨌든, 혼원단만으로는 한계가 있다. 처음 혼원단을 먹고 효과를 보았을 때는 눈이 돌아갔지만, 애초에 영단이라는 것은 여러 알을 먹는다고 해서 효과가 몇 배로 늘어나는 것이 아니다. 그게 가능했다면 소림에서도 남은 대환단을 한 놈에게 모조리 먹여 천하제일의 고수를 만들어 냈겠지.

더구나 청명은 생각 없이 너무 맑은 기운을 만든 대가로 영약을 때려 붓고 또 때려 부어도 제대로 흡수하지 못하는 체질이 되지 않았던가. 결국 혼원단은 화산의 해결책이 될 수 있을지는 몰라도 청명의 해결책이 될 수는 없다. 천년만년 운공만 하고 살 작정이 아니라면 뭐라도 해야 한다!

마음을 굳힌 청명은 가부좌를 튼 채로 정신을 집중했다. 일단은 이 내력을 이용해서 토대를 만들어야 한다.

몸속에서 콰아아아 하고 폭포수 떨어지는 것 같은 소리가 들려왔다.

위장에서 녹아내린 영단들이 기운의 강을 만들고 더없이 활기차게 기맥을 내달린다.

하지만 지금 중요한 것은 이 기운이 아니다. 이건 오로지 미인루의 기운을 흡수하게 도와주는 매개체이자 미인루의 독기로부터 그의 몸을 보호할 방벽이 되어 주어야 한다.

'단전을 중심으로.'

혼원단과 천독단의 기운을 단전 주변에 두른 청명이 천천히 눈을 떴다. 운공 도중에 눈을 뜨고 몸을 움직인다는 건, 평범한 무인이라면 상상도 할 수 없는 일이다. 기운의 활용 능력이 정도를 넘어선 청명이라 가능한 일이었다.

"쓰으읍!"

못마땅한 듯 소리를 낸 청명이 미인루가 든 자기 병을 움켜잡았다. 망하면 당보 너는 진짜 뒈진다. 이미 죽었지만 한 번 더 죽일 거다! 죽은 놈이 또 죽을 수 있는지 그 몸으로 확인하게 해 주지! 과감하게 미인루를 입 안으로 털어 넣었다. 그러고는 천천히 눈을 감았다.

'아직은 괜찮은데?'

위장으로 흘러 들어간 미인루가 딱히 움직일 생각을 하지 않고 있다. 뭔가 스멀스멀 흘러나오는 느낌만 있…….

파아아아아아아아앗!

왔다! 청명이 기겁하며 기운을 바짝 끌어 올렸다. 독기가 미친 듯이 퍼지고 있었다. 천하의 청명도 덜컥 겁이 날 정도였다.

하기야 당외와 싸울 때도 그랬고, 전생에서 독을 쓰는 이들과 싸웠을 때도 그랬지만, 지금까지 그를 중독시켰던 독은 넓은 공간에 살포된 것이거나 무기에 묻혀 놓은 것들이 전부였다. 그게 해 봐야 얼마나 되겠는가?

기껏해야 이 병 안에 든 양의 백분지 일, 어쩌면 천분지 일일지도 모른다. 그것만으로도 충분히 고수를 죽일 수 있건만, 그만한 독을 원액째 깔끔하게 들이켰으니 이리되는 게 당연하겠지.

그제야 슬그머니 후회가 들었다. 반만 먹을걸. 왜 술이고 독이고 일단 보이면 정신 못 차리고 한 방에 들이켠단 말인가. 아이고, 장문사형. 진즉에 내 버릇 좀 고쳐 주시지!

독기는 순식간에 맹렬한 기세로 전신에 퍼져 나갔다. 기겁한 청명은 얼른 기운을 끌어 올려 단전을 보호하는 데 집중했다.

명심해야 한다. 정화해서 흡수한다. 정화해서 배출하는 게 아니라!

몸이 알아서 독을 정화해 배출하려는 것을 막은 그는 이를 악물고 기운을 돌리기 시작했다.

'뭐 이런 독이 다 있어?'

넘쳐 난다. 마치 독 탄 물을 항아리째 들이부은 느낌이다. 독이 몸 안에서 불어나고 또 불어난다. 몸을 터뜨려 버릴 것 같았다. 그때 투둑, 하고 이상한 소리가 희미하게 들렸다. 청명이 슬며시 눈을 떴다.

'히이이이이이이이익! 내가 지금 뭘 본 거야?'

화들짝 놀라 다시 질끈 감았다. 그러고도 도무지 믿을 수 없어 다시 슬그머니 실눈을 떴다.

안타깝게도 역시 잘못 본 게 아니었다. 보기에 끔찍할 만큼 시커멓게 물든 그의 몸이 거대하게 부풀어 오르고 있었다. 터질 듯 불어난 신체를 감당하지 못한 옷가지가 이리저리 찢겨 나가기 시작했다.

'흑돼지도 아니고!'

청명은 재빨리 다시 눈을 감고 집중했다. 이러다가는 내력을 회수하기도 전에 몸이 터져 죽을 판이다. 청명이 서두르는 만큼 기운이 가열하게 돌았다. 단전에서 뿜어져 나간 청명 고유의 순순한 기운이 단전 주변의 독 기운들을 집어삼키고는 정화하기 시작했다. 그 기세가 얼마나 대단한지, 봇물이 터진 듯 보일 정도다.

하지만 독 기운들 역시 순순히 당하지 않았다. 전신을 모두 탁하게 물들인 독이 아직 남은 곳이 있다는 걸 파악했는지, 아니면 단전에서 기운이 빠져나오며 공간이 생겨서인지, 일시에 맹렬하게 단전을 향해 달려들기 시작했다.

'막아!'

단전을 둘러싸고 있던 천독단의 기운과 혼원단의 기운이 독 기운을 막아섰다.

쾅! 콰아아아앙! 콰앙! 몸 안에서 거대한 폭발이 일어나는 것 같다. 순간순간 정신이 아득해질 때마다 청명은 가까스로 정신을 부여잡았다. 기운을 돌려 독기를 정화해 내고 맑아진 기운을 단전으로 다시 밀어 넣었다.

부풀어 오른 육체의 반동을 버티지 못하고 결국 혈관들이 터지기 시작했다. 코와 입이 모조리 헐어 피가 줄줄 흘러내렸다. 떨어진 피가 치익 소리와 함께 바닥을 녹여 낸다. 정화하고 또 정화해도 독기가 끝이 없다.

'오냐! 네가 이기나 내가 이기나 한번 해보자!'

청명이 고통을 참아 내며 기운을 돌리기 시작했다.

한편 그 시각, 화산 제자들의 눈빛에 묘한 불안이 스미기 시작했다.

"뭔가 느껴지는 것 같지 않냐?"

"저도 갑자기 불안해지기 시작했는데……. 뭔가 좀 어……."

조걸이 조금 애매하게 말끝을 흐리더니 다시 입을 열었다.

"살짝 볼까요? 들어오지 말라고 했지, 보지 말라고는 하지 않았잖습니까."

백천이 흐뭇하게 웃으며 고개를 끄덕였다.

"훌륭한 말장난이다. 걸이가 성장했구나."

"다 사숙의 덕 아니겠습니까?"

"그래. 뒷감당은 네가 하는 것이니, 내가 굳이 말릴 필요가 없겠구나. 어서 가 보거라."

정적이 흘렀다. 한동안 두 사람이 말없이 서로를 바라보았다. 곧 조걸이 먼저 입을 열었다.

"……사숙. 성격이 많이 변했다는 건 알고 계십니까?"

나름 뼈가 숨은 말이었다. 백천은 태연하게 받아넘겼다.

"근묵자흑이라 했느니라. 묵을 옆에 두면 검게 물드는 거고, 청명의 옆에 있으면 인성이 바닥나는 법이지."

"그나마 아시니까 다행입니다만……."

"시간 끌지 말고 빨리 확인하고 오너라."

"……예."

조걸이 구시렁대며 움직였다. 조심스레 동태를 살피는 건 잊지 않았다. 안 들킨 것 같았다. 청명의 감각이라면 이쯤 접근했을 때 이미 알아차렸을 것이다. 그런데도 고함이 들리지 않는 걸 보아, 이쪽에 신경 쓸 여력이 없다는 뜻이리라.

그럼 대체 무슨 짓을 하는지 한번…….

조걸이 손가락으로 슬그머니 창에 구멍을 냈다. 야수궁의 처소에 구멍을 뚫는 건 좋지 않은 일이겠지만, 어설프게 창을 열었다 청명에게 들키는 것보다는 이게 훨씬 나을 듯했다.

살짝 심호흡한 그가 뚫은 구멍에 눈을 가져다 대었다. 가만히 방 안을 바라보던 조걸이 금세 창에서 눈을 떼고는 몸을 획 돌리며 빙그레 미소를 지었다.

"어떠하냐? 놈이 무슨 짓을 하고 있느냐?"

"무슨 짓을 하는지는 잘 모르겠고요."

"……응?"

"튀어야 할 것 같은데요?"

"……으응?"

"빠, 빨리!"

"엥?"

조걸이 사색이 되어 달리기 시작했다. 그러자 나머지도 엉겁결에 일단 조걸을 따라 달려 나갔다. 어느새 조걸을 앞지른 백천이 뒤를 돌아보며 말했다.

"그런데 뭘 어디로 도망쳐야 한다는 소리냐? 저기서? 아니면 야수궁에서?"

"아, 모릅니다! 일단 죽어라 뛰십시오!"

"아니, 말을 해 줘야 대처를……."

그때였다.

쿠쿠쿠쿠쿠쿠쿠쿠쿠쿠쿠! 무언가가 크게 진동하는 듯한 굉음이 들려왔다. 백천이 사색이 되어 고개를 획 돌렸다.

"아, 안 돼!"

청명이 들어간 전각이 통째로 흔들리고 있었다. 마치 지진이라도 난 것처럼 격한 그 떨림에, 백천의 안색이 새파랗게 질렸다.

"야, 야! 이 미친놈아! 여긴 야수······."

콰아아아아아아아앙!

말이 채 끝나기도 전에 거대한 폭발이 일어났다. 전각이 산산조각 나 사방으로 비산했다.

"뭐, 뭐야, 저거!"

달아나던 것도 잊은 그들은 그 자리에 멈춰 서서 눈앞에서 일어난 광경을 멍하니 바라보았다. 검은 소용돌이. 악룡(惡龍)이라는 말을 붙여야 적절할 것 같은 거대한 검은 소용돌이가 하늘로 끝없이 솟구쳤다.

콰아아아아! 콰아아아아! 맹렬한 기세로 회전하는 기의 용권풍이 세상 모든 것을 빨아들일 것만 같았다.

"······대체 방에서 뭔 짓거리를 하면 저런 게 생기지."

"돌겠네, 진짜······."

전각을 통째로 날려 버린 검은 용권풍의 색이 점점 변해 간다. 먹이라도 풀어 놓은 것처럼 검디검었던 색이 점점 회색빛으로 변한다 싶더니 이내 새하얀 빛으로 변하고, 마침내는 투명하게 변해 버렸다. 하지만 맹렬하게 회전하는 그 기세는 조금도 줄어들지 않는다. 아니, 오히려 처음보다 더 빠르고 강해졌다.

"어? 어어어엇?"

주변을 빨아들이는 소용돌이의 기세에, 가장 앞에 있던 조걸의 몸이 허공으로 두둥실 떠올랐다.

"조걸아!"

화산의 제자들이 황급히 그의 발목을 움켜잡고 바닥에 납작 엎드렸다.

"으아아아아아!"

조걸의 몸이 허공에 종이 인형처럼 나부꼈다.

"야, 청명 이 빌어먹을 놈아! 제발 상식적으로 살자, 상식적으로! 으아아아아아!"

타당한 지적이었다. 그 말을 청명이 들을 수 있을지는 모르겠지만.

뿌오오오오오오오!

카아아아악!

하악! 하아아아아악!

놀라 뛰쳐나온 야수들이 소용돌이가 만들어 내는 인력을 감당하지 못하고 소용돌이로 빨려들었다. 백천이 새파랗게 질린 얼굴로 악을 썼다.

"누가 저 새끼 좀 막아 봐!"

누가요? 대체 저 새끼를 누가 막습니까, 사숙.

마침내 소용돌이 한가운데에 자리한 청명의 모습이 보였다. 허공으로 일 장은 넘게 떠오른 그는 더없이 평온한 표정으로 가부좌를 틀고 있었다. 얼마나 평온해 보이는지 당장 달려가서 턱주가리를 날려 버리고 싶을 정도였다.

우드드득! 우드드드드득! 설상가상으로 이제는 주변에 있는 다른 전각들의 지붕마저 뜯겨 나가기 시작했다. 이러다가 야수궁 자체가 박살이 나겠다고 생각하던 찰나였다.

콰아아아앙, 하는 거대한 폭발음과 함께 무시무시한 기운이 사방으로 터져 나갔다.

"아아아아아악!"

"야, 이 미친 새끼야아아아아아!"

기의 폭풍에 휘말린 화산의 제자들이 허공으로 튕겨 날아갔다.

쿵! 쿵쿵! 쿵!

십여 장은 넘게 튕겨 나가 땅에 처박힌 화산의 제자들이 끙끙거리며 몸을 일으켰다. 어느새 주변을 빨아들이던 용권풍도, 세상을 날려 버릴 기세로 뿜어지던 기운도 말끔하게 사라졌다. 박살 나 있는 전각들과 식겁하여 달아나는 짐승들만 아니면 아무 일도 없었다고 생각할…….

"……리가 있나! 이런 미친!"

말 그대로 풍비박산이었다. 주변을 둘러본 화산 제자들이 모두 대경실색했다.

그때, 부유하는 흙먼지 사이로 한 사람이 천천히 걸어 나왔다. 세상 개운해 보이는 청명이 사형제들을 발견하고는 입꼬리를 싸악 말아 올렸다.

"이제 뱀 새끼 잡으러 가자!"

"야, 인마!"

백천이 시뻘게진 얼굴로 소리를 버럭 질렀다.

"왜?"

청명은 태연하기 그지없어 보였다. 혈압이 치솟은 백천은 삿대질까지 하며 말을 더듬었다.

"아, 아니! 인마! 어? 일단, 어? 일단 좀 가리라고!"

"뭘?"

"옷 입으라고! 옷!"

청명이 고개를 갸웃하며 제 몸을 내려다보았다.

"응? 속곳은 있고만. 뭐가 문제야?"

"아오!"

백천이 머리를 벅벅 긁었다. 그도 그럴 게, 청명은 겨우 속곳 한 장만 걸친 채 몸을 위풍당당하게 드러내고 있다.

물론 탄탄하게 자리한 근육은 탄성을 불러일으키기에 충분했지만, 적어도 바지라도 입어야 덜 민망하지 않겠는가.

"네 사고도 있잖느냐! 어디!"

백천이 유이설의 눈 건강을 걱정했지만, 그 와중에도 그녀는 태연했다. 말없이 주변을 살핀 그녀는 대충 넝마 같은 것을 주워 들더니 청명에게 다가가 몸에 둘러 주었다.

"입어."

"오, 역시 사고야!"

"추하니까."

"……고마워. 눈물 나게 고맙네."

천을 받아 몸에 둘둘 만 청명이 어깨를 으쓱했다.

"이제 그 뱀 새끼는 내가 때려잡을 수 있으니까 얼른 자목초 구해서 돌아가자."

윤종이 한숨을 푹 내쉬었다.

"청명아. 지금 뱀이 문제가 아닌 것 같다."

"응? 왜?"

청명의 의문에 대답이라도 해 주는 듯 우르르 발소리가 들려왔다.

"이게 무슨 일인가!"

"이런 미친놈들이!"

커다란 고함과 함께 야수궁도들이 무너진 전각을 향해 우르르 몰려든 것이다. 그들의 얼굴이 시뻘겋게 달아올랐다.

"매화검존의 후예라고 하여 성심성의껏 손님으로 대해 주었거늘! 이런 일을 벌여?!"

"죽고 싶은 것이더냐?"

그들에게서 격한 반응이 연이어 터져 나왔다. 한번 고성이 쏟아지기 시작하니 점점 인파가 몰렸다. 전쟁이라도 벌어진 것처럼 박살이 나 버린 주변을 그제야 제대로 둘러본 청명이 어색하게 웃었다.

"어……. 허허. 거참, 본의 아니게."

이 사태가 고작 그런 말로 해결이 되겠냐? 백천이 한숨을 쉬며 앞으로 나서려 했다. 망할 청명이 놈이 저지른 일이지만, 여하튼 이 일행의 책임자는 그다. 그가 먼저 나서서 사과를 하고 죄를 빌어야 한다.

"우선 죄송……."

하지만 그때 청명이 백천의 어깨를 잡아 뒤로 살짝 당겼다.

"사숙, 내가 처리……."

"아아아아아아아악!"

"어?"

청명은 순간 당황했다. 분명 살짝 당겼을 뿐인데, 백천의 몸이 포탄처럼 뒤로 튕겨 나가 버린 것이다. 쿵쿵 소리를 내며 땅에서 물수제비처럼 튀어 오른 백천이 담벼락에 처박혔다. 몸이 애처롭게 부르르 떨렸다.

청명이 떨떠름한 표정으로 제 손을 내려다봤다. 그러더니 뒷머리를 긁으며 어색하게 웃었다.

"어……. 미안. 아직 익숙하질 않아서."

"끄으으으으으."

가까스로 몸을 일으킨 백천이 핏발 선 눈으로 청명을 노려보았다.

"오냐……. 오늘 너 죽고 나 죽어 보자!"

"에이. 그럼 사숙만 죽지. 있어 봐. 내가 해결할 테니까."

"으아아아아! 이 망할!"

"참으십시오, 사숙!"

"고정하십시오! 원래 그런 놈 아닙니까!"

"끄으으으으!"

발악하는 백천을 조걸과 윤종이 붙잡고 늘어졌다. 청명은 그저 어깨를 으쓱하더니 앞으로 나와 군중을 헤치고 나선 야수궁의 호법들 앞에 마주 섰다. 호법들이 차가운 눈빛으로 청명을 노려보며 일갈했다.

"이 일을 어찌할 셈이요?"

"네? 어떤 일요?"

"지금 이 전각을 다 때려 부순 게 그대들 아니오?"

"에이, 농담도 심하셔라. 저희가 어떻게요?"

"뭐라? 지금 그대들이 전각을 무너뜨린 걸 부인하겠다는 건가?"

그 말을 들은 청명이 피식피식 웃었다.

"본 사람 있어요?"

전형적인 변명이다. 당연히 통할 리가 없었다. 야수궁도 하나가 나서서 소리쳤다.

"내가 봤소! 저 전각에서 시커먼 용권풍이 뿜어져 나와서 전각이고 뭐고 다 날려 버리는 걸 내 눈으로 똑똑히 보았소! 그러니 그런 변명은 꿈도 꾸지 마시오!"

청명이 놀란 눈으로 야수궁도를 바라보았다.

"호오? 용권풍이요?"

"그렇소!"

호법들도 안색을 굳혔다.

"해명하시오. 제대로 해명하지 못한다면 아무리 그대들이 매화검존의 후예라고 해도 책임을 피할 수 없을 거요! 매화검존이 직접 오지 않는 이상은!"

직접 왔어, 이것들아! 내가 매화검존이라고!

청명이 한숨을 내쉬고는 말을 이었다.

"그러니까. 해명을 못 하면 저희를 때려잡기라도 하겠다는 거네요?"

"필요하다면!"

"어……. 그런데 좀 이상하지 않아요?"

청명의 말에 앞에 나선 호법이 고개를 갸웃했다. 뭐가 이상하다는 말인가.

"저 사람 말대로라면 거대한 용권풍이 전각을 날려 버렸다는 거잖아요."

"그렇지!"

"그걸 제가 만들었다고요?"

"……응?"

"사람이 그럴 수가 있어요?"

……어? 그게 그렇게……. 어?

청명이 이해를 못 하겠다는 듯 고개를 내저었다.

"용권풍이 일어서 전각이 박살 나면, 그 안에 있던 사람을 걱정해 주는 게 상식 아니에요? 제가 용권풍을 일으켰다고 생각하는 것보다?"

"……어, 그게…….."

호법이 우물쭈물 입을 다물었다. 그러게. 생각해 보면 저게 상식적이지. 사람이 용권풍을 일으킨다는 게 말이나 되나. 용도 아니고.

"그리고 또 하나 이상한 게 있는데요."

"뭐, 뭔가?"

"그 용권풍을 제가 일으켰다고 치자고요."

청명이 살짝 주변을 둘러보는 시늉을 했다.

"그럼 맨몸으로 용권풍을 일으켜 주변을 이리 만들어 버리는 사람을 지금 때려잡겠다는 소리잖아요. 괜찮으시겠어요?"

호법이 입을 꾹 다물었다. 구구절절 틀린 말이 없다. 만약 이 상황을 이 화산의 어린 제자가 만들어 내었다면, 상식을 초월하는 어마어마한 고수라는 뜻이다. 그런 이를 잡아 가두는 일이 쉬울 리가 없다. 그러려면 적어도…….

"무슨 일이냐!"

그 순간 우렁우렁한 목소리가 장내를 뒤덮었다.

"궁주님을 뵙습니다!"

저 멀리서 걸어오는 야수궁주를 본 야수궁도들이 그 자리에 부복했다. 화산의 제자들도 그를 향해 깊이 고개 숙였다. 긴장했던 호법이 야수궁주를 확인하고는 반색하여 외쳤다.

"궁주님! 이들이…….."

"조용!"

야수궁주가 손을 살짝 들어 그 말을 막고는 부리부리한 눈을 크게 뜨며 청명을 향해 저벅저벅 걸음을 옮겼다. 그 발걸음에 땅이 쿵쿵 진동한다. 그의 발이 땅에 닿을 때마다 뒤를 따르는 커다란 호랑이가 살짝살짝 떠오르는 것처럼 보일 정도다.

쿵! 이내 바로 앞까지 다가온 야수궁주가 얼굴을 일그러뜨리며 청명을 노려보았다.

"이놈!"

"……네?"

야수궁주의 얼굴이 살짝 달아올라 있었다. 뻘게진 얼굴로 청명을 노려보던 그의 입에서 신음 같은 목소리가 흘러나왔다.

"……대성을 얻었느냐?"

"에이, 이 정도는 소성이죠. 그래 봐야 내공 조금 늘어난 것이니까요."
"소성? 소성이라 했느냐?"
"네. 겨우 그 정도예요."

야수궁주의 얼굴이 더욱 일그러졌다. 참을 수 없다는 듯이 몸을 부르르 떨던 야수궁주가 파안대소를 터뜨리며 청명의 어깨를 퍽퍽 내리친다.

"크하하하하하핫! 소성! 그래, 소성이구나! 그래, 사내의 배포가 그 정도는 되어야지! 크하하하하하핫!"

펑! 펑! 펑! 펑! 야수궁주의 손이 청명의 어깨를 내리칠 때마다 폭음이 터졌다.

'저러다 죽겠는데?'

'사실은 열받아서 때리는 건가?'

한번 내리칠 때마다 청명의 몸이 바닥으로 한 치씩 박혀 들어간다. 야수궁주의 웃음이 끝났을 즈음에는 청명의 몸이 무릎까지 박혀 버렸다. 야수궁주는 그 광경마저 재미있는지 껄껄 웃으며 청명을 잡고 무처럼 뽑아내었다.

"그래. 소성을 이룬 기념으로 한잔해야지!"

호법들의 얼굴이 사색이 되었다.

"궁주님! 저들은 야수궁의 전각을 무너뜨린 죄인입니다! 이들을 단죄하셔야 합니다."

"뭐?!"

야수궁주가 버럭 소리쳤다.

"고작 건물 쪼가리 몇 개 날렸다고 손님을 벌하라는 말이더냐! 언제부터 야수궁이 이런 좀생이들 소굴이 되었단 말이더냐! 이 한심한 것들이!"

그 우렁우렁한 일갈에 궁도들이 재빨리 고개를 숙였다. 그때, 야수궁주 몰래 혀를 내미는 청명의 모습이 보였다. 궁도들의 이마에 시퍼런 핏대가 섰다.

'아, 진짜 있는 힘껏 패고 싶다. 뭐 저런 새끼가 손님이랍시고 와서는…….'

'주둥아리 한 대만 후려갈길 수 있으면 소원이 없겠네, 진짜.'

'매화검존의 후예라더니 어떻게 전해지는 매화검존의 성격과 이리 다를 수가 있는가?'

물론 과거 매화검존의 성격과 지금 청명의 성격은 완벽하게 일치한다. 그러나 미화된 역사를 전해 들은 이들이 그 사실을 알 수 있을 리 없었다.

"손님이 야수궁에서 소성을 이루었으면 축하하지는 못할망정! 뭐? 버얼? 버어어어얼? 이런 소인배 같은 놈들이! 너희가 어찌 그런 말을 하고도 당당한 야수궁의 남아라고 할 수 있겠느냐! 이 머저리 같은……."

"에이, 너무 화내지 마세요. 야수궁을 아끼는 마음이 커서 그런 거죠."

"음? 으음, 그래. 그렇지."

"그리고 저희가 잘못한 거죠."

"잘못은 무슨 잘못이더냐! 무인이 수련하다 보면 그럴 수도 있는 거지! 나도 소싯적에 수련장 여럿 날려 먹었다!"

"헤헤. 그렇죠. 그럴 수도 있는 거긴 하죠."

야수궁도들의 표정이 썩어들어 갔다. 어떻게 수십 년을 함께한 궁도들보다 이제 얼굴 본 지 며칠 되지 않은 외인과 더 죽이 착착 맞는다는 말인가?

'저쯤 되면 숨겨 둔 자식 아니냐?'

'자식이라기에는 너무 왜소한데.'
'얼굴만 봐도 피는 절대 안 이어졌다.'
야수궁도들과 화산의 제자들이 동시에 한숨을 내쉬었다. 그러는 와중에 서로 눈이 마주쳤다. 안쓰러움이 실린 눈빛을 주고받은 두 집단은 다시 깊은 한숨을 내쉬었다.
"하하하하하핫! 잔치를 벌여야지!"
"아니요. 지금은 아니에요."
야수궁주가 고개를 갸웃했다.
"응? 지금은 아니라니?"
"일단 그 뱀부터 좀 잡고요. 뱀탕 안주 삼아서 한잔하죠."
"묵린혈망 말이냐? 으음……. 그래. 하지만 조심하거라. 묵린혈망은 정말 영물 중의 영물이니까."
"그래 봤자 뱀이죠."
"그래! 사내가 그런 배포는 있어야지!"
"그럼요! 낄낄낄낄!"
"크하하하하하하하!"
두 사람의 대화를 듣던 이들에게서 다시 깊은 한숨이 새어 나왔다.

※

"……대체 뭘 한 거냐?"
"뭘?"
"무슨 짓을 했기에 그런 일이 터진 거냐고."
"아, 그거?"

밀림을 따라 신담으로 향하던 청명이 백천의 말에 피식 웃었다.
"내공 좀 늘렸어."
"……."
"조금 늘었지. 조금."
백천이 고개를 들었다. 수풀에 가려 잘 보이지도 않는 하늘을 올려다보았다.

원시천존이시여. 제발 어떻게 좀 해 주십시오. 뭔 내공이 엿가락도 아니고, 늘리고 싶다고 늘려지는 겁니까? 필요해서 내공을 늘렸다는 데서 놀라야 하는 겁니까, 아니면 내공 늘리겠다고 전각을 다 날려 먹는 데서 놀라야 하는 겁니까?

제발 좀! 제발!
"뭐, 생각만큼 많이 늘지는 않았지만…… 안 뒈지고 늘렸으니 이득이지."
"내공 늘리다가 죽을 수도 있는 거냐?"
"이번에는 좀 위험했어."
"……나는 이제 너를 모르겠다."

원래부터 몰랐지만. 백천이 한숨을 내쉬며 뭔가를 중얼거리기 시작했다. 하지만 청명은 그런 그에게 관심을 두지 않고 곧장 신담으로 향했다.

가볍게 대답하기는 했지만, 진짜 위험했다. 미인루의 독기와 내력은 청명의 상상을 뛰어넘었다. 정말 조금만 실수했거나, 내력이 조금만 덜 정순했어도 몸이 터져 죽었을 것이다.

하지만 어쨌거나 청명은 미인루의 내력을 정화해 받아들이는 데 성공했다.

'쯧. 잡기운이 너무 많았어.'

내력의 양은 방대했지만, 그 안에서 뽑아낼 수 있는 기운은 일 푼도 되지 않았다.

다행인 건 워낙 방대한 양의 내력이다 보니 겨우 일 푼 뽑아낸 양으로도 그동안 청명이 모아 왔던 내력만큼의 기운을 만들어 낼 수 있었다는 점이었다. 전성기의 매화검존이 가졌던 것에 비한다면 여전히 부족하기 짝이 없지만, 이 정도만 되어도 한동안 내력 때문에 고생할 일은 없을 것이다.

청명이 수풀을 좌우로 젖혔다. 드디어 맑디맑은 물이 가득한 신담이 눈에 들어왔다.

"그러니 우선은! 미물 주제에 사람을 건드린 대가가 어떤 건지 알게 해 주마!"

청명아. 입은 삐뚤어져도 말은 바로 해야지. 네가 건드렸다. 네가. 쟤는 아무것도 안 했어. 할 말은 참 많았지만, 그저 한숨만 내쉬는 화산의 제자들이었다.

"간다! 으라차!"

청명이 지체 없이 검을 뽑아 들고는 신담을 향해 훌쩍 뛰어올랐다.

"야! 그 검 동강 났잖아!"

"괜찮아!"

허공에서 손을 내저은 청명이 내려서며 커다랗게 외쳤다.

"나와!"

그러자 잔잔한 호수의 한가운데에서부터 작은 파문이 일더니 이내 묵린혈망이 물 위로 그 거대한 덩치를 드러냈다. 묵린혈망이 내는 스으으으, 소리가 소름 끼쳤다. 온통 새까만 비늘 사이로 점처럼 박힌 핏빛의 눈이 청명을 노려보았다.

"넌 오늘 뒈졌다."

침을 탁 뱉은 청명이 검을 틀어쥐고 호수 위를 달려 묵린혈망을 향해 쇄도했다. 묵린혈망 역시 달려드는 청명을 향해 마주 돌진하기 시작했다.

"으아아아아아아!"

카아아아아아아!

한 영물과 한 사람이 호수를 가르며 서로에게 달려들었다.

"수상비(水上飛)?"

"이젠 하다 하다 물 위를 뛰네! 물 위를 뛰어!"

수상비. 초상비(草上飛)를 넘어서는 경공. 물 위를 평지처럼 달릴 수 있는, 상승 경공의 최고봉 중 하나다. 기의 운용도 운용이지만 물을 밀어내기 위해서는 막대한 공력이 필요하기에, 초절정 고수가 아니라면 감히 시도할 엄두를 내지 못하는 무공이다. 그런 수상비를 지금의 청명은 너무도 자연스럽게 구사하고 있었다! 화산의 제자들이 주먹을 불끈 움켜쥐었다.

가능할까? 백천이 안색을 굳혔다. 이미 청명은 묵린혈망을 잡는 데 한 번 실패했다.

'칼이 들지 않으면 아무리 저놈이라도 도리가 없지.'

이건 무인과의 싸움과 다르다. 무인끼리의 승부는 누가 더 강한 검을 쓸 수 있느냐로 갈리지 않는다. 강검을 쓰는 검수와 쾌검을 쓰는 검수가 맞붙는 경우, 검의 강함이야 당연히 강검을 쓰는 이가 압도할 것이다. 그러나 비단 그것만으로 승부가 갈리는 건 아니다. 쾌검을 쓰는 검수도 얼마든지 강검의 틈을 노릴 수 있다.

하지만 지금은 경우가 다르다. 저 묵린혈망의 비늘은 모든 검술을 무의미하게 만들어 버린다. 제아무리 화려하게, 민첩하게 검을 쓴다고 해도 비늘에 막혀서야 의미가 없다.

그러니 관건은 과연 저 묵린혈망의 비늘을 청명의 검이 뚫을 수 있느냐다. 지금 단 일격으로 결정이 날 것이다.

"으라차아아아아아!"

청명이 물을 박차고 뛰어올라 묵린혈망의 얼굴을 향해 돌격했다. 그러자 놈은 '감사히 잘 먹겠습니다.' 하고 외치는 듯 입을 쩌억 벌리며 청명을 맞이했다.

"이 새끼가?"

청명이 눈을 희번덕거렸다. 감히 미물 주제에 사람을 먹이쯤으로 취급하다니! 청명의 발이 허공을 박찼다. 솟아오르는 매처럼 공중으로 몸을 한 번 더 띄워 올린 그는 묵린혈망의 검은 머리를 향해 일직선으로 내리꽂듯 하강했다.

"으아아아아앗!"

반으로 동강 난 그의 검이 새파란 검강을 머금기 시작했다. 색이 점점 짙어진다 싶더니 이내 확연한 자줏빛으로 변해 버렸다.

"저, 저거…… 자색?"

하지만 사형제들이 놀랄 틈도 제대로 주지 않고, 청명의 검이 묵린혈망의 머리를 그대로 후려쳤다. 까아아아아아아앙! 거대한 쇠 종이 울리는 것과 같은 소리와 함께, 종보다 더 커다란 묵린혈망의 목이 아래로 획 꺾였다.

백천이 눈을 끔벅거렸다. 방금 묵린혈망의 눈알이 툭 튀어나왔다 들어간 걸 본 것 같은데? 뱀에게 표정이 있다고 하면 누군가는 미쳤다 할지 모르겠지만, 그가 보기에는 분명 묵린혈망이 당황한 표정을 지은 것 같았다.

"머, 먹혔나?"

거리가 멀어 정확하게는 알 수 없었다. 백천이 본 것이라고는 청명이 다시 한번 가열하게 검을 휘두르는 광경뿐이었다.

"으랴아아아앗!"

카아아아아아아앙! 까아아아아아아앙! 까앙! 까악! 까아아아앙!

'어? 중간에 소리가 이상한 게 섞인 것 같은데?'

백천이 고개를 갸웃했다.

물론 저 묵린혈망의 울음소리를 들어 본 적이 없으니, 방금 들린 이질적인 소리가 묵린혈망의 비명인지 뭔지는 알 수 없다. 다만, 확실히 전에 붙었을 때와는 그 양상이 달랐다. 청명이 아무리 머리를 후려도 '뭐가 긁나?' 하는 느낌으로 고개나 휘휘 젓던 묵린혈망이 지금은 누가 봐도 고통스러운 듯한 기색으로 몸을 뒤틀고 있다.

"어딜!"

청명이 한 손으로 묵린혈망의 비늘을 꽉 움켜잡았다. 날카로운 비늘 끝에 살짝 손이 베였다.

"아, 따가!"

청명은 이를 악물며 손에 기운을 불어넣었다. 내력으로 손을 강화한 뒤 비늘을 단단히 부여잡고 검을 들어 올렸다. 청명이 다시 과격하게 검을 내리쳤다.

"이래도 안 깨져?"

보라색으로 완전히 물든 검강이 닿는 순간, 묵린혈망의 머리가 움푹 들어갔다 튀어나왔다.

키에에에에에에엑! 지금까지와는 전혀 다른 비명이 터져 나왔다. 그 광경을 보며 화산의 제자들이 주먹을 불끈 쥐었다.

"먹힌다!"

"와, 저게 되네?"

물론 여전히 비늘을 뚫지는 못했다. 하지만 확실히 타격을 주고 있다는 게 느껴진다. 한번 후려칠 때마다 묵린혈망이 고통스러운 비명을 지르며 그 큰 몸뚱이를 뒤틀어 대고 있었다. 베어 죽이든 때려죽이든 결과는 같지 않은가.

게다가 전에는 커다란 위협이 되었던 놈의 거대한 덩치가 지금은 되레 약점이 되고 있다. 팔다리가 없는 묵린혈망으로서는 머리에 달라붙은 청명을 떨쳐 낼 방법이 마땅치 않은 것이다.

카아아악! 카악! 듣는 것만으로도 소름이 끼치는 괴성과 함께 묵린혈망이 몸을 좌우로 크게 뒤틀기 시작했다. 청명은 아랑곳하지 않고 묵린혈망의 머리를 연거푸 내리쳤다.

"가만히 있어, 인마! 가만히! 있으라고!"

카앙! 카아아앙!

얼마나 넓은지 대충 후려쳐도 다 머리에 맞는다. 청명에게는 꿈과 같은 상황이다. 이대로 몇 번 더 반복하여 내려친다면 천하의 묵린혈망이라도 해도 쓰러지지 않을 도리가 없을 듯했다.

그 순간이었다. 묵린혈망의 눈에서 새빨간 광망이 뿜어졌다.

카아아아아아아아! 묵린혈망이 어마어마한 괴성을 내지르더니 가공할 속도로 물가를 향해 돌진하기 시작했다.

"엥?"

그러더니 청명을 머리에 매단 채 그대로 바닥에 머리를 찧어 버렸다.

쿠우우우우우웅!

"……끄으윽."

바닥이 움푹 파일 정도로 어마어마한 충격. 하지만 청명은 허리가 부러지는 것 같은 고통 속에서도 묵린혈망의 비늘을 놓지 않았다. 묵린혈망의 눈이 다시 혈광을 뿜었다.

쾅! 쾅! 쾅! 쾅! 콰앙! 묵린혈망이 연신 머리를 바닥에다 들이받는다. 주변이 초토화되며 풀과 바위가 사방으로 비산했다.

"저, 저거……!"

사형제들은 저도 모르게 일제히 검을 움켜잡았다. 이번에는 정말 누가 먼저 죽느냐의 승부다. 만일 청명이 홀로 묵린혈망을 당해 내지 못한다면 다들 한꺼번에 달려들어서라도 그를 구해 내야 한다.

그때, 청명을 머리에 매단 묵린혈망이 돌연 한쪽으로 돌진하는 게 백천의 눈에 보였다.

"아! 안 돼!"

새하얀 꽃을 피운 풀, 자목초! 묵린혈망이 자목초가 피어난 곳을 향하고 있었다. 저 한 방이면 남아날 자목초는 한 뿌리도 없을 게 분명했다.

"거긴 안 돼애애애애!"

백천이 소리를 내지르자 매달려 있던 청명이 움찔하며 반응했다.

"으아차아아아!"

뛰어오른 청명이 양팔을 활짝 벌려 조금 전까지 딛고 서 있던 묵린혈망의 머리를 움켜잡았다. 그리고 마침내 땅에 닿은 발에 힘을 바짝 주고 버텼다.

콰콰콰콰콰콰콰콰! 청명의 발이 바닥을 쟁기처럼 파냈다. 놈이 밀면 미는 대로 쭉쭉 밀려나던 그는 점차 힘을 더해 갔다. 그러고는 서서히 거대한 대가리를 밀어 내기 시작했다.

"끄으으윽, 끄으으으으으으으!"

한계까지 내력을 뽑아낸 청명은 마침내 자목초 바로 앞에서 묵린혈망을 막아 냈다.

"여긴……!"

그제야 놈의 거대한 머리를 놓고 물러선 청명이 몸을 팽그르르 회전시키며 그대로 묵린혈망의 얼굴을 걷어찼다.

"안 된다잖아, 인마!!"

콰아아아아아아앙! 청명의 뒤돌려차기에 얻어맞은 묵린혈망의 거대한 몸이 반쯤 뒤집히며 호수로 나가떨어졌다. 거대한 물보라가 솟구쳐 올랐다.

청명도 전신이 쑤신다는 듯 앓는 소리를 흘리며 팔을 붕붕 저었다. 온몸이 흙과 풀로 엉망이 되었지만 수습할 여력도 없었다. 그의 시선은 오로지 묵린혈망이 빠진 호수에만 고정되어 있었다. 마치 호수가 끓기라도 하는 것처럼, 한구석에서 거품이 부글부글 뿜어져 올라왔다.

"슬슬 끝내야지."

청명이 검을 앞으로 겨눴다. 호응이라도 하듯이, 끓어오르던 부분이 돌연 둥글게 부풀어 올랐다. 이내 물이 솟구쳤다가 쏟아져 내리며 묵린혈망이 다시 그 모습을 드러냈다. 청명이 고개를 갸웃했다.

'응? 뭐가 좀 달라진 것 같은데.'

뭐가 달라……. 아! 청명이 눈을 끔뻑였다. 묵린혈망의 비늘이 바짝 곤두서 있었다. 몸을 철저하게 보호하던 그 강철 같은 비늘들이 지금은 속살을 드러내는 것도 마다하지 않고 위협적으로 하나하나 일어나 있었다. 청명이 씨익 웃었다.

"열받은 모양인데. 그러게, 상대를 보고 까불어야지."

카아아아아아아! 그 말을 듣기라도 한 듯 묵린혈망이 고개를 위로 쳐

들더니 어마어마한 괴성을 내질렀다. 귀가 아프고 몸이 떨릴 정도로 거대한 울부짖음이었다. 지켜보던 화산의 제자들이 그 울부짖음을 견디지 못하고 양손으로 귀를 틀어막았다.

핏빛 광망을 줄기줄기 뿜어낸 묵린혈망이 청명을 향해 일직선으로 돌진하기 시작했다. 목만 내민 채 이리저리 공격해 대던 지금까지와는 달랐다. 숫제 호수 위를 날듯이 달려드는 몸짓이었다. 그 덕분에 길고 긴 묵린혈망의 몸이 반 이상 호수 위로 드러났다.

눈을 사로잡는 어마어마한 덩치에 지켜보던 이들이 입을 쩌억 벌렸다. 드러난 크기가 얼마나 압도적인지, 그 앞을 막아서는 청명은 커다란 구렁이를 상대하는 개미 같아 보일 지경이었다.

하지만 청명은 제게 쇄도하는 그 어마어마한 크기의 묵린혈망 앞에서 단 한 발도 물러서지 않았다. 그저 감정 없는 눈빛으로 묵린혈망을 노려볼 뿐이었다. 될까? 지금 이 몸과 지금 이 내공으로? 글쎄, 알 수 없다. 하지만 시도하지 않을 이유도 없다.

달려드는 묵린혈망을 보는 청명의 눈빛이 차갑게 가라앉았다. 또다시 한계를 뛰어넘었지만, 그것만으로는 의미가 없다. 뛰어넘은 만큼 나아가야 의미가 있는 법. 시도하지 않는다면 그 어떤 성장도 무의미하다.

청명의 검 끝에 다시 한번 자색의 검강이 어렸다. 점점 더 짙어지더니 이내 다시 변화하기 시작했다. 선홍빛의 검강. 화산에 피어나는 매화 색을 닮은 선홍빛 검강이 검 끝에 선명하게 어렸다. 청명은 달려드는 묵린혈망을 가만히 노려보다가 마침내 검을 움직였다.

검의 손잡이를 잡은 손에 힘이 꾸욱 들어갔다. 핏줄이 서도록 내력을 불어넣자 검이 선홍빛의 빛을 내뿜는다.

'힘은 힘으로!'

단전에서 뿜어져 나온 내력이 전신을 휘돈다. 이전과는 비할 수 없이 거대한 힘이 몸을 활성화시킨 뒤, 이내 팔을 타고 검으로 몰려든다. 검이 금방이라도 터져 나갈 듯 웅웅 검명(劍鳴)을 토해 내었다. 청명의 검 끝이 수많은 매화 꽃잎을 그려 내기 시작했다. 마치 허공에 멈춘 듯한 매화가 피어나고 또 피어난다.

카아아아아아아아! 묵린혈망이 뼈까지 떨리도록 울음을 내지르며 지척까지 달려들어 왔다. 청명의 눈에 순간 새파란 광망이 어렸다.

"타아아앗!"

기합과 함께, 피어난 매화가 일제히 한곳으로 뭉쳐 들었다.

낙매단하(落梅斷河). 꽃잎은 한없이 여리지만, 수없이 모인다면 결국엔 강의 흐름마저 막아 버리는 법. 가공할 내력을 품은 매화가 뭉치고 뭉쳐 마치 유성처럼 쏘아져 나간다.

위이이이이잉! 귀를 찢어 버릴 듯한 파공음과 함께 쏘아진 유성이 묵린혈망의 몸을 파고들었다.

콰드드드득! 단단하기가 만년한철보다 더한 묵린혈망의 가죽이 낙매단하의 검강 앞에 말 그대로 갈려 나간다. 사방으로 비늘의 파편을 날려 버리고도 그 기세를 잃지 않은 검강이 마침내 묵린혈망의 몸뚱이에 파고들었다.

카아아아아아아악!

묵린혈망이 입을 쩍억 벌리며 고개를 치켜들었다. 고통에 찬 비명이 신담을 쩌렁쩌렁 울렸다. 그리고 파아아앗! 뭔가가 터지는 듯한 소리와 함께 거대하고 단단한 등이 갈라지기 시작했다. 사람 머리만 한 구멍에서 시뻘건 피가 폭포수처럼 뿜어져 나왔다.

크륵……. 크르르르…….

시커먼 몸을 덜덜 떨던 묵린혈망이 느리게 고개를 돌렸다. 붉은 눈이 청명에게로 향했다.

"후욱!"

전신이 땀으로 흠뻑 젖은 청명은 호흡을 고르며 그 시선을 마주했다. 완벽하진 않다. 과거처럼 완벽히 펼치지는 못했다. 하지만 어쨌든 어설프게나마 펼쳐 낼 수 있었다는 게 중요하다. 남은 건 시간이 해결해 줄 테니까.

"쿨럭!"

마른기침을 두어 차례 뱉은 청명이 검을 슬쩍 내리고 허리를 쫙 폈다. 그를 그토록 괴롭게 했던 묵린혈망은, 사람으로 치면 옆구리쯤 되는 곳에 머리통만 한 구멍이 뚫린 채 꿈틀거리고 있었다. 저토록 커다란 몸에 고작 저만한 구멍이 뚫린 게 무어가 대수겠냐마는, 저 상처는 단순히 크기만으로 판단할 수 있는 게 아니다. 낙매단하의 공력이 지금쯤 놈의 내부를 완전히 헤집어 놓았을 것이다. 그 증거로 지금 그 꼿꼿하던 머리가 휘청대고 있지 않은가.

"이제 끝내야지. 자, 덤……."

그 순간이었다. 파아아아아앗! 돌연 거대한 물보라가 일었다. 묵린혈망이 쓰러지듯 물속으로 모습을 감춘 것이다. 그러더니 순식간에 어마어마한 속도로 헤엄쳐 호수 깊은 곳으로 달아나 버렸다.

"……어?"

생각지도 못한 상황에 청명이 눈을 부릅떴다. 달아나다니? 인간이라면……. 아니, 무인이라면 쉽게 생각할 수 없을 일이다. 하지만 짐승에겐 지켜야 할 명예도, 자존심도 없다. 상대할 수 없는 적이라면 달아나는 게 이치에 맞는다. 하지만 미처 거기까지는 생각지 못했던 청명은 망연히 호수를 바라볼 뿐이었다.

　사형제들이 모두 환호성을 지르며 달려왔다.

　"청명아! 이겼다!"

　"와, 세상에! 정말로 그걸 잡네!"

　"진짜 대단하다, 청명아. 마지막에 쓴 그 검은……. 응?"

　말을 하던 조걸이 고개를 갸웃했다. 청명이 고개를 푹 숙인 채 부르르 떨고 있어서였다.

　"청명아?"

　슬쩍 다가가 청명의 얼굴을 확인한 그는 대경실색했다. 청명이 아예 반쯤 눈을 까뒤집으며 이성을 놓은 모습으로 떨고 있었다. 거의 회까닥 돌아 버린 눈에서 분노가 뚝뚝 떨어졌다.

　"이, 이게 감히…… 사람을 이렇게 생고생시켜 놓고 도망치시겠다? 어디서 이런 못 배워 먹은 짓거리를! 이런 상도의도 없는 뱀 같으니!"

　"뭔 뱀한테서 상도의를 찾아! 돈도 없는 놈한테!"

　"돈은 없어도 내단은 있겠지! 내단! 내단을 내놓아라! 내다아아아아아안!"

　청명이 갑자기 호수를 향해 내달리기 시작했다.

　"야, 인마!"

　"말려!"

　하지만 이미 늦었다. 청명이 장렬히 호수 위로 몸을 날렸다.

　"내 내다아아아아아아아안!"

　풍덩! 물보라가 솟구치고, 청명의 모습이 순식간에 호수 저 아래로 사라졌다. 순식간에 정적이 찾아왔다. 고개를 빼고 그 모습을 지켜보던 조걸이 슬그머니 백천에게로 시선을 돌렸다.

"……괜찮을까요? 물속인데."

백천이 빙그레 웃었다.

"내버려둬라. 뒈지든지 말든지."

'어디야!'

청명은 눈을 부릅뜨고 호수 아래로 계속해서 내려갔다. 끝이 없었다. 호수와 연못의 사이쯤 되어 보이는 크기라 밖에서 볼 땐 규모를 미처 몰랐는데, 깊이는 정말 어지간한 호수와도 비교할 수 없을 정도였다. 저 거대한 묵린혈망이 왜 하필 이곳에 자리 잡았는지 이제야 이해가 되었다.

아래로 내려갈수록 점차 주변이 어두워진다. 맑디맑은 물이라 당장에라도 바닥이 보일 것 같지만, 너무 깊다 보니 빛이 드는 데도 한계가 있는 모양이었다. 청명은 놈이 바닥으로 내려가며 남긴 붉은 핏기를 쫓아 아래로 또 아래로 내려갔다.

'소득 없이는 죽어도 못 가지!'

청명이 입술을 질끈 깨물었다. 자목초는 자목초고, 사람을 이리 고생을 시켰으면 내단이라도 곱게 바치는 게 예의지! 짐승이라 그런가, 영 예의가 없네! 예의가! 주지 않는다고 받지 않을 청명이 아니었다. 안 주면 뺏는다! 그게 기본 아니던가! 분명 도가의 경전에도 그렇게 나와 있었던 것 같은데?

- 뭔 개소리야, 인마!

아닌가? 아님 말고! 도가의 방식은 어떤지 모르겠지만, 어쨌든 청명의 방식은 그러했다.

'뱀탕이고 나발이고! 일단은 내단!'

청명이 눈을 빛내며 더 깊숙하게 잠수해 들어갔다. 이제는 아예 주변이 검게 물들었지만, 그는 이 어둠 속을 정확하게 꿰뚫고 있었다. 그래, 방금 움직인 것도 다 봤……. 어? 뭐가 지금 움직였…….

투우우우우웅! 뭔가에 벼락같이 얻어맞은 청명의 몸이 바람에 휩쓸린 낙엽……. 아니, 파도에 휩쓸린 해초처럼 날아갔다.

"꾸르르르르르륵!"

비명을 질렀지만 소리가 나오질 않았다. 물속이니 당연했다. 퍼뜩 정신을 차린 청명이 고개를 획 돌렸다. 공격해 온 것이 뭔지에 대한 의문은 금세 풀렸다.

투우우우우우! 투우우우웅! 투우우우우웅! 호수 전체가 울리는 것 같은 거대한 공명음과 함께, 물살이 마치 거대한 기류처럼 청명을 향해 날아들었다.

'수탄(水彈)?'

사람보다 더 큰 물 포탄이 청명을 향해 속속 날아들었다. 묵린혈망이 먼 곳에서 청명을 향해 쏘아 대고 있는 모양이었다.

별 깜찍한 짓을 다 하네! 이런 것 따위……. 응?

"으랴라라라라라라! 꾸르륵!"

수탄을 제대로 피하지 못한 그가 거센 물살에 휩쓸리면서 팽이처럼 팽팽 돌았다. 물을 실컷 먹었다. 청명도 독이 오르기 시작했다.

물속이라 움직임이 자유롭지 못하다. 물 밖이었다면 하품을 하며 피했을 속도의 수탄도 이곳에서는 기를 쓰고 피해야 한다. 더구나 묵린혈망 역시 청명을 죽이기보다는 어떻게든 물 밖으로 내보내는 게 우선이라 여겼는지 위력을 낮추는 대신 수탄의 범위를 넓히고 있다. 수공을 전문적으로 배운 이들도 물속에서 숨을 참는 건 반 시진이 고작인데, 청명이야

말해 무엇 하겠는가? 그것을 눈치챈 건지, 묵린혈망 역시 청명이 접근 못 하게만 하면 결국 물 위로 올라갈 거라 계산한 듯했다.

'하지만 그래 봐야 뱀 대가리지!'

어디 사람을 머리로 이겨 먹으려고 해! 청명이 검을 뒤쪽으로 쭈욱 뺐다가 내력을 잔뜩 실어 앞으로 집어 던졌다. 검이 채 손에서 빠져나가기 전에 몸을 가볍게 만들고 손잡이를 꽉 움켜잡았다.

촤아아아아아아악! 검이 물살을 가르며 쏜살같이 나아갔다.

투우우우우우웅! 투우우우우우우웅! 수탄이 몇 번이고 뿜어졌지만, 청명의 검은 수탄마저 가르며 진격했다.

'저기!'

청명이 눈을 빛냈다. 조금씩 호수의 바닥이 보이기 시작했다. 그리고 바로 그곳에, 묵린혈망이 똬리를 틀고 있었다. 아무리 달아나 봐야 독 안에 든 쥐! 아니, 호수 안에 든 뱀이다!

청명이 놈을 향해 일직선으로 헤엄쳐 갔다. 물속에서 거대한 뱀과 싸우는 건 지금의 청명에게도 부담스러운 일이다. 그러나 낙매단하에 속이 완전히 헤집어진 묵린혈망이라면 별문제 없이 목을 따 버릴 수 있다. 그 후 내단을 뽑아낸 뒤 물 위로 복귀하면 그만이다. 묵린혈망도 그 사실을 아는지 청명을 향해 힘껏 꼬리를 휘둘러 왔다.

'에이. 차라리 입 벌리고 잡아먹으려고 하면 편한데. 그럼 쭉 들어가서 내단만 슥삭 하고 배 갈라 나오면 되는데.'

이놈은 쓸데없이 머리가 좋아서 그런지 단순 무식한 방법은 잘 쓰지 않는다. 아마도 청명의 검이 자신의 배를 가를 수 있다는 걸 이해한 모양이었다.

쇄애애애애애액! 물을 가르며 날아드는 거무튀튀한 꼬리를 본 청명이 다시 눈을 빛냈다. 어설프게 받아치려고 해 봐야 밀려날 뿐이다. 그럴 바에는 차라리!

콰드득! 청명이 검강을 씌운 검을 묵린혈망의 꼬리에 박아 넣었다.

'웃차!'

이러면 못 달아나지!

꼬리에 청명이 달라붙은 것을 본 묵린혈망이 전신을 뒤틀며 떨쳐 내려 몸부림했다. 하지만 아무리 몸을 뒤집고 꼬리를 뒤흔들어도 청명은 악착같이 떨어지지 않았다. 심지어 바닥에 내리쳐도 귀신같이 몸을 요리조리 돌려 가며 피했다.

이제 묵린혈망에게 남은 유일한 방법이라면, 입으로 깨무는 것뿐이다. 그런데 그건 오히려 청명이 바라는 바였다. 입을 벌리고 달려드는 순간 '옳다구나'를 외치며 배 속으로 들어가 버릴 것이다. 이러지도 저러지도 못하며 꼬리만 휘두르던 묵린혈망이 입을 꾹 닫고 청명을 들이받기 시작했다.

'그래 봐야 뱀 대가리라니까.'

청명은 재빨리 꼬리에 박았던 검을 뽑았다. 그러고는 몸을 휙 돌려 달려드는 거대한 머리에 그대로 다시 박아 넣었다. 물속이라 공격의 위력이 반감되는 건 청명만이 아니다. 묵린혈망이 아무리 세게 들이받는다고 해도 물 밖에서 얻어맞는 충격과는 차이가 있었다.

콰드드득! 청명의 검이 묵린혈망의 콧잔등에 꽉 틀어박힌다. 그 고통에 거대한 아가리가 쩍 벌어졌다 재빨리 다시 닫혔다. 청명은 검을 잡은 손아귀에 더 힘을 꽉 실었다.

'내단! 내 내단을 내놔라! 이 뱀 새끼야!'

묵린혈망은 몇 번이고 도리질을 치며 청명을 떼어 내려 했다. 쿵! 쿵!

꼬리로 머리 쪽을 몇 번 후려쳐 보기도 했지만 고통 때문인지 다른 이유 때문인지 제대로 청명이 있는 곳을 치지 못하고 자신을 때릴 뿐이었다.

'이래서 짐승이라니까.'

좁기는 하지만 호수 안을 헤엄치며 도망 다녔다면 청명도 고생을 꽤 했을 것이다. 그런데 멍청해서인지 아니면 습성이 그런 것인지, 묵린혈망은 벽 쪽에 달라붙어 피할 생각을 하지 않는다. 그 덕에 고생을 덜기는 했다. 다만…….

'음. 숨이…….'

청명이 묵린혈망의 얼굴을 걷어차며 뒤로 훅 물러났다. 그리고 검을 앞으로 세웠다. 시간을 더 끌면 호흡이 부족할 게 분명하니, 이쯤에서 끝내고 내단을 찾아 올라가야 한다. 기세를 끌어 올리자 검 끝이 자색으로 빛나며 어두운 물속을 환하게 비추기 시작했다.

물 안이 훤히 보였다. 얼굴과 꼬리, 그리고 몸뚱어리에 큰 상처를 입은 묵린혈망이 결연하게 청명을 마주하고 있었다. 물 밖에서는 쉽게도 달아나던 놈이 물 안에서는 전혀 그럴 생각이 없어 보였다. 비늘을 바짝 세운 묵린혈망이 위협적으로 머리를 치켜들었다. 청명 역시 마지막 일격을 준비하며 검을 틀어쥐었다.

'너는 강했다.'

하지만 그래 봐야 미물이지. 다음 생에 태어나거든 사람한테 까불지 말고 얌전히 살아라. 애초에 그랬으면 내가 그냥 풀만 챙겨서 갔을 수도 있잖아?

청명이 본격적으로 살기를 품었다는 걸 감지했는지 묵린혈망이 몸을 부르르 떨었다. 두려움을 느끼고 있는 게 분명한데도 놈은 더욱 위협적으로 머리를 흔들 뿐이었다.

'자, 그럼 슬슬 내단을…….'
어? 청명의 얼굴이 확 일그러졌다.

"뽑아! 뽑아! 그 묵린인지 나발인지가 돌아오기 전에 챙겨야 한다."
"이거죠?"
"일단 주변에 있는 건 다 뽑아!"
"네!"
화산의 제자들이 바닥에 쭈그리고 두런두런 둘러앉아 자목초를 뽑고 있었다.
"에헤이! 그렇게 뽑으면 안 됩니다! 뿌리는 흙째 뽑아야 오래간다고요! 일일이 말려서 갈 것 아니면 살려 간다는 느낌……. 아, 사형! 그게 아니라 주변까지 통째로 파내라고요!"
그나마 약초에 일가견이 있는 조걸이 버럭버럭 소리를 지르며 상황을 주도했다. 약초라고는 도라지밖에 모르는 화산의 제자들은 그저 연신 고개를 끄덕이며 그가 시키는 대로 자목초를 수집했다. 뽑아낸 자목초를 미리 챙겨 온 자루에 잘 담은 화산의 제자들이 자리에서 벌떡 일어났다.
"다 뽑았냐? 다시 살펴봐! 남은 게 있는지."
"다 뽑았습니다!"
백천이 고개를 끄덕였다.
"그래! 가자!"
화산의 제자들이 재빨리 신담의 영역에서 벗어났다. 일단 묵린혈망이 언제 다시 물 밖으로 나올지 모르는 데다, 남의 성지에 들어와 있다는 사실 자체가 내심 부담스러웠기 때문이다. 야수궁주야 아무 상관 없다고 했지만, 중원의 관습에 익숙해진 그들은 못내 찝찝함을 버릴 수가 없었다.

"어쨌건 자목초를 얻었습니다!"

화산의 제자들이 상기된 얼굴로 자목초가 든 자루를 바라보았다. 그때, 한마디도 하지 않고 여태 지켜만 보던 야수궁주가 천천히 다가와 손을 내밀었다.

"이리 줘 보게."

"……에, 예?"

"그 신령초가 든 자루 말일세. 이리 줘 보게나."

백천이 살짝 묘한 눈빛으로 야수궁주를 바라보았다. 이제껏 가만히 있던 사람이 왜 갑자기 자목초를 달라고 하는 거지? 설마? 순간적으로 여러 생각이 든 백천은 저도 모르게 뒤로 한 발짝 물러났다. 누가 봐도 경계하는 모습이었다. 야수궁주가 살짝 눈살을 찌푸렸다.

"주지 않을 셈인가?"

"아, 아니. 그게 아니라……."

야수궁주가 고개를 끄덕였다.

"음, 그렇군. 자네들은 지금 나를 의심하는 거로군."

화산 제자들의 안색이 일제히 굳었다. 사실 야수궁주가 다른 마음을 품는다면, 그들만으로 자목초를 지키는 건 불가능하다. 아니, 목숨을 지키는 것조차 불가능할 수 있다. 야수궁주가 피식 웃었다.

"쯧쯧. 이 한심한 놈들. 내가 그럴 마음을 먹었다면 고작 그거 하나 뺏는 게 일이겠느냐?"

"……그야 그러시겠지요."

백천이 결국 긴장을 풀고 한숨을 내쉬었다.

"죄송합니다. 저희에겐 워낙 중요한 물건인지라."
"이해한다. 뺏으려는 것도, 해하려는 것도 아니니 이리 내 보거라."
그가 미련 없이 자목초 자루를 야수궁주에게 내밀었다. 여기서마저 어물쩍거린다면 서로 감정이 상할 수밖에 없다. 야수궁주가 씩 웃더니 자루를 받아 열었다. 그러더니 대뜸 자목초를 반쯤 꺼내 땅에 도로 심기 시작했다.
"……뭘 하시는 건지 여쭤도 되겠습니까?"
"너희가 이곳에 직접 온 이유는 이 신령초를 구하기 위함이겠지?"
"예, 말씀드렸다시피 그렇습니다."
"고작 이 정도 양으로 충분하더냐?"
"……아."
사실 그건 확실치 않다. 많으면 많을수록 좋고, 앞으로도 지속적으로 확보할 수 있다면 더 좋다.
"이곳에서 신령초를 다 뽑아 가 버리면 다음에 어디서 또 자목초가 자생할 수 있을진 누구도 알 수 없지. 차라리 비슷한 환경에 심어 두면 앞으로도 꾸준히 신령초가 자라지 않겠느냐."
"확실히 그렇습니다."
"그동안은 신담의 경계 안에 있어 건드리지 못했지만, 이곳은 성역이 아니니 너희가 연락만 해 온다면 신령초를 확보해 화산으로 보내 줄 수 있다. 그게 너희에게도 편하지 않겠느냐?"
"아……."
백천의 눈이 휘둥그레졌다. 이렇게까지 해 주다니, 어쩌면 야수궁주가 생각 이상으로 화산을 가깝게 여기는지도 몰랐다.
"자, 됐다."

야수궁주가 반쯤 남은 자목초 자루를 백천에게 건넸다. 그의 발아래에는 어느새 새로운 자목초 밭이 생겨나 있었다.

"지나친 욕심은 모든 것을 그르치는 법이다. 자연과 더불어 살아간다는 건, 지금 필요한 것만을 얻고 남은 것은 내놓는 지혜를 얻는 일과 다름없지."

"크게 배웠습니다, 궁주님."

"껄껄껄껄."

야수궁주가 호방하게 웃고는 몸을 돌렸다. 그 태산 같은 뒷모습을 보며 백천이 입을 열었다.

"다 끝났지?"

"예. 이제 청명이 놈만 오면 되는데······."

사형제들이 조금 불안한 눈빛으로 잠잠한 호수를 바라보았다.

"왜 안 오지? 죽었나?"

조걸의 말에 윤종이 소리를 버럭 질렀다.

"뭔 기쁜 소리를 하고 그래! 그놈이 그렇게 죽을 리가 없지!"

"기쁜 소리가 아니라 재수 없는 소리 아닙니까?"

"······말실수였을 뿐이다."

두 사람이 옥신각신하던 그 순간이었다. 부글. 잔잔한 호수 위로 작은 거품이 몇 개 떠올랐다.

"응?"

부글부글. 그 거품이 점점 많아진다 싶더니······.

"쁘아아아아아악!"

기이한 괴성과 함께 청명의 몸이 물 위로 튕기듯 솟구쳐 올랐다. 허공으로 붕 떠올랐다가 다시 물에 첨벙 떨어진 청명이 자맥질을 몇 차례 하다가 호수를 벗어났다.

"아오. 숨 막혀 뒈지는 줄 알았네."

마침내 물가에 도착한 청명이 터덜터덜 걸어 나왔다. 온몸에서 물이 뚝뚝 흘러내렸다. 모두 눈을 빛내며 그를 바라보았다.

"내단은?"

"없었어."

"응?"

"없었다고. 에이, 힘만 뺐네."

청명이 더는 말하기 싫다는 듯 손을 내저었다.

"그 큰 영물에 내단이 없었다고? 그럴 리가 있나?"

"아, 내가 어떻게 알아. 팔아먹었든 어디다 빼서 숨겨 두든 했겠지. 아무튼 내단 없었어! 에이, 제기랄. 헛고생만 했네!"

"······왜 소리를 지르고 난리야."

괜히 타박을 먹은 윤종이 들릴 듯 말 듯 삐죽거렸다. 그때 청명이 백천의 손에 들린 자루를 보고는 눈을 살짝 찌푸렸다.

"다 뽑았어?"

"반만."

새로 만들어진 자목초 밭을 본 청명은 상황을 이해했다는 듯 고개를 끄덕였다.

"음, 그럼 끝났네! 가자!"

"응?"

"가자고!"

청명이 손을 휘휘 저으며 화산의 제자들을 밀어 냈다. 마치 파리라도 쫓는 듯한 손짓이었다.

"뭘 이렇게 급하게……."

"여긴 꼴도 보기 싫으니까. 이제 가. 됐어! 난 화산으로 갈 거야! 사숙은 여기 살든가!"

"허, 참나."

결국 백천은 반쯤 등을 떠밀리듯 신담에서 벗어나야 했다. 다른 화산의 제자들도 딱히 미련을 두지 않고 야수궁이 있는 곳으로 발길을 돌렸다. 어차피 내단을 구했다 해도 그건 그들의 것이 아니었을 테니 미련도 없었다. 어차피 목적이었던 자목초는 구했다.

'어쨌든 임무를 완수했다!'

크게 기뻐하실 장문인과 장로들의 얼굴을 생각하니 하루라도 빨리 화산으로 돌아가고 싶은 마음뿐이었다. 화산의 제자들과 야수궁주가 가벼운 발걸음으로 야수궁으로 향했다.

그때, 가장 뒤에서 모두를 따라가던 유이설이 슬쩍 뒤를 돌아보고는 잠깐 고개를 갸웃하다 신담이 있는 쪽으로 다시 돌아가 수풀을 헤쳤다.

부그르르르르. 신담 한가운데가 파문을 일으킨다 싶더니 묵린혈망이 그 거대한 머리를 물 밖으로 내밀었다. 유이설이 살짝 눈을 크게 떴다.

'살아 있어.'

그런데 딱히 적의가 보이지 않는 눈빛이다. 조금 전의 그 광폭했던 기세를 생각하니 의아할 정도였다. 게다가 더 큰 의문이 있었다. 사람에게도 가차 없는 청명이 왜 영물을 굳이…….

고민하던 유이설이 돌연 아, 하고 탄성을 흘렸다. 묵린혈망의 거대한 몸 뒤편에 작은 무언가가 언뜻언뜻 보였다. 새하얀 몸. 새빨간 눈. 물론 작다고 해 봐야 사람만 한 커다란 뱀이었지만, 묵린혈망과 같이 있으니 너무 작아 귀여워 보이기까지 하는 동글동글한 뱀들이었다.

'새끼…….'

묵린혈망 뒤로 나란히 머리를 내민 세 마리의 새끼를 보는 순간 유이설의 입가에 미소가 피어났다.

"안 가?"

"……갈 거야."

등 뒤에서 들려온 목소리에 대답한 그녀는 묵린혈망의 새끼들을 보며 희미하게 웃어 주었다.

'잘 자라렴. 사람은 해치지 말고.'

유이설은 수풀을 원래대로 잘 돌려놓은 뒤, 아무 일도 없었다는 듯 사형제들을 향해 달려갔다.

◆ ◈ ◆

"움직이지 마! 움직이는 놈은 다 범인이여!"

"……뭐래?"

"이해하십쇼. 하루 이틀 저러는 것도 아니잖습니까."

백천은 독 오른 독사처럼 하악 대는 청명을 보며 한숨을 푹 내쉬었다. 청명의 등 뒤에 자목초 자루가 있다. 야수궁으로 돌아오자마자 자목초 자루를 뺏어 가더니 자기가 지켜야 한다며 저러고 있는 것이다.

"귀엽다. 귀여워."

"농담이라도 그런 말씀 하지 마십시오. 진짜 줄 알잖습니까."

조걸의 몸서리에 백천이 피식 웃었다. 물론 청명의 꼴이 정말 기가 막힌 건 사실이지만…… 사실 이해 못 할 일은 아니다. 생각했던 것보다 쉽게 손에 넣었다고 해서 자목초의 중요성이 줄어드는 것은 아니다. 바로 저 자목초가 있어야 혼원단을 제조할 수 있고, 혼원단을 제조할 수 있어야 화산이 옛 명성을 되찾을 수 있다. 지금 화산에게 저 자목초는 천금보다 귀한 물건이었다. 청명의 신경이 곤두서는 것도 당연했다.

"그렇게 중요하면 여기다 놓고 지킬 게 아니라 빨리 화산으로 돌아가야지."

청명이 고개를 끄덕였다.

"생각보다 너무 길어졌어. 장로님들 목이 한 치씩은 길어졌을 거야."

목이 길어진 장로들을 상상한 백천이 재빨리 머리를 털어 샛된 상념을 날려 버렸다. 확실히 생각보다 여정이 너무 길어지기는 했다. 설마 저 풀때기를 얻어 가는 데 이리 많은 일을 겪어야 할지 누가 알았겠는가? 그리 생각하니 자목초 자루가 더욱 귀중하게 느껴지는 백천이었다. 그가 고개를 돌려 다른 제자들을 보며 말했다.

"떠날 준비는 다 끝났나?"

"딱히 준비라고 할 게 없습니다. 짐도 별로 없고."

"음, 그렇지."

그는 가만히 고개를 끄덕이고는 청명에게 살짝 낮은 목소리로 말했다.

"그럼 지체할 것 없이, 바로 야수궁주님께 인사를 드리고 떠나도록 하자. 우리에게 깊은 호의를 보이셨으니 인사는 제대로 해야겠지."

"음, 그래야지."

청명이 고개를 끄덕였다. 생각 같아서는 인사고 뭐고 바로 섬서로 출발하고 싶지만, 야수궁주와의 관계는 좋게 만들어 놓을 필요가 있다.

'자목초가 인질로 잡혀 있으니까.'

청명이 살짝 미간을 찌푸렸다. 생각하면 생각할수록 야수궁주는 똑똑한 사람이다. 자신들에게는 별것도 아닌 자목초를 내어 주며 화산의 환심을 샀고, 심지어 신담 주변에 자목초 밭을 만들어 놓아 지속적으로 관계를 맺을 토대를 쌓아 놓았다. 물론 화산의 입장에서도 이는 이득이다. 자목초를 나름 쉽게 손에 넣은 데다 앞으로의 공급처도 확보한 셈이니까.

그때 윤종과 조걸이 슬그머니 청명에게 다가왔다. 생각에 잠겨 있던 청명이 털을 바짝 세웠다.

"뭐야! 함부로 접근하지 마!"

"안 뺏어 가, 인마! 우리도 화산인이야!"

조걸이 버럭 소리를 지르며 억울해했다. 윤종이 살짝 심각한 표정으로 입을 열었다.

"청명아. 잠깐 할 이야기가 있다."

사뭇 진지한 태도였다. 청명이 의아해하면서도 얼결에 고개를 끄덕였다.

"그걸 우리가 왜 해?"

청명의 언성이 버럭 높아졌다. 반면 말을 꺼낸 윤종은 이런 반응을 예상했던 듯 침착했다.

"아니, 잘 생각해 보거라."

"우리가 뭐 운남으로 가는 상행 틀어막고 못 가게 막고 있는 것도 아니고! 지들이 안 하겠다는데 그걸 우리가 왜 설득해야 해?"

"이유는 여러 가지가 있다."

"또 사람들이 굶주린다느니 어떻다느니 하려는 거지? 사형. 윤종 사형. 그건 우리가 나설 일이 아니야. 아니, 물론 나도 안타깝지. 그런데 할 수 있는 일이 있고, 할 수 없는 일이 있는 법이잖아."

"아니, 비단 그 이유 때문만은 아니다."

곁에서 잠자코 듣기만 하던 조걸이 손을 내저으며 말을 보탰다.
"청명아. 사형이 또 측은지심만으로 일을 벌이겠다 하는 거라면 네게 말이 들어가기 전에 내가 먼저 말렸을 거다. 그런데 생각해 보면 이번 일은 그리 단순한 게 아니야."
조걸의 말에 청명이 살짝 미간을 찌푸렸다.
"그럼?"
"돈이 된다."
"응?"
"돈!"
조걸이 눈을 빛냈다. 돈이라는 말에 청명이 묘한 표정으로 둘을 보았다.
"그러니까……."
하지만 조걸이 입을 열기도 전에 청명이 바로 줄줄 말했다.
"운남의 식량 사정이 좋지 않아 보이니까, 우리가 식량을 사다가 운남의 차와 교환해서 팔아먹을 수 있다면 막대한 돈을 벌 수 있다?"
"어……."
"물론 지금도 소규모의 상행은 있지만, 그것만으로는 공급량이 절대적으로 부족하니까 운남의 차 무역권을 손에 넣을 수 있으면 중원 십대 상단이 버는 정도의 돈을 벌 수 있다. 게다가 그걸 사형 집이 대리할 수 있으니 꿩도 먹고 알도 먹을 수 있다. 이 말이지?"
조걸이 청명을 멍하니 바라보다 물었다.
"……생각하고 있었냐?"
"누굴 바보로 아나?"
"응."

"뭐?"

"아, 아니."

청명이 피식 웃었다.

"사형이 무슨 생각을 하는지는 알겠는데, 그건 하나는 알고 둘은 모르는 소리야. 우리에게 중요한 건 운남에서 돈을 버는 게 아니야. 야수궁과 좋은 관계를 유지하는 거지. 상대를 위한답시고 상대가 싫어하는 일을 굳이 할 필요는 없어. 돈? 물론 중요하지. 하지만 세상에는 돈보다 더 중요하게 여겨야 할 일도 있어."

윤종과 조걸이 멍한 눈빛으로 청명을 바라보았다. 그러고는 슬쩍 눈길을 교환했다.

'돈 번다고 이야기하면 미쳐서 달려들 거라며.'

'사형도 그럴 줄 알았잖습니까! 저 돈 귀신의 입에서 저런 말이 나올 줄 누가 알았습니까?'

그런 둘을 청명이 한심하다는 듯 흘겼다.

"그러니 쓸데없는 생각 그만하고 짐이나 싸."

윤종이 끄응, 앓는 소리를 내며 고개를 푹 숙였다.

"그럼 그냥 운이라도 한번 떼 주면 안 될까?"

청명이 그를 영 못마땅한 눈빛으로 바라보았다. 그러나 윤종은 쉽사리 뜻을 꺾을 마음이 없어 보였다.

"야수궁주님이 너를 각별하게 여기시지 않느냐. 네 말은 들으실지도 모른다. 사실 야수궁이 차 무역을 막고 있는 이유도 중원인들이 싫어서 그런 건데, 네가 직접 나선다면 서로에게 좋은 일이 될 수도 있다."

청명이 미간을 살짝 찌푸렸다. 생각해 보면 그리 틀린 말은 또 아닌데……. 결국 잠깐의 고민 끝에 그가 입을 열었다.

"진짜 딱 운만 떼는 거다."

"그래. 더 이상은 나도 바라지 않으마."

"대신! 사형들이 준비해 줘야 할 게 있어."

"응?"

"별건 아니고……. 협상을 좀 더 쉽게 풀어 갈 수 있는 복장이라고나 할까?"

청명이 씨익 웃었다. 윤종과 조걸의 얼굴에 순간 불안이 어렸다.

할 말을 잃은 백천이 청명을 멍하니 바라보았.

"그……."

"왜?"

시선이 청명의 머리끝부터 발끝까지 훑고 지나갔다.

"그…… 왜 이러는 거냐?"

"그러니까, 뭐가?"

"끄으으응."

백천이 깊이 한숨을 내쉬었다. 푸른빛 학창의를 입은 청명은 한 손에 새하얀 꽁지깃으로 만든 부채를 들고 있었다. 흡사 제갈량의 그것 같았지만, 뭔가 만듦새가 엉성한 것이 영 모양이 나질 않았다. 조악한 백우선으로 얼굴을 두어 번 부친 청명이 뿌듯한 듯 어깨를 쭉 폈다.

"운남에서 협상하려면 이 정도는 입어 줘야지."

어울리지 않게 뒷짐을 지고 후후후 웃기까지 했다. 백천은 결국 오만 상을 찌푸리며 고개를 돌렸다. 하지만 고개를 돌리자마자 더한 놈들이 눈에 들어왔다.

"너희는 또 꼴이 왜 그러냐?"

윤종과 조걸은 습기가 차오른 눈가를 말없이 소매로 훔쳤다. 사실 청명의 손에 들린 백우선은 어디서 사 온 게 아니라 바로 두 사람이 직접 만든 것이었다. 청명이 그들에게 학창의와 백우선을 요구했고, 곤명의 시전까지 갈 엄두를 내지 못한 두 사람은 밀림으로 들어가 직접 발로 뛰며 꽁지깃이 긴 새를 쫓아다녔다. 덕분에 여기저기 가지에 긁히고, 풀독이 오르고, 새의 발톱에 잔뜩 할퀴어져 엉망진창이 되고 만 것이다.

'저 망할 새끼.'

'개도 안 물어 갈 놈!'

덕분에 시간 내에 어떻게든 그럴싸해 보이는 백우선을 만들어 내는 데까지는 성공했다. 그 피, 땀, 눈물의 결실이 지금 청명의 손에 들려 있는 것이다.

"후후. 역사는 반복되기 마련이지! 이쯤 되면 알아서 내 말을 듣지 않겠어? 낄낄낄낄."

혼자 웃어 대는 청명을 보던 백천이 심각한 어조로 말했다.

"……다들 잘 들어라."

"예, 사숙."

"중원에 돌아가면 이 일은 절대 비밀이다. 제갈세가에서 알면 칼 들고 쫓아올지도 모른다."

"……그러겠습니다."

화산의 제자들이 연이어 한숨을 내쉬었다. 그러거나 말거나 청명은 옷이 마음에 드는 듯 좌우로 팔을 펼치고는 엣헴 헛기침해 댔다.

"자, 이제 궁주님을……."

그때였다. 밖에서 목소리가 들려왔다.

"안에 계신지요."

"응?"

청명이 문을 열자 야수궁도 하나가 그를 기다리며 시립하고 있었다.

"궁주님께서 청명 도장님을 찾으십니다."

청명이 고개를 갸웃했다.

"엥? 왜요?"

"이유는 저도 알지 못합니다. 시간이 나는 대로 궁주실에 들러 달라고 하셨습니다."

"그래요?"

청명이 고개를 끄덕였다. 안 그래도 어떻게 찾아가야 하나 고민하던 차였으니 차라리 잘됐다.

"그럼 나는 다녀올게."

"으음……."

"걱정하지 마. 내가 잘 말해 볼 테니까. 내가 이래 봬도 예전에는 제갈청명 소리 듣던 사람이야."

"……제갈청명은 얼어 죽을."

"엣헴!"

뒷짐을 지고 휘적휘적 걸어가는 청명을 보며 백천이 굳은 표정으로 입을 열었다.

"얘들아."

"예!"

"짐 챙겨라."

"예?"

"언제든 튈 수 있도록 짐을 쥐고 있어라."

"……예."

백천이 못내 불안해하는 시선으로 청명을 바라보았다. 그리고 간절하게 생각했다. 제발 사고 치지 말자, 청명아. 제발.

• ❖ •

"왔느냐?"
"네. 간밤에 별일은 없으셨어요?"
"내가 무슨 일이 있을……. 그런데 복장이 왜 그런가?"
"신경 좀 써 봤어요."
"하하하하하하하하핫! 이리 보니 문사 같은걸?"
"그렇죠? 히힛!"
 청명이 슬쩍 팔을 벌리고는 앞으로 쪼르르 걸어가 야수궁주의 앞쪽에 앉았다.
"부르셨다고 해서 왔어요."
"음, 그렇지. 내가 할 말이 조금 있어서 너를 불렀다."
"네, 말씀하세요."
 야수궁주가 부리부리한 눈으로 청명을 바라보았다.
"내 입으로 이런 말을 하기는 좀 그렇지만, 야수궁이 화산의 편의를 많이 봐주지 않았더냐."
"크, 정말 감사하고 있습니다."
 이건 진심이었다. 과거의 매화검존이 운남의 영웅이라지만, 그 본인도 아닌 후예를 이렇게나 대접하고 배려해 준다는 건 결코 쉬운 일이 아니다. 그러니 감사할 수밖에.
"꼭 그래서 하는 말은 아니지만…… 부탁할 게 하나 있다."

그런데 야수궁주가 그답지 않게 조금 겸연쩍은 표정으로 입을 열었다. 그 인상 강한 사람이 어색해하는 모습을 보자니 청명이 되레 몸이 배배 꼬일 판이었다.

"부탁이요?"

야수궁주가 한숨을 내쉬고는 청명을 바라보았다.

"그래. 이건 야수궁이 화산에 하는 부탁이기도 하고, 야수궁주인 나 맹소(孟小)의……."

"잠깐만요. 성함이 맹소(孟小)라고요?"

"응? 그렇다."

"소(小)요?"

야수궁주가 고개를 끄덕였다.

"내가 태어났을 때 너무 작아서 아버지께서 그런 이름을 붙여 주셨다 더군."

……아니, 태어날 때 그리 작았던 분이 자라면서 대체 무슨 일을 겪었기에 이렇게 되시는 건데요? 이유식으로 묵린혈망이라도 드셨나?

야수궁주 맹소가 살짝 민망해하는 표정으로 말을 이어 갔다.

"크흠, 여하튼! 이건 야수궁주인 나 맹소가 화산의 청명 도장에게 하는 부탁이기도 하다."

"말씀하세요."

청명이 허리를 쭉 폈다. 이렇게까지 나온다면 뭔가 진지한 이야기라는 뜻이다. 호의를 베풀어 준 이에게는 그에 걸맞은 대접이 필요한 법. 청명 역시 진지하게 표정을 굳혔다.

몇 번이고 말을 고르는 듯 입을 우물거리던 맹소가 한숨을 푹 내쉬며 말했다.

"다름이 아니라……. 어려운 부탁인 줄은 알고 있지만…… 혹시 화산이 직접 나서서 운남과 무역을 해 줄 수는 없겠는가?"

"……네?"

"무역을……."

"네?"

"그러니까 차 무역을……."

"……네?"

"물론 어려운 줄은 알고 있네."

청명이 멍한 표정으로 되물었다.

"차 무역을 해 달라고요?"

"그렇네."

"화산이요?"

"그렇다네."

청명이 어이없다는 눈빛으로 맹소를 바라보았다. 아니, 그쪽이 왜 그러세요? 그거 내가 부탁해야 할 일인데. 뭔 일이 이렇게 돌아가지?

청명의 고개가 삐딱해지자 맹소가 미간을 찌푸렸다.

"다시 말하지만, 쉽지 않은 일인 건 알고 있다."

아, 물론 쉽지 않죠. 너무 쉽지 않아서 자지러질 판인데. 낄낄낄.

"하지만 화산이어야 한다."

그 말에는 청명이 고개를 갸웃하며 물었다.

"몇 가지 물어도 될까요?"

"얼마든지 묻거라."

"일단 첫 번째로…… 운남의 상황이 좋지 않다는 건 알고 계신 거죠?"

맹소가 피식 웃었다.

"네 눈에는 내가 장님으로 보이는 모양이군. 나도 눈이 있으니 당연히 알고 있다."

"그럼 왜 지금까지는 아무것도 하지 않으신 거죠?"

청명의 질문에, 그는 살짝 뚱한 표정으로 입을 열었다.

"하기야 그렇겠군. 너희의 눈에는 내가 운남과 중원의 무역을 막고 있었던 것으로 보일 테니까."

"어……. 그런 게 아니라……."

"굳이 변명할 것 없다. 그렇게밖에 생각할 수 없는 상황이니까."

맹소가 조금 가라앉은 표정으로 고개를 내저었다.

"하지만 그런 게 아니다. 중원과 운남의 무역을 막은 것은 내가 아니라 선대들의 결정이었다. 내가 아무리 야수궁의 궁주라고는 하나 선대의 유지를 내 마음대로 뒤집어 버릴 수는 없다."

"으음. 그렇겠네요."

권위는 힘에서만 나오는 게 아니다. 특히나 야수궁처럼 역사를 자랑하는 곳에서는 선대에 대한 존중이 없다면 제대로 된 권위가 서지 않는다. 아무리 야수궁주가 막강한 권력을 휘두른다고 해도, 선대를 부정하는 순간 그 권위는 바닥으로 추락하고 말 것이다.

권위가 약해진 수장은 문파를 제대로 이끌 수 없는 법이다. 처참할 정도로 한계에 몰린 운남의 상황을 감안하면, 야수궁이 흔들리는 순간 무슨 일이 벌어질지 모른다.

"그리고 운남의 민심 역시 중원을 환영하지 않아. 내가 강제로 무역을 재개한다면 이에 대해 성토하는 이들이 수없이 생겨난다. 손발이 묶인 상황인 게지."

"……먹고사는 일이 걸려 있는데도요?"

"인간은 밥으로만 살지 않는다. 때로는 입으로 들어가는 것보다 더 중요한 것도 있는 법이다."

청명이 살짝 이해하기 어렵다는 듯 미간을 찌푸렸다. 야수궁주가 부연했다.

"우리는 배신당한 걸로도 모자라, 오랫동안 중원에게 오랑캐라 불리며 멸시받아 왔지. 아무리 배를 곯는다고 해도 우리가 먼저 고개를 숙이고 들어갈 수 없는 이유다."

"무슨 말씀이신지 알 것 같아요."

"저쪽에서 먼저 사과를 했다면 무언가가 바뀌었겠으나……. 관은 운남에 관심을 두지 않고, 사과를 해야 할 구파일방 놈들은 운남 쪽으로는 코빼기도 비추지 않는다. 그러니 내가 뭘 어쩌겠느냐?"

말속에서 답답함이 느껴졌다. 청명은 그를 빤히 보다 말했다.

"고생이 많으셨네요."

진심이 담긴 말에 야수궁주 맹소가 한숨을 푹푹 내쉬었다.

"비록 내가 왕은 아니지만, 내게는 운남의 백성들을 먹여 살려야 할 의무가 있다. 하지만 이곳에서는 백성들을 모두 먹일 만큼 식량이 생산되질 않는다. 그러니 어떻게든 다른 곳에서 곡식을 사 와야 하지. 그동안은 서역과의 교류를 통해 어떻게든 해결해 왔지만, 이제는 한계에 부딪혔다. 그러던 와중에 너희가 나타난 것이고."

청명이 고개를 끄덕였다.

"아. 그래서……. 아니. 잠깐만."

청명의 눈이 휘둥그레졌다.

'그럼 그게 다?'

만나자마자 다짜고짜 매화검존의 후예 운운하며 떠받들던 것이나, 전각을 다 날려 먹었음에도 호쾌하게 웃어넘긴 것이나, 그냥 사람 좋은 바보라서 그런 줄 알았는데…….

"와, 궁주님 무서운 분이셨네요."

"그런 눈으로 볼 것 없다."

맹소가 쓴웃음을 지었다.

"대단한 계략을 부린 것도 아니다. 보통 내 외양을 보고 목소리를 들은 이들은 내가 우둔하기 짝이 없는 놈일 거라고 생각하더군. 내가 조금만 평범한 몸을 가지고 있었다면 지금 네 생각도 많이 달라졌을 것이다."

"정말 그러네요. 깜짝 놀랐어요."

"허허허허."

맹소가 나직하게 웃음을 터뜨렸다. 동시에 그의 몸에 탱탱하게 자리한 근육들이 꿈틀거렸다. 이걸 보고 누가 이 사람이 그토록 똑똑하다고 짐작하겠는가. 어쩌면 맹소는 제 겉모습마저 이용하고 있을지도 모른다. 청명이 새 삶을 얻은 이후로 만난 사람 중 가장 특이한 사람이 바로 맹소였다.

"그럼 매화검존 운운하셨던 것도?"

"아, 그건 오해하지 말거라. 매화검존은 정말 운남의 영웅이다. 그분께서는 진정 사심 없이 운남을 도우셨지."

……뭐. 그렇다고 칩시다. 당사자인 내가 그렇게 치겠다는데 누가 딴지를 걸겠어요?

"하지만 너희를 매화검존의 후예랍시고 추켜세운 데는 솔직히 의도가 조금 있긴 했다."

"대단하시네요."

맹소의 입가에 조금 씁쓸한 미소가 걸렸다.

"별수 없는 일이었지. 저항감이 없는 상대가 필요했다. 중원과의 교역을 다시 이어도 운남인들이 반발하지 않을 만한 명분이 있어야 하니까. 상대가 매화검존의 후예인 화산이라면 조금 불만은 품을지언정 대놓고 반발하진 않을 것이다."

여우다. 여우. 곰인 줄 알았더니 여우다. 청명은 저도 모르게 피식 웃고는 고개를 끄덕였다.

"대충 뭐가 어떻게 돌아가는지는 알았어요."

맹소가 청명을 향해 고개를 푹 숙였다.

"그러니 부탁한다. 나는 운남인들을 사랑한다. 거칠지만 순박한 이들이지. 더는 그들이 굶주리는 것을 볼 수가 없다. 내 나름대로 최선을 다했지만, 이제는 한계에 도달했다. 그러니 네가 나를 도와다오. 너희에게도 결코 손해 보는 장사는 아닐 것이다."

청명이 의자에 등을 기대고는 팔짱을 꼈다. 하지만 방어적인 자세와는 달리 그의 입가에는 흐뭇한 미소가 피어났다. 굴러 들어온 떡이나 다름없다. 이쪽에서 사정하려 했는데 알아서 길을 터 주지 않는가. 운남의 차 무역을 전매할 수 있다면 거기서 얻을 수 있는 이득은 상상을 초월할 것이다. 화산이 황금으로 뒤덮이는 상상을 하며 청명의 입이 헤벌쭉 벌어졌다.

"큽……."

"응?"

"아, 아니요."

웃음을 참지 못한 청명이 자신의 입가를 틀어막았다. 하지만 그 표정을 본 맹소는 되레 살짝 아쉬워하는 표정으로 물어 왔다.

"어렵겠느냐?"

"네?"

맹소가 얼굴을 미세하게 찌푸렸다.

"상황이 쉽지 않다는 건 알고 있다. 듣자 하니 화산의 상황이 좋지 않다고 하더구나. 그런 와중에 사천에 있는 그 고압적인 놈들의 눈치를 봐 가며 무역을 한다는 게 얼마나 어려운 일인지 모를 내가 아니다."

야수궁주의 입장에서야 이리 생각하는 게 당연하다. 화산은 최근 몇 년 동안 급격히 성장했다. 아직 중원에도 그 사실이 다 알려지지 않았는데, 이 먼 운남에서 화산의 사정을 알 리가 없다. 물론 청명이 묵린혈망을 잡으며 신위를 보여 주기는 했지만, 한 문도의 강함이 반드시 문파의 성세와 이어지는 것은 아니다. 그러니 야수궁주가 아는 화산은 쫄딱 망해서 이제 겨우 명맥만 이어 가는 곳에 불과하다. 더구나 사천의 복잡한 사정까지 감안한다면 화산이 주도하여 차 무역을 재개하는 일이 굉장히 어렵게 느껴질 수밖에 없다.

청명은 꺄르륵 터져 나오는 웃음을 참기 위해서 필사적으로 허벅지를 잡고 비틀었다.

"어, 어려운 일이지요."

크으! 그렇지! 비록 화산이 떼돈을 벌고 있기는 하지만! 여기 오는 길에 사천의 맹주인 사천당가와 동맹을 맺기는 했지만!

의도치 않게 판을 다 깔아 놔서 툭 밀면 빙판에 미끄러지듯이 차를 실은 우마차들이 운남의 관도를 개떼처럼 오고 갈 수 있지만! 그것참 어려운 일이지요!

낄낄낄낄! 사형! 장문사형! 사람이 착하게 살면 복을 받는다더니! 그 뱀 새끼 하나 살려 줬다고 이렇게 복이 떨어지네. 뭐? 내단? 그건 나중에 사형이나 드슈! 나는 금가루 뿌린 밥 먹을 테니까!

청명의 얼굴이 내내 붉게 달아올라 있으니 맹소가 무거운 표정으로 한숨을 쉬었다.

"……정 어렵다면 아쉽지만 어쩔 수 없는 일이지."

"에헤이! 에헤이!"

갑자기 맹소가 시무룩하게 포기하려 들자 화들짝 놀란 청명이 탁자 위로 쿠당탕 올라갔다. 그러고는 야수궁주의 커다란 손을 양손으로 움켜잡았다. 별안간 심히 촉촉한 눈빛을 마주한 야수궁주가 몸을 움찔하며 뒤로 뺐다. 그러나 먹이, 아니 손을 잡은 청명은 쉽사리 놓아 주지 않았다.

"어렵고 어렵지 않고, 그런 것이 그리 중요하겠습니까? 중요한 건 화산과 야수궁이 친구라는 거지요!"

"친구?"

"예! 친구!"

청명이 헤벌쭉 웃었다.

"크으! 그동안 얼마나 설움이 많으셨습니까. 저 때려죽일 구파일방 놈들이!"

"그렇지!"

때려죽일 구파일방이라는 말이 나오자 묻지도 따지지도 않고 찬동하고 보는 맹소였다.

"따지고 보면 화산만큼 운남의 상황을 잘 이해하는 곳도 없을 겁니다. 저 삶아 먹을 놈들이 목숨 걸고 마교를 물리쳐 놨더니, 은혜도 모르고!"

"그래, 그렇지! 내가 그 마음 잘 아네! 도리가 뭔지 모르는 놈들 아닌가!"

"저희는 동병상련이지요, 동병상련!"

"그래. 내 화산이 남 같지 않았네."

"그런 우리가 서로 돕지 않으면 누가 서로 돕겠습니까! 야수궁과 화산은 피는 이어지지 않아도 형제라고 할 수 있죠. 형제!"

"흐으으읍! 그거참 마음에 드는 말이구먼!"

강호에서 버림받은 이들이 서로의 상처를 어루만지며 우정을 느끼는 순간이었다.

"그러니 아무 걱정 하지 마십시오. 화산의 모든 힘을 다 동원해서라도 차를 팔아 드리겠습니다."

"오, 그렇게까지……!"

맹소의 부리부리한 눈에 감동한 기색이 역력했다.

뭐? 사기? 에이! 뭔 그런 말을! 서로 좋은 일을 두고 사기라고 하면 안 되지. 이건 협력이지! 협력! 청명이 낄낄 웃으며 맹소의 손을 마구 흔들었다.

"그러니 아무 걱정 하지 마십시오. 제가 잘 알아서 해 보겠습니다."

"그래만 준다면 운남은 화산을 은인으로 여길 것이다."

"은인 같은 건 아무래도 좋아요. 그저 서로 함께할 수 있도록 만드는 확실한 증거만 있으면 되죠."

"응?"

청명이 고개를 획획 젓더니 방 한구석에서 지필묵을 발견하자 부리나케 뛰어가 가져왔다.

"크으. 신뢰와 믿음으로 함께하는 사이도 좋지만, 모름지기 이런 관계가 누누이 이어지려면 확실하게 확인할 수 있는 증거가 있어야 하는 법이죠."

"……증거?"

"네네. 별건 아니에요. 그냥 뭐……."

청명이 어깨를 으쓱했다.

"앞으로 적어도 백 년 동안은 화산에 차 무역 전매권을 주신다는 사소한 약속이라든가."

"……."

"그 백 년 동안 다른 상단은 운남에서 무역을 할 수 없다는 약속이라든가."

"……."

"뭐 그런 사소한 이야기라도 글로 남겨 놔야 한다는 소리죠. 거기에 궁주님 손도장까지 찍어 놓으면 누가 감히 화산과 야수궁의 관계를 의심하겠어요!"

야수궁주가 고개를 갸웃했다.

"그…… 자네 생각보다 꽤 적극적이군?"

"엣헴! 제가 이래 봬도 도사 아닙니까? 어려운 이들을 돕는 데 망설임이 있을 리가 없죠."

잠깐 어색하게 정적이 흘렀다. 뭔가 심각하게 잘못되어 가는 느낌이었지만, 맹소로선 일단 다른 도리가 없었다.

"그럼 전매권만 넘기면 되나?"

"헤헤. 더 바랄 게 있으면 따로 말하면 되겠죠."

"한 가지만 묻고 써 주겠네."

"네?"

야수궁주가 더없이 진지한 눈빛으로 청명을 바라보았다.

"내가 자네에게 이런 말을 하는 이유는 그간 보아 온 자네가 적어도 악인은 아니라 생각했기 때문이네. 자네가 묵린혈망을 죽이고 나왔다면 나는 절대 이런 말을 꺼내지 않았을 거야. 그러니 약속하게. 어떤 이득을 취해도 좋으니, 반드시 운남인들의 고난을 해결해 주겠다고."

"약속드릴게요."

청명 역시 진지한 눈빛으로 야수궁주를 마주 보았다. 더 이상의 많은 말은 필요하지 않았다. 야수궁주가 미련 없이 붓을 잡고 계약서를 써 내려가기 시작했다. 일필휘지로 써진 계약서는 흠잡을 곳 없이 완벽했다. 사소한 조항 하나하나까지 기입한 그는 도장까지 꺼내 찍고는 청명에게 내밀었다.

'이 사람 진짜 똑똑하네.'

어쩌면 이 모든 상황이 야수궁주의 머릿속에서는 옛적에 끝난 일이었는지도 모른다고 청명은 생각했다. 그도 그럴 것이, 계약서에 쓰인 조항들이 지금 바로 생각해 썼다고 하기에는 믿을 수 없을 만큼 철저하고 꼼꼼했다.

"또 필요한 게 있는가?"

"아뇨. 이 정도면 충분해요."

청명이 씨익 웃으며 계약서를 다시 훑었다.

"사숙을 불러올까요? 사숙이 지금 장문 대행인데."

"아니. 나는 자네의 지장이 필요하네."

"제 뭘 믿고요?"

"후대의 천하제일인이 될 이의 이름은 오히려 장문인의 이름보다 무거운 법이지. 찍게나."

청명이 끄응 앓는 소리를 희미하게 내고는 이내 계약서에 지장을 찍었다. 마침내 한 부씩 계약서를 나눠 가진 두 사람은 만감이 교차하는 표정으로 서로를 마주 보았다.

"이제 끝난 건가요?"

"그렇네. 다만…… 개인적으로 한 가지 부탁이 더 있네."

야수궁주가 겸연쩍은 얼굴로 뒷머리를 긁적였다.

"이건 좀 부끄러운 부탁인데…….''

그는 한숨을 쉬며 어렵게 말을 꺼냈다.

잠시 후, 그 부탁이라는 걸 들은 청명이 입꼬리를 씨익 말아 올렸다.

"아니, 뭐 그런 걸로 부탁씩이나. 걱정하지 마세요! 제가 완벽하게 해 드릴게요."

그러고는 의기양양하게 낄낄 웃었다. 맹소가 다시 한번 걱정 어린 목소리로 물었다.

"괜찮겠느냐?"

"거, 별걱정을 다 하시네! 저 청명입니다! 청명!"

청명이 제 가슴을 팡팡 두드렸다. 걱정 반 불안 반의 심정으로 그를 바라보던 맹소가 또다시 무거운 한숨을 내뱉었다.

'잘하는 짓인지 모르겠네.'

16장

아직은 그리 말하지 마라

중앙 전각 앞에 펼쳐진 드넓은 연무장 좌우로 야수궁도들이 늘어섰다. 구릿빛 근육으로 우락부락한 무인들이 표정을 굳히고 도열한 모습은 위압적이기 그지없었다. 그 사이에는 화산의 제자들이 어색한 모습으로 서 있었다.

"……이건 또 뭐 하는 거냐, 청명아?"

영문도 모르고 끌려 나온 화산의 제자들은 의문이 가득 담긴 눈빛으로 청명을 바라보았다. 하지만 청명은 어깨를 으쓱하고 백우선으로 얼굴이나 살랑살랑 부쳐 댔다.

"아, 별거 아냐. 금방 끝나니까 그냥 구경만 하면 돼."

……네가 별거 아니라고 한 것치고 정말 별것 아닌 게 없었단다, 청명아. 그러니 나중에 놀라게 하지 말고 지금 이 사숙에게 설명해 주지 않으련?

하지만 안타깝게도 백천의 소망은 이뤄지지 않았다. 청명에게 다시 묻기도 전에 앞쪽이 소란스러워지더니 야수궁주가 모습을 드러낸 것이다.

백천은 살짝 당황했다. 평소의 그 호방하던 야수궁주의 모습이 아니다. 물론 패기 넘치는 발걸음은 여전하지만, 지금 그에게서 느껴지는 건…… 첫 만남 때 보았던 무겁고 위압적인 기세였다. 위압감 넘치는 걸음으로 대전에 들어선 야수궁주는 높은 계단 위에 마련된 커다란 태사의에 앉아 아래를 굽어보았다. 야수궁도들이 일제히 그를 향해 무릎을 꿇었다.

"야수궁 만세!"

"야수불멸! 만세천하!"

그러자 야수궁주 맹소가 절도 있는 손동작으로 그들의 인사를 받았다. 화산의 제자들이 몸을 부르르 떨었다. 아무리 보아도 익숙해지지 않을 것 같은, 오금 저리는 광경이었다. 사실 이토록 많은 무인이 동시에 목청을 돋우는 건 중원에서는 구경하기 힘들다. 황궁에나 가야 볼 법한 광경 한가운데에 있으니 절로 주눅이 들었다.

그때 살짝 오만한 자세로 모두를 내려다보던 야수궁주가 입을 열었다. 나직한 목소리가 대전을 울렸다.

"그래. 나를 보자고 한 이유가 무엇이더냐, 화산의 제자여."

그러자 청명이 앞으로 한 발 나섰다. 그리고 대뜸 그 자리에 넙죽 엎드렸다.

"위대하신 야수궁주님께 소도(小道)가 간청드릴 일이 있습니다. 부디 그 하해(河海)와 같은 자비로 소도의 청을 물리지 말아 주십시오!"

뒤에 서 있던 화산 제자들의 눈이 툭 튀어나왔다.

'뭐, 뭐라는 거야, 저 미친놈이?'

'쟤가 뭘 잘못 먹었나? 왜 저러지?'

당가주 앞에서도 목을 뻣뻣이 세우고 할 말, 안 할 말……. 아니, 안

할 말과 못 할 말을 모조리 해 대던 청명이 아니던가? 그런 청명이 저렇게 저자세를 보인다고? 이건 분명히 뭔가 있다!

백천은 의심과 불안이 가득 담긴 눈빛으로 엎드린 청명의 뒤통수를 바라보았다.

"청이라……."

야수궁주는 진중한 눈빛으로 청명을 내려다보았다. 여태껏 보이던 가벼움은 씻은 듯 사라지고 없었다. 말 그대로 야수궁의 궁주. 남만의 지배자로서 손색이 없는 모습이었다.

"매화검존의 후예라면 내게 청을 할 자격은 있지. 어디 한번 말해 보라. 매화검존의 후예, 화산의 제자여. 그대의 청이 무엇인지를 듣고 가부를 결정하겠다."

"영민하신 결정에 감읍할 따름입니다!"

청명이 바닥에 머리를 한 번 쿵 찧었다.

"……쟤 왜 저러냐고."

"저라고 알겠습니까. 그냥 두시죠."

백천과 조걸이 속닥거렸다. 눈앞에서 벌어지고 있는 일을 따라가기가 벅찼다. 그러거나 말거나 청명은 이 자리의 모두에게 들릴 만큼 큰 목소리로 말을 이어 갔다.

"위대하신 남만야수궁의 궁주님께 감히 간청드리오니, 먼 곳에서 이곳까지 찾아온 저희를 가여이 여기시어, 운남과 무역을 할 수 있도록 허가해 주십시오!"

"뭐라!"

야수궁주가 자리에서 벌떡 일어났다. 타오르는 눈이 청명을 찢어 죽일 듯 노려보았다.

"야수궁과 중원 간의 무역은 원칙적으로 금지되어 있다는 것을 모르더냐! 너희가 아무리 야수궁의 손님이라고는 하나, 선대부터 내려온 법칙을 건드리려 하고도 무사히 돌아갈 수 있을 것 같으냐?"

노기를 실은 목소리가 야수궁 전체에 쩌렁쩌렁 울렸다. 그 가공할 기세에 야수궁도들은 물론이고 화산의 제자들마저 몸을 부르르 떨었다. 그러나 청명은 바닥에 다시 한번 머리를 쿵 찧더니 목소리를 높였다.

"궁주님! 이미 중원의 상단들이 운남을 오가고 있지 않습니까!"

"지금 그것을 들먹여 야수궁을 모욕하겠다는 것이더냐?"

"그렇지 않습니다. 그 많은 중원인이 운남의 땅을 밟게 하느니, 오로지 한 곳만이 운남을 드나들게 하는 것이 선대의 유지를 더 잘 지킬 방법 아니겠습니까?"

"흐으음!"

야수궁주가 크게 콧소리를 내었다. 야수궁도들도 재빨리 서로의 눈치를 살폈다. 말 자체는 그리 틀린 말이 아니었다.

"저희는 중원의 누구보다 야수궁을 존중하고, 야수궁의 율법을 따를 수 있습니다."

"그걸 어찌 장담하느냐?"

"저희는 매화검존의 후예입니다. 그리고 중원의 외면을 받아 성세를 잃은 화산의 문도들입니다. 저희가 운남을 이해하지 못한다면 그 어떤 중원인이 감히 운남을 이해할 수 있겠습니까?"

야수궁주가 커다란 눈으로 청명을 노려보았다.

"그래도 중원인은 믿을 수 없다!"

"매화검존도 중원인입니다!"

"그분과 너희를 동일시할 수 있다고 생각하느냐?"

"동일시할 수는 없어도, 그 유지를 따를 수는 있습니다. 그분이 운남을 지키고자 했다면 그분의 후예인 저희 역시 당연히 운남을 지켜야 합니다. 그것이 매화검존을 선조이자 상징으로 받드는 화산의 일 아니겠습니까?"

실로 청산유수였다. 뒤에서 지켜보던 백천의 입이 쩌억 벌어졌다.

'저놈이 저리 달변가였나?'

물론 청명의 입심이야 인정하지 않을 도리가 없다. 하지만 입심이 좋은 것과 논리적으로 말을 잘하는 것엔 큰 차이가 있다. 그런데 지금 저놈은 마치 외우기라도 한 양 말을 좔좔 늘어놓고 있지 않은가? 모르는 이가 본다면 정말 문사로 착각하고도 남을 것 같다. 마침 학창의에 백우선까지 들고 있고. 내가 저놈을 아직 다 몰랐다는 말인가? 백천이 새삼스러운 눈빛으로 그의 뒷모습을 보던 바로 그때였다.

"그러니 저희 화산……. 화산……. 어? 다음이……. 어라?"

야수궁주의 얼굴이 살짝 핼쑥해졌다.

'야, 이놈아! 그렇게 외워 놓고!'

'아, 잠시만요! 생각이 안 날 수도 있지!'

청명이 뭔가 다급한 듯 소매 쪽을 슬쩍 들치더니 이내 평온한 표정으로 아무 일도 없었다는 듯 다시 말을 이어 가기 시작했다. 백천은 매의 눈으로 그 순간을 놓치지 않았다.

'방금 저 소매 안에 분명 뭐가 있었던 것 같은데.'

새하얀 종이에 뭔가가 빼곡하게……. 이 새끼! 훔쳐보는 중이구만! 그럼 그렇지! 네가 그걸 생각해서 말할 리가 있나!

"그러니 저희 화산의 진심을 알아주십시오, 궁주님! 인연이란 결국 사람의 손으로 잇지 않으면 그저 우연이 될 뿐입니다. 야수궁의 선대께서 저희에게 이 땅을 허락하실 생각이 아니었다면 저희가 어찌 이곳에 와 궁주님과 대면할 수 있었겠습니까?"

"선대께서 너희들에게 운남으로의 길을 열어 주었다, 이 말이렷다?"

"저는 그리 생각합니다!"

야수궁주가 심각한 표정으로 눈을 감았다. 장고에 들어간 듯한 그를 보며 청명이 살짝 한숨을 내쉬었다.

'이 정도면 됐겠지?'

물론 청명과 야수궁주는 이미 말을 다 맞추었다. 필요에 의해 무역을 재개하는 것이긴 하나, 모든 일에는 절차와 명분이 필요하다. 그리고 지금 두 사람은 그 명분을 쌓는 중이었다.

아무래도 야수궁주의 입장에서는 그가 직접 청명에게 부탁을 하는 모양새보다는 화산 쪽에서 낮은 자세로 부탁을 하고, 자신이 그걸 받아들이는 입장을 취하는 쪽이 보기에 좋다. 이 사소한 것 하나하나가 쌓여 야수궁주의 권위를 결정하는 것이다. 중원에서 온 매화검존의 후예들이 더없이 공손하게 굴면, 지켜보는 이들로 하여금 야수궁주의 입지를 재확인시키는 효과가 있을 테니까.

"어찌 생각하느냐?"

야수궁주가 마침내 눈을 뜨고 호법들을 돌아보았다. 그러자 가장 앞에 있던 노인이 가만히 입을 열었다.

"궁주님. 저자의 말이 그리 틀리지는 않습니다. 하지만 선대의 유지는 반드시 지켜져야 합니다."

"저들은 선대께서 그리 감사해하던 매화검존의 후예들이다. 그런데도 안 된다는 말이더냐?"

"매화검존 본인이라면 말이 다를 것입니다. 하지만 저들은 그저 후예일 뿐입니다. 피도 이어지지 않은 이들에게 매화검존과 같은 대접을 할 수는 없지 않겠습니까?"

호법들이 생각보다 강경하게 나오자 야수궁주가 슬쩍 눈살을 찌푸렸다.

"선대의 유훈은 더없이 중요합니다. 궁주님, 이건 받아들여서는 안 되는 일입니다. 저희가 중원에 당한 치욕을 잊지 마십시오. 야수궁은 긍지를 잃지 않습니다."

"때로는 목숨보다 긍지가 더 중요합니다. 긍지를 지키소서!"

"긍지를 지키소서!"

호법들이 일제히 무릎을 꿇었다. 그 광경을 본 야수궁주가 눈을 딱 감았다. 이런 분위기 때문에 이 연극을 짠 것이다. 저 강경한 이들의 마음을 꺾기 위해서. 하지만 바뀌는 게 없다. 심지어 아래에 도열해 있는 궁도들 역시 은근히 호법들에게 찬동하는 듯한 분위기였다.

'이렇게까지 했는데도 안 된단 말인가?'

중원과 운남의 골이 너무도 깊다. 아무리 뛰어넘으려고 해도 넘을 수가 없다. 야수궁주가 더없이 무거운 한숨을 내쉬는 바로 그 순간이었다.

"……유훈?"

엎드려 있던 청명이 자리에서 일어났다. 그러더니 호법들을 바라보며 고개를 천천히 모로 꺾었다.

'히익!'

'난리 났다.'

'막아! 막아! 일단은 주둥아리라도 틀어막아!'

백천과 윤종이 반사적으로 기겁해서 달려들었다. 하지만 청명은 기세를 화악 내뿜으며 달려드는 두 사람을 밀어 냈다.

"어엇?"

윤종과 백천이 뒤로 나자빠지며 당황한 표정으로 멍하니 그를 바라보았다. 물론 청명이 그들의 만류를 뿌리친 것은 이번이 처음이 아니다. 팔다리를 잡고 늘어져도 사람을 날려 가며 하고 싶은 말은 곧 죽어도 하던 청명이 아니던가. 하지만 지금처럼 무공까지 써서 밀어 낸 건 처음 있는 일이었다.

"청명아."

백천이 당황한 기색이 역력한 목소리로 청명을 불렀다. 그러나 청명은 시선도 주지 않고 호법들을 뚫어져라 보았다. 그러더니 착 가라앉은 목소리로 물었다.

"지금 유훈이라고 했어요? 그 유훈이 뭔데요?"

"저, 저 무도한 자가!"

"유훈이 뭐냐고요."

호법 중 가장 앞에 있던 노인이 한 걸음 나서며 꼬장꼬장한 표정으로 청명을 노려보았다.

"선대께서는 중원인과는 결코 소통하지 말라고 하셨다. 그 말을 어기는 이들은 오로지 죽음으로만 다스릴 것이다."

"그럼 여기 있는 사람들은 다 뒈지셔야겠네."

"뭐라!"

"저희는 뭐죠?"

"……."

"곤명에 들어와 있는 화평상단은 뭔가요? 중원인이 대놓고 운남을 오가고 있는데 막지 않은 당신들은 뭐 하는 건가요? 다 목을 내놔야겠네요. 아닌가요?"

호법의 얼굴이 붉어졌다. 하지만 청명의 입에서는 조금 다른 말이 나왔다.

"물론 이해해요. 먹고사는 문제니까요. 그런데 그 먹고사는 문제가 필요할 때만 면피로 쓰이네요."

"지금 야수궁을 모욕하는 것이냐!"

"아뇨. 야수궁이 아니라 당신들을 모욕하는 건데요. 야수궁을 방패막이로 쓰지 마시죠."

"이익……. 누가 당장 저놈의……!"

"유훈을 지킨다? 선대가 남긴 유훈이 정말 그것뿐이에요?"

갑작스레 찔러 들어오는 말에, 호법의 얼굴에 순간 당황한 기색이 스쳤다.

"……그게 무슨 말인가?"

"선대가 운남인들을 잘 보살피라는 유훈은 남기지 않았냐고요."

호법이 입을 다물었다. 그를 빤히 바라보던 청명이 고개를 돌려 야수궁주를 바라보았다.

"없었어요?"

야수궁주가 탄식하듯 말했다.

"아니. 분명 그런 유훈도 있었다. 너무도 당연한 일이지."

"그럼 어느 유훈이 더 중요한데요?"

누구도 대답하지 않았다. 청명이 모두를 훑어보며 소리쳤다.

"선대께서 지금 운남 꼴을 보면 아주 좋아하시겠네요. 운남인들 다 굶겨 죽이면서까지 유훈을 잘 지켰다고 박수를 치시겠어요. 입장을 바꿔서, 당신들 후손이 그런 짓을 하면 좋아하겠어요? 나 같으면 모조리 목을 쳐 버렸을 거예요!"

아직은 그리 말하지 마라 167

야수궁도들의 얼굴이 시뻘겋게 달아올랐다.

"선대의……."

"스스로 판단할 능력이 없는 이들만이 선대 운운하는 법이죠. 선대가 정말 자신들의 후예가 오로지 자신의 말만을 지키길 원했을까요? 어떤 부모도 제 자식이 의지 없는 꼭두각시가 되길 원하지 않아요!"

청명이 뒤로 손을 뻗었다. 멍하게 청명의 말을 듣고 있던 윤종이 그 손에 붙들려 갔다.

"응? 어어어엇!"

엉겁결에 청명의 옆에 선 그가 멍한 표정으로 위를 올려다보았다.

"여기 있는 윤종 사형은 곤명에 도착하자마자 사재를 모두 털고, 검까지 팔아서 운남인들을 도왔어요."

"……고마해, 인마. 그 이야기는 또 왜 꺼내냐."

청명이 으르렁대듯 말했다.

"그럼 내가 묻겠는데! 당신들이 말하는 자애롭고, 운남만을 생각했던 그 선대들의 눈에 누가 더 운남인을 위하는 것으로 보일까요? 자기 가진 것을 모두 털어서 운남인들의 배를 채우려 했던 제 사형이에요? 아니면 선대의 말 한마디를 지키겠다고 죽어 가는 이들을 외면하는 당신들이에요?"

아무도 대답하지 않았다. 청명이 살짝 이를 갈았다. 유훈은 얼어 죽을. 죽어 보지도 않은 것들이 뭔 놈의 유훈 타령이라는 말인가? 한번 문파가 망하는 꼴을 본 선대의 입장에서 청명은 도무지 이 답답한 것들을 이해할 수 없었다.

유훈이란 말 그대로 유훈일 뿐이다. 남겨서 교훈으로 삼는 것이지, 결코 절대적인 법칙이 될 수 없다. 세상이 이토록 빨리 변하는데 그 고리

타분한 말을 언제까지 지키고 있어야 한단 말인가? 야수궁도들을 노려보던 청명이 이를 악물고 말했다. 이것들과는 더 이상 말을 나눌 필요가 없다.

"쓸데없이 시간 낭비만 했네. 가자!"

청명이 미련 없이 몸을 돌렸다. 바로 그 순간이었다.

"잠시 멈추거라."

청명이 이마에 핏대를 세우고 뒤를 돌아보았다. 야수궁주가 헛기침을 하고는 윤종을 향해 물었다.

"윤종이라고 했나."

"예."

"자네에게 묻고 싶은 게 있네."

윤종이 살짝 긴장한 표정으로 마른침을 삼키며 고개를 끄덕였다. 수많은 시선이 그에게 쏠려 있다. 야수궁도들, 그리고 야수궁의 호법들과 야수궁주까지. 다리가 살짝 후들거리는 느낌이었다. 우렁우렁한 야수궁주의 목소리가 들려왔다.

"듣자 하니 그대는 곤명에서 사재(私財)를 털어 빈민들을 구휼했다고 하더군."

윤종이 살짝 고개를 끄덕였다. 괜히 입을 열어 대답하려 들면 목소리가 떨려 나올 것 같아서다.

"어째서인가?"

"……예?"

"그대는 중원인이다. 그대는 이곳에 임무를 지니고 왔다. 그런데 왜 그런 짓을 했는가? 눈에 띄는 것이 좋은 일은 아니었을 텐데?"

살짝 다그치는 듯한 물음에, 윤종이 입을 꼭 다물었다. 이미 조걸과

이 이야기를 나눈 적이 있다. 하지만 지금은……. 조금 다른 이야기를 해야 할지도 모른다.

잠시 눈을 감고 생각을 정리한 윤종이 고개를 들어 야수궁주를 똑바로 응시했다.

"질문의 뜻을 잘 이해하지 못하겠습니다."

"어찌하여 그런 일을 했느냐 물었다."

"여전히 모르겠습니다."

윤종의 떨림이 멈추었다. 이윽고 나직이 심호흡한 그가 고개를 들어 똑바로 야수궁주를 응시했다.

"사람이 사람을 돕는 데 이유가 필요합니까?"

예상치 못한 대답에 야수궁주가 당황한 듯 살짝 움찔했다.

"운남인이든 중원인이든 그런 건 아무런 상관 없습니다. 눈앞에 도와야 할 이가 있으면 돕는다. 저는 사문에서 그리 배웠습니다."

당당히 말하는 윤종을 보며 청명과 조걸이 작게 속삭였다.

"물론 좀 과하긴 했지."

"으음. 많이 과했지."

저것들이…….

"크흐흠."

크게 헛기침을 한 윤종은 이내 한 점의 망설임도 없는 표정으로 궁주를 직시했다. 야수궁주가 물었다.

"그럼 너는 다음에 또 그런 일이 생기면 똑같이 하겠다는 건가?"

윤종이 단호하게 고개를 저었다.

"그건 아닙니다. 도라는 건 그런 것이 아닙니다. 도를 도라고 부르면 그건 더 이상 도가 아니듯이 상황과 마음이 다를진대 어찌 같은 상황이 있을 수 있겠습니까? 저는 그저 제 마음이 이끄는 대로 행할 뿐입니다."

야수궁주의 입꼬리가 살짝 말려 올라갔다.

"마음이 이끄는 대로라……. 그렇다는 건 그때는 그저 돕고 싶은 마음이 들었을 뿐이란 거군."

"예."

"사문의 검마저 팔아 가며 말이지."

……거 자꾸 검 가지고 그러시네.

"반성하고 있습니다."

"후회한다는 뜻이냐?"

"반성합니다. 하지만 후회하지는 않습니다."

윤종이 당당하게 말했다. 그러자 궁주가 슬쩍 고개를 기울이며 되물었다.

"이상한 말이로군. 그게 무슨 의미더냐?"

그러자 윤종은 잠깐 말을 고르는 듯 입을 꾹 다물었다. 그러더니 조금의 시간이 걸리고서야 입을 열었다.

"제가 함부로 일을 벌여 사형제들을 위험에 처하게 한 것은 반성해야 할 일입니다. 그리고 자책해 마땅한 일입니다. 하지만 사람들을 도운 것을 부끄러워할 수는 없습니다."

윤종이 살짝 눈을 감았다. 그리고 다시 눈을 떠 야수궁주를 응시했다.

"화산은 제 모든 것입니다. 그렇기에 저는 제 행동을 부끄러워하지 않습니다. 제가 아는 화산이라면 그깟 검 따위보다는 굶주리고 있는 이들의 안위를 더 중요하게 여겼을 겁니다. 저는 적어도 그리 배우고 그리 행해 왔습니다."

"사문의 뜻을 거스르더라도 말이더냐?"

"화산이 죽어 가는 이들보다 검이 더 중요하다고 제게 가르칠 리가 있겠습니까!"

자꾸 시험에 들게 하는 듯한 말투에 점점 윤종의 목소리에 노기가 차올랐다.

"산에 올라 도를 논하는 도인이란 결국 속세의 풍파를 외면하고 자신의 안위만을 좇는 이기적인 인간일 수밖에 없다. 그렇기에 오히려 도인은 세상을 알고 살펴야 한다. 도는 마음에 담는 게 아니라 그 손과 발로 행하는 것이다!"

윤종의 목소리가 모두의 귀에 똑똑히 울렸다.

"제가 아는 장문인이라면 검이 아니라 수염이라도 팔아서 그들을 구휼하려 했을 겁니다. 물론 화산의 영광은 중요합니다. 하나, 세인들의 삶으로 이어지지 않을 거라면 도대체 그 영광은 무얼 위해 존재하는 겁니까? 알량한 도인들의 즐거움을 위해서입니까?"

점차 그의 어깨가 당당하게 펴졌다. 모든 미혹이 그의 안에서 깨어지고 다시 정립된다.

"저는 지금까지 답을 구해 왔습니다. 어째서 화산이어야 하는가? 어째서 화산이 과거의 영광을 찾아야 하는가? 그 대답이 뭔지 아십니까?"

"무엇이더냐?"

"그런 이유 따위는 없습니다!"

이상한 대답이다. 하지만 정작 윤종의 목소리에는 확신이 차 있었다.

"이유가 있는 게 아니라, 우리가 그 이유를 만들어 가야 하는 겁니다. 화산의 영광이 세상을 살아가는 이들을 좀 더 편히 만든다면, 화산의 모든 제자는 당당히 그 영광을 자랑할 수 있을 겁니다. 하지만 그게 그저 화산만의 영광에 머무른다면, 화산은 그저 언제든 다른 문파로 대체되어도 상관없는 무파가 될 뿐입니다!"

윤종의 목소리에 단호한 결의가 맺혔다. 오랫동안 품었던 의문에 대한 해답. 그 해답이 지금 그의 입을 통해 세상에 전해지고 있다.

"저는 화산을 대체할 수 없는 곳으로 만들어 갈 겁니다. 세상 모든 사람이 화산의 영광을 함께 기뻐해 줄 수 있는 곳으로 만들어 갈 겁니다! 그게 화산의 제자로서 제가 가진 소명입니다!"

야수궁주가 몸을 떨었다.

'어찌 저런…….'

확고하다. 그 방향이 옳고 그르고의 문제가 아니다. 저 아이는 자신이 해야 할 일과 무인으로서의 역할, 그리고 무와 도를 동시에 추구하는 이로서 좇아야 할 것을 모두 이해하고 있다. 저 나이의 야수궁도 중 단 하나라도 저 아이만큼 깊은 통찰을 보이는 이가 있겠는가?

화산. 매화검존을 배출한 문파. 그 검술의 위대함에 대해서만 전해 들었건만…….

'그래. 화산은 도가였지.'

도를 추구하는 도인들이 만든 문파가 화산이다. 그리고 그 도는 분명 저 아이에게로 이어졌다. 듣고 있는 야수궁주가 절로 고개를 숙일 만큼 말이다.

야수궁주는 눈을 감았다. 현실이라는 명목하에 위험을 피해 온 것은 그 역시 마찬가지다. 속으로 되뇌었다.

'부끄럽지 않게.'

이윽고 눈을 번쩍 떴다.

"궁도들은 들어라! 이 시간부터 중원 모든 상단의 운남 출입을 불허한다!"

"예!"

"앞으로 운남과 중원의 무역은 오로지 화산을 대리하는 상단을 통해서만 행해질 것이다!"

"구, 궁주님!"

"다시 생각을……."

"닥쳐라!"

야수궁주가 노기에 가득 찬 고함을 내질렀다.

"대체 얼마나 더 나를 부끄럽게 만들 셈이냐! 운남과는 전혀 관계도 없는 이가 제 검을 팔아 운남의 빈민들을 먹이려 하는데, 야수궁의 궁주인 내가 그깟 유훈을 지키겠다고 그들을 외면하라는 소리더냐? 너희가 정녕 원하는 긍지라는 게 그것이냐!"

몸이 시뻘겋게 달아올랐다. 그 모습이 지금 야수궁주의 들끓는 분노를 말해 주고 있었다.

"저들의 말에 틀린 것이 있더냐! 선대께서 운남인들이 굶주리길 바라시겠느냐? 그런 선대라면 우리 역시 존중할 필요가 없다. 저승에 가 선대를 만난다면 내가 먼저 어깨를 펴고 말할 것이다! 나는 그런 유훈보다 운남인들이 더욱 소중했다고 말이다!"

호법들이 고개를 푹 숙였다. 그들이라 해서 왜 운남인들을 아끼는 마음이 없겠는가?

그때 선두에 선 호법이 앞으로 한 걸음 나서더니 야수궁주를 향해 고개를 숙였다.

"뜻대로 하십시오, 궁주님. 저승에서 선대를 만나는 건 제가 먼저일 테니, 제가 먼저 목을 빼고 용서를 빌겠습니다. 저 하나 욕을 먹고 운남의 백성들이 행복해질 수 있다면 뭐가 문제겠습니까."

"……일호법."

"길었지요. 너무도 긴 세월이었습니다. 이제 우리도 충분히 할 만큼 한 것 같습니다. 저희가 늙고 무지하여 그것을 몰랐습니다. 저 화산의 도장 덕에 정신이 들었습니다. 헛된 것을 좇고 있었음을. 이제라도 알아서 다행이지요."

야수궁주가 고개를 끄덕였다.

"들어라!"

"예, 궁주님!"

"더는 이견을 허락지 않겠다! 너희가 나를 야수궁의 궁주로 인정하고 내 권위를 존중한다면, 이 일에는 더는 토를 달지 말라! 나는 화산에 전매권을 주어 중원과의 무역을 재개할 것이다!"

"복명!"

야수궁도들이 일제히 무릎을 꿇고 고개를 숙였다. 그러자 야수궁주 맹소가 모두를 한번 둘러보고는 천천히 계단을 내려왔다. 저벅저벅 걸어 청명과 운종의 앞에 선 그는 빙그레 미소를 지었다.

"감사하다는 말 외에는 할 것이 없군."

"별말씀을요. 잘 풀려서 다행이에요."

청명의 말에 그는 기분 좋게 웃으며 고개를 끄덕였다.

"나는 매화검존의 후예들을 야수궁의 손님으로 받아들였네. 다른 사심이 끼어든 조치였지. 하나 이 순간부터는 아니네. 나는 매화검존의 후예가 아니라 화산의 제자인 자네들을 야수궁의 손님이자 벗으로 인정하겠네. 앞으로 화산의 제자들은 운남 어디에서도 야수궁의 문도와 다르지 않은 대접을 받을 것이며, 결코 중원인이라는 이름으로 차별을 받지 않을 걸세!"

백천이 앞으로 나섰다. 청명과 윤종이 좌우로 물러나고 가운데로 나선 백천이 야수궁주를 향해 포권 했다.

"궁주님의 배려에 화산을 대표하여 감사드립니다."

"잘 와 주었네. 정말……."

야수궁주가 하늘을 올려다보았다. 운남의 태양이 뜨겁게 내리쬐고 있었다. 야수궁주는 고개를 내리더니 백천의 손을 꽉 잡았다.

"정말 잘 와 주었어."

"저희 역시 운남에 오기를 잘했다고 생각합니다."

백천이 조용히 웃으며 고개를 끄덕였다. 야수궁주가 이번에는 윤종을 바라보았다.

"그리고…… 윤종 도장."

"예, 궁주님."

"내 윤종 도장 덕에 많은 것을 배웠소. 비록 나는 무지렁이라 도가 무엇인지, 바른 것이 무엇인지 알지 못하지만, 적어도 화산에 도가 있음은 알았소이다."

"부끄럽습니다."

"때때로 운남에 들러 그대의 도를 가르쳐 주시오."

"저는 그저 배움의 길에 있는 어린 도사에 불과합니다. 장문인과 장로님들이 쌓으신 큰 도에 비한다면 제 도는 그저 삿된 이의 망발에 불과합니다."

"하하하핫. 그렇다면 우리가 장문인을 찾아뵈어야겠군. 그분께 이 먼 길을 오시라 할 수는 없으니 말이야."

호쾌하게 웃어 젖힌 야수궁주가 뿌듯한 표정으로, 이번엔 청명의 어깨를 팡팡 내려쳤다.

"화산에 도가 있고, 무(武)가 있으니 과거의 영광을 되찾을 일도 머지 않았구나. 야수궁이 그 한 축을 담당할 수 있겠느냐?"

"에이. 사서 고생하신다는데 저희가 말릴 수 있나요?"

"뭐라? 크하하하하하하핫!"

야수궁주가 정말로 신나게 청명의 어깨를 마구 내리쳤다.

"……저 이러다 죽어요."

"아차. 그렇지!"

거의 무릎까지 땅속에 박혔던 청명이 끄응 하고 신음을 내며 발을 뽑고는 투덜거렸다.

"여하튼 잘 풀린 건 잘 풀린 거고, 계약은 계약이니까요. 그 내용은 엄수해 주세요."

"당연한 말이다. 남아일언중천금이지!"

"네, 믿을게요. 친구니까요."

"하하하! 그래, 친구지!"

서로에게 미소를 보인 두 사람이 손을 맞잡았다.

"그래. 며칠 더 쉬다 가겠느냐? 새로 빚은 도원향이 익을 때가 되었는데."

"으음. 정말 귀에 착착 달라붙는 소리지만…… 이제는 돌아가야 할 것 같네요."

"벌써?"

"네. 저희가 돌아오기만 목이 빠지도록 기다리는 사람들이 있거든요."

청명이 고개를 돌려 먼 곳을 바라보았다.

오래도 떠나 있었다. 벌써 그리웠다. 깎아지른 듯 가파르기만 한 산세가. 제단에서 풍겨 오는 향내가. 그리고 그들을 보며 활짝 웃는 장문인

아직은 그리 말하지 마라

과 장로들의 웃음소리가 말이다.

"화산의 제자는 화산을 떠나서는 살 수 없죠. 이제는 그만 가야 해요."

"아쉽군."

"걱정하실 것 없어요. 다시 보게 될 테니까요. 운남에 문제가 생기면 저희가 바로 달려올게요."

"하하하. 더없이 든든하군!"

아쉬워하는 야수궁주와 인사를 나눈 화산의 제자들이 봇짐을 짊어지고는 야수궁의 정문을 나섰다. 그리고 그 순간이었다.

"손님께서 떠나신다."

쿵! 쿵! 쿵! 쿵! 쿵! 쿵!

도열해 있던 야수궁도들이 일제히 발을 구르기 시작했다. 그 많은 무인의 발 구름에, 마치 지진이라도 난 듯이 땅이 흔들렸다.

"야수궁은 친구를 잊지 않는다!"

"야수궁은 친구를 잊지 않는다!"

야수궁주의 선창에 야수궁도들이 목이 터지도록 복창했다.

화산의 제자들이 뒤를 돌아보았다. 이쪽을 바라보며 발을 구르는 야수궁도들의 모습이 두 눈에 똑똑히 박혔다. 그 모습에 온갖 감회가 스치며 살짝 울컥하고 말았다. 들어올 때는 잡혀 들어왔지만, 떠날 때는 친구가 되어 떠난다.

"다시 뵙겠습니다!"

백천이 크게 소리를 치고는 모두를 향해 포권 했다. 그리고 살짝 남은 미련마저 털어 버리며 몸을 돌렸다. 헤어짐은 깔끔할수록 좋은 법. 다시 만날 테니 아쉬워할 이유도 없다.

그러니…… 이제는 돌아가자. 모두가 기다리고 있는 화산으로!

• ◆ •

"낄낄낄낄."

"……."

"크흡."

"……."

"끼이일낄낄끼일낄!"

윤종이 가만히 하늘을 올려다보았다. 우라질, 오늘따라 하늘은 왜 저리도 맑은가?

청명이 '크으' 하며 박수를 치더니 돌연 어깨를 쭉 펴고 굉장히 당당한 표정을 지었다. 그러더니 조금 전의 윤종을 흉내 내기 시작했다.

"모르겠습니다! 사람이 사람을 돕는 데 이유가 필요합니까? 저는 마음이 이끄는 대로 할 뿐입니다! 그게 저의 도입니다!"

그러자 재빨리 청명의 앞쪽에 선 조걸이 그 흉내를 받아 놀라는 시늉을 했다.

"허어어어어?! 네게 도가 있구나!"

"으하하하하하하하하하하핫!"

"낄낄낄낄낄낄!"

청명과 조걸이 자지러졌다. 하늘을 올려다보는 윤종의 눈시울이 붉어졌다. 몰래 눈가를 훔쳤다.

'저 사갈 같은 것들.'

내가 왜 그랬을까? 그냥 대충 넘길 것을. 대체 왜 할 말, 못 할 말 구분하지 못하고 생각나는 대로 떠들어서 이 고초를 겪는단 말인가?

"크으! 화산에 도인이 났구나!"
"청명아. 화산이니까 원래 도인이 난다."
"아, 그렇지. 그럼 화산에 참도인이 났구나!"
"도기지, 도기!"
"크으으으으으! 사형! 이 사제는 정말 감탄했습니다!"
청명아. 차라리 그냥 패라. 말로 패지 말고 주먹으로 좀 패 주면 이 사형이 참 고마울 것 같은데.
눈가에 다시 핑 돈 눈물을 닦아 낸 윤종이 간절한 눈빛으로 백천을 바라보았다. 그 눈빛에 담긴 염원을 이해한 백천이 살짝 헛기침하고는 청명과 조걸을 돌아보았다.
"너희도 이제 그만하거라!"
"에이."
"예. 알겠습니다, 사숙."
신나게 놀리던 둘이 수그러들자 백천이 짐짓 근엄하게 고개를 끄덕이며 말했다.
"화산에서 큰 도인이 나셨는데 그리 놀려서야 되겠느냐. 너희는 윤종을 놀릴 게 아니라 그의 도를 본받아야 할……. 푸웁!"
백천이 입을 틀어막았다.
"사숙……."
"아, 미안하다. 자꾸 생각이……. 푸후후훕!"
백천마저 무너지자 청명은 때를 놓치지 않았다.
"그게 제가 화산의 제자로서 가진 소명입니다!"
"아, 하지 말라고!"
"흐지 믈르그! 낄낄낄낄낄."

청명이 또다시 자지러졌다. 눈물까지 빼 가며 웃는 그를 보고 있으니 도란 무엇이고 삶이란 무엇인가 한없이 상념에 빠지고 마는 윤종이었다. 윤종의 어깨에 턱 손을 올린 백천이 몇 차례 헛기침하고는 입을 연다.

"창피해할 것 없다. 너는 훌륭했다. 네가 잘못된 게 아니라, 우리가 못나서 그렇다."

"크으! 그렇지요. 제가 이리 대단한 사형을 두었다니! 이 청명 아주 가슴이 훈훈합니다! 사형! 이제 사형만 믿고……."

"에라!"

백천이 손을 비비며 다가오는 청명을 걷어차 멀리 날려 버렸다.

"저 마구니 같은 놈."

"……사숙도 웃으셨잖습니까."

"미안하다."

백천이 자꾸만 터져 나오는 웃음을 참기 위해 급히 입을 막았다.

"끄읍. 끄읍……."

"낄낄낄낄."

"크크크크크크크."

여기가 지옥이구나. 여기가 지옥이야.

절망과 창피함에 몸서리치는 윤종을 보며 백천은 몰래 살짝 미안한 표정을 지었다. 사실 오늘 윤종은 정말 훌륭했다. 아무리 완벽한 논리를 가져다 댄다고 해도 감정이 상해 있는 그들을 설득하기란 쉽지 않았을 것이다. 하지만 윤종은 그들을 논리가 아닌 자신의 도로써 설득해 냈다.

정말 큰일을 해내었다. 덕분에 화산은 운남과 우호를 제대로 다질 수 있었다. 그에 비하면 운남산 차의 전매권을 손에 넣었다는 건 사소하게 여겨질 정도다. 새외오궁 중 하나인 남만야수궁과 우호를 다졌다는 건 정말 굉장한 일이다.

'이번 운남행에서 생각지도 않은 것들을 많이 얻게 되는군.'

야수궁도 야수궁이지만, 당가와도 동맹을 맺었다. 중원의 서쪽에 있는 가장 강대한 세력들과 연계할 기반을 마련한 것이다. 그리고 무엇보다…….

"자목초는 잘 챙기고 있겠지?"

"저 보십쇼."

백천이 슬쩍 고개를 돌렸다. 청명이 자목초 자루를 아주 제 몸에 똘똘 감고 있었다. 청명을 죽이기 전에는 절대 자목초에 손댈 수 없을 듯 보였다.

"……저쯤 되면 황궁 보고보다 더 안전해 보이는데."

"저도 그렇게 생각합니다."

피식 웃은 백천이 살짝 목을 가다듬었다.

"다들 모여 보거라."

조걸과 윤종, 청명과 유이설이 백천의 주위로 모여들었다.

"우선…… 이런 말을 하기에는 조금 이를지 모르겠지만, 다들 고생이 많았다."

"아닙니다, 사숙."

"하지만 아직 안심하기는 이르다. 우리의 목적은 자목초를 구하는 게 아니라 자목초를 무사히 화산까지 가져가는 것이다."

그때 청명이 단호하게 덧붙였다.

"거기에 하나 더! 한시라도 빨리 가져가는 거지."

"그렇다!"

백천이 고개를 끄덕였다.

"다들 지금까지 힘들었던 것은 알고 있다. 하지만 휴식은 화산에 돌아간 다음 취하도록 하자꾸나."

"당연한 말씀이십니다, 사숙!"

"그래. 그럼 일단은…… 화평상단과 다시 조우해야 할 텐데."

"응? 걔들은 왜?"

청명의 물음에 백천이 뭐 당연한 걸 묻느냐는 듯 눈살을 찌푸렸다.

"그래야 운남을 빠져나갈 것 아니냐."

"뭐 하러? 마차야 사면 그만이고, 말은 있잖아."

"응? 말이……."

말을 끝내기도 전에 무언가 깨달은 백천이 살짝 눈을 치떴다.

"아……."

"너, 너무 배가 고픕니다. 부채주님. 이러다 정말 죽겠습니다."

"구걸도 안 됩니다. 여기 인심이 너무 각박합니다……."

"뱃가죽이 등가죽에 달라붙을 것 같습니다……. 이제는 벗겨 먹을 나무껍질도 없습니다."

쏟아지는 하소연에 장호채의 부채주, 방요가 한숨을 푹 내쉬었다. 청명이 그들의 내공을 금제하고 떠난 지도 벌써 며칠이 지났다. 내공 한 점 없이 머나먼 외지에 남겨진 그들은 아무것도 하지 못하고, 그저 시간을 때울 수밖에 없었다.

"어떻게 하겠느냐. 다른 도리가 없는 것을."

"차라리 도적질이라도 다시 좀 해 보는 게 어떻습니까?"

"내공도 없는데 뭔 놈의 도적질이냐."

"내공이 없다고 저희가 양민한테 지기야 하겠습니까?"

"……뒷감당은 누가 하고?"

돌아오는 대답은 없었다. 방요가 눈물을 글썽이며 말했다.

"갑자기 곤명에 도적이 나타났다는 소문이 돌면 당연히 우리가 의심받을 수밖에 없는데……. 너희 그 악마 같은 새끼를 감당할 수 있겠냐?"

악마 같은 새끼라는 말이 나오자마자 모두의 머릿속에 한 사람의 얼굴이 떠올랐다.

"개도 안 물어 갈 놈."

"마적보다 더한 새끼!"

떠올리는 것만으로 앓는 소리가 절로 나온다.

그들은 마적이다. 마적은 곧 도적이고, 도적들은 대체로 도덕심이 결여되어 평범한 삶에 적응하지 못하는 이들로 이루어져 있다. 생각이 있는 이들이라면 아무리 어려운 상황에 처하더라도 마적이 되지는 않는다. 아니, 설사 너무 힘들어서 잠시 도적질을 할 수는 있을지라도 평생 마적질을 하며 살겠다고 결심하지는 않는다.

그러니 쉽게 말해, 마적질을 하겠답시고 모여든 놈치고 제정신 박힌 놈은 없다는 뜻이다.

하지만 그런 그들이 보기에도 청명이라는 놈은 도를 넘었다. 하늘이 무슨 생각으로 그런 종자를 세상에 내보냈는지 의심스러울 정도다.

"……그럼 어떻게 합니까?"

"어떻게 하긴 뭘 어떻게 해! 꼼짝없이 이러고 기다려야지!"

"그러다 굶어 죽으면요?"

"그게 낫지. 맞아 죽는 것보단."

"끄으으으으응."

마적들이 한숨을 푹푹 내쉬었다. 어쩌다 그런 마귀 놈을 만나서 이 꼴을 당하는가.
　"아서라. 내가 보기에 그놈은 건수 하나 물면 웃으면서 우릴 때려죽이고도 남을 놈이다."
　"나이도 어려 보이는 놈이 대체 뭘 먹고 컸기에……."
　마적 중 하나가 울상으로 방요를 보며 말했다.
　"그런데 저희 진짜 어떻게 합니까? 풀려날 수는 있습니까? 이러다 그놈이 돌아오면 온갖 고초는 다 겪다가 결국 맞아 죽을지도 모르잖습니까. 차라리 지금이라도 도망을 치는 게……."
　"내공도 없이 어떻게 살라고!"
　"그래도 어떻게 사천까지만 돌아가면 무슨 수가 있지 않겠습니까?"
　"사천? 너 사천이라고 했냐?"
　"예. 그래도 거기는 저희 터가 있으니까……."
　방요가 소리를 버럭 질렀다.
　"이런 멍청한 놈을 봤나! 우리가 사천에 쌓은 원한이 몇이냐! 그런데 우리가 내공을 잃어 양민이 되었다는 소문이 퍼지면 살아남을 수 있을 것 같으냐? 우릴 죽이겠다고 도끼를 뽑아 들고 쫓아올 놈들이 백은 넘을 것이다!"
　"그래도 산채에 보호를 요청하면……."
　"산채가 우릴 보호해 줄 것 같으냐? 채주는 팔 하나 잘려서 창을 제대로 못 들게 되었다고 멀쩡한 놈을 호랑이 밥으로 던져 주는 사람이다. 그런 인간이 내공을 잃은 우리를 보호해 준다고?"
　모두 말을 잇지 못했다. 방요가 그런 수하들을 보며 혀를 찼다.
　"아서라, 아서. 지금은 그냥 배 움켜잡고 여기서 버티는 게 최선이다.

그놈이 우릴 괜히 풀어놨을 것 같으냐? 제발 사고 치라고 빌고 있을 것이다. 사고만 치면 바로 때려죽이려고."

"잘 아네."

"그래. 뻔하다니까. 그 악독한 놈이 생각하는 거야 뻔하지."

"그렇게 악독하지는 않은 것 같은데."

"무슨 소리냐! 내 살면서 그토록 악독한 놈은 단 한 번도 본 적이 없다. 차라리 마적이 착하지, 마적이! 내가 내 직업에 단 한 번도 자부심을 가져 본 적이 없는데 그놈 때문에 없던 자부심이 생겼다니까."

"호오오오. 그럼 참 좋은 일이네."

"그렇지. 그게 참 좋은……. 응?"

방요가 슬쩍 고개를 돌렸다. 사색이 된 부하들의 얼굴이 먼저 보였다. 직감적으로 뭔가를 느낀 방요의 얼굴도 새하얗게 질리기 시작했다. 마침내 고개가 목소리가 들려온 쪽으로 완전히 돌아갔을 때, 방요는 방긋방긋 웃고 있는 익숙한 얼굴을 발견할 수 있었다.

순간 세상이 멈춘 것 같았다. 전신으로 식은땀을 삐질삐질 뿜어낸 방요가 귀신이라도 본 것 같은 얼굴로 덜덜 떨며 입을 연다.

"어, 언제 오셨……."

"방금."

"그럼 혹시 방금 저와 말을 나눈 게……."

"응, 나야."

방요의 얼굴이 새파랗게 질리다 못해 검게 죽기 시작했다. 빙그레 미소를 짓고 있는 청명을 보고 있으니 경기가 일어날 지경이다.

"바, 방금 그 말은 제 본심이 아, 아니라……."

청명이 손을 뻗어 방요의 어깨를 두드렸다.

"괜찮아, 괜찮아. 살다 보면 그럴 수도 있지. 없는 곳에서는 나라님도 욕하는 법인데 뭐 그리 대단한 일이라고."

"죄, 죄송합니다."

청명이 흐뭇하게 웃었다.

"괜찮다니까. 내가 그리 박한 사람이 아니에요. 이래 봬도 내가 도인이거든. 다 이해해. 그럴 수도 있는 거지."

도인? 이 새끼 도인이었다고? 뭔 씨알도 안 먹힐 개소리를 하고 있어! 세상에 너 같은 도사가 어디 있다고!

방요가 자신도 모르게 눈을 부라렸다. 그 불량스러운 눈빛을 보며 청명은 더욱 흐뭇하게 웃었다.

"도인이 왜 도인인 줄 알아?"

"그, 글쎄요."

"상대에게 좋지 않은 소리를 들어도 오히려 베풀 줄 알아야 도인인 법이다. 내가 사형에게 그걸 배웠지. 그러니 나도 너희를 위해서 선물을 준비해 왔다."

청명이 뒤쪽으로 성큼성큼 가더니 뭔가를 한 아름 들고 돌아왔다. 그러고는 어리둥절해하는 방요의 앞에 툭 던졌다.

"……이건?"

방요가 고개를 갸웃했다. 청명이 가져온 것은 다름 아닌 건초였다. 하지만 추운 곳이라면 모를까, 이 더운 운남에서 건초가 무슨 소용이 있다고……. 의아해하는 방요를 보며 청명이 흐뭇하게 웃었다.

"보다시피 건초다."

"그건 알겠습니다만 이걸 왜……."

"뭐니 뭐니 해도 선물은 먹는 게 제일 좋은 법이지."

"……예?"

"먹어."

방요가 멍한 눈빛으로 청명을 바라보았다. 먹으라고? 건초를?

"이, 이걸 어떻게 사람이 먹습……."

"사람?"

눈을 가느스름하게 뜨고 있던 청명이 서서히 눈을 크게 떴다. 검은 눈동자에 살기가 어려 번들거렸다.

"여기에 사람이 있다고? 말이 아니라?"

"……."

"잘 생각해라. 말은 그럴 수 있어. 말이 뒷담을 깐다고 화를 내는 건 이상하니까. 그런데 사람이면……."

청명이 움켜쥔 기둥이 그대로 으드드득, 굉음과 함께 으스러졌다.

"주둥아리를 나불댄 대가를 받아야겠지!"

"……."

"먹고 말 할래? 아니면 안 먹고 사람 할래?"

대답은 즉시 나왔다.

"먹겠습니다! 저희 건초 좋아합니다!"

"감사합니다! 이렇게까지 생각을 해 주시다니!"

청명이 언제 살기를 뿜었냐는 듯 다시 흐뭇하게 웃었다.

"그렇지? 많이 먹어라."

"예!"

건초를 움켜잡는 마적들의 눈에서 하염없이 눈물이 흘러내렸다. 만나지 말아야 할 이를 만난 대가였다.

• ◈ •

　"그렇게 됐습니다."
　"……세상에. 그 야수궁의 협력을 얻어 냈단 말씀이십니까?"
　"예."
　화평상단의 행수 곽경이 입을 쩍 벌렸다. 백천의 담담한 태도를 보니 아무래도 거짓말이 아닌 것 같아 더 말문이 막혔다. 그러나 도무지 믿을 수가 없었다.
　야수궁이 운남과 중원의 무역을 금한 지도 어언 백 년이 다 되어 간다. 막대한 이권이 걸려 있는 일이기에 사천의 상단들은 벌써 수십 년간 야수궁의 마음을 바꾸려 노력해 왔다. 하지만 그 오랜 기간 총력을 기울였음에도 야수궁의 완강한 의지를 꺾을 수가 없었다. 그런데 그걸 이 어린 도인들이 해냈단 말인가?
　"그, 그럼 그…… 전매권이라는 건?"
　"앞으로 운남의 모든 무역은 저희 화산의 이름으로 행해질 것입니다."
　"자, 잠시만 기다려 주십시오. 도장, 그럼 저희는……!"
　백천이 슬쩍 조걸을 돌아보았다. 그러자 조걸이 미소를 지으며 포권을 했다.
　"여기까지 저희를 데려다준 화평상단의 은혜는 잊지 않고 있습니다. 화산의 이름을 쓰는 상단은 운남을 자유로이 오갈 수 있으니 지금까지와 달라질 게 없을 것입니다."
　"아……."
　곽경의 표정에 안도가 어렸다. 동시에 마음이 술렁였다.
　화산의 이름을 쓰는 이들이 운남에서 자유로이 상행을 할 수 있다는 말인즉슨, 화산이 앞으로 운남과 사천의 무역을 통제할 수 있다는 뜻이다. 앞으로는 화산이 운남의 무역권을 가지고 사천의 상가를 제멋대로 주무를 수 있단 뜻이기도 하다. 운남 차 무역은 막대한 이득을 불러오는 일이고, 여기에 참여하지 못하는 상가들은 자금력의 한계에 부딪혀 순식간에 경쟁에서 밀려나고 말 테니까.
'지금 한가로이 상행이나 하고 있을 때가 아니다.'
한시라도 빨리 이 사실을 상단주께 알려야 한다. 그래야 대책을 세울 수 있다. 무엇보다…….
곽경의 시선이 조걸에게로 향했다. '사해상회'의 둘째 아들. 화산이 사천에서 직접 움직이는 것은 모양새가 좋지 않으니 반드시 대리인을 두려고 할 것이다. 팔은 안으로 굽는 법이고, 그 대리인은 사해상회가 될 확률이 높았다.
거기까지 계산을 마친 곽경이 만면에 화색을 띠고 포권 했다.
"축하드립니다. 큰 것을 얻으셨군요."
"별말씀을."
"그럼 이제 사천으로 돌아가시겠군요. 저희가 모시려고 하는데 어떻겠습니까?"
"상단의 일정이 아직 끝나지 않은 걸로 압니다만?"
"그건 그리 중요하지 않습니다. 저희도 마침 사천으로 돌아가려던 차라."
곽경의 머리가 팽팽 돌았다.
지금은 상행이고 뭐고 이들과 친분을 쌓는 것이 중요하다. 더 좋은 것은 이대로 이들을 극진히 모셔 화평상단의 본단으로 바로 가 버리는 것이다. 상단주가 버선발로 박차고 나오는 모습을 연출할 수 있다면 그보다 좋을 수는 없을 테니까.

하지만 백천의 입에서 나온 대답은 곽경의 기대를 단박에 무너뜨렸다.

"배려는 감사하지만, 저희는 따로 돌아가 봐야 할 것 같습니다. 한시가 급한지라."

"여기서부터 사천까지 가는 길이 무척 험난합니다. 저희가 모셔다드리는 게 가장 빠른 방편일 텐데요. 여기서는 말을 구하기도 힘듭니다."

"아, 그게……."

백천이 뒷머리를 긁었다. 이걸 어찌 설명해야 하는지 고민하는 찰나, 저쪽 길 끝자락에서 먼지구름이 피어나는 모습이 보였다.

"……아무래도 저기 오는 모양인데요?"

백천의 시선을 따라 고개를 돌린 곽경이 두 눈을 부릅떴다.

"으아아아아아아!"

"달려! 달려!"

"이히히히히히힝!"

커다란 짐수레에 달라붙은 마적들이 혀를 빼고 헐떡이며 이쪽을 향해 전력으로 달려오고 있었다.

"끄윽!"

"도, 도착!"

그들의 앞에 멈춰 선 마적들이 누가 먼저랄 것도 없이 바닥에 엎어져 숨을 할딱댔다. 오르락내리락하는 가슴팍을 보고 있으니 측은지심이 절로 일었다.

"이, 이게 무슨 일……."

곽경은 황당해하는 기색이 고스란히 묻어나는 표정으로 쓰러진 마적들을 바라보았다.

'왜 하나같이 입에 건초를 물고 있는 거지?'

도무지 이해할 수 없는 일뿐이었다. 그때, 짧게 혀 차는 소리와 함께 마적들이 끌고 온 짐수레에서 누군가가 고개를 빼꼼 내밀었다.

"이리 허약해서 사천까지 갈 수 있겠어?"

그 말에 쓰러져 있던 마적들이 경기를 일으키며 고개를 번쩍 들었다.

"가, 갈 수 있습니다!"

"걱정하지 마십시오! 저희는 하나도 지…… 지치지 않았습니다! 진짭니다! 살려 주십쇼!"

"어휴. 내가 도사만 아니었어도."

청명이 고개를 내저으며 한숨을 쉬었다. 마적들의 눈가에 눈물이 고였다.

'이게 도사가 할 짓이냐!'

'언제부터 도사가 악마를 부르는 말이 되었나. 세상이 언제 이리 각박해졌단 말인가?'

'어머니, 보고 싶습니다.'

그러거나 말거나 청명은 짐수레에서 훌쩍 뛰어내려 백천을 향해 터덜터덜 다가갔다.

"말 몰아 왔어."

"……저 입에 건초는 뭐냐?"

"배고플 것 같아서. 먼 길 떠날 말들인데 잘 먹여야지."

청명이 어깨를 으쓱하며 답했다. 백천의 눈가가 파르르 떨렸다.

"청명아. 저들이 죄를 지은 것은 사실이나, 죄인이라고 해도 사람대접은 해 줘야 하지 않겠느냐?"

"응?"

동정심이 묻어나는 조언에, 청명이 고개를 슬쩍 돌려 마적들을 바라보았다.

"들었지? 니들 사람대접 좀 받아 볼래?"

마적들이 사색이 되어 손을 내저었다.

"아닙니다! 저희는 말입니다! 아니, 저희가 무슨 말씩이나 되겠습니까! 소나 개쯤으로 취급해 주십시오!"

"저는 절대 사람이 아닙니다! 사람이 될 바에는 그냥 죽겠습니다!"

"음모어어어어! 음머어어어어어어!"

"들었지? 그렇다는데?"

아비규환이었다. 백천이 지끈거리는 관자놀이를 꾹꾹 눌렀다. 청명이 씨익 웃는 꼴을 보니 절로 한숨이 나왔다. 대체 뭔 짓을 하면 사람이 저렇게 되는 걸까. 상상하고 싶지도 않았다. 백천이 고개를 내젓는데 청명이 안심하라는 듯 말했다.

"걱정하지 마. 사천까지 빨리 가면 풀어 주기로 했어."

"오, 그래?"

"응. 여기까지 온 것보다 두 배만 빨리 돌아가면 돼. 그럼 살려서 보내 줄 거야."

"……못 하면?"

"으음. 그게…….'"

청명이 조금 아리송한 표정으로 고개를 갸웃했다. 의외의 반응에 백천이 다시 물었다.

"왜?"

"아니. 이걸 내 입으로 말하는 게 과연 사숙, 사형들의 교육과 저것들의 사기에 도움이 될까 싶어서. 정말로 듣고 싶어?"

"……아니. 그냥 안 들으련다."

세상에는 모르는 게 나은 일도 있는 법이다. 백천이 뭔가 첨언할까 하다가 끝내 고개를 내젓고 말았다. 어쨌건 저들이 참수당해도 변명하지 못할 죄인인 건 틀림없으니까. 그냥 몸을 돌려 곽경을 바라보았다.

"여하튼 그리되었으니, 저희는 이만 가 보겠습니다. 자세한 것은 화산의 이름으로 따로 입장을 표할 것이니 기다려 주십시오."

"아……. 이리 가시면……."

곽경이 뭔가 말을 하려다 말고 입을 다물었다. 생각해 보면 이들을 잡아 둘 명분이 없었다. 화산의 제자들이 모두 짐수레에 올라타자 청명이 목소리를 높였다.

"자, 가……!"

"저기…….''

"응?"

그때 옆에서 들려오는 작은 목소리에, 청명의 말이 뚝 끊어졌다. 고개를 휙 돌리니 웬 작은 아이가 자기보다 더 작은 아이의 손을 잡고 서 있었다.

"엥?"

"아, 너는……."

짐수레에 타 있던 윤종이 아이를 보고는 수레에서 훌쩍 뛰어내렸다. 그러고는 주저 없이 아이에게 다가갔다. 윤종이 가까이 가니 우물쭈물하던 아이가 허리를 푹 숙였다.

"가, 감사합니다."

"…….''

"덕분에 동생이 배를 채웠어요. 감사합니다. 정말 감사합니다."

윤종이 말없이 아이를 바라보다가 가만히 고개를 끄덕였다.

"다행이구나."

"절대 이 일, 잊지 않을게요. 감사합니다."

그 모습을 보던 청명이 슬쩍 주위를 돌아보았다. 골목 여기저기서 아이들이 고개를 내밀더니 주춤주춤 다가오기 시작했다. 몇몇 아이들은 수레까지 다가와 감사를 전하고, 다른 몇몇 아이들은 멀찍이서 고개를 숙인 뒤 종종걸음으로 돌아갔다. 어떤 아이는 윤종의 손에 매달렸고, 또 어떤 아이는 윤종의 옷자락을 잡고 울상을 지었다. 보는 것만으로도 아이들의 티 없는 진심이 느껴졌다.

청명은 슬쩍 고개를 돌려 하늘을 바라보았다.

"거참."

장문사형. 뭐…… 나는 끝끝내 장문사형이 원하는 사람은 되지 못하겠지만…… 그런 사람이 될 제자는 있는 것 같수. 좋으십니까?

어쩐지 하늘 위에서 장문사형이 빙그레 웃고 있는 것 같았다.

"사형! 그만 가자."

"으음, 알았다."

"빨리 가야 사천에서 쌀 사서 보낼 거 아냐. 여기에는 이제 돈을 풀어도 살 곡식이 없다며."

"그랬지."

윤종의 표정이 단호해졌다. 그는 자신의 주변에 머물러 있는 아이들의 머리를 한 번씩 쓰다듬어 준 뒤 나직한 목소리로 말했다.

"조금만 참고 버티거라. 그러면 이제 더는 굶주리지 않아도 될 것이다."

"……네."

기대감 따위는 조금도 없는 표정이었다. 아마 수없이 들은 말일 테니 신뢰할 수 없을 것이다. 하지만 지금은 이걸로 충분하다. 그의 도는 행하는 것이지 위로하는 것이 아니니까.

마지막 아이의 머리를 헝클어뜨린 윤종이 아이들을 지나 수레에 올라타고는 살짝 격앙된 목소리로 말했다.

"빨리 가자! 한시가 급하다!"

"……."

"뭐 하느냐?"

"아, 알았어!"

청명이 피식 웃고는 마적들을 불렀다.

"가자, 이놈들아!"

"예!"

청명이 소리를 치자마자 널브러져 있던 마적들이 어디서 힘이 샘솟았는지 벌떡벌떡 몸을 일으켰다. 그리고 후다닥 짐수레에 들러붙었다. 앞에서 넷이 끌고, 뒤에서 넷이 밀고 좌우로 하나씩 붙는다.

"다리가 부러지도록 밀어! 알았어?"

"예, 도장님!"

짐수레가 움직이기 시작했다. 청명은 슬쩍 아이들에게 시선을 던졌다가 거두었다.

"가자!"

"으랴아아아아아아아아!"

"이히히히히히히히힝!"

마적들이 저마다의 기합을 내지르며 짐수레를 밀고 끌기 시작했다. 이내 '수레'라는 이름과는 전혀 걸맞지 않을 만큼 빠른 속도로 짐수레가 치고 나가기 시작했다.

먼지구름을 풀풀 피워 올리며 멀어지는 마차를 보며 아이들이 입을 헤에 벌렸다. 그리고 그 광경을 빠짐없이 지켜보던 곽경도 가만히 고개를 끄덕였다.

"폭풍 같군, 정말."

"행수님, 어찌하시겠습니까? 지금 당장 이 사실을 상단에 알려야 하지 않겠습니까?"

"그래야겠지."

"상행을 돌리겠습니다."

곽행수가 고개를 저었다.

"아니다. 그럴 것 없다. 말 한 필 내어 주고 한 사람만 보내거라."

"그래도 되겠습니까?"

"그래."

곽행수의 마음은 외려 조금 전보다 편해진 느낌이었다. 어쩌면 잘된 일일지도 모른다. 어느 상단이 주도권을 잡아도 이권이 요동치는 건 피할 수 없다. 그럴 바에야 차라리 화산이 전권을 잡는 게 나을지도 모른다.

"잘 가요."

"고마워요."

열심히 손을 흔드는 아이들의 모습을 보고 있으니 더더욱 그런 확신이 들었다.

'도가라.'

곽행수가 저도 모르게 웃음을 흘렸다. 우습지도 않은 일이다. 도가니 불가니 하는 것들의 위선을 얼마나 겪어 왔던가. 겉으로는 양민들을 위한답시고 입바른 소리를 하면서 뒤로는 한 푼이라도 더 챙기기 위해 갖은 수작질을 하는 그들에게 이미 숱하게 치를 떨지 않았던가. 그런데 이제 와 이런 생각이 들다니…….

그는 고개를 내저었다. 고작 한 달도 안 되는 시간을 지켜본 것만으로 저들을 판단할 수는 없다. 어쩌면 저들 역시 곧 본색을 드러내고 운남인들의 고혈을 빨아먹으려 할지도 모른다. 다만…….

슬쩍 고개를 돌렸다. 어디선가 우르르 몰려나와 멀어지는 짐수레를 배웅하는 아이들의 모습을 보고 있으니 그의 가슴속에도 무언가가 울컥 치밀어 왔다.

'조금은 다를지도 모르지.'

자신의 검을 팔아서까지 아이들을 먹이려 했던 운종의 행동. 그리고 아이들의 머리를 쓰다듬던 그의 눈빛. 그것만으로도 묘한 기대감이 피어올랐다. 상인으로서가 아닌 인간으로서.

어느새 저만치 멀어진 짐수레의 뒤꽁무니를 보며 곽행수는 저도 모르게 부드러운 미소를 지었다.

"살펴 가시길."

화산의 도인들이여.

"달려! 달리라고, 이 새끼들아! 어디 다리에 힘을 빼! 눈알에 먹물을 쪽 뽑아 버릴라! 제시간에 사천에 도착 못 하면 니들도 죽고 나도 죽는 거야!"

"……끄으으으으."

마적들이 죽을 각오로 혀를 빼물고 짐수레를 끌었다. 그리고 그 뒤에 앉은 한 사람이 입에 거품을 물고 마적들을 협박하며 속력을 높였다. 화산의 제자들이 아연한 표정으로 서로를 돌아봤다.

"왜 저래?"

"……애들한테 곡식 사 먹여야 한다는 말이 결정타였던 모양이다."

"……그렇다고 저렇게까지?"

"그러게."

마적들을 구박하는 건 청명이 아니라 윤종이었다. 차라리 청명이 착해 보일 정도로 극심한 구박을 보며 화산의 제자들이 고개를 내저었다.

뭐? 도기(道器)? 허허. 허허허허허허.

"흐으으읍."

"히이이이익!"

"헉! 허억! 허어어어억!"

수레는 기이할 정도의 속도로 나아갔다. 애초부터 장호채의 마적들은 마적치고는 실력이 꽤 출중한 편이었다. 그런 이들이 젖 먹던 힘까지 끌어내 경공을 펼치는데 이동하는 속도가 느릴 리가 없었다.

"끄으으으으으……. 부, 부채주……. 저는 더 이상……."

"버텨! 야, 이놈아! 버텨야 한다!"

"모, 못 하겠습니다……."

"그럼 저기 올라갈래?"

방요의 말을 들은 마적이 슬쩍 고개를 돌린다. 수레 위의 모습이 보였다. 쓰러질 듯 휘청이던 마적이 짧게 경기를 일으키더니, 이내 광기 어린 눈빛으로 수레를 움켜잡았다.

"으아아아아아아아!"

"그래! 버텨라! 견뎌!"

방요도 눈물을 머금고 수레를 밀었다. 다리가 후들거리고 입에선 단

내가 나지만, 절대 멈출 수 없었다. 멈추면 저들이 괴롭히느냐고? 아니! 오히려 너무 잘 대해 줘서 문제다!

방요가 고개를 슬쩍 들어 짐수레 위를 보았다. 그곳에선 다섯 명의 마적들이 청명의 옆에서 아주 편안한 휴식을 취하고 있었다.

"누우라니까. 왜 자꾸 앉아서 그래?"

"괜찮습니다!"

"말은 누워서 쉬지 않습니다!"

부동자세로 목이 터지도록 대답하는 마적들을 보며 청명이 고개를 까딱거린다.

"허어, 거참 말귀를 못 알아먹네. 편히 쉬라니까."

"저희는 정말 괜찮습니다! 편안합니다! 정말 편안합니다."

"너무 편해서 푹 잤습니다!"

방요가 눈가를 훔쳤다. 사람이 어떻게 저리 악독할 수가 있단 말인가.

곤명을 출발한 지 얼마 지나지 않아 청명은 그들 중 다섯을 수레 위로 올렸다. 워낙에 큰 수레를 구한지라 화산의 제자들 말고도 다섯 정도는 충분히 쉴 수 있는 공간이 나왔다.

— 뭐 하러 열 명이 동시에 끌어. 다섯 명씩 교대로 끌면 되지. 남는 시간에는 쉬고.

듣기에는 그들을 배려해 주는 말 같지만, 실상은 하루 열두 시진, 쉬지 말고 수레를 끌라는 소리였다. 뭐, 거기까진 괜찮다. 달리는 수레 위라 조금 불편하기는 하겠지만, 어쨌든 쉬는 시간이 생기는 게 어딘가.

하지만 희희낙락하며 수레 위로 올라간 이들은 그 쉴 자리라는 것이 청명의 옆인 것을 깨닫고는 눈을 질끈 감을 수밖에 없었다.

'저긴 죽어도 안 가. 달리다 죽는 게 낫지!'

'차라리 지옥이 편하겠다. 염라대왕이 형님으로 모실 놈 같으니라고!'
수레를 미는 이들이 안쓰러워하는 표정으로 위에서 쉬는 이들을 바라보았다. 죄다 무릎을 꿇고 사색이 되어선 덜덜 떨고 있었다. 청명은 그 옆에 비스듬하게 누워서 건초를 만지작거렸다.
"배고프니?"
"아닙니다!"
"배고프지 않습니다!"
"이상하다. 하루는 굶은 것 같은데. 슬슬 배고플 때 되지 않았나?"
"아닙니다! 정말 괜찮습니다!"
"그래?"
"예! 저희는 원래 식탐이 별로 없습니다."
"쯧. 안 먹는다는데 억지로 먹일 수도 없고. 배고프면 언제든 말해. 밥 줄 테니까."
"아, 알겠습니다."
청명이 하품하며 몸을 뒤집자 마적들이 피눈물을 쏟았다.
'건초가 밥이냐? 건초가 밥이야?'
'내가 전생에 무슨 죄를 지어서.'
'죄는 이승에서 지었지, 이 새끼야.'
왜 그랬을까? 죄는 짓지 말고 살아야 했는데. 그것도 이제 와선 너무 늦은 후회였지만 말이다.
"하여튼 푹 쉬어. 내가 이야기했잖아. 전에 온 것보다 딱 두 배만 빨리 가면 다 풀어 준다니까."
"예! 믿고 있습니다."
"대신……."

청명이 목을 좌우로 우두둑 꺾었다.

"두 배 빠르게 도착 못 하면 무슨 일이 벌어질지는 알아서 상상해라. 응? 열심히 달려야겠지?"

"바, 반드시 제시간 안에 도착하겠습니다!"

"그래. 배고프면 건초 먹고."

청명은 피식 웃으며 완전히 드러누웠다. 그러고는 자신을 스스로 칭찬했다.

'아, 나 너무 착해졌다니까. 예전이었으면 저런 것들은 마주친 그 순간 목을 뎅겅 잘라 버렸을 텐데.'

청명의 미소가 마적들의 피눈물과 함께 더욱 짙어졌다.

· ◈ ·

"아직 소식이 없느냐?"

"예, 상회주님."

조평이 미간을 찌푸렸다. 아무리 애를 써도 걱정하지 않을 도리가 없다. 아들놈이 그 위험한 운남으로 가서 여태껏 소식이 없지 않은가. 이제는 장성한 자식이라 믿고 기다리려 하지만, 부모의 마음이라는 게 또 그렇지 않았다.

"소식 하나 보내는 게 그리 어렵다는 말이더냐. 무심한 놈 같으니라고."

"운남에서 여기까지 소식을 전하기가 어렵다는 건 상회주님도 아시잖습니까."

"그래도 그렇지!"

조평이 한숨을 푹 내쉬며 걸음을 옮겼다. 평소엔 지금처럼 정원을 걷다 보면 갑갑했던 마음이 풀리곤 했으나, 오늘은 아무리 오래 거닐어도 속이 시끄러웠다.

"상회주님."

"알고 있다."

또 한 번 한숨을 내쉬었다. 계속 이리 시간을 보낼 수는 없는 노릇이다. 그는 수많은 상회원의 삶을 책임지는 사해상회주니까. 무거운 발걸음을 돌려 전각 안으로 들어가려던 그 순간이었다.

두두두두두두!

기이한 소리가 들려왔다. 조평이 고개를 획 돌렸다. 정문 앞으로 나 있는 큰길 쪽이었다. 아무래도 커다란 발 구름 소리인 듯했다.

'무슨 일이지?'

조평이 얼굴을 찌푸렸다. 이건 흡사 대군이 진격하는 소리 같았다. 게다가 점점 더 커지고 있었다. 마치 그 대군이 이쪽을 향해 진격해 오는 것처럼.

"무슨 일이냐?"

"제, 제가 지금 바로 확인해 보겠습니다!"

총관이 부리나케 달려가 문을 움켜잡은 바로 그 순간이었다. 쾅! 정문이 돌연 거대한 폭음을 내며 터져 나갔다. 그 반동에 총관이 하늘 높이 튕겨 나갔다.

"아아아아아아아아!"

총관의 비명이 점점 멀어졌지만 조평은 차마 고개를 돌리지 못했다. 터진 문을 통해 본 광경이 너무도 기괴했기 때문이다.

세상 모든 것을 박살 낼 기세로 커다란 짐수레를 끌고 들어온 이들이 점차 속도를 줄이고, 멍하게 주변을 둘러보고는 그 자리에서 픽픽 쓰러졌다. 그러더니 이윽고 눈물을 흘려 대기 시작했다.

"허어어억! 허억! 허어어어어억!"

"사, 살았다! 살았어!"

"으ㅎㅎㅎㅎㅎㅎㅎ흑! 어머니! 제가 제시간에 도착했습니다!"

조평이 눈을 크게 뜨고 수레 옆에 드러누운 이들을 살펴보았다. 옷은 너덜너덜해져 넝마나 다름없었고, 온몸이 흙먼지와 땀으로 범벅이었다. 꼴만 보면 지나가던 거지가 형님 하며 고개를 숙일 판이다. 하지만 그 처참한 몰골과는 반대로 그들의 얼굴에는 벅찬 희열과 감동이 가득했다.

"끅……. 끄윽. 살았다! 살았어!"

"어흐흐흑! 부채주님, 저희가 해냈습니다!"

"그래, 그래. 다들 정말 고생이 많았다. 이 부채주는 감격스럽구나!"

뭐 하는 걸까? 별안간 벌어진 이 상황을 도통 이해할 길이 없었던 조평은 멍하니 바라보기만 할 따름이었다.

그때, 수레 위에서 누군가가 벌떡 일어섰다. 그는 훌쩍 뛰어내리며 혀를 찼다.

"쓰읍! 이것들이 감히 문을 부수고 들어와? 여기 조걸 사형네 집인데!"

"히익!"

조평이 고개를 갸웃했다. 저자는 분명히 조걸의 사제인 청명, 그러니까 화산신룡이다. 그렇다는 건……?

"아이고. 허리야."

"끄응. 빨리 와서 좋기는 한데, 너무 흔들려서."

"멀미, 멀미."

"사, 사매! 얼른 내려! 여기에서 토하지 말고!"

짐수레에서 화산의 제자들이 줄줄이 모습을 드러냈다. 그들 사이에서 아들 조걸을 발견한 조평은 눈을 크게 치켜떴다.

"걸아! 이놈아! 이게 대체 어떻게 된 일이더냐?"

"아버지!"

조걸이 빠른 걸음으로 조평에게 달려왔다.

"그래, 무슨 일이 있었……."

하지만 조걸은 아버지의 말을 들을 겨를도 없다는 듯이 다짜고짜 손부터 덥석 움켜잡았다. 금방 불이라도 내뿜을 듯한 아들의 눈빛에, 조평이 움찔하여 한 발짝 물러났다. 조걸은 그런 아버지를 놓아주지 않겠다는 듯 손아귀에 힘을 꽉 주었다.

"아버지!"

"으, 으응?"

아들놈이 이렇게 무시무시한 기세를 뿜어내는 건 처음 보았기에 조평은 적잖이 당황했다.

"곡식! 지금 당장 곡식을 사들여야 합니다! 성도에 있는 곡식을 모조리 확보해야 합니다!"

"……응? 그, 그게 무슨 말이더냐?"

아니, 이놈이 돌아오자마자 인사도 안 하고 다짜고짜……. 일단 상황부터 듣고 보려는 조평을 향해 조걸이 무섭도록 눈을 부라렸다.

"차!"

"……응?"

"차와 바꿀 수 있습니다!"

정말이지 밑도 끝도 맥락도 없는 말이었다. 하지만 조평은 상인. 그것도 사천의 십대 상가로 불리는 사해상회를 이끌어 온 유능한 상인이었다. 그는 조걸의 말에서 쓸 만한 정보를 순식간에 분리해 냈다.

"그러니까…… 네가 말하는 차는 당연히 운남의 차일 것이고."

"예!"

"네가……. 아니, 이번에 함께 간 네 사문 분들이 운남의 차를 사 올 권리를 얻었다는 말이더냐?"

"예! 전매권을 얻어 왔습니다."

"……전매?"

그러니까 전매……. 운남의 차를 전매할 수 있는 권리……. 조평이 살짝 갸웃하며 중얼거렸다. 그러다 번개라도 맞은 듯 펄쩍 뛰었다. 눈이 금방이라도 튀어나올 듯 커졌다.

"저, 저, 저……. 전매! 전매권이라고 했느냐?"

"예!"

"곡식을 가져가면 차를 준다고?"

"그렇다니까요! 이럴 시간이 없습니다!"

조평의 눈이 서서히 돌아가기 시작했다. 운남차의 전매권. 곡식을 가져가면 차와 바꿔 준다.

물어볼 것이 너무도 많았지만, 지금은 그럴 때가 아니다. 일단은 움직이고 나서 물어봐도 늦지 않다.

"초, 총관! 총관은 어디 있느냐!"

"끄으으으으……. 사, 상회주님. 저 여기 있습니다요……."

연못에 빠져 서글픈 몰골이 된 총관이 거의 기다시피 다가왔다.

"지금 당장 성도의 곡식을 모조리 사들여라! 아니, 사천에 있는 곡식을 모조리 수매해야 한다! 가격은 두 배! 아니, 세 배까지도 감수한다! 움직여라! 당장!"

"예!"

"동시에 운남으로 갈 상행을 준비하거라! 한시가 급한 것 같으니 최대한 빠르게! 수매한 곡식을 싣고 갈 것이니 마차와 말을 충분히 준비해야 할 것이다!"

조평의 표정을 본 총관은 무어라 더 묻지도 않고 전력으로 움직였다. 명령을 마친 뒤에야 조평이 조걸을 휙 바라보았다.

"일단 네가 말하는 대로 했으니, 이제 대체 어떻게 돌아가는 상황인지 설명 좀 해 보거라."

"예. 그러니까……."

조걸은 윤종과 함께 사정을 설명하기 시작했다. 그 모습을 바라보던 청명은 발길을 돌려 성큼성큼 걸었다. 어차피 설명이야 알아서 잘할 것이고, 이제 청명이 할 일은 따로 있었다.

"끄으으으……."

"다, 다리가 없어진 것 같아……."

"물 마실 힘도 없다."

바닥에 널브러진 마적들이 끙끙대며 다리를 주물러 대고 있었다. 청명이 그 광경을 보고는 흐뭇하게 웃었다.

"다들 고생이 많았다."

"아닙니다!"

"다 도장님 덕분입니다!"

"그래, 그래."

청명의 얼굴에 만족감이 드리웠다. 마적들이 낮밤을 가리지 않고 미친 듯이 달려 준 덕분에 정말 갈 때보다 두 배는 더 빠르게 사천으로 돌아올 수 있었다.

"그, 그런데 도장님."

"응?"

"……이제 저희를 용서해 주시는 겁니까?"

장호채의 부채주인 방요가 슬그머니 물었다. 물론 정말 하고 싶은 말은 '이제 저희를 풀어 주시는 겁니까?'였지만 차마 청명에게 대놓고 물어볼 용기가 없었다.

"내가 너희를 데려다가 어디다 쓰겠냐?"

"……그, 그럼……."

"걱정하지 마. 풀어 줄 테니까."

"가, 감사합니다! 정말 감사합니다."

청명이 웃으며 고개를 끄덕였다. 그리고 바로 그 순간이었다. 청명이 벼락처럼 손을 휘두르더니 마적들의 단전을 후려쳤다.

"끅?"

"끄으으읙!"

마적들이 아랫배를 움켜잡고 몸을 움츠렸다. 순식간에 자신들의 내공이 다시 금제되었다는 것을 깨달은 마적들이 의문 어린 눈빛으로 청명을 바라보았다.

"도, 도장님?"

"이게 무슨……?"

하지만 청명은 태연히 어깨를 으쓱할 뿐이었다.

"에이, 거짓말 아냐. 진짜 풀어 준다니까."

"……예?"

다음 순간, 등 뒤에서 뭔가 소란스러운 소리가 들린다 싶더니, 백천이 부서진 문 사이로 걸어 들어왔다.

"청명아. 모셔 왔다."

"어. 잘했어, 사숙."

모셔 와? 누굴? 방요를 비롯한 마적들이 불안한 눈빛으로 고개를 돌렸다.

왜 불길한 예감은 틀리질 않는 걸까. 백천의 뒤를 따라 들어온 건 바로 관인들이었다. 문을 박차고 들어온 관인들은 널브러져 있는 마적들을 보며 표정을 굳혔다.

"이놈들입니까? 그 장호채의 마적들이."

마적들이 망연한 눈빛으로 청명을 다시 바라보았다. 야. 설마…….

청명은 그들의 기대를 배신하지 않았다.

"네, 애들이에요. 얼른 잡아가세요."

"저…… 개새……."

뭔가 항의를 하기도 전에 관인들이 우르르 달려들어 그들을 포승줄로 줄줄이 엮었다.

"이 죽일 마적 놈들! 그동안 잘도 날뛰었겠다!"

"너희는 참수형이다! 너희에게 죽어 간 사천 사람들이 한둘인 줄 아느냐!"

"끌고 가라!"

어버버 말을 잇지 못하고 맥없이 끌려가던 마적들이 일제히 청명을 돌아보았다.

"으아아아아아! 이 사람 같지도 않은 새끼야!"

"저 말코 도사 놈이! 네가 그러고도 인간이냐!"

"지옥 불에 떨어질 놈!"

악에 받친 원성이 난무했지만 청명은 심드렁하기만 했다. 심지어 그는 귀를 후비적거리고는 손가락을 훅 불며 말했다.

"어디서 개가 짖나?"

결국 방요를 비롯한 마적들은 머릿속에 든 욕을 모조리 내뱉으면서 질질 끌려 나갔다. 백천이 다가와 넌지시 청명에게 물었다.

"……이래도 되는 걸까?"

"뭐 문제라도?"

"그래도 나름대로 최선을 다해 열심히 해 줬잖아."

"그래 봐야 마적이지. 그리고 약속은 지켰잖아. 나는 풀어 줬어. 그런데 나라에서 잡아간다는 걸 내가 뭘 어쩌겠어? 아, 그래도 좀 안타깝기는 하네. 건초라도 좀 챙겨 줄 걸 그랬나?"

아이고, 우리 청명이. 마음도 곱지. 마음도 고와.

 • ✦ •

"갔다고? 벌써?"

"……예. 그렇습니다."

당군악이 멍한 표정으로 당잔을 바라보았다.

"화산의 제자들이 운남에서 사해상회로 돌아왔다는 보고를 받은 지가 불과 한 시진 전이다. 그런데 벌써 섬서로 돌아갔단 말이냐?"

"……저도 당황스럽습니다만 그렇다고 합니다."

"허."

당군악이 어이없다는 듯 탄식했다. 표정에 섭섭한 기색이 역력했다.

"대체 뭐가 그리 급하다고. 와서 차라도 한잔하지 않고."

아무리 바쁘다고 해도 당가에 한 번은 들를 줄 알았건만, 이리 코빼기도 비추지 않고 섬서로 곧장 돌아가 버리다니.

'매정한 녀석들 같으니라고.'

당군악이 살짝 한숨을 내뱉었다. 생각해 보면 그들이 굳이 사천당가에 들러야 할 이유는 없다. 그들은 동등한 친구 관계지, 보고해야 하는 상하 관계가 아니니까. 그럼에도 섭섭하다는 건, 당군악이 그만큼 그들을 특별하게 생각하고 있다는 뜻이었다. 씁쓸한 미소가 드리워졌다. 뭐랄까, 어릴 적 같이 놀기로 한 친구가 약속 장소에 나오지 않은 것 같은 느낌이었다.

그때 당잔이 머뭇거리며 입을 뗐다.

"그리고 이건 아직 확실하게 확인된 정보는 아닙니다만……. 화산의 제자들이 아무래도 운남 차에 대한 전매권을 손에 넣은 모양입니다."

"……전매권을?"

"예. 물론 조금 더 확인이 필요하기는 합니다."

"확인할 것도 없다."

보고하던 당잔이 살짝 눈을 크게 떴다. 당군악이 심드렁하게 말을 이었다.

"그놈이면 전매권이 아니라 야수궁의 신물을 털어먹고도 남는다. 우리 당가도 속곳에 숨겨 놓은 것까지 모조리 털렸는데, 야수궁이라고 별수 있겠느냐?"

"하긴."

청명의 얼굴을 떠올린 당잔은 곧장 이해가 간다는 듯 고개를 끄덕였다.

"여하튼 아쉬운 일이구나. 벌써 돌아갔다니."

당군악이 아쉬움을 토로하던 그 순간이었다. 바깥에서 살짝 들뜬 목소리가 들려왔다.

"가주님! 사해상회의 상회주가 가주님을 뵙기를 청하고 있습니다."

"음?"

당군악이 미간을 찌푸렸다. 사해상회라…….

"안으로 모셔라."

"예!"

얼마 지나지 않아 문이 열리고 사해상회주 조평이 들어섰다.

"당가주님을 뵙습니다."

"오랜만이외다. 그런데 무슨 일로?"

"서신을 전하러 찾아왔습니다."

"서신?"

당군악이 고개를 갸웃했다. 상회주씩이나 되는 사람이 직접 나를 만한 서신이라면…….

"혹 화산신룡의 것이오?"

"그렇습니다."

당군악은 피식 웃고 말았다. 그 웃음을 본 조평이 다소 경직된 표정으로 살짝 고개를 숙였다.

"제가 무례를 저질렀나 봅니다."

"그런 게 아니외다. 생각해 보니 웃겨서 그렇소."

"어떤 점이 우스우신지 여쭈어도 되겠습니까?"

"생각해 보시오. 사해상회주나 나나 사천에서는 목에 힘깨나 주는 사람들이잖소. 한데 그 어린 녀석의 서찰을 전달하는 사해상회주나, 그걸 좋다고 받고 있는 나나 지금 꼴이 말이 아니잖소이까."

조평이 빙그레 웃었다.

"중요한 건 나이가 아니지요."

"새삼 깨닫는 바요. 그보다 서찰은?"

"여기에 있습니다."

당군악은 서찰을 받자마자 봉투를 뜯어 펼쳐 들었다. 그러고는 흥미롭다는 표정으로 서찰을 읽기 시작했다. 찬찬히 서찰을 다 읽어 내린 그는 어느새 무표정해진 얼굴로 서찰을 내려놓았다. 그러더니 조평을 빤히 바라보았다.

"상회주께서는 이 서찰의 내용을 알고 계시오?"

"저는 그저 그 서찰을 전달해 달란 말을 들었을 뿐입니다. 그러면 당가주께서 할 일을 알려 주실 거라더군요."

"맹랑하긴."

당군악의 입가에 기분 좋은 미소가 감돌았다.

"서찰의 내용대로라면 앞으로 운남과의 차 무역은 사해상회가 독점하게 되겠구려."

"정확하게는 화산이 독점하고 저희는 그들의 일을 대신 해 주는 대가로 조금의 수수료를 취할 뿐입니다."

"그 조금으로도 막대한 이득이 발생하겠지."

당군악이 턱수염을 느리게 쓸어내렸다.

"화산신룡은 우리 당가도 그 차 무역에 참여하기를 바라고 있소. 사천과 운남 사이에 횡행하는 마적들을 소탕하고, 운남을 오고 가는 행상을 보호해 준다면 적당한 대가로 보상하겠다는군."

생각지도 못한 서신의 내용에 조평은 입을 꾹 다물었다. 그의 눈은 연신 당군악의 표정을 살폈다.

'정말 뒤가 없는 사람이군.'

이건 당군악이 아닌 청명을 평하는 말이다.

사실 제안 자체는 나쁘지 않다. 당가 역시 큰 힘을 들이지 않고 이득을 얻을 수 있는 일이다. 문제는 지금 청명이 이 제안을 한 곳이 다름 아닌 당가라는 것이다.

자존심으로 똘똘 뭉친 당가에 호위무사 일을 맡기겠다니, 청명이 아닌 다른 사람이라면 감히 엄두도 못 낼 발상이다.

당군악 역시 그 부분이 걸린다는 듯 가만히 턱을 긁었다.

"흐음, 넌 어찌 생각하느냐?"

당잔에게로 향한 질문이었다. 그러자 당잔은 생각할 것도 없다는 듯 고개를 숙이며 대답했다.

"가주님, 받아들이시지요."

"이유는?"

당잔이 호흡을 가다듬고는 답했다.

"물론 결정하기 쉬운 일은 아닙니다. 하지만 또 그렇다 하여 어려운 일도 아닙니다. 더군다나 저희가 취할 수 있는 이득을 생각한다면 마다할 일은 더더욱 아니지요."

"그깟 돈 몇 푼을 얻자고?"

"금전적 이득이 아닙니다."

당잔이 단호한 표정으로 당군악을 바라보았다. 확신으로 가득 찬 눈빛이었다.

"금전적인 이득은 의미가 없습니다. 중요한 것은 저희가 상행의 보호자라는 명분하에 운남을 오갈 수 있다는 것입니다."

"……그게 가능하겠느냐?"

당군악이 반신반의하며 물었다. 그러자 당잔이 슬쩍 조평을 돌아보았다. 잠자코 서서 동태를 살피던 조평이 재빨리 입을 열었다.

"화산은 야수궁과 친우의 연을 맺었고, 화산의 문하들은 운남 어디서도 운남인과 다르지 않은 대접을 받을 권한을 얻었다고 들었습니다. 화산과 동맹을 맺은 당가라면 그 정도는 아니더라도 그에 준하는 대접을 받을 수 있을 것입니다."

"흐음."

운남인에 준하는 대접이다. 당군악의 머리가 복잡하게 돌아가기 시작했다. 당잔이 다시 입을 열었다.

"운남으로 갈 수 있다는 말은 야수궁과도 연을 맺을 수 있다는 소리 아니겠습니까? 그 기회를 놓칠 수는 없습니다."

"……맹랑해."

당군악이 느릿하게 고개를 저었다. 하지만 그의 표정에 기분 나쁜 기색이라고는 없었다. 오히려 이 상황이 재미있다는 듯 자꾸만 입꼬리가 꿈틀댄다.

"사해상회주."

"예, 당가주님."

"이 순간부터 운남과 이루어지는 상행들은 사천당가의 이름으로 보호받을 것이오. 상행을 방해하려 하는 자들은 사천당가와 척을 진다는 의미로 받아들이겠소."

"감사합니다, 당가주님!"

조평이 깊숙이 허리를 숙였다.

이걸로 모든 조각이 맞춰졌다. 사해상회가 전매권을 대리 행사 하는 것에 불만을 가지는 상단이나, 교역품을 노리는 도적들도 이제는 경거

망동할 수 없을 것이다. 적어도 이 사천 내에서 사천당가는 왕이나 다름 없으니까. 사천과 운남 간의 교역이 사천당가와 야수궁의 비호를 받는다. 누가 감히 이 교역에 손을 댈 엄두를 내겠는가?

"그럼…… 차라도 한잔하시겠소?"

"아닙니다, 가주님. 제가 지금 해야 할 일이 너무 많습니다. 첫 상행의 가닥이 잡히면 곧장 다시 찾아뵙겠습니다."

"바쁘실 텐데 직접 오실 것 없소. 연통이나 넣어 주시오."

"배려에 감사드립니다. 그럼 강녕하십시오."

조평이 고개를 숙이고 서둘러 나가자, 당군악이 손가락으로 책상을 톡톡 두드렸다. 그렇게 한동안 고심하던 그가 문득 고개를 들어 당잔을 보았다.

"어찌 생각하느냐?"

"생각 이상입니다."

"그렇지?"

당잔이 고개를 끄덕였다.

"화산신룡쯤 되는 이가 저희를 단순히 호위로 쓸 생각은 아니겠지요. 아마 이건 저희더러 화산의 동맹이라는 입장을 이용하여 야수궁과도 연계하라는 의미일 겁니다."

"그렇겠지."

"야수궁과 당가 그리고 화산이 서로 벗의 인연을 맺는다면 섬서와 사천, 운남을 잇는 선이 만들어집니다. 이렇게만 되면 중원의 서쪽에서 이 세 문파가 막대한 영향력을 행사할 수 있을 겁니다."

"전 구파일방과 현 오대세가, 그리고 새외오궁에서 한 곳씩 모여서 만드는 새로운 동맹이라……."

당군악의 머리에 펼쳐진 중원의 지도 서쪽에 매화가 가득 피어오르기 시작했다.

"고여 버린 강호의 세력도를 다시 그리겠다는 건가?"

"어디까지 생각하고 움직이는 건지 알 수가 없습니다. 단 한 번의 운남행만으로 이만한 일을 해낸 자입니다."

"확실히……. 그래, 확실히 굉장하지."

이런저런 가정을 세워 보던 그의 입꼬리가 점차 말려 올라갔다. 실로 귀신 같은 심계다. 사천당가가 몇십 년에 걸쳐 고민하고 또 고민했던 일을 불과 한두 달 만에 해결해 버렸다.

'이게 끝은 아니겠지, 화산신룡?'

과연 그 녀석이 앞으로 무슨 일을 할지 궁금하기만 한 당군악이었다.

"이 거래로 당가는 막대한 이득을 손에 넣을 것이다. 이럴 줄 알았으면 화산 장문인에게 좀 더 큰 선물을 해 드릴 걸 그랬군."

"늦지 않았습니다. 지금이라도 선물을 준비해 보내시죠."

"굳이?"

"화산신룡이 화산에 당도한 이후 선물이 도착한다면, 그도 어깨에 좀 더 힘을 줄 수 있을 것이고, 저희 역시 좀 더 생색을 낼 수 있게 됩니다."

"쯧쯧. 그런 정치적인 생각으로 접근할 이들이 아니다. 너는 아직 멀었구나."

"……죄송합니다. 그럼 선물은 없던 일로……."

"내 이름으로 크게 준비해 보내거라."

"…….."

"뭐."

"……아닙니다."

당잔이 슬쩍 고개를 숙였다. 아들에게서 마침내 시선을 뗀 당군악은 미묘한 미소를 머금었다. 이내 중원이 그 녀석의 손아래에 놀아날 것이다. 그걸 알면서도 이상하게도 참을 수 없는 즐거움이 밀려들었다.

"화산, 화산……. 어디까지 비상할지 지켜봐야지. 아니……. 나 역시 기꺼이 그 한쪽 날개가 되어 주마."

당군악의 눈이 열정으로 불타올랐다.

· ❖ ·

"허억! 허억! 허어어억! 청명아! 이러다 죽겠다!"

"안 죽어, 안 죽어! 내가 달리다가 죽었다는 사람 얘기는 들어 본 적이 없어."

"야, 이 미친놈아! 아무리 그래도 그렇지. 사천에서 섬서까지 뛰어가는 게 말이나 되는 소리냐? 적어도 말이라도 타자!"

"말보다 우리가 빨라."

"……그, 그건 그렇지만!"

여기저기서 항의가 계속 터져 나오자 청명이 와락 얼굴을 일그러뜨렸다.

"구시렁거릴 시간에 한 발이라도 더 떼! 우리 다리가 빠지기 전에 장문인 목이 빠진다니까! 가서 쉬어, 가서! 화산만 가면 언제든 쉴 수 있어!"

"끄으으으으응."

간만에 집에 들렀건만 밥 한 술 못 얻어먹고 도망치듯 뛰쳐나온 조걸이 앓는 소리를 냈다. 달리는 것도 어느 정도여야지. 이 속도로 벌써 나흘째 달리고 있다. 이제는 입에서 단내가 나 따로 당과가 필요하지 않을 지경이었다. 후들거리는 다리를 움켜잡은 조걸이 반쯤 넋이 나간 운종을 잡아당겼다.

"사형! 정신 차리십쇼!"

"……적들."

"예?"

"……마적들한테 잘해 줄걸. 이렇게 힘든 건 줄 몰랐어."

아니, 이 사람은 이제 진짜 세상 모든 사람한테 잘해 주려고 하네. 정신 좀 차리쇼!

그때 밭은 숨을 내뱉던 백천이 살짝 의문 어린 눈빛으로 청명을 바라보았다.

"그런데, 청명아."

"응? 왜, 사숙?"

"당가는 왜 끌어들인 거냐? 아무리 생각해도 네가 돈을 나눌 사람이 아닌데."

"아, 그거?"

청명이 배시시 웃었다.

"돈 안 들어. 그 돈은 사해상단에서 대기로 했어."

"……."

"물론 돈은 많이 들겠지만, 당가 무사들을 돈으로 쓸 수 있다는 게 어디야."

"그, 그렇지."

아니, 잠깐. 진짜로 그런가?

"안 그래도 마적들이 득실대는데, 곡식과 차가 오간다는 말이 나오면 진짜 눈에 불을 켜고 개떼처럼 달려들걸? 그런데 거기에 독침 몇 방 놔

주면 모든 게 편안해지는 거지."

"……그것참 명쾌한 이유로구나."

잠자코 대화를 듣던 조걸이 눈을 부라리며 청명에게 달려들었다.

"야! 그게 뭔 소리야! 그럼 지금 우리 집을 등쳐 먹겠다는 거냐?"

힘든 것도 잊고 달려드는 조걸을 보며 청명이 혀를 찼다. 그러더니 냅다 궁둥이를 뻥 걷어차 버렸다.

"아니, 상인 집안에서 어떻게 이런 양반이 태어났지? 사해상단은 안전해서 좋고, 당가는 돈 벌어서 좋고, 우리는 안심해서 좋은 일인데 이게 왜 사기야!"

아무도 사기라고 하지 않았다, 청명아. 너 속으로는 그렇게 생각하고 있구나…….

청명은 다시 달리기 시작하며 신나게 떠들었다.

"이제 한동안 사천이나 운남으로는 갈 일이 없을 테니, 우리가 안 가도 문제가 없도록 해야 해. 그럼 돈이! 낄낄낄낄! 돈이 미친 듯이 굴러들어올 거야! 우리는 아무것도 안 하는데 저들끼리 오고 가며 돈을 만들어 주는 거라고! 이보다 완벽한 일이 어디에 있어! 으헤헤헷!"

백천이 그런 그를 곁눈질로 보며 고개를 내저었다. 일순간 청명의 눈이 엽전 모양으로 변한 것만 같았다. 이상하게 운남과 사천에 미안했다. 속으로 사과의 말을 건넸다.

죄송합니다. 그런데 당하는 건 그쪽뿐만이 아니니까 이해 바랍니다. 화산도 충분히 힘들어요…….

바로 그 순간이었다. 말없이 옆에서 달리고 있던 유이설이 살짝 멍한 눈빛으로 손을 들어 저 먼 곳을 가리켰다.

"저기, 화산."

"아……."

드디어 눈에 보이기 시작했다. 저 멀리, 구름에 휩싸인 깎아지른 절벽이. 더없이 웅장하게 솟아오른 거대한 산봉우리가.

"……다 왔구나."

"화산이다!"

길고 긴 여정이 끝나고 마침내 화산에 도착했다.

"가자!"

"네!"

화산의 제자들이 지체 없이 화산을 향해 달리기 시작했다. 더없이 경쾌한 발걸음으로.

* ※ *

까악! 까아악! 까악!

현종이 눈살을 찌푸렸다.

'아침부터 까마귀가…….'

물론 그는 딱히 까마귀를 싫어하지 않는다. 겉이 검다고 그 속까지 검게 생각해서야 어찌 도인이라 할 수 있겠는가? 까마귀 역시 다른 것들과 다름없는, 그저 한 종류의 새일 뿐이다. 다만 오늘따라 저 까마귀의 울음소리가 더없이 불길하게 들린다는 점이 문제였다.

'허허. 그저 내 마음이 소란한 것인가?'

새의 소리는 평소와 다를 리가 없을진대, 그 소리가 유독 불길하게 들린다면 듣는 이의 마음이 편치 않다는 뜻이겠지. 현종은 가만히 눈을 감으며 마음을 차분히 다스렸…….

쩌적.

순간 귀에 꽂혀 드는 거슬리는 소음에, 현종이 시선을 아래로 슬쩍 내렸다. 손에 쥐고 있던 낡은 찻잔에 금이 가 있었다.

음……. 역시 우연이겠지? 그래. 까마귀가 우는 날도 있고, 찻잔에 금이 가는 날도 있는 법이다. 그 두 가지가 우연히 겹치는 날도 살다 보면 한 번쯤…….

툭!

현종의 얼굴이 살짝 떨렸다. 벽에 걸려 있던, 상선약수(上善若水)라 적힌 족자가 바닥으로 떨어져 처박힌 것이다. 이쯤 되면 태상노군도 오늘은 날이 아니라며 몸을 돌릴 판이었다.

아무래도 이상했다. 대체 무슨 일이 벌어지려고 아침부터 이런 불길한 징조들이 연달아 일어난단 말인가? 현종은 쥐고 있던 잔을 가만히 내려놓고 깊이 심호흡했다.

'마음에 달린 일이다. 모든 것이 마음에 달린 것…….'

까악! 까아아악! 까아아아악!

"에이이잇! 이 녀석들이 아침부터!"

결국 마음을 다스리는 데 실패한 현종이 자리에서 벌떡 몸을 일으켰다. 문을 박차고 나와 까마귀에게 삿대질하던 현종은 불현듯 자신을 향한 시선을 느꼈다. 슬그머니 손을 내렸다.

마당에 선 현영이 고개를 옆으로 꺾으며 물었다.

"뭐 하십니까?"

"……그러는 너는?"

"저야 오늘따라 잠이 잘 오지 않기에 청소나 할까 하고 일찍 나왔습니다."

"……그랬더냐."

현종이 헛기침을 두어 번 하고는 슬그머니 뒷짐을 졌다.

"나는 그저, 음……."

"싱숭생숭하신 모양입니다?"

현종이 살짝 얼굴을 일그러뜨렸다. 나이가 들고 도를 닦을수록 사람이 언행이 부드러워져야 하건만, 어째 현영은 날이 갈수록 괴팍해져만 가는 느낌이다. 한숨을 내쉬며 한마디를 하려던 찰나였다.

"장문인! 장문인!"

또 뭔가? 현종이 떨떠름한 표정으로 고개를 돌렸다. 저쪽에서 현상이 이쪽으로 부리나케 뛰어 오고 있었다.

"아침 댓바람부터 웬 소란이냐!"

"저, 전서! 전서!"

그의 앞에 도착한 현상이 흑흑 숨을 몰아쉬더니 소리치듯 말했다.

"화, 화음현에서 전서구가 왔습니다! 아이들이 화음에 도착해서 지금 산을 오르고 있답니다!"

"뭐라! 지금?"

현종이 깜짝 놀라 외쳤다.

"예! 전서구가 조금 빠르기야 하겠지만, 이제 곧 도착할 것입니다!"

"그렇지! 그래, 그렇겠지! 내 이럴 때가 아니지!"

일단 맞장구를 친 현종이 우왕좌왕하다가 몸을 휙 돌리더니 화산의 산문을 향해 쏜살같이 달리기 시작했다. 현영 역시 빗자루를 내팽개치고 옆으로 따라붙었다.

"가, 같이 가십시다, 장문인!"

현상도 허겁지겁 현종의 뒤를 따랐다. 산문까지 단숨에 내달린 현종이 양손을 뻗어 육중한 나무 문을 밀어젖혔다. 그러고는 천천히 걸어 나가 화산으로 오르는 마지막 언덕을 바라보며 섰다.

숨이 살짝 가빴다. 이토록 다급하게 달려 본 것이 얼마 만인지 모르겠다. 그만큼이나 그의 마음은 한껏 들떠 있었다. 화산에 입문하여 처음으로 검을 받았을 때만큼이나 마음이 진정되지 않는다.

"오겠지요."

"오겠지."

현영과 현상의 나직한 대화가 현종의 귀로 파고들었다. 현종은 아련한 눈빛으로 언덕을 바라보았다.

'고얀 놈들.'

미리 연락이라도 한번 줄 것이지. 그럼 이렇게 초조하게 기다리진 않았을 텐데.

"고생이 많았을 것이다."

"암요. 운남이 어딥니까. 그 먼 곳까지 다녀오는 데 얼마나 고생이 많았겠습니까."

"그 와중에 그 사천당가와 동맹까지 맺어 오지 않았습니까? 이 맹랑한 놈들이!"

살짝 격하게 튀어 나오는 말투에는 고마움과 미안함, 그리고 안쓰러움까지 모두 담겨 있었다. 원래는 자신들이 해야 했을 일을 대신 맡긴 데에 대한 미안함. 그리고 그 일을 너무나도 잘 해내 준 것에 대한 대견함. 그리고…… 무엇보다 뿌듯함.

현종은 물기 어린 눈으로 솟아오른 산봉우리를 바라보았다.

'그래도 선조들을 뵙고 할 말이 하나는 생겼구나.'

제가 화산을 이끌지는 못했지만, 화산을 이끌 아이들은 찾아냈습니다.

그거면 된 것 아니겠습니까?

"장문인. 저기 아이들이 옵니다."

"으음……. 음, 그래."

현종이 눈가를 훔쳤다. 나이가 많아지면 감상적으로 변한다더니 딱 그 꼴이다. 오랫동안 집을 떠났다 돌아오는 아이들이니 웃으며 맞이해 줘야 할 것이었다.

곧이어 작은 발소리가 들려오기 시작했다. 결코 빠르지 않게 이어지던 발소리가 점점 커진다 싶더니, 이내 귀에 닿을 듯 생생해졌다. 현종이 주먹을 꽉 움켜쥐었다.

이제 보이겠지. 늠름하기 짝이 없는 이 화산의 아이들이. 화산을 이끌어 반석에 올릴 동량…… 동…….

현종의 눈가가 파르르 떨렸다. 언덕을 올라온 아이들이 마침내 모습을 드러냈다.

당당한 걸음걸이! 산발이 된 머리! 때가 타다 못해 거의 황토색으로 변해 버린 무복! 귀신같이 일그러진 얼…….

쟤들 운남에 다녀온 것 아니었나? 오는 길에 지옥에라도 들렀다 왔나?

걸리는 건 다 패 죽이겠다는 표정으로 터덜터덜 산을 올라오는 아이들을 보자니 뭔가 등골이 서늘했다.

"화산…….."

"화산이다……."

"화산……. 화산이다. 화산."

심지어 제자들은 단체로 눈을 희번덕거리며 같은 말을 끝없이 중얼거렸다. 장로들이 움찔하여 뒤로 한 발짝 물러났다.

"빌어먹을. 집 떠나면 고생이라더니."

"나는 이제 화산에서 한 발짝도 안 나갈 거다."

"적어도 저놈이랑은 안 나간다!"

"목욕. 목욕! 목요오오오옥!"

유이설이 실성한 듯 목욕을 외쳐 댔다. 공포 그 자체였다. 장로들의 얼굴이 살짝 질려 갔다. 아니, 저놈들 대체 이번 여정에서 무슨 일들을 겪은 거지? 나갈 때는 풋풋하니 고왔던 것들이⋯⋯.

가장 선두에서 올라오던 백천이 광기 어린 시선으로 화산을 바라보더니 시선을 조금 내려 장문인과 장로들을 발견했다. 눈이 번뜩였다.

"장문인!"

⋯⋯야, 무섭게 왜 그러냐⋯⋯. 움찔하는 장문인의 앞으로 저벅저벅 걸어온 백천은 양손을 모으더니 격하게 포권 했다.

"임무를 맡고 떠났던 이대제자 백천 외 사 인. 지금 임무를 마치고 화산으로 복귀했습니다!"

"어⋯⋯. 어, 음. 그래."

어⋯⋯. 이게 아닌데. 원래는 격렬하게 눈물을 뿌리며 환영하고 그랬어야 하는데. 분위기가 갑자기 왜 이렇게 됐지. 현종은 당황하여 주춤거렸다. 그때 백천이 뭔가 생각난 듯 아! 소리를 질렀다.

"장문인!"

"으, 으응?"

"자목초! 자목초를 구해 왔습니다. 자목초! 청명⋯⋯."

휙 뻗어진 백천의 손을 청명이 힘껏 찰싹 때리더니 눈을 부라렸다.

"손대지 마! 손모가지 날아가니까!"

"⋯⋯저 미친놈이."

"의약당! 의약당으로 가야 한다!"

청명은 장문인을 쳐다보지도 않고 안쪽으로 뛰어 들어갔다.

"아, 목욕. 씻을 거야. 무조건 씻을 거야."

"밥……. 식당에 밥 좀 남았습니까? 사흘을 굶었더니 죽을 것 같습니다."

야옹거리던 아기 호랑이들이 집 떠나 잠깐 살더니 칼자국 몇 개 단 짐승이 되어 돌아온 느낌이다. 그때 현영이 의연한 표정으로 한 발 나섰다.

"그래! 일단은 씻고 밥부터 좀 먹자꾸나! 운남에서 무슨 일이 있었든 간에 뭐가 그리 중요하겠느냐! 긴 여행에 지쳤을 텐데."

"그래도 보고는 드려야……."

유일하게 정신 줄을 잡고 있던 백천이 나름의 예의를 차렸다. 그러나 현영은 되레 코웃음을 쳤다.

"보고는 얼어 죽을 보고! 성공했으면 어떻고, 말아먹었으면 어떠냐! 거기까지 가서 고생하고 왔다는 게 중요한 거지!"

"아니……. 성공을 했……."

"됐다! 됐어! 어서 들어가자!"

현영이 백천의 등을 떠밀었다.

"아, 아니. 그게……."

"됐다, 이놈아! 밥 먹고 다시 이야기하자! 괜찮지요, 장문인?"

"어? 어……. 그래. 그렇지. 밥이 중요하지."

"어서 씻고 오너라! 내가 식당에 이야기해서 바로 밥 차릴 테니까!"

그 말에 조결과 윤종의 눈이 순간 획 돌았다.

"밥이다!"

"어흑! 운남에서 여기까지 오는 동안 건량만 먹었더니…….."
"건초보다는 낫잖으냐."
"아, 그건 그렇죠."
건초? 이건 또 무슨 이야기지? 터덜터덜 안으로 걸어 들어가는 제자들을 바라보며 현종이 아연한 표정을 지었다.
"그…… 애들이 조금 이상해진 것 같은데?"
"조금이요?"
"……"

 • ❖ •

말끔해진 화산의 제자들을 현종이 떨떠름한 표정으로 바라보았다. 뽀송뽀송하게 돌아온 모습을 보자니 익히 알고 있던 화산의 제자들로 보이기는 했지만…… 뭔가 분위기가 이상했다. 예전에 없던 독기가 서려 있다고 해야 하나. 아니면 조금 더 여유로워졌다고 해야 하나. 정확하게 재단하기는 힘들지만, 굳이 한마디로 표현하자면…….
'성장했구나.'
여행은 사람을 단련시킨다더니 과연 그 말이 맞는 모양이다. 다만 문제가 있다면…….
"아우으으으으. 허리가 영."
청명이 따스한 곳에 누운 배부른 강아지처럼 벽에 등을 기대고 늘어져 있었다. 저건 '성장했다'보다는 '늙었다'에 가깝지 않은가. 조금 있으면 시도 한 수 읊을 기세다. 물론 평소에도 영감 같은 구석이 있는 청명이었지만, 지금은 장로들이 형님이라 불러도 모자람이 없어 보인다.

"그, 그래. 다들 잘 다녀왔느냐?"

"예, 장문인!"

과연 백천은 백천이었다. 다른 제자들보다 먼저 원래의 신색을 회복하고 정갈한 자세로 현종의 말을 받았다.

"걱정해 주신 덕분에 무사히 운남에서 자목초를 구해 올 수 있었습니다. 그 외에 다른 몇 가지 사건이 있었습니다만……."

그런데 그가 돌연 그 자리에 넙죽 엎드렸다.

"아니, 왜 이러느냐?"

"장문인의 허락을 구하지 못하고, 제게 주어진 권한을 남용한 죄를 청합니다."

"일어나거라. 내가 너에게 그 권한을 일임한 이유가 무엇이더냐. 밖에 서만은 네가 화산의 장문인이다. 너의 선택이 곧 나의 선택이니 너는 벌을 청할 필요가 없다."

"하나, 장문인."

"일어나 앉거라."

그 단호한 말에 백천이 자신도 모르게 허리를 들었다. 서릿발 같은 기세로 백천을 준엄하게 다그쳤던 현종은 언제 그랬냐는 듯 다시 온화한 표정을 보였다.

"그래. 이제 무슨 일이 있었는지 들어 볼 수 있겠느냐?"

"예. 다만 그 전에 한 가지 여쭙고 싶습니다. 혹 당가주께서 다녀가셨는지요?"

"그렇다. 그때 대충 사정을 듣기는 했지만, 너희에게서 다시 한번 들어 보고 싶구나."

"예, 그럼 사천에서 있었던 일부터 설명을 드리겠습니다."

백천이 지난 여정을 장문인과 장로들 앞에서 차분히 늘어놓기 시작했
다. 중간중간 그가 놓치는 부분은 조걸과 윤종, 그리고 유이설이 나서서
보충해 주었다. 물론 청명은 뒤에서 꾸벅꾸벅 졸기 시작했지만, 워낙 흥
미진진한 이야기가 오가는 중이다 보니 아무도 신경을 쓰지 않았다.
 이야기가 진행될수록 현종의 입이 서서히 벌어졌다. 그리고 마침내 백
천이 모든 이야기를 끝냈을 때는 다른 장로들과 운자 배들조차 입을 쩍
벌린 채로, 복귀한 제자들에게서 눈을 떼지 못했다.
 "……사천으로 가 당가와 동맹을 맺고."
 "예."
 "그, 그 와중에 당가의 장로를 때려눕히고?"
 "청명이 놈이 한 것입니다."
 현종이 파르르 떨리는 눈으로 졸고 있는 청명을 바라본다.
 "그, 그리고 마적 떼를 때려잡고 운남으로 가 야수궁과 동맹을 맺고
왔다고?"
 "그쪽에서 생각하는 동맹과 우리가 생각하는 동맹이 조금 다른 것 같
지만, 대충 뜻은 통할 것입니다. 이제 화산의 제자들은 운남에서 운남인
들과 같은 대접을 받을 권리가 있습니다."
 "그런데 거기에다…… 어, 거기에…… 우, 운남 차의 전매권까지 받아
왔다고?"
 이 물음에는 더 대답하기에 알맞은 인물이 있다. 백천이 슬쩍 조걸을
돌아보았다. 그러자 그가 넙죽 고개 숙이며 답하였다.
 "운남의 상황이 워낙 좋지 않아 장문인의 허락을 구하지 않고 제 가문
의 상단을 우선 대리인으로 내세워, 화산의 이름으로 곡식을 실어 나르
게 했습니다. 죄를 청합니다."

"죄?"

죄? 뭔 죄, 인마? 현종이 믿을 수 없다는 듯 더듬더듬 중얼거렸다.

"이, 이 모든 걸……. 불과 두 달여의 여정 만에 이, 이걸 다 해냈다고? 이걸?"

뭐 이런 것들이 다 있지? 이쯤 되면 즐겁다기보다는 어이가 없을 지경이었다. 뭔가 반응을 해야 하는데 차마 말이 나오질 않았다. 황당함과 경이로움, 그리고 벅참으로 말을 잇지 못하는 현종의 어깨를 현영이 가만히 잡았다.

"장문인."

"응?"

현영이 무척이나 진지한 표정으로 입을 열었다.

"혹시 북해 쪽이나 서장 쪽에는 일이 없겠습니까?"

"응? 그게 무슨……."

그는 졸고 있는 청명을 슬쩍 곁눈질하더니 작게 속삭였다.

"한 번 더 보냅시다, 장문인. 혹시 압니까? 이번에는 봉황이라도 물어 올지."

……순간 혹하는 마음이 들고 만 현종이었다.

* ❖ *

재경각에 폭탄이 떨어졌다.

"이게 뭔 소리야! 사천에 상단을 만들어야 한다니!"

"뭐? 지금 사천당가에서 만든 검이 오고 있다고? 그, 그럼 그걸 어떻게 해야 하는데? 일단 창고에 쌓아야 하나?"

"운남에 쌀은 또 무슨 소리야? 그건 누가 관리하는데?"

하나하나가 어지간한 문파를 뒤집어 버리고도 남을 일이다. 그런 폭탄이 몇 개나 떨어졌으니 재경각은 전쟁이라도 난 것처럼 아수라장이 되었다. 그 모습을 지켜보며 현영이 흐뭇하게 웃었다.

"쯧쯧쯧. 녀석들 참. 뭐 그리 대단한 일이라고 이리 호들갑을 떠는 게냐."

"각주님, 대단한 일이지 않습니까! 제가 재경각에 든 이래 이런 일은 한 번도 없었습니다."

"그래, 없었지."

현영의 입꼬리가 점점 더 말려 올라갔다. 이젠 거의 귀에 닿을 지경이었다.

"그때는 화산에 우리 청명이가 없지 않았느냐."

……우리 청명이요? 각주님이 그런 말투 쓰시는 것 처음 보는 것 같은데…….

"놀랄 것 없다. 아암, 놀랄 게 아니지. 앞으로 놀랄 일이 더 많이 벌어질 텐데 뭘 벌써 그리 호들갑을 떨고 그러느냐!"

운방(雲防)은 아무런 말을 할 수 없었다. 너무나 행복해 보이는 현영의 얼굴을 보니 차마 입이 떨어지질 않는다. 저 행복을 깨는 것도 제자로서 도리가 아니다.

그때 재경각의 문이 벌컥 열리더니 한 제자가 커다란 바구니를 들고 빠르게 들어왔다.

"각주님! 구해 왔습니다!"

"오!"

현영이 벌떡 일어나 달려가더니, 바구니를 획 낚아챘다. 바구니 위에

덮인 보자기를 젖히자 펄떡이는 커다란 장어와 삼(參), 그리고 묶어 놓은 닭이 빼꼼 고개를 들었다.

"……그건 뭡니까, 각주님?"

"애가 운남까지 다녀오느라 기력이 쇠했을 텐데, 용봉탕 정도는 해 먹여야 기운을 차리지 않겠느냐!"

"용봉탕에는 장어가 안 들어갑니다."

"뭐? 그럼 왜 용봉탕이야?"

순간 정적이 흘렀다. 운방이 입에 주먹을 대고 낮게 헛기침을 했다. 지금 이게 중요한 게 아니지.

"아, 아니, 화산이 아무리 육식을 금하지 않는다고 해도 명색이 도가인데 살아 있는 애들을……."

"괜찮다. 괜찮아. 가치 있는 죽음이다. 애들도 기뻐하겠지."

그건 장어의 말도 들어 봐야 하지 않을까요? 정말 그걸로 괜찮은 겁니까?

운방의 걱정을 가뿐하게 무시한 현영이 안타깝다는 듯 중얼거렸다.

"가엾게도. 애가 얼굴이 반쪽이 되어 돌아오지 않았느냐. 청명이를 잘 먹이고 잘 키워야 화산이 크는 법이다."

"빵빵하던데."

"어허!"

"친손주에게도 그렇게는 안 하겠습니다."

"어디 손주 같은 걸 청명이에게 비교하느냐!"

답도 없으시네.

"여하튼 그러니 이 일들은 너희가 처리하고 있거라. 나는 가서 이놈들이나 고아야겠다."

"저, 저희가요?"

"그럼!"

현영은 주저 없이 휙 돌아서더니 희희낙락하며 주방으로 향했다. 그런 그의 뒷모습을 망연하게 보던 운방이 작게 한숨을 쉬었다. 그러고는 가만히 미소 지었다.

'그리도 좋으실까.'

예전의 현영을 생각하면 한숨을 내쉬는 모습밖에 떠오르지 않는다. 온종일 장부를 뒤적이며 한숨을 쉬고, 다시 고민하다 또 한숨을 내쉬는 것이 현영의 하루 일과였다. 미간에는 언제나 깊은 주름이 잡혀 있었고, 눈은 퀭하게 들어가 있었다. 언제 망할지 모르는 화산을 먹여 살려야 한다는 부담감에 짓눌려 있던 사람. 그게 운방이 기억하는 현영이었다. 그러던 사람이 저리 희희낙락하는 모습을 보니 태산같이 늘어난 일이야 둘째 치고 운방마저 기분이 좋아졌다.

정말 많이 바뀌었다. 불과 이 년 사이에 다른 문파가 되어 버린 것 같다. 당장 자신만 해도 언제 현영을 보며 이리 기분 좋게 웃은 적이 있었던가?

"쯧. 이래서야."

현영이 청명을 편애한다는 것은 알고 있다. 화산에 입문한 이후로 지금까지 현영을 모셔 온 그보다 더 말이다. 그럼에도 청명을 시기하는 마음이 생기지 않는 건, 그 아이가 화산의 모두를 위해 한시도 쉬지 않고 무언가를 하고 있다는 걸 알기 때문이다.

"부각주님. 어떻게 합니까?"

"정말 저희끼리 처리합니까?"

당황하여 묻는 제자들을 보며 운방이 미간을 좁혔다.

"엄살 부리지 말거라. 우리가 엄살을 부려서 되겠느냐? 의약당이 지금 무슨 꼴인지 알면서."

"아……."

의약당이라는 말이 나오자 제자들이 수긍한 듯 고개를 끄덕였다. 그리고는 안쓰러운 눈빛으로 의약당 쪽을 바라보았다.

"인형자삼(人形紫蔘) 두 근 석 량!"

"두 근 석 량!"

삼이 세심한 손길로 잘리기 시작했다. 한 치의 오차도 허락하지 않겠다는 듯, 신중에 신중을 기한 손길이었다.

"두 근 석 량이요!"

"가져와 봐!"

"예! 여기 있습니다."

의약당원이 잘린 것들을 조심스레 들고 부리나케 달려갔다. 의약당주 운각이 마른침을 삼키며 인형자삼을 받아 들었다. 그러고는 조심스레 저울 위에 올렸다.

저울의 침이 두 근 석 량을 살짝 지나치는 순간 운각이 눈을 뒤집어 깠다.

"두 근 석 량을 잘라 오라니까! 이놈이 넉 량을 잘라 와?! 네 눈은 옹이구멍이냐!"

"아, 아니 그게 아니고."

"이놈이 이게 어떤 일인 줄 알고! 네놈 때문에 혼원단……. 아니! 자소단이 잘못 만들어지기라도 하면 네놈이 그 책임을 다 질 테냐? 이 답답한 놈!"

불같이 터져 나오는 노기에, 의약당원이 하얗게 질린 얼굴로 얼른 허리를 숙였다.

"죽을죄를 지었습니다!"

"무인이라는 놈이 그것 하나 제대로 못 잰단 말이더냐!"

"제, 제 저울로는 분명히 두 근 석 량이었습니다!"

"뭐라?"

운각이 눈을 부라렸다. 하지만 뒤에서 들려온 목소리가 그의 눈에 들어간 힘을 뺐다.

"저울이 전부 너무 낡아서 서로 맞아떨어지지 않는 모양이에요."

돌아보니 화산의 무복을 입은 당소소가 손에 든 동전을 이 저울 저 저울에 올려 보고 있었다.

"저울끼리 맞지 않는 게 문제 같습니다, 당주님. 한 저울만 사용하든가, 아니면 저울을 모두 교체해야 할 것 같아요."

"으으음. 그런가?"

"예. 가장 중요한 게 비율인데, 이렇게 서로 눈금이 다른 저울을 써서 오차가 나면 그 비율이 달라져요."

"으으음. 하지만 한 저울만을 쓰면 시간이 너무 걸리겠지."

결심한 의약당주가 고개를 획 돌렸다.

"당장 화음에 가서 새 저울을 구입해 와라! 당장! 돈은 재경각에서 내어 줄 것이다."

"예! 그럼 저울 하나를……."

"하나는 무슨 하나야! 다 바꿔! 하나도 남기지 말고 다! 대신 정확한 저울만 골라서 구입해 와야 한다!"

당장이라도 저울들을 죄다 입으로 씹어 먹을 듯한 운각의 기세에 의약당원이 기겁하며 밖으로 뛰쳐나갔다. 의약당주 운각이 눈을 부라리며 소리쳤다.

"다들 잘 들어라."

"예!"

의약당원들이 잔뜩 긴장한 표정으로 즉각 대답했다. 모두 이마에 송골송골 땀이 맺혀 있었다.

"이 일에 화산의 운명이 걸려 있다! 조금이라도 소홀히 하는 놈이 있다면 매화동에 처박아 삼 년 동안 면벽만 하게 만들어 버릴 것이다! 알겠느냐?"

"예, 당주님!"

운각이 소매로 이마에 배어난 땀을 훔쳤다.

'끄으으응. 쉽지 않구나.'

물론 혼원단을 만드는 과정 자체는 그리 어려울 게 없다. 약선이 워낙 세세히 설명해 놓기도 했고, 특별한 연단법이 필요한 것도 아니라서 양과 비율만 잘 맞추고, 비법을 따르기만 하면 된다.

문제는 부담감이었다. 영단이란 섬세하기 짝이 없어서 정말 좁쌀 하나만큼만 비율이 달라져도 약효가 급격히 떨어진다. 운남까지 가서 힘들게 구해 온 자목초다. 단 한 번의 실패도 용납할 수 없다. 운각이 한숨을 푹 내쉬었다.

'그래도 저 아이가 있어서 다행이지.'

사실 화산에는 영단의 제조법이 남아 있지 않다. 그 말인즉슨 근 백 년 사이에는 영단을 제조해 본 적이 없다는 뜻이다. 그래도 나름 의약당을 이으면서 영단을 어떤 식으로 제조하는지 그 이론에 대해선 배웠지만, 직접 영단을 제조해 보는 건 이번이 처음이다.

당소소가 제때 와 주지 않았다면 아마도 지금 수도 없는 시행착오를 겪고 있었을 것이다. 제조법 전부를 공개할 수는 없지만 기본적인 준비 과정까지는 당소소의 조언을 듣는 게 큰 도움이 되고 있었다.

여하튼 혼원단을 제조하는 것만으로도 이토록 부담감이 심한데……. 심지어 여기에 다른 문제도 있다.

"크흠. 안에 있는가?"

제조실 문이 열리고, 현종과 현상이 들어섰다.

"장문인을 뵙습니다!"

의약당원들이 일제히 읍을 했다. 현종이 사람 좋은 미소를 지으며 고개를 끄덕였다.

"그래. 다들 바쁠 텐데, 내가 괜히 온 건 아닌가 싶구나."

운각이 아연한 눈빛으로 현종을 바라보았다. 장문인, 오늘만 이걸로 여섯 번째입니다. 그럴 거면 그냥 차라리 거기 의자 하나 놓고 앉아 계시지, 왜 자꾸 왔다 갔다 하십니까?

"크흐흠. 고생이 많다. 다름이 아니라……."

주위를 둘러보는 듯하던 현종이 슬쩍 아래로 시선을 내리깔았다.

"다들 바빠서 신경을 못 쓰는 것 같은데……. 바닥에 먼지가 너무 많지 않으냐?"

"……예?"

"괜히 영단을 제조할 때 이물질이 끼어들까 싶어서 말이다. 창도 이리 활짝 열어 놓으면 지나가던 벌레가 들어올 수도 있고."

"아……. 예."

"크흠. 그리고 음……. 저리 재료를 늘어놓으면 수분이 빠져 무게가 달라질 텐데. 혹여 그것 때문에 약효가 떨어질 것 같아 걱정이라……."

운각이 입을 다물었다. 이게 오늘만 여섯 번째다. 격려를 하겠다고 찾아와 잔소리를 늘어놓으니 일을 하다가도 정리를 하고, 도로 일을 하다가도 또다시 정리하게 된다.

"장문인······."

"으음? 왜 그러느냐?"

"제가······. 제가 잘 관리하겠습니다."

"으흐흠! 내가 의약당주의 권한을 침범하려는 게 아니라, 그냥 늙어서 잔걱정이 많다 보니 그런 게지."

조금 머쓱한 듯 말하는 현종을 보며 결국 운각이 눈가를 훔쳤다. 차라리 욕을 하고 패는 게 낫지. 저렇게 못 믿겠다는 표정으로 하루에 열댓 번씩 고개를 내미니 환장할 노릇이었다.

"그래, 그럼 혼······. 아니, 자소단을 완전히 제작하려면 얼마나 걸릴 것 같으냐?"

"열흘입니다."

"그, 그렇게나?"

현종이 움찔했다. 그가 표정으로 '아니, 지금도 목이 빠지게 생겼는데, 열흘이나 더 기다리라고?'를 말하는 신기를 보여 주자 운각이 참지 못하고 깊은 한숨을 내쉬었다.

"장문인. 대부분의 영단은 사십구 일의 연단과 사십구 일의 건조, 사십 구일의 숙성을 거치는 게 기본입니다. 그나마 자소단은 다른 영단과는 달리 그 제조가 간단하여 시일이 덜 걸리는 편입니다."

"그, 그래?"

현종의 얼굴이 살짝 달아올랐다.

"영단을 만드는 과정에 내가기공의 달인이 필요하니 그때는 장문인께서 직접 점검하실 일이 있을 겁니다. 그러니 지금은 제발······. 제발 좀!"
"크흠. 그, 그렇구나. 아니, 나는 뭐 내가 도울 일이 없는가 싶어서 그랬지······."
"그럴 일이 생기면 제가 직접 가서 부탁을 드리겠습니다!"
"그, 그러자꾸나."
머쓱한 표정으로 슬쩍 주변을 둘러본 현종은 크게 헛기침을 하고는 몸을 돌렸다.
"그래. 그럼 다들 고생하거라."
"살펴 가십시오, 장문인!"
현종이 아쉬운 얼굴로 다시 나갔다. 문이 닫히자 의약당원 하나가 무척 어색한 표정으로 입을 열었다.
"기대가 크신 모양입니다."
"그렇지. 그러시겠지······."
생각해 보면 이게 얼마나 큰일인가. 현종이 저러는 것도 이해 못 할 일은 아니다. 하지만 이해는 이해고, 방해는 방해. 대업을 이루어야 하는 그들에게는 조금이라도 신경 쓰이는 일이 없어야 한다.
"다들 다시 긴장하거라. 이 일은 절대 실패해서는 안 된다!"
"예, 당주님!"
"화산의 미래를 위해서도 실패할 수 없는 일이지만······."
운각이 살짝 말끝을 흐렸다.
"생각해 보거라. 이 영단을 만들기 위해 청명이 놈이 그 먼 운남까지 다녀왔다. 그런데 이걸 실패하면······ 그놈이 운남에 다시 다녀와야 한다."
······주변의 분위기가 급격히 식었다.
"얌전히 다녀올 것 같으냐? 그 청명이가?"

"……아니죠."
 의약당원들의 머릿속에 눈을 까뒤집고 미쳐 날뛰는 청명의 모습이 자연스레 그려졌다. 절로 몸이 부르르 떨렸다.
 '반드시 성공해야 한다!'
 '죽어도 성공시켜야 돼!'
 모두가 두 눈을 부릅뜨고 혼원단의 재료들을 노려보았다. 운각의 눈빛 역시 무겁게 가라앉았다. 의약당에 뜨거운 열기가 들어차기 시작했다.
 '여기에 내 모든 걸 건다!'

 · ◆ ·

 "이것들이 빠져 가지고!"
 쩌렁쩌렁한 목소리가 연무장을 울렸다. 엄청난 기세의 짜증에, 화산의 이대제자와 삼대제자가 일제히 몸을 움츠렸다.
 "겨우 한 달 정도 자리 좀 비웠기로서니, 그새를 못 참고 탱자탱자 놀아 젖혀?"
 "……."
 "이러니 내가 자리를 못 비우지!"
 백상이 멍한 눈빛으로 앞을 바라보았다. 억울하다. 너무 억울하다. 청명 일행이 자리를 비웠다고 남은 제자들이 마냥 놀았던 건 결코 아니다. 오히려 트집 잡히지 않기 위해서 평소보다 더 열심히 수련했다.
 그래서 억울한 거냐고? 아니, 그건 아니다. 어떻게 수련을 했든 청명은 기어코 트집을 잡았을 놈이다. 그렇기에 이런 상황에 처한 것 자체는 조금도 억울하지 않았다. 오히려 어느 정도 예상은 했다.

그럼 뭐가 억울하냐고? 백상이 고개를 들어 버럭버럭 소리를 질러 대는 사내를 바라보았다.

'……왜 사형이?'

너무 익숙한 얼굴이다. 그럴 수밖에. 지금 그들을 구박하고 있는 이는 저 청명이 놈이 아니라 백천이니까.

"……사형?"

백천이 백상을 향해 고개를 획 돌린다. 살기로 번들거리는 두 눈을 본 백상은 다시 움찔하며 목을 움츠렸다.

"쓰읍!"

……아니, 사형. 불과 한 달 자리를 비우신 건데 왜 청명이 되어 오셨습니까? 기절할 노릇이다.

막상 그들이 내도록 걱정했던 청명이 놈은 별다른 반응이 없었다. 백천을 비롯한 유이설과 윤종, 조걸이 앞쪽에 쭈르륵 서서 각각 이대제자와 삼대제자들을 다그치고 있고, 청명이 놈은 그저 뒤쪽 나무 그늘에 드러누워 빈둥빈둥 놀고 있을 뿐이다. 이게 대체 뭐가 어떻게 돌아가는 상황인지 알 수가 없었다.

"영약도 기본 실력이 있어야 활용을 할 게 아니냐! 도대체 한 달 동안 뭘 했기에 이렇게 실력이 떨어진 것이더냐!"

예? 실력이 떨어져요? 저희가요?

그 순간이었다. 백천이 노기를 가득 담은 목소리로 백상에게 일갈했다.

"백상!"

"예? 예! 사형!"

"너는 뭘 했느냐?"

"예? ……저요? 백상이 멍한 눈빛으로 백천을 바라보았다.

"내가 없으면 네가 대제자인 것을! 어떻게 관리했기에 이 모양 이 꼴이냐 말이다!"

"예?"

아니, 아까부터 대체 무슨 말씀을……? 사실 백상은 백천에게 변명 한마디 못 하는 사람은 아니었다. 평소에는 오히려 직언하는 쪽에 가깝다. 그런데 뭐랄까…….

'사람이 왜 이리 살벌해져서 돌아왔지?'

지금의 백천에게는 그 간단한 변명 한마디도 꺼내기가 쉽지 않다. 한 번씩 입을 열 때마다 뿜어지는 기세가 절로 사람을 움츠러들게 만든다. 백천이 검을 뽑아 저 위를 가리켰다.

"긴말할 것 없다! 일단 낙안봉부터 찍고 와라. 늦게 오는 절반은 한 번 더 간다!"

"……."

"뛰어!"

"으아아아아아아아아!"

"내가! 내가 먼저 간다!"

잠깐 주춤했던 이대제자들이 전력을 다해 낙안봉을 향해 달리기 시작했다.

백천이 못마땅하다는 듯 혀를 찼다. 그리고 그 모습을 지켜본 윤종이 가만히 고개를 돌려 청자 배를 봤다.

"뭐 해?"

"예?"

"사숙들이 낙안봉으로 갔으니 너희는 연화봉으로 가자."

"……예?"

"사숙들이 절반은 다시 간다니까, 너희는 음……. 그래."

윤종이 빙그레 웃었다.

"열 명 빼고 다시 간다. 가."

"……예?"

"가라고."

분위기를 파악한 몇몇이 재빠르게 연화봉을 향해 달리기 시작했다. 그 모습을 본 나머지도 너나 할 것 없이 연화봉으로 내달렸다. 전력으로 달리는 와중에도 그들의 입에서는 쉴 새 없이 불만이 쏟아졌다.

"아, 아니! 사형은 갑자기 왜 저러는 거야!"

"조걸 사형은 왜 안 말리고 저러시는 건데?"

"나라고 알겠냐고!"

막상 걱정했던 청명은 한마디도 안 하는데, 예전부터 그들의 편이었던 백천이나 윤종이 그들을 괴롭히고 있다. 이게 뭔 괴이한 상황이란 말인가?

죽자고 달려가는 제자들을 보면서 윤종도 혀를 찼다. 그러더니 백천을 향해 시선을 돌렸다. 아무 말도 하지 않았지만, 백천은 그 시선의 의미를 읽고 한숨을 내쉬었다.

"청명이 놈이 평소에 왜 우리를 못 잡아먹어 안달이었는지 알겠다. 불과 한 달 떠나 있었을 뿐인데 저 모양이라니!"

"저도 조금 이해가 갑니다. 아주 조금이지만."

백천의 눈이 불타올랐다.

"사흘. 딱 사흘이다. 사흘 내로 기강을 다잡아 놓겠다!"

뒤쪽의 나무 그늘에서 그 광경을 지켜보던 청명이 피식 웃었다. 아마 지금쯤 다른 제자들이 당황스러운 만큼 백천과 윤종, 조걸, 유이설도 적잖이 당황했을 것이다. 그저 운남에 갔다 왔을 뿐인데, 화산에 남은 제자들이 하나같이 약해 빠져 보일 테니 당황스러울 수밖에.

다만 한 가지.

'지들이 세진 건 생각 안 하고.'

강함이라는 건 상대적인 법이다. 저들은 운남으로 가는 내내 청명에게 집중적으로 얻어맞……. 아니, 집중적으로 수련을 받았다. 덕분에 지금 그들의 무위는 이곳을 떠나기 전의 무위와는 비교할 수 없는 수준이다.

떠나기 전 섭취했던 혼원단의 내력을 자신들의 것으로 만들었고, 초식은 더더욱 정교해졌다. 다시 말해, 운남을 다녀오는 동안 저들의 무위는 몇 단계는 더 강해졌다.

그것뿐인가? 청명과 당가주의 비무를 보면서 절대고수의 능력을 체감했고, 청명과 당외의 비무를 보면서 실전이 무엇인지를 알았다. 게다가 야수궁주를 바로 앞에서 겪었으며, 강병이라 할 수 있는 야수궁도들을 보았다. 눈이 높아지지 않으면 그게 더 이상한 상황이다.

그러니 떠나기 전과 별로 달라진 게 없는 평범한 화산의 제자들이 눈에 찰 리가 있겠는가. 아마 지금부터 사제들이 원하는 수준에 이를 때까지 다그치고 또 다그치게 될 것이다.

'그래, 문파라는 건 이렇게 강해지는 법이지.'

지금껏 없었던 고수 하나가 등장하면 그 고수는 자신의 주변을 제가 만족할 때까지 쥐 잡듯 잡아 댄다. 그럼 거기에 당하며 강해진 이들이 다시 제 주변을 뒤집는다. 그 과정이 몇 차례 반복되면 물이 아래로 흐르듯이 모두가 채근당하게 된다.

그럼 당연히 강해질 수밖에!

이제야 청명이 흘려 내던 물줄기가 바로 아래를 가득 채우고, 더욱 아래로 흐르기 시작한 것이다. 이쯤 되면 청명은 그저 지켜보다가 어긋나는 것들만 조금씩 고쳐 주면 된다.

'한 일 년만 더 있으면 다들 자체적으로 수련하는 기조가 잡히겠지.'

그렇게 되면 그제야 화산은 명문이라 불릴 최소한의 자격을 손에 넣게 될 것이다. 명문이란 뛰어난 곳을 지칭하는 게 아니라 대를 이어 성과를 내는 이들을 지칭하는 말이니까. 청명이 흐뭇하게 웃었다.

뿌린 씨앗이 발아하는 모습을 지켜보는 건 언제나 즐거운 일이다. 이렇게 화산의 기조가 잡히고 거기에 혼원단까지 끼얹어 버리면 화산은 급속도로 강해질 것이다. 그럼 과거의 명성을 되찾는 것 역시 머지않……

"청명아아아아아아아아아!"

행복한 생각을 뚫고 불쑥 끼어든 소리에 청명의 고개가 천천히 돌아갔다. 저 멀리서 달려오는 장문인과 장로들, 그리고 의약당주가 보였다. 다급한 그들의 표정을 본 청명은 깊은 한숨을 내쉬었다.

그럼 그렇지. 편해질 리가 있나. 보나 마나 또 무슨 사건이 터졌겠지! 앓느니 죽지! 앓느니 죽어!

청명이 푸른 하늘을 올려다보았다.

"아이고, 장문사형."

문파 꼬라지가……. 예? 이걸 나보고, 어? 어휴!

장문사형의 낄낄대는 웃음소리가 들려오는 것 같다.

— 엄살 부리지 마라, 이놈아. 그거 죄다 합쳐도 내가 네놈 사고 친 것 뒤치다꺼리하던 것에 못 미친다.

"에라!"

청명은 버럭 소리를 지르며 자리에서 일어났다. 마침 장문인과 의약당주가 그의 앞에 도달했다. 고개를 꾸벅하며 청명이 포권 했다.

"장문인을 뵙습니다."

"아니! 지금 인사를 할 때가 아니고! 이리 좀 오거라! 가서 봐야 한다!"

"네?"

장문인이 청명의 목덜미를 움켜잡더니 다짜고짜 달리기 시작했다. 목덜미를 잡힌 채 허공에 떠 끌려가던 청명이 흐뭇한 미소를 지었다.

'이 양반도 많이 과격해졌네. 허허허허.'

"봐라! 이걸 어찌하면 좋겠느냐?"

다급한 물음에, 청명은 심드렁한 눈빛으로 앞에 놓인 거대한 솥을 바라보았다.

"이게 왜요?"

"잘 보거라! 아래쪽을."

"네?"

청명이 고개를 빼꼼 내밀어 솥의 아랫부분을 보았다.

"어? 이게 왜 갈라져 있지? 누가 주먹질이라도 했어요?"

"주먹질이 아니라 내력을 불어넣었다."

"네? 솥에요? 검도 아니고 솥에 무슨 내력이에요. 솥을 쓰는 새로운 무학이라도 창안하시려고?"

"그런 게 아니라!"

현종이 답답하다는 듯이 가슴을 쳤다. 의약당주 운각이 재빨리 현종의 말을 받아 설명했다.

"혼원단의 제조법 중 특별하다고 할 수 있는 과정이 이거다. 자목초는 과거에는 흔했던 재료가 지금 귀해진 것뿐이지만, 이건 다르다. 혼원단을 만들기 위해서는 방대한 내력을 가진 내가고수가 내력으로 솥을 달궈야 한다."

"……그럼 뭐가 달라요?"

"나도 정확한 원리는 모른다만 그렇게 하면 내력이 혼원단 안으로 스며들어 잡스러운 기운을 정화하는 모양이다."

응? 그런 것도 되나? 하여튼 약선 그 양반 대단하긴 대단하네.

"신기하네요. 그래서요?"

"그래서 바로 연단에 들어가기 전에 혹시나 해서 장문인을 모셔 내력을 불어넣어 봤는데, 솥이 버티지를 못한다. 지금 이게 세 개째다. 만일에 대비해 실험해 보지 않았으면 재료고 뭐고 다 날려 먹을 뻔했지 뭐냐."

청명이 머리를 벅벅 긁었다.

"그러니까, 정리하면…… 혼원단을 만들기 위해서는 솥에 내력을 불어넣어야 하는데, 이런 무쇠솥은 내력을 감당하지 못해서 깨진다 이거죠?"

"그렇다."

"그럼 검이랑 같은 금속으로 만들면 안 되나요?"

"검과 솥은 주조법이 다르다. 기본적으로 검은 두드려 접어 펴는 과정이 필요하다. 그런데 이만한 솥을 그런 방식으로 만들기는 힘들다더구나. 소소에게 물어봤는데 당가에서도 어려울 거라 했다."

"끄응. 그럼요?"

"내 생각에는 그냥 강한 철을 써야 할 것 같은데, 이만한 솥을 만들어 낼 수 있을 만큼의 귀한 철이 흔치가 않다."

"……작은 냄비에 조금씩 만들면 안 되나요?"

의약당주가 고개를 저었다.

"내가 그 생각을 안 해 본 것은 아니지만, 약선의 가르침에는 오직 한 가지의 배율만이 나와 있다. 양이 줄어들면 배합도 달라져야 하는데, 내 능력으로는 그 배합을 알아낼 수가 없다."

거, 진퇴양난이네.

"그럼 결론은…… 그 막대한 내력을 버틸 수 있을 만큼 강한 철을 구해다가 이만한 솥을 만들어야 한다는 거네요?"

"그렇지."

"허허."

실소를 터트린 청명의 얼굴이 점차 벌겋게 달아오르기 시작했다.

아니, 뭔! 하나 해결했다 싶으면 문제가 또 생기고, 또 하나 해결했다 싶으면 다른 문제가 생기고! 지금 누가 일부러 날 괴롭히는 것도 아니고!

"아니! 그만한 철을 대체 어디서……. 어디……. 철?"

발작하려던 청명이 돌연 우뚝 멈추고는 고개를 갸웃했다. 내력을 버틸 만큼 특수한 철? 그게 이만한 솥을 만들 만큼 많이? 그러니까 예를 들면……?

"만년한철 같은 거?"

"그렇지! 만년한철이면 더 바랄 게 없겠지."

"……."

"그게 쉽지 않아서 일단 네게 상의를 한 것이다. 혹시 만년한철을 빠르게 구할 방법을 생각해 볼 수 있겠느냐?"

아……. 생각이요? 허허허허허.

청명이 피식 웃었다. 현종이 그럴 줄 알았다는 듯 한숨을 푹 내쉬었다.

"그래. 아무리 너라고 해도 그 귀한 만년한철을 대량으로 구할 수는 없겠지. 일단은 은하상단의 황 대인께······."

"오늘."

"응?"

"아, 오늘은 안 되고. 내일 가져다드릴게요."

대뜸 자신 있게 말하는 청명을 보며, 현종이 황망한 표정으로 되물었다.

"뭐, 뭘 가져다준단 말이냐?"

"만년한철이요. 아, 아예 솥을 만들어서 드릴까요?"

정적이 흘렀다. 현종과 운각은 '이놈이 맛이 가 버렸나?' 하는 눈빛으로 청명을 유의 깊게 보았다. 하지만 청명은 그 반응을 보면서도 연신 피식피식 웃을 뿐이었다.

만년한철? 있지. 그것도 무지막지하게 많이.

• ❖ •

야심한 밤, 청명이 아무도 모르게 슬그머니 장문인의 처소 뒤쪽으로 숨어들었다. 야행복을 뒤집어쓴 그의 얼굴에선 웃음이 떠나지 않았다.

'낄낄낄낄. 내가 왜 이 생각을 못 했지?'

아니. 사실은 생각하지 않은 게 아니다. 생각할 필요가 없었던 것뿐이다.

지금까지는 화산에 만년한철이 필요한 일이 딱히 없었고, 설사 필요하다 해도 만년한철을 잘라 낼 능력이 없었다. 저 작은 동산 아래 어마어마한 양의 만년한철이 묻혀 있다고 해도 말이다.

청명이 감회가 새롭다는 눈빛으로 장문인의 처소 뒤에 있는 작은 산을 바라보았다.

'크으! 저기가 없었다면 두 배는 더 고생했겠지.'

아니, 두 배가 뭔가? 당장 전각이고 뭐고 다 빼앗기고 쫓겨날 뻔했었다. 그때를 생각하니 코끝이 시큰해지는……. 아니, 뒷골이 당겨 오는 기분이었다.

생각해 보니 잘도 여기까지 왔다. 먹고 죽을 돈도 없어서 길바닥에 나앉을 꼴이던 문파의 머리채를 움켜쥐고 여기까지 끌고 오지 않았는가.

"어휴, 그래도 갈 길이 멀다. 갈 길이 멀어."

어쨌든 이번 일만 어떻게 잘 해결하고 나면 확실히 나아지겠지! 청명이 눈에 힘을 주고 산을 노려보았다. 챙겨 온 검을 뽑아 들었다. 깊게 심호흡하고 안색을 굳혔다.

"그래. 이러고 있을 때가 아니지. 간다!"

흙더미가 쏟아지는 개울물처럼 촤촤촤 뿜어져 나왔다. 청명이 검을 곡괭이처럼 휘두르며 흙을 두부처럼 썰어 내는 소리였다. 순식간에 산을 파고 들어간 그가 방향을 틀어 파죽지세로 전진했다. 흙이 뿌려지는 소리가 마치 빗소리처럼 들렸다.

'그때는 그 개고생을 했는데.'

지금은 일도 아니다. 지난 이 년 몇 개월 사이 얼마나 강해졌는지 단숨에 실감할 수 있었다.

"어쭈?"

앞을 막고 있는 바위를 일검에 잘라 버린 청명이 방향을 가늠했다. 그게 이쯤에서…… 아래로. 그렇지.

전에는 앞쪽의 기관을 열고 들어갔지만, 이번에는 방법을 바꿀 셈이었다. 자꾸 기관 쪽을 건드리다 보면 현종이 눈치를 챌 위험도 커진다. 게다가 이제는 굳이 기관을 통과하지 않아도 되니까.

"이쯤이었던 것 같은데?"

청명이 검을 들어 머리 위를 쿡쿡 찔렀다. 검날이 푹푹 박혔다.

"아닌가?"

까아앙! 검 끝에 단단한 것이 걸렸다.

"오!"

청명의 눈에 화색이 어렸다. 잘 파고 왔다는 증거다. 바위 따위가 검기가 실린 그의 검을 막아 낼 수 있을 리가 없으니, 지금 걸린 것은 분명 전에 들어갔던 장문사형의 비자금 창……. 아니, 화산 장문의 비고일 것이다.

청명이 검을 가볍게 떨쳤다. 그러자 머리 위의 흙더미들이 우르르 쏟아지더니 거무튀튀하고 네모반듯한 천장이 드러났다. 청명은 드러난 천장, 그러니까 비고의 바닥을 보며 감탄하듯 말했다.

"크으! 장문사형! 이렇게 아낌없이 주시다니!"

창고에 있는 보물도 다 빼 주시고, 이제는 비고까지 잘라 주시겠다니! 이 사제는 몸 둘 바를 모르겠습니다!

– 야, 이 날강도 같은…….

"아. 나중에 이야기합시다, 나중에. 지금 바쁘니까."

귀에 들려오는 환청을 훅 밀어 낸 청명이 검을 들어 비고의 바닥 부분을 쿡쿡 찔렀다. 카앙, 카앙 소리가 연신 울렸다. 확실히 단단하다. 만년한철은 만년한철이다. 최근 내력을 확 끌어 올리지 않았다면 베어 낼 엄두조차 내지 못했을 것이다.

"하지만 지금은 아니지."

청명이 눈을 가느스름하게 뜬 채 천천히 검을 움직였다. 단전의 내력이 그의 움직임에 호응하여 들불처럼 일어나기 시작했다. 순식간에 전신을 내달린 내력은 빠르게 검으로 밀려들어 갔다.

우우우우우우우웅! 청명의 검에서 맑은 검명(劍鳴)이 울려 퍼졌다. 그가 살짝 멍한 듯한 표정으로 천천히 검을 들어 올렸다. 이윽고 느릿하게 부드러운 호선을 그려 냈다.

스으으웃! 가볍게 한 번 검을 휘두른 청명은 검을 회수해 검집 안으로 밀어 넣었다. 눈을 다시 크게 뜬 청명이 희희낙락한 얼굴로 고개를 들었다.

"좋아! 잘라 냈……."

그 순간 원형으로 크게 잘린 만년한철이 청명의 머리 위로 떨어졌다.

"어?"

쿵! 철푸덕. 바닥에 그대로 쓰러진 청명의 발끝이 움찔움찔했다.

"끄으으으."

몸을 덮친 만년한철을 낑낑대며 밀어 낸 그는 욕지거리를 내뱉었다.

"아니! 머리는 장식으로 달고 다니나! 천장을 자르면 당연히 떨어지지! 썩을!"

주륵 흘러내린 코피를 쓱 문질러 닦고는 바닥에 떨어진 만년한철을 바라보았다.

"어쨌든…… 이 정도면 될 것 같은데?"

거의 사람이 드러누워도 될 정도의 크기다. 이만한 크기면 얼마든지 커다란 솥을 만들어 낼 수 있다. 다만 문제가 하나 있다면…….

"생각보다 얇은데?"

하기야 이만한 크기의 비동인데, 두께까지 두꺼웠으면 화산이 아니라 소림이 만들었어도 기둥뿌리 두어 개쯤은 날려야 한다. 화산이 그런 짓을 했다가는 대번에 파산이다. 거의 한계까지 얇게 뽑아낸 철판을 보며 청명이 눈을 찌푸렸다.

"이러면 어…….''

원래는 두꺼운 철판을 검으로 파내 솥으로 만들 계획이었다. 그런데 이렇게 얇아서야 파낼 곳이 없지 않은가. 그 말인즉…….

"……이거 구부려야 하나?"

만년한철을? 내가?

청명의 눈가가 파르르 떨렸다. 이리된 이상 남은 방법이라고는 이 철판을 두드려서 굽힌 다음에 솥 모양으로 주조하는 것뿐이다. 더 슬픈 사실은, 이 화산은 물론이고 섬서 전체를 뒤져도 그만한 일을 할 수 있는 이가 없다는 것이다.

아, 가능한 곳이 있기는 하겠네. 종남파 장문인이나 장로들 정도면 할 수 있지 않을까? 그래. 아주 기쁜 마음으로 해 주겠네. '허허. 화산에 도움이 될 수 있다니, 이 얼마나 기쁜 일입니까. 이 개새끼들아!' 하면서. 썩을.

결국 자신이 직접 하는 것 외에는 답이 없다는 것을 깨달은 청명이 한숨을 푹 내쉬었다.

"……그래, 앓느니 죽는단 마음으로 해야지. 쯧."

그 자리에 푹 주저앉아 만년한철 철판을 끌어당겨 무릎 위에 걸치고, 왼손으로 철판의 아랫부분을 움켜잡았다.

화아아아아아악! 손이 거의 백색으로 물들며 어마어마한 열기를 뿜어냈다. 그와 동시에 철판이 서서히 붉게 달아오르기 시작했다.

"어떻게!"

오른손으로 철판의 달아오른 부분을 그대로 내려친다.

카아앙!

"뭐 하나라도!"

카아앙!

"나 없이 돌아가는 게 없냐!"

카아아앙!

울분 섞인 손길로 만년한철을 신나게 후려쳤다. 단단하기 짝이 없는 만년한철이 조금씩, 아주 조금씩 휘어지기 시작했다. 개미 눈곱만큼.

"아니, 이 새끼가?"

청명의 눈에 불꽃이 피어올랐다. 그가 누구인가? 상황이고 나발이고, 일단 마음대로 풀리지 않는 일을 만나면 눈부터 돌아가는 사람 아니던가.

"오냐! 네가 이기나 내가 이기나 한번 해보자!"

내력을 있는 대로 끌어 올린 청명이 주먹을 움켜쥐고 죽어라 철판을 후려치기 시작했다.

캉! 캉! 캉! 캉! 캉! 캉! 카아아앙!

"으아아아아아아아!"

• ❖ •

"으으음."

의약당주 운각이 무거운 얼굴로 자리를 털고 일어났다. 간밤에 그는 거의 잠을 이루지 못했다.

'생각할수록 요원한 일이지.'

혼원단을 만들기 위해서는 한철이나 묵철 같은 특수한 철로 만든 솥이 필요하다. 문제는 한철이나 묵철은 그 가격이 천금에 달하고, 설사 돈이 있다고 해도 원하는 만큼 구하는 게 거의 불가능한 물건이라는 점이다.

'청명이 녀석이 정말 한철을 구해 올 수 있을까?'

그 한철로 솥을 만들어야 한다는 과제가 남지만, 일단은 한철부터 구하고 볼 일이다. 하나 아무리 청명이 도깨비 같은 놈이라고 해도 한철이 뭐 길가에 널린 돌멩이도 아니고, 하룻밤 만에 뚝딱 구해 올 수 있겠는가?

'일단은 괜찮다고 해야지.'

그리 호언장담했으니 노력이야 했겠지만, 실패야 당연한 것이니 적당히 위로해야 할 것 같다. 운각이 낮게 한숨을 쉬며 문을 열고 밖으로 나섰다.

"그래, 그동안 녀석이 해 준 것만 해도……. 와 씨! 깜짝이야! 이게 뭐야?"

태연하게 밖으로 걸어 나가던 운각이 화들짝 놀라 뒤로 훌쩍 물러섰다. 동그랗게 커진 그의 눈이 천천히 아래로 내려갔다.

"처, 청명아?"

"푸우우우우우. 푸우우우우우."

코까지 신나게 골며 곯아떨어진 청명이 널브러져 있었다.

"아, 아니……."

하룻밤 사이에 대체 뭔 짓을 했기에 상거지 꼴이 되어 있지? 전신이 흙투성이다. 게다가 땀을 도대체 얼마나 흘렸는지 흙먼지가 땟국이 되어 들러붙어 있다. 대체 어제…….

"응? 저건……."

운각의 시선이 살짝 옆으로 돌아갔다. 청명의 옆에 아주 커다란 솥이 놓여 있다. 검은 솥에 빛이 비칠 때마다 푸른빛이 감돌았다. 지금까지 단 한 번도 본 적 없는 철이었다.

"서, 설마?"

운각의 몸이 부르르 떨렸다. 아, 아니겠지? 에이, 설마?

스르르르릉.

그는 허리에 찬 검을 천천히 뽑아 내력을 밀어 넣었다. 마른침을 삼키고 단호한 기세로 곧장 솥을 내리쳤다.

쩡! 팽그르르르르르!

이윽고 그는 깔끔하게 부러져 두 동강이 난 자신의 검을 멍하니 바라보았다. 부러져? 검기를 밀어 넣은 검이 부러졌다고? 그, 그럼?

"하, 하……. 한……철. 마, 만년한철?"

이 미친놈이 진짜 만년한철로 솥을 만들어 왔다고? 그는 아예 솥에 달려들어 힘껏 여러 차례 후려쳤다. 하지만 손만 부러질 듯 아파 올 뿐, 솥에는 실금조차 가지 않았다.

"자, 장문인! 장문이이이이이이이이인! 으아아아아아아! 장문이이이이이이이이인!"

기겁한 운각이 솥을 냅다 들고는 장문인의 처소를 향해 달리기 시작했다.

"푸후우우우우우우우! 푸후우우우우우우!"

적막에 빠진 의약당 마당에는 청명의 코 고는 소리만이 울리고 있었다.

· ◈ ·

"세상에, 한철이라니. 이만한 양의 한철은 생전 처음 본다."
"이거면 되겠지?"
장로들이 솥 주변에 몰려들어 신기한 듯 두드려 보았다.
"아니, 청명아. 대체 이것을 어디서 구해 온 것이더냐?"
구해 오긴 개뿔이! 내가 두드려 만들었다, 이것들아! 아이고! 내 팔자야. 늙어 빠진 놈은 밤새도록 주먹으로 솥 두드리고, 어린것(?)들은 처자빠져 잠이나 자고! 한숨을 푹 내쉰 청명이 심드렁하게 말했다.
"그게 뭐 중요한 건 아니죠."
"그, 그렇지. 그래! 그게 중요한 게 아니지!"
현종이 고개를 획 돌렸다.
"운각! 아니, 의약당주!"
"예! 장문인!"
"이제 되었는가?"
"마지막으로 한 번만 실험을 해 보고 싶습니다."
"으음. 알았다!"
현종이 솥으로 다가가더니 아랫부분에 손을 댔다. 그러고는 내력을 있는 대로 밀어 넣기 시작했다. 솥이 달아오르기 시작한다.
"오! 버틴다!"
"과연 만년한철이로구나! 이리 얇은데도 버텨 내다니!"
현종과 현상은 반색하며 기쁨을 감추지 못했다.
"됩니다! 됐습니다! 장문인! 이제 혼원단! 아니, 자소단을 만들 수 있습니다!"

"드디어!"

현종의 눈이 촉촉하게 물들었다. 이 개고생……. 아니, 뭐 대부분의 고생은 청명이 혼자 한 것이지만, 어쨌든 이 개고생을 한 끝에 드디어 혼원단 제조에 들어갈 수 있게 된 것이다!

'이걸로 화산은 다시 한 단계 도약할 것이다!'

"선조들께서 보살피셨구나."

"썩을."

"……응?"

현종이 살짝 고개를 돌렸다. 뭘 잘못 들었나?

밤새도록 내력을 있는 대로 끌어 쓰며 한철을 구부리느라 녹초가 되어 버린 청명이 손을 휘휘 저었다.

"빨리 시작하죠. 빨리……."

"그래! 그래야지! 의약당주!"

"예! 장문인! 지금 바로 준비하겠습니다."

부산하게 재료를 솥에 쏟아 넣는 의약당주와 잔소리를 쉬지 않는 현종을 보며 청명이 고개를 절레절레 저었다.

'선조는 뒈질 놈의 선조! 내가……. 어? 내가 선조인가?'

어…… 그럼 맞지. 맞네. 그 말.

"자, 여기에 금령과액(金靈果液)이랑 화신수……. 그리고 새벽이슬 모아 둔 것을 넣으면……."

마지막의 마지막까지 세심한 손길로 재료를 배합한 의약당주가 뒤로 훌쩍 물러나 이마에 흐른 땀을 닦았다. 그러고는 손을 뻗어 기다란 쇠주걱을 움켜잡았다. 모든 준비는 끝났다.

두어 번 심호흡을 한 그가 단호하게 외쳤다.

"시작해 주십시오!"

"현상!"

"예, 장문인!"

현종과 현상이 양쪽에서 솥을 부여잡고 내력을 끌어 올렸다. 이내 내력을 열기로 전환해 낸 두 사람이 더없이 진중한 얼굴로 솥을 꽉 움켜잡았다. 어마어마한 화력이 솥의 중심으로 모이며 재료들이 끓기 시작했다.

"좋습니다! 이대로!"

의약당주가 희열에 찬 표정으로 솥 안의 재료들을 저었다.

"딱 이 정도입니다! 이걸 유지해 주십시오!"

"얼마나?"

"딱 열흘만 하면 됩니다!"

"오! 그래, 열······."

응? 뭐라고? 현종과 현상이 동시에 고개를 들어 의약당주를 바라보았다.

"······얼마 동안?"

"열흘!"

"······영단 만드는 데 열흘 걸린다고 하지 않았는가. 그런데 이 과정만 열흘이 걸린다고?"

"예! 과정이라고 해 봐야 이게 전부입니다!"

······그럼 진즉에 말했어야지, 인마!

현종과 현상이 당황하여 떨리는 눈빛으로 의약당주를 바라봤다.

"자, 잠시 멈췄다가 다시 시작하면······."

"안 됩니다! 한번 시작한 이상 멈출 수 없습니다! 열흘! 앞으로 무조건 열흘입니다!"

의약당주의 눈에 광기가 어려 있었다. 그의 인생에 다시없을 업적이 만들어질 순간이다. 열흘 동안 솥을 젓는 것 따위가 대수겠는가.

"어……. 그? 어?"

현종이 뭔가 말을 하려던 순간이었다. 뒤에서 중얼거리는 소리가 들려왔다.

"열흘……."

현종이 천천히 고개를 돌려 보았다. 그곳에 악마 같은 얼굴을 한 청명이 서 있었다. 표정만으로 '그 개고생을 해서 구해 온 재료인데 잘못해서 날리기라도 하면 화산도 날아가는 거야.'를 구현해 낸 청명이 이를 뿌득 갈며 외쳤다.

"하실 수 있습니다! 장문인!"

"……."

"꼭! 반드시! 어떻게든!"

"……."

"사람이 열흘 안 잔다고 죽지는 않습니다! 죽어도 솥을 잡고 죽겠다는 마음으로 노력해 주십시오! 이 제자, 장문인께서 화산만을 위해 사셨던 것을 결코 잊지 않겠습니다!"

나 아직 안 죽었어, 이놈아! 현종의 눈가에 습기가 맺혔다. 에라, 이 벼락 맞아 죽을 놈!

· ❖ ·

의약당. 이곳은 본디 싸우다가 부상을 입거나, 수련을 하다 주화입마에 걸린 제자들을 치료하기 위해 존재한다.

무인의 부상은 양민들의 부상과는 그 궤를 달리하는 법. 그렇기에 대문파라는 이름을 걸고 있는 문파들은 자체적으로 의술을 연구하여 의약당을 만든다. 다시 말하자면 명문거파에 있어서 의약당이란 크게 눈에 띄지 않아도 반드시 필요한 곳이라 할 수 있다.

아, 물론 화산은 빼고.

그간 화산의 의약당은 곱게 말하면 빛 좋은 개살구고 나쁘게 말하면 밥만 축내는 식충이나 다를 바가 없었다.

생각해 보라. 어딜 가서 싸워야 다치는 이가 나오지 않겠는가. 하지만 화산은 그동안 반쯤 봉문한 상태로 산문 밖을 나서지 않았다. 그러니 어디 가서 제자들이 다칠 일도 없었다. 더구나 과한 수련을 해야 주화입마가 오는 것인데, 화산은 제자 하나하나가 아쉬운 상황이었기에 그들이 몸 상할 만한 수련은 전혀 시키지 않았다.

그러니 의약당이 하는 일이라고는 쓸데없이 건강하고 튼튼한 제자 놈들이 가끔 배탈이 나면 약이나 지어 주는 게 전부였다. 치료할 사람이 없고, 영단도 만들지 못하는 의약당을 대체 어디다 써먹겠는가.

상황이 그렇다 보니 지난 세월 의약당은 재경각주 현영의 위장병을 초래하는 가장 주요한 원인 중 하나였다.

하지만! 쥐구멍에도 볕 들 날이 있다고, 마침내 화산이 그 의약당에 모든 기대를 쏟아붓는 날이 오고야 말았다.

부산스러운 의약당 안에서 기이한 신음이 흘러나온다.

"끄으으으으으응."

"으으으으으으으으."

"쉬, 쉬지 마십시오. 절대…… 절대 쉬어서는 안 됩니다! 절대로!"

의약당주 운각의 눈에 핏발이 섰다. 쇠 주걱으로 솥을 젓는 그의 팔뚝에 힘줄이 잔뜩 튀어나와 있었다. 하지만 그 강해 보이는 팔뚝과는 반대로 얼굴은 거의 사람 꼴이 아니었다.

눈 밑의 거뭇한 그림자는 거의 턱 끝까지 내려와 있고, 수북하게 자라난 수염은 산적이 형님을 외치며 인사부터 하고 볼 판이다. 거무튀튀하게 그을린 얼굴은 차마 보고 있기 힘들 정도였고, 흐른 땀이 말라붙어 허연 소금까지 툭툭 떨어질 지경이었다. 의원보다는 장의사를 찾는 게 빨라 보이는 운각의 얼굴에서 유일하게 살아 있는 부분이 바로 두 눈이었다.

"성……공한다! 반드시!"

그의 눈이 섬뜩한 광망을 내뿜었다. 몰골은 더할 나위 없이 초췌했지만, 의지만큼은 이 순간에도 처음과 같이 활활 타오르고 있었다.

"내력이 약해지면 안 됩니다! 열기를 유지해야 합니다! 장문인! 장로님!"

"끄ㅇㅇㅇㅇㅇㅇ……."

"주, 죽을 것 같다."

현종과 현상의 몰골도 말이 아니었다. 솥을 부여잡은 그들은 거의 피골이 상접해 있었다. 삐쩍 말라 버린 현종이 앙상한 팔로 솥을 잡고 신음했다.

"얼마나 더 해야 하더냐?"

"이제 하루 남았습니다."

"하, 하루나 더……."

현종의 얼굴이 그답지 않게 일그러졌다. 이쯤 되면 사람이라기보다는 인간 모닥불 수준이다. 둘이서 종일 내력을 불어넣다가 한 사람이 버티는 틈을 타 잠시 바짝 운공을 하여 내력을 회복한 후, 바로 다시 투입되는 짓거리를 아흐레 동안 하고 있다.

그들만큼 내력을 가진 이가 한 사람이라도 더 있으면 교대라도 해 보겠지만, 안타깝게도 화산에 그만한 내력을 가진 이는 현종과 현상, 오직 둘뿐이었다.

"끄으으으으……."

참을 수 없는 신음을 내뱉은 그때, 현종의 귀로 나직한 목소리가 파고들었다.

"쯧쯧쯧. 뭐가 그리 힘들다고."

현종과 현상이 눈에 독기를 담고 휙 목소리의 주인공을 노려보았다.

"자. 아, 하십쇼!"

"……아."

현종이 삐걱거리는 입을 아, 하고 벌렸다. 현영이 그 안으로 죽을 부어 넣었다. 자리를 비우지 못하니 이렇게라도 먹어야 한다며 매일 죽을 쒀 오는 현영이었다.

"사형도 아, 하십쇼."

"괘, 괜찮……."

"시끄럽고 입 벌리십쇼!"

"끄응."

현상도 아기 새처럼 현영이 부어 주는 죽을 받아먹었다. 이제는 손자도 아니라 증손자의 재롱을 보며 미음을 떠먹여 줘야 할 나이에, 애처럼 죽을 받아먹고 있으니 서글픔이 물밀듯 밀려왔다. 하지만 현영은 그런 사형들을 보면서도 조금의 안쓰러움도 느끼지 못하는 모양이었다.

"힘들다는 소리 하지 마십시오! 힘들다 싶으면 삼 년 전을 떠올리란 말입니다! 길바닥에 나앉게 되어 힘든 것보다는 백 배 낫잖습니까!"

"……그래!"

"그 말이 맞다!"

거의 꺼져 가던 두 사람의 눈에 다시 독기가 차올랐다. 그래, 아무리 힘들어도 이건 미래로 가기 위한 힘겨움이다. 당장 제자들을 먹일 곡식도 없어서 이리저리 돈을 꾸러 다닐 때의 힘겨움에 비할 바 있겠는가.

'성공해야 한다!'

'내가 여기서 서서 죽더라도 영단은 완성하고 죽는다!'

현상의 코에서 코피가 주르륵 흘러내렸다. 하지만 현영은 익숙하다는 듯 옆에 있던 천으로 현상의 코를 대충 문질러 닦아 주었다.

"집중하십시오, 장문인! 집중하셔야 합니다!"

운각이 눈을 부라리며 솥을 저었다. 조금의 차이도 없도록 일정한 속도로 주걱을 움직이는 그에게선 광기마저 엿보였다.

"이제 하루! 딱 하루만 더 고생하면 됩니다!"

"그래! 하루!"

"고작 하루다! 고작!"

아흐레를 버텼는데 고작 하루를 더 못 버티겠는가? 의약당 안이 후끈하게 달아올랐다. 문파의 미래를 위해 제 한 몸쯤은 얼마든지 희생할 준비가 된 화산의 어른들은 제 몸을 돌보지 않고 혼원단에 기운을 불어넣기 시작했다.

'확실히 뭔가 되어 간다.'

그나마 다행인 점은 혼원단의 완성이 눈에 보인다는 점이었다. 만년한철로 만들어진, 호화롭기 짝이 없는 솥 안에서 새하얀 빛깔의 액체가 끓고 있다. 이미 처음 넣었던 재료는 형태조차 찾아볼 수 없다.

"으으음. 확실히 향이 짙어지는구나."

하루하루 갈수록 솥 안의 액체가 그윽하고도 청아한 향을 내뿜고 있었다. 이건 분명 뭔가 되어 간다는 의미다. 세 사람의 부리부리한 눈이 솥을 뚫어져라 바라보았다.

스으으읏. 스으으읏. 쇠 주걱이 솥에 스치는 소리가 일정하게 들린다. 아흐레 동안 이 소리를 듣고 있으니 이제는 꿈에서도 들릴 것 같았다.

"장로님! 내력이 약해집니다!"

"끄으으응. 하고 있다!"

얼굴이 검게 죽은 현상이 솥에 내력을 더 불어넣었다. 이마에서 땀이 비 오듯 줄줄 흘러내렸다. 적지 않은 나이에 이 짓거리를 하고 있으니, 이제는 뼈마디에 성한 곳이 없을 지경이다. 입술을 질끈 깨물고 마음을 다잡으려는 찰나, 그들의 귀로 태연자약한 목소리가 들려왔다.

"많이 힘드세요?"

세 사람의 고개가 동시에 한쪽으로 돌아갔다. 의자에 앉아 내내 말없이 그들을 지켜보던 이가 옆에 놓인 육포를 쥐고 오물오물 씹기 시작했다.

……청명아. 물론 어……. 그래, 네가 그동안 공을 많이 세웠지. 세워도 너무 많이 세웠지. 그러니 혼원단이 완성되는 과정을 지켜보고 싶은 마음이야 충분히 이해한다마는…….

'왜 여기서 밥을 처먹냐고! 왜!'

장문인과 장로들의 시선이 그의 손에 들린 육포로 쏠리자 청명이 해맑게 웃었다.

"드실래요?"

"……아니다."

참 마음이 고운 아이였지만, 눈치가 없다는 치명적인 단점이 있다.

어색하게 헛기침한 현종이 슬그머니 입을 뗐다.

"딱히 할 일도 없어 보이는데, 굳이 거기 있어야 하느냐?"

"아, 저도 가고 싶은데요…….."

이어지는 대답은 그들의 옆에서 들려왔다.

"어림도 없는 소리!"

현영이 눈을 부라린 채 소리쳤다.

"이게 어떤 일인 줄 알고 우리끼리 한다는 말입니까!"

"또 왜……."

"막말로 사형들이랑 저, 그리고 저 운각이 놈이 같이해서 뭐 잘된 게 하나라도 있었습니까? 다 말아 처먹고 돈만 날렸지!"

지난 뼈아픈 역사를 생각하니 차마 입을 열 수 없는 현종과 현상이었다.

"……저 녀석이 있다고 뭐 할 게 있는 것도 아니잖으냐!"

"부적은 괜히 씁니까! 좀 산다 하는 집들이 괜히 금두꺼비를 가져다 두는 게 아닙니다! 저놈이 옆에 있어야 안심되니까 쫓아낼 생각은 꿈도 꾸지 마십시오."

야, 이놈아. 너는 도사다. 부적을 직접 써도 모자랄 판에 부적 삼아 사람을 가져다 놓는다는 게 말이나 되는 소리더냐? 언제부터인가 화산이 거꾸로 돌아가고 있다는 생각을 지울 수가 없다.

하지만 현종 역시 굳이 억지로 청명을 내보내려 하지는 않았다. 사실 그도 불안했기 때문이다. 워낙에 큰일이다 보니 그들끼리 뚝딱 처리하기는 영 찝찝했다. 게다가 이렇게 손이 묶여 있는 동안 청명이 놈이 사고라도 치면 어쩐단 말인가? 저리 옆에 있는 게 차라리 안심됐다.

찹찹찹찹.

……지옥같이 얄밉다는 것만 빼면 말이다.

육포를 찰떡같이 씹어 먹던 청명이 슬쩍 눈살을 찌푸렸다.

"의약당주님. 손이 조금 느려지신 것 같은데."

"그, 그러냐?"

"장로님. 내력도 조금 약해졌어요."

"……그, 그래?"

"그렇게 들쭉날쭉하면 약효가 떨어진단 말입니다, 약효가! 기껏 좋은 재료 다 모아 왔는데 약발이 떨어지면 되겠어요?"

"끄으으응."

다 맞는 말이다. 그래서 더 짜증이 치밀었다. 예로부터 바른말 하던 이들의 목이 왜 먼저 잘려 나갔는지 이해할 것 같았다.

"하루! 이제 딱 하루예요! 천추의 한을 남기지 말고! 마지막 한 방울까지 짜낸다는 마음으로다가!"

"으으으으으!"

모두가 다시 의욕을 곤추세우던 바로 그 순간이었다.

"어……. 어? 이, 이거 왜 이러…….."

긴 쇠 주걱을 잡고 있던 운각의 팔이 덜덜 떨리기 시작했다. 발작이라도 하는 듯 손까지 부들부들 떨린다. 도무지 주걱을 잡고 있을 수가 없을 정도였다. 운각이 사색이 되어 소리쳤다.

"허어어억! 아, 안 돼!"

혼원단을 만들기 위해서는 일정한 속도로 끝없이 재료들을 저어 주어야 한다. 그뿐이랴. 적절한 내력을 담아 솥에서 올라온 내력을 재료들로 밀어 넣어 줘야 한다. 이 과정에 실패하면 이 재료들은 비싼 쓰레기가 될 뿐이다!

하지만 아무리 손에 힘을 주려고 해도 그의 손은 이제 더 이상 그의 말을 들어 주지 않았다. 즉시 사태를 파악한 운각이 새파랗게 질린 얼굴로 외쳤다.

"누, 누가! 대신 좀! 이, 이걸 저어 주십시오! 저는 더는 안 됩니다!"

"의약당원을 불러올까?"

현영이 다급하게 묻자 운각이 격하게 고개를 저었다.

"그들로는 안 됩니다! 내력 충만한 사람이 필요합니다!"

"그럼 내가?"

"다, 다른 장로님 없습니까?"

"있지. 지금 네 옆에서 땀 뻘뻘 흘리고 있잖느냐."

"……."

아, 그러네. 장로가 둘이 다지.

현영의 무위가 장로 수준이 아니라는 것이야 모두가 아는 바 아니던가.

"빨리! 아, 안 돼! 이대로는 재료가……!"

운각의 처절한 외침에 결국 청명이 자리에서 벌떡 일어났다. 그러더니 부리나케 달려와 운각의 주걱을 뺏어 들었다.

"에라! 고작 며칠 저었다고 벌써 탈진해서는!"

"아, 아니, 그게 아니라……."

뭔가 변명을 하려던 운각이 그 자리에 털썩 주저앉았다. 긴장이 풀리자마자 전신에서 힘이 빠져나가며 의식이 아득하게 멀어졌다.

"어엇……."

한 사람이 무너지기 시작하자 연쇄적으로 문제가 일어났다.

"끄르르륵."

"아이고! 사형!"

현상이 코에서 피를 뿜으며 뒤로 털썩 나가떨어졌다. 현영이 기겁을 하여 현상에게 달려들었다. 현종과 함께 내력을 불어넣어 가며 지금까지 버텨 냈지만, 더 이상은 무리인 모양이었다.

"혀, 현상……. 으으음."

현종도 그 자리에 연이어 풀썩 주저앉았다. 전신에서 땀이 폭포처럼 흘러내렸다. 내력까지는 어떻게 보충할 수 있었지만, 나이가 나이인지라 체력이 더 이상 받쳐 주지 않는 것이다. 무너져 버린 현상과 현종을, 현영이 망연하게 바라보았다.

'이, 이러면 안 되는데……?'

이제 하루 남았는데 이렇게 다들 나가떨어져 버리면 혼원단은 어쩌라는 말인가. 정녕 이대로 끝이란 말인가? 현영이 절망에 빠지려는 바로 그때였다.

"아오! 진짜! 내가 앓느니 죽어야지, 내가!"

청명이 버럭 고함을 내지르더니 한 손으로 솥의 가장자리를 부여잡았다. 그러더니 다른 손으로 주걱을 잡고 맹렬하게 휘젓기 시작했다. 청명의 눈이 이글이글 타올랐다.

"내가 이걸 어떻게 구해 왔는데! 죽어도 실패는 없다!"

한 손으로는 솥에 내력을 불어넣고 다른 손으로는 주걱을 휘젓는 청명의 등 뒤에서 손이 여러 개 뻗어 나오는 것만 같았다. 현영은 냅다 사형들을 내팽개치고 청명에게 달려갔다.

"처, 청명아! 괜찮겠느냐?"

"안 괜찮아도 괜찮게 만들어야죠!"

"그래, 그렇지! 옳지! 그래야 우리 청명이지!"

"잠깐 떨어져 계세요."

"오냐!"

현영이 바로 뒤쪽으로 훌쩍 물러났다. 이제는 청명이 하는 말에는 이유도 묻지 않는 그였다.

"하아아압!"

힘이 실린 기합과 함께 청명이 기감을 있는 대로 끌어 올렸다. 그의 기감에 솥 안의 재료들이 잡혔다. 겉으로 보기에는 완전히 녹아든 재료들이지만, 청명의 기감은 미세하게 흐트러진 기운들을 놓치지 않았다. 어떤 곳은 과하고, 어떤 곳은 모자라다. 이 기운들을 완벽히 균등하게 만들어 내야 한다. 아마 그것이 혼원단의 비법일 것이다.

"오냐. 이왕 이렇게 된 거, 제대로 한번 해 주지!"

약선의 혼원단이 완벽한 조화의 결정체라면?

'거기에 내 기운을 더한다.'

가장 완벽한 조화에 세상에서 가장 맑은 기운을 더해 보면 뭐가 나올까? 청명은 천천히 무아지경에 빠져들며 솥을 휘젓기 시작했다.

그리고, 그 순간 현종은 똑똑히 보았다. 청명의 등에서 뿜어져 나온 기운이 영롱한 오색으로 빛나는 모습을 말이다.

……청명아. 적당히 하거라. 너 그러다가 등선하겠다.

"괜찮을까요?"

"뭐가 말이냐?"

"……저래도 괜찮은 겁니까?"

현종이 현상의 시선을 따라 고개를 돌렸다. 청명이 오색 광채를 뿜어내며 솥을 젓고 있었다.

"……난들 알겠느냐?"

아무도 접근조차 하지 못했다. 걱정되어 편히 운기를 하거나 자리를 떠날 수는 없지만, 그렇다고 감히 다가갈 엄두도 나지 않는다. 딱히 무학을 알지 못하는 이라 해도 지금 저곳에서 뭔가 어마어마한 일이 벌어지고 있다는 건 알 수 있을 것이다. 그렇다 보니 완전히 탈진한 세 사람도 차마 자리를 뜨지 못하고 해가 지고 다시 뜨도록 이 자리를 지키고 있는 것이다.

"벌써 하루가 다 되어 갑니다."

"……그렇지."

현종이 살짝 떨리는 눈으로 청명이 하는 노릇을 바라보았다.

'세 사람이 해야 했던 일인데.'

'저럴 수가 있나?'

장로 둘이 내력을 밀어 넣고, 운자 배 하나가 세심하게 내력을 조절하여 저어야 할 만큼 복잡하고 까다로운 일이다. 그런데 청명이 놈은 양손으로 서로 다른 양의 내력을 끌어 올려 달구고 젓기를 동시에 하고 있다. 그것도 벌써 하루 꼬박!

그것만 해도 혀를 내두를 일인데, 대체 쉼 없이 뿜어지는 저 광채는 또 뭐란 말인가?

"운각……. 아니, 의약당주."

"예, 장문인."

"약선의 연단법에 저런 내용이 나와 있었느냐? 연단을 하는 이가 광채를 내뿜는다고?"

"……금시초문입니다."

"그렇지?"

그럼 저게 대체 무슨 상황인가? 어안이 벙벙하여 청명을 바라보던 현종은 홀린 듯이 입을 열었다.

"어, 얼마나 남았지?"

"그게 무슨……."

"얼마나 더 저어야 하느냐는 말이다!"

"아! 이, 이제 얼마 남지 않았을 겁니다. 분명 미시에 시작했었으니까, 이제 한 시진쯤 남았습니다."

"완전히 끝났다는 것을 알 방법이 있더냐?"

"거기까지는 저도 잘……."

주먹을 꽉 움켜쥔 현종이 간절한 눈빛으로 청명을 바라보았다. 그리고 속으로 응원을 건네었다.

'해내야 한다.'

하나는 알 수 있다. 지금 청명은 아마 그들이 이해하지 못할 영역에 들어가 있을 것이다. 달관한 듯 반개한 눈과 몸에서 뿜어지는 오색의 광채만으로도 그 정도는 충분히 짐작 가능했다.

'청명아! 조금만 더 힘을 내거라……!'

현종이 속으로 간절한 응원을 보내던 그때, 운각이 눈을 크게 치떴다.

"어? 저거 보십시오! 저거!"

"왜, 왜 그러느냐?"

운각이 손을 뻗어 솥을 가리켰다.

"허어?"

"저, 저게 뭔?"

현자 배들이 일제히 경악하여 눈을 휘둥그레 떴다. 솥에서 미약한 오색의 빛이 흘러나왔다. 그 빛은 점점 더 강해지더니, 이내 눈이 아플 만큼 밝은 광채로 화해 의약당을 가득 메웠다.

"웃!"

잠깐 눈을 질끈 감았던 현종이 서서히 눈꺼풀을 열었을 때…….

'이 향은……?'

너무도 짙은 향이 그의 코를 사정없이 파고들었다. 이건 분명히 그가 혼원단의 상자를 열었을 때 맡았던 바로 그 향이었다.

"설마!"

"벌써?"

세 사람이 동시에 몸을 벌떡 일으켰다. 그들의 집요한 시선이 빛을 내뿜는 솥과 청명에게서 떨어질 줄을 몰랐다.

한편, 청명은 등 뒤에서 무슨 일이 일어나는지 알지 못했다. 그의 모든 신경은 오로지 솥 안에 완전하게 쏠려 있었다.

'조화.'

약선은 대단한 사람이다. 평범한 재료들로 혼원단을 만들어 낸 게 아니었다. 이 재료들은 서로 완벽하게 조화롭다. 세상에 존재하는 수많은 약재 중 가장 완벽한 합을 빚을 수 있는 조합을, 약선은 찾아내고 만 것이다.

솥과 주걱에 불어넣는 내력은 그 약재들이 가진 기운을 북돋워 줄 뿐. 혼원단을 만드는 이가 해야 할 일은 이 완벽한 조화를 빚어내는 것이다.

열흘 동안 내력을 넣어 저으라.

그래서 그저 그 말밖에 쓸 수 없었던 것이다. 기운을 완벽히 조화시키라는 말을 쓴다고 한들 그 말을 이해할 수 있는 이가 세상에 몇이나 있 겠는가? 뜻을 글로 온전히 전한다는 것은 너무도 힘든 일이다. 그리고 그 뜻을 전해 들을 이가 어떤 수준인지를 모른다면 더더욱 힘들 수밖에 없다.

결국, 이 방법은 약선이 고심 끝에 생각해 낸 가장 쉬운 방법일 것이다. 그의 뜻을 이어 혼원비결을 이어받을 이가 누구라도 혼원단을 만들어 낼 수 있도록 말이다. 비록 자신이 만들었던 본래의 혼원단에 비해 그 수준이 조금 떨어지더라도 충분히 가치가 있다 여겼겠지.

하지만 다행인지 불행인지 혼원비결을 얻은 이는 바로 청명이었다. 기감 하나만큼은 전생의 자신조차 뛰어넘은 사람. 그렇기에 그는 약선이 본래 만들었던 혼원단에서 한 걸음 더 나아갈 수 있다.

솥 안으로 기운을 흘려 넣는다. 도가의 기운을 품은, 세상에서 가장 맑은 기운이 조화롭게 휘돌고 있는 혼원(混元)의 기운과 뒤섞여 들어간다.

'그래서 혼원단(混元丹)이구나.'

혼원(混元). 천지. 그리고 우주. 하늘 아래 서로 다른 것들이 모여 세상을 이루고, 더 나아가 우주를 이룬다.

이 솥 안에는 약선이 꿈꾸던 하나의 세상이 있다. 모두가 조화롭게 사는 세상. 서로 다투지 않고 모두 얽혀 들어 사는 세상.

약선의 사상에는 동의하지 않지만, 자신의 의지를 영단에마저 투영하는 그의 집념과 의지에는 찬탄을 보내지 않을 수 없었다.

청명의 이마에서 땀방울이 흘러내렸다.

솥 안에 들끓던 화기(火氣)가 천천히 가라앉는다. 응어리졌던 냉기가 조금씩 그 차가움을 걷어 내며 수기(水氣)로 화한다. 땅에서 자란 것들에서 흘러나온 토기(土氣)가 바닥을 다지고, 근본이 되는 목기(木氣)가 넉넉히 감싸 안는다. 거기에 한철에서 흘러나온 금기(金氣)까지.

수화목금토(水火木金土). 즉 오행(五行)이라. 이곳에 세상을 이루는 근본이 있다. 약선이 추구했던 완벽히 조화로운 세상.

청명은 그저 그 세상에 하나를 더할 뿐이다.

도(道).

약선이 만들어 낸 세상에 하나의 길을 낸다. 세상이란 존재하는 것이고, 길이란 걸어가야 하는 것. 길이란 곧 의지. 결국 인간의 마음이리라.

오행에 도기(道氣)를 더하고, 마음을 더한다. 그가 불어넣은 도기가 오행의 세상과 함께 휘돌기 시작한다. 밀어 내고 거부하고, 또 다투던 기운들이 이내 새로운 기운을 받아들여 함께 휘돌기 시작한다.

세상이란 그런 것. 받아들이고 이해하고 함께 어울리는 것. 이 안에 세상이 있다. 약선이 꿈꾸던 세상이 청명이 꿈꾸는 세상으로 화한다.

괜찮을까? 그래. 괜찮다. 세상이란 그런 것이다. 변해도 세상이고, 변하지 않아도 세상이다. 어떤 형태를 갖추든 세상은 그저 세상일 뿐이다.

청명이 천천히 눈을 떴다. 마지막 기운까지 모조리 밀어 넣은 그는 솥에서 손을 떼고 쇠 주걱을 움켜잡았다.

기운들이 녹아내린다. 오행도 청명의 기운도 아무런 의미가 없다는 듯 녹아 하나로 어우러졌다. 그리하여 마침내……!

화아아아아악!

뿜어져 나오던 오색의 광채가 하나로 뭉치며 은은한 자색을 띠었다. 찬란한 광채가 아닌, 은은하게 감싸 안는 듯한 자줏빛의 광채. 홀린 것처럼 가만히 솥을 바라보던 청명은, 이내 쇠 주걱을 든 채 뒤로 한 발짝 물러섰다.

정적 속에, 쩔그렁 주걱 떨어지는 소리가 울렸다. 힘이 풀린 손아귀에서 흘러내린 것이다. 청명은 그 사실도 모르고 멍한 눈빛으로 자신이 만들어 낸 것을 바라보았다.

"청명아?"

"……"

"……청명아?"

이윽고 고개를 돌리는 청명의 표정은 멍하기만 했다. 등 뒤에서는 현자 배들과 운각이 숨도 쉬지 못하겠다는 표정으로 그를 바라보고 있었다. 현종이 마른침을 꿀꺽 삼키더니 살짝 떨리는 목소리로 입을 열었다.

"어, 어떻게 됐느냐?"

청명이 그들과 솥을 번갈아 바라보았다. 솔직하게 대답해야겠지?

"일단 혼원단을 만드는 건 실패했어요."

현종의 눈에 일순 암담함이 어린다. 입을 닫아 버린 현종 대신 현상이 눈을 크게 뜨며 물었다.

"시, 실패? 이, 이게 실패해서 나오는 빛이라고?"

현영도 이해를 못 하겠다는 듯 다급하게 입을 연다.

"무슨 일이더냐, 이게! 설명을……."

"조용."

하지만 이내 현종이 낮고 묵직한 목소리로 그들의 경거망동을 막았다. 아우성치려던 장로들이 일제히 입을 다물었다. 말없이 청명을 바라보던 현종이 빙그레 미소를 지었다.

"아쉽게 되었구나. 하지만 다시 해 보면 될 일이지. 조금은 시간이 걸리겠지만, 급히 생각하지 말자꾸나. 네가 너무도 고생이 많았다. 심려치 말거라."

청명이 그런 현종을 보며 씨익 웃었다. 하여튼 대단한 사람이다. 실패라는 말 앞에 세상 누구도 실망하지 않을 수 없을 것이다. 하지만 현종은 그 짧은 시간 만에 평정을 되찾았다. 그리고 자신들의 고생이 무위로 돌아간 것보다, 청명이 실망할까 봐 더 걱정한다.

그래야 장문인이다. 그리고 그래야 도인이다. 이 사람이 장문인이라 다행이다, 정말.

살짝 고소를 머금은 청명이 말을 이었다.

"혼원단은 실패했거든요."

"그래. 괜찮다. 신경 쓰지……."

"그런데 아무래도 제가……."

청명이 말끝을 잠깐 흐리며, 자줏빛 광채를 내뿜는 솥을 바라보았다. 저걸 뭐라 불러야 할까?

그래, 그것밖에 없겠지.

"……자소단(紫霄丹)을 만들어 버린 것 같은데요?"

현종이 고개를 갸웃했다.

"그게 무슨 말이더냐? 자소단이라니?"

자소단은 과거 화산에서 가장 뛰어난 영단이었다. 하지만 그 영단의 연단법은 마교의 침공과 함께 실전되었다. 그런데 뜬금없이 자소단이라니?

청명이 씨익 웃으며 말을 말했다.

"원래 화산에 전해지던 자소단을 만들었다는 이야기는 아니에요. 그런데 이건 혼원단도 아니거든요."

약선의 의도와는 조금 달라졌다. 이건 세상에서 오로지 청명만이 만들어 낼 수 있는 영단이다.

"혼원단에서 더 나아간 영단이 화산에서 만들어졌으니, 자소단이라고 할 수밖에요."

현종의 눈가가 파르르 떨렸다. 지금 저 녀석이 뭐라고 한 거지?

"더, 더 나아갔다고? 본래 만들려던 혼원단에서 더 나아갔다는 말이더냐?"

청명이 어깨를 으쓱했다.

"네, 그렇다니까요."

"그, 그럼……."

"네."

청명이 씨익 미소를 지었다.

"성공했어요!"

장로들이 서로의 얼굴을 마주 보았다. 그리고 의약당주도 믿을 수 없다는 듯이 장로들과 솥을 번갈아 바라보았다. 잠시 후.

"으아아아아아아아아아!"

"호, 혼원! 아니, 자소단!"

"내 눈으로 봐야겠다! 내 눈으로!"

어디서 그런 힘이 났는지, 다 죽어 가던 장로들이 어마어마한 기세로 솥을 향해 달려들었다. 그러더니 그 안으로 고개를 쑥 내민다.

"오오오오오!"

은은한 자색 광채를 뿜는 흰빛의 무언가를 눈으로 확인한 현영이 고개를 휙 돌려 의약당주에게 말했다.

"영단이 아닌데?"

"마, 맞습니다! 이게 영단입니다."

"그냥 덩어리 아니더냐!"

"이, 이걸 둥글게 빚어 말리면 그게 영단이 됩니다! 자, 장로님! 성공입니다!"

"성공이라고?"

"예! 성공하지 못하면 이런 향은 결코 나지 않습니다! 빛을 뿜는 영단이라니, 저는 난생처음 봅니다! 이게 영단이 아니면 세상 무엇이 영단이겠습니까!"

현영은 도저히 믿지 못하겠다는 듯 솥과 의약당주, 그리고 청명을 연신 번갈아 보았다. 잠시 후, 생각할 것도 없다는 듯이 달려들어 청명을 와락 끌어안았다.

"으하하하하하하하하핫! 이 도깨비 같은 놈아!"

"아악! 아파요!"

"참아라, 참아! 하하하하하하하! 이 복덩이 놈이 이제는 하다 하다 영단까지 만드는구나! 뭐가 먹고 싶더냐, 이놈아!"

그거로도 모자라 청명을 번쩍 들고는 빙글빙글 돌았다.

"아아아! 어지럽다니까!"

"요 귀여운 놈!"

현상은 아예 눈물까지 글썽이며 소리쳤다.

"장문인! 성공, 성공입니다!"

"그래……. 그래. 그렇구나."

정작 장문인인 현종은 밀려드는 감격을 어찌할 수 없는 듯 말을 더듬었다. 가만히 솥을 바라보다 고개를 들어 천장을 보았다.

선조들이시여. 마침내 여기까지 왔습니다. 지켜보고 계십니까?

뭐라 형용할 수 없는 감정이 현종을 뒤흔들었다. 다 저 녀석이 나타나 준 덕분이다. 선조들께서 청명을 보내 주지 않았다면 지금 화산이 어떤 모습일지 상상도 가지 않는다.

아니, 어쩌면 화산이라는 이름조차 지금쯤 남지 않았을지도 모른다. 그런 생각을 하니, 자꾸 주책없게 콧잔등이 시큰해졌다. 현종이 막 감동에 젖어 뭔가를 말하려던 그 순간이었다.

"아니, 아직 이럴 때가 아니라니까!"

청명이 부리나케 현영을 밀어 내고는 눈에 불을 켰다.

"세상일이 어떻게 될 줄 알고! 벌써 잔치 벌이려고 하지 말고 빨리 영단부터 만들어요! 그 영단이 입으로 다 들어가기 전까지는 절대 안심 못하니까! 움직여요, 움직여!"

그렇지! 모두의 눈이 번쩍 뜨였다.

"오, 오냐!"

"지금 바로 시작하마!"

장로들이 허겁지겁 솥으로 달려들다가 고개를 갸웃했다. 어? 그런데 지금 우리가 누구 말을 듣고 있는 거지?

"얼른!"

"오, 오냐! 그래!"

아무려면 어때. 아무려면······.

◆ ❖ ◆

"다 됐다!"

현자 배들이 탈진하여 뒤로 주저앉았다. 앞에 깔린 비단 천 위로 은은한 자색을 띤 영단들이 열 맞춰 놓여 있었다.

"아······."

현종은 감격에 젖어 말을 잇지 못하고 탄성만 흘리며 그 광경을 바라보았다.

"이제 정말로 완성된 것이더냐?"

현영의 물음에 운각이 천천히 고개를 끄덕였다. 초췌하기 짝이 없는 얼굴이었지만, 그 아래로 숨길 수 없는 자부심이 어려 있었다.

"완성입니다. 본래 만들려던 혼원단과는 분명 뭔가 좀 다른 것 같지만……."

그렇겠지. 혼원단은 저리 자색을 띠지 않으니까.

"하나, 효능은 혼원단 이상인 게 분명합니다!"

현상 역시 감격에 겨운 눈빛으로 혼원단……. 아니, 자소단을 바라보았다. 하지만 세상에는 감격보다 이치를 먼저 따지는 이도 있기 마련이다.

"그걸 어찌 아느냐?"

"예?"

운각이 고개를 돌렸다. 그곳에는 현영이 묘한 눈빛으로 운각을 꼬나보고 있었다.

"눈으로 보고 효능을 알 수 있느냐? 네가 만든 것도 아니고, 완성은 청명이가 했는데 네가 어떻게 효능을 확신하느냐?"

"아…… 그게……."

운각이 살짝 어물쩍거렸다. 그러자 금세 현영의 눈빛에 의심이 서렸다.

"설마……?"

운각이 제 발 저린 듯 울컥하여 소리를 질러 댔다.

"에이! 진짜 개미 눈곱만큼만 먹어 봤습니다! 요리를 해도 간을 보는

데 저도 효능을 알아야 판단을 내릴 것 아닙니까!"

"저, 저! 어디 이놈이 뚫린 입이라고!"

청명에게야 세상 온화한 현영이지만, 다른 이들에게 현영은 여전히 화산에서 가장 무서운 어른이었다. 그런 그가 도끼눈을 뜨자 운각이 찔끔 목을 움츠렸다. 현종이 빙그레 웃으며 현영을 만류했다.

"틀린 말은 아니잖으냐."

"제깟 놈이 먹어 보면 안답니까?"

"됐다. 의약당주가 고생을 많이 하지 않았느냐."

여전히 언짢은 기색이 확연했지만, 현종의 말을 듣지 않을 순 없기에 현영은 마지못해 눈에 주었던 힘을 풀었다. 현종이 운각을 보며 물었다.

"그래. 효능은 어떻더냐?"

몰래 안도의 한숨을 내쉰 운각이 공손히 답했다.

"워낙 미량을 섭취한 터라 정확하게는 알 수 없지만, 혼원단보다 그 효능이 떨어지지는 않으리란 건 거의 확실해 보입니다. 제대로 된 한 알을 먹어 보면 확신할 수 있을 듯한데, 마침 한 알을 더 만들기도 했으니 제가 먹어 보면……."

"허허허. 이미 완성된 것인데 미리 안다고 뭐가 달라지겠느냐?"

"아니, 그래도 한 알만……."

"허허허허."

현종이 대답 없이 너털웃음만 터뜨렸다. 절대 한 알 더 줄 일은 없다는 뜻이다. 운각은 아쉬운 마음에 입맛을 다셨다.

"그래……. 그런데 단환이 혼원단보다는 좀 작아 보이는구나."

"제자들의 수대로 정확하게 배분하려다 보니, 조금 작아질 수밖에 없었습니다."

"으음. 그렇더냐."

"한 번에 구할 수 있는 자목초의 양이 워낙 적습니다. 게다가 다른 재료들도 자목초에 비할 때 구하기 쉽다는 거지, 대량으로 구할 수 있는 것들이 아닙니다."

"음, 그렇지. 아쉽지만 어쩔 수 없는 일이지."

현종이 가만히 고개를 끄덕였다.

"하지만 실망하실 건 없습니다, 장문인. 이것만 해도 어마어마한 양입니다. 소림에서 대환단을 반씩 쪼개서 제자들에게 전부 나눠 먹인다는 소리를 들어 보셨습니까?"

"그야 당연히 들어 보지 못했지. 대환단이 어떤 영단인데."

"적어도 그 정도 효능은 나올 것입니다."

운각이 씨익 웃었다. 현종이 눈을 부릅떴다.

천하에서 가장 부유한 문파인 소림에서도 대환단은 무가지보나 다름없는 영단이다. 그렇기에 소림도 대환단은 아무렇게나 사용하지 못한다. 소림의 이름을 천하에 떨쳐 줄 것이 확실한 후기지수에게 상으로 내리거나, 목숨이 경각에 달한 이를 구하는 데나 사용된다. 그러다 보니 평생을 소림의 이름 아래 살아가는 무승들도 사실상 대환단을 구경조차 해 보지 못하는 경우가 허다하다.

"음, 그리 생각하니 어마어마하구나."

"운이 좋았습니다. 가장 걱정했던 빙정을 은하상단에서 구해 주었으니까요. 다만 아쉬운 건, 중원에 풀려 있던 빙정을 모조리 쓸어 왔다 보니 한동안은 다시 연단에 쓸 만큼 구하기가 어렵습니다. 빙정 외에도 인형자삼이나 금령과액도 거의 씨가 말랐다 하니……."

"으음. 알겠다."

현종이 가만히 고개를 끄덕였다. 다시 자소단을 만들어 내기 위해서는 시간이 많이 필요하다는 뜻이다. 하지만 현종은 크게 아쉬워하지 않았다.

과한 욕심은 반드시 화를 부른다. 지금 이 정도 영단만으로도 타 문파에서 입에 거품을 물고 칼을 뽑으며 달려올 만한 수준이다. 이만한 영단을 마음대로, 원하는 만큼 만들어 낼 수 있기를 바라는 건 말 그대로 도둑놈 심보밖에 되지 않는다. 당장 지금 만든 것만 해도 눈이 돌아갈 지경이 아니던가.

현종이 슬쩍 고개를 돌려 청명을 바라보았다.

"자, 그럼 이제 아이들을 불러 이것을 나눠 주어야 하지 않겠느냐?"

하지만 청명은 고개를 내저었다.

"아직 아니에요."

청명의 시선이 현종과 현상, 그리고 현영에게로 가 닿았다.

"찬물도 위아래가 있는 법인데, 세 분이 먼저 드셔야죠."

놀란 현자 배들이 서로의 얼굴을 마주 보았다.

"……우리가?"

청명은 영단 세 개를 집어 들고는 현종과 현상, 그리고 현영에게 내밀었다.

"네. 얼른요."

잠시 침묵하던 현종이 빙그레 웃었다.

"우리 생각까지 해 주다니, 참으로 고맙구나. 하지만 청명아. 우리는 살 만큼 살았다. 그러니 우리가 영단을 먹는 것보다는 제자들이 하나라도 더 먹는 게……."

"뭘 살 만큼 살아요. 앞으로 백 년은 더 사셔야죠."

"……응?"

"제자들한테 죄다 떠넘기고 은퇴하실 생각하지 마시고, 이거 드시고 삼십 년은 더 뼈 빠지게 일하세요."

……과연 저건 효도인가, 패륜인가? 현종조차도 도무지 정확한 구분이 어려웠다.

"우리는……."

그때 청명이 고개를 내저었다. 그리고 단호하게 말했다.

"장문인. 이깟 건 별거 아니에요. 앞으로 화산은 더 많은 것들을 얻고, 더 많은 것을 이룰 거예요. 나중에는 자소단 따위는 대단치도 않은 물건이 될 테니까 그냥 드세요. 양보는 그때 하시고요."

대단치 않은 물건이라……. 잠시 멍하니 있던 현종이 너털웃음을 터트렸다.

"허허허. 그래. 그렇지. 그리돼야지. 허허허허."

현영이 피식 웃으며 현종 대신 말을 이어 갔다.

"네가 이해하거라. 우리가 없이 살다 보니 이런 걸 받아 들면 염통이 쫄깃하여 그렇다. 평생 인삼 뿌리 하나 제대로 얻어먹지 못했는데 떡하니 영단을 받으려니 영 손이 나가질 않는구나."

그 말에 현상이 슬쩍 눈살을 찌푸렸다.

"애 앞에서 못 하는 말이 없구나."

"제가 뭐 틀린 말 했습니까?"

웃자고 한 말이었지만, 정작 청명은 웃지 못했다. 되레 가슴 한구석이 살짝 아파 오는 느낌이었다. 쓰게 입맛을 다셨다.

그가 생각하는 화산의 핵심은 청자 배와 백자 배다. 새로이 만들어질 화산은 그들이 핵심이 되어야 한다. 하지만 그건 그저 화산의 미래를 위한 것일 뿐, 그가 가장 안쓰럽게 생각하는 이들은 바로 그의 눈앞에 있는 현자 배였다.

'속 쓰리게.'

화산에 입문한 이래로 평생을 생고생만 하고, 셈이 빠른 동기들이 모두 화산을 떠날 때도 미련스럽게 이곳에 남아 화산의 귀신이 되려던 이들이다. 청명에게 이들은 언제나 아픈 손가락일 수밖에 없다.

"드세요."

"네 마음은 안다만……."

"아, 됐어요. 더 들을 말 없으니까. 어서 드세요. 안 드시면 이거 다 뭉개 버릴 거예요!"

청명의 표정은 단호했다. 절대 물러서지 않겠다는 듯이. 그런 그의 얼굴을 가만히 바라보던 현종은 결국 가만히 고개를 끄덕였다. 그러고는 영단을 받아 들었다.

"그래, 받으마."

"장문인."

"됐다."

현상의 걱정스러운 목소리를 끊으며, 현종이 빙그레 웃었다.

"이 영단은 청명이가 처음부터 끝까지 만든 것이나 다름없으니, 그 영단을 어떻게 쓰느냐도 이 아이에게 달린 것이지. 주인이 먹으라는데 무슨 수로 거부하겠느냐?"

"……예."

"허허. 내가 제자들에게 효도를 받아 보는 날도 오는구나."

현종의 입에서 기분 좋은 웃음이 터져 나왔다. 살짝 물기가 어려 있지만, 동시에 너무도 맑은 웃음소리였다.

"그냥 먹으면 되는 것이냐?"

운각이 즉시 대답했다.

"예, 장문인. 별다른 준비는 필요 없습니다."

"으음, 그래. 너희도 어서 준비하거라."

현종의 말에 현영과 현상도 마지못해 청명이 내민 자소단을 받아 들었다. 청명이 말했다.

"제가 호법을 설게요. 여기서 바로 드시면 돼요."

현자 배들이 고개를 끄덕이고는 그 자리에 앉아 가부좌를 틀었다. 마른침을 삼킨 운각은 바닥에 널린 자소단들을 조심스레 수거하여 뒤로 물러났다. 혹여나 운공 중에 문제가 생겨 자소단이 상할까 봐서다.

"드세요."

"으음. 그래."

만감이 교차하는 표정으로 가만히 자소단을 바라보던 현종이 눈을 살짝 감고는 입 안으로 밀어 넣었다. 곁에 있던 현상도 그를 따라 한입에 털어 넣었다. 두 사람이 눈을 감고 운기에 들어갔다. 하지만 현영만은 영단을 입에 넣지 않고, 그저 가만히 청명을 바라보고 있었다.

"안 드세요?"

청명의 말에도 현영은 미동하지 않았다. 조금 시간이 흐르고서야 그는 조용히 입을 열었다.

"청명아."

"네?"

"고맙다."

그의 진심 어린 눈빛이 청명에게로 향했다.

"이 말만은 꼭 해야겠구나. 고맙다, 청명아."

"······별말씀을 다 하시네요. 어서 드시기나 하세요."

현영이 고개를 저었다.

"아니다. 때로는 말로 하지 않으면 안 되는 것도 있지. 그저 마음으로 간직하는 것만으로는 부족한 것도 있다."

"······."

"고맙다, 청명아. 네가 우리에게 참 많은 것을 주는구나."

"에이. 어색하게······. 얼른 드세요."

"그래. 먹어야지. 누가 주는 건데."

말은 그렇게 해 놓고도 현영은 한참을 더 말없이 청명을 바라보았다. 청명은 현영의 눈에서 과거 장문사형이 자신을 바라보던 눈빛을 느꼈다.

그렇게 한동안 청명을 바라보던 현영도 마침내 가만히 눈을 감고 영단을 입 안에 밀어 넣었다. 사르르 녹아내린 영단이 위장으로 꿀꺽 넘어가자 현영이 운기에 들어갔다. 그리고 그 순간, 그의 귓가에 아주 작은 목소리가 환상처럼 들려왔다.

― 고마운 건 너희가 아니라 나다.

착각인가? 하지만 더 깊게 생각할 시간이 없었다. 바로 운기에 들어간 현영은 이내 자신을 잊고 무아지경에 빠져들었다.

청명은 운기에 들어간 세 사람을 가만히 지켜보다 창밖으로 시선을 돌렸다. 왠지 보고 있을 수가 없다. 계속 보다간 추한 꼴을 보일 것 같아서다.

'미안하다.'

그는 화산을 지키지 못했다. 마지막까지 화산을 수호하지 못했다. 그가 구한 것은 강호였지, 화산이 아니었다. 그리고 그가 지키지 못한 화산을 이들이 지켜 냈다.

과거의 그가 죽을 때보다 젊은 이 세 사람이 세파에 시달려 주름 가득한 노인의 모습이 된 것을 보노라면, 때때로 저며 오는 가슴을 어찌할 도리가 없다. 청명이 십만대산 정상에서 그리 죽어 버리지 않았더라면, 아마 이들은 청명과 청문이 버티고 선 화산의 제자로서 천하를 웅비했을 것이다.

하지만 청명은 이들을 지키지 못한 채 죽어 버렸다. 그가 없는 화산을 지키느라 소년들의 머리에는 서리가 내렸고, 검을 잡은 손에는 주름이 졌다. 패기로 가득 찼던 가슴은 현실의 벽 앞에 말라 버렸고, 청운의 꿈은 짓누르는 중압감에 묻혀 버렸다.

'미안하다.'

내가 너희를 지키지 못했다. 내가 너희를 힘겹게 만들었다.

'내가 너희의 인생을 앗아 갔구나.'

미련한 것들. 화산이 뭐라고 이곳에 남아 그 삶을 바쳤느냐. 다른 이들처럼 그냥 떠나 버렸다면 그 한 몸은 편했을 것을. 멍청한 놈들. 미련하기 짝이 없는 놈들…….

'내가 되찾아 주겠다.'

너희가 아직 다 꾸지 못한 꿈을. 세상을 질주하고자 했던 너희의 바람을. 내가 이뤄 주마. 어린 너희를 무릎에 앉혀 보듬어 주지 못했으니, 이제라도 내가 너희의 그늘이 되어 주겠다.

그러니 나의 후예들아.

'아직은 그리 말하지 마라.'

스스로 늙었다 하지 마라. 이제 나는 괜찮다는 말도 하지 마라.

나이가 든다고 해서 꿈이 사라지던가? 바라는 것이 없어지던가?

아니. 그렇지 않다는 건 누구보다 내가 제일 잘 알고 있다. 그저 참아 낼 뿐. 그저 외면할 뿐. 더는 이룰 수 없는 것을 꿈꾸지 않게 될 뿐이다.

'내가 다시 너희가 꿈꿀 수 있게 해 주마.'

청명이 지그시 눈을 감았다. 속눈썹이 파르르 떨렸다. 그렇게 눈을 감고 있던 그는 한참 후에야 천천히 걸어 창가에 섰다. 그러고는 슬픔에 잠긴 눈빛으로 하늘을 올려다보았다.

사형. 장문사형. 저는…… 아직도 화산에 갚아야 할 빚이 너무 많습니다.

17장

뭐가 열린다고?

이른 아침.

대연무장에 화산의 모든 제자가 모여들었다. 긴장한 얼굴로 줄을 맞춰 선 그들은 슬쩍슬쩍 주변을 둘러보며 속닥거렸다.

"무슨 일이래? 누구 들은 사람 없어?"

"아무 말도 못 들었는데. 그냥 다 모이라고만……."

결국 백자 배 중 하나가 앞쪽에 선 백천에게 작게 물었다.

"대사형. 혹시 들으신 것 있습니까?"

"곧 알게 될 테니, 조용히 하거라."

"……예."

백천은 슬쩍 앞쪽을 보며 미소를 지었다.

'성공한 모양이군.'

하기야 그 망할 놈이 나섰는데 실패할 리가 있겠는가. 실패하면 다시 그 먼 운남까지 가야 하는데, 그게 싫어서라도 어떻게든 성공시킬 놈이다.

그의 눈에 그와 비슷한 표정을 짓고 있는 윤종이 보였다. 살짝 미소를 짓고 앞을 바라보던 윤종이 슬쩍 눈썹을 까딱하더니 뒤를 돌아보았다. 속닥거리는 청자 배들을 향해 눈을 부라리며 말했다.

"입이 쉬질 않는 걸 보니 수련이 편한 모양이군."

삽시간에 조용해졌다. 윤종의 옆에 선 조걸이 맞장구를 쳤다.

"우리가 사제들을 너무 과소평가한 모양입니다, 사형."

"음. 그런 것 같구나. 오늘부터는 수련량을 좀 늘려야겠군."

청자 배들의 얼굴이 썩어 들어갔다.

'아니, 사형들! 얼마 전까지는 같은 처지 아니었습니까!'

'대체 운남에서 뭔 일을 겪고 온 겁니까! 대체!'

'아이고오. 청명이 셋이네. 청명이 셋이야. 차라리 날 죽여라, 죽여!'

그 모습을 보며 백자 배들이 키득거렸다. 백천의 고개가 삐딱하게 돌아갔다.

"웃어?"

백천이 이렇게 눈을 희번덕대는 걸 처음 본 백자 배들은 밀려드는 한기에 몸을 부르르 떨었다.

"잘하자."

"……예."

동병상련의 처지가 된 백자 배와 청자 배가 서로를 보며 눈물지었다. 예전에는 참 착하고 부드럽던 사형들이었는데, 어쩌다 저리되어 버렸다는 말인가? 이게 다 그 마귀 놈 때문이다. 근묵자흑이라고, 그 마귀 놈 옆에 있다 보니 다들 물들어 버린 게 아닌가.

하지만 백천은 혀를 끌끌 차며, 서글픈 표정으로 서 있는 사제들을 바라보았다.

청명과 그 일행들이 왜 운남으로 갔었는지 아는 사람은 장문인과 장로들, 그리고 운자 배 중 몇몇뿐이다. 그 외의 이들은 혼원단의 존재조차 알지 못한다. 세상에 비밀은 없다지만 아는 이를 줄이면 최소한 그 비밀이 퍼지는 시간 정도는 줄일 수 있다. 그렇기에 같은 화산의 제자들에게도 비밀로 한 것이다. 물론 오늘은 대충 알게 되겠지만 말이다. 아마 다들 깜짝 놀라겠지.

그때, 의약당주 운각이 대연무장으로 들어섰다.

"모두 모였느냐?"

"예!"

우렁찬 대답이 쏟아져 나왔다. 운자 배 중 가장 앞에 서 있던 운암이 운각을 보며 물었다.

"의약당주. 장문인께서는?"

"지금 오십니다."

운암이 고개를 끄덕였다. 그도 지금의 상황을 알고 있는 이들 중 하나였다. 운각이 헛기침하고는 입을 뗐다.

"이렇게 모두를 모이라고 한 이유는 화산에서 연단한 영단을 나눠 주기 위함이다!"

그 말이 끝나자마자 역시 모두가 웅성거리기 시작했다.

"영단? 화산에 영단이 있었다고?"

"아니, 지금 연단했다고 하잖습니까. 새로 만들었다는 거죠."

"새로 연단을 했다고?"

백상이 눈을 크게 치뜨며 백천에게 물었다.

"사형. 혹시 그럼 운남까지 다녀오신 이유가……?"

이제는 숨길 필요가 없어졌다. 백천이 순순히 인정했다.

"그래. 영단의 재료를 구하러 갔었지."

"그, 그럼 그 재료를 구했고, 이제는 연단까지 성공했다는 겁니까?"

"사숙께서 그리 말씀하시잖느냐."

"세상에……."

백상의 눈이 휘둥그레졌다. 어디 연단이 말처럼 그리 쉬운 일인가?

그때 누군가가 손을 번쩍 들었다. 운각이 고개를 끄덕이자 손을 들었던 이가 빠르게 물었다.

"혹시 이번에 나눠 주신다는 영단이 무엇인지 물어도 되겠습니까?"

대답은 지체 없이 나왔다.

"자소단이다."

"자소……. 예? 자소단이요?"

질문을 한 이가 눈을 크게 뜬다. 자소단이라니. 그건 실전되었던 화산 최고의 영단이 아니던가.

"자, 자소단을 만들 수 있다는 말입니까?"

운각이 단호하게 말했다.

"그렇다. 긴 노력 끝에 자소단의 연단법을 복원하는 데 성공했다. 다행히 재료도 빠짐없이 구할 수 있었다."

"그럼 장문인께서 열흘이나 자리를 비우신 이유가……."

"연단을 하느라 바쁘셨지."

"아……."

백천이 고소를 머금었다. 물론 화산은 자소단의 연단법을 복원한 적이 없다. 그들이 찾은 것은 혼원단의 연단법이다. 하나 때로는 진실보다 거짓이 더 유용할 때도 있는 법. 화산의 제자들조차 그리 알고 있게 된다면 화산이 혼원단의 연단법을 얻었다는 소문은 영원히 퍼지지 않을 것이다.

'약선이 땅을 치겠군.'

하지만 뭘 어쩌겠는가? 하필이면 청명에게 걸린 걸 탓해야지.

"그, 그럼 저희 모두에게 자소단을 나눠 주신다는 말씀이십니까?"

"그렇다. 모두에게 나누어 주기 위해 영단이 조금 작아지기는 했지만, 장로님들부터 청자 배의 막내들까지 모두가 공평히 가지게 될 것이다."

연무장의 분위기가 삽시간에 뜨겁게 달아올랐다. 무인이라면 꿈에서도 바라는 것이 신병(神兵)과 영약(靈藥)아니겠는가. 그 영약보다 한 단계 더 나아간 것이 영단이고, 그 영단 중에서도 최상품으로 치던 것이 화산의 자소단이다. 물론 소림의 대환단이나 무당의 상청단보단 못하겠지만, 그래도 그게 어디인가.

제자들의 수군거림을 들은 운각은 남몰래 웃음을 삼켜야 했다.

'이게 대환단보다 나을 거다, 이놈들아!'

물론 영단이 작아 대환단만 한 효과는 아닐지 모르나, 같은 양을 복용한다고 전제하면 이야기가 다르다. 새로이 화산이 만들어 낸 자소단은 절대 대환단보다 못할 것이 없다. 오히려 뛰어나면 뛰어났지. 이들이 자소단을 복용하면 얼마나 강해질지 벌써 기대되는 운각이었.

하지만 제자 모두의 반응이 좋은 것만은 아니었다.

"괜찮은 건가? 새로 만든 영단이라잖아. 부작용 같은 건 없나? 잘못 만든 영단을 섭취하면 주화입마에 든다는데."

"에이, 설마."

"아니, 따지고 보면 화산은 벌써 백 년 가까이 영단을 만들어 본 적이 없잖아. 그런데 뭘 믿고?"

들기에 좋은 말은 아니지만, 틀린 말도 아니었다. 새로운 영단을 만들었다는 건 좋은 일이지만, 그것의 효과와 안정성을 제 몸으로 실험해 보고 싶은 이가 몇이나 되겠는가? 흥분과 기대, 그리고 불안과 의심이 동시에 연무장을 휩쓸었다.

그 반응을 본 운각은 조금도 기분 나쁘지 않다는 듯 미소를 지었다. 운암이 그런 그를 가만히 보더니 입을 열었다.

"운각. 영단의 안정성은 확실하더냐?"

"예, 사형. 이미 실험을 마쳤습니다."

"누가?"

"아, 그건……."

말을 하던 운각이 고개를 살짝 돌리더니 씨익 미소를 짓는다.

"직접 보시면 됩니다. 저기 오시네요."

"응?"

운암은 한 가지 의문을 가지고 있었다. 왜 이 모든 설명을 운각이 하느냐는 점이었다. 물론 그는 의약당주이니 이 모든 일에 대해 설명할 의무가 있다. 그러나 자소단을 만들었으니 제자들에게 나눠 주겠다는 말은 그가 아닌 장문인인 현종이 하는 쪽이 더 옳다. 그런데 왜 현종이 아니라 운각이 이 모든 상황을 설명했는가? 천천히 대연무장으로 걸어오는 이들을 보며 운암은 그 즉시 이유를 알 수 있었다.

대연무장을 향해 네 사람이 걸어오고 있다.

운암의 입이 서서히 벌어졌다. 아무리 눈을 비비고 볼을 꼬집어도 눈앞의 광경은 그대로였다.

'대, 대체 무슨 일이 벌어진 건가.'

태연하게 걸어온 네 사람은 단상 위로 올라갔다. 운각이 자연스레 옆으로 물러나 중앙의 자리를 비워 주었다. 가장 앞으로 나선 이가 모두를 보며 묵직하게 입을 열었다.

"상황은 운각이 설명했겠지만······."

"저!"

그 순간 백천이 번쩍 손을 들었다. 말이 끊긴 사내가 살짝 미간을 좁히며 시선을 던졌다.

"왜 그러느냐?"

"저, 이게······ 어······. 질문이 무척 이상하게 들린다는 것은 알고 있지만······."

"해 보아라."

백천이 마른침을 꿀꺽 삼키고는 어렵게 입을 열었다. 스스로 생각해도 너무나 이상한 질문이다. 하지만 할 수밖에 없다.

"누, 누구십니까?"

"허허허허허."

중앙에 선 자, 그러니까 현종이 너털웃음을 터뜨렸다.

"이 녀석이, 이제는 장문인도 알아보지 못하느냐."

"지, 진짜로 자, 장문인?"

백천이 입을 쩍 벌렸다.

'아, 아니. 그래, 맞긴 맞는데······.'

분명 화산의 무복을 입고 있다. 풍채나 머리에 쓴 도관을 보면, 그가 아는 화산 장문인 현종이 분명했다. 하지만······.

'아니, 누가 봐도 다른 사람이잖아!'

백천이 놀란 이유는 현종의 얼굴 때문이었다. 주름이 자글자글했던 그의 얼굴은 아이처럼 새하얗고 탱탱한 피부를 자랑했고, 서리가 낀 양 희끗희끗했던 머리는 먹물이라도 바른 듯 윤기 있는 흑색으로 변해 있었다.

"회, 회춘(回春)?"

백천이 당황하여 눈을 끔뻑이자 현종이 빙그레 미소를 지었다.

"허허. 이 모습이 어색한 모양이구나."

현종뿐만이 아니었다.

"서, 설마 그럼 그 옆은 현영 장로님? 현상 장로님?"

현종의 좌우로 자리한 이들도 현종처럼 회춘한 듯 이십 년은 젊어 보이지 않는가.

"당연한 것을 묻는구나. 그럼 누구겠느냐?"

"……세상에."

아니……. 자세히 보면 익숙한 얼굴이 보이는 것도 같고……. 그때 백천의 옆에 서 있던 유이설이 중얼거렸다.

"예전 얼굴."

"으응?"

"제가 화산에 처음 왔을 때, 그때 얼굴. 아니……. 그것보다 좀 더?"

유이설이 고개를 갸웃했다. 유이설의 반응만 봐도 확실히 알 수 있었다. 적어도 이십 년은 더 젊어진 것이다.

운암은 빙그레 미소를 짓더니 장문인과 장로들을 보며 포권 했다.

"세 분이 회춘하신 모습을 보니 제자의 마음도 기쁘기 이를 데 없습니다. 한데 무슨 일이 있었기에 이리 좋은 일이 벌어졌는지 제자가 알 수 있겠습니까?"

현종이 빙그레 웃더니 슬쩍 현상을 돌아보았다. 그러자 현상이 들고 온 비단을 쫙 펼치고 자소단을 늘어놓았다.

"이유가 따로 있겠느냐? 혹여 문제가 있을까 싶어 먼저 복용해 보았더니, 이런 일이 벌어지더구나. 허허. 효과가 너무 확실해서 큰일이지."

곁에 있던 현영이 웃으며 말했다.

"뭐, 새 장가라도 드시려고 그러십니까?"

"첫 장가다, 이놈아!"

현상이 버럭 소리를 질렀다.

"아, 그랬지."

세 사람이 앞에서 유쾌하게 농을 주고받는 모습에도, 다른 이들은 웃을 수 없었다. 이 상황만큼은 농담이 아니었으니까. 화산 제자들의 눈이 불타오르기 시작했다.

'효과 죽인다!'

'이런, 미친! 뭐 저런 게 다 있어?'

'저건 죽어도 먹어야 해! 아니, 먹고 죽는다고 해도 먹어야 해!'

이것보다 확실한 효과가 어디에 있겠는가? 설사 영약을 먹은 이가 일수(一手)로 산을 뚫어 버린다고 해도 이토록 와 닿지는 않을 것이다.

'먹으면 이십 년은 더 산다!'

'이십 년이 뭐야! 삼십 년은 더 살겠는데?'

'와, 저 머리에 윤기 봐. 세상에…….'

주름이 자글자글한 노인에서, 저자에 나가면 눈길을 받을 만큼의 장년인이 된 현자 배들을 보며 제자들이 몸을 들썩였다. 심지어 침착하기로는 화산 누구에게도 뒤지지 않는 운암조차도 움찔움찔하며 자소단을 노려보고 있었다. 그리고…….

'아니, 저 미친놈이 대체 뭘 만든 거야?'

'저거 혼원단 맞나? 절대 아닌 것 같은데?'

'제발 평범하게 좀 가자, 청명아!'

혼원단의 효능과 형태를 이미 잘 알고 있는 백천 무리는 황당해하는 표정으로 영단과 청명, 그리고 현자 배들을 번갈아 바라보았다. 일단 혼원단에는 절대 저런 효능이 없다. 그들은 이미 혼원단을 먹어 보지 않았던가! 그리고 저 은은하게 자색이 어린 영단은 절대 혼원단이 아니다. 무엇보다……!

'저 새끼, 저거 표정 어색한 거 봐.'

뭔가 오묘한 청명의 표정을 보고 있으니 직감할 수 있었다. 이건 분명 저놈이 또 무슨 짓을 저지른 것이다.

노골적으로 쏟아지는 그들의 시선에, 청명은 그저 어색하게 웃었다. 솔직히 말하자면, 청명도 이런 상황까진 전혀 예상하지 못했다. 예전에 영단을 먹고 젊어진 이가 있다는 말은 들어 보았지만, 저렇게 세 사람이 동시에 젊어질 거라고 누가 상상이나 했겠는가? 아마도 그가 모아 온, 세상에서 가장 정순한 기운이 영단에 스며들어 저런 효과를 낸 모양이었다.

'아니, 그래. 분명 내가 인생을 되찾아 준다고는 했는데…….'

그게 이런 방식은 아니었는데 말이야. 허허. 허허허허. 뭐 좋은 게 좋은 거라고. 잘됐으면 된 거지 뭐.

청명은 백천 무리의 시선을 슬쩍 피하며 웃었다.

그때 현종이 큰 소리로 말했다.

"지금부터 화산의 제자들은 단 하나도 빠짐없이 자소단을 복용할 것이다. 제자들은 배분대로 나와 영단을 받아 가거라!"

"예! 장문인!"

우렁찬 목소리들을 들으며 청명이 먼 하늘을 바라보았다. 어찌 됐든 이걸로 큰 산 하나는 넘었다. 이제 화산은 종전과는 비교도 할 수 없을 만큼 강해질 것이다.

'아이고. 이것들은 또 언제 키우나.'

그럼에도 여전히 갈 길은 멀고 청명이 해야 할 일도 끝없이 많았다. 다만……. 청명이 슬쩍 장문인, 장로들과 백천 무리를 바라보았다.

'그래도 키우는 맛은 있네.'

사형도 이런 기분으로 절 키운 거죠? 주면 주는 대로 쭉쭉 받아먹고 크는 맛에? 그렇죠?

- 헛소리하지 마라! 남의 밥그릇도 뺏어 가던 놈이 받아먹기는 개뿔이!

……거, 모함이 심하시네. 참나.

"모두 받았느냐?"

"예."

"그럼 지체할 것 없다. 이 자리에서 바로 섭취하고 곧장 운공에 들어가거라!"

"예!"

화산의 제자들이 살짝 거리를 벌리고 그 자리에 가부좌를 틀었다. 과거 화산의 전성기에 비하면 반의반도 되지 않지만, 그래도 이 많은 이들이 연무장을 가득 메우고 있는 모습을 보니 벅차오르는 가슴을 어찌할 수 없는 현종이었다. 더구나 지금 이들은 모두 자소단을 쥐고 있지 않은가.

'화산은 더욱 강해질 것이다.'

현종이 주먹을 살짝 쥐었다.

'이 많은 이들에게 영단을 모두 나눠 준다고?'

한편 당소소는 살짝 질린 표정으로 자신의 손에 들린 영단을 바라보았다.

'대체 여기는 뭐 하는 문파야?'

나름 의술에 조예가 높고 여러 차례 연단에 참여했던 그녀는 굳이 먹어 보지 않아도 이 영단이 얼마나 가치 있는 것인지 알아볼 수 있었다. 가슴이 뻥 뚫릴 만큼 청아한 향이 흘러나오는 걸로 보아, 못해도 천독단급은 될 영단이다. 그리고 천독단은 그 당가에서도 최고로 치는 영단이다.

그런데 그만한 영단을 이리 간식 나눠 주듯 뿌리는 문파가 있다고? 들어 본 적도 없는 일이다. 일단 영단을 그만큼 만들 수 있는 문파가 존재할 리 없고, 설령 영단을 만들어 낼 능력이 있다고 해도 이런 일은 벌이지 않는다.

'어느 문파가 이 귀한 영단을 삼대제자에게까지 나눠 줘?'

사천의 패자라 불리는 사천당가에서도 영단의 향이나마 맡아 볼 수 있는 건 가문의 직계, 그중에서도 핵심에 있는 이들뿐이었다. 그 외의 이들은 설사 영단이 남아돈다고 하더라도 감히 바랄 수 없다.

이유? 아주 간단하다. 영단이란 한 문파가 그 아래에 속한 이에게 내릴 수 있는 최고의 상이니까. 그렇기에 문파의 수장들은 영단과 비전무학을 당근으로 사용하여 제자들의 충성을 끌어낸다.

그런데 영단을 제조할 수 있게 되었다고, 대뜸 사람 수대로 분배해 버린다고? 심지어 화산에 온 지 한 달도 채 되지 않은 당소소에게까지?

'멍청한 거야, 아니면 대단한 거야?'

당소소는 겪으면 겪을수록 이 화산이라는 문파를 이해할 수 없었다. 몰락했다는 말을 분명히 듣고 왔는데, 문파에는 돈이 넘쳐 난다. 과거에 무학을 잃어 약해졌다더니, 청명 같은 괴물이 떡하니 튀어나온다. 대체 이 화산이라는 문파가 어디까지 갈지 감도 잡히지 않는 당소소였다.

잘 온 건지, 아직은 잘 알 수 없었다. 하지만 하나 확실한 것이 있다면, 이곳은 당가와는 다르다는 것. 가족이라는 이름으로 하나 됨을 강조하는 당가지만, 당소소가 보기에는 오히려 화산의 제자들이 한 가족 같았다. 서로를 대하는 데 거리낌이 없고, 툭툭 던지는 말에서조차 신뢰가 느껴진다. 막연하게 당소소가 생각해 온 가족의 모습이 바로 여기에 있었다.

'나도 될 수 있을까? 이들의 가족이.'

당소소가 입술을 꾹 닫고 앞을 바라보았다.

"복용하거라!"

"예!"

현종의 지시에 제자들이 우렁찬 목소리로 대답하고는 일제히 자소단을 입 안으로 밀어 넣었다.

백천은 감회가 새롭다는 눈빛으로 자소단을 바라보았다. 사천을 넘어 운남까지 그 고생을 하며 얻어 온 자목초가 이렇게 결실을 보았다. 그는 은은한 자색 영단을 바라보다 살짝 고개를 끄덕이고는 영단을 입 안으로 쏙 집어넣었다. 영단이 순식간에 사르르 녹아 액체가 되며 뭐라 말할 수 없는 향이 뿜어져 나왔다. 흡사 입 안이 향으로 가득 찬 기분이었다. 미처 무언가를 해 보기도 전에 녹아 버린 영단이 식도를 타고 스르륵 넘어갔다.

곧바로 눈을 감고 운기를 시작했다. 이미 한번 혼원단을 복용하며 흡수한 경험이 있으니, 딱히 걱정할 게 없…….

'응?'

일순간 그의 몸이 움찔했다. 다르다. 뭐라 콕 집어 말할 수는 없지만, 지금 그의 배 속으로 넘어온 영단은 과거 그가 먹었던 것과 확연히 달랐다. 물론 혼원단 역시 더없이 청아한 느낌이었지만, 이 자소단은 그런 혼원단조차 탁했다 느끼게 할 만큼 티 없이 맑았다. 마치 산속 깊은 곳의 청수를 한껏 입에 머금은 기분. 맑디맑은 기운이 천천히 백천의 전신을 휘돌기 시작했다.

'급하지 않게……. 천천히.'

영단은 기본적으로 사람의 기운을 보충하기 위해 만들어졌다. 굳이 뭔가를 하려 들지 않아도, 기운이 스스로 기맥을 따라 흐르며 녹아내리기 마련이다. 이미 혼원단을 섭취하며 한번 경험하지 않았던가. 여기까지는 전과 다를 게 없었다. 기운이 스스로 흐르고 또 흐른다. 마치 백천의 몸이 대지가 되고, 기운은 그 대지를 타고 흐르는 강이 된 것만 같았다.

차이는 여기서부터 시작됐다. 백천은 살짝 놀라며 육체를 타고 흐르는 기운에 정신을 집중했다.

움직이질 않는다. 천천히 십이 주천을 통해 기운을 단전으로 인도하려 했지만, 몸 안으로 들어온 자소단의 기운은 그의 의지를 따르지 않았다. 몇 번이고 기운을 부드럽게 타일러 인도하려 했지만, 아무리 애를 써도 요지부동이었다.

'빌어먹을! 이거 청명이 놈이 만들었지?!'

과연 그 주인에, 그 영단이다. 도무지 말을 들어 처먹지를 않는다.

'주, 주화입마인가?'

백천이 기겁한 바로 그 순간이었다. 자소단의 기운이 돌연 백천의 전신으로 뻗어 나가기 시작했다.

뭐라고 표현해야 할까, 이 기분을? 몸 안에 심산유곡의 청수가 콸콸 쏟아지는 것 같다. 사방으로 뻗어 나간 자소단의 기운의 백천의 몸 안에 있는 탁기(濁氣)를 후려치고 걷어차 댔다.

백천은 몸을 떨었다. 탁기란 사람이 세상에 얽혀 살아가면서 어쩔 수 없이 받아들여야 하는 기운. 하지만 결과적으로는 사람의 몸 안에 쌓여 기의 운용을 방해하는 노폐물이 되고 만다. 그 탁기를 걷어 낸다는 건 참 좋은 일이지만, 그 방식이 과격하기 짝이 없는 게 꼭 누구를 연상케 한다.

'영단에 의지가 있을 리 없는데…… 왜 꼭 하는 짓이 청명이 놈 같지?'

그가 그런 생각을 하는 동안에도 자소단의 기운은 백천의 십이 경락에 있는 탁기를 모조리 찾아 끌어냈다. 너무도 맑다. 이 맑은 기운은 탁기와의 공존을 용납하지 않았다. 조금이라도 더러운 기운이 있으면 우르르 몰려가 쫓아내기를 반복했다.

그러더니 다시 한곳으로 뭉쳐 들어, 숫제 용이 승천하는 것처럼 위로, 또 위로 향했다. 그곳에 뭐가 있는지를 아는 백천이 몸서리를 쳤다.

'설마?'

기운이 임독양맥으로 솟구친다.

임독양맥. 곧 천문(天門)!

절정의 영역에 들기 위해서는 반드시 뚫어야 하는 곳.

하지만 태어나면서부터 막힌 천문(天門)은 쉽사리 그 길을 열어 주지 않는다. 꾸준한 노력과 준비가 있어야만 타통을 시도해 볼 수 있는 곳이 바로 임독양맥이었다. 어설프게 시도했다가는 되레 크게 내상을 입어 불구가 될 수도 있다.

하지만 자소단의 기운은 그런 건 내 알 바 아니라는 듯이 과격한 기세로 임독양맥을 향해 질주했다.

'제발 적당히 하라고!'

덜컥 겁이 났다. 이 미친 기운은 제 주인을 닮아 뒤를 돌아볼 줄 모른다. 훗날을 기약하는 건 겁쟁이나 하는 짓이라는 듯, 눈을 까뒤집고 임독양맥을 맹렬한 기세로 들이받았다.

머릿속에서 커다란 폭음이 쾅! 하고 일었다. 순간적으로 정신이 아득해졌다. 백천은 멀어져 가는 의식을 억지로 다잡았다. 이미 통제권을 잃은 상황이지만, 여기서 의식을 잃으면 무슨 일이 벌어질지 모른다. 보라. 제 주인을 닮아 반쯤 돌아 버린 기운이 그의 임독양맥을 들이받고 있지 않은가.

머릿속에서 연신 거대한 종이 울리는 듯한 고통에, 백천은 연신 몸을 부르르 떨며 신음했다.

'뭐 이런 걸 만들었어!'

혼원단은 모든 것이 조화로운 기운 그 자체였다. 부드럽게 감싸고, 따뜻하게 포용한다. 그 어떤 이라도 혼원단의 기운과 반할 일은 없을 것이다.

그런데 이놈은 뭔가 좀 이상하다. 느낌은 더없이 맑고 익숙한데, 도무지 말을 들어 처먹지를 않고 제멋대로 움직인다. 마치 기운 자체가 의지를 품고 있는 것처럼 말이다.

그리고 지금 그 의지가 연거푸 백천을 들이받고 있다.

쾅! 쾅! 쾅!

'이런 미친!'

임독양맥에 막힌 기운이 발악하며 막힌 혈을 미친 듯이 가격하고 받아댄다. 하지만 백천의 임독양맥은 굳건하기만 했다.

'자자, 청명아. 아니, 기운아. 모든 것은 때가 있기 마련이다. 아직은 아니야. 그러니 이제 그만 포기하고 얌전히 단전으로 돌아가자.'

뭔가 청명을 말리는 것과 비슷하게 되어 버렸지만, 백천은 지금 나름 필사적이었다. 이러다가는 정말 주화입마에 들지도 모른다. 워낙 맑은 기운이라 그럴 가능성이 적기는 하겠지만, 그렇다고 무조건 안심할 수는 없다.

그 순간이었다. 몇 번이나 임독양맥을 들이받고도 길을 열지 못한 기운이 돌연 꼬리를 말더니 슬그머니 아래로 내려왔다. 머리에서 내려온 기운은 척추를 따라 내려오더니 결국은 배를 지나 단전 근처까지 다다랐다.

'그래! 거기로. 그래, 인마! 거기로! 단전으로 가라고! 들어가!'

하지만 기운은 단전의 바로 코앞에서 멈추더니 작게 요동치기 시작했다. 불길한 생각이 백천의 머릿속을 스쳤다.

'응? 설마, 아니겠지. 아니지?'

두어 번 더 요동을 친 기운이 힘을 모으기 시작했다. 이윽고 몸 안에서 뭔가 거대한 태풍이 휩쓰는 듯한 소리가 들려왔다.

'아, 안…….'

미처 생각할 틈도 없이 기운이 어마어마한 속도로 솟구쳤다. 그리고 임독양맥을 그대로 냅다 들이받아 버렸다.

'야, 이 미친!'

콰아아아아아아아아아앙!

세상이 터져 나가는 듯한 폭음이 들리며 뭐라 표현할 수 없는 고통이 밀려왔다. 눈앞이 아찔해지고 정신이 아득하게 멀어진다. 몸 안에서 폭탄이 터진 것만 같은 충격이었다. 머리 윗부분이 뜯겨 나가는 것과 흡사

한 고통에 백천은 이를 악물고 경련했다.

하지만 그 순간이었다. 고통은 순식간에 사라지고 지금까지 겪어 보지 못한 무언가가 벌어지기 시작했다.

세상이 느껴진다. 그것도 생생하게.

지금 그는 분명 눈을 감고 가부좌를 틀고 있다. 심지어 운기 중이라 소리도 잘 들리지 않고 모든 감각이 둔해져 있다. 그런데도 확연하게 느껴진다. 그를 내려다보는 하늘이. 그를 받치고 있는 대지가. 그를 스치고 지나는 공기의 흐름은 물론, 기의 흐름마저도 손에 잡힐 듯 생생하다.

천통(天通). 천문을 열어젖힌 육체는 오감을 통하지 않고 직접 세상을 받아들인다.

'이, 이게 절정고수가 보는 세계……!'

말로 표현할 수 없는 쾌감에 그가 전율하는 동안, 마침내 임무를 달성해 낸 자소단의 기운은 양맥에 남은 탁기를 모조리 치워 낸 후 의기양양하게 단전으로 들어갔다. 그리고 마침내 스르르 녹아내리며 본래 머물러 있던 백천의 내력과 하나가 되었다.

그렇게 강대하게 불어난 내력은 경쾌한 기세로 백천의 몸을 일 주천 하고는 다시 단전에 안착했다. 마침내 백천의 눈이 번쩍 뜨였다.

"후우!"

길게 숨을 내쉬었다. 지금까지와는 다른 세상이 그의 앞에 펼쳐져 있다. 마치 세상이 몇 배는 선명해진 느낌. 그동안 눈을 가린 채로 세상을 바라보다가 마침내 그 천을 걷어 낸 것 같은 느낌이었다.

어디 시각뿐인가? 저 멀리서 누군가가 숨을 쉬는 소리마저 생생하게 잡힌다. 민감해진 그의 촉각은 몸을 스쳐 지나는 공기의 결마저 정확하게 포착했다. 한 번에 너무도 많은 것을 받아들이다 보니 머리가 어지러울 지경이었다.

하지만 백천은 그 어지러움조차 기껍기만 했다.

벽을 넘었다. 굳이 단계로 표현하자면, 일류를 넘어 절정으로 가는 벽. 그 벽을 마침내 뛰어넘었다. 이제 백천은 말석이나마 당가주나 야수궁주가 사는 세상에 들어선 것이다. 진짜 어마어마한 영단이다. 벅찬 감격이 몸을 휘감고 돌았다. 혼원단과는 전혀 다른, 하지만 결과만 놓고 본다면 그 이상을 만들어 내는 영단이었다.

"끝냈느냐?"

"예?"

백천이 고개를 번쩍 들었다. 현종과 장로들이 그를 내려다보고 있었다. 자신이 가장 마지막으로 운기를 끝냈단 사실을 뒤늦게 깨달은 백천이 서둘러 주위를 돌아보았다. 정렬해 있는 화산 제자들의 모습이 보였다. 속으로 탄성을 흘렸다.

달라졌다. 눈에 어린 정광과 은연중에 뿜어져 나오는 기세만으로도 그들이 얼마나 큰 효과를 봤는지 알 수 있었다. 백천이 앞을 보며 자리에서 벌떡 일어났다.

"장문……!"

하지만 그가 몸을 일으킨 순간 앞에 서 있던 세 사람이 일제히 후다닥 몸을 물렸다. 어안이 벙벙한 백천을 보며 현종이 어색한 표정을 지었다.

"서, 성과가 좋았던 모양이구나. 몸 안의 노폐물이 모조리 빠져나온 것을 보니."

네? 노폐물? 백천이 천천히 시선을 내렸다. 그리고 이내 크게 당황했다.

"이, 이게 뭐야?"

깔끔하기 그지없던 그의 의복이 거의 검은색으로 물들어 있었다. 차마 말로 형용할 수 없는 악취가 풍겼다. 그제야 코를 찌르는 냄새를 인식한 백천이 크게 헛구역질했다.

"우욱. 이거 뭐……. 욱!"

구역질 탓에 글썽거리며 돌아보니 그와 비슷한 몰골인 이들이 몇 있었다. 유이설과 조걸, 그리고 윤종도 거기에 포함되어 있었다. 다들 시커먼 오물에 빠졌다 나온 꼴로 떨어 대는 모습이 볼만했다.

"으으……."

"내, 냄새 때문에 죽을 것 같습니다."

"목욕. 목욕! 빌어먹을! 목욕!"

응? 방금…… 유 사매가 욕을 한 것 같은데? 게다가 목소리도 평소보다 두 배는 높았다.

어쩔 줄 몰라 하는 백천을 향해 현영이 코를 막은 채 벌컥 소리쳤다.

"당장 가서 씻고 오거라! 냄새가 심해서 참을 수가 없구나!"

"아, 알겠습니다!"

옷이 시커멓게 변한 이들이 너나 할 것 없이 부리나케 연무장 밖으로 달리기 시작했다. 장문인과 장로들이 서로 시선을 교환했다. 이윽고 그 시선은 한곳을 향했다.

"어찌 생각하느냐?"

"뭐가요?"

태연히 육포를 씹던 청명이 고개를 갸웃거렸다. 현영이 다시 물었다.

"환골탈태를 이룬 것이냐?"

"에이. 무슨 환골탈태예요. 그냥 뭐……. 음, 그냥 속을 다 비운 정도죠."

"……으음, 그래?"

"그런데 뭐 효능은 비슷할 거예요."

"오오. 그렇다면……!"

세 사람의 눈에 기대감이 차올랐다. 하지만 청명의 다음 말은 그들의 생각과 조금 달랐다.

"이제 겨우 준비가 끝난 거죠."

현종이 의문 어린 시선을 던졌다. 하지만 청명은 그저 말없이 육포만 씹어 댔다. 이제야 겨우, 제대로 검을 배울 준비가 끝난 것이다. 청명이 씨익 입꼬리를 말아 올렸다.

'이제 본격적으로 뒈져 봐야지.'

지금까지는 쉬엄쉬엄했던 거란 사실을 알고도 즐거운 표정을 유지할 수 있을까? 궁금하네, 궁금해.

◆ ❖ ◆

화산의 제자들은 하루가 지나도록 떨리는 심장을 주체하지 못했다.

"몸이 이렇게 달라질 수 있나?"

"세상에……. 나 오늘 아침에 일어나다가 천장에 머리를 박았다니까!"

"왜?"

"그냥 가볍게 일어나려고 했는데 몸이 천장까지 솟아 버리더라고!"

"내 몸이 내 몸이 아닌 것 같아."

자소단의 힘은 실로 대단했다. 아니, 이들에게는 경이롭기까지 했다. 영단을 하나 먹은 것만으로 육체가 이렇게나 달라질 수 있다고 누가 상상이나 했겠는가? 단순히 내력이나 늘어날 줄 알았건만, 이건 숫제 몸을 더 좋은 것으로 바꾼 느낌이었다.

특히나 과거 청명이 준 매화단을 먹었던 이들은 자소단이 얼마나 대단한 영단인지를 뼈저리게 실감하는 중이었다.

"측간은 여전히 붐비나?"

"말도 마. 나는 오늘 소변을 일다경은 봤다."

"그럼 죽어, 인마! 어디서 헛소리야!"

"진짜라니까?"

대부분은 백천 일행처럼 탁기를 단번에 빼내지는 못했다. 하지만 효과가 없는 것은 아니라 며칠에 걸쳐 배출하는 중이었다. 육체의 정화. 수많은 무인이 꿈에서도 그리는 경지를 영단 하나 섭취한 것만으로 얻어낸 것이다. 물론 자신의 무위를 높여 그 수준에 오른 것과는 차이가 있겠지만, 그렇다고 해도 어마어마한 성과라는 사실은 변하지 않는다.

밥을 먹는 와중에도 다들 흥분을 감추지 못했다. 식당이 소란스럽기 짝이 없었지만, 아무도 서로를 말릴 생각을 하지 못했다. 지금은 모두가 이 기분에 취하고 싶은 것이다.

그 커다란 소음을 진정시킨 것은 누군가 내뱉은 단순한 말 한마디였다.

"이러다가 우리 진짜 예전 화산보다 세지는 것 아냐?"

순간, 모두가 약속이라도 한 듯 일제히 입을 다물었다. 시선이 쏠리자 말을 꺼낸 백자 배 제자는 당황한 표정으로 두리번거렸다. 툭 뱉은 말 한마디가 이런 반응을 불러올 줄은 몰랐기 때문이다.

사실 모두가 침묵한 건 그가 한 말이 듣기에 황당했기 때문이 아니다. 오히려 이제는 저 말이 농담처럼 들리지 않기 때문이었다.

장문인 현종의 목표가 과거 화산의 영광을 재현하는 거라는 사실은 모르는 이가 없다. 하지만 여기에 있는 이들은 대부분 그저 적당히 시킨 수련이나 하며 살다가, 갑자기 나타난 청명에게 머리채를 잡혀 강제로 질질 끌려가는 처지였다. 최근에는 청명이 아니라 다른 사형들이 난리를 치고 있긴 하지만…….

어쨌든 그저 허공에 뜬 꿈 같았던 일이 이제는 슬슬 눈에 보이기 시작했다.

"……못 할 것도 없지 않나?"

"인마, 그걸 말이라고……."

"아니, 그렇잖아. 예전의 화산이 얼마나 강했는지 모르겠지만, 우리도 지금 어마어마하게 강해지고 있는데. 종남도 꺾었고! 사형은 그 무당 놈도 꺾었잖아. 알고 보면 우리도 엄청 센 걸지도 몰라."

"청명이한테 한 대 맞으면 생각이 달라질 텐데?"

"거꾸로 말하면 그 청명이를 버티고 있는 거잖아, 우리가."

모두의 표정이 심각해졌다. 사실 그들은 스스로가 얼마나 강한지 잘 모른다. 대부분 강호에 나가 힘을 시험해 볼 기회가 없었으니까. 그저 백천과 청명의 활약을 귀로 들으며 어림짐작할 뿐이다.

백천은 자소단을 먹기 이전에 이미 검룡보다 강했다. 그렇다면 지금 그는 얼마나 더 강해졌을까? 또 이곳에 있는 이들은 얼마나 더 강할까?

"확실한 것 하나는……."

백상이 입을 열자 모두가 고개를 돌려 그를 바라보았다.

"그 꿈이 이제는 꼭 불가능하지만은 않아 보인다는 거겠지."

모두가 고개를 끄덕였다.

"다들 기억해라. 백천 사형과 유 사매, 그리고 삼대제자들이 왜 운남까지 다녀왔는지를. 우리에게 영단을 만들어 주기 위해 그 먼 길을 마다

하지 않고 다녀온 이들이다. 그 마음에 보답하기 위해서라도 우린 더 열심히 해야 한다!"

"물론입니다, 사형!"

"최선을 다하겠습니다, 사숙!"

백상이 가만히 고개를 끄덕였다.

"많이 먹어라! 있는 대로 먹고 죽자고 수련하는 거다! 그럼 지금 한 말도 언젠가는 꿈이 아니게 되겠지!"

"예!"

우렁찬 대답과 함께 화산의 제자들이 과격하게 음식을 먹어 대기 시작했다. 한쪽 구석에서 식사하던 당소소는 무척이나 심각한 표정으로 그런 그들을 바라보았다. 정광 어린 화산 제자들의 눈빛을.

농담이 아니다. 몸으로 겪어 본 자소단의 위력은 어이가 없을 지경이었다. 당가에서 온 그녀조차도 이런 영단이 존재할 거라곤 단 한 번도 생각해 본 적 없다.

'이만한 내력을 갖춘 이들이 이렇게나 많은 곳이 강호에 또 있을까?'

소림이라고 해도 어려울 것 같다. 물론 소림을 실제로 본 적은 없으니 그저 짐작에 불과하지만, 아무리 생각해도 내력만 보면 화산은 이제 천하제일의 반열에 든 것이나 다름없었다. 거기에 화산의 옛 무학이 더해질 수 있다면…… 정말 과거의 화산을 뛰어넘는 것도 꿈이 아니게 될 것이다.

당소소가 입술을 질끈 깨물었다. 최선을 다하고 싶었다. 모두가 의지에 불타고 있는데 자신만 멀뚱히 떨어져 구경하고 싶지 않았다. 이제는 그녀도 화산의 제자니까. 내력은 충분히 갖췄으니 수련만 받쳐 준다면 그녀 역시 세상에 이름을 떨치는 여걸이 될 수 있을지도 모른다.

당가주의 딸 당소소가 아니라 화산의 여검수 당소소로서 천하에 그 이름을 알리고 싶다.

'내일부터 정말 죽자고 수련하겠어!'

그때의 그녀는 미처 몰랐다. 청명이 돌아왔다는 게 어떤 의미인지 말이다.

· ◈ ·

"히…… 히이이익."

당소소가 발아래로 보이는 끝없는 낭떠러지에 경기를 일으켰다.

"끄으으으으."

"사, 살려……."

누군가가 밟은 곳이 콰드득 부서지며 천 길 낭떠러지 아래로 돌이 후드득 떨어졌다.

"히익!"

"다, 당 사매! 정신 차려!"

들려오는 외침에 가까스로 정신을 붙잡은 당소소가 새파랗게 질린 얼굴로 바위를 꽉 움켜잡았다.

"끄으으으응. 저 미친놈이 없어서 한동안은 이 짓거리 안 해도 됐었는데!"

"몸이 더 좋아졌으니 이젠 좀 편할 줄 알았는데……. 빌어먹을!"

옆에서 들려오는 앓는 소리를 들으며, 당소소가 덜덜 떨리는 손으로 절벽에 튀어나온 부분을 꽉 움켜잡았다. 그러고는 천근만근처럼 느껴지는 몸을 힘겹게 끌어 올렸다.

그녀는 무인이다. 비록 당가에서 비전을 전수받지는 못했지만, 내공은 꾸준히 수련해 왔고 거기에 어제 먹은 자소단의 기운마저 더해졌다. 그러니 아무리 절벽이 가파르다고 해도 오르지 못할 사람은 아니었다. 허리에 묶여 있는 이 줄만 아니었다면 말이다.

당소소가 떨리는 눈으로 아래를 슬쩍 내려다보았다. 그녀의 허리에 매인 줄에 커다란 바윗덩어리가 친친 감겨 있었다. 허공에 매달린 바위를 보던 당소소가 분노를 참지 못하고 소리를 빽 질렀다.

"아니, 이걸 달고 어떻게 절벽을 올라가! 미친 거 아냐?"

"다, 당 사매! 소리치지 마. 그러다 떨어져!"

"아아아악!"

분기탱천한 그녀가 고개를 번쩍 들어 정상 쪽을 노려보았다. 커다란 눈에 시뻘겋게 핏발이 섰다.

"저 미친놈이!"

어쨌든 한때는 혼인까지 생각했던 사람이다. 하지만 어떤 인간인 줄 알고 보니 혼인이고 나발이고 당장에 머리통을 깨 버리고 싶어졌다.

화산은 그녀의 상식으로는 도무지 이해할 수 없는 곳이었다.

이 말도 안 되는 수련은 그렇다 치자. 각 문파에는 고유의 수련법이 있기 마련이다. 설사 그것이 말도 안 되게 과격하고, 말도 안 되게 위험하다고 해도 마땅히 존중해야 할 일이다. 문제는 그게 아니다. 가장 큰 문제는 따로 있다.

대체 어느 문파에서 삼대제자가 이대제자를 훈련시키는가? 그녀가 알기로 청명은 분명 삼대제자 청자 배였고, 지금 절벽에 오르는 이들 중에는 이대제자인 백자 배도 있다. 지금 삼대제자가 이대제자를 훈련시키는 기막힌 일이 벌어지고 있는 것이다.

아니! 그래, 백번 양보해서 거기까지도 이해한다. 억지로라도 이해해 볼 수 있다.

당소소의 시선이 까마득한 절벽 아래로 향했다.

'왜 안 말리는 거냐고요!'

이런 말도 안 되는 일이 벌어지고 있으면, 위 배분에서 중재가 들어와야 마땅하다. 한데, 그 역할을 해야 할 운자 배는 청명을 말리기는커녕 '허허허. 그렇다고 해도 다치면 안 되지 않느냐. 걱정하지 마라. 우리가 아래서 지키고 있으마. 떨어져도 덜 다치도록.' 하고 태연한 말이나 내뱉고 절벽 아래에 자리를 잡았다. 그러니 환장할 노릇 아닌가!

당소소가 전신을 부들부들 떨며 손을 뻗었다.

"끄으으으으!"

"사매! 조금만 더 힘을 내!"

격려해 주는 사형들이 없었다면 벌써 떨어지고도 남았을 것이다. 이제 손에 닿을 듯 정상이 가까워졌다. 그녀는 다시 한번 이를 악물고 정상을 향해 오르고 또 올랐다.

"끄윽!"

그리하여 마침내 정상까지 오른 그녀는 몸을 일으킬 생각도 하지 못하고 기어오른 자세 그대로 탈진해 엎어졌다. 입 안으로 흙이 밀려들었지만 그걸 뱉을 정신도 없었다. 숨 몰아쉬기에도 바빴다. 얼마 전까지만 해도 이런 일은 상상도 할 수 없었다. 당가주의 딸로서 항상 몸가짐을 바르게 해야 한다고 교육받아 온 그녀가 이렇게 흙바닥에 널브러져 경련하다니.

"끄으으으으. 망할!"

욕지거리를 뱉은 당소소가 양손으로 땅을 짚고 몸을 일으켰다. 이윽고, 정상에서 벌어진 참사가 한눈에 들어왔다.

"으으으으."

"주, 죽을 것 같다……. 흐윽."

자소단 덕분에 화산 제자들은 이전보다 강해졌다. 하지만 강함이란 언제나 상대적인 것. 강해졌다면 그에 걸맞은 수련을 하게 되기 마련이다. 허리춤에 매고 올라온 바윗덩어리를 위로 짊어진 채 다리를 접었다 펴기를 반복하고 있는 사형제들을 보며 당소소가 아연한 표정을 지었다.

'……미친 거 아냐?'

세상에 이런 무식한 수련을 하는 문파가 있다고? 내가 이런 데를 내 발로 들어왔다고? 혼란과 공포와 충격으로 흔들리던 그녀의 눈이 이내, 청명에게로 가 닿았다. 그는 신음을 흘리는 사형제들과는 달리 태연하게 드러누워 있었다.

"……."

딱히 이상할 게 없는 광경이다. 청명은 종종 저런 모습으로 쉬고는 했으니까 말이다. 단 하나 문제가 있다면, 지금 그가 누워 있는 곳이 백천이 짊어진 집채만 한 바위 위라는 점이었다.

"끄으……. 끄으으……. 아오, 빌어먹을!"

쉴 새 없이 오르락내리락하는 바위 위에서 청명이 육포를 참참 씹었다.

"거 속도가 느려진다, 사숙."

"아악!"

짐승 같은 고함을 내지른 백천이 과격하게 다리를 접었다 펴기 시작했다.

"옳지, 오옳지. 잘한다!"

청명이 낄낄대며 웃어 젖힌다. 당소소의 입이 쩍 벌어졌다. 이 얼마나 참담하기 짝이 없는 상황인가.

'미쳤어. 대체 어디서 이렇게까지 수련을 한다고.'

아무리 생각해도 이건 되레 몸을 망치는 짓이다. 당가에서는 누구도 이런 식으로 수련을 하지 않는다. 그녀가 굳은 표정으로 막 불만을 토로하려던 찰나였다.

"뭐 해?"

"네?"

청명이 슬쩍 고개를 돌려 그녀를 바라본다.

"안 해?"

"이런 수련은……."

뭔가 말을 하려던 문득 당소소가 입을 다문다.

백천의 옆, 유이설이 백천의 것과 비슷한 크기의 바위를 짊어지고 백천과 똑같은 속도로 수련을 하고 있었다. 당소소마저도 감탄했던 그 아름다운 얼굴이 흘러내린 땀과 흙먼지로 엉망이 되었다. 그러나 유이설은 그저 무표정한 얼굴로 묵묵히 훈련을 소화하는 데 집중할 따름이었다. 당소소가 살짝 주먹을 쥐었다.

"왜?"

청명이 묻자 당소소가 다시 그를 올려다보았다.

"저기!"

"저기가 아니라 사형."

"네, 사형!"

"왜?"

"바위 하나 더 짊어져도 되나요?"

"맘대로 해."

"네!"

주변에서 적당한 크기의 바위를 하나 더 찾아낸 당소소가 두 개를 겹쳐 올려 짊어지고는 끙끙대며 수련을 시작했다. 청명은 그 광경을 보며 몰래 피식 웃었다.

'잘 적응하네.'

목표가 있다는 건 좋은 일이다. 따를 이가 있다는 것도 좋은 일이겠지.

"끄으으응."

"으으으으으!"

여기저기서 들려오는 신음에 청명이 혀를 찼다.

"좋은 것도 먹여 놨는데 뭐 그렇게 힘들다고 낑낑대!"

'저 미친 새끼!'

'네가 해 봐, 이 새끼야!'

'죽이고 싶다. 진짜 죽이고 싶다. 죽이진 못해도 등에 칼침 한 방만 놓고 싶다!'

독기에 찬 시선이 쏟아졌지만 청명은 아무렇지도 않다는 듯이 육포를 질겅거렸다.

"몸이 좋아졌으면 그만큼 수련을 열심히 해야지. 안 그래, 사숙?"

백천이 몸을 부르르 떨었다.

'그래, 당연히 이렇게 될 일이었겠지!'

뭘 기대했단 말인가? 그들이 세졌다고 해 봐야 어차피 청명의 눈에는 도토리가 두 배로 커진 것 정도에 불과할 테다. 좀 큰 도토리가 된다고 뭐가 달라지겠는가? 게다가 저놈은 도토리를 굴리는 데 도가 튼 놈이다.

굴릴 놈들이 튼튼해졌으니 본인이 제일 기뻐하겠지.

이제 청명에 대해 전문가가 되어 버린 백천은 앞으로 다가올 고난을 생각하며 한숨을 내쉬었다. 그리고 그 백천의 위에서 청명이 묘한 눈빛으로 모두를 바라보았다.

'이걸 따라오네?'

살짝 무리하는 게 아닌가 했는데, 아무래도 자소단의 효능이 그의 생각 이상으로 뛰어난 모양이었다. 이 정도면 곧 몸뚱어리는 완벽하게 단련이 될 게 분명했다. 그렇다면······.

"이제 슬슬 다음 단계인가?"

그는 오르락내리락하는 바위 위에서 살짝 눈을 감고 생각에 잠겼. 몸이 완성됐으면 그다음은 하나뿐이다. 검술.

새 술은 새 부대에 담아야 하듯, 새 육체에는 그에 걸맞은 검술이 필요하다. 그동안 꾸준히 기초를 단련하고 이해도를 높여 왔으니 이제는 슬슬 이들에게 진정한 화산의 정수를 넘겨줄 때도 되었다.

화산의 정수라면 당연히 화산의 검법! 바로 이십사수매화검법이다!

'그런데······ 이걸 뭐 어떻게 줘야 하는 거지?'

길에서 주웠다고 할까? 끄으으응, 고민이네.

◆ ❖ ◆

파아아앗!

"더 빠르게!"

파아아아아앗!

"그렇지!"

운검이 더없이 흐뭇한 표정으로 고개를 끄덕였다. 자소단의 효능은 그야말로 어마어마했다. 이래서 영단, 영단 하는구나 싶었다. 제자들의 검에 실리는 기운이 이전과는 비교를 불허할 정도다. 서슬 퍼런 예기에 수련 사범인 운검조차 흠칫할 때가 있으니 그 효과야 말해 무엇 하겠는가?

물론 운검도 자소단을 복용하고 새로운 경지에 접어들었지만, 어린 제자들은 더 큰 효과를 보는 모양이다. 그렇지 않고서야 어찌 저리 활력이 넘치겠는가?

위이이이잉.

'검기?'

몇몇 제자들의 검 끝에 검기가 어리는 것을 본 운검의 눈이 툭 튀어나올 듯 커졌다.

'세상에……'

물론 검기가 그리 대단한 것은 아니다. 백천이라면 지금쯤 검기뿐만 아니라 검강도 뽑아낼 수 있을 것이다. 청명이 놈은 굳이 말해 봐야 입만 아프고!

하지만 이곳에 있는 평범한 제자들이 수련 중에 무의식적으로 검기를 뽑아낸다는 건 굉장한 일이었다. 그만큼 제자들의 수준이 수직 상승 했다는 뜻이 아닌가.

'허허허허. 화산의 홍복이로고.'

운검은 달아오른 마음을 진정시키기가 어려웠다. 오늘 밤에는 오랫동안 끊었던 술이라도 한잔하고 싶은 심정이다.

이게 다 청명이 그놈 덕분이다.

처음 청명이 나타나서 그에게 슬그머니 거래를 청했을 때는 얼마나 황당했던가? 나이도 가장 어리고, 입문한 지 며칠 되지도 않은 녀석이 사형들을 다 때려잡고 강제로 훈련을 시키는 모습을 보았을 때의 기분은 죽는 그 순간까지도 잊지 못할 것이다.

하지만 옳은 선택이었다. 도박하는 심정으로 청명에게 삼대제자들을 맡겨 본 것이 정답이었다. 그 작은 선택 하나로 결국에는 여기까지 온 것이다. 나날이 강해지는 제자들과 발전하는 화산의 모습을 보고 있으면 밥을 먹지 않아도 배가 부를 지경이다.

하지만 운검의 표정이 이내 살짝 어두워졌다. 한 가지 문제가 마음에 걸려서였다. 고민에 잠긴 채로 제자들을 보던 운검이 한숨과 함께 입을 열었다.

"다들 수련을 계속하고 있거라."

"예, 관주님!"

우렁찬 대답에 그는 가만히 고개를 끄덕이고는 걸음을 옮겼다. 그가 향하는 곳은 당연하게도 장문인의 처소였다.

처소에 들어서고도 운검은 잠시간 어색한 표정으로 현종을 보았다.

'도무지 적응이 안 되는군.'

이십 년은 젊어진 듯한 현종을 보고 있으니 자꾸 어색한 웃음이 난다. 물론 예전의 모습이 기억에 있으니 그리 낯선 것은 아니지만…… 묘하게 그때와는 또 다르다. 단순히 젊어졌다기보다는 사람 자체가 조금 맑아졌다고 해야 하나? 어쨌든 말로는 표현하기 어려운 변화였다.

"그래. 무슨 일이더냐?"

현종이 살짝 의외라는 표정으로 운검을 바라보았다. 그와 많은 일을 상의하는 운암과 달리, 운검은 어지간한 일로는 그를 찾아오지 않았다. 아이들을 가르치고 자신의 검을 갈고닦는 것만으로도 벅차니 당연한 일이었다. 그런 운검이 장문인뿐 아니라 다른 장로들까지 함께 뵙고 싶다는 청을 한 것이다. 현종은 운검의 말을 기다리며 살짝 긴장할 수밖에 없었다.

"장문인."

"그래, 운검아."

"아이들에게 더 이상 가르칠 검술이 없습니다."

현종이 미간을 찌푸렸다.

"그게 무슨 말이냐?"

"아이들은 나날이 발전하는데, 도무지 가르칠 것이 없습니다. 이미 이대제자들과 삼대제자들은 태을미리검이나 복호청양검은 물론이고, 최근에 되찾은 칠매검까지 모두 전수를 받았습니다."

"……그렇지."

"본래라면 다음으로 넘어가야 하나……."

현종이 낮게 한숨을 내쉬었다.

"그렇구나. 다음이 없구나."

기본적으로 명문의 제자들은 서른이 되기 전에 문파의 최상위 검술까지 전수받는다.

하나, 화산에는 그다음이 존재하지 않는다.

지금 화산에 전수되는 검술 중에선 칠매검이 가장 뛰어났다. 과거에는 그저 이십사수매화검법을 익히기 전에 거쳐 가는 단계였던 칠매검이 말이다.

운검이 나직이 헛기침했다.

"자소단을 복용하기 전까지는 어찌어찌 버틸 수 있었습니다. 전수가 끝났다고는 해도 아이들이 칠매검을 완벽히 익혀 낸 것은 아니었으니 말입니다. 하지만 이제는……."

더 듣지 않아도 알 것 같았다. 훨씬 강한 육체를 얻은 아이들이 과거와 같은 검술에 만족할 리가 없다. 이제는 슬슬 더 강한 검술에 목마를 때가 되었다. 모든 사정을 이해한 현종이 한숨을 내쉬었다.

'어찌해야 한단 말인가?'

과거의 화산이라면 고민할 것도 없다. 이십사수매화검법을 가르쳤을 것이다. 이십사수매화검법이야말로 화산의 정화이자 근본이라 할 수 있다. 물론 이것이 화산 검학의 끝은 아니지만, 화산의 제자라면 누구라도 이십사수매화검법을 완성하는 것을 목표로 삼았다. 하나 지금의 화산은 그것과 비슷한 수준이라 할 수 있는 검학까지도 모조리 잃어버렸다.

"끄응. 이런 문제가……."

"없는 걸 뭐 어떻게 하란 말이더냐."

현영이 살짝 짜증 묻은 목소리로 툴툴댔다. 애써 떠올리려 하지 않았던 부분이다. 하지만 이제는 도무지 외면할 수 없는 상황까지 와 버렸다.

현종이 심각한 표정으로 고민에 빠졌다.

"흐으음."

운검은 단순히 아이들이 더 좋은 검을 얻지 못하면 불만이 쌓일 거라는 식으로 이야기를 했지만, 이건 문파의 미래를 위해서도 중요한 일이었다. 결국 화산이 과거의 영광을 되찾으려 한다면 상승의 검학은 반드시 필요하다. 검술이 없는 검문이 무슨 수로 명문의 반열에 든단 말인가?

"이제 더는 외면할 수가 없구나. 그동안은 이런저런 일 때문에 미뤄 왔던 일이지만, 이제는 어떻게든 방법을 찾아야 한다."

현종의 말에 모두가 무거운 표정으로 고개를 끄덕였다.

"의견이 있으면 주저하지 말고 말해 다오. 아무리 황당한 것이어도 괜찮다."

"예, 장문인."

다들 진지하게 고심하기 시작했다. 하나 워낙 답이 없는 일이다 보니, 쉽사리 입을 여는 사람이 없었다. 결국 가장 먼저 의견을 낸 사람은 현상이었다.

"음, 장문인."

"그래. 말해 보거라."

"제 생각입니다만, 없는 것을 찾을 게 아니라 차라리 무학을 새로 창안해 보는 게 어떻습니까?"

현종이 눈살을 찌푸렸다.

"창안? 그게 되겠느냐?"

"어려운 일이라는 것은 알지만 실전된 무학을 찾아내는 것보다는 훨씬 쉬울 겁니다."

"헤헹! 거 말이 되는 소리를 좀 하십쇼, 사형!"

현영이 코웃음을 쳤다.

"안 될 게 뭐가 있느냐? 우리는 자소단도 복원했잖으냐."

현상의 말에 현영이 순간 도끼눈을 떴다.

"사형이 만들었습니까? 청명이 놈이 한 일을 우리가 한 걸로 착각하지 말란 말입니다. 화산이 발전한 게 아니라, 그냥 청명이 놈이 혼자 북 치고 장구 치고, 발로 꽹과리까지 치고 있는 것뿐입니다! 사형이 뭘 했다고 뿌듯해하십니까!"

"크흐흠."

그 말엔 현상도 할 말이 없는지 얼굴을 붉혔다.

"그리고! 무공은 뭐 나와라 하면 뚝딱 나온답니까? 그거 누가 만들 겁니까? 사형이? 아니면 운검이가?"

현상은 말이 없었고, 운검 역시 슬쩍 시선을 피했다.

"무학이 장난입니까? 우리가 전부 달려들어서 머리를 싸매면 칠매검이라도 만들 수 있을 것 같습니까? 육합검도 안 나옵니다! 애초에 그렇게 쉬운 거면, 뭐 그럼 소림은 매화검법 정도는 지금도 척척 만들겠네!"

현상이 머쓱한 표정으로 고개를 들더니 헛기침했다.

"내가 이십사수매화검법을 복원하자는 게 아니잖으냐. 그저 칠매검보다 조금 나은 정도로……."

하지만 이내 말끝을 흐리며 입을 다물었다. 아무래도 반응이 영 좋질 않았다. 그래, 스스로 돌이켜봐도 좀 너무 나가기는 했다. 그때 현영이 고개를 획 돌려 현종을 바라보았다.

"이럴 게 아니라, 청명이 부릅시다."

"……응? 청명이는 왜?"

"거 뜀박질하다가 넘어져서 칠매검을 찾아내는 놈인데, 곡괭이 하나 쥐어 주고 여기저기 파 보라고 하면, 이십사수매화검법만 나오겠습니까? 더 대단한 게 나올지도 모릅니다!"

가장 무서운 건, 저 말이 진심이라는 점이다. 현영의 눈빛에 일말의 장난기도 없다는 걸 확인한 현종이 몸을 부르르 떨었다. 이러다 청명교라도 만들고 눌러앉지 않을까 걱정이었다.

"청명이가 뭔 도깨비도 아니고 뭘 그렇게 뚝딱 만들어 내겠느냐?"

"어디 도깨비에 비합니까? 도깨비가 청명이 보면 형님 해야지요! 그리고 진짜 도깨비일지도 모릅니다. 이번에도 보십시오! 한철 솥이 필요하다니까 뚝딱 만들어 오지 않았습니까. 도깨비도 그런 일은 못 합니다."

"아니, 그건……. 잠깐."

뭐라 말을 하려던 현종이 순간적으로 움찔했다. 짧은 시간 동안 표정이 여러 번 변했다.
"한철 솥. 그래……. 그래! 한철 솥!"
현영은 영문을 모르겠다는 눈빛으로 현종을 바라보았다. 현종이 외쳤다.
"가서 청명이를 불러오거라! 지금 당장!"
"예!"
운검이 깜짝 놀라 방을 박차고 나갔다.

잠시 후, 청명이 묘한 표정으로 되물었다.
"새로운 무학이요?"
"그렇다."
안 그래도 청명 역시 슬슬 다음 검술이 필요하다고 생각하던 참이었다. 이런 말을 하는 걸로 보아 이들 역시 착실하게 다음 과정에 대해 고민을 했다는 뜻 아니겠는가?
'얘들도 생각이 없는 건 아니었네.'
마침 어떤 방식으로 이십사수매화검법을 전해 줘야 할지 골치가 아팠는데. 물론 그런 티를 내서는 안 되겠지만 말이다. 청명은 짐짓 영문을 모르겠다는 듯 물었다.
"그런데 왜 그걸 저한테 말하세요?"
"청명아. 너 곡괭이 하나 들고 여기저기 파 봐라. 혹시 아느냐? 뭐 하나 또…….."
현상이 말없이 현영의 입을 틀어막고 잡아끌었다.
"읍읍!"
그러더니 몸부림치는 그를 금세 제압해 버렸다. 청명은 아쉬움에 몰래 입맛을 다셨다.

"에이, 쉽게 풀릴 수 있었는데. 도움이 안 되네, 저 양반."

현종이 청명을 가만히 보며 입을 뗐다.

"그래서 말인데, 청명아. 너 말이다. 그 한철 솥……."

청명의 어깨가 움찔했다. 그 이야기가 여기서 왜 나오지? 설마……?

"그 한철 솥을 어떻게 만들었느냐?"

"예?"

청명은 일단 질문의 의도를 제대로 파악하지 못한 척 되물었다. 그리고 맹렬히 머리를 굴렸다. 이걸 어떻게…….

"잘라 구부린 것 아니더냐?"

"아……. 네, 그렇죠!"

청명이 격하게 고개를 끄덕였다. 한철을 어디서 구했냐는 말이 나왔으면 한 편의 대서사시를 쓸 뻔했는데 그나마 방향이 이쪽이라 다행이었다.

"그럼 네가 한철을 자를 수 있다는 말 아니냐."

"하하하하. 뭐 이제 와 새삼 그런 말씀을 하십니까! 저 청명입니다! 청명!"

이제는 굳이 무위를 숨길 생각도 없는 청명이었다. 어차피 당가주와 비무를 하고, 당외를 때려잡고, 묵린혈망까지 혼쭐을 내 주었다는 보고가 다 들어갔는데, 이제 와 겸양을 떨어 뭐 하겠는가? 차라리 즐기…….

"그렇지! 그래, 한철! 만년한철을 자를 수 있다 이 말이렷다!"

화색을 띤 현종을 보며 청명이 고개를 갸웃했다. 뭔 말을 하려고 저러는지 알 수가 없었다.

그때 현종이 희희낙락하며 말을 꺼냈다.

"내가 그동안은 너희에게 비밀로 하고 있었지만, 화산에는 전대의 장문인들이 대대로 써 온 비고가 있다."

"예?"

"그런 곳이 있었습니까?"

"하나 아쉽게도 그 문을 여는 방법이 실전된 상태다. 게다가 문은 물론이고 창고 전체가 만년한철로 만들어져 지금까지는 손을 댈 수가 없었다."

"그런 일이⋯⋯!"

모두의 얼굴에 기대감이 어렸다. 지금 현종이 하는 말이 무엇을 의미하는지 알기 때문이었다. 대대로 장문인이 쓰던 창고라면, 문파의 중요한 물품을 모아 두었을 것. 그렇다면 이십사수매화검법은 물론이고 화산 고유의 상승무학의 사본이 있을 확률이 높다!

"그럼 거길 열면 되겠군요!"

"그래! 청명이가 한철을 자를 수 있다고 했으니까!"

모두의 시선이 청명에게 모였다. 하지만 의외로 그들의 눈에 보인 건 사색이 되어 버린 청명의 얼굴이었다.

"자, 장문인의 그⋯⋯ 장문인의 창고요?"

"그래!"

"거, 거길 열고 들어간다고요?"

"자르고 들어가는 거지. 네가 한철을 자를 수 있으니까!"

"하하⋯⋯ 하. 진짜 좋은 방법이네요. 거참, 그거⋯⋯."

얼굴이 허옇게 뜬 청명이 눈을 뒤룩뒤룩 굴렸다. 어⋯⋯. 이러면 안 되는데? 내가 그거 바닥 잘라서 솥으로 썼는데⋯⋯. 그러다 이내 흐뭇하게 웃었다.

'망했다.'

장문사형! 살려 줍쇼!

잠시 후.

"안 된다고?"

"……."

"분명 네 입으로 한철을 자를 수 있다고 하지 않았느냐. 그런데 안 된다니?"

싸늘하다. 가슴에 비수가 날아와 꽂힌다. 하지만 걱정하지 마라. 혀는 눈보다 빠르니까.

"그, 그렇죠."

"그게 무슨 말이더냐? 자를 수 있다는 게냐, 없다는 게냐?"

"자, 자를 수 있죠."

"으음?"

현상이 고개를 갸웃하며 눈살을 찌푸렸다.

"좀 확실하게 말해 보거라. 왜……."

그 순간 현영이 버럭 소리를 질렀다.

"왜 우리 애 기를 죽이고 그럽니까!"

"……내, 내가 언제?"

"애 경기 일으키니까 입 다물고 계십시오!"

현영이 혀를 두어 번 차더니 고개를 청명에게로 돌렸다. 짜증만 한가득하던 얼굴이 순식간에 화사하게 피어나는 과정을 보자니 어쩐지 소름이 돋는 청명이었다.

"그래, 청명아. 이유가 있겠지?"

"그, 그렇죠?"

"그럼 그 이유부터 들어 보자꾸나."

아아, 현영 장로의 뒤에서 후광이 비치는 것 같다. 이것이야말로 진정한 도인의…… 응? 후광은 불교라고? ……아무튼. 청명이 목을 가다듬었다.

"크흠. 아, 물론 한철은 자를 수 있죠. 당연히 자를 수 있죠. 그러니 제가 솥을 만들었죠. 그런데 그 솥을 만들면서 워낙 고생했더니 원기가 크게 상했거든요."

현영이 눈을 크게 떴다.

"그럼 내상이라도 입었단 말이더냐?"

"어, 그게…… 자소단 만들면서도 내력을 워낙 쏟아부었다 보니……."

"그렇지, 그렇지! 무리했구나!"

"네! 바로 그렇죠!"

청명이 한숨을 내쉬었다. 하지만 그 순간 현영이 이상하다는 듯이 다시 한번 고개를 갸웃했다.

"그런데…… 원기가 상했다면 왜 자소단을 먹지 않았느냐?"

……거 예리하시네.

"아, 저는 아직 안 먹었어요."

"그럼 얼른 자소단을 먹고 회복하거라. 뭐가 문제더냐."

"어……. 그게……."

청명이 눈알을 뒤룩뒤룩 굴렸다. 일단 무슨 말이든 해서 이 상황을 빠져나가고 보자!

"이번에 자소단을 복용하면 또 한 단계 나아갈 수 있을 것 같아서 좀 더 몸을 정양하고 조심히 복용하려고요."

"오오!"

"또 나아가다니! 세상에!"

감탄하지 마! 그런 거 없어! 청명의 이마에 삐질삐질 땀이 돋아난다. 아니, 상황이 왜 이런 식으로 풀리냐고! 세상에……. 내가 내 무덤을 팠구나.

이 대화를 모두 듣고 있던 현종이 상황을 말끔히 정리했다.

"그럼 정양에 든 후에 자소단을 복용해 내상을 회복해야 한철을 자를 수 있다는 말이구나."

"예. 정확합니다, 장문인."

"그럼 정양에 며칠이나 걸리겠느냐?"

"어……. 그게, 한 칠 주야 정도는 필요할 것 같습니다."

"그렇게나?"

청명이 단전께를 움켜잡았다.

"제가 말은 안 했는데…… 이게 정말 내상이 극심하여……."

청명이 아프다는 듯 인상을 쓰자 현영이 곧바로 눈알을 까뒤집으며 게거품을 물었다.

"이 녀석! 내상을 입었으면 바로 말을 했어야지! 나는 그런 줄도 모르고 좋아만 하고 있었구나! 어디더냐? 많이 아프냐?"

어? 그렇게 심각하게 나오면 안 되는데? 그런데 심지어 현영만 그런 것이 아니었다. 현종과 현상 역시 더없이 심각한 표정으로 바라봐 오고 있었다.

"청명아. 네 몸을 돌보지 않고는 그 어떤 일도 의미가 없단다."

"……예, 장문인."

"내가 말한 것은 잊고 어서 돌아가 정양에 들거라. 시간은 얼마든지 걸려도 좋다. 괜히 내상을 입은 상태에서 기를 끌어 올리다가는 정말 큰일이 날 수도 있다. 다른 장로들도 앞으로 괜한 말을 하여 청명에게 부담을 주는 일 없도록 하거라!"

"예, 장문인!"

어……. 괜히 심각해진 분위기를 보며 청명이 어색하게 웃었다.

'진짜 엿 됐는데? 이거 어떡하지?'

"저기 오는 것 같은데요?"

조걸이 백매관으로 달려오는 청명을 보며 피식 웃었다.

"또 무슨 일을 벌이는 건지."

"물어보면 되겠죠."

입구를 반쯤 막아선 조걸이 일직선으로 달려오는 청명을 향해 손을 살짝 들었다.

"청명아. 장문인께서……."

"비켜!"

"아아아아아아아아아악!"

청명이 입구를 막고 있는 조걸을 저 멀리 휙 던져 버리고는 백매관 안으로 튀어 들어갔다. 그 광경을 보고 있던 윤종의 눈가가 살짝 떨렸다.

'뭔 일이지? 저놈이 저리 다급해하는 건 오랜만에 보는 것 같은데.'

멀리 날아간 조걸에는 전혀 안중에도 없고, 저렇게나 급박하게 구는 청명에게서만 불안함을 느끼는 윤종이었다.

이윽고, 쿵쿵 거친 발소리와 함께 청명이 다시 백매관 입구로 내려왔다. 윤종이 떨떠름한 눈빛으로 바라보았다.

"……청명아."

"응?"

"무슨 죄를 지었느냐. 이러지 말고 다시 생각해 보거라. 내가 함께 빌어 주마."

그도 그럴 게, 커다란 봇짐을 짊어지고 나온 꼴이 딱 야반도주를 하는 모습이었다. 물론 지금이 야밤은 아니지만 말이다.

"사형."

"그래. 어서 말해 보렴."

"나 며칠 내려갔다 올게."

"……어딜?"

"화음에서 한동안 몸 관리 좀 할 테니까 찾지 마! 찾아오지도 말고! 찾아오면 죽어!"

청명아, 잘 생각해 보려무나. 정신이 나간 놈이 아니고서야 굳이 너를 찾으려 들지 않는단다.

"장문인께 말씀은 드렸니?"

"응!"

"그래. 그럼 잘 다녀오렴."

이왕이면 안 와도 좋고. 꼭 생각해 봐라, 청명아. 화산 밖이 더 행복할 수도 있잖니.

"그럼 간다!"

"……어, 그래."

청명이 두말없이 달려 나갔다. 산문으로 향하는 뒷모습을 보며 운종이 안타까운 표정을 지었다. 청명이 며칠 떠나 있다는 사실만으로도 화산에는 봄이 오겠지. 하나, 화산에 봄이 온다는 말인즉…… 어딘가에는 겨울이 온다는 소리다.

윤종은 지그시 눈을 감았다. 그리고 겨울을 맞을 이들에게 애도를 표했다.

• ❖ •

은하상단 화음 지부. 난데없이 쾅! 하고 굉음이 울렸다.
"웬……."
'웬 놈이냐?' 하고 당당하게 외치고 싶었건만, 안타깝게도 황종의의 바람은 이뤄지지 못했다. 이유는 아주 간단했다.
'도장이 거기서 왜 나오시오?'
문을 부숴 버릴 듯 걷어차고 들어온 이가 잘 아는 인물이었기 때문이다. 과거에는 그가 소도장이라 부르던 인물. 하지만 이제 더는 그렇게 부를 수 없는 사람이 되어 버린 청명이었다.
"화산신룡 소협이 아니시오."
"이상한 별호 부르지 말고 그냥 청명이라고 해 주세요."
"……어찌 그럴 수 있겠소?"
황종의가 새삼스러운 눈빛으로 청명을 바라보았다. 청명을 만난 지는 불과 이 년밖에 되지 않았지만, 그사이 청명의 위상은 가히 어마어마할 정도로 높아졌다.
천하제일 후기지수. 화산의 신룡. 화산이 낳은 검의 귀재(鬼才).
사람들은 그 외에도 수많은 수식어로 청명을 일컫고 있었다. 어쩌면 청명의 달라진 위상을 가장 실감하지 못하는 이들은 당사자와 화산 사람들일지도 모른다. 화산의 영향력이 큰 이곳 화음에서도 이제는 청명의 이름이 화산 장문인인 현종보다 더 유명하니, 더 말해 무엇 하겠는가.

문제가 있다면, 명성에 비해 사람 자체는 조금도 달라진 게 없단 점이었다. 초지일관하다는 말은 보통 좋은 뜻으로 쓰이기 마련이지만, 그 초지일관과 청명이라는 두 글자가 만나면 서글픈 상승 작용을 만들어 낸다.

"그런데 대체 무슨 일로……?"

"방 하나 주세요."

"……방?"

청명이 고개를 끄덕였다.

"네. 할 일이 있는데 화산에서 하기는 좀 그래서요. 방 하나 주시고 아무도 접근시키지 말아 주세요."

"……어렵지 않은 일이지요."

일단 청명이 하자는 건 웬만하면 토를 달지 말고 그대로 진행하라는 황문약의 명이 있었다. 혹여 그 명이 없었다고 해도 황종의의 대답은 달라지지 않았을 것이다. 천하의 화산신룡이 방을 내어 달라는데 거절할 곳이 천하에 몇 곳이나 되겠는가? 저 소림이라도 일단 방부터 내어 주고 대책을 생각할 것이다. 다만 굳이 문제를 하나 찾는다면…….

"식사는 삼시 세 끼 때맞춰서 기름지고 영양가 높은 걸로 부탁드릴게요. 술은 최고급으로! 아, 밤에는 술 한 병 더 넣어 주셔도 괜찮아요. 아니, 두 병으로!"

……저 새끼가 도인이라는 점이겠지.

"그것만 있으면 되는 거요?"

"다른 건 제가 알아서 할 테니 밥이나 챙겨 주세요."

"으음. 일단 알겠소. 원하시는 대로 해 드리다."

"아…… 그리고!"

청명이 배시시 웃었다.

"급하게 내려오느라 돈을 안 가져왔는데 돈 좀 주세요."

……저 새끼가 도사다. 저 새끼가 도사야.

황종의의 안내를 받아 방을 차지하고 앉은 청명은 아무도 접근하지 말라고 거듭 신신당부한 뒤 문을 걸어 잠갔다. 그러고는 미리 준비해 온 빈 책자와 지필묵을 꺼내 들었다.

"끄으으응. 앓느니 죽어야지!"

끔찍한 상황이지만 거꾸로 생각하면 좋은 기회다. 장문인의 비고 안에서 이십사수매화검법이 발견되는 상황을 만들어 낼 수 있다면 그 누구도 의심하지 않을 것이다. 만년한철로 만들어진 비고를 뚫고 들어와 비급을 놓고 돌아가는 정신 나간 미친놈이 있을 거라고 누가 상상이나 하겠는가.

'그 미친놈이 여기 있다는 것만 문제지.'

청명이 앓는 소리를 내고는 쫘악 펼쳐진 책들을 바라보았다.

그냥 대충 비급을 던져 놓는 것 정도로는 안 된다. 아무리 은연중에 청명이 화산의 최고수로 인정받는다고 해도 신분 자체는 막내나 다름없다. 그런 청명이 이십사수매화검법을 가르치면 아무래도 모양새가 이상해진다. 그러니 비급만으로도 운검이나 현상이 웬만큼은 이해할 수 있도록 만드는 게 좋다. 그럼 그들의 가르침을 통해 자연히 모두가 이십사수매화검법을 전수받을 수 있을 테니까.

'하, 미치겠네. 걔들이 진짜 비급만 보고 이걸 이해할 수 있을까?'

왜 이십사수매화검법이 화산의 정화이자 화산의 대표 무공으로 불리겠는가?

비슷한 검문인 무당만 보더라도 태청검법(太淸劍法)은 물론이고, 양의검법(兩意劍法)이나 조양검(朝陽劍)등 수많은 상급 검법을 보유하고 있다.

하지만 화산은 오직 이십사수매화검법 하나로만 버텼다. 좋게 말하면 근성 있고, 나쁘게 말하면 무공도 한 우물만 파는, 융통성이라고는 찾아볼 수 없는 문파다.

사실 그 까닭은 단순하다. 그만큼이나 이십사수매화검법이 난해하기 때문이다. 약관에 들어 배우기 시작해도 불혹에 이르러서야 겨우 완성이 뭔지나 알게 되는 것이 바로 이십사수매화검법이다. 그 위 단계가 없는 게 아니라 평생 이십사수매화검법을 익히고도 다음 단계로 넘어갈 엄두를 못 내는 경우가 대부분이다.

그리고 청명에게는 바로 이 이십사수매화검법을 저들에게 올바로 전수할 의무가 있었다.

"비급으로는 안 돼."

아무리 생각해도 비급만으로는 안 된다. 비급만 던져 주고 이십사수매화검법을 익히라 하는 것은 장님에게 은자 하나를 쥐어 주고 해남도를 찍고 돌아오는 길에 당과 세 개도 챙겨 오라 말하는 것과 다름없다. 그러니 그가 지금 만들어야 할 것은 비급이 아니라 이십사수매화검법의 도해(圖解)였다.

한 초식당 한 권. 모두 스물네 권! 이걸 최대한 빨리 만들어 내야 한다.

"끄으으응."

청명이 머리를 벅벅 긁었다. 전생에는 붓을 잡는 일이 일 년에 한 번 있을까 말까 했는데, 이번 생에서는 벌써 몇 권을 써 대는지 모르겠다.

"그래도 해야 해!"

이왕 하는 것 완벽하게! 엊그제 입문한 당소소가 봐도 '아! 이게 이런 뜻이구나!' 하고 바로 이해할 수 있을 만큼 세세하게!

청명은 신중한 자세로 먹을 갈기 시작했다. 스윽, 스윽 소리가 귀를 울렸다.

"이왕 이렇게 된 거! 이 기회에 무고 다시 채운다!"

눈에 불꽃이 피어올랐다. 이십사수매화검법만이 아니다. 당장 기본을 익히는 게 중요했기에 화산에 전해 주지 못했던 무학들도 이 기회에 모조리 비고 안으로 쑤셔 박아야 한다. 이 기회를 놓치면 다시는 자연스레 무학을 넘겨줄 기회가 오지 않을지도 모르니까.

"후욱!"

짧게 호흡을 끊어 낸 그는 빈 서책을 펴 들고 가공할 속도로 여백을 채워 나가기 시작했다. 반듯한 자세로 끊임없이 글을 써 내리는 그의 눈이 몽롱하게 풀려 갔다.

이내 방 안에는 오직 그의 숨소리, 그리고 붓과 종이가 스치는 소리만이 작게 또 작게 울려 퍼졌다.

◆ ❖ ◆

"오늘도 방에서 나오지 않았다고?"

"예. 그렇습니다, 소단주님."

황종의의 눈이 가늘어졌다.

"식사는 어떻게 하고 있느냐?"

"차려 놓은 밥상을 문 앞에 두고 가라 하십니다. 다 먹은 상은 직접 내놓으시는 터라……."

그는 슬쩍 고개를 돌려 청명이 차고앉은 방을 바라보았다.

"대체 뭘 하시는 건지……."

"방에 들어갈 수가 없으니 도통 알 수가 없습니다."

문은 열릴 기미도 없이 굳게 닫혀 있었다. 그리고 청명은 사흘째 저 안에서 단 한 발짝도 나오지 않았다.

'청명 도장이면 이미 강호가 인정하는 고수이니 생리 현상쯤이야 쉽게 해결할 수 있다 치더라도……. 그래도 사람일진대 답답하지도 않단 말인가?'

뭔가 중요한 일을 하는 것 같아 슬그머니 가 보기도 뭐하다.

"그럼……."

무어라 말을 꺼내려는 그 순간이었다.

"아아아아아아아아아악! 미치겠네, 진짜!"

……황종의가 슬그머니 도로 입을 닫았다. 방 안에서 터져 나온 거대한 고함에도, 황종의는 조금도 놀라지 않았다. 그의 앞에서 대답을 하고 있는 상인도 그러려니 하는 모습이었다. 그도 그럴 것이…….

"저것도 사흘째구나."

"예, 소단주님. 삼 일 내내 저러고 계십니다."

"허어……. 거참."

황종의는 결국 고개를 내저었다. 천재는 괴팍하다고 하니, 청명쯤 되는 이가 괴팍한 것이야 얼마든지 이해할 수 있다. 그러나 막상 옆에서 그 괴이한 짓거리들을 지켜보고 있자면 황당함을 감추기 어려웠다.

"여하튼 식사에 소홀함이 없도록 하여라."

"예! 소단주님."

"……술도 잘 들여 드리고."

"예."

결국 어떠한 것도 알아내지 못하고 몸을 돌렸다. 범인인 그로서는 도무지 따라갈 수가 없었다. 하지만 확실한 건 하나 있었다. 저 청명 도장이 움직일 때마다 화산은 어마어마한 이득을 얻어 왔다. 아마 이번에도 그렇지 않을까?

"움직일 때마다 풍운을 몰고 다니니, 가히 용이라 할 만하구나."

"아아아아아아아악! 이게 왜 생각이 안 나냐고!"

청명이 제멋대로 나부끼는 종이 위를 데굴데굴 구르며 자신의 머리를 퍽퍽 후려쳤다. 그 한심한 꼴을 황종의가 보았다면 용 운운한 제 입을 후려치고 바닥에 침을 뱉었을 것이다. 그러나 정작 청명은 지금 자신의 꼴이 얼마나 추할지 생각할 만한 여유가 없었다.

"머리에 구멍이 뚫렸나!"

왜 구결이 생각이 안 나는가?

"끄으으응. 장문사형이 공부 좀 하라고 구박할 때 들을걸."

세상 사람들 절반쯤은 반드시 해 보는 후회를 다시 태어나서 하는 청명이었다.

하지만 이건 청명의 탓이라고 할 수 없다.

무공의 구결을 외우는 것은 절대 쉬운 일이 아니다. 더구나 상급 무학쯤 되면 그 구결만 해도 두꺼운 서책 한 권 분량을 넘어간다. 그 모든 구결을 완벽하게 기억한다는 건 불가능한 일이다. 사람의 능력으로 구결을 완벽히 기억할 수 있다면, 비급이라는 게 왜 필요하겠는가?

그러니 미칠 노릇이었다. 원래는 부족한 기억력을 비급으로 보완해야 하는데, 지금은 부족한 비급을 기억력으로 보완하는 상황이니 완전히 주객이 전도되어 있었다.

"아니! 이게 요렇게! 응? 요기서 요렇게!"

희한하지. 무학은 펼칠 수 있는데 구결을 모르겠다니. 완벽한 집을 지어 놓았지만, 설계도를 잃어버린 상황이다. 그러니 집을 요리조리 뜯어 가며 설계도를 다시 만들어야 한다.

"아니, 왜 생각이 안 나냐고! 이 새끼는 왜 이렇게 머리가 나빠! 전생의 나는 안 이랬는데!"

청명이 분을 못 이겨 제 머리를 퍽퍽 후려쳤다. 그러다 돌연 우뚝 멈추고 눈을 빛냈다.

"어? 생각났다!"

거참 희한하네. 때리면 머리가 나빠져야 하는데 왜 오히려 구결이 생각난단 말인가? 이러다가는 비급을 다 만들기도 전에 대가리가 깨질 상황이다.

"아오!"

일단 부리나케 책상으로 달려가 지필묵을 들었다. 떠올린 구결을 미친 듯이 휘갈겨 써 내려갔다.

"그래! 이거지!"

한번 막힌 곳이 뚫리면 지금까지 고민했던 것이 거짓말인 것처럼 술술 나왔다. 그러다가 다시 막히면, 스스로 구르고 때리고 발악한다. 이 짓거리만 벌써 사흘째였다. 덕분에 방 한구석에는 이미 완성된 비급들이 몇십 권이나 쌓여 있었다.

죽엽수(竹葉手), 태허장(太虛掌), 매화산수(梅花散手), 태을지(太乙指), 낙화보(落花步) 등등. 혹여나 화산에 없는 무학만 들어가 있으면 의심을 살까 싶어, 지금 화산에 있는 무학도 굳이 새로 써 냈다.

"됐다!"

청명이 완성한 비급을 번쩍 들어 올렸다.

『산매영(散梅影)』

그는 손에 든 서책을 비급 더미 위로 던져 버렸다. 그리고 새삼스러운 눈빛으로 그 무더기를 바라보았다. 그래. 화산의 무학은 이토록 다채롭고 다양했다.

'생각하니 소름 돋네.'

자신이 되살아나지 않았더라면 이 모든 무학이 실전되었을 거라고 생각하니 머리털이 쭈뼛 서는 느낌이었다.

"생각하니 열받네, 이 새끼들. 내가 이 원한을 잊을 것 같냐!"

쳐들어왔던 마교도 열받고, 그걸 도와주지 않은 구파일방 놈들도 열받는다.

나 청명이야, 이 새끼들아. 내가 지금까지는 바빠서 그냥 내버려뒀지만, 니들 내가 잊었다고 생각하지 마라. 하나하나 대가리 다 깨 줄 테니까. 부들부들 떨던 청명이 한숨을 푹 내쉬었다.

'이제 다른 건 대충 다 됐고.'

청명의 눈에 깔끔하게 쌓여 있는 스물네 권의 책자가 들어왔다.

"하……. 이게 문젠데."

이곳에 들어올 때만 해도 이십사수매화검법부터 시작하려고 했다. 하지만 모종의 이유로 이십사수매화검법은 가장 나중으로 미뤄졌다. 그리고 이젠 미루는 것도 한계다. 더는 도망칠 곳이 없다.

"어떻게 하지."

청명이 끙끙 앓으며 팔짱을 끼고 앉았다.

막혔냐고? 그럴 리가. 다른 무학은 모두 잊을 수 있지만 이십사수매화검법만은 아니다. 이 검은 화산의 근본이자 청명의 근본이었다. 앉은 자리에서 구결을 모조리 읊어 낼 수 있는 건 물론이고, 스물네 권의 도해를 모조리 그려 낼 수도 있다. 그럼에도 시작하지 못한 이유는 단 하나였다.

"뭘 줘야 하지?"

물론 줘야 할 건 이십사수매화검법이다. 문제는 청명이 아는 이십사수매화검법에는 두 가지가 있다는 것. 하나는 화산에 오랫동안 내려오던 이십사수매화검법의 기본형. 그리고 다른 하나는 청명이 만들어 낸, 변형된 이십사수매화검법이다.

이건 딱히 특이한 일도 아니었다. 상승에 오른 검수는 기존의 검법을 재해석하여 자신에게 가장 맞는 방향을 찾아낸다. 청명은 이미 불혹에 이르기 전부터 이십사수매화검법을 변형했고, 마교와의 전쟁에서 스스로의 검을 거의 완성했다. 조금 더 실전적이고 조금 더 과격한, 매화검존 청명이라는 사람에게 가장 잘 맞는 형태로 말이다.

청명이 머리를 벅벅 긁었다.

"끄으응……. 아무리 생각해도 지금 화산에는 내 이십사수매화검법이 잘 맞아."

우선 그가 가르치기가 편하다. 그리고 배우는 속도가 기본형보다는 훨씬 빠르다. 무엇보다, 실전적이기에 타 문파를 상대할 때 훨씬 큰 효과를 낼 수 있다. 빠르고 효율적이다. 청명의 성정대로 말이다. 당장 화산이 성과를 내기 위해서는 이보다 더 잘 맞는 검법이 없다.

그럼에도 고민할 수밖에 없었다. 왜냐면 변형된 이십사수매화검법을 전수하는 것은 화산의 근간을 뒤흔드는 일이기 때문이다. 다른 검법이라면 고민도 하지 않는다. 무조건 그가 옳다고 생각하는 쪽을 전수했을 것이다. 하지만 이십사수매화검법만은 아니다. 이걸 바꿔 버리면 더 이상 화산이 화산이 아니게 될 것 같은 느낌이 든다.

도문에서 검법이란 단순히 적을 격살하기 위한 도구가 아니다. 물론 검으로 도를 닦느니 어쩌니 하는 헛소리를 늘어놓을 생각까지는 없지만…….

'정기는 담겨 있단 말이지.'

화산의 검이 추구하는 개화(開花). 그 정신을 가장 완벽하게 구현한 검술이 이십사수매화검법이다. 어설프게 이십사수매화검법을 변형한다면 화산의 검이 가진 정기마저 흐려질지 모른다.

피가 나기 직전까지 머리를 벅벅 긁어 대던 청명이 이내 손을 툭 떨구고는 한숨을 푹 내쉬었다.

"어떻게 하지."

근본을 따를 것인가. 아니면 새로이 나아갈 것인가. 고민 끝에 그대로 벌렁 드러누웠다.

"사형. 장문사형. 뭐 어떻게 하는 게 나을 것 같수?"

허공에 대고 질문을 던지자, 청문의 목소리가 아련하게 들려오는 것 같다.

- 뭘 쓸데없는 걸 고민하고 그러느냐. 너답지 않게.

"내가 사형이 있었으면 고민도 안 하우. 나 혼자 하니까 고민을 하는 거 아니오! 나중에 잔소리 들을까 봐!"

나쁜 양반들.

이왕이면 같이 와서 도와줄 것이지. 사람 혼자 보내서 다 하게 만들고. 어휴.

- 뭐가 고민이더냐?

"선조들이 내려 준 검술을 변형하는 게 맞는가 싶수다."

– 둘 다 주면 되지 않느냐.

"뻔히 알면서 뭔 그런 소리를 하쇼. 둘을 주면 둘 사이에서 우왕좌왕하겠지. 백 년쯤 흐르면 어느 걸 익혀야 하는가로 파벌이 나뉠 거요."

사람이란 게 다 그런 거니까. 청명은 물론 지금 화산의 제자들을 믿는다. 하지만 그가 죽고 난 뒤에 입문할 제자들은 청명이 통제할 수 없다. 그들마저 모두 이끌어 내려면 검을 둘로 나누는 건 좋지 않은 방법이다.

– 그럼 뭐가 고민이라고.

"아, 진짜! 선조들이……."

– 네가 선조 아니냐.

청명이 고개를 갸웃했다. 뭔 소리지?

– 선조가 따로 있느냐? 먼저 들어 먼저 배우면 선조지. 저들에게는 네가 선조 아니더냐.

……어라? 잠깐만. 그게 그렇게 되나?

– 고민할 것 없다. 너의 뜻이 선조의 뜻이고, 너의 의지가 선조의 의지다. 아니, 너의 뜻이 화산의 뜻이고, 너의 의지가 화산의 의지다. 그저 네가 원하는 대로 행하거라.

"아니, 그래도……."

– 그게 도 아니더냐.

청명이 눈을 찌푸렸다.

"진짜 괜찮은 거죠?"

– 세상은 흐르고 흐른다. 바뀌고 변화하고 또 흘러가는 것이 세상이다. 그리고…….

청문이 부드럽게 웃는 것 같다.

─ 지금의 화산에는 네가 흐르고 있지 않으냐. 네 안에 화산이 흐르듯이 화산에는 네가 흐른다. 원대로 행하거라. 그게 가장 자연스러운 화산이니라.

이윽고 목소리가 멀어져 간다. 청명이 자리에서 벌떡 일어나 붓을 잡았다.

어차피 저 목소리가 진짜 청문의 목소리가 아니라는 건 청명도 알고 있다. 그의 본심이 청문의 이름으로 하는 말이다.

"그래, 말은 맞는 말이지. 내가 선조지! 선조가 따로 있나!"

물론 나중에 선계에 올라가면 개파조사님한테 질질 끌려가서 회초리를 맞을지도 모르겠지만…….

"선계 안 가면 그만이지!"

마침내 청명은 눈에 불을 켜고 빈 책을 펼쳐 들었다.

이곳에 그의 심득을 남긴다. 화산의 검이자 청명의 검. 이는 동시에 그의 무학을 다시 한번 정립하는 기회가 될 것이다. 그의 눈빛이 깊게 가라앉았다.

청명은 자신의 앞에 쌓인 책자들을 가만히 바라보았다.

'시간이 얼마나 흘렀지?'

글쎄. 잘 모르겠다. 이십사수매화검법을 집필하면서부터는 시간을 거의 잊었으니까. 그는 제 앞에 쌓인 비급들을 보며 입맛을 다셨다.

완벽하게 만족스러운 건 아니지만, 이 정도면 됐다. 부족한 부분은 후대들이 완성해 갈 것이다. 완벽하다고 생각했던 무학을 다시 진전시키고, 없었던 허점을 찾아내 보완하고, 그러면서 발전해 나아가는 것 아니겠는가. 모든 것을 완벽하게 만들어 낸다는 게 꼭 좋은 일만은 아니다.

그러니 미련은 두지 말자. 그보다…….

"이거 어떻게 가져가지?"

이만한 거 싸 들고 가면 분명히 이상하게 보일 텐데……. 역시 그 방법밖에 없나?

잠시간의 고민을 마친 청명이 자리에서 일어났다.

                    · ❖ ·

황종의가 느리게 걸음을 옮겼다. 달도 그믐이라 어둡기 짝이 없었지만, 잠자리에 들기 전 이렇게 화음 지부를 한 바퀴 도는 것은 그의 오랜 습관이었다.

'화음 지부도 정말 많이 커졌구나.'

본래는 조금 무리한 일이 아닌가 생각했지만, 이제는 화음 지부를 만든 아버지의 선견지명에 찬탄하게 되었다. 게다가 이번에 화산에서 벌이는 차 무역에 참여할 수 있게 된다면 화음 지부가 오히려 은하상단 본단보다 더 커질 수도 있다.

'그러니 화산과의 관계……. 응?'

생각에 잠겨 있던 황종의가 눈을 휘둥그레 떴다. 칠 주야 동안 굳게 닫혀 있던 청명의 방문이 마침내 천천히 열리는 걸 본 것이다.

"아, 드디……. 어?"

반가움에 살짝 펴졌던 그의 표정이 무시무시하게 굳어졌다. 열린 문으로 누군가 터덜터덜 걸어 나온다. 검은 야행복 차림에, 얼굴을 가린 검은 두건. 그리고 등 뒤에 맨 커다란 봇짐……. 누가 봐도 영락없이 도둑 아닌가. 하지만 저기서 도둑이 나올 순 없다. 도둑이 아니라 도둑 할아비가

와도 살아남을 수 없는 곳인데.

어안이 벙벙하여 소리를 질러야 하나 고민하는 찰나, 그를 발견한 도둑이 손을 흔들었다.

"오랜만에 뵙네요."

"서, 설마…… 처, 청명 도장?"

"네."

"그, 그 복장은 뭡니까?"

청명이 슬쩍 제 옷을 내려다보더니 별것 아니라는 듯 손을 저었다.

"아, 신경 쓰지 마세요. 그보다 저 잠깐 다녀올게요."

어딜? 야, 이 미친놈아! 그렇게 입고 대체 어딜 가는데?

"어, 어딜 간단 말이오. 이 야심한 밤에?"

"화산에 잠깐 들렀다 올 테니 신경 쓰지 마세요. 아, 맞다. 아침밥은 넣어 주세요. 그 전에 올 거니까. 그럼!"

청명이 해맑게 손을 흔들고는 몸을 날렸다. 그의 몸이 화산을 향해 일직선으로 쏘아진 뒤, 황종의는 빙그레 미소를 지었다.

잊자. 그냥 꿈이라고 생각하자. 그게 정신 건강에 이로울 것 같다.

……저 미친놈.

◆ ◈ ◆

"후우."

의약당 정리를 마친 운각이 긴 한숨을 내쉬며 소매로 이마를 훔쳤다. 내내 북적대던 곳이 한산해지니, 이제는 허전하다 못해 다소 을씨년스럽기까지 했다.

'굉장했지.'

그가 의약당에 들어온 이래 가장 큰 태풍이 휩쓸고 지나간 자리였다. 모든 의약당원은 물론이고, 장로들과 청명까지 한마음이 되어 자소단을 만들어 냈다. 영원히 사라지지 않을 커다란 업적을 그의 대에 이뤄 냈다는 생각에 수시로 마음이 뿌듯했다.

하지만 결과가 좋게 나와 더없이 기쁜 것과는 별개로, 꽉 차올랐던 열기가 훅 빠져 버리니 허탈함이 밀려들기도 했다.

'꿈 같구나. 저기 있는 한철 솥이 아니었다면, 이 모든 일이 꿈이라고 여겼을지도……'

운각이 살짝 고개를 갸웃했다. 허허허. 정말 꿈이었나. 한철 솥이 안 보이……. 멍하니 생각하던 그가 이내 눈을 화등잔만 하게 치떴다. 식은땀이 폭포수처럼 쏟아지기 시작했다.

"하, 하, 한철 솥 어디 갔어!"

사색이 된 운각이 기겁하며 전각 밖으로 뛰쳐나갔다.

"도둑이야아아아아아아아!"

◆ ❖ ◆

"내가!"

까아아아앙!

"이 짓을!"

까아아아앙!

"대체 몇 번이나 해야 하는 거냐고!"

까아아아앙!

청명이 부들부들 떨며 한철 솥을 후려쳤다. 절로 앓는 소리가 나왔다. 이게 사람이 할 짓인가? 판 데 또 파고, 그거 메꾸고 다시 파고. 잘라 낸 거 구부리고, 그거 다시 펴서 붙이고. 똥개도 이렇게 훈련을 시키면 부아가 치밀어 주인을 문다. 사람인 청명이야 오죽하겠는가. 그런데 심지어 청명은 물 주인도 없다.

"끄으으으으응."

한숨을 푹푹 내쉬며 한철 솥을 후려쳤다. 일단 가져온 비급은 모조리 안에 넣어 뒀으니, 이제 이 솥만 펴서 붙이면 된다.

"아이고, 내 팔자야."

이 일로 화산이 다시 한 발……. 아니, 두세 발 나아가게 된 것은 좋은 일이지만, 그 과정에서 해야 할 일이 너무 많다. 일단 이놈의 솥!

"빌어먹게 단단하네! 진짜!"

검으로 자르고 벨 때는 그깟 만년한철이었지만, 주먹질로 도로 펴려 드니 한 세월이다.

"끄응. 끝났다."

몇 번이나 깡깡 소리를 내 가며 부득부득 기어코 솥을 다 편 청명은 한숨을 내쉬었다. 동그랗게 뚫린 구멍에, 이제는 둥근 철판이 되어 버린 솥을 가져다 대니 얼추 맞아떨어진다. 물론 이제부터 시작이지만.

"내가 무슨 부귀영화를 누리자고."

철판이 맞닿은 곳에 손을 가져다 댔다.

파아아아아앗!

이윽고 청명의 손에서 어마어마한 열기가 뿜어져 나왔다. 단단하기가 이루 말할 데 없는 만년한철의 끝부분이 조금씩 녹으며 흐물흐물해졌다. 청명은 열심히 그 부분을 문질러 이어 붙였다.

"아이고, 허리야."

만년한철을 녹일 만한 삼매진화를 뿜어낸다는 건 청명에게도 절대 쉬운 일이 아니었다. 삼매진화를 피우는 건 그리 어렵지 않은 일이지만, 이 한철을 모두 붙일 동안 유지하는 건 별개의 문제다.

"내가 이렇게까지 한다, 이 망할 후손 놈들아!"

물론 한철을 이렇게 잘라 낸 건 다름 아닌 그였지만…… 그런 사소한 건 그냥 넘기기로 했다.

"끄으으으으으읏차!"

눈빛이 불타오르는 만큼 손에서 피어난 불길도 화르륵 커졌다.

"빌어먹을 화산! 내가 꼭 천하제일문파로 만든다!"

아니면 이 억울함을 풀 데가 없다.

"푸아아아앗!"

파 둔 곳을 다시 메꾸고 마침내 땅 위로 기어오른 청명이 희번덕거리는 눈으로 주변을 둘러보았다. 영 부아가 치밀었다.

"이것들이 나는 이 개고생을 하고 있는데 태평하게 잠이나 처……."

응? 안 자네? 청명이 고개를 갸웃하며 흙을 털었다. 화산 이곳저곳에서 다급한 기척이 느껴졌다. 그가 이곳에 들어올 때만 해도 모두가 자고 있었는데 왜 갑자기…….

"주변부터 샅샅이 훑어라!"

"산 아래는 이미 장로님들이 뒤지고 있으니 우린 여길 살피면 된다. 혹시 도둑놈이 숨어 있을지도 모르니 확실하게 살펴라! 확실하게!"

멀리서 들려오는 목소리에 상황을 파악한 청명이 피식 웃었다. 예상했던 것보다 빨리 알아챘다. 하긴, 솥이 없어졌으니 난리가 날 만도 하다.

그게 어디 보통 솥인가? 같은 양의 황금과도 바꾸지 않는다는 만년한철로 만든 솥이다. 다음에도 자소단을 만들어야 하니 팔아먹지 못해서 그냥 뒀지만, 그걸 팔…….

"아니! 씨!"

순간 뭔가를 깨달은 청명이 사색이 되어 경기를 일으켰다. 그럼 다음에 자소단을 만들려면 이 짓을 다시 해야 한단 말인가?

"차라리 날 죽여라, 이것들아!"

내가 왜 그 생각을 못 했을까. 빌어먹을! 머리를 쥐어뜯으며 발악하던 청명이 한숨을 푹푹 내쉬었다. 힘없이 몸을 돌리는 수밖에 없었다. 뭘 어쩌겠는가? 상황이 이미 이리되어 버린 것을. 미리 알았다고 다른 수가 있는 것도 아니고.

"……못 해 먹겠네."

터덜터덜 화산을 빠져나가기 시작했다. 어쨌건 할 건 다 했으니 내일 아침쯤 다시 올라올 생각이었다. 그래도 어째 이 밤에 잠도 못 자고 도둑 잡느라 난리인 꼴을 보니 마음이 좀 풀리는 듯했다.

'내가 이 개고생을 하는데 너희도 같이 고생은 해야지.'

느긋하게 걸음을 옮긴 청명이 막 화산의 담을 넘으려던 바로 그때였다.

"웬 놈이냐!"

뒤에서 들려온 목소리에 청명이 획 돌아보았다.

'오, 내 기척을 찾았어? 누군지는 몰라도 칭찬을 해 줘야……. 응?'

하지만 달빛 아래 드러난 이의 얼굴을 본 그는 놀라움에 눈을 치켜떴다.

'백상 사숙?'

실로 감탄하지 않을 수 없다. 과거의 백상이었다면 청명이 눈앞에서 걸어가도 그 기척을 알아채지 못했을 것이다. 그런데 자소단을 복용한 덕인지, 신경도 쓰지 않았던 백상이 무려 청명의 기척을 감지한 것이다.

"호오. 나를 찾아낸 건 칭찬……."

"여기다! 여기! 여기에 도둑놈이 있다!"

……아니, 거 새끼 성격 더럽게 급하네. 야, 인마! 어? 이런 데서 이리 맞닥뜨리면 서로, 어? 분위기도 좀 잡고, 어? 하, 이래서 요즘 것들은 안 돼. 나 때는 낭만이 있었는데! 낭만이!

하지만 낭만이고 나발이고, 백상이 소리친 순간 화산 곳곳에서 검을 뽑아 든 제자들이 개떼처럼 달려오기 시작했다. 그러더니 삽시간에 청명을 빙 둘러쌌다.

"오? 반응도 빠르고, 기세도 흉흉하고."

뭔가 알 수 없는 뿌듯함이 느껴졌다.

'크으. 내가 이것들을 여기까지 키웠구나.'

이제는 청명 없이 이들만으로도 웬만한 문파는 찜 쪄 먹을 기세다. 당장 종남 새끼들이랑 다시 붙여 놓으면 바닥에 쓰러뜨려 놓고 올라타 후려 깔 수 있지 않을까? 청명은 만감이 교차하는 표정으로 화산의 제자들을 바라보다가 살짝 목을 가다듬었다. 그래. 이쯤에서 자신감을 충전해 주는 것도 나쁘지 않지.

"흠. 화산의 제자들의 기세가 내가 예상한……."

"뭐래, 저 도둑놈 새끼가?"

"아가리 털죠? 도둑 새끼가 아가리 털죠?"

"지금 이 상황이 장난인 줄 아나? 대가리가 처맞고 퉁퉁 부어서 머리에 매화 하나 꽂아 봐야 정신 차리지!"

……어……. 너희 그……. 어……. 하하하하.

장문사형. 사형이 저한테 왜 주둥아리 좀 다물고 다니라고 했는지 알 것 같습니다. 이건 뭐 흑도 파락호 놈들도 아니고.

내가 하면 신나는데 남이 하면 빡친다. 청명이 살짝 솟아오르는 노기를 꾹 내리눌렀다.

"아니, 나는……."

"팔 자를까?"

"그럼 도망가잖아. 다리. 다리 하나 자르자."

"칼 갈아 놨는데 잘됐네. 이 새끼가 화산이 어딘 줄 알고. 지금 여기에 청명이가 있었으면 살아도 산 게 아니야, 이 새끼야. 운 좋은 줄 알아."

……저건 나를 칭찬하는 건가, 아니면 욕하는 건가. 청명이 나직하게 헛기침했다.

"오늘은 본인이 상황이 좋지 않으니 그만 물러나겠다. 화산의 제자들은……."

"아니, 저 새끼가 지금 장난치나?"

"냅둬. 개처럼 처맞으면 정신 차리겠지."

"야야. 이리 와 봐. 이리 와 봐. 울지 말고 이리 와 봐."

아니, 근데 이 새끼들이?

청명의 이마에 핏대가 솟았다. 이 새끼들이 내가 누군지 알……. 아, 알면 안 되지. 여하튼 어디 내 앞에서?

"……좋게 말할 때 놔줘라. 뒈지기 싫으면."

"참나. 우리가 뒈진단다, 애들아."

"쯧쯧쯧. 저쯤 되면 정신에 문제가 있는 것 같은데?"

"불쌍한 사람 괴롭히지 말고 빨리 때려잡아라."

청명이 우드득 소리가 나도록 주먹을 꽉 쥐었다.

아아, 나의 탓이로다. 내가 이 새끼들에게 겸손을 가르치지 못했구나. 가히 바쁜 상황이지만, 후인들에 대한 가르침을 게을리해서야 어찌 선인이라 할 수 있겠는가.

목도 우드득 소리 내며 살벌하게 꺾었다.

'바쁘지만, 대가리 한 방씩은 날려 주고 갈 수 있지. 그럼 좀 더 겸손해지겠지?'

"그래. 그러니까 붙어 보자 이거지?"

"뭘 붙어, 인마. 넌 뒈졌어."

청명이 눈을 까뒤집었다.

"하……. 하하. 그래. 누구 하난 뒈지겠지."

그게 나는 아니겠지만! 청명이 막 벼락처럼 달려들려던 순간이었다. 뒤쪽에서 근엄한 목소리가 들려왔다.

"비켜 봐라."

모두가 일순 행동을 멈추고 돌아보았다.

"사숙이다!"

"백천 사형! 사형께서 오셨다!"

마치 싸우던 와중에 아빠를 발견한 아이들 같았다. 그러더니 돌연 청명에게 안쓰러운 눈빛을 보냈다.

청명은 새삼 깨달았다. 아, 이게 이런 기분이구나. 보통 저 안쓰러운 눈빛은 이쪽이 아니라 저쪽으로 갔는데. 백천 사숙, 고생이 많았네. 오늘은 내가 살살 해 줄게.

백천은 조걸과 윤종, 그리고 유이설을 이끌고 천천히 앞으로 나섰다. 그리고 눈을 반개한 채로 느긋하게 입을 열었다.

"감히 이 야밤에 청정도량을 어지럽히다니. 화산은 외인이 함부……함부로……."

백천이 말을 하다 말고 고개를 갸웃했다. 뭔가 위화감이 들어서였다. 분명 도둑이 맞는데, 저 검은 야행복에 검은 복면……. 그의 눈이 점점 커졌다.

"저, 저……. 저거?"

저거 어디서 너무 많이 본 놈인데, 저거?

아니! 저 미친 새끼가! 이제 하다못해 화산을 터네? 진짜 돌았나?

한눈에 청명의 정체를 알아본 백천이 기겁하며 뒤로 두 발 훌쩍 물러났다.

"사숙? 아니, 갑자기 왜……. 뭐, 뭐야, 저 새끼!"

덩달아 알아본 조걸이 기겁하며 뭔가 말하려 하자 운종이 눈치 빠르게 그의 입을 틀어막았다.

"사람 아님. 저거 진짜 사람 아님."

유이설의 나직한 목소리가 그들의 심정을 대변해 주고 있었다.

'아니, 저 새끼가 왜 저기에 있어?'

'진짜 미친 거 아냐? 며칠 안 보여서 평온하다 싶었더니. 뭔 생각으로 저러고 나타나?'

'저 새끼가 도둑인가?'

……그럼 훔쳐 가라 그래야지. 그게 싸게 먹힌다. 저 새끼랑 붙어 싸우느니 그냥 다 내주고 제발 좋은 데 써 주기를 비는 게 낫다.

백천이 눈을 뒤룩뒤룩 굴렸다. 그들이야 저 모습에 익숙하지만, 아무래도 다른 제자들은 아직 청명의 정체를 눈치채지 못한 듯싶었다.

'왜 안 가고 있어, 이 새끼야!'

청명의 능력이라면 여기서 빠져나가는 건 일도 아니다. 그런데 왜 저러고 버틴단 말인가.

빌어먹을, 원시천존이시여! 적당히 좀 하십시다! 적당히 좀! 이런 상황에서 저보고 뭘 어쩌라는 말입니까! 고뇌에 빠져 있던 백천이 재빨리 안색을 고쳤다.

"그…… 어. 그…… 도둑놈……. 아니, 도둑 분. 아, 씨바 못 해 먹겠네."

"예? 사형……?"

"아, 아니……."

당황하는 다른 제자들의 시선 따위가 중요한 게 아니다. 백천은 필사적으로 청명에게 눈짓을 보냈다.

'가!'

'응?'

'가라고, 이 새끼야! 빨리 가!'

'뭐라고?'

망했다. 눈빛이 통하지 않는다. 백천이 지옥 불에 떨어진 듯한 절망에 신음할 때, 윤종이 재빠르게 곁에 다가와 붙었다.

'어떻게 합니까?'

'난들 뭐 수가 있냐고! 저 새끼 왜 저러고 있는 거야?'

'저 새끼가 미친 짓 하는 게 어디 하루 이틀 일입니까. 일단은 상황을 만들어 봅시다.'

윤종이 재빠르게 계산을 마쳤다. 지금 제일 좋은 해결책은 적당히 청명이 빠져나갈 구실을 만들어 주는 것이다.

"내가 상대하마!"

윤종이 검을 세차게 뽑았다.

'싸우는 척하다 달아날 수 있게 적당히 크게 칼 한번 휘둘러 주면 된다.'

눈치 없는 놈이 아니니 알아서 달아날 것이다. 결심을 굳힌 윤종이 지체 없이 달려들었다.

"타아아아앗! 각오해라, 처……. 아니! 이 흉수 놈!"

그렇게 달려들면서도 그는 열심히 청명에게 눈짓했다.

'자, 청명아. 내가 칼을 휘두르면 그걸 맞으면서 최대한 멀리 몸을 날려…….'

하지만 안타깝게도 그의 눈빛은 청명에게 닿지 못했다. 갑자기 얼굴로 무언가가 가까워져 왔다. 그러더니 세상을 시커멓게 물들이며 점차 커졌다. 그게 코앞까지 날아온 청명의 주먹이라는 걸 깨달은 윤종은 그 찰나의 순간, 흐뭇하게 웃었다.

'개새끼.'

퍼어어어어억!

"아아아아아아아악!"

윤종이 달려들었던 속도보다 두 배는 빠른 속도로 튕겨 나갔다. 저 멀리 날아간 그는 이내 바닥에 처박혀 몸을 파들파들 떨었다. 복면, 그러니까 청명이 버럭 소리를 질렀다.

"어디서 칼질이야, 뒈지려고!"

그 모든 광경을 지켜본 백천이 슬쩍 하늘을 올려다봤다. 오늘따라 하늘 한번 우라지게 맑다. 눈물 나게.

"하하하하. 그럼 나는 이만. 더욱 정진하라, 화산의 제자들이여. 하하하하하하!"

복면인이 광소를 터뜨리며 멀리 훌쩍 몸을 날렸다.

"쪼, 쫓아라!"

"잡아!"

아직 상황을 파악하지 못한 화산의 제자들이 부리나케 그 뒤를 쫓았다. 백천은 모두 비워 낸 사람처럼 가만히 미소 지었다.

'좀 죽었으면 좋겠다.'

아니면 차라리 내가 죽든가. 썩을.

◆ ◆ ◆

날이 밝고, 백천은 털레털레 산문으로 들어오는 청명을 보며 서글프게 하늘을 올려다보았다.

'안 죽었네. 좀 죽지, 좀!'

유이설과 조걸, 그리고 윤종도 기가 찬다는 듯 산문 쪽을 바라본다.

"사람이 사람다워야 사람이지!"

"하다못해 이제 화산을 터네! 저거, 저거!"

"제집을 터는 미친놈이 어디에 있어!"

"답 없음. 총체적 난국."

속이 뒤집힌다. 이걸 말할 수도 없고, 말을 안 할 수도 없고. 장문인에게 쪼르르 달려가 이르자니 사태가 커질 것 같고, 그렇다고 꾹 참자니 배알이 뒤틀려서 화병이 날 것 같고. 내가 장님이다, 벙어리다 하고 외치면서 버틸 수밖에 없다. 그런 와중에 털레털레 걸어 들어오는 놈의 얼굴이 배부른 강아지 꼴이니 어찌 속이 뒤집히지 않겠는가.

"청명아!"

사정을 모르는 다른 제자들이 청명을 발견하고는 우르르 달려갔다.

"큰일 났다! 어제 화산에 도둑이 들었어! 한철 솥을 도둑맞았다!"

"뭐?"

청명이 눈을 크게 치떴다.

"그.런.일.이.있.었.어?"

연기하지 마, 인마! 너무 어색해서 내가 다 창피할 지경이니까!

하지만 애석하게도 다른 제자들은 그 어색함을 조금도 눈치채지 못한 모양이었다.

"엄청 강하더라! 윤종 사형이 한 방에 나가떨어졌어."

"쯧쯧쯧. 수련을 게을리해서 그렇지."

저 개새……. 윤종의 얼굴이 시뻘겋게 달아올랐다. 사람은 양심이 있어야 사람이 아닌가. 그런데 대체 저 망할 종자는 양심을 어디에다 팔아먹었단 말인가.

"장로님들이 아직 뒤져 보시고는 있지만…… 아무래도 잡기는 힘들 것 같다."

"쯥. 어쩔 수 없지. 내가 있었으면 잡았을 텐데."

잡았겠지. 그래. 잡았겠지, 망할 놈아.

청명이 어깨를 으쓱하며 너스레를 떨었다.

"뭐, 이미 잃어버린 건 어쩔 수 없지."

그때 다급한 목소리가 들려왔다.

"청명아! 장문인께서 돌아오는 대로 보자고 하셨다."

"알았어."

청명이 피식 웃고는 장문인의 처소로 향했다. 백천 무리가 곧장 그 뒤로 따라붙으며 눈을 흘겼다.

"양심은 어디다 두고 왔어?"

"뭐가?"

윤종의 말에 청명이 영 모르겠다는 표정으로 되레 반문했다. 윤종은 이라도 뽑힌 사람처럼 얼굴을 구겼다. 아오, 저 표정! 진짜 죽빵 한 대만 꽂아 넣을 수 있으면 소원이 없겠네. 원시천존이시여. 저 새끼 죽이고 지옥 가겠습니다!

"끄으응."

앓는 소리를 내던 윤종이 한숨을 푹푹 내쉬었다. 그 옆에서 백천이 이를 갈며 위협했다.

"장문인한테 확 불어 버린다."

"아까부터 자꾸 무슨 말을 하는 건지 모르겠네. 내상을 입어서 요양을 하고 온 사람을 왜 못 잡아먹어서 안달이지?"

"내상? 내애애애사아앙?"

그게 내상 입은 놈의 혈색이냐, 이 새끼야? 얼굴이 반질반질하다 못해 짜면 기름도 나오겠다!

"여하튼 나랑은 상관없는 일이니까, 자꾸 괴롭히지 마. 이런 식으로 못살게 굴면 장로님들한테 이를 거야. 사숙들이랑 사형들이 자꾸 사람 괴롭힌다고."

……누가 누굴 괴롭혀? 누가 누굴?

"어, 어흑!"

"사숙!"

"사숙, 정신 차리십시오!"

백천이 화를 못 이겨 뒷골을 잡고 휘청거리자 조걸과 윤종이 얼른 달려들어 부축했다. 청명은 그저 낄낄대며 장문인의 처소로 향했다.

"……화산은 어디로 가는가."

멀어져 가는 그 뒷모습을 보며 중얼대는 백천의 목소리에선 물기가 묻어났다.

• ❀ •

"그래, 몸은 괜찮아졌느냐?"
"예!"
"오오, 다행이구나. 안 그래도 간밤에 흉적이 들어서 걱정했단다. 혹여 너를 노린 게 아닌가 싶어 네 종적을 수소문하려 했었는데, 이리 무사한 모습을 보니 내 마음이 한결 놓이는구나."
"헤헤. 그깟 도둑놈, 저한테 걸리면 한 방이죠."
"그래, 그렇지."
현종이 더없이 믿음직스럽다는 눈빛으로 청명을 바라보았다.
"한데…… 으음, 면목이 없게 되었구나. 네가 힘들게 구해 온 한철 솥을 이렇게 도둑맞다니. 다 우리가 못난 탓이다."
"에이. 무슨 그런 말씀을 하고 그러세요. 다친 사람이 없어서 다행이죠. 그깟 한철 솥이야 다시 구하면 돼요. 한낱 물건이 사람보다 중요하겠어요?"
"오. 역시 청명이구나."
"도기로다. 과연 도기로다."
"헤헤헤. 별말씀을요. 화산의 제자라면 당연한 거죠."
"그렇지, 그렇지. 옳지, 우리 청명이."
현영이 흐뭇한 표정으로 청명을 바라보았다. 하지만 그 광경에 속이 뒤틀리는 이들도 있었다. 백천이 몸을 덜덜 떨자 윤종이 얼른 그의 허벅지를 꽉 움켜잡으며 말렸다.

'사숙. 마음은 알겠지만 여기서는 안 됩니다.'

백천이 한숨을 푹 내쉬었다. 차라리 따라오지 말 것을! 뭘 보겠다고 여기까지 와서 이리 험한 꼴을 본단 말인가.

그때 현상이 자못 심각한 표정으로 말했다.

"하나, 장문인. 이건 그리 쉬이 생각할 일이 아닙니다. 누군가가 화산에 한철 솥이 있다는 사실을 알고 온 건지도 모릅니다."

"으으음."

조금 가라앉은 분위기 속에, 현영이 눈살을 찌푸렸다.

"화산의 정보가 밖으로 새고 있다는 뜻입니까?"

"꼭 그런 뜻은 아니다. 그저 화산을 염탐하러 왔다가 한철 솥을 발견한 건지도 모르지. 하지만 그렇다 해도 누군가가 이 험한 화산을 올라 영내를 염탐했다는 사실은 변하지 않는다."

현영 역시 동의한다는 듯 고개를 끄덕였다.

"그 말인즉슨, 외부의 인사들도 슬슬 화산을 경계하기 시작했다는 뜻이겠지요."

"과연, 그렇구나."

"사실 그동안 아이들이 너무 잘해 주었습니다. 화산은 사천당가와 동맹을 맺었고, 야수궁과도 교역을 시작했습니다. 정보가 빠른 이들이라면 이제는 슬슬 화산이 달라지고 있다는 것을 알아챘을 겁니다."

"종남과의 일 역시 아직도 회자되고 있으니……."

"그렇습니다."

현종이 무겁게 고개를 끄덕였다. 화산이 발전하는 건 좋은 일이지만,

결국 강호에서 차지하는 위상이 높아지게 되면 자연히 견제가 따를 수밖에 없다.

"우선은 아이들이 조금 불편해하더라도 이제부턴 다시 번을 서도록 해야겠구나."

"좋은 생각이십니다. 장문인."

장로들의 대화를 들으며 청명은 흐뭇하게 웃었다.

'뭐래. 니들 아직 그 정도는 아냐, 이것들아. 뭘 벌써 어깨에 힘이 들어가고 그래? 아이고, 이 깜찍한 것들.'

현실을 알려 줄까 잠깐 고민하긴 했지만, 하는 짓이 귀엽기도 하니 그냥 내버려두기로 했다. 경계심을 키우는 것도 나쁘지 않다. 지금은 아니더라도 곧 화산은 다른 문파의 경계 대상이 될 게 분명하니까.

"그렇기에 이번 일이 더욱 중요합니다."

현상이 고개를 돌려 청명에게 물었다.

"청명아. 몸이 모두 회복되었다고 했느냐?"

"네."

"그럼 정말 한철을 자를 수 있겠느냐?"

"네, 물론이죠."

현상의 얼굴에 채 다 숨기지 못한 뿌듯함이 배어났다. 청명이 강한 걸 알고는 있었지만 이 정도일 줄은 몰랐다. 애초에 화산의 장로들은 청명이라는 놈의 재능을 이해하길 포기한 지 오래였다. 청명은 화산에 입문한 지 반년 만에 종남 최고의 후기지수였던 진금룡을 일방적으로 쓰러뜨렸으니 말이다.

그리고 입문한 지 일 년이 되어서는 백매관주인 운검으로부터 '저는 저놈을 못 가르칩니다. 그냥 두면 알아서 강해질 놈이니 내버려두든지,

무각주님께서 직접 가르치시든지 알아서 하십시오.'라는 말을 끌어낸 놈이다.

이 년이 넘은 시점에서는 무당의 장로와 호각으로 싸웠으며, 이제는 당가의 가주와 비무를 치르고, 당가의 태상장로인 당외를 쓰러뜨렸다. 화산의 장로 중 그 당외와 싸워 이길 수 있다고 자신할 이가 있던가? 결국 지금 화산의 최고 고수는 누가 뭐라고 해도 청명이라는 뜻이다.

"네 무위가 정말 무시무시하구나."

"화산의 가르침 덕입니다."

"허허. 겸손하기도 하지."

청명이 피식 웃었다. 거짓말은 하지 않았다, 거짓말은! 실제로 청명이 강한 이유는 화산에서 배웠기 때문이니까. 물론 지금의 화산은 아니지만.

가려운 곳을 살살 긁어 주는 듯한 청명의 화법에 장로들의 얼굴에선 웃음이 떠나질 않았다.

"장문인. 이제 확인을 해 봐야 하지 않겠습니까?"

"그래야겠지."

현종이 살짝 머뭇거렸다. 지금껏 열 수 없어 그의 속을 까맣게 태웠던 비고. 화산이 나락으로 떨어질 때마다 저 비고 앞에서 눈물짓던 날들이 얼마나 많았던가. 하지만 감히 비고의 문을 자를 수 있을 만한 고수를 초빙하는 건 꿈도 꾸지 못했다. 그 고수가 비고 안에 들어 있는 물건에 욕심을 낸다면 화산은 막을 힘이 없으니까.

그림의 떡. 꿈에서만 볼 수 있는 보화가 바로 화산의 비고였다.

막상 비고를 열 수 있게 되자 기쁘기보다는 덜컥 겁이 난다. 혹여 그 안에 그들이 원하는 것이 없을까 봐서다. 하지만 현상은 그런 현종의 마음을 고려해 주지 않았다.

"그래. 그럼 바로 지금 할 수 있겠느냐?"

"물론이죠."

"그래, 그러자꾸나. 장문인!"

"음! 알겠다!"

기호지세다. 현종이 자리에서 벌떡 일어나서 방 한쪽으로 가 벽에 걸린 족자를 젖히더니 벽을 살짝 밀었다. 그르르륵. 뭔가 마찰하는 소리와 함께, 현종이 손을 댄 부분이 안으로 쑥 밀려 들어갔다.

"그, 그런 걸 다 보여 주셔도 되겠습니까?"

"비고 안에 무엇이 있든 간에 모두 가져올 것이다. 그럼 비고라는 곳이 무슨 의미가 있겠느냐? 그리고 나는 너희에게 더 이상 비밀을 만들고 싶지 않다."

"장문인⋯⋯."

현종은 지체 없이 기관 안의 손잡이를 잡아당겼다. 그러자 삐거덕거리는 소리와 함께 바닥이 옆으로 밀려나며 사람 하나가 겨우 들어갈 크기의 입구가 드러났다.

"자, 가자꾸나."

"예."

방 안에 있던 이들이 일제히 자리를 털고 일어났다. 하지만 백천 무리만은 차마 따라 들어갈 생각을 하지 못하고 머뭇대었다.

"이리 오너라."

"장문인. 저희는⋯⋯."

"말하지 않았느냐. 나는 이제 화산의 누구에게도 더 이상 비밀을 만들고 싶지 않다. 가자꾸나."

장문인의 마음을 짐작한 백천이 고민 끝에 가만히 고개를 끄덕였다.

"알겠습니다, 장문인."

입구를 통해 밑으로 내려가자 입구와는 달리 꽤 널찍한 복도가 나타났다.

'저번에 봤던 거기네.'

청명이 힐끔 위쪽을 올려다보았다. 주먹만 한 구멍이 뚫린 곳을 보니 가슴이 아프다.

"무척 어둡습니다."

"……원래는 이 복도에 야명주가 여럿 박혀 있었다."

"그건 어디 갔습니까?"

"때때로 돈이 생기지 않더냐?"

현영은 순간 꿀 먹은 벙어리가 되었다. 아……. 그게 여기에 있던 야명주를 팔아먹은 돈이었구나. 그런 줄 알았으면 좀 더 아껴 쓸 것을.

"저기다."

잠시간 걷다 보니 저쪽에 철로 만들어진 커다란 문이 모습을 드러냈다.

"이곳이?"

"그래. 전대부터 내려오던 화산 장문인의 비고다."

"오……."

현영이 뭔가 찡하다는 듯이 문을 바라보았다. 어지러운 선이 마구 그어진 문이 기이한 느낌을 주었다.

"이 문, 원래는 어떻게 여는 겁니까?"

"글쎄다. 내 생각으로는 아마 화산 장문인에게만 전해지는 특수한 무공을 익혀야 열 수 있지 않을까 한다."

"……실전되었겠군요."

"모르지. 저 안에 있을지도."

그 말이 끝남과 동시에 모두의 시선이 청명에게로 모였다. 어차피 그들은 저 문을 열 수 없다. 이제 모든 게 청명의 손에 달린 것이다.

"그렇게 보시면 쑥스러운데."

어울리지도 않은 말로 너스레를 떤 청명이 천천히 검을 뽑았다.

"후우."

나직이 심호흡한 청명이 검을 들어 문을 겨누었다.

'살짝 힘든 척을 할까?'

마음만 먹으면 단숨에 잘라 버릴 수 있지만, 그랬다가는 또 과도하게 기대하겠지? 적당히 힘든 척하면서 여러 번에 걸쳐 잘라야지. 히힛!

"물러서세요."

"오냐!"

"부탁한다!"

장로들이 우르르 물러나자 청명이 가라앉은 눈빛으로 문을 겨눴다.

'일단 저 선들은 나중에 쓸데가 있을지도 모르니, 내버려두고. 주변을 잘라야지.'

청명이 씩 웃으며 검강을 뽑아내었다.

"오오!"

"검강이구나!"

"잘한다! 잘해!"

청명이 지체 없이 문을 향해 검강 씌운 검을 날렸다. 일단은 세로로 길게 자르고!

까가강!

"응?"

까가강? 서걱이 아니라 까가강? 청명이 눈을 크게 뜨고 앞을 바라보았다. 그의 검이 한철 문에 턱 걸려 있었다.

청명은 크게 당황했다. 이거 왜 안 잘려? 끙끙대며 검을 뽑아낸 그는 가까이 다가가 갈라진 곳을 들여다보았다. 이내 동공이 거세게 흔들렸다.

"……아니! 이 양반! 문은 왜 이렇게 두껍게 만들었어!"

"뭐라고?"

"아, 아니요. 아무것도 아닙……. 아닙니다."

청명의 얼굴이 일그러졌다. 벽이랑 아래쪽은 그렇게 얇게 만들어 놓고 문은 이렇게 두껍게 만들어 놨다고? 이 얄팍한 인간들 같으니라고!

사실 비고의 앞쪽은 기관이 들어가야 하기 때문에 두꺼울 수밖에 없었지만, 지금의 청명은 그런 것까지 생각할 겨를이 없었다.

'옆을 파면 순식간에 들어갈 수 있는데.'

이럴 줄 알았으면 혼자 올걸! 등 뒤에 보는 눈이 많다.

"어려우냐?"

현종이 시들다 못해 죽어 가는 얼굴로 물었다. 청명은 이러지도 저러지도 못하고 앓는 소리만 내었다.

"끄응……. 아니에요. 할 수 있어요!"

"그래. 청명아! 힘을 내거라!"

결국 한숨을 푹푹 내쉬고는 다시 검을 움켜잡았다. 그의 눈에서 불꽃이 튀었다. 에라! 진짜! 뭐 하나 편하게 가는 게 없네! 뭐 하나!

"으라차아아아아!"

카아아아앙!

"으아아아아아아아!"

카아아아아아앙!

"아오, 진짜 내가 속이 터져서!"

캉! 캉! 캉! 캉! 카아앙! 카아아아앙!

청명이 검을 닥치는 대로 휘두르기 시작했다. 한 번에 자를 수 없다면 수십 번, 수백 번 베어 버리면 된다. 물론 검강을 뿜어내며 수백 번 검을 휘두르는 게 쉬울 리는 없지만 말이다.

"뭐 하나 도움 되는 게 없냐! 망할 양반들!"

이거 만든 양반 두고 보자. 내가 꼭 잡는다! 내가 꼭! 뭐? 나는 선계에 못 들어간다고? 지옥에서 탈출해 주마!

눈과 입에서 불을 뿜어 대며 검을 닥치는 대로 휘둘렀다.

그러기를 일각 남짓.

"끄흐으……."

풀썩.

끼이이이이이잉!

청명이 옆으로 쓰러짐과 동시에 문이 네모반듯하게 잘리며 반대쪽으로 쾅 쓰러졌다.

"오오오오오오! 열렸다!"

"청명아! 수고했다! 정말 고생했구나!"

청명이 헐떡거리는 소리가 복도에 울렸다. 땀으로 전신이 흠뻑 젖은 채, 어두운 동굴 천장을 보며 중얼거렸다.

"거…… 복수를 이런 식으로 하시네."

장문사형, 이 지독한 양반 같으니라고.

– 낄낄낄낄.

아, 웃지 말라고! 확 마!

문이 열렸지만, 누구도 선뜻 안으로 들어갈 엄두를 내지 못했다. 긴장감과 불안함, 그리고 기대감까지. 여러 가지 감정이 뒤섞인 눈빛으로 그저 열린 문을 바라볼 뿐이었다. 가장 먼저 정신을 차린 이는 다름 아닌 현영이었다.

"장문인. 들어가 보셔야 하지 않겠습니까?"

"……으음. 그래야지."

현종이 침중한 눈빛으로 열린 문을 바라보았다.

무섭다. 저 안에 아무것도 들어 있지 않을까 봐. 하지만 여기까지 와서 물러난다는 것 역시 있을 수 없는 일이다.

"후욱!"

깊게 숨을 들이마신 그는 이내 배에 힘을 주고 열린 문 안으로 발을 옮겼다. 그 뒤를 현상과 운자 배가 뒤따랐다. 현영은 청명을 부축해 일으켰다.

"청명아, 고생이 많았다. 만년한철을 자르다니. 네가 정말 자랑스럽구나."

"뭐, 별것도 아닌데요. 헤헷."

그렇게 잘하는데도 의외로 칭찬은 별로 못 듣고 살았던 청명인지라 누가 칭찬만 하면 입이 벌어지고 입꼬리가 씰룩거렸다.

"가자꾸나."

"예."

청명이 현영을 따라 비고 안으로 들어갔다. 가장 먼저 들어선 현종이 일렁이는 눈으로 주위를 둘러보고 있었다.

"이곳이……."

소탈하다. 비고라기보다는 서가에 가깝다. 세 개의 책장 외에는 아무 것도 보이지 않는다. 소탈함을 넘어 곤궁해 보이기까지 했다. 하나 이 모습이 화산의 장문인이 가져야 할 마음가짐을 전해 주는 것 같아 되레 떨리는 마음을 주체할 수 없는 현종이었다. 그는 마른침을 삼키며 서가로 다가갔다. 그리고…….

"아아……."

그 자리에서 그만 얼굴을 감싸고 말았다.

"선조이시여……. 화산의 선조이시여! 어찌…… 어찌 저희를 이토록 보살피시나이까."

감정을 주체하지 못한 그의 몸이 부들부들 떨렸다. 그간의 고생이 주마등처럼 스쳐 간 까닭이었다.

"자, 장문인! 이건……!"

"세, 세상에!"

현상과 현영의 눈도 화등잔처럼 커졌다.

"자, 장문인! 이거 산매영입니다. 산매영! 실전되었던 화산의 신법입니다!"

"매, 매화보! 칠성보도 아니고 매화보라니!"

"히익! 구궁검이 있습니다! 장문인! 여기 구, 구궁검이!"

말 그대로 눈이 돌아갈 지경이었다. 하나의 서가에 화산의 무학들이 가득 차 있다. 그리고 그중 태반이 이미 화산에서 실전된 무학들이었다. 영영 잃었다고 여겼던 상승무학들이 서가를 가득 채우고 있는 것이다.

화산의 무학을 관리하는 무각주 현상은 거의 정신을 잃기 직전까지 갔다. 그는 넋을 아예 놓아 버린 듯 멍하게 중얼거렸다.

"……이, 이런 일이…….."

얼마나 간절히 바랐던가. 얼마나 찾아 헤맸던가. 그가 그토록 바라고 찾던 모든 것이 이곳에 잠들어 있었다.

감히 손을 댈 생각조차 하지 못하는 현종과 현상 대신, 현영이 조심스레 한 권을 꺼내 들었다.

"오오! 이토록 깨끗하게 보존되다니! 마치 새 책 같습니다, 장문인!"

뒤쪽에서 장로들이 하는 양을 흐뭇하게 보고 있던 청명이 그 말을 듣고는 움찔했다. 아……. 흙 좀 묻힌다는 걸 까먹었네. 등허리를 타고 식은땀이 흘러내렸다.

"오오오오! 얼마나 보존이 잘됐는지 아직 묵향이 납니다, 장문인!"

아……. 제대로 말렸어야 했는데.

"심지어…… 어……. 이거 글자가 좀 덜 마른 것 같은뎁쇼?"

현영마저 고개를 갸웃거리기 시작했다. 청명은 삐질삐질 비지땀을 흘리며 이 사태를 수습할 방도를 필사적으로 찾기 시작했다.

"이게 어…… 이럴 수가 있는 겁니까?"

"허허허허허."

그때 돌연 현종이 너털웃음을 터뜨렸다.

"선조께서 왜 굳이 이 창고를 한철로 만드셨나 했더니, 이런 의도셨구나. 내 한철로 만든 상자는 냉기를 머금어 안에 든 것을 상하지 않게 한다는 말을 들은 적이 있다."

"아! 그러고 보니 저도 비슷한 말을 들어 봤습니다."

"이 서책들이 이리 깨끗한 것도 그런 이유가 아니겠느냐."

응. 아니야.

아, 아니지. 아니지! 이게 아니지! 크으! 장문인! 이래서 장문인이지!

굳이 나서서 뭘 할 필요도 없이 말을 딱딱 맞추는 현종을 보며 청명은 흐뭇하게 미소 지었다. 알아서 북 치고 장구 치고 다 해 주네. 아이고, 이 깜찍한 것들!

그때였다.

"자, 장문인! 여, 여기! 여기, 여기 좀 보십시오! 여기!"

"무슨 일이더냐? 어, 어디?"

"여기요!"

현영이 다급하게 한쪽을 가리켰다. 그의 손가락을 따라 시선을 옮긴 현종의 몸이 석상처럼 그 자리에 굳어졌다. 서가 아래쪽에 가지런히 꽂혀 있는 비급들.

"서, 설마……"

서책의 제목이 흡사 허공에 떠오르기라도 하는 듯 커다랗게 보인다.

『이십사수매화검법도해(二十四手梅花劍法圖解)』

"어……. 어어……."

서가를 바라보는 현종의 표정이 멍하게 풀어졌다.

이십사수매화검법. 심지어 그냥 이십사수매화검법도 아니고 도해본이다.

"도, 도……. 도……."

"자, 장문인!"

"도해……. 끄르르륵!"

급기야 현종이 눈을 까뒤집고 뒤로 넘어갔다.

"아악! 장문인! 정신 차리십시오! 아니, 이 양반이 여기서 넘어가면 어떡합니까! 일어나십시오, 장문인!"

식겁한 현영이 현종의 멱살을 잡고 뒤흔들며 언성을 높였다. 한참을 짤짤 흔들고서야 현종이 번쩍 눈을 떴다.

"허어어억!"

"정신이 좀 드시……."

"비켜라!"

벌떡 일어난 현종은 현영을 잡아 날려 버리고는 거의 기다시피 서가로 달려들었다.

"도해! 도해본! 이십사수매화검법의 도해본!"

열흘 굶은 사람이 음식을 본 것 같은 기세다. 서가 바로 앞에 서서 비급을 씹어 먹을 기세로 노려보던 현종이 정신을 차리지 못하겠다는 듯 덜덜 떨었다.

"이, 이런 일이. 이……. 허허. 허!"

도해본이 무엇이던가. 비급을 좀 더 쉽게 익히기 위해서 그림과 함께 분석하고 설명해 둔 해석본이다. 하나의 무학을 완전히 설명하는 건 너무도 어렵고 지난한 일인지라, 웬만해서는 잘 만들어지지 않는 것이 도해본이었다. 하지만 스승도 없이 무학을 익혀야 하는 그들에게 있어선 무엇보다 더 필요한 것이 바로 이 도해본이었다.

"화, 확인해 보십시오, 장문인! 어서!"

현상의 외침에 현종이 벌벌 떨리는 손으로 이십사수매화검법의 비급을 뽑아 들었다. 조심스러운 손길로 사라락 표지를 넘기자 웅혼한 필체로 쓰인 첫 장이 드러났다.

대화산파 십삼 대 제자 청명이 후대에 전한다.

"처, 청명?"

"네! 여기 있습니다."

"너 말고, 인마!"

……나 맞거든, 인마? 청명이 뚱한 표정으로 눈을 흘겼지만, 현종은 그런 그에게 눈곱만큼의 관심조차 없었다.

청명. 얼마나 그리고 또 그렸던 이름인가. 얼마나 바라고 또 바랐던 이름인가. 그 이름자를 보는 순간, 현종은 도무지 밀려드는 격한 감정을 억누를 수 없었다. 결국 마음속에 내내 품고 있던 그 별호를 떨리는 목소리로 내뱉었다.

"매화검존이시여."

잊힌 화산의 전설. 그 오랜 시간 동안 고난을 겪으면서도 그가 화산을 부여잡을 수 있게 해 준 그 이름이 여기에 있다.

"매, 매화검존이라니! 그럼 이 이십사수매화검법을 매화검존께서 직접 남기셨다는 말입니까?"

현영이 현종의 옆에 바짝 붙어 고개를 내밀었다.

"처, 청명이라니!"

이윽고 그의 몸도 벼락이라도 맞은 것처럼 부르르 떨렸다. 화산의 제자로 있는 이들 중 매화검존을 흠모하지 않는 이가 어디에 있겠는가.

현종은 떨리는 마음을 애써 진정시키며 이어지는 글귀를 읽기 시작했다.

이십사수매화검법은 화산의 근본이고, 화산의 정화다. 본도는 후인들이 이십사수매화검법을 더 잘 이해할 수 있도록, 각 초식에 대한 도해를 남긴다.

후인들은 이 도해를 참고하여, 정진하고 또 정진하라. 이십사수매화검법을 완전히 익혀 낼 수 있다면 천하의 어떤 검도 두려워할 필요가 없으리라.

명심하라.

후인들이 잇는 것은 검이 아니라 화산의 의지다. 나는 이 스물네 권의 도해에 내가 이어받은 화산의 의지를 담는다.

이 의지가 이어지는 한 화산의 이름은 사라지지 않을 것이다.

"지, 진짜 매화검존의 도해본이다! 매화검존의!"

"으하하하하하핫! 세상에! 이런 미친! 으하하하하하하하핫!"

현영이 앙천광소를 터뜨렸다. 이십사수매화검법만 있다 해도 화산이 떠나가라 잔치를 벌이고 남는데, 이건 심지어 그 매화검존의 도해본이다. 천금, 아니! 만금과도 바꾸지 않을 보물 중 보물이다.

"백 년 전의 물건이라니! 으하하하하하하! 이런 복이 있나! 이런!"

현영이 현종에게 와락 달려들어 그가 들고 있는 비급을 빼앗아 들었다.

"어디! 어디……."

격앙된 손짓으로 책장을 넘기려던 현영이 멈칫했다. 그러더니 뭔가 이상하다는 듯 미간을 찌푸렸다.

"장문인."

"음?"

"……먹이 너무 덜 말라서 앞장과 뒷장이 서로 붙어 있습니다……?"

……현종과 현영이 묘한 시선으로 서책을 바라보았다. 그와 동시에 청명의 등골에선 다시금 식은땀이 배어나기 시작했다.

'더럽게 꼼꼼하네, 진짜.'

대충 좀 넘어가자, 얘들아. 대충 좀! 뭐가 그렇게 섬세하니! 니들이 언제부터 그랬다고!

"으음. 매화검존께서 이 도해를 만들고 바로 이곳에 넣은 모양이구나.

그래서 먹이 마르지 않은 채로 보존이 된 게 아닐까?"

"그렇겠죠?"

"하하하하. 당연한 말을. 이 만년한철로 만든 비고에 누가 들어왔다는 것처럼 말하는구나. 그것도 최근에."

"그럴 리가 있겠습니까? 하하하하하하핫!"

청명의 뒤통수를 타고 땀이 뚝뚝 떨어지기 시작했다.

문밖에서 그 모습을 지켜보던 백천이 눈을 가늘게 떴다. 그런데 저놈은 아까부터 왜 자꾸 땀을 흘리지? 정말 내상이 있었던 건가? 그럴 리가 없는데?

그때였다.

"장문인! 필체가 모두 같습니다!"

"응?"

"방금 확인해 봤는데 이곳의 비급이 모두 같은 필체로 쓰여 있습니다. 아무래도 전부 한 사람이 작성한 것 같습니다."

청명이 움찔하며 동그래진 눈으로 현상을 바라보았다.

'뭐 그런 걸 알아봐? 아니, 왜 쓸데없이 섬세하냐고!'

"그렇다는 건……?"

"예! 여기의 모든 비급이 매화검존께서 직접 만드신 비급 같습니다!"

"오오. 검존께서! 이리 귀한 물건들이!"

현종은 이제 아예 감동의 바다에서 헤엄을 치기 시작했다.

"검존……. 검존이시여. 저는 더 이상 바랄 게 없……."

현종의 얼굴이 부드럽게 풀리며 몸에 힘이 빠지기 시작했다. 현영이 득달같이 달려들어 그의 멱살을 잡고 탈탈 흔들었다.

"아니! 이 양반이 이제는 시도 때도 없이 등선하려고 하네! 그렇게 등

선할 거면 회춘은 왜 했습니까, 이 양반아! 죽으려면 자소단 뱉어 내고 죽으쇼!"

"아, 안 죽는다, 이놈아!"

현종이 퍼뜩 정신을 차렸다. 그런데 방금 뭔가 푸르고 누런 구름을 본 것 같기도 하고. 조심해야지. 그는 마음을 굳게 먹었다.

"허허허허. 홍복이로다! 화산의 홍복이로다!"

세 현자 배가 좋아서 어쩔 줄을 몰라 했다. 입은 귀에 걸렸고, 엉덩이는 쉴 새 없이 들썩거렸다.

"장문인. 저희도 좀……."

"아, 그래! 그러자꾸나!"

현종이 현자 배들을 이끌고 밖으로 나왔다. 비고 안에 모두가 들어갈 순 없어서 다른 제자들은 밖에서 기다리고 있었다. 자리를 비켜 주자 그제야 다른 제자들도 안으로 들어섰다.

"……매화산수(梅花散手)!"

"사, 사숙! 여기 태허장도 있습니다."

"월녀조화검(月女調和劍)."

겉에 쓰인 비급의 이름만으로도 눈이 돌아간다. 살짝 어지럼증까지 온 백천은 서가에 손을 짚고 호흡을 골랐다. 그런데 그때, 이상한 소리가 귀를 스쳤다.

그그극!

"응?"

백천이 아래로 시선을 던졌다. 그 광경을 본 청명은 눈이 툭 튀어나왔다.

아, 아니. 저? 저거? 저 사숙 새끼가?

"자, 장문인! 여기에 틈이 있습니다. 아무래도 공간이 더 있는 것 같습니다!"

현종이 다시 부리나케 안으로 달려 들어왔다.

"오, 과연 그렇구나!"

"완전히 열어 보겠습니다!"

"그래! 그러자꾸나."

청명이 어찌할 틈도 없이 서가가 치워지고 그 아래의 문이 열렸다.

"내려가 보자!"

"갑시다! 빨리 들어갑시다!"

현자 배들이 우르르 비고의 아래의 공간으로 들어갔다. 하지만 안타깝게도 그 안은 텅 비어 있을 뿐, 아무것도 보이지 않았다.

"……분명 뭔가 있을 줄 알았는데."

"으으음. 만들어 놓고 활용하지 않은 공간 같구나."

"아쉽지만 어쩔 수 없지요."

"그래. 이미 얻은 것만으로도……. 응?"

차분하게 말하던 현종이 뭔가를 발견한 듯 아래로 재차 시선을 던졌다.

"이거……?"

"예?"

현자 배들이 현종을 따라 아래를 살폈다.

"웬 원이…… 있구나."

"동그랗네요."

"……커다랗고."

현영이 묘한 눈빛으로 중얼거렸다.

"이거 마치 누가 잘랐다가 붙인 것 같지 않습니까?"

"하하하하하하!"

그때 갑자기 터진 웃음소리에 현자 배들이 고개를 돌렸다. 청명이 입구로 고개를 빼꼼 내민 채 어색하게 웃고 있었다.

"누, 누가 한철을 붙여요. 에, 에이. 그건 매화검존 할아버지가 와도 못 하겠네!"

"그렇지?"

"그, 그럼요!"

"그래. 그렇지. 그런데 너 왜 땀을 그렇게 흘리느냐? 내상이 다 낫지 않은 것이냐?"

"무, 문을 자른다고 또 무리해서 그런…가…….""

"저런, 저런. 쯧쯧."

현영이 청명을 걱정하는 와중에도 심각한 표정으로 가만히 원을 바라보던 현종이 마침내 깨달았다는 듯 고개를 끄덕였다.

"알겠구나."

"예?"

청명의 눈이 툭 튀어나올 듯 커졌다. 알아? 뭘 알아?

"은밀히 만들어진 공간과 커다란 원. 모르겠느냐? 이건 선인들께서 우리에게 남기신 고귀한 가르침이다."

"가르침이라고 하시면……?"

"비어 있는 공간, 그리고 비어 있는 원. 충분히 얻을 것을 얻었으면 그것에 만족할 줄 알고 더 큰 욕심을 내지 말라는 뜻이지."

"과연……!"

"선인들께서 저희에게 도를 전하려 하셨군요."

"무량수불. 화산의 본분은 무가 아니라 도에 있음을 잊지 말라는 의미겠지. 이렇게 또 하나를 배우는구나."

"선인들의 뜻이 더없이 깊습니다. 무량수불."

함께 도호를 외는 현자 배들을 보며, 온몸에 긴장이 풀린 청명은 털썩 그 자리에 드러누워 버렸다. 도는 얼어 죽을. 이러다 내 심장이 먼저 멎겠네. 아이고, 내 팔자야!

　　　　　　　◆❖◆

"……끄으으으응."

화와 복은 항시 함께 온다고 했던가? 현상은 그게 무슨 말인지 절절하게 실감하고 있었다.

일단 맞이한 복은 이보다 더 기꺼울 수 없는 일이었다. 이제는 실전되었다고 생각한 화산의 무학이 돌아왔으니까. 물론 과거에 보유하고 있던 무학이 모조리 다 돌아온 것은 아니지만, 이번에 확보한 무학만으로도 화산의 뼈대를 다시 세우는 데는 성공한 수준이다.

도해본으로 입수한 이십사수매화검법을 제외하고도 무려 스무 가지가 넘는 비급이 데굴데굴 굴러들어 왔다. 잠을 자지 않아도 피곤하지 않고, 밥을 먹지 않아도 배가 부르다. 쫙 진열해 놓은 비급을 보고만 있어도 황홀할 지경이다. 어떠한 미주도 그를 이리 취하게 만들 수는 없을 것이다.

하지만 화를 불러온 것 역시 이 비급들이었다.

"매, 매화산수는…… 우선 상급으로!"

"예!"

무각원들이 재빠르게 매화산수를 받아 들고는 한쪽으로 달려간다.

"상급이면?"

"열 권!"

"예! 바로 시작하겠습니다."

"그러자꾸나."

그때, 한 무각원이 슬쩍 현상의 눈치를 보더니 운을 뗐다.

"그런데…… 각주님. 조금 쉬셔야 하지 않겠습니까? 지금 벌써 나흘째입니다."

"끄응. 아직 반도 못 했는데 내가 어떻게 쉴 수 있겠느냐? 장문인께서 저리 닦달을 하시는데, 이놈아."

"이러다 건강을 해치십니다. 장문인께는 제가 말씀드리겠습니다."

"아니, 장문인께서 닦달하시는 게 문제가 아니다. 내가 지금 잠이 오겠느냐?"

핏발이 선 현상의 눈을 보며 무각원은 저도 모르게 고개를 끄덕였다.

문제는 아주 간단했다. 단기간에 수많은 비급을 손에 넣다 보니, 이 비급들을 확인하고 분류하는 절차가 필요했다. 왜 그런 절차가 필요하냐고?

보통 명문거파라 불리는 곳은 최소 수십 종에서 많게는 수백 종의 무학을 보유하고 있기 마련이다. 저 소림의 장경각에는 칠십이종절예(七十二種絶藝)를 비롯하여 일천 종에 가까운 무학이 보관되어 있다고 하지 않는가.

하나, 사람의 능력에는 한계가 있는 법. 보유한 무학이 일천 종이라 해서 사람이 천 가지 무학을 모두 익힐 수는 없는 법이다. 그렇기에 각 문파들은 제자들이 기본적으로 익혀야 하는 무학의 체계를 정해 두고,

적성과 능력에 맞춰 함께 익힐 수 있는 무학들을 선별해 두기 마련이었다.

그러니 화산 역시 이번에 얻은 무학들의 체계를 잡아야 한다. 그리고 그 일을 할 사람은 당연히 화산 무학의 전반을 담당하는 무각주 현상이었다.

"끄으으응. 언제 이걸 다 마무리하나."

물론 쉬운 일이 아니다. 이 많은 비급의 내용을 파악하고 체계를 정비하는 것도 어렵지만, 더 큰 문제는 이 비급의 수준이 그가 감당할 수 있는 한계를 넘어 버렸다는 점이다.

하나하나가 새로운 무학이고 지금껏 현상이 접해 보지 못한 상승의 무학이다. 당장 현상부터 머리를 싸매고 배워야 할 판에 어떤 것이 더 훌륭하고 기본이 될 무학인지 구분하라니. 될 리가 있겠는가?

현상이 양손으로 얼굴을 마구 비비더니, 핏발이 선 눈으로 아직 남은 비급들을 노려본다.

그때였다.

"좀 어떻습니까?"

현영이 무각의 문을 열고 들어섰다. 현상은 앓듯이 대답했다.

"……어렵다."

"거, 사람 몰골이 아니시구만. 그러다가 머리 다시 셉니다. 좀 쉬어 가며 하십쇼."

"내가 그럴 시간이 있겠느냐? 지금 장문인도 잠을 이루지 못하고 계신데."

"쯧쯧쯧쯧. 그러니 그 쓸데없는 자존심 좀 버리라고 하지 않습니까."

"자존심?"

현상이 되묻자 현영이 고개를 끄덕였다.
"뭐 하러 사형이 머리를 싸맵니까. 청명이 불러다가 하라고 하면 되지."
"……응?"
청명? 여기서 청명이 왜 나오는가?
"청명이라니……?"
"청명이가 사형보다 세잖습니까."
"……."
현상이 입을 다물었다. 부정할 수 없다. 애써 생각하지 않았지만, 사실 이제는 모두가 은연중에 청명을 화산의 최고수로 인정하고 있지 않은가.
"하나, 이건 화산의 무학을 분류하는 일이다. 그러니……."
"사형, 사형. 답답한 소리 좀 그만하십시오."
"응?"
"사형도 이 무학들에 대해서 아는 게 없잖습니까."
"……."
"새로 무학을 받아들이고 이해하는 일입니다. 늙은 우리가 잘하겠습니까, 빠릿빠릿 어린 녀석이 잘하겠습니까? 괜히 고생하지 마시고 청명이나 찾아보십시오."
입만 열면 청명을 찾아 대는 현영을 보며 현상이 헛웃음을 터뜨렸다.
"허허. 청명이 놈이 무슨 도깨비방망이도 아닐진대, 너는 무슨 일만 있으면 그 녀석을 찾는구나."
"도깨비방망이 같은 어쭙잖은 건 가져다 대지도 마십시오. 도깨비방망이를 백날 두드려 본들 이십사수매화검법의 도해본이 나오겠습니까?"

"……그도 그렇구나."

 생각해 보면 실로 굉장하긴 하다. 청명이 뭔가를 손댈 때마다 화산은 말이 되지 않는 속도로 발전한다. 불과 이 년 반 전과 지금을 비교해 보면, 화산은 상전벽해라는 말도 무색할 정도로 달라졌으니까.

 "그러니 사형도 쓸데없이 용빼지 말고 어서 청명이 놈이나 찾아보십시오."

 "찾다니. 청명이가 어디 가기라도 했다는 말이더냐?"

 "이 녀석이 안 보입니다. 끄응……. 대체 어딜 간 건지. 내가 잉어도 고아 놨는데."

 ……그만 좀 먹여. 그러다가 애 굴러다니겠다.

 사라락 불어오는 훈풍에 옷자락이 휘날렸다. 청명은 백매관 처마 위에 드러누워 간만에 편히 쉬는 중이었다.

 '아, 살 것 같다.'

 사실 그동안 너무 바쁘게 살기는 했다. 폐관을 마치고 매화동에서 나온 이후로 제대로 쉬어 본 기억이 없다. 남영에서부터 섬서, 사천에 운남까지. 거의 중원을 횡단하다시피 하지 않았는가.

 '이제 할 거 다 했지 뭐.'

 자소단으로 내력도 빵빵하게 채워 줬고, 익힐 무학도 줬다. 그리고 백천 일행을 어르고 달래서(?) 알아서 자체적으로 수련하는 분위기도 만들었다. 처음 화산으로 돌아와 세운 첫 목표는 이제 달성했다고 봐도 좋다.

 '그러니 한동안은 좀 빈둥대 볼까?'

 수련이란 몰아붙인다고 능사가 아니다. 때로는 적절한 휴식이 과격한 수련보다 나을 때도 있다. 그러니 딱 한 달만……. 아니, 보름만 빈둥…….

"응?"

그때 청명의 눈에 낯선 이가 산문으로 들어오는 모습이 보였다. 아무리 봐도 화산의 제자가 아니다.

"거지?"

청명이 고개를 갸웃했다.

화산에 웬 거지가……. 아니, 잠깐만. 어디서 본 거지 같은데?

"화산신룡!"

때마침 처마 위에 누운 청명을 발견한 그 거지가 부리나케 달려오기 시작했다. 눈도 아주 좋은 모양이었다. 경공을 펼쳐 단숨에 처마 위까지 뛰어오른 거지는 청명의 얼굴을 확인하고는 대뜸 인상을 찌푸리며 버럭 소리쳤다.

"이놈아! 어떻게 나한테 이럴 수가 있느냐!"

"……누구세요?"

"…….."

거지의 얼굴이 시뻘겋다 못해 시커멓게 달아올랐다.

"나다, 이놈아! 홍대광!"

"어……. 그러니까……?"

청명이 여전히 모르겠다는 눈치를 보이자 홍대광이 답답하다는 듯이 가슴을 퍽퍽 쳐 댔다.

"개방 낙양 분타의 분타주였던 홍대광이다! 이놈이 운남에 갔다 왔다더니 정신을 놓고 왔나?"

"아, 거지 아저씨?"

"그래! 거지 아저……. 그렇게 부르지 마라, 이놈아!"

청명이 반색을 하며 홍대광을 바라보았다. 그래도 홍대광과는 검총에서 나름 좋은 관계를 만들었었다.

"그런데 아저씨가 여기는 웬일이에요?"

"못 들었느냐?"

"뭘요?"

"끄응. 장문인께서 말씀해 주지 않으신 모양이구나. 전에 네가 내게 화음에 분타를 열라고 하지 않았느냐."

"거지 몇 상주시켜 달라고 했지, 분타를 열어 달라고 한 적은 없는데요?"

"거지가 몇 상주하면 그게 분타다. 우리 분타가 뭐 별거 있느냐? 움막 하나 치고 거지가 들어앉으면 그게 분타지."

어, 그건 그렇네.

"그래서요?"

"내가 그 개방 화음 분타의 분타주로 왔다."

"……굳이?"

"굳이라니, 이놈아! 내가 허락을 받아 내느라 얼마나 고생을 했는데."

홍대광이 억울해했지만 청명은 여전히 뚱한 시선만 던졌다. 영 달가워하지 않는 기색에 다시 울컥한 홍대광이 분통을 터트렸다.

"기뻐해야 할 것 아니냐! 기뻐해야!"

"아니…… 뭐 굳이……. 거지가 다 똑같은 거지지."

"평범한 거지와는 다르다, 평범한 거지와는! 본좌는 이래 봬도 개방의 기대를 한 몸에 받고 있는 사람이란 말이다!"

"개방도 어지간히 인재가 없는 모양이네요."

"끄으으으응."

홍대광이 주먹을 부르르 떨었다.

'이걸 확 팰 수도 없고.'

패기는커녕 되레 얻어맞지나 않으면 다행이다. 홍대광도 개방에서는 나름 방귀 좀 뀌는 사람이지만, 이 괴물 놈에게는 어림도 없다. 당장 검총에서도 무당의 장로와 드잡이하던 놈이 아니던가.

"그리고 보니 너 그거 진짜냐?"

"뭐가요?"

"네가 그 당가의 태상장로와 붙어 이겼다는 말이 있던데. 워낙에 황당한 정보라 아직 개방에서도 진위를 확인 중이거든."

"아, 그거요."

"그래! 사실이냐?"

청명이 뚱한 표정으로 홍대광을 바라보더니 한 손을 앞으로 쭉 내밀어 펼쳤다. 홍대광의 얼굴에 의문이 스쳤다.

"아무리 거지라 날로 먹는 게 일상이라지만, 그래도 명색이 정보를 얻는 건데 대가는 치러야 하지 않겠어요? 아저씨가 저한테 정보를 공짜로 준 것도 아니고. 거래는 확실하게 해야죠."

"이 벼락 맞을 놈이! 지금 거지한테 돈을 갈취하겠다는 거냐?"

"거 편리하네. 어떨 때는 거지고, 또 어떨 때는 정보상이고. 하나만 합시다, 하나만. 적당히 두 다리 걸치다가 필요할 때마다 갈아타지 마시고."

"끄으응."

홍대광이 앓는 소리를 내더니 허리춤에 차고 있던 호리병을 내밀었다.

"옜다."

"뭔데요?"

"보면 모르느냐? 술이다!"

"돈이 좋은데."

"먹고 죽으려 해도 없다, 이놈아! 앞으로 개방에서 정보 받을 때마다 돈을 낼 생각이면 가져다주마!"

"에이. 누가 그러재요? 헤헤."

청명이 히죽히죽 웃었다. 홍대광은 속으로 투덜대며 입맛을 다셨다.

능구렁이 같은 놈. 얼굴은 어린 티가 팍팍 나는 놈이 안에 영감이 들어앉았나, 왜 이리 능글맞은지.

"먹던 건 아니죠?"

"새 거다, 새 거!"

"감사히 먹겠습니다."

청명이 곧장 술병의 마개를 따고는 꿀꺽꿀꺽 들이켰다. 얼마나 시원하고 달게 들이켜는지, 보는 사람이 다 군침이 넘어갈 지경이었다.

"크으! 좋네요."

"끄응. 도사라는 놈이……."

침만 꿀꺽꿀꺽 삼키던 홍대광이 재빨리 말을 이어 갔다.

"마셨으니 빨리 진위나 말하거라. 사실이냐?"

"뭐, 영감님 한 분 때려잡기는 했죠."

"……사실이구나. 세상에."

홍대광이 경악 어린 시선을 보냈지만 정작 청명은 별것도 아니라는 듯 태연했다. 홍대광은 새삼스럽게 고민했다. 대체 이놈은 어떻게 생겨 먹은 놈이지? 검총에서 무당의 장로와 대등하게 싸울 때도 괴물 같은 놈이라고 생각했는데, 이제는 한술 더 떠서 당가의 태상장로와 싸워 이겼단다.

홍대광이 청명이라는 놈을 눈으로 직접 보지 못했다면, 이 정보를 물어 온 거지의 귀싸대기를 날려 버렸을 것이다.

'본 게 있으니 믿지 않을 도리도 없고.'

무엇보다 저 태연자약한 모습이 더 황당하다. 이놈에게는 당가의 태상장로를 이긴 것 정도는 아무것도 아닌 듯해서 말이다. 아니, 실제로 아무것도 아닌 건지도 모른다. 대체 이 상황을 윗선에 어떻게 보고해야 할지 황당하기만 했다.

그때 청명이 심드렁하게 말했다.

"그런데 왜 온 거예요?"

"아! 그렇지!"

홍대광이 후다닥 어깨에 힘을 주더니 그를 똑바로 보며 말했다.

"어서 이 어르신께 감사를 표하거라. 내가 중요한 정보를 가져왔으니까. 곧 화산도 알게 될 일이기는 하지만……."

"거, 뜸 들여 봐야 판돈 올라갈 일 없으니까 그냥 빨리 이야기하세요."

"끄응."

도무지 귀여운 구석이라고는 없는 놈 같으니라고. 홍대광이 속으로 구시렁거리며 툭 내뱉듯 말했다.

"소림이 움직였다!"

"……그게 왜요?"

"소림이 움직였다니까!"

"그러니까 그게 왜요?"

"……."

청명은 아까보다도 더 뚱한 표정으로 이쪽을 보고 있었다. 홍대광은 믿을 수 없어서 눈을 연신 끔벅였다.

"어……. 그동안 숨을 죽이던 소림이 움직였다니까?"

이 새끼, 설마 소림이 움직였다는 게 어떤 의미인 줄 모르는 건가? 홍대광이 막 설명을 덧붙이려는데, 청명이 심드렁하게 귀를 후볐다.

"뭐 주워 먹을 게 생긴 모양이죠."

"응?"

"원래 그 땡중 놈들이 그렇잖아요. 평소에는 점잔 빼면서 온갖 근엄한 척은 지들끼리 다 하다가, 뭐 하나 주워 먹을 게 생기면 득달같이 승복 자락 찢어지도록 나풀대며 달려오고."

홍대광의 눈이 파르르 떨렸다. 천하에서 소림을 이런 식으로 말하는 건 이놈 하나밖에 없을 것이다.

"그래서 뭐 어떻게 움직였다는 건데요?"

"……대회를 열 모양이다."

"네? 대회요?"

뜬금없는 말에 그제야 청명이 관심이 생긴 듯 되물었다. 홍대광이 크게 고개를 끄덕이며 덧붙였다.

"그래. 무림 대회를 크게 열 모양이다! 숭산(嵩山)에서 배첩을 날린다고 하는구나!"

"뭐가 열린다고?"

지금까지 태연하기만 하던 청명의 눈빛이 일순 달라졌다.

"무, 무림……."

"무림 대회?"

"그, 그렇다."

"그럼 비무 대회 말하는 거 맞지? 무림 대회면 비무 대회도 당연히 열리는 거니까?"

"그, 그렇지. 천하무림대회니 당연히 천하비무대회도 열리겠지. 보통은 그렇지 않으냐."

어떤 무림 대회든 그 꽃은 비무 대회다.

모두 장문인들끼리의 회의나 단합에는 크게 관심이 없다. 결국 비무 대회가 중점이 되곤 한다. 강호인들은 무림 대회와 비무 대회를 구분하지 않고 혼용하여 칭할 정도이니 그 비무 대회에 집중되는 관심이 어느 정도인지 알 만했다.

"……구파일방이 다 참가하는 비무 대회?"

"소림에서 여는 비무 대회니 당연히 그렇……."

그 순간 청명이 와락 달려들더니 그의 멱살을 움켜잡았다. 홍대광이 기겁하여 움찔 물러났다.

"왜, 왜 이러냐!"

"배첩."

"……응?"

"배첩 어딨어?"

청명의 눈은 완전히 돌아 버린 지 오래였다.

"그 무림 대횐지 나발인지 참가할 수 있는 배첩 어디에 있냐고!"

잘 걸렸다, 이 새끼들! 싸그리 다 머리털을 뽑아 주지!

"케엑! 켁! 이것 좀 놓고!"

"어디 있냐니까!"

"놓고 말하라니까, 이놈아! 숨넘어가겠다!"

그제야 청명이 홍대광의 멱살을 잡은 손을 거칠게 놓았다. 홍대광은 그 자리에 주저앉아 연신 기침을 해 대다 눈을 부라리며 삿대질했다.

"이놈아! 너는 장유유서도 없느냐? 내가 그래도 너보다 동냥밥을 먹어도 십 년은 더 먹었는데!"

"같이 늙어 가는 처지에 그러지 맙시다."

"에라!"

분을 못 이기고 씨근덕거리는 홍대광을 보며 청명은 속으로 혀를 찼다.

'내가 이런 놈들한테까지 어린놈 취급을 받아야 한다니.'

참으로 서글픈 현실이었다. 본래대로라면 개방 방주한테 할아버님 소리를 들어야 할 나이이건만……. 끄응.

"여튼 그래서 그 배첩 어딨냐고요! 설마 이 새끼들이 화산을 빼놓은 건 아니겠지?"

"이제 막 들어온 따끈따끈한 소식이다! 배첩에 날개가 달려 날아오지 않는 이상 며칠은 더 걸리겠지!"

"그렇죠?"

빼놓기만 했어 봐. 소림 방장 민둥머리에 대머리라고 써 버릴 테다.

"지금 화산의 기세야 모르는 사람이 있겠느냐? 특히나 중원의 서부에서는 그……."

주절주절 떠들던 홍대광이 돌연 말끝을 흐렸다. 청명이 고개를 갸웃하며 물었다.

"왜 그래요?"

"……생각을 해 봤는데 말이다."

"네?"

홍대광의 표정이 아까보다 사뭇 진지해 보였다.

"그…… 소림은 워낙 외부에 관심이 없는 문파인 데다…… 그, 좀 동쪽에 있지 않으냐."

"근데요?"

"그, 그럼 화산이 예전과는 그 기세가 다르다는 걸 모르지 않을까?"

"……그게 뭔 소리죠?"

"아, 아니, 그러니까…… 소림에서 화산이 여전히 망해 가는 문파라고 생각하면, 배첩을 보내지 않을 수도 있다는……."

그의 말이 이어질수록 청명의 고개가 점점 삐딱해진다. 온 얼굴에 살벌한 기세가 스멀스멀 번지자 홍대광이 진저리를 치며 몸을 물렸다. 아니나 다를까, 청명의 입에서 불이 뿜어져 나왔다.

"이 땡중 새끼들이…… 감히 화산을 무시해?"

"지, 진정해라, 화산신룡!"

"아니, 이 새끼들이! 언제부터 그렇게 잘나갔다고?!"

화산신룡. 소림은 원래 잘나갔다. 잘 생각해 봐라.

"배첩? 배첩 같은 소리 하고 있네!"

"뭐, 뭘 어쩌려고?"

청명이 눈을 희번덕대며 이리저리 굴렸다.

"고민 중이에요."

전혀 고민하는 얼굴이 아닌 것 같은데? 이미 답은 정해진 것 같은데?

"뭐, 뭘 고민하는데?"

"별것 아니에요. 소림에 쳐들어가서 깽판을 칠까……. 아니면 배첩을 받은 다른 문파를 찾아가서 정중하게 양도를 받을까."

……어느 쪽도 그리 제대로 된 생각은 아닌 것 같은데? 이게 진짜 도사라는 놈이 할 수 있는 생각인가?

일신우일신(日新又日新)이라더니, 청명을 만날 때마다 매번 인성의 새로운 경지를 확인하는 홍대광이었다.

"……소림은 멀고. 그래, 종남. 종남 그 새끼들이 좋겠다. 좋게 말하면 배첩을 내놓겠지!"

좋게 말한다면서 주먹은 왜 움켜쥐고 그러냐……. 이쯤 되니 홍대광의 고민은 다른 곳으로 튀었다.

'화산이 옛 영화를 되찾는 게 과연 좋은 일일까?'

이 새끼가 그 중심에 있을 텐데? 이놈을 장문인으로 내세운 화산이 강호를 선도하는 것보단, 차라리 마교가 지배하는 세상이 낫지 않을까?

그때 청명이 고개를 획 돌리는 바람에, 고민하던 홍대광이 다시 움찔했다.

"종남에는 배첩이 도착했을까요?"

"지, 진정해라, 화산신룡! 세상일이라는 게 그렇게 급박하게 돌아가지 않는다!"

"아니, 지금!"

"소림에서 개최하는 무림 대회지 않으냐. 준비하는 데 최소 석 달은 걸린다! 배첩이 날아오는 것도, 못해도 일주일은 더 걸릴 것이다!"

"으으음."

청명이 영 마음에 안 든다는 듯 눈을 찌푸렸다. 결국 홍대광이 최대한 아량을 베푸는 마음으로 말했다.

"그리고 혹여 화산에 배첩이 날아오지 않으면 내가 윗선에 건의해서 반드시 받을 수 있게 해 주마!"

그러자 청명은 눈을 가늘게 뜨더니 의심스럽다는 듯 그를 바라보았다.

"아저씨가요?"

"……너, 나를 대체 뭐로 보는 거냐?"

"거지?"

홍대광은 순간 말문이 막혔다. 어…… 거지 맞지. 거지는 맞는데…….

"내가 개방의 분타주다! 윗선에 그 정도 건의할 힘은 있다, 이 말이야!"

"영 믿음이 안 가는데."

"끄으으응."

청명의 불신은 쉬이 가시지 않았다. 홍대광의 눈가에 물기가 차올랐다.

내가 화음에는 왜 와 가지고. 그냥 낙양 분타 분타주로 머물렀으면 이런 서글픈 꼴은 안 당했을 텐데. 뭔 부귀영화를 누리겠다고 이 먼 섬서까지 와서 동냥밥 탐내는 거지 취급을 받는다는 말인가. 이 무도한 놈 같으니!

"여하튼 며칠만 기다려 보거라! 배첩이 도착할 테니까 말이다."

"일단 알았어요."

청명이 고개를 끄덕였다.

"그럼 소식 다 전했으니 나는 이만 가야겠다."

홍대광이 깊게 한숨을 내쉬었다. 모난 놈 옆에 있으면 정 맞는다더니, 이놈은 자기가 직접 정을 들고 설치는 놈이다. 일단 이럴 때는 빨리 이놈 곁에서 떨어져야……

"아, 맞다!"

"응?"

청명이 무언가 생각난 듯 홍대광을 향해 고개를 획 돌렸다.

"그러고 보니 내가 거지새끼 하나 잡아다 두라고 했던 건 어떻게 됐어요? 그 새끼 잡아 왔어요?"

순간 홍대광의 눈이 파르르 떨렸다. 그걸 안 까먹고 있었다는 데 충격받은 것이다. 이 정도면 거의 병적인 집착 아닌가.

"자, 잡아 왔었지. 그런데 네가 너무 오래 자리를 비워서 일단은 돌려보냈다."

"뭐? 누구 맘대로 그걸 돌려보내!"

"지, 지금 그게 중요한 게 아니잖으냐. 그리고 그놈도 아마 소림에 올 것 같으니까 용무가 있으면 거기서 처리하거라."

"그 거지새끼, 꼴에 운도 좋지!"

청명이 눈을 부라렸다. 그 눈빛을 보며 홍대광은 진지하게 걱정을 하기 시작했다. 진짜 소림이나 종남에 뭔 일이 나는 것 아닐까? 특히나 종남은 좀 많이 불안해 보이는데……. 불쌍한 것들, 그러게 왜 이놈이랑 척을 져서는…….

그리고 종남으로서는 무척 다행(?)스럽게, 그로부터 사흘이 지나기 전에 화산에 한 사람이 방문했다.

◆ ◈ ◆

"소림에서 오셨다 하셨소?"

"그렇습니다, 장문인. 소승은 소림의 혜방(慧訪)이라 합니다."

"화산에 오신 것을 환영하외다."

가벼운 인사를 마친 현종이 무거운 눈빛으로 객을 바라보았다. 파르라니 깎은 머리에 담담한 표정, 거기에 몸에 두른 붉은 승포까지. 그 모든 것이 한데 어우러져 중후한 분위기를 자아냈다.

'과연 소림이로다.'

이만한 이가 이런 심부름을 하다니, 대체 소림에는 고수가 얼마나 많다는 말인가? 과연 소림은 강호의 북두(北斗)로 불릴 만한 곳이다.

"그래. 소림에서 무슨 용무로 화산을 찾아 주시었소?"
그 말에 혜방이 품에서 봉투 하나를 꺼냈다.
"소림의 방장께서 장문인께 전하는 배첩입니다."
"배첩이라……."
봉투를 받아 든 현종이 그 자리에서 바로 개봉하여 배첩을 꺼냈다.

천하무림대회(天下武林大會)

뻔하디뻔한 이름이다. 하지만 소림의 입에서 나왔기에 뻔하지 않은 일이 된다. 현종은 눈을 가늘게 뜨고는 동봉된 서찰을 펼쳤다.

화산 장문인 친전.
강호에는 다툼이 끊이질 않고, 서로 질시하는 마음이 가득하니, 세상이 어지럽기가 가없습니다. 고심하고 고심한 끝에 소림은 이 모든 것이 서로 간의 화합이 부족하여 벌어진 일이라 결론을 내렸습니다.
과거 마교가 난을 일으키기 전에는 강호의 문파들이 다수 참여하는 무림대회가 있어 서로 친교를 나누고, 경쟁을 통해 발전할 수 있었습니다.
때문에 무림맹이 유명무실해진 지금, 부족하지만 소림이 그 역할을 대신하여 무림 대회를 열고자 합니다.
그러니 부디 장문인께서는 소림의 청을 마다하지 마옵시고 제자들과 더불어 참가하여 자리를 빛내 주시길 바랍니다.
숭산에서 장문인을 기다리고 있겠습니다.

현종이 가만히 서찰을 다시 접었다. 더없이 정중한 어투였지만, 아마 이와 똑같이 적힌 서찰이 다른 곳에도 똑같이 전해지고 있을 것이다.

'하나, 무당이나 종남에는 조금 다른 서찰이 갔겠지.'

이 서찰 하나만으로도 지금의 소림이 생각하는 화산이 어느 정도인지 알 수 있었다. 배첩이 왔다는 것만으로도 기뻐해야 할 일이겠으나 묘한 씁쓸함을 지우기 힘들었다.

"무림 대회라면?"

"각 문파의 장문인들이 모이는 자리를 만들고자 하신다 들었습니다. 그와 동시에 친교와 발전을 위한 비무 대회 역시 개최할 것입니다."

"장문인들의?"

"그럴 리가 있겠습니까? 비무 대회의 참가는 이대제자나 이립 이하의 일대제자까지만 가능하도록 제한할 생각입니다."

'서른이라……'

현종이 미묘한 미소를 걸고 혜방을 바라보았다.

"참 좋은 일입니다. 한데…… 구파일방에서 밀려난 저희 화산이 감히 이런 곳에 참가할 자격이 되겠습니까?"

"아미타불. 어찌 그런 말씀을 하십니까. 이 무림 대회에는 구파일방뿐 아니라 오대세가, 그리고 다른 주요 문파들 역시 모두 참석할 것입니다. 그러니 심려치 마십시오."

"헹!"

말이 끝나기가 무섭게 뒤쪽에서 코웃음 소리가 들려왔다. 뜬금없는 소리에 혜방이 고개를 슬쩍 돌려 보니, 뒤쪽에 앉은 이들 중 하나가 벽에 등을 기댄 채 삐딱한 눈빛으로 이쪽을 바라보고 있었다.

'어려 보이는데.'

그에 대한 적대적인 시선이야 이해할 수 있다. 화산은 구파일방에서 축출된 문파고, 그 축출을 거행한 이들 중 소림도 있었다는 건 부정할 수 없으니까.

그런데 문제는 이곳이 다름 아닌 화산 장문인의 처소라는 점이다. 소림에서 온 손님을 받는 중요한 자리에 어린 제자가 함께한다는 것도 이상한데, 그 어린 제자의 태도가 차마 눈으로 봐 줄 수 없을 지경이다.

더 이상한 것은, 함께 자리한 화산의 어른 중 누구도 그의 행동을 제지하려 들지 않는다는 점이었다. 심지어 장문인인 현종조차.

'명문의 이름이 아깝구나.'

혜방의 미간에 생긴 골이 좀 더 깊어지기 전에, 현종이 슬쩍 입을 열었다.

"그래. 비무 대회를 한다고 하셨소?"

"그렇습니다."

"어떤 형식이오? 그 많은 문파의 모든 제자들이 참여할 수는 없을 텐데."

"그럴 수 있다면 좋겠지만, 현실적으로 쉽지 않은 일입니다. 그리하여 어쩔 수 없이 조금의 차등을 두었습니다."

"차등?"

"배첩의 색을 봐 주십시오."

현종이 슬쩍 시선을 내렸다.

"……은색이구려."

"배첩은 모두 네 종류가 있습니다. 첫째로는, 백금(白金)첩. 백금첩을 받은 문파는 모두 오십 명이 초대받아 스무 명의 제자들이 비무에 참가할 수 있습니다."

현종의 미간이 좁아졌다.

"그런 식으로 금첩은 마흔 명에 열다섯. 은첩은 서른 명에 열. 동첩은 스무 명에 다섯이……."

"아니, 이 새끼가 지금 장난하나!"

"청명아!"

"아이고, 인마! 참아라! 참아야 한다!"

청명이 결국 눈을 까뒤집자 옆에서 혹시 모를 사태를 대비하던 운자 배들이 그를 단숨에 덮어 눌렀다. 하지만 청명은 눌린 채로도 사냥감을 본 개처럼 으르렁대더니 버럭 소리를 질렀다.

"은첩? 은처어어업? 금첩도 아니고 은처어업? 아니, 이 새끼들이! 화산을 무시해도 유분수지!"

그 무시무시한 기세에 혜방은 저도 모르게 움찔 몸을 떨었다. 그러다 번뜩 든 생각에 날뛰는 이를 획, 다시 보았다.

잠깐만. 방금 청명이라고 했는가? 그럼 저자가 그 화산신룡?

'어찌 저런 자가……?'

방정맞기가 끝이 없고, 때와 장소를 가릴 줄 모르는 망나니가 아닌가. 저런 이가 천하제일 후기지수로 불린다니. 강호의 소문은 믿을 것이 못 된다더니 과연 그런 모양이었다.

"어이! 거기!"

"……."

"땡……. 아니, 스님!"

잠깐 들리다 만 단어가 무엇인지 생각하지 않으려 애쓰며, 혜방이 헛기침을 했다.

"나를 부르셨소?"

"종남은 뭐 받아요?"

"……예?"

"종남은 무슨 배첩을 받았냐고."

"……백금첩이오."

"아니, 근데 진짜 이것들이!"

청명이 다시 꿈틀대자 운검과 운암이 다시금 그를 꾹꾹 내리눌렀다.

"워워. 진정하자. 진정하자."

"당과! 누가 당과를 가져와라!"

청명이 바닥에 꽉 눌린 채로 이를 드러내며 말했다.

"거기, 스님!"

"……."

여기에 스님이라고는 혜방밖에 없었지만, 차마 그 사실을 지적할 엄두를 내지 못한 그는 일단 고개를 끄덕였다.

"종남 후기지수 애들이 화산에 처발린 거 들었어요, 못 들었어요?"

"확실히…… 종화지회에서 화산이 승리했다는 소식은 들었……."

"종화지회?"

"아, 아니, 화종. 화종지회."

"그런데요?"

"……무슨 말씀이신지?"

청명이 한심하다는 듯 쯧 하고 혀를 찼다.

"화산의 후기지수들이 종남의 후기지수보다 뛰어나다는 걸 뻔히 증명했는데, 그놈들은 백금첩을 받아서 스무 명이 참가하고, 우리는 은첩을 받아서 열 명이 참가한다고? 여보쇼, 지금 장난하쇼?"

"……."

혜방은 순간 꿀 먹은 벙어리가 되고 말았다. 생각해 보니 맞는 말이긴 했다. 저 태도는 좀 그렇지만, 논리에는 빈틈이 없다.

"생각을 하고 배첩을 돌려야 할 것 아냐, 생각을! 야, 이 땡……. 읍! 읍읍! 으으음…….'

현영이 능숙하게 청명의 입 안에 떡을 밀어 넣었다. 입 안 가득 씹을 게 들어가니 청명의 눈빛이 살짝 온화해졌다. 그러더니 잠시간 말없이 떡을 씹기 시작한다.

"자, 차도 여기 있다."

청명의 앞에 찻주전자까지 내려놓은 현영이 슬쩍 현종을 돌아봤다. 눈짓을 받은 현종이 고개를 끄덕이고는 얼른 입을 열었다.

"다소 거칠긴 했지만, 이 아이의 말은 틀리지 않소. 이 천하무림대회가 그저 회합의 자리라면 모를까, 후기지수의 비무를 함께 하는 대회라면 화산은 종남과 대등한 대접을 받을 자격이 있소이다. 그렇지 않습니까?"

"아미타불. 그건……."

현종이 빙그레 웃었다.

"소림은 공명정대한 곳으로 이름이 높지 않소. 우리의 체면을 헤아려 주길 바라오."

그 순간 떡을 꿀꺽 삼킨 청명이 다시 소리를 질러 댔다.

"우리가 가서 종남 애들 다 때려잡으면 니들 눈깔은 옹이구멍 되는 거야! 생각을 하고 배첩을 돌…….'

"자, 하나 더 먹자꾸나."

"우읍!"

현영이 다시 청명의 입 안에 떡을 밀어 넣었다. 혜방은 굳은 표정으로 고심하는 듯하다가 마침내 고개를 끄덕였다.

"장문인의 말씀이 틀리지 않습니다."

"이해해 주셔서 감사하오."

"하지만 백금첩은 그 수가 정해져 있습니다. 제가 드릴 수 있는 것은 오직 금첩뿐입니다. 그러니 장문인께서도 저와 소림의 사정을 헤아려 주시기를 바랍니다."

그러더니 그는 품 안에서 금색의 배첩을 꺼내 현종에게 내밀었다.

현종이 가만히 그 금첩을 바라보다가 고개를 끄덕이며 받아 들었다.

"감사하외다."

"아미타불. 별말씀을."

반장을 한 혜방이 말을 이어 갔다.

"대회는 지금으로부터 반년 뒤에 열릴 것입니다."

"왜 그리 멀리 잡으신 것이외까?"

"먼 곳에 있는 문파들까지 모두 참석시키려다 보니 시간이 조금 걸립니다. 그리고 소림 역시 준비할 시간이 필요합니다."

"으음. 하긴 참가 인원이 적지 않지요."

"아미타불. 그럼 저는 이만."

혜방이 자리에서 일어났다. 현종이 살짝 놀란 눈으로 그를 보았다.

"벌써 말입니까?"

"돌려야 할 배첩이 많이 남아 있습니다. 이리 급히 떠나는 제 무례를 용서해 주시기 바랍니다."

"그러시다니 별수 없겠습니다. 현상, 손님을 배웅해 드리거라."

"예, 장문인."

현상이 자리에서 일어나자 혜방은 반장 해 예를 표하고는 밖으로 나갔다.

현상과 혜방이 나가고, 장문인의 처소에 남은 이들은 모두 침중한 눈빛으로 다탁 위의 배첩을 바라보았다.

"천하무림대회라."

현종의 시선이 자연히 청명에게로 향한다.

"어찌 생각하느냐, 청명아?"

"……종남이고 나발이고가 문제가 아니네요."

"응?"

그 순간 현종은 보았다. 청명의 눈빛이 불타오르는 모습을 말이다.

"이 땡중 새끼들이, 감히 화산을 무시해? 니들 대가리는 안 깨지는지 보자!"

눈으로도 모자라 거의 입으로 불을 뿜어내는 청명을 보며 현종은 그저 인자하게 웃었다.

'쟤를 데려가도 될까?'

고민일세. ……정말 고민이야.

◆ ❖ ◆

화산의 산문 앞에서 시립하고 있던 사미승이 혜방을 발견하자마자 깊게 반장 했다.

"일은 잘 마치셨습니까, 스승님."

혜방이 가볍게 고개를 끄덕였다.

"음, 그래. 우선 가자꾸나."

"예."

산문에서 벗어난 두 사람은 가파른 화산을 내려가기 시작했다.

"화산은 어떠셨습니까?"

"아미타불······."

살짝 말끝을 흐린 혜방이 미묘한 표정으로 잠시 침음했다. 그러더니 눈을 감고 작게 중얼거렸다.

"뭐라 말을 해야 할지 모르겠구나."

사미승이 그런 그의 표정을 보더니, 의문 어린 눈빛으로 다시 물었다.

"스승님께서도 모호한 것이 있으십니까?"

"나도 사람일진대 어찌 모든 것을 명쾌히 알겠느냐."

"하면 저 화산이 스승님께서도 파악하지 못할 만큼 기이한 곳이란 말입니까?"

혜방이 고소를 머금었다.

"기이하다······. 글쎄. 다만, 확실히 내가 듣던 것과는 다르더구나. 산문 내에 흐르는 분위기나, 문도들 하나하나의 기운이 몰락하는 문파의 것이 아니었다."

"화산이 부활하고 있다는 세간의 평가가 그리 틀리지 않는다는 뜻이로군요."

"그렇기도 하고 아니기도 하다."

묘한 대답이었다. 혜방이 잠시 뜸을 들이는 듯하더니 말을 이어 갔다.

"화산의 기세가 생각 이상인 것은 사실이나, 과거의 위상을 회복하기는 요원할 것이다. 거의 불가능하다 보아도 되겠지."

"이유를 여쭤도 되겠습니까?"

그는 살짝 생각을 정리하는 듯 침묵하다 입을 열었다.

"음, 크게 세 가지다. 첫째. 화산의 상승무학이 실전되었다는 점이다. 상승의 무학을 익힌 자와 그러지 못한 자는 흐르는 기세에서부터 차이가 있을 수밖에 없다. 한데, 화산의 장로들에게서는 상승의 무리가 느껴지지 않더구나."

"치명적인 일이군요."

잔인하다면 잔인한 말이지만, 명문의 가장 큰 조건은 누가 뭐라 해도 무학이다. 상승의 무학은 명문을 명문으로 존재하게 해 주는 근원이나 마찬가지니까. 한데 화산에는 그 근원이 없는 셈이다.

"둘째. 상승의 무학이 없어 윗대가 바로 서지 못했으니, 그 뒤를 잇는 이들도 성취를 얻기가 어렵다. 무란 자신의 수양으로 스스로 완성하는 것이라 하나, 그 수양의 방향을 잡아 주고 올바른 길로 이끌어 줄 스승의 존재는 반드시 필요한 법이다."

사미승이 천천히 고개를 끄덕였다.

"그리고 셋째. 화산은 힘은 되찾고 있을지 모르나, 과거의 엄정한 기강은 되찾지 못한 모양이다. 위계가 바로 서지 못하고 문파의 기강이 잡히지 않았으니, 과거 천하제일을 노렸던 매화검문(梅花劍門)의 위상은 되찾지 못할 것이다."

말을 마친 혜방은 살짝 안쓰럽단 눈빛으로 화산을 돌아보았다. 안타깝지만…… 아무리 생각해도 딱히 이렇다 할 답이 보이지 않는다.

"하면, 스승님. 혹여 화산이 그 모든 문제를 해결할 수 있다면 다시 명문으로 부활할 수 있겠습니까?"

혜방이 고개를 슬쩍 돌려 사미승을 바라보았다.

"문제를 해결한다?"

"예. 실전된 무학을 되찾을 수 있다면……."

"그래도 무리일 것이다."

혜방이 가만히 고개를 저었다.

"설령 화산이 과거의 고절했던 검학들을 되찾는다고 하더라도 화산엔 더는 그 무학을 이해하고 전수할 사람이 남아 있지 않다."

"화산에도 사숙 같은 천재가 등장할 수 있잖습니까?"

"그 녀석 같은 천재가 한 대에 둘씩이나 있을 리도 없거니와, 설사 있다 하더라도 마찬가지다. 그 천재가 화산의 모든 무학을 이해하고 누군가에게 전수할 수 있을 경지에 오르기까지 얼마나 오랜 시간이 필요하겠느냐? 그때가 되면 이미 화산은 많은 걸 잃은 뒤일 것이다."

"아아……."

사미승이 안타깝다는 듯 한탄했다.

"그럼 화산은 결코 과거의 영광을 되찾을 수 없다는 뜻이로군요."

"화산의 무학에 통달한 전대의 고수가 갑자기 나타나기라도 한다면 실낱같은 희망이 있을지도 모른다. 하지만 화산은 정기를 이어 주어야 할 이들을 과거의 혈사에서 모두 잃었다."

"참으로 안타까운 일입니다."

"아미타불."

혜방이 허공을 응시하며 낮게 불호를 외었다.

"흥망성쇠란 인간의 힘으로는 어찌할 수 없는 것이다. 지금의 소림이 더없는 힘을 구가한다고는 하나, 해가 지면 달이 뜨듯 언젠가는 이 힘도 쇠락할 날이 오는 법이다. 안타까울 것도, 아쉬울 것도 없다. 모든 것은 결국 불법 안에 있는 것일 뿐."

선문답처럼 홀로 말을 늘어놓던 혜방이 부질없다는 듯 고개를 저었다.

"갈 길이 멀다. 어서 가자꾸나."

"예, 스승님."

사미승을 앞세워 걷던 혜방은 다시 한번 슬쩍 화산을 돌아보았다.

'흥망성쇠라…….'

지금 화산의 문풍은 혜방이 여태껏 한 번도 본 바가 없을 정도로 독특했다. 저 분위기에 훌륭한 무학이 더해진다면 어디까지 갈 수 있을지 궁금하긴 하지만……. 그는 이내 고개를 내저었다.

'덧없는 생각이지.'

지금은 하나의 문파라도 아쉬운 상황이지만, 화산이 그 '하나'가 되어 줄 확률은 높지 않아 보였다. 머릿속에서 화산을 깔끔하게 지워 낸 그는 천천히 산을 걸어 내려갔다.

◆ ◈ ◆

혜방이 떠난 뒤, 장문인실에 남은 이들은 무거운 침묵을 지켰다. 상석에 앉은 현종이 손에 잡은 금첩을 만지작거리며 나지막이 중얼댔다.

"천하무림대회라……."

그의 눈빛은 몹시도 가라앉아 있었다.

"어찌 생각하십니까, 장문인?"

현영의 물음에 그는 가만히 눈을 감고 한동안 사색하였다. 깊은 고민이 여실히 드러나는 얼굴이었다. 잠시 후 마침내 눈을 뜬 현종이 장로들을 돌아보았다.

"장로들의 생각은 어떠한가? 이 천하무림대회에 참가하는 것이 화산에 화가 되겠는가, 복이 되겠는가?"

역시 고민에 잠겨 있던 현상이 미간을 찌푸렸다.

"저는 감히 짐작할 수 없습니다."

실로 무거운 일이다. 천하무림대회에는 천하의 모든 명문들이 모이게 될 것이다. 그런 곳에서 비무 대회를 한다?

'천하의 모든 명문들 앞에서 그 실력을 검증받게 된다는 뜻이겠지.'

커다란 기회다. 하지만 동시에 큰 위기이기도 하다. 만약 이곳에 참가했다가 망신을 당한다면, 화산은 다시는 옛 위상을 회복하지 못할 테니까.

"현영은 어찌 생각하느냐?"

현영은 무어라 입을 떼려다 그만두었다. 언제나 명쾌하게 자신의 의견을 내어놓던 그도 이번 일 앞에서는 퍽 고민이 되는 모양이었다. 운자배들도 신중하게 고민을 거듭하느라 말이 없었다.

결국 오랫동안 침음하던 현상이 먼저 입을 열었다.

"장문인. 저희가 배첩을 받았다는 것은 이미 타 문파들에게 인정을 받고 있다는 뜻 아니겠습니까?"

그러자 현영이 슬쩍 인상을 찌푸렸다.

"인정이라는 말은 좀 그렇지요. 관심이라는 게 적절합니다."

"그래. 그 말이 더 맞겠구나. 여하튼 그런 상황에서 굳이 참가하지 않을 이유가 있겠습니까?"

"음, 그렇지."

현종이 무겁게 고개를 끄덕였다.

"이제는 우리 화산도 당당히 부활을 선언해야 합니다. 천하무림대회라면 더없이 좋은 자리가 되겠지요."

현상의 말에 현종이 크게 고개를 끄덕였다. 하지만 현영은 그 말에 찬성하지 않는 모양이었다. 그는 싸늘한 어조로 반박했다.

"저는 생각이 조금 다릅니다. 과시하는 맛이야 있을지도 모릅니다. 이제 우리 화산이 여기까지 왔다고 어깨에 힘은 넣을 수 있을지 모르지요."

"흐음."

"하지만 그걸로 얻는 게 무엇이겠습니까? 지금 화산은 이름을 알릴 때가 아니라 내실을 도모할 때입니다. 굳이 그런 곳에 참가하여 다른 문파들의 경계를 자처할 필요가 있겠습니까?"

말을 하면서 현영은 슬쩍 청명을 돌아보았다. 무언가를 뼛속까지 뽑아 먹겠다는 다짐이 느껴지는 눈빛으로.

"지금도 알아서 잘 돌아가는데…… 차라리 그 시간에……."

말끝이 점점 흐려졌다. 청명의 몸이 부르르 떨렸다.

"크흠. 의견이 갈리는구나. 말이 나와서 말인데, 청명아. 너는 어찌 생각하느냐?"

현영의 시선을 외면해 버린 청명이 태연하다 못해 심드렁한 태도로 어깨를 으쓱하며 대답했다.

"참가하지 않을 이유가 없을 것 같은데요? 가서 잘되면 좋은 거고, 설사 망신을 당한다고 해도……."

이윽고 모두를 둘러보며 눈살을 찌푸린 청명이 으르렁대는 듯한 목소리로 물었다.

"화산이 잃을 게 있어요?"

그 노골적인 질문에 모두 꿀 먹은 벙어리처럼 말을 잃었다.

"사람이 잃을 게 없을 때는 겁이 없는 법이죠. 그런데 슬슬 가진 게 생기고 나면 겁이 나죠. 지금 가진 걸 또다시 잃을까 봐서요."

목소리를 살짝 낮춘 청명은 현종을 보며 말했다.

"물론 장문인께서는 신중히 결정을 내리고 싶으시겠지만, 때로는 과감해야 한다고 생각합니다."

"내가 지금 가진 것들을 잃을까 봐 겁을 먹었다는 뜻이더냐?"

"꼭 그런 의미는 아니에요. 그저 묻고 싶은 거죠. 왜 망설이시는지."

"허허. 왜 망설이느냐라……."

현종이 빙그레 웃었다. 그러더니 단호한 시선으로 운암을 바라보았다.

"제자들을 소집하거라."

"예!"

외전

외유(外遊)

"청명아아아아아아아아!"

파아아앗!

청명이 섬전같이 담을 넘어 화산 아래로 내달렸다. 등 뒤에서 들리는 고함의 크기로 보아 이건 잡히면 못해도 참회동 사흘 치다.

"거기 안 서느냐! 이놈! 오늘은 정말 가만히 안 두겠다! 안 서? 거기 안 서? 야, 인마!"

"서면 때릴 거잖아요!"

"안 서면 더 맞는다는 생각은 못 하는 거냐?"

"그건 나중 일이고."

"서라! 거기 서 봐라! 말로 할게, 내가!"

"거짓말!"

"잡히면 진짜 다리몽둥이를 부러뜨려 버릴 거다!"

청명이 뒤도 돌아보지 않고 더욱 빠르게 내달렸다.

"어휴."

산 아래로 내려온 청명이 양손으로 얼굴을 박박 문질렀다.

"잔소리는 진짜."

아니, 뭐 그렇게 대단한 일 했다고 저리 난리란 말인가? 화산에 오른 방문객은 공양을 하고, 화산에 사는 도인들은 그 공양한 돈으로 먹고살지 않는가? 그러니까 따지고 보면 화산에 오른 방문객들은 청명에게 돈을 나눠 주러 온 것이나 다름없었다.

"거치적대는 중간 과정 빼고 그것 좀 바로 받았기로서니 사람을 이렇게 구박해도 되냐고! 꽉 막혀서는."

물론 그걸로 술을 사 먹은 건 조금…… 아주 조금 문제가 있긴 하지. 그 남은 술을 조사전에 숨겼다 걸린 것도 조금은 문제가 있고.

하지만 생각하기에 따라서는 매일 선식(仙食)만 하실 조사님께 좋은 술 한번 대접했다고 볼 수도 있지 않은가.

"하여튼 말이 안 통한다니까."

청명이 쯧 하고 혀를 찼다. 이리된 이상 화산에 다시 올라가면 한동안은 술은 물론이고, 고기 조각 하나도 구경하기 어려울 것이다. 그 쉰내 나는 벽곡단이나 씹어 대며 참회동에 처박혀 있어야 할 게 분명한데…….

청명이 품 안에 손을 넣어 고급스러워 보이는 비단 전낭을 꺼내 들었다. 일전에 나이도 지긋해 보이는 한 방문객이 혼자 온 젊은 여인을 희롱하려 들길래 좋게 좋게 말로 타일렀더니, 감격의 눈물을 흘리며 내어 준 전낭이다.

크으. 역시 진정한 도인은 사람들이 먼저 알아보고 공양해 준다니까.

"어차피 이리된 거, 놀 만큼 놀고 올라가야지. 매도 나중에 맞는 게 낫다고."

청명이 휘파람을 불며 주루로 향했다.

"안 됩니다."
"……네?"
"도장께는 술을 팔 수 없습니다."
"왜요?"
청명이 눈을 휘둥그레 떴다.
"화산의 어르신들께서 오셔서 신신당부하셨습니다. 화산의 청자 배, 특히나 청명 도장에게는 술은 물론이고 음식도 팔지 말라고요."
"아, 아니, 이거 내가 먹을 게 아니라 사부님 가져다드릴……."
"그것도 안 됩니다. 앞으로 청자 배에게는 절대 심부름을 시키지 않을 터이니, 아무것도 내어 주지 말라고 하셨습니다."
"지, 지독한……."
이렇게까지 한다고? 세상에, 사람이 어떻게 이렇게까지 악독할 수 있다는 말인가! 그 흉흉하다는 마두 놈들도 이 광경을 보았다면 오금이 저려 도망쳤을 것이다.
"끄응. 정말요?"
"네. 그러니 절대 안 됩니다."
철벽같은 방어에 신음하던 청명이 태도를 바꿔 은근슬쩍 주인에게 다가갔다.
"헤헤, 그러지 마시고."
"으응?"
청명이 전낭에서 은전 하나를 꺼내 주인장의 손바닥 위에 올리고는 양손으로 그의 손을 꼭 접어 주었다.

"요새 장사는 잘되시나 모르겠네요. 이거 넣어 두시고, 저는 그냥 싸구려 화주 몇 병이랑 만두 두어 개……."

"어허!"

하지만 청명의 따뜻한(?) 손길은 단호한 상인의 뿌리침에 수포로 돌아갔다.

"어림도 없는 수작 부리지 마십시오. 그것 몇 푼 챙기다가 화산 어른들께서 진노하시면, 우리는 화음에서 다신 장사도 못 해 먹게 됩니다."

"아, 아니……."

"저뿐만이 아닙니다. 내 장담하건대 화음 어느 주루도 청자 배에게는 술과 음식을 팔지 않을 겁니다. 특히나 도장께는!"

청명이 상처받은 표정으로 주춤 물러섰다.

"내가 그간 올려 준 매상이 얼만데 이리 매정하게……."

"그렇게 보셔도 어쩔 수 없습니다. 청문 도장께서도 신신당부를 하셨단 말입니다."

마귀가 그새 다녀갔나 보다. 마귀가.

"그러게 적당히 좀 하시지."

"아니, 내가 뭘 어쨌다고요!"

주인장의 얼굴이 와락 일그러졌다. 그걸 꼭 말로 해야 아는가? 머리에 피도 안 마른 놈이 심심하면 산에서 내려와 술을 퍼마셔 대는데, 저놈을 참아 주는 것만으로도 그분들은 참도사셨다.

"여하튼 안 됩니다. 이러고 있는 게 눈에 띄기라도 하면 무슨 불호령이 떨어질지 몰라요. 저리 가십시오. 훠이! 훠이!"

"훠이라니! 내가 뭔 새도 아니고."

"아이, 참. 가시라니까!"

등을 떠미는 손길에 결국 청명이 밀려났다.
쾅! 닫혀 버린 주루의 문을 멍하니 바라보던 청명이 이내 부들부들 떨기 시작했다.
"흥! 내가 여기 아니면 갈 데 없는 줄 알아요?"
청명이 몸을 획 돌렸다. 그가 먹여 살린 주루가 화음 내에만 다섯이 넘을 텐데, 그중 하나쯤은 그의 편을 들어 줄 이가…….
쿵! 쿵! 쿵! 쿵!
"……없네."
청명이 시선을 돌리자마자 눈이 마주친 주루 주인들이 화들짝 놀라 문을 닫아 버렸다.
그의 입에서 헛웃음이 흘러나왔다.
"마적 놈들한테도 그렇게 매정하지는 않겠다! 이 양반들아!"
배신감이 물밀듯 차오른다. 그가 그동안 올려 준 매상이 얼만데!
아니, 아니지. 이건 저들을 탓할 일이 아니다. 이건 전부 저 화산 놈들 때문이 아닌가.
사특하고 또 사특하도다! 그가 그동안 화음의 주루 주인들과 얼마나 좋은 관계를 맺어 왔는데, 사람 사이를 이런 식으로 갈라놓다니! 이 얼마나 사악한 짓이란 말인가! 도사라는 작자들이 사람 간의 화합을 깨뜨리는 짓을 하다니, 화산의 미래가 어찌 되려고!
"끄으응."
하지만 그의 한탄을 들어 줄 사람은 아무도 없었다.
"어떡하지?"
기껏 돈을 가져왔는데 쓸 수가 없다. 오늘 이 돈으로 실컷 먹고 마시고, 겸사겸사 몇 병 챙겨 가서 화산 안에 숨겨 두고 마시려 했는데…….

돈이 왜 돈인가? 쓸 수 있으니 돈이다. 그건 거꾸로 말하면 쓸 수 없는 건 돈이 아니라는 의미다. 그러니 지금 이 전낭 안에 있는 묵직한 것들은 괜히 무겁기만 한 쇳조각들에 불과했다. 청명이 어깨를 추욱 늘어뜨렸다.

"……그냥 돌아갈까?"

아니다. 그럴 수는 없다. 올라가면 보나 마나 지옥 같은 잔소리가 기다리고 있을 텐데, 술 한잔 못 마시고 그 잔소리를 모조리 감내해야 한다는 건 지옥보다 더하지 않은가. 하지만 뭘 어떻게…….

"응?"

바로 그 순간, 청명의 눈이 반짝였다. 저기 화음 어귀에 익숙한 도복을 입은 이들이 걸어오고 있었다.

상대의 면면을 재빠르게 확인한 청명이 히죽 웃으며 쪼르르 달려갔다.

"아이고, 사숙드으으을!"

"어?"

"히익!"

"처, 청명이가 아니냐?"

도란도란 웃으며 걷고 있던 화산의 백자 배들이, 만면에 미소를 띠고 다가오는 청명을 보고는 어깨를 움츠렸다.

"이야! 이제 오십니까?"

"그, 그래…….."

"하하하. 이렇게 화음에서 사숙들을 뵈니 기쁘기 한량없습니다."

백자 배들의 얼굴이 불안감으로 물들기 시작했다. 과장 조금 보태면 매일 얼굴 보는 사이나 다름없는데 새삼스레 기쁠 일이 뭐가 있겠는가? 이건 분명히 무슨 속셈이 있는 것이리라.

"그, 그렇구나. 그런데 무슨 일……로?"

범(?) 같은 사질을 본 토끼 같은 사숙(?)들이 오들오들 떨어 댔다.

"아니, 뭐 별건 아니고. 사실 우리가 서로 말은 안 해서 그렇지, 한 식구 아닙니까. 가족 같은 사이라고나 할까."

"……그…렇지."

보통 같으면 절대 나올 수 없는 광경이었다. 아무리 지금 이곳에 있는 이들이 백자 배 중에서도 막내들이고, 맏이 격인 이들에 비해 한참 어리다고는 하지만, 어쨌든 청문보다도 나이가 많았다. 즉, 평범한 청자 배들과는 못해도 열 살 이상의 차이가 있다는 의미다.

젊은 나이에 십 년은 결코 작은 차이가 아니다. 아무리 날고 기는 재능을 가졌다 한들, 십 년의 격차를 뛰어넘기 위해서는 수십 년의 고련이 필요한 법. 그렇기에 젊은 무림인들 사이에서 한 배분 차이는 결코 뛰어넘을 수 없는 거대한 격차인 것이다.

당연히 그들도 그렇게 생각했다. 어느 날 청명의 패악질에 열이 받은 백자 배의 몇이 청문을 치도곤 놓기 전까지는 말이다.

물론 청명의 잘못은 청명 본인에게 물어야 마땅하지만, 청명의 나이가 다소 어리다 보니 말을 섞는 것도 체면 상하는 일이었다. 그래서 백자 배의 막내들이 청자 배 대제자인 청문을 불러 혼을 내고, 몇 대 두들겨 준 것이다.

그들 나름으로는 기강을 잡기 위해 벌인 일이었다. 그들도 과거에 비슷한 일을 운자 배에게 당하기도 했고. 하지만 그 대가는 참혹하기 짝이 없었다.

사람 말을 귓등으로 듣는 건 예사요, 아무리 구박해도 낄낄거리기만 하던 청명이 놈이 그 일로 눈이 돌아서는, 광견병 걸린 개처럼 보이는 족족 백자 배들을 두들겨 패기 시작한 것이다.

그날 백자 배들은 알게 되었다. 세상에는 날고 기는 정도가 아니라 천지를 뒤엎고, 심심하면 사람도 뒤집어 놓는 놈이 존재한다는 걸.

결과적으로는 장문인이 개입하여 청명을 참회동에 한 달간 감금하는 것으로 사태가 진정되기는 했지만, 그 이후로 웬만한 백자 배는 청명과 눈도 마주치지 못하게 되어 버렸다.

특히나…….

"이야. 잘 아는 분도 계시네."

"……."

당시 청문을 잘못 건드렸다가 청명에게 얼굴을 물어뜯긴 백외(白巍) 같은 경우는 말할 것도 없었다.

"잘 지내시죠?"

"그, 그럼. 잘 지내지……."

백외의 이마에 식은땀이 줄줄 흘러내렸다. 이 미친개를 설마 여기서 마주칠 줄이야. 그날, 끔찍한 선택을 했던 그날 이후 그가 얼마나 힘겨운 나날들을 보냈던가?

아직도 생각난다. 다짜고짜 그를 쫓아와 '네가 우리 사형 때렸냐?' 외치며 그의 안면에 정권을 찔러 넣던 저 마귀 놈의 얼굴이.

그걸로 끝이 아니었다. 그 이후로도 저놈은 심심하면 그를 찾아왔다. 자다가 얼굴에 몽둥이가 떨어진 날도 있었고, 새벽 수련을 나섰다가 뒤통수를 걷어차여 기절한 때도 있었다. 그것도 모자라 측간에서 볼일을 보다가 얻어맞아서 기절하는 바람에 바지도 못 올린 채로 발견되기까지 했다.

보다 못한 사형제들이 나서서 청명을 혼내 주려 했지만, 혼이 나는 건 되레 그들이었다. 위 배분이 괴롭히면 우는소리라도 할 수 있고, 청명이 나이라도 더 많았으면 하소연이라도 해 볼 텐데, 쥐방울만 한 놈한테 얻어맞았다고 울고 징징댈 수도 없는 노릇 아닌가.

심지어 이 사달이 장문인의 귀에까지 들어가고, 장문인이 직접 녀석을 참회동에 가두고 나서도 괴롭힘은 계속되었다. 상황을 알게 된 청문이 청명을 잡다가 회초리를 들지 않았더라면 이미 골병이 들고도 남았을 것이다.

놈을 바로 앞에서 마주하니 그 섬뜩한 기억들이 절로 되살아났다.

"에이, 뭐 그리 떨고 그러세요. 다 옛날 일인데."

"하. 하하……."

"웃어?"

"……."

청명이 묘한 눈빛으로 백외를 꼬나봤다. 백외의 입술이 파르르 떨렸다.

"하하, 다름이 아니라 제가 부탁이 하나 있어서 그러는데."

"아, 안 된다."

"응? 제가 뭘 부탁하려는 줄 알고 시작부터 안 된대요? 사숙, 저한테 감정 있으세요? 감정이라면 저도 좀 있는데."

"그, 그게 아니라. 지금 우리더러 술을 사 달라고 하려는 것 아니냐."

"엥?"

청명이 눈을 휘둥그레 떴다. '이 인간이 이렇게 똑똑했었나?' 하는 표정으로.

"어떻게 알았지?"

"내, 내가 안 게 아니다. 청문이가 절대 해 주지 말라 그랬다. 네가 그…… 수단이 다 막히면 나를 잡아 협박할지도 모른다고……."

귀신인가? 아니면 진짜 제갈공명의 환생이라도 되나? 여기까지 예상을 했다고?

"그러니까 안 돼. 나도 출입 금지 당했단 말이다. 애초에 너 때문에 백자 배의 반 정도는 화음 주루에 못 들어간다. 의, 의심되면 가서 주루 주인에게 물어보면 될 것 아니냐."

"허……."

청명이 어처구니가 없어서 웃어 버렸다. 이건 뭐 부처님 손바닥 위의 손오공도 아니고.

"끄응."

도리가 없다는 것을 안 청명이 한숨을 푹 하고 내쉬었다.

"이, 이해한 거지?"

"아오, 씨! 도움이 안 되네, 진짜!"

"미, 미안하다."

청명이 괜히 바닥을 걷어차고는 몸을 돌렸다.

"휴우……."

겨우 범의 아가리에서 빠져나온 백외가 탄식을 토해 낸 바로 그 순간이었다.

"그런데."

"으, 으응?"

청명이 고개만 빼꼼 돌려 백외를 바라봤다.

"지금 어디 다녀오시는 길이에요?"

"아, 우리는 장로님의 명을 받고 지금 막 서안에 다녀오는 길이다."

"어디요? 서안?"

"그, 그런데. 왜? 뭐가 잘못되기라도……."

"서안……이라고요?"

청명의 눈이 반짝였다. 그 눈빛을 본 순간 백외는 뭐가 잘못되었다는 것을 직감했다.

"자, 잠깐만. 청명아. 너는 서안에 가면 안 된다. 백자 배 아래로는 서안에 나가는 것을 엄히 금하고 있지 않으냐."

"알죠, 알죠. 에이, 당연히 알죠."

아니, 모르는 것 같은데…….

"그냥 궁금해서 그러는데, 서안에는 뭐가 있어요? 얼핏 화음보다 크다고 듣기는 했는데."

"뭐가 있냐니……. 딱히 대단한 건 없다. 그저 좀 큰 도시에 불과하단다."

"화음이랑 비교하면요?"

"화음……에 비교하기는 좀 어렵지. 서안은 도시고, 화음은 그냥 작은 촌락에 불과하니까. 서안이 더 사람도 많고, 건물도 많고."

"주루도 많고?"

"그렇지. 주루도……. 어."

백외의 눈빛이 떨리기 시작했다.

"그렇단 말이지?"

청명이 히죽히죽 웃어 댔다. 저 표정만 봐도 지금 이놈이 무슨 생각을 하는지 알 수 있었다.

"자, 잠깐. 청명아. 그러지 말고."

"사숙."

"응?"

"서안이 어느 쪽이라고?"

"……."

아, 이건 못 말린다.

◆

"우와……."

청명이 눈이 휘둥그레져 주변을 돌아보았다.

사람, 사람, 사람, 그리고 또 사람. 사람이 너무 많아서 눈이 돌아갈 지경이다.

"뭔 사람이……."

화음의 세 배는 되어 보이는 커다란 대로에 난전이 펼쳐져 있고, 그 사이를 어마어마한 인파가 오가고 있었다. 도시를 처음 보는 청명으로서는 당황할 수밖에 없는 광경이었다.

"길 막지 말고 좀 비킵시다!"

"왜 여기 서 있어! 방해되게!"

"죄, 죄송."

후다닥 길옆으로 비켜서면서도 청명은 연신 주변을 돌아보았다.

"와……. 이런 세상이 있었구나."

사람도 많지만 주변 정경부터가 다르다. 화음에서는 겨우 한둘이나 찾아볼 수 있는 높은 전각이 이곳에는 사방에 다닥다닥 붙어 있다. 열린 창으로 대낮부터 한잔 얼큰하게 걸친 이들의 웃음소리가 끊임없이 새어 나온다. '활기차다'라는 말은 이런 데 쓰는 말이구나 싶다.

"어쩐지. 죽어도 서안에는 못 나가게 하더니."

청명의 입꼬리가 점점 더 말려 올라갔다. 더 마음에 드는 건, 여기라면 화산의 마수(?)도 미치지 않을 테니 그가 마음대로 놀 수 있다는 점이었다.

"좋아!"

씨익 웃은 청명이 눈에 보이는 가장 화려한 전각을 향해 쪼르르 달려갔다.

"점소이이이이이!"

"예에이이이이이!"

자리에 앉은 청명이 손을 들기가 무섭게, 청명보다 훨씬 어려 보이는 점소이가 부리나케 달려왔다.

"어서 오십시오, 손님! 뭘 드릴까요?"

"호오?"

청명이 신기하다는 듯 점소이를 살폈다. 이렇게 어린 점소이를 보는 것도 화음에서는 어려운 일이었다. 화음은 보통 나이 지긋한 이들이 접객을 하니까.

"먼저 술부터 한 병 올릴까요?"

능숙한 응대에 청명이 씨익 웃었다.

"여긴 뭘 잘해요?"

"저희 가게는 서안제일의 주루로서……."

"아, 각설하고 본론만!"

"예이! 저희 집은 초작면(醋斫麵)이 일품입니다! 새콤한 것이 아주 맛있지요. 보양이 필요하시다면 뜨끈하게 끓여 낸 양탕(羊湯)도 별미입니다!"

"그거랑 요리 몇 가지 주세요. 술은…… 분주 좋은 걸로 몇 병 주시고."

"예이, 예이. 그리합죠. 그런데 좋은 술이라 하시면……?"

탁! 청명이 전낭에서 은편 하나를 꺼내 탁자 위에 올려놓았다. 그리고는 작은 동전 하나도 꺼내 점소이의 손에 쥐어 주었다.

"이건 넣어 두시고."

"이러실 필요까지는 없는데……."

"맛있는 걸로. 알죠?"

"예에이! 제일 좋은 걸로 내어 오겠습니다."

"크으! 말이 통하시네."

"그러믄요, 그러믄요. 당연한 일이지요. 조금만 기다려 주십시오, 손님!"

점소이가 은편을 챙겨 주방 쪽으로 달려갔다. 그 뒷모습을 보던 청명이 마음에 든다는 듯 히죽 웃었다. 화음의 주루에서는 다들 영 떨떠름한 표정이라 항상 불만이었는데, 저리 싹싹하게 굴어 주니 얼마나 좋은가?

미리 요리를 준비해 두기라도 했는지, 그게 아니면 찔러 준 동전이 효과를 발휘해 다른 식탁에 나갈 음식이 이쪽으로 넘어온 건지 그의 앞이 금세 먹음직한 요리들로 채워졌다.

"이 만두는 제가 따로 챙겨 드렸습니다."

"뭐 이런 걸 다."

"맛있게 드십시오, 손님!"

마지막까지 고개를 푹 숙이고 가는 소년을 보며 청명이 흐뭇하게 웃었다. 상계의 큰 동량이 될 아이로다.

"자, 그럼."

손을 비비며 식탁 위에 놓인 음식을 보는 청명의 눈이 반짝였다. 화음에도 좋은 주루는 있지만, 서안의 음식은 뭔가 때깔부터 다르다. 음식도 확실히 모양새가 좋으면 입맛을 더 돋우는 법이 아니던가.

"어디."

청명이 재빨리 젓가락을 들고는 잘 볶아진 돼지고기 한 조각을 집어 입 안으로 쏙 하고 밀어 넣었다.

"오?"

기름지다. 무척이나 기름져서 느끼함이 확 올라왔다. 하지만 청명은 실망하기는커녕 눈을 빛내며 분주 한 병의 마개를 따고 입 안으로 쏟아 부었다.

"크으으으으으으!"

이거지! 이건 맛있으라고 만든 음식이 아니다. 먹고 죽으라고 만든 안주지. 안주의 느끼한 맛이 술맛을 멋지게 돋우고 있었다.

청명이 눈을 반짝반짝 빛냈다.

"이런 별세계가 있었다니! 다 뒈졌다, 오늘!"

청명의 젓가락이 가공할 속도로 식탁 위를 누비기 시작했다.

"그러니까 말입니다, 사형!"

진석림(秦夕林)은 기분이 좋았다. 두 달 뒤, 아주 오랜만에 개최되는 용봉지회를 앞두고 내부에서 치른 비무에서 그가 압도적인 승리를 거머쥔 것이다.

거기까지는 당연한 일이지만, 비무를 지켜본 사문의 어른들께서 '이번 용봉지회는 기대할 만하다'라는 평가를 내려 주신 것이 무척 흡족했다. 그 말은 그가 천하의 수많은 인재 사이에서도 충분히 수위에 들 만하다는 소리니까.

"소림이 강하다고 하지만, 이번만은 사형께서 우승하실 것 같습니다."

"그런 말이 어디 있나, 사제. 사형이라면 우승은 이미 따 놓은 것이지. 중요한 건 어떻게 이기느냐일세."

"하하, 그렇군요. 제가 실언을 했습니다."

저 실없는 아부도 그저 기분 좋게만 들렸다. 하지만 진석림은 이내 고개를 내저었다.

"소림이라……. 나는 소림에는 크게 관심이 없다."

"어째서입니까, 사형?"

"소림은 그 무학의 특성상 젊은 시절에는 딱히 대단할 게 없다더군. 대신 훗날 화후가 깊어지면 소림이라는 이름에 걸맞은 이들이 되어 간다던가. 그 말은즉, 지금 그들에게 이기고 지는 건 별 의미가 없다는 소리겠지."

"아, 그렇군요."

"하지만 무당은 다르다."

진석림의 눈빛이 날카로워졌다.

"듣자 하니 무당과 남궁의 후기지수들이 그리 뛰어나다더군. 그들과 겨뤄 승리하는 게 이번 대회에서의 내 목표다."

"충분히 그럴 수 있으실 겁니다."

"사형이 아니면 누가 무당과 남궁을 꺾고 종남을 천하제일검문으로 만들 수 있겠습니까?"

"너무 그리 금칠하지 마라. 괜히 오만해질까 겁나니까."

진석림이 짐짓 손을 내저었다. 하지만 그의 사제들은 딱히 멈출 생각이 없었다. 왜냐하면 꼭 아부인 것만은 아니었기 때문이다. 그들은 정말 진석림이 천하제일검이 될 수 있다 믿었다.

같은 검을 배우고, 같은 수련을 하지만, 그들과 진석림의 수준은 하늘과 땅만큼 차이가 난다. 그를 가르치는 스승조차도 감탄을 마지않는 게 진석림의 재능이 아닌가. 아무리 진석림이 종남의 명문인 진가(秦家)의 적손으로서 수많은 영약을 복용하며 자란 이라지만, 그의 재능은 '환경'이라는 두 글자만으로는 설명이 되지 않는 수준이었다.

"사형이 아니면 누가 하겠습니까?"

"그렇습니다. 당연한 말이지요."

진석림이 미소를 지으며 술잔을 든 그때였다.

"이 기회에 저 화산 놈들의 코도 납작하게 만들어 줘야……."

"사제!"

진석림의 눈이 가늘어졌다. 그 표정을 본 이들이 마른침을 꿀꺽 삼켰다. 진석림의 앞에서 '화산'이라는 두 글자를 꺼내는 건 금기나 다름없는 일이다.

"아, 아니. 제 말은 그게 아니라."

말실수한 이가 땀을 삐질삐질 흘리며 상황을 수습하려 들었지만, 분위기는 쉽사리 풀리지 않았다.

탁. 진석림이 불쾌한 기색을 감추지 않고 잔을 내려놓았다.

"죄송합니다, 사형."

진석림의 입에서 짧은 한숨이 새어 나왔다.

'빌어먹을.'

그러고 싶지 않은데도 화산이라는 말만 들으면 기분이 더러워진다. 종남은 화산에 비해 뒤떨어지는 문파가 절대 아니다. 되레 영향력과 재력은 화산보다 나은 면도 분명 있었다.

문제는 바로 실력. 종남제일검으로 평가받는 그의 스승의 명성은, 화산제일검이라 불리는 일검매향 백오의 명성에는 아무래도 미치지 못한

외유(外遊)

다. 그들에게 있어서는 자존심이나 다름없는 '섬서제일검'의 칭호 역시 자연히 백오의 차지였다. 진석림은 그 점을 참을 수가 없었다.

게다가 단지 그것만이면 화산이라는 말 한마디로 이리 기분이 나빠지지는 않을 것이다.

분위기가 어색해지자 양관정(梁寬正)이 웃으며 입을 열었다.

"화산의 명성이 높으니 얼마나 다행입니까."

진석림이 눈을 찌푸리며 양관정을 바라보았다.

"무슨 말이냐?"

"생각해 보십시오, 사형. 애초에 우리가 천하제일문파에 입문했다면, 우리의 힘으로 문파를 천하제일로 끌어올렸다는 기쁨을 누릴 수 없었을 것 아닙니까?"

"……."

"윗대에서 화산을 완벽히 꺾지 못한 것도 어찌 생각하면 참 다행스러운 일입니다. 덕분에 그 영광을 우리 대에 누릴 수 있잖습니까."

"흐음."

진석림이 그제야 내려놓았던 술잔을 다시 들었다. 듣고 보니 그리 틀린 말도 아닌 것 같았다.

"화산은 만만한 상대가 아니다."

"물론입니다, 사형. 확실히 화산은 어려운 상대지요. 까놓고 말해 최근 장도검(藏道劍)이라 불리기 시작한 화산의 청문만 해도 꽤 명성이 높지 않습니까?"

느긋하게 올라가던 술잔이 다시 살짝 멈췄다. 청문. 그 이름 두 글자가 진석림을 다시 불쾌하게 만들었다. 양관정이 얼른 말을 이었다.

"하지만 이번 용봉지회만 끝나면 그 평은 완전히 반전될 것입니다.

'도'라며 그럴듯한 명분으로 사람들을 휘두르는 것도, 눈에 보이는 결과가 나온 뒤에는 불가능하겠지요. 사형이 직접 나서시면 장도검 따위는 금세 추락하고 말 것입니다."

"혀에 꿀을 발랐구나. 좋지 않다."

"하하, 죄송합니다. 그저 솔직하게 말씀을 드린다는 게."

말은 그렇게 했지만 기분은 그리 나쁘지 않았는지, 진석림이 느긋하게 술을 들이켰다. 그가 노리는 것이 바로 그것이다. 이번 용봉지회에서 그가 명성을 날린다면, 그와 청문의 평가는 물론이고 화산과 종남의 평가도 확연히 달라지지 않겠는가. 그리되면 그는 종남 제자로서 처음으로 화산의 제자를 압도한 이가 될 수 있을 것이다. 당대에는 그 누구도 하지 못한 일이다.

"그리될 수 있도록 해야겠지."

진석림이 살짝 미소를 지으며 그리 말한 순간이었다.

"지랄을 하고 있네."

"응?"

진석림의 고개가 소리가 들린 쪽으로 돌아갔다.

'잘못 들었나?'

아니, 들은 건 확실하다. 하지만 그게 꼭 진석림을 향해 한 말이라고는 볼 수 없다. 이 주루에는 그 말고도 수많은 이들이 왁자지껄 떠들며 술을 마시고 있으니까. 자기들끼리 나누던 말이 절묘하게 그가 말을 끝낸 시점에 얽혔을 수도 있다. 그래, 그럴 것이다. 아니면 누가 감히 이 서안에서 종남의 제자들이 하는 말에 그런 식으로 대꾸를 할 수 있겠는가. 그리 생각한 진석림이 다시 고개를 돌리려던 때였다.

"음?"

"왜 그러십니까, 사형?"

"저기."

"······예?"

진석림이 턱짓으로 구석을 가리켰다. 그 고갯짓을 따라 시선을 돌린 이들의 눈이 가늘어졌다.

"화산······."

"언제부터 있던 거지?"

그들이 있는 식탁의 반대편 구석에 웬 화산파의 제자 하나가 식탁을 혼자 점거한 채 음식을 흡입해 대고 있었다. 옆에 술병이 서너 병 나뒹구는 것을 보아 아주 판을 깐 모양이었다.

"들렸을까요?"

"흐음."

일부러 귀를 기울여 염탐하지 않는 한 말이 들릴 거리는 아니다. 그리고 설사 들었다 해도 별 상관은 없다. 딱히 숨길 만한 말도 아니니까. 다만······.

"보아라."

"예?"

"어려 보이지 않느냐?"

그 말에 양관정이 눈을 가늘게 뜨고 반대쪽에 앉은 이를 바라봤다. 볼이 터지도록 음식을 밀어 넣고 있는 소년을.

"확실히 그렇습니다."

"명자 배인가?"

"이상하군요. 화산에선 백자 배 아래로는 서안으로의 외출이 금지되어 있다고 들었는데."

"뭐, 문파의 상황은 언제든 바뀔 수 있는 것이지."

진석림이 피식 웃으며 덧붙였다.

"하지만…… 그리 보이지는 않는구나. 도사라는 놈이 대낮부터 저렇게 술을 퍼먹고 있는 것을 보니 말이다."

그 말에 양관정과 사제들이 낄낄 웃음을 터뜨렸다. 확실히 저건 정상적으로 보이지 않았다. 도인이라면 최소한 남의 눈에 보일 때만이라도 바른 몸가짐을 보여야 할 터인데, 저자에게는 그런 의식이 전혀 없어 보였다.

아무리 화산이 도문 중에서는 나름 자유분방하다는 말을 듣는다지만, 그래도 도문은 도문. 일반적인 속가에 비해서는 그 제약이 적다 할 수 없는 곳이었다.

"어느 문파건 골칫거리는 있기 마련이지. 보아하니 사문의 명을 어기고 여기까지 놀러 온 모양이구나."

"그것참 안타까운 일이군요."

양관정이 비릿하게 웃었다.

"어떻습니까, 사형?"

"음?"

"어쨌거나 이웃 문파 아니겠습니까. 장문인께서 서로 교류도 하시고 종종 회합(會合)도 여는 사이인데, 방종한 어린 제자가 있으면 백부(伯父)된 도리로 엄히 지도를 해 주어야 하지 않겠습니까?"

"지도라……."

어린 도사를 힐끔 바라본 진석림이 이내 고개를 내저었다.

"내버려두어라."

"그럼……. 예?"

진석림이 가만히 팔짱을 꼈다.

"두어 살만 더 먹었어도 가르침을 내려 봤겠다만, 새파랗게 어린 놈을 상대해 무엇 하겠느냐. 그랬다간 주변에서 말이 나오지 않겠느냐?"

"으음. 확실히 그렇군요."

"그리고 나는 지금 중요한 대회를 앞두고 있는 몸이다. 괜한 구설수에 올라 사문의 어른들을 실망시키고 싶지 않구나."

양관정이 고개를 끄덕였다. 맞는 말이다. 지금 진석림은 떨어지는 낙엽도 조심해야 할 판이니까. 물론 저 소년을 혼낸다고 해서 무슨 문제가 벌어지지는 않겠지만, 사문의 어른들에게 한 소리 듣는 건 피할 수 없다.

"운이 좋은 녀석이군요."

"즐기게 둬라. 어차피 곧 제 사문 어른들께 눈물이 쏙 빠지도록 혼이 날 테니."

진석림이 다시 한번 옅게 웃었다.

"다만 한 가지는 알겠구나."

"무엇을 말입니까?"

"화산도, 그 청문이란 작자도 그리 대단할 건 없겠어. 듣자 하니 청문이라는 이는 배움의 깊이가 깊고 가진바 그릇이 커 사제들이 어버이처럼 믿고 따른다고 하던데, 저런 어린놈 하나 다루지 못해 이곳까지 흘려보낸 이에게 그런 인덕이 있겠느냐?"

"과연 그렇습니다."

"세상의 소문이란 항상 과장되기 마련이지. 그리 생각하니 되레 고맙구나. 저 녀석이 내게 진실을 알려 준 것이니까."

"그게 그리됩니까? 하하하핫."

식탁에 둘러앉은 이들이 왁자하게 웃음을 터뜨렸다.

"이럴 게 아니지. 이리 고마운 일을 해 줬는데, 술이라도 한 병 보내 줘야겠습니다. 어이! 점소이!"

"예, 예! 지금 갑니다!"

부름을 받은 점소이 소년이 부리나케 그들 쪽으로 달려왔다. 그 순간.

"헉!"

누군가 바닥에 흘린 술을 밟고 미끄러진 점소이가 손에 든 쟁반을 놓치며 그들의 식탁 쪽으로 엎어졌다.

콰당!

쟁반에 담긴 음식들이 분분히 뿌려진다. 재빨리 몸을 빼낸 종남의 제자들이 얼굴을 와락 일그러뜨렸다. 하지만 그들의 얼굴은 이내 짜증 대신 당혹으로 물들었다.

"사, 사형……."

식탁에 앉아 있는 진석림의 새하얀 상의에 붉은 음식 자국이 점점이 튀어 있었다.

날아든 음식을 피하지 못한 게 아니다. 진석림이 그 정도도 피하지 못할 리가 없다. 문제는 날아든 음식을 피하느라 시선을 빼앗겼을 때, 점소이의 발이 식탁 다리에 부딪히며 진석림의 앞에 놓여 있던 접시에서 음식이 튀어 오른 것까지는 보지 못했다는 점이다.

양관정은 식은땀을 흘렸다. 종남의 제자라면 다 안다. 진석림이 얼마나 청결을 중히 여기는지. 정확하게는 청결보다는 새하얀 것에 얼마나 집착하는지 말이다.

진석림이 느릿하게 자리에서 일어났다. 그러고는 차갑기 짝이 없는 눈빛으로 엎어진 점소이 소년을 쏘아보았다.

"이게……."

"죄, 죄송합니다."

소년도 자신의 실수를 깨달았는지 사색이 되어 자리에서 벌떡 일어났다.

"이, 이런 실수를. 제가 어떻게든……."

소년이 반사적으로 집어 든 행주로 진석림의 백의를 문댔다. 행주의 물기가 옷에 번지는 것을 본 진석림의 얼굴이 차게 일그러졌다.

터엉!

"악!"

소년을 걷어차 버린 진석림이 입술을 짓깨물었다.

"주인을 불러라."

"죄, 죄송합니다! 손님! 제가 어떻게든 변상을……."

"그 입 다물고 주인을 부르라지 않느냐! 너 따위가 무슨 책임을 진다는 것이냐?"

"그럼 제가 쫓겨납니다! 제발 한 번만……."

소년이 더러워진 손으로 바지를 잡고 늘어지려 하자, 진석림이 진저리를 치며 발로 소년을 밀어 내려 했다.

그때였다.

"거, 더럽게 유난이네. 딱 재수 없게 생긴 게."

우뚝. 허공에 들린 진석림의 발이 그 자리에 멈췄다. 발을 내린 진석림이 천천히 말이 들려온 곳으로 고개를 돌렸다.

"……지금 뭐라 했지?"

꼴꼴꼴꼴. 대답 없이 술병을 입에 꽂은 이가 술을 세차게 마셔 대더니, 이내 뽁 하고 입에서 술병을 뽑아내었다.

"크으으으으으."

그리고 술병을 타악 식탁에 내려놓은 뒤 젓가락으로 돼지고기 한 점을 집어 입에 쏙 하고 던져 넣고는 씹어 대며 말했다.

"기분 좋게 술 한잔하러 왔는데, 분위기 망치지 말고 거기까지 하지?"

"뭐……?"

진석림의 얼굴이 딱딱하게 굳었다. 이쯤 되니 분위기를 모를 수 없는 다른 객들도 슬슬 눈치를 보며 자리에서 일어났다. 하지만 진석림의 눈에는 그들이 들어오지도 않았다.

"화산의 제자냐?"

"그럼 소림이겠냐? 눈 있으면 몰라?"

진석림이 피식 웃었다.

"그럼 지금 화산 놈이 내게 시비를 걸고 있다고 생각해도 되겠군?"

"어? 이게 내가 시비를 건 게 되는 건가?"

"아니라는 말인가?"

청명이 의자에 한껏 등을 기대며 비웃었다.

"그럼 그렇게 생각하시든지."

"……뭐?"

"내가 시비를 걸었으면 어쩔 건데?"

진석림이 어처구니가 없다는 표정으로 청명을 바라보았다. 이 쥐방울만 한 놈은 대체 뭘 믿고 이리 방자하게 구는 걸까?

"하……. 하하하."

입으로는 웃고 있었지만, 그의 얼굴에서는 표정이 사라져 갔다.

"화산에서는 예의라는 걸 가르치지 않는 건가?"

"엥?"

"아니면, 지금 네 뒤에 있는 화산을 믿고 지금 이리 구는 건가? 내가 너를 어쩌지 못할 거라 여기고?"

"뭐?"

청명이 슬쩍 고개를 돌려 제 뒤를 바라보았다.

"뭐 아무것도 없는데?"

"……."

"뒷배 같은 소리 하고 있네. 여하튼 남들도 다 지 같은 줄 안다니까."

진석림의 눈가가 와락 일그러졌다. 이쯤 되면 더는 말로 할 일이 아니다.

"그리 말한다면 나와 한 수 겨룰 용기는 있겠지?"

청명이 기다렸다는 듯 자리에서 일어난다.

"하핫, 내가 걸어오는 싸움은 또……."

반쯤 엉덩이를 들어 올렸던 청명이 순간 멈칫한다. 뭔가 떠오른 듯 잠시 안절부절못하던 청명이 이내 끄응 소리를 내며 다시 자리에 앉았다.

"왜 그러지? 이제 와 겁이라도 나?"

청명이 땅이 꺼져라 한숨을 내쉬었다.

"내가…… 지금 상황이 상황이거든? 지금까지 저지른 일만으로도 돌아가면 한 주는 잔소리를 들어야 할 텐데……. 여기서 더 사고 치면 진짜 차라리 귀가 먹는 게 나을 수도 있단 말이지."

"뭐라는 거냐?"

"됐다. 말해 뭐 하겠어. 오늘은 봐줄 테니까 그만 가 봐. 운 좋은 줄 알고."

그러고는 정말 관심이 없다는 듯 몸을 돌리고, 다시 요리들을 먹어 대기 시작했다.

"저……."

"미친놈인가?"

그 행동에 반응한 것은 진석림이 아니라 그의 사제들이었다. 이건 도를 넘어도 한참 넘은 행동이다. 이쯤 되면 진석림을 무시한 게 아니라 종남을 무시했다고 봐도 무방할 지경이 아닌가?

"사형! 굳이 나서실 필요 없습니다. 저 조막만 한 놈은 제가……."

"비켜라."

"사형?"

"비켜."

진석림이 제 앞을 막아서는 사제를 밀쳐 내고는 주루를 가로질러 청명을 향해 걸어갔다. 무시무시한 기세로 청명의 지척에 다가선 진석림이 그를 세 걸음 앞두고 멈춰 섰다.

"일어나라."

꼴꼴꼴꼴.

"일어나라. 그렇게 앉아 있다고 넘어가 줄 생각 없으니까. 더 험한 꼴을 보고 싶지 않으면 일어나라."

꼴꼴꼴꼴. 청명이 무시하듯 술을 마셔 댔다.

진석림의 얼굴이 더 굳을 수 없을 만큼 굳었다. 생각 같아서는 당장 손을 쓰고 싶지만, 아무래도 이 녀석의 나이가 마음에 걸렸다. 함부로 먼저 손을 댄다면 어린놈과 손을 섞었다는 말이 반드시 나올 것이다. 그러니 비무처럼 거창한 것은 아니더라도 이놈이 먼저 덤벼들게는 해야 한다.

"네게 자신이 있다면 일어나라. 네가 과연 그리 오만할 자격이 있는지 확인해 주마."

하지만 청명은 그 말을 듣고도 무시하듯 술을 마셔 댔다. 진석림의 이마에 핏대가 돋아났다. 뚜둑. 주먹을 움켜잡은 진석림이 씹어 먹듯 말했다.

"화산이 네게 그리 가르치더냐? 어린놈이 사문에서 어리광만 배웠구나."

"네에네에. 제가 배운 게 어리광뿐이라서요."

"아니, 보아하니 화산이 가르친다고 될 놈이 아니구나. 타고나길 그렇게 타고났군. 애초에 싹수가 노란 놈이구나."

꼴꼴꼴꼴.

진석림이 입술을 깨물었다. 이놈은 그와 손을 섞어 줄 생각이 없다. 절대로 이 자리에서 일어나지 않을 것이다.

"겁쟁이 같은 놈."

"사형, 그냥 가시죠. 이런 놈을 상대할 필요가 있겠습니까?"

후욱 하고 숨을 토해 낸 진석림이 이내 맥이 풀린 듯 손을 늘어뜨렸다. 먼저 손을 쓰기도 뭐하고, 무작정 욕만 해 대는 것도 우습다. 그러니 결국은 물러날 수밖에.

입술을 짓씹은 진석림이 몸을 돌리기 전 마지막으로 악담을 쏘아붙였다.

"네 꼴을 보아하니, 네 사형인 청문이라는 놈도 알 만한 놈이구나. 그런 놈이 장도검이니 어쩌니 웃기지도 않는 별호로 불리다니. 차라리 무도검(無道劍)이 훨씬 낫……."

퍼어어어억!

"어?"

양관정은 순간 제 눈을 의심했다.

'뭐지?'

분명 저놈은 조금 전까지 앉은자리에서 귀라도 먹은 양 술만 퍼먹고 있었는데……. 왜 지금은 허공에 떠 있지? 아니, 사람이 허공에 떠 있을 수가 있나? 저리 몸을 띄우려면 적어도 발 정도는 어디에 닿아야…….

'발?'

"사, 사혀어어어엉!"

닿아 있었다. 발이. 아니, 정확히는 틀어박혀 있었다. 진석림의 면상에 말이다.

털썩! 진석림이 그대로 뒤로 넘어갔다.

"아아아악! 사형! 사형! 괜찮으십니까?"

진석림의 사제들이 기겁을 하며 진석림에게로 달려갔다. 대자로 뻗어 버린 진석림의 조각 같은 얼굴에 새빨간 발자국이 새겨져 있었다.

"근데 이 새끼가!"

바닥에 내려선 청명이 술병을 든 채 악을 써 댔다.

"듣자 듣자 하니까, 청문이 뭐 어쩌고저쩌? 사형이 너희 친구야? 어? 이 새끼들이, 내가 사형 까 대니까 너희도 까도 되는 줄 알아?"

"……뭐, 뭐라는 거야. 저 미친놈이."

"우리 사형이, 어? 물론 검도 못 쓰고, 젊은 나이에 벌써 노안이 왔고, 사람이 운동도 안 해서 자꾸 배만 나오고, 성격도 더러운 데다가 아들 다섯 둔 할머니보다 잔소리가 더 많은 사람이지만!"

저기요. 저희는 그렇게까지 말한 적은 없는데요?

"어디 네까짓 것들이 감히 사형을 까? 우리 사형은 까도 내가 깐다! 뒈지려고, 이 새끼들이!"

"저, 저놈이 비겁하게 기습을!"

"잡아! 저 새끼 당장 잡아!"

그제야 상황을 이해한 종남의 제자들이 우르르 청명을 향해 달려들었다.

"지랄을 한다."

코웃음을 친 청명이 식탁 위에 놓인 빈 술병을 집어 들었다.

"사람이!"

와장창!

술병이 달려드는 종남 제자의 머리를 시원하게 후려친다.

"조용히 술만 먹고 가겠다는데!"

와장창!

또 하나의 술병이 사람 하나를 골로 보냈다. 순식간에 종남 제자 다섯을 때려눕힌 청명이 입에서 불을 뿜었다.

"왜 안 도와주냐! 사고 안 치겠다는데! 어?"

"끄으……."

"어흐. 내 허리……. 끄으응."

주루를 난장판으로 만들어 버린 청명이 그 꼴을 슬쩍 보고는 코웃음을 치며 아직 남은 술병을 집어 들었다.

"어이."

그러고는 바닥에 뻗어 있는 진석림을 발끝으로 쿡쿡 찔렀다.

"그러니까 시비도 사람 봐 가면서 걸어야지. 왜 깝치냐, 깝치기는."

"……."

"쯧. 술맛만 버렸네."

청명이 술병에 남은 술을 단숨에 들이켜고는 마지막 남은 술병을 집은 바로 그 순간이었다.

"여기다!"

"여깁니다, 사형!"

"여기 청명이가 있다!"

"응?"

주루의 문이 벌컥 열리더니 그 안으로 화산의 무복을 입은 이들이 우르르 뛰쳐 들어왔다.

"청명아!"

"아이고, 그새……."

청명이 주춤대며 뒤로 물러났다. 어느새 마귀 같은 화산 놈들이 빼곡하게 주루 안으로 들어섰다.

"자자, 청명아. 이리 오렴."

"장문인께서 널 꼭 잡아……. 아니, 데려오라 하셨단다."

"청문이도 곧 올 거다. 달아나면 더 혼나는 것 알고 있지?"

고개를 재빨리 돌려 봤지만, 입구는 물론이고 빠져나갈 만한 창문에는 하나같이 화산 놈들이 들러붙어 있었다. 모두 때려눕히는 건 그로서도 어려운 일인 데다가, 사숙들에게 손을 더 댔다가는 청문이 그의 껍데기를 벗기려 들 게 분명했다. 그야말로 사면초가였다.

"며, 몇 잔 마시지도 못했는데."

청명이 억울함에 울상을 지은 바로 그때였다.

"여, 여깁니다!"

"응?"

주방 쪽으로 난 작은 쪽문 앞에서 조금 전 청명이 도와주었던 점소이가 손을 번쩍 들어 보였다.

"여기!"

머리가 이해하기 전에 반사적으로 몸이 움직였다.
"달아난다!"
"잡아라!"
순식간에 점소이를 옆구리에 낀 청명이 주방을 통해 부리나케 몸을 날렸다. 다른 한 손에는 술 한 병을 든 채로.
"거기 서라!"
"청명아! 제발 거기 좀 서라!"
"야, 이 망할 놈아!"
등 뒤에서 아득하게 들려오는 고함을 들으며 청명이 전력을 다해 내달렸다.

서안의 외곽. 인적 드문 곳을 넘어 인근의 작은 산까지 숨어든 청명이 안도의 한숨을 내쉬었다.
"……큰일 날 뻔했네."
아니, 사실 큰일은 이미 났다. 냉정하게 얘기해서. 하지만 일단 안 잡힌 게 어딘가? 이걸로 적어도 하루는 더 놀 수 있다. 그건 그렇고…….
청명의 시선이 제 옆에 있는 어린 점소이에게로 향했다.
"도와준 건 고맙지만, 이렇게 나와도 돼? 한창 영업 중이었던 것 같은데 자리 비우면 안 되는 거 아냐?"
소년이 황당해하는 눈빛으로 청명을 바라보았다.
'네가 잡아 왔잖아.'
같이 가겠다고도 안 했는데…….
"의리가 있네, 의리가!"
하지만 히죽히죽 웃어 대는 청명을 보니 따질 마음도 들지 않는다.

"괜찮습니다. 그만한 분들께 사고를 쳤으니, 보나 마나 오늘 잘렸을 테니까요. ……조금 아쉽기는 하지만 어쩌겠습니까? 다 제 실수인 것을."

"아쉽다고? 일을 못 해서?"

"네."

"왜? 일 안 하면 좋은 것 아니냐?"

소년이 의아해하며 청명을 바라봤다. 하지만 이내 납득하고 고개를 끄덕였다. 듣자 하니 이 사람은 산속에서 도를 닦고 검을 수련하는 사람 같은데, 그럼 세상 물정을 잘 모를 만도 했다.

"사람마다 사정이 있으니까요. 그 주루는 주인이 나름 성격이 괜찮고 봉급도 잘 쳐줘서 될 수 있으면 오래 일하려고 했거든요. 그럼 돈을 꽤 모을 수 있었을 텐데."

"흐음? 어린 녀석이 돈 모아서 뭐 하게? 사고 싶은 거라도 있어?"

소년이 고개를 내저었다.

"뭘 사려는 게 아니라, 장사를 해 보려고요."

"장사?"

"예."

청명이 재밌다는 표정을 지었다. 딱 봐도 아직 그런 꿈을 꾸기는 이른 나이 같은데.

"부모님이 장사를 하시는 모양이지?"

"아……. 저는 고아입니다. 부모가 없어요."

"고아? 와, 반갑다! 나도 고아야!"

"……."

청명이 정말 반갑다는 듯 소년의 손을 잡고 흔들어 댔다.

"아, 그래서구나? 먹고살 길이 막막해서."

"꼭 그렇다기보다는…….."

소년이 자리에서 일어났다. 그의 눈에 어느새 어둠을 배경 삼아 수많은 불빛을 피워 내는 서안의 정경이 들어온다. 화려하고도 아름다운 도시의 밤이.

"되고 싶거든요. 이름 높은 거상이. 이유 같은 건 저도 잘 모르겠어요. 그냥 그게 꿈이에요."

청명이 피식 웃고는 술병을 들어 술을 꼴깍 마셨다.

"그럼 미안해서 어쩌지? 내가 방해한 모양인데."

"방해는요. 조금 늦춰진 것뿐이죠. 늦은 만큼 더 열심히 하면 언젠가는 제 가게를 열 수 있을 거예요."

자신 있게 말하던 소년이 멋쩍은 듯 머리를 긁적였다. 원래는 이런 말을 잘 하지 않는다. 어차피 어디 가서 말해 봐야 돈도 없고 부모도 없는 고아 놈이 꿈만 크다는 핀잔을 듣기 마련이니까.

'괜한 소리를 했네.'

나름 오래 지내려 했던 가게를 제 발로 나온 판이라 내심 씁쓸했던 모양이다. 하지 않아도 될 말까지 한 걸 보면.

"죄송합니다. 잊어 주…….."

"멋지네."

"……예?"

소년이 고개를 들어 청명을 바라봤다. 나무둥치에 등을 기댄 청명이 근사하게 웃고 있었다.

"뭔지 모르지만 멋지다. 꿈이라…….."

"음……. 제가 뭐라 불러야."

"도장이라고 해. 일단 명색은 도사니까."

"예. 도장께서는 꿈이 있으신가요? 도에 통달하고 싶다든가."

"글쎄."

청명이 어깨를 으쓱했다.

"굳이 있다면 화산에서 탈출하는 것?"

"예?"

"잔소리하는 사람 없는 데로 가서 온종일 먹고 마시는 것, 마음 내키는 대로 살아 보는 것, 지루하고 재미도 없는 짓 시키는 어른들하고 다시는 안 보고 사는 것? 뭐 그런 걸까?"

소년이 이해가 안 간다는 듯 고개를 갸웃했다.

"이상하네요. 보아하니 도장께서는 무위도 뛰어나신 것 같은데, 마음만 먹으면 그러실 수 있는 것 아닌가요? 지금도 그분들을 피해 달아나신 거잖아요."

"응?"

"그런데 굳이 그 싫은 곳으로 다시 돌아가시는 건가요?"

"그렇⋯⋯지?"

"제 발로?"

"어?"

청명이 뒷머리를 긁어 댔다. 당연한 일이지만, 막상 남의 말로 들으니 그도 조금 이상하다 싶다. 그보다 더 어린 소년도 제 꿈을 이루겠다고 온갖 주정뱅이들의 패악질을 참아 가며 세상을 살아가는데, 그는 왜 화산에만 묶여 있었던 걸까? 세상에는 이리 좋은 것들이 많은데.

당장 서안만 해도 그렇다. 그가 알기로 서안은 중원 전체로 보면 그렇게까지 큰 도시는 아니었다. 그런데 서안이 이 정도라면, 중원에는 얼마나 좋은 곳이 많다는 소린가?

보고 싶다. 그 모든 곳을, 그의 눈으로.

'그럼 가면 되는 것 아닌가?'

왜 제 발로 화산에 돌아가 혼이 나고 잔소리를 들어야 하는 건가?

"아, 알겠어요."

"응?"

청명조차 결론을 내리지 못했건만, 소년은 이해했다는 듯 고개를 끄덕여 댔다.

"그런 곳이라고 하더군요."

"뭐가? 이해를 못 하겠는데."

"집이요."

"……응?"

"집이요, 집. 가족."

"……"

청명이 멍한 표정을 지었지만, 소년은 웃으며 말을 이어 갔다.

"진절머리가 나고, 때로는 진짜 남보다 못하고, 사람 서운하게 하고, 가끔 꼴도 보기 싫고. 좋은 면도 있는데, 남들 모르는 나쁜 점은 훨씬 더 많고."

귀신인가? 장사 밑천을 모을 거면 점소이를 할 게 아니라 등 뒤에 '사통팔달 무불통지(四通八達 無不通知)'라고 쓴 대나무 하나만 꽂으면 될 것 같은데?

"그렇게 지긋지긋하지만…… 결국은 다시 돌아가게 되는 곳. 그리고 이내 그리워하게 되는 곳."

"……"

"그게 집이라고 하더라고요."

소년이 환히 웃으며 물었다.

"도장께는 그 화산이 집인 거죠?"

"어? 으응……. 그렇겠지?"

"그럼 그럴 수 있죠."

소리 내어 웃은 소년이 덧붙였다.

"부럽네요. 저도 장사를 하고 상인이 되려는 이유가 언젠가는 제집과 제 가문을 만들고 싶어서거든요. 투덕거리고 때로는 싸워 대도, 결국은 마지막에 돌아갈 수 있는 곳을요."

청명이 소년을 빤히 바라봤다. 화려한 서안의 야경을 배경으로 그리 말하는 소년의 모습이 조금 빛나 보인다. 평소라면 신경도 쓰지 않았을 작은 소년이 말이다.

"이름은 정해 됐어?"

"예?"

"상단의 이름 말이야."

"아, 그거요?"

소년이 몸을 돌려 화려한 서안의 야경을 보며 말했다.

"언젠가는 제가 가진 가게들만으로 저 도시의 야경처럼 불을 밝힐 거예요. 마치 저 밤하늘의 은……."

"저기다!"

"저쪽입니다! 사숙!"

"청명아아아아!"

"아오, 씨! 찰거머리 같은 것들!"

청명이 자리에서 벌떡 일어나더니, 좌우를 재빨리 살피고는 품 안에 손을 쑥 밀어 넣었다.

툭!

"어엇?"

소년이 엉겁결에 제게 날아든 것을 받아 들었다.

"이게 무슨……."

"도와준 보답이야! 그럼!"

청명이 몸을 돌려 빠르게 달려 나갔다.

"도, 도장……?"

"아! 맞다!"

그리고 달려간 속도보다 더 빠르게 돌아왔다. 청명이 다짜고짜 소년이 들고 있던 전낭 안으로 손가락을 쏙 밀어 넣더니, 그 안에서 은편 하나를 빼 들었다.

"그래도 일단 오늘내일 마실 술값은 챙겨야지."

"……."

"그럼 진짜 간다. 잘살아! 꼭 가게 차리고!"

청명이 다시 저 멀리 달려간다.

"도, 도장! 잠시만요. 제 이름은 황……."

하지만 청명의 모습은 이내 까마득하게 멀어져 어둠 속으로 사라져 버렸다. 반사적으로 뻗은 소년의 손이 그런 청명의 자취를 느슨하게 움켜쥐며 아래로 늘어졌다.

"……인동(忍冬)인데."

소년이 아쉬운 듯 제 뒷머리를 긁었다.

"상단을 만들면 이름을 은하상단으로 지을 거라고 말해 주려 했는데."

한숨을 푹 내쉰 소년이 제 손에 들린 전낭을 바라봤다.

"뭐 이런 걸……. 굳이."

무심한 손길로 전낭을 열어젖힌 소년의 손이 이내 덜덜 떨리기 시작했다.

"어……. 어억."

은자다. 묵직한 전낭 안에 온통 은자가 가득 차 있다. 이 정도면 난전이 아니라 바로 서안에 가게를 하나 얻을 수 있을 정도였다.

"세, 세상에."

소년, 아니, 황인동이 눈을 휘둥그레 뜨고 청명이 달려간 쪽을 바라보았다.

하늘에는 별의 은하, 땅에는 사람의 은하가 흐르는 밤이었다.

◆ ◈ ◆

"어휴, 진짜……. 그 끈기로 수련을 하지."

사람 하나 잡겠다고 이 난리를 치는 게 말이나 되냐? 청명이 이를 갈며 제 다리를 주물렀다. 밤새 쫓겨 다닌다고 술도 못 마셨다.

"내일은 들어가려고 했는데. 이러면 내일까진 못 들어가지. 이게 다 댁들이 자처한 거요!"

퉤퉤 하고 침을 뱉는 시늉을 한 청명이 그 자리에 서서 동쪽을 바라봤다. 저 멀리 우뚝 솟아 있는 화산의 능선이 어둠 속에서도 눈에 들어온다.

"흐음……. 집이라……."

청명이 볼을 긁적였다.

"뭐, 애는 충분히 태웠으니. 그냥 내일쯤 들어가 볼까?"

일단 그 전에 술을 진탕 마시…….

외유(外遊)

"여기 있었구나."

"엥?"

청명이 고개를 획 돌렸다. 잡혔나? 아니, 이 양반들 아까까지는 소리를 꽥꽥 질러 대더니 지금은 왜 또…….

그러다 고개를 갸웃했다. 그에게 다가오고 있는 이가 화산 사람이 아니었기 때문이다.

"누구시죠?"

"……아까의 일을 벌써 잊었느냐? 진석림이다!"

"진 뭐요?"

"아까 그 주루!"

청명이 눈을 가늘게 떴다. 구름에 가려져 있던 달이 드러나며 세상이 밝아졌다. 드러난 곳에는 재수 없게 잘생겼으면서도, 약간은 낯익은 얼굴이 자리하고 있었다.

"아, 아까 그 양반이네. 난 또 사숙들인 줄. 그런데 웬일로……. 응?"

청명이 엉겁결에 제게 날아든 것을 움켜잡았다. 기다란 작대기, 아니, 목검이었다.

"자세를 취해라."

"넹?"

진석림이 살기 어린 표정으로 목검을 들어 올렸다.

"내게 그런 굴욕을 주고도 그냥 넘어갈 수 있으리라 믿었더냐? 네놈의 나이가 어려 봐줬던 것이 실수였다. 오늘 네놈의 버릇을 단단히 고쳐 주마."

청명의 고개가 삐딱해진다.

"아, 싸우시겠다?"

"검을 들어라."

"아니, 뭐 굳이 거절할 생각까지는 없는데. 괜찮으시겠어요? 듣자 하니 중요한 비무? 대회? 여하튼 뭐 그런 걸 앞두고 계시다 했었는데."

"잔말 말고 검을 들어라. 이번에는 달아날 수 없을 것이다."

진석림이 이를 뿌득 갈았다. 나이 어린 화산의 제자를 두들겨 팼다고 하면 사문의 어른들께서 역정을 내시겠지만, 망신을 당하고도 갚아 주지 못하는 것에 비할 바는 아니다. 이대로 이 녀석을 보낸다면 종남 내에서 그는 내내 웃음거리가 될 터였다.

"마지막이다! 검을 들어!"

"아, 뭐 정 원하신다면……. 그런데."

청명이 씨익 웃었다.

"후회하지 마세요."

"노오오오오오옴!"

진석림이 전력을 다해 청명에게 뛰어들었다.

"어디냐?"

"저쪽에서 비명이 들렸어!"

"사형! 아무리 그래도 애를……. 대체 어쩌시려고!"

대로한 진석림을 찾기 위해 서안을 샅샅이 뒤지고 다니던 양관정과 종남의 제자들이 커다란 비명을 쫓아 수풀 안으로 뛰쳐들었다. 진석림이 소년을 불구로 만들어 버리기 전에 어떻게든 말려야 한다.

"사형! 그만하십……. 어?"

하지만 그들의 눈에 펼쳐진 광경은 예상과는 조금 달랐다.

"사, 사형?"

"아니, 왜 사형께서!"

"이, 이게 어떻게 된 일……."

밤하늘을 이불 삼아 대자로 뻗어 버린 진석림을 보고 대경한 제자들이 그를 향해 달려갔다.

"세상에, 엉망진창이야. 습격이라도 당하신 겁니까?"

종남 제자들의 얼굴이 창백해졌다. 진석림은 목숨에 지장이 있을 정도는 아니지만, 한눈에 봐도 늘씬 얻어맞아 박살이 나 있었다. 설마 그 녀석이 이랬을 리는 없을 테고.

"양 사형, 여기."

"뭐냐?"

"진 사형의 팔이……."

양관정의 얼굴이 핼쑥해졌다. 목검을 부여잡은 진석림의 팔이 부러져 덜렁거리는 게 분명하게 보였다.

"이, 이러면 대회는……."

말해 무엇 하겠는가? 공친 거지.

'대체 어쩌다…….'

여기서 무슨 일이 있었단 말인가? 아무리 기를 쓰고 이해해 보려 해도 이해할 수가 없었다. 왜 진석림이 이런 몰골로 뻗어 있단 말인가?

바로 그 순간이었다.

"끄으으."

"사형! 정신이 드십니까? 사형!"

진석림의 입에서 다 죽어 가는 듯한 신음이 새어 나왔다.

"대체 무슨 일입니까?"

"다, 다섯……."

"예? 다섯? 다섯 명에게 습격당하신 겁니까? 설마 화산 놈들입니까?"

"다섯 번…… 말했……는데."

"……예?"

"왜……. 여섯 번……."

진석림의 고개가 바닥으로 축 처졌다. 할 말을 잃은 양관정이 말하다 말고 도로 기절한 진석림을 바라봤다.

"양 사형, 어찌합니까?"

"으……."

양관정이 손으로 제 얼굴을 마구 비벼 댔다.

"일단……. 일단 사형을 모셔라."

"예!"

그의 사제들이 진석림을 둘러업고 종남으로 내달렸다. 혼자 남은 양관정이 입술을 깨물고는 진석림이 쓰러져 있던 자리를 바라보았다.

'저건.'

그 순간 그의 눈에 들어온 것은 바닥에 널브러진 목검이었다. 진석림이 잡고 있던 것이 아니라, 처음부터 내팽개쳐져 있던 또 한 자루의 목검.

양관정의 얼굴이 오묘하게 뒤틀렸다.

'설마, 아니겠지.'

그럴 리는 없다. 절대.

절대로…….

이틀 뒤, 저녁 무렵까지 얼큰하게 술을 퍼먹은 청명은 고주망태가 되어 제 발로 화산에 올랐다. 그리고 서안에서 벌어진 일을 전해 들은 청문은 말 그대로 대로(大怒)하여 청명을 참회동에 처넣었다. 무려 한 달이 넘는 기간 동안 말이다.

그리고 종남에서 정식으로 항의가 온 뒤, 청명의 연금은 한 달 더 연장되었다.

두 달 뒤 참회동에서 나온 청명이 '종남'이라는 두 글자만 들어도 이성을 잃는 부작용에 시달리게 된 건 누군가에겐 끔찍한, 그리고 누군가에게는 조금 사소한 이야기였다.

• ❖ •

"왜?"
"……."
"왜 그렇게 보는데?"

백천이 영 기분이 나쁘다는 표정으로 청명을 바라보았다. 아까부터 저놈이 자꾸 그를 흘겨본다.

"아니, 새삼."
"새삼 뭐?"
"처음 볼 때부터 재수 없다고 생각은 했는데."
"……어?"
"왜 그랬나 싶어서."

백천의 얼굴이 와락 일그러졌다. 저 미친놈이 오늘따라 좀 더 미친 것 같다. 하지만 청명은 그의 기분을 아는지 모르는지 심각한 표정으로 고개를 갸웃거리고 있었다.

"내가 사숙을 어디서 처음 봤지?"

"주루였잖아, 인마! 너는 그때 술을 푸고 있었고! 어린놈 주제에!"

"그렇지?"

"그래!"

"그때 사숙은 사형제들이랑 술을 마시고 있었고?"

"아니, 이게 벌써 치매가 왔나! 뭘 자꾸 물어. 뭐 얼마나 된 일이라고."

청명이 고개를 갸웃거렸다.

"아니, 맞는데……. 분명히 맞는데 뭔가 다른 것 같기도 하고. 엄청 오래된 일 같기도 하고. 생각이 날 듯 말 듯."

"뭔 소리를 하는 거야, 아까부터 자꾸."

고민에 고민을 거듭하던 청명이 이내 환하게 웃었다.

"에이, 모르겠다. 그냥 재수 없게 생긴 모양이지."

"……."

"하하하. 이렇게 간단한 걸."

"제발 좀 뒈져……. 제발 좀."

대체 전생에 무슨 죄를 지어 이놈의 사숙이 되었나, 그저 한스러운 백천이었다.

외전

조우(遭遇)

굳게 닫혀 있던 문이 조심스레 열렸다.

"저……."

어린아이다. 뺨이 붉은 생기로 가득한 소동(小童)은 열린 문틈으로 고개를 빼꼼 들이밀었다. 호기심과 미미한 두려움, 귀여운 다짐으로 눈이 반짝거렸다.

하지만 이내 소동의 얼굴이 와락 일그러졌다. 머리를 들이밀자마자 고약한 냄새가 코를 찔러 왔기 때문이다.

"아으, 술 냄새!"

코를 틀어막은 소동은 황급히 문밖으로 고개를 획 빼내고 후하후하 심호흡했다. 그러곤 문을 활짝 열어 방 안에 가득 찬 독한 주향을 빼냈다. 그렇게 한참을 문을 열었다 닫으며 주향을 빼내고서야 소동은 조심스레 안으로 발을 들이밀었다.

"숙조부님……?"

고요하다. 어두운 방 안에는 빈 술병 여러 개가 나뒹굴었고, 엎질러진 술이 말라붙은 자국도 군데군데 보였다.
'……지저분해.'
그런데 막상 사람이 있어야 할 침상은 텅 비었다.
"어……."
소동은 당황하여 뒷머리를 긁적였다.
'분명 여기 계실 거라고 했는데…….'
갸웃거리며 고민하던 소동의 귀에 순간 어떤 소리가 스쳤다. 드르렁 코를 고는 소리였다. 움찔 놀란 소동이 고개를 휙 돌렸다. 자세히 들여다보니 그제야 보였다. 술병이 나뒹구는 방구석 한쪽 그늘진 곳에 누군가가 드러누워 있었다. 마치 엎질러진 술처럼.
소동이 아, 외마디 탄성을 흘리며 드러누운 이에게 쪼르르 달려갔다. 하지만 작은 코를 또 움켜잡아야 했다.
"윽!"
이 지독한 술 냄새는 바닥이 아니라 이 사람에게서 흘러나오고 있었던 것이다!
잠깐 고개를 절레절레 젓은 소동은 마음을 굳게 먹고 조심스레 입을 열었다.
"숙조부님."
드르렁, 코 고는 소리만이 돌아왔다.
"기침하셔야 합니다. 약조하신 시간이 다 됐대요. 네? 숙조부님!"
드르렁.
"어……. 안 깨시네?"
소동은 어찌할 바를 몰랐다. 어르신들이 어떻게든 숙조부님을 깨워 오라고 그에게 신신당부했는데 말이다.

"저기……."

고민 끝에 살금살금 사내의 어깨를 흔들어 보았다.

"숙조부님? 숙조부님?"

반응이 없으니 어깨를 흔드는 작은 손에 점점 더 힘이 들어간다. 그래도 돌아오는 반응은 없었다. 결국 소동은 양손으로 있는 힘을 다해 사내를 탈탈 흔들었다.

"숙조부님! 일어나셔야 한대요! 숙조부……."

파앗!

그 순간 소동의 얼굴 앞으로 커다란 손이 과격하게 솟구쳐 올랐다. 놀란 소동은 그만 그 자리에 쩍 얼어붙고 말았다.

턱!

사내의 커다란 손이 소동의 머리에 부드럽게 얹혔다.

"……조평이냐?"

"네! 네, 숙조부님!"

"왜 네가 왔냐?"

"어르신들께서 숙조부님을 모셔 오라 하셨어요!"

소동, 당조평이 씩씩하게 대답했다. 드러누운 사내의 입에서 웃음이 피식 새어 나왔다. 어린 당조평은 알아챌 수 없었지만, 명백한 조소였다. 사내가 작게 중얼거렸다.

"한심한 놈들."

아마 그를 직접 깨울 용기가 없으니 일부러 어린아이를 보낸 것이겠지.

"이, 일어나셔야……."

"그래. 알았다."

사내가 끄응 소리를 흘리며 몸을 일으켰다. 온몸이 뻐걱대고 목 안이 까끌까끌했다. 어제 생각보다 많이 마신 모양이다.

당조평은 그저 신기하단 눈빛으로 사내를 보았다. 아무리 봐도 이 사내는 그의 아버지뻘밖에 안 되어 보였다. 실제로는 할아버지라 불려야 할 나이인데도 말이다.

'무공이란 신기하구나.'

높은 경지에 오른 무인은 실제 나이보다 젊어 보인다고 하던데, 이 사내는 무인이 우글대는 당가에서도 유독 나이에 비해 젊어 보였다. 사내를 빤히 보던 당조평이 살짝 눈치를 보며 말했다. 눈치를 보는 것에 비해 말은 똑 부러졌다.

"과음은 몸에 좋지 않다고 했어요."

"……그래. 그렇겠지."

"그리고 이 술은 엄청 냄새가 지독해요. 아버지가 드시던 건 이렇지 않았는데……."

당조평은 인상을 찌푸리면서도 호기심이 이는지, 굴러다니던 술병 하나를 집어 들었다. 냄새를 맡아 보려 했지만, 코에 닿기도 전에 술병이 손에서 획 빠져나가 사내의 손으로 빨려들어 갔다.

"아서라, 아가야. 중독된다."

"주, 중독이요?"

"그래."

술에 중독되는 게 아니라 독에 중독될 것이다. 웬만한 술로는 취하지 않는 그가 직접 배합한 독을 타 만들어 낸 독주니까. 단어 그대로의 독주(毒酒)다. 사내는 병을 손에 든 김에 술을 꿀꺽꿀꺽 들이켰다.

"가, 가셔야 하는데."

"으음."

술 한 모금으로 잠긴 목을 씻어 낸 사내가 흘러내린 앞머리를 뒤로 대충 넘겼다. 묘하게 염세적인 눈빛이 어둠 속에서 드러났다.

"숙조부님……."

"알았다, 알았어. 그만 보채거라."

사내가 피식 웃음을 흘렸다. 다른 놈들이 와서 재촉해 댔다면 재잘거리는 턱을 부숴 놓았겠지만, 이 어린 꼬마 놈은 당해 낼 수가 없다. 가문 놈들도 그걸 알고 이 아이를 보낸 것이겠지. 정말이지 나잇값도 못 하는 것들.

"그래. 가 보자. 누가 기다리고 있다고 했지?"

"아, 그런데요!"

사내가 어리둥절한 표정으로 응? 하고 되묻자 당조평이 제 코를 움켜잡으며 말했다.

"먼저 좀 씻으셔야 해요. 꼭 씻으시는 걸 보고 모셔 오라 했어요. 꼭!"

"……."

• ❖ •

분위기가 살벌했다. 팽만위(彭滿威)의 표정은 이 이상 굳을 수 없을 만큼 험악했다.

"아버지, 이건 저놈들이 우릴 무시하는 겁니다."

"그렇습니다, 형님! 아무리 그래도 이게 말이나 되는 일입니까? 벌써 한 시진입니다!"

좌우에서 연신 노한 목소리가 들려왔지만 팽만위는 침묵을 고수했다.

조우(遭遇) 475

한 시진이면 그리 긴 시간은 아니다. 하지만 누군가를 기다리기에는 과하다. 심지어 그 시간을 정한 쪽이 저쪽이고, 나타날 사람을 기다리는 이들이 수백을 넘어선다? 이런 경우에는 '과하다'가 아니라 '지독하다'라고 표현해도 과하지 않다. 거기에 기다리는 팽만위의 신분까지 고려한다면, '지독하다'는 다시 '끔찍하다'로 바뀌어야 정당할 것이다.

굳은 얼굴로 침묵하던 팽만위의 두 눈에서 불꽃이 튀었다. 마침내 그의 입이 열렸다.

"……내 일수탈명(一手奪命)의 위세가 대단하다는 이야기를 듣기는 했으나, 설마 이렇게까지 대단한 사람인 줄은 미처 몰랐소. 약조한 이를 한 시진이나 기다리게 하다니."

내력 실린 목소리가 우렁우렁 퍼졌다. 시위이자 항의의 발언이었다. 낭패스러운 표정으로 내내 좌불안석이던 이들 몇이 슬그머니 시선을 피했다. 건너편에 있던 이 중 하나가 결국 무척 겸연쩍은 표정으로 입을 열었다.

"조금만 더 기다려 주시면……."

"이건 나뿐만 아니라 팽가(彭家) 역시 무시하는 처사라 여겨도 되겠소?"

여러 사람의 얼굴이 삽시간에 창백해졌다. 그러나 마땅히 할 말이 없다. 다른 사람도 아니고, 북산맹호(北山猛虎) 팽만위는 결코 이리 무시해도 될 만한 이가 아니니까.

그는 도(刀)로는 천하제일을 다툰다는 하북팽가에서도 수위를 논한다는 도객이다. 이런 이를 무시한다는 것은 하북팽가 전체를 무시하는 것과 다름없었다. 거기에 엎친 데 덮친 격으로 팽만위는 당대 팽가주의 동생이기도 하니, 더 말해 무엇 하겠는가?

"대답을 원하오. 정말 당가는 팽가와 돌이킬 수 없는 관계가 되길 원하는 것이오?"

마주 본 이들의 얼굴이 좀 더 창백하게 굳어졌다.

"하북에서 이곳까지 왔소이다! 무려 하북에서!"

"……."

"본디 이 일은 팽가의 잘못으로 비롯된 것도 아니오! 그럼에도 일수탈명과의 비무로 결착을 내자는 말에 그 먼 하북에서 이곳까지 왔건만, 사천당가는 얼마나 대단한 곳이기에 하북팽가를 이토록 무례하게 대한단 말이오?"

입이 열 개라도 할 말이 없어진 이들이 고개를 푹 숙였다.

"그대들이 조금이라도 체면이 있고 명예를 안다면 당장 당사자를 끌고 오기라도 해야 할 것 아니오! 지금 작당하여 우리를 망신 주려는 것이오?"

"그, 그런 게 아닙니다, 팽 대협."

"아니면 대체 무어란 말이오!"

다급한 부인에 더 진노한 팽만위가 범 같은 눈을 부라렸다. 이에 찔끔한 이들이 저도 모르게 연이어 한숨을 내쉬었다.

끌고 올 수 있으면 벌써 끌고 왔을 것이다. 하지만 지금 이 자리에 나타나야 할 사람은 그들이 어찌해 볼 수 있는 존재가 아니었다. 엄격한 가법으로 철두철미하게 돌아가는 사천당가 내에서도 유일한 '규율 외'의 존재다.

"이제 곧 오실 터이니 부디 조금만……."

"언제까지 기다리란 것이오! 내 더는……!"

바로 그 순간이었다.

"오, 오신다! 오셨습니다!"

"장로님이 오신다!"

한쪽에서 터져 나온 말에 새하얗게 질려 있던 당가인들 몇몇이 안도의 한숨을 내쉬었다. 그중 몇은 작게 욕지거리를 뱉기까지 했다. 팽만위까지 그쪽으로 시선이 쏠려 이를 듣지 못한 것이 그나마 다행이었다.

몰려 있던 이들이 좌우로 우르르 물러서며 길을 텄다. 그곳으로 한 사람이 느긋하게 걸어왔다. 이내 팽만위의 얼굴이 일그러지기 시작했다.

옷은 건성으로 걸쳤고, 머리는 조금 전에 감았는지 물방울이 뚝뚝 떨어졌다. 게다가 걸음걸이는 귀찮은 게 역력히 보일 만큼 느긋하다. 아무리 봐도 중요한 비무를 치르기 위해 오는 이의 행색이 아니다.

늦잠을 잤다고 볼 수도 없다. 왜냐하면…… 그가 착각한 게 아니라면, 지금 코를 찔러 오는 이 냄새는 주향이기 때문이다. 목간통에 들어갔다 나오고도 씻어 내지 못할 만큼 지독한 술 냄새. 저 사내는 어젯밤 내내 술을 퍼마시고 이제야 겨우 일어나 마지못해 나타난 것이다. 무려 그와의 비무를 앞두고 말이다. 진노한 팽만위가 아랫입술을 짓이기듯 깨물었다.

'감히……!'

피가 거꾸로 솟고 온몸이 홧홧한 느낌이었다. 이를 갈아붙이고도 화를 다스리기 힘들다. 그의 생을 통틀어 이토록 누군가에게 무시당한 것은 처음이었다.

동행한 동생과 아들은 연신 그런 그의 눈치를 살폈다. 하지만 정작 팽만위를 화나게 한 당사자는 분기탱천한 그의 기세를 느꼈을 것이 분명함에도 얼굴색 하나 바뀌지 않았다.

저벅저벅, 발걸음 소리가 느리게 울렸다. 다른 이들, 특히 팽만위의 입장에선 숨이 넘어갈 정도의 시간이 흐른 후에야 사내의 걸음이 멈추었다.

내려다보는 듯한 사내의 눈빛에 더 크게 화가 치밀었지만, 팽만위는 이를 꾹 누르며 입을 뗐다.

"일수탈명……. 아니, 최근에는 비도무적(飛刀無敵)이라는 별호로 더 많이 불린다던가?"

사내는 대답 없이 팽만위를 물끄러미 보기만 했다.

"내심 존경하는 마음이 있었기에 이 먼 사천까지 한달음에 달려왔건만, 그 실력에 비해 인품은 과히 모자란 모양이외다. 한 시진을 넘게 늦어 놓고 사과의 말 한마디도 없으니 말이오."

팽만위가 비무에선 용납되지 않는 수준의 살기를 드러냈다. 하지만 누구도 감히 그를 탓할 엄두를 내지 못했다. 강한 무인의 자존심은 응당 하늘을 찌르기 마련이다. 그런데 이리 대놓고 무시당했으니 생사결을 치른다 해도 충분한 명분이 주어진 셈이다.

"내 오늘 그대의 명성이 그저 허명(虛名)에 불과했음을 만천하에 똑똑히 알리겠소!"

팽만위가 일갈했다. 정당하고도 실로 위협적인 말이었으나 사내의 반응은 퉁명스럽기 이를 데 없었다.

"할 말은 다 했나?"

"……뭐요?"

"그럼 주둥이 그만 놀리고 얼른 덤비지?"

"감히……!"

"어찌 이리 무례할 수 있소!"

팽만위의 동생과 아들이 발끈하며 외쳤다. 의외로 팽만위는 조용했는데, 이는 평정심을 유지한 것이 아니라 화가 머리끝까지 치솟는 바람에 말문이 막히고 말았기 때문이었다.

핏발 선 눈으로 사내를 무섭게 노려보던 팽만위가 말없이 도를 움켜쥐었다. 명분이 이쯤 쌓였다면 이 비무 자체를 파(破)하고 사태를 이 지경까지 이르게 한 당가에 책임을 물어도 되었다. 어쩌면 그게 훨씬 더 현명한 처사일지도 모른다.

하지만 팽만위는 그럴 생각이 추호도 없었다. 저 막돼먹은 인간을 이 도로 때려눕히지 않고서는 십 년이 지나도 분이 풀리지 않을 듯했다. 마침 사내는 팽만위의 그런 결심을 더욱 확고하게 굳혀 줄 말까지 던졌다.

"명예? 나잇값도 못 하고 애들 싸움을 어른 싸움으로 만든 것들이 명예라니. 말 같지도 않은 소리 지껄이고 있네."

"……."

"시간 낭비 하고 싶지 않으니 덤벼라. 주제를 알게 해 줄 테니."

어찌 이리 오만할 수 있는가. 팽만위는 느꼈다. 살짝 턱을 치든 채 내려다보는 사내의 시선에 노골적인 무시가 담겨 있다는 걸. 저자는 자신의 패배 따윈 눈곱만큼도 생각지 않는 게 분명했다.

'죽여 버리겠다.'

팽만위가 천천히 도를 뽑아 들었다. 묵직한 소음이 울렸다. 대도(大刀)를 쓰는 하북팽가 내에서도 그의 도는 손꼽히게 크고 무겁다. 이를 한 손으로 뽑아낸 팽만위는 도를 힘주어 움켜잡으며, 동시에 반대 손에 들고 있던 도집을 바닥에 내던졌다.

몇몇 이들의 눈이 순간적으로 휘둥그레졌다. 도를 쓰는 이가 도집을 버리는 건 그 의미가 너무도 명백했다. 비무에서는 있을 수 없는 일이었다.

하지만 누가 감히 팽만위의 행위에 입을 얹을 수 있으랴. 그만큼 건너편의 사내가 무례하였다.

도를 양손으로 쥔 팽만위가 이글거리는 눈빛으로 노려보며 일갈했다.

"일수탈명……. 당보(當步)!"

흡사 포효와도 같은 고함이었다.

"내 오늘 네놈에게 예의가 무엇인지 알려 주겠다!"

콰앙! 진각을 밟자 굉음이 울렸다. 기수식도, 서로의 출신을 밝히는 당연한 절차도 없다. 이는 곧 이 비무가 실전이나 다름없다는 뜻이다. 북산맹호 팽만위가 별호 그대로 노한 범처럼 사내를 향해 쇄도했다.

북망산의 사나운 범. 그의 도에 명을 달리한 마두가 몇이며, 허리가 끊긴 사파의 악적이 몇이던가? 일수탈명의 이름이 고작 사천을 횡행할 때, 아니, 그 이전부터도 북산맹호는 천하에 이름을 떨치고 있었다. 나이로 보나 명성으로 보나, 그의 패배는 말이 안 되었다.

팽만위의 도 끝에서 불꽃 같은 도기가 뿜어져 나왔다. 한껏 응축된 도기가 휘몰아치며 허공에 다섯 줄기의 소용돌이를 그렸다.

"혁! 저, 저건……!"

몇몇 당가 장로들의 입에서 경악의 목소리가 터져 나왔다.

오호단문도(五虎斷門刀). 극성에 이르면 다섯 마리의 호랑이가 달려드는 형상을 띤다는 하북팽가의 성명절기다. 지금 저 도기는 팽만위의 오호단문도가 분명 극성에 이르렀음을, 그의 무위가 세간에 알려진 것보다 훨씬 더 높다는 것을 증명하고 있었다.

"하아아아압!"

거대한 도기가 당보의 온몸을 갈가리 뜯어 버릴 듯 휘몰아쳤다. 그야말로 태풍 앞의 낙엽 같은 처지였다!

조우(遭遇) 481

하지만 그 순간, 당보가 한쪽 입꼬리를 삐딱하게 올렸다.

카앙! 날카로운 소리와 함께, 파죽지세로 날아들던 팽만위의 도가 무언가에 충돌한 듯 훅 밀려났다. 팽만위가 눈을 부릅떴다.

그의 도는 무게만 자그마치 오십 근에 달하는 중병(重兵) 중의 중병이다. 휘두를 힘만 있다면, 무게만으로도 단단한 철을 두부처럼 으스러뜨릴 수 있을 정도다. 그런데 그 중병이 밀려났다.

고작 여인의 손바닥 길이만 한 작은 비도(飛刀)에!

'어, 어떻게 이런 일이…….'

카가각, 금속끼리 부딪치며 불꽃이 튀었다. 비도가 회전하며 팽만위의 도를 밀어 내고 있었다. 저 작은 비도가 이토록 가공할 힘을 내고 있다는 게 보면서도 믿기지 않았다.

"이, 이익!"

그러나 충격받고 있을 때가 아니었다. 팽만위는 절대 이대로 밀려날 수 없었다. 그랬다가는 본인뿐 아니라 팽가 전체가 대대로 망신을 당할 것이다.

팽만위는 젖 먹던 힘까지 모조리 끌어내며 내력을 폭발시켰다. 아니, 폭발시키려 했다.

카앙!

하지만 팽만위의 내력이 채 뿜어지기도 전에 또 하나의 비도가 그의 도에 적중했다.

"컥!"

순간적으로 어깨와 손목에 찢어지는 듯한 고통이 찾아왔다. 자연히 팽만위의 도가 훅 밀려났다. 자세를 수습하기도 전에 다시 날카로운 소리가 울렸다. 또 하나의 비도가 도의 면을 때리는 순간, 그의 손바닥이 압력을 이기지 못하고 터져 나갔다. 평생을 그와 함께해 온 도가 금방이라도 부러질 것처럼 뒤틀렸다.

'마, 말도 안······.'

팽만위는 살면서 가장 크게 경악하고 당황했다. 그 순간 재차 날아든 또 하나의 비도가 인정사정없이 그의 심장께로 날아들었다.

"크, 크아앗!"

그는 악을 쓰며 날아드는 비도를 쳐 내었다. 작은 비도와 도가 충돌하는 순간, 도를 쥔 그의 손등이 터지고, 붉은 피가 흩뿌려졌다. 손목과 어깨가 비명을 내질렀다.

하지만 다행인지 불행인지, 팽만위는 그 고통에 연연할 필요 없었다. 지금까지와는 다른 진짜 고통이 뒤이어 왼쪽 어깨를 꿰뚫어 왔기 때문이다. 어느새 쇄도한 작은 비도가 팽만위의 왼쪽 어깨에 푹 박혀 있었다.

"큭!"

그걸로 끝이 아니었다. 공격은 정신없이 이어졌다. 다른 비도를 쳐 내는 사이, 튕겨 나갔던 비도가 약이라도 올리듯 빙글 회전했다. 그러더니 이번에는 팽만위의 허벅지에 손잡이만 남기고 깊게 박혀 들었다.

팽만위는 귀신에라도 홀린 기분이었다. 대체 이게 무슨 무공······.

그때, 거센 파공음과 함께 세 개의 비도가 한꺼번에 날아들었다. 각각 팽만위의 머리와 가슴, 명치를 노리고 있었다. 심지어 그 비도들은 맹렬히 회전하며 주변의 공기를 빨아들였다. 실로 가공할 내력이 실려 있는 게 느껴졌다. 저 공격에 당하면 살점이 좀 뜯기는 정도로는 끝나지 않을 것이다.

팽만위가 괴성을 내지르며 도를 내질렀다. 낼 수 있는 모든 내력을 모조리 짜낸 상황이었다. 이윽고 날카로운 소리가 울렸다.

비도를 쳐 내는 데 성공했지만, 팽만위의 얼굴은 굳어졌다. 무언가 잘못되었음을 깨달은 것이다. 맹렬하게 회전하던 기세와는 달리, 어떠한 반발력도 느껴지지 않았다!

'속았…….'

파아아아앗!

쳐올린 도를 미처 회수하지 못한 틈을 타, 한 자루의 비도가 매섭게 파고들었다. 어떤 기교도 없이 그저 빠르기만 했다. 그 작은 비도는 시간과 공간을 접어 내며 팽만위의 미간을 향해 날아왔다. 피할 수 없음을 직감한 팽만위가 눈을 질끈 감았다.

"아버님!"

"형니이이이이이이임!"

마찬가지로 그의 운명을 직감한 팽가 사람들이 처절하게 소리쳤다.

마치 영원 같은 찰나가 지나고, 정적이 흘렀다.

놀랍게도 팽만위가 생각한 일은 벌어지지 않았다. 예감했던 고통이 찾아오질 않자 팽만위가 슬며시 눈을 떴다. 그리하여 보게 된 건 제 미간 고작 한 치 앞에 멈춰 있는 비도였다. 어마어마한 속도로 날아들던 비도가 거짓말처럼 속도를 줄이고 허공에 우뚝 멈춰 선 것이다.

팽만위는 그 자리에 그대로 털썩 주저앉았다. 얼굴이 온통 식은땀으로 젖어 있었다. 경악과 허탈함, 공포로 물든 그의 눈은 홀린 듯 맞은편에 선 당보를 좇았다. 그러다 더 충격적인 걸 깨닫게 되었다.

그의 반대편에 선 당보는 비무의 시작부터 끝까지 저 자리에서 단 한 발짝도 움직이지 않았다. 이 비무는 내내 그 혼자 날뛰다가 패한 것이다.

"어, 어떻……."

떨리는 목소리로 입을 뗐던 팽만위는 이내 질문을 삼켰다. 대체 무엇부터 물어야 할지 감도 오질 않았다. 오만하게 내려다보는 당보의 모습은 이제 아득하게만 느껴졌다.

시시하다는 듯 팽만위를 보던 당보가 마침내 입을 열었다.

"약해 빠진 놈. 주제를 알았으면 그만 돌아가라. 주독을 뺄 수준도 안 되는군."

팽만위의 얼굴이 시뻘겋다 못해 검게 달아올랐다. 끔찍한 치욕이다. 하지만 반박할 수 없었다. 일수탈명의 실력은 감히 닿을 수 없는 수준에 올라 있다. 인정하지 않을 도리가 없었다.

"……졌습니다."

단장(斷腸)의 심정으로 내뱉은 그 말에야 비로소 팽만위의 미간을 겨누고 있던 비도가 되돌아갔다. 소매 안으로 비도를 모조리 회수한 당보가 팽만위를 일별하더니 미련 없이 몸을 돌렸다. 장내가 정적에 휩싸인 가운데, 누군가가 우렁차게 말했다.

"비무는 당가의 승리다!"

팽만위를 수행하던 팽가인들의 얼굴이 치욕으로 일그러졌다.

"사천당가와 하북팽가는 비무 전에 약조한 대로 모든 시시비비를 더 이상 가리지 않기로 한다. 단 이 비무의 결과는 불문에 부칠 것이며, 가문 밖에서 함부로 이에 대해 발설하는 자는 가법에 따라 엄히 다스릴 것이다!"

팽만위는 아찔하여 눈을 감고 말았다.

가법에 따라 엄히 다스린다? 웃기는 소리다. 사람의 입은 그런 걸로 막을 수 없다. 아무리 막아도 이 싸움의 결과는 곧 천하에 퍼져 나갈 것이다. 그의 명성은 곤두박질칠 것이고, 일수탈명의 명성은 사천을 넘어 천하를 울릴 것이 분명하다.

승자가 모든 것을 가진다. 그게 곧 강호의 법칙 아니던가.

설령 저 말이 지켜진다 해도, 하북팽가와 사천당가 내에서 가려진 이 우열은 그의 대에서는 바뀌지 않을 것이다. 그가 참패한 이상 팽가의 누구도 일수탈명을 이길 수 없을 테니까.

'차라리 비무를 하지 말 것을.'

저자의 실력이 이 정도일 줄은 상상도 못 했다. 그러나 후회해 봐야 이미 늦은 일이었다. 입맛이 썼지만 애써 모른 척하며 당보의 뒷모습을 보았다. 승리했음에도 승리한 것 같지 않은, 무심한 걸음걸이였다.

◆ ◈ ◆

"고생했구나."

사천당가의 가주, 독심제후(毒心諸侯) 당철악(當鐵岳)이 대견하다는 표정으로 당보를 바라보았다. 당보는 가주의 칭찬에도 침상에 반쯤 기댄 채 손에 든 술을 홀짝일 뿐이었다.

"이번 일로 우리는 팽가와의 관계에 있어 주도권을 가져오게 되었다. 앞으로 오대세가 내에서도 팽가는 사천당가를 상대로 한발 양보할 수밖에 없겠지. 네 덕이다."

당보의 무심한 눈길이 창밖으로 향했다. 어딘가 먼 곳을 보던 그는 다시 손에 쥔 술병을 기울였다. 당철악이 슬쩍 눈살을 찌푸렸다.

"그놈의 술은 안 마시면 병이라도 나더냐?"

그제야 당보의 시선이 당철악에게로 향했다. 야심으로 꽉 찬 당철악의 눈빛과 달리, 당보의 두 눈은 아예 텅 비어 있는 듯했다. 당보가 술병을 느리게 돌리며 말했다.

"이긴 건 당가가 아니라, 접니다."

당보의 무심한 목소리에 당철악이 눈에 이채를 띠었다.

"무슨 말이냐."

"당가에 저 말고 그놈을 이길 수 있는 사람이 있습니까?"

일순 당철악의 얼굴이 굳었다. 다른 사람? 딱히 생각이 나지 않는다. 오늘 팽만위가 보여 준 무위를 생각해 보면, 설령 당철악이 직접 나섰다고 해도 승리를 장담하기는 어려웠을 테다. 그뿐이랴. 원로원에 있는 전대의 장로들이 직접 나선다 해도 쉽지 않은 싸움이 되었을 것이 분명하다.

당철악 역시 알고 있었다. 당보가 당가에서도 유독 강한 것일 뿐, 당가가 팽가를 압도한 건 아니라는 사실을 말이다.

"팽가에는 그놈과 비슷한 이가 못해도 다섯은 있을 겁니다. 하지만 당가에는 누가 있습니까? 그런데도 이게 당가의 승리입니까?"

뼈아픈 지적이었다. 하지만 당철악은 살짝 끓는 화를 누르며 태연히 답했다.

"너 역시 당가의 사람이 아니냐."

당보는 대놓고 조소했다.

"예, 예. 그렇지요. 저도 당씨 성을 가진 사람이지요. 뭐…… 비록 말하는 건 하나도 통하지 않고 개 짖는 소리쯤으로 취급받긴 하지만, 그래도 어쨌든 당가 사람 아니겠습니까?"

"……."

"개새끼라는 게 지랄 맞지요. 솥에 삶기다가 빠져나와도 제 주인에게는 꼬리를 치는 게 개 아니겠습니까. 그렇게 내부에서 무시당해도, 막상 일이 터지면 시키는 대로 싸우는 저처럼 말입니다."

당철악이 진노 어린 눈빛으로 당보를 노려보았다. 당보 역시 그런 가주의 시선을 피하지 않았다. 두 시선이 충돌하는 순간 먼저 고개를 돌린 건…… 당철악이었다. 둘 사이에 짧은 침묵이 흘렀다.

"이 일은……."

"사과하고 끝냈으면 될 일입니다."

당철악이 어색해진 분위기를 풀어 보려는 듯 입을 열었지만, 당보가 말허리를 끊으며 선수 쳤다.

"어린놈이 실력으로 이기지 못해 상대에게 언질도 없이 독을 썼다면, 죄송하다고 사죄하고 잘못을 저지른 놈을 박살 내 버렸으면 됐을 일입니다. 그만한 일을 굳이 이렇게까지 키워야 했습니까?"

"가문의 체면이 걸린 일이다."

"예, 그러셨겠지요. 아니지, 되레 반기신 것 아닙니까? 좋은 기회가 왔다고 말입니다."

"말조심해라!"

당철악이 으르렁대듯 쏘아붙였지만 당보는 끄떡없이 맞받아쳤다.

"그런 독 따위에 의지하니 이 꼴을 당하는 겁니다."

"……."

"가문이 독으로만 모든 걸 해결하려 하니, 어린 애새끼도 실력 키울 생각은 안 하고 비겁하게 암수를 쓰는 겁니다. 그리고 그게 점차 당연해지니 잘못을 해도 사과하는 게 아니라 어떻게든 가문 차원에서 이를 이용하려 드는 것 아닙니까?"

후자는 비약이라고도 할 수 있지만, 전자는 아니다. 분명히 이 일은 당가의 잘못에서 비롯된 일이다.

당철악 역시 알고 있다. 가문의 어린 녀석들 사이에 그런 흐름이 생겨

나고 있음을. 아니……. 어쩌면 어린놈들 사이의 일로 치부할 수준은 이미 넘은 건지도 모른다.

"제대로 된 고수를 만나면 기껏해야 시간 끌기밖에 안 되는 걸로 말입니다."

독은 유용하다. 자신보다 강한 이도 거뜬히 쓰러뜨릴 수 있게 만들어 준다.

하지만 한계 또한 분명하다. 당철악이라고 이를 모를 리 없었다. 어떤 독도 그 자리에서 사람을 당장에 쓰러뜨리지는 못한다. 찰나라 해도 결국엔 중독(中毒)에 '시간'은 필수적이다. 그리고 절정고수의 영역으로 넘어가면, 그 짧은 시간은 생사를 가르고도 남을 요인이 된다. 이 한계가 바로 수백 년의 역사를 지닌 당가가 단 한 번도 천하제일인을 배출하지 못한 이유임을, 당철악 역시 잘 알고 있었다.

하지만 그렇다고 당보의 말이 다 옳은 건 아니었다.

"너니까 그런 말을 할 수 있는 거다."

그 말에 당보의 눈빛이 차가워졌다.

"모두가 너처럼 될 수는 없다. 네 비도가 대단한 것은 알고 있지만, 모두가 너 같은 재능을 타고나는 것은 아니다. 너를 동경해 비도를 익히던 이들이 얼마 가지 못해 모두 독을 연구하는 쪽으로 방향을 바꾸었다는 건 네가 가장 잘 알고 있지 않으냐?"

그의 실력을 동경하는 이들이 가문 내에 없었을 리 없다. 하지만 그들 역시 결국 모두가 그 길을 포기했다. 이유야 단순했다. 어려우니까.

비도술은 숱한 무학 중에서도 특별히 더 어렵고 까다롭다. 물론 언뜻 보기에는 이해가 안 되는 일이었다. 손톱보다도 작은 암기를 수족처럼 다루는 당가가 비도술을 뭐 그리 어려워하겠냐고 생각할 수 있다. 그러나 수많은 암기를 뿌리는 것과 몇 자루의 비도를 완벽히, 정확하게 운용하는 것 사이에는 하늘과 땅만큼의 차이가 있었다.

그 어려움에 도전하고 부딪치고 노력하고, 마침내는 숙달하는 것. 그게 바로 무학이거늘.

하지만 당가의 아해들은 굳이 그러고자 하지 않았다. 더 쉬운 길이 있으니까. 마음만 먹으면 수월하게 이길 방법이 있으니까. 그 수월함이 결국은 제 한계를 만들어 낸다는 것도 모르고. 아니, 어쩌면 뻔히 알고 있으면서도 말이다.

"쉽지 않으니 더더욱 해야지요. 가문을 바꾸고 싶다면."

"말처럼 쉬운 게 아니다."

"어려운 게 아니라, 그저 편하고 싶은 것 아닙니까?"

당철악은 점차 노기를 숨기지 못했다. 그가 차가운 목소리로 말했다.

"……안하무인이로구나. 실력이 있으니 가주 따위는 무시해도 될 것 같으냐."

"말 돌리지 마십시오, 가주님."

"사천당가는 수백 년 동안 독을 연구해 왔다. 그게 사천당가다."

"그러니 수백 년 동안 고작 이 수준에 머무르는 겁니다."

"네가 가문의 선조들 모두보다 더 낫다는 것이냐? 너 혼자 그리 대단하더냐?"

"그게 이것과 대체 무슨 상관입니까!"

당보가 화를 참지 못하고 언성을 높이자 당철악이 한숨을 푹 내쉬었다.

"그만하자꾸나."

이 논쟁은 수없이 반복되어 왔다. 그리고 그 결과는 항상 같았다.

"너도 이제는 이해하지 않느냐? 네 말을 따르고자 한다고 해도, 내게는 그럴 권한이 없음을. 나는 원로원을 설득할 자신이 없다."

당보는 원로원을 두고 이렇게 표현했다. '완고함을 지키다 못해 썩어 버린 늙은이들.' 그들은 일선에서 물러나고도 여전히 가문을 휘어잡고 있었다. 자신들이 고수해 온 것만이 진리인 줄 알고, 그 방식을 후대에 강요한다.

"원로원과 싸울 용기는 없는 겁니까?"

"……가능한 일이라 보느냐?"

"하고자 하신다면 도울 겁니다."

"너 혼자 할 수 있는 일이 아니다. 내가 함께한다 해도 마찬가지겠지. 결국은 원로들의 말을 더욱 잘 따를 이로 가주가 교체될 뿐이다."

당보의 눈빛이 싸늘해졌다. 물론 가주의 말에는 틀림이 없지만, 이는 결국 면피에 지나지 않는다. 만일 당철악에게 정말 가문을 바꾸고자 하는 의지가 있다면, 자신이 원로원주가 되면 그때는 변화를 시도하겠다는 말이 이어졌어야 한다.

말은 저렇게 하지만 결국 당철악 역시 두려운 것이다. 그가 익혀 온 모든 걸 부정하는 것이. 그리하여 더 나은 길을 열어 낸 이들이 그의 권위를 모조리 짓뭉개 버릴까 봐.

잠시 침묵하던 당보가 피식 웃고는 술을 도로 입에 털어 넣었다. 취기라도 좀 돌아야 이 엿 같은 기분이 좀 가실 듯했다. 당철악도 이번에는 그런 그를 나무라지 않았다. 아니, 할 수가 없는 것이리라.

"그보다, 운남 쪽에 천년독망(千年毒蟒)이 발견되었다는 말이 있더구나."

당철악이 슬그머니 말을 돌리자 당보가 못마땅하여 눈을 가늘게 떴다.

당철악은 모른 척했다.

"너도 알다시피 천년독망의 내단은 극독을 만드는 재료가 된다. 가문의 역사를 통틀어도 몇 번 입수한 적 없는 귀한 재료지. 하지만 천년독망을 쓰러뜨릴 만한 고수가 많지 않다. 가문 내에서는 더더욱."

그럴 것이다. 천년독망에겐 독이 통하지 않으니까. 그러니 할 줄 아는 것이라고는 고이 만들어 온 독을 뿌려 대는 게 전부인, 이 병신 같은 것들은 천년독망을 잡을 수 없겠지. 정말 웃기지도 않는 모순이 아닌가.

"가 주겠느냐?"

당보가 피식 웃으며 당철악을 바라보았다. 입가에 부드러운 미소가 피어났다.

"엿이나 처드십시오."

· ◆ ·

까앙! 까앙! 망치가 쇠붙이를 때리는 소리가 연신 울리고, 붉게 달아오른 화로에선 불길이 넘실댄다. 대장간 한구석에 걸터앉은 당보는 불길과 망치를 멍하니 바라보았다. 마음이 편치 않을 때마다 이곳을 종종 찾곤 했다.

저 불길이 사람의 마음을 편하게 만들어서? 이들이 만들어 내는 암기에 관심이 많아서? 모두 틀린 말은 아니다. 그러나 진정 그가 이곳을 편히 여기는 이유는, 이 넓은 가문 내에서도 오직 여기에 있는 장인들만이 제 길에 최선을 다하기 때문이다.

이들에게선 당가 놈들의 합리화가 풍기는 구린내가 나지 않는다. 땀을 비 오듯 흘리고 불에 데어 가면서도 오직 더 좋은 무기를 만들기 위해 자신을 바치는 이들이다.

썩을 대로 썩어 버린 가문이 아직 이렇게나마 유지되고 있는 건, 어쩌면 이들과 이들이 만들어 낸 암기들 덕인지도 모른다.

"장로님 오셨습니까?"

대장간 안으로 들어선 이들이 그를 발견하자 놀라 고개 숙였다. 당보는 턱짓으로 인사를 받았다.

'가야겠군.'

사람이 하나둘 모이기 시작하면 그를 불편하게 여기는 이들도 늘어나곤 한다. 물론 그가 딱히 이들을 해코지한 적은 없지만, 가문의 장로라는 직위는 그 자체만으로도 가솔들을 불편하게 할 때가 있으니까. 그딴 지위 바란 적도 없는데 말이다.

"숙조부님! 오, 오셨어요?"

그가 몸을 일으키려는데, 누군가가 쪼르르 달려왔다. 당보가 살짝 눈을 가늘게 떴다.

이 아이는 당보를 어려워하면서도 피하지 않았다. 눈치가 있다면 다른 장인들의 태도를 눈치채고 그를 경원시할 만도 한데, 이 녀석은 그에게 거리낌이 없었다.

'알고 보면 조금 아둔한가?'

멍청한 것과는 다르다. 미련하고 올곧다고 해야 할지.

당보는 안다. 이런 아이가 좋은 장인이 된다는 것을. 아마 무학을 익혔어도 좋은 무인이 되었을 것이다. 새삼스럽게 치가 떨렸다. 이런 재목을 방계란 이유로 한정된 길만 걷게 하는 곳. 그게 당가다.

당보는 당조평의 머리에 손을 턱 얹었다.

"넌 공방에 출입하기에는 어리지 않으냐?"

"아직 망치는 못 잡아요."

말은 그렇게 하지만, 당조평의 손에는 아이를 위해 만든 듯한 작은 망치가 들려 있었다. 아직 이 망치로 달군 철을 두드릴 수는 없다는 의미일 것이다.

"그런데 그건 뭐 하러 들고 다니냐?"

"익숙해져야 한대요. 그래야 좋은 장인이 된다고."

이제 겨우 일곱이나 되었을까? 어리지만 심지가 굳은 아이다. 당보의 입가에 미소가 피어났다. 가주에게 보이던 조소가 아니라, 제대로 된 미소였다.

'제자로라도 삼을까?'

순간적으로 든 생각이었지만 당보는 이내 고개를 저었다. 나이가 어리니 근골이야 굳지 않았겠지만, 그의 제자가 된다는 건 가문으로부터 배척된다는 의미다. 웬만한 이는 버티기 힘든 가시밭길이 될 게 뻔한데, 장인으로서 행복할 아이에게 그런 길을 걷게 할 수는 없다. 이제 와 제자를 들이기엔 당보의 나이가 너무 많기도 했고. 당조평이 좀 더 성장하면 혹 억울하다 느낄 수도 있겠지만, 타고난 심성이 있으니 괜찮을 것이다.

"자, 장로님."

그때 누군가가 당조평과 당보를 발견하고는 급히 달려왔다.

"죄송합니다. 아이가 무례를 범하지는……."

"괜찮다."

아이의 아비인 모양이었다. 여전히 순진무구한 아이와는 달리 아이의 아비는 혹시 당보가 노여워하기라도 할까 봐 잔뜩 겁먹은 모습이었다. 그렇겠지. 가문 내에 퍼진 그의 소문 중 좋은 말은 한마디도 없을 테니까.

"아까는 폐를 끼쳤구나."

"아, 아닙니다, 장로님."

그래도 그가 이 아이를 귀여워한다는 소문은 꽤 퍼진 모양이다. 그러니 저 능구렁이 같은 놈들이 굳이 조평에게 그를 깨우라 시켰겠지. 이놈은 그걸 옆에서 보면서도 차마 막지 못했던 거고.

"누구지? 가주였나?"

"그건……."

아이의 아비는 차마 대답하지 못하고 우물쭈물했다. 아마 입단속을 단단히 해 두었을 것이다. 이 이상 이자를 추궁하는 건 괜한 화풀이에 지나지 않음을 안 당보가 몸을 일으켰다. 그리고 장인에게 전낭 하나를 툭 건넸다.

"공방 사람들에게 술이나 먹이게."

"예? 이, 이건 받을 수 없습니다. 장로님, 저희는……."

"왜? 내가 주는 건 못 받겠다는 건가?"

"그런 게 아니라……."

당보가 그의 어깨를 툭 두드렸다.

"받아 두게."

"……예."

당보가 그렇게 공방을 나서려 할 때였다.

"빌어먹을! 수리를 맡긴 지가 언젠데 아직 안 되었다는 것이냐? 게을러터져서는!"

"그게 아니라 먼저 들어온 것들을……."

"먼저? 내가 맡긴 것보다 더 중요한 물건이 있다는 말이냐? 언제부터 장인 나부랭이가 그딴 말을 할 수 있었느냐! 정녕 네가 혼쭐이 나 봐야 정신을 차리겠느냐?"

"죄, 죄송합니다."

밖이 소란스러워졌다. 짧게 혀를 찬 당보가 밖으로 나서는 걸음에 조금 더 속도를 가했다.

"더 말을 섞을 것 없다. 당장 네 위의……."

"위의 뭐?"

"뭐? 어떤 놈이 감히……."

장인 하나를 잡고 치도곤을 내던 장로가 공방에서 걸어 나온 당보를 보고 꿀 먹은 벙어리처럼 입을 다물었다.

"혀, 형님?"

"계속 지껄여 봐라."

장로가 눈을 좌우로 뒤룩뒤룩 굴렸다. 수틀리면 형제고 나발이고 다 때려눕히는 당보의 악명은 당가 내에 자자하게 퍼져 있다. 사람이 약하기라도 하면 어떻게든 수를 내 볼 텐데, 당문제일수(當門第一手)인 당보를 상대로 그가 할 수 있는 일이 있을 리 없었다. 그를 보는 당보의 시선은 흡사 벌레라도 보는 듯 싸늘했다.

"공방이 네 안방 같으냐?"

"그, 그게 아니라…… 제가 이미 보름 전에 수리를 맡겼는데……."

당보는 더 듣지도 않고 턱짓으로 공방을 가리켰다.

"네 눈에는 이들이 노는 것처럼 보이더냐? 맡은 일은 안 하고 놀아 젖히는 건 너 같은 놈뿐이겠지."

장로의 얼굴이 붉게 물들었다. 굴욕적이었지만, 감히 당보의 말에 반박할 용기는 없었다.

"여기서 또 얼쩡거리다 내 눈에 띄면 그때는 말로 안 끝난다."

"……."

"꺼져."

장로가 고개를 푹 숙이고는 몸을 돌려 달아나듯 멀어졌다.

"장로님……."

등 뒤에서 감사의 뜻이 담긴 작은 목소리가 들려왔다. 그러나 당보는 대꾸 없이 하늘만 올려다보았다. 자꾸 한숨이 흘러나왔다. 변변찮다. 모든 것이.

"저놈이 다시 찾아와 행패를 부리거든 참지 말고 내게 사람을 보내라."

"……."

"꼭."

"……예. 그리하겠습니다."

당보가 말없이 앞으로 걸어간다. 그의 뒷모습을 빤히 바라보던 당조평이 고개를 갸웃거리다 제 아비를 바라보았다.

"숙조부님은 좋은 분 아니신가요?"

"……그렇지."

당조평의 아버지가 씁쓸한 얼굴로 답했다.

"그런데 왜 싫어하는 사람이 많은 거예요?"

어린 당조평에게 설명하기엔 너무 어려운 일이었다. 잠시 고민하던 당조평의 아비는 이유 대신 다른 말을 꺼냈다.

"대신 너처럼 좋아하는 사람도 있지 않으냐."

"그렇긴 한데……."

당조평은 작은 망치를 꼭 쥐며 당보가 사라진 방향을 물끄러미 보았.

공방을 빠져나온 당보는 휘적휘적 걸음을 옮겼다. 멀리서 그를 본 이들은 고개를 숙이는 대신 은근슬쩍 눈치를 보며 몸을 피했다. 마치 흉악한 마두를 본 양민들처럼. 이런 광경이 언제부터인가 자연스러워졌다.

하지만 당보는 오늘따라 유난히 그 꼴이 우습게만 느껴졌다.

'술이나 먹으러 가야겠군.'

방에서 마시는 것도 지겨워졌다. 어디 주루에라도 갈 참이었다. 물론 그곳도 사람들이 썰물처럼 빠지고 휑해지겠지만, 적어도 저 냄새나는 방구석보다는 나을 테다. 무엇보다 매번 독주 냄새 가득한 방을 치워야 하는 시비들도 괴로울 테니, 괜찮은 선택일 것이다. 다만……. 당보의 시선이 먼 하늘로 향했다.

'조만간 여행이라도 떠나야겠군.'

이번에는 좀 길게 다녀와야겠다. 당가 안에 있으면 속이 썩어 문드러지는 기분이었다. 물론 가주가 또 사람을 보내 귀찮게 하리라는 것은 안 봐도 뻔하다. 그러나 이번엔 쉬이 돌아오지 않을 작정이었다.

이번에는 어디로 갈까. 남해로 가 볼까? 아니면 저 먼 동영 쪽으로 가 볼까? 아예 차 무역을 하는 이들을 따라 서장에 가 보는 것도 나쁘지 않을 것이다. 적어도 일 년은 아무 생각 없이 걸을 수 있을 테니.

당보의 눈빛이 또다시 흐려지고 텅 비었다. 지독한 날씨다. 지독하게 맑은 날씨.

• ❖ •

"일어났느냐?"

아스라하게 울리는 듯한 목소리를 들으며 당보는 제 머리를 꽉 움켜잡았다. 머릿속에서 커다란 종이 울리는 것 같은 기분이다. 속이 메스껍고

구역감이 치밀었다. 지독한 독에 중독되기라도 한 것 같다.

 반사적으로 손을 뻗어 물을 찾았다. 머리맡에 놓인 물병을 쥐고 한참을 들이켠 뒤에야 조금 살 것 같았다. 힘없이 머리를 벽에 기대자 아까 그 목소리가 다시 들려왔다.

"잘하는 짓이구나."

"……누가 데려온 겁니까?"

"주루에서 연락해 왔다. 아침이 되었는데도 네가 술을 퍼먹고 있다고. 주루의 술이란 술은 다 비워 버릴 기세였다고 하던데. 맞느냐?"

"……."

"그래. 당가의 장로란 놈이 주루에서 행패를 부린 건 그렇다 치자. 한데 아직 성도에 팽가 사람들이 있을 텐데 이렇게 인사불성으로 술을 마시다니, 대체 무슨 생각인 게냐. 놈들이 널 보기라도 했으면 네가 아직 목숨이 붙어 있었겠느냐?"

 잔소리를 듣고 있던 당보가 피식 웃었다.

"왜, 그놈들이 암습이라도 할 것 같아 그럽니까?"

 작은 웃음은 이내 낄낄대는 웃음으로 커졌다. 당보의 어깨가 크게 들썩일수록 당철악의 얼굴은 더욱 굳어졌다. 당보가 대놓고 비아냥거렸다.

"평생 음습하게 사시더니, 남들도 다 그런 모양인 줄 아시나 봅니다?"

"거듭 말하지만, 말조심하는 게 좋을 거다."

"왜요? 이젠 이 물에 독이라도 타시렵니까?"

 둘의 눈빛이 허공에서 충돌했다. 이번에도 먼저 그의 시선을 피한 당철악이 땅이 꺼지도록 한숨을 내쉬었다.

'빌어먹을.'

고수만 아니었다면! 저놈이 당가에서 대체 불가능한 고수만 아니었다면, 이미 가법에 따라 연금하거나 뇌옥에 처박아 버렸을 것이다. 사사건건 가주의 권위를 훼손하고 가문 밖으로만 도는 쭉정이 같은 놈.

직계들을 무시하고 암기나 만드는 방계를 싸고돌지 않나, 어느 날 말도 없이 사라졌다가 몇 해가 지나서야 홀연히 나타나지를 않나. 엄격한 가법으로 돌아가는 당가에서 저놈은 말 그대로 독충 같은 존재였다. 모두가 끔찍하다고 여기지만, 당가이기에 버릴 수도 없다.

특히 당철악의 입장에선 원망과 분노만큼 아쉬운 마음도 컸다. 조금만 멀쩡했어도 저놈을 이용하여 가문의 명성을 두 배는 더 높일 수 있었을 텐데. 그는 한숨처럼 말했다.

"네가 하도 지껄이기에 원로원에 권유를 해 봤다."

"……뭘 말입니까?"

"많이도 아니다. 가문의 아이들을 열 명 정도만 뽑아서 네게 맡겨 보자고. 적어도 네 비도술이 사장되게 둘 수는 없으니 말이다."

의욕이라고는 없던 당보의 눈에 순간적으로 빛이 스쳤다.

고작 열 명이다. 하지만 그 의미는 '고작'이라 치부할 수 없다. 그가 직접 들인 제자가 아니라 가문의 명으로 차출된 이들이라면, 다른 가솔에게 멸시받긴커녕 오히려 동정 어린 시선을 받을 것이다.

그런 환경에서 그 열 명을 제대로 키워 낸다면, 이 꽉 막힌 당가를 바꿀 계기가 될지도 모른다. 한 명으로는 할 수 없는 일을 열 명으로는 해낼 수 있으니까.

"그래서요?"

"불가(不可)."

무거운 침묵이 내려앉았다. 당보는 저도 모르게 입술을 짓깨물었다.

열 명이다. 쓸모없이 넘쳐 나는 가솔 놈들 중 고작 열 명. 그런데 원로원은 그마저도 내어 주지 않는다.

이렇게까지 썩어 빠진 가문이 존속할 이유가 있는가? 차라리 이대로 망해 버리는 게 낫지 않은가?

"미꾸라지 하나가 물을 흐리는 법이고, 열이면 가문에 망조가 들기에 충분한 숫자라더군."

"하……. 하하핫!"

허탈한 웃음이 새어 나왔다. 미꾸라지. 이 가문에서 그는 고작 그런 존재다. 아무리 당문제일수가 되어도, 북산맹호를 일수에 꺾어도, 그는 여전히 가문의 물을 흐리는 존재다.

이들은 용이 되려 하지 않는다. 오히려 용이 되려는 이가 있으면 철저히 밟아 미꾸라지로 살게 한다. 평생을 그리 살아왔으니까. 그렇게 살면 적어도 그 작은 개천에서 왕 노릇을 할 수 있으니까.

당보의 손이 반사적으로 술을 찾았다. 하지만 그새 싹 치워진 방 안에 술이 남아 있을 리 없었다.

"나도 열 명쯤은 내어 줄 줄 알았다."

"……그랬겠지요."

자존심이 하늘을 찌르는 당철악이 원로원에 가서 고개를 조아렸다는 건, 그 나름대로 큰 각오를 했던 것이리라. 하지만 그것조차도 일언지하에 거절당했다. 가문은 생각보다도 더 썩어 있던 것이다. 당보가 결국 분통을 터트렸다.

"뭐가 잘못된 겁니까? 대체 뭘 더 해야 합니까? 내가, 빌어먹을! 내가! 나 혼자 잘났다는 걸 증명하겠다고 개소리를 늘어놓고 있는 게 아니잖습니까!"

평소에는 냉소적인 태도로 일관하던 당보가 거칠게 소리치니 당철악은 그런 그를 말없이 빤히 보았다. 그러더니 입을 뗐다.

"한 사람은 도박을 할 수 있지만, 가문은 도박을 할 수 없다."

"도박이요? 도박이라 하셨습니까?"

"가문의 주류는 독이다. 비도는 거드는 것으로 충분했지. 그 결을 바꾼다는 건 결국 가문 자체를 바꾼다는 것을 의미한다. 너 하나를 믿고 확실하지 않은 도박을 하기에는 사천당가라는 네 글자가 너무도 무겁다."

그러시겠지. 당보의 입에서 실소가 흘러나왔다. 신물이 나도록 들었던 말이다. 아니, 이제 아예 귀에 못 박인 말이다. 그럼에도 이번만큼 저 소리가 역겹고 지독하게 들린 적이 있었나. 당철악의 잘못만은 아닌 걸 알면서도 참기가 힘겨웠다.

그런데 당철악이 별안간 차가운 목소리로 말했다.

"그리고…… 여기에는 네 잘못도 분명히 있다."

"……지금 뭐라고 했습니까?"

"네가 정말로 그걸 원했다면 증명했어야 한다. 네 비도의 길이 확실히 옳은 길임을."

"대체 뭘 더 어떻게 증명하라는 겁니까?"

"네 비도가 천하제일이더냐?"

당보는 순간 말문이 막히고 말았다.

"당문제일수? 그게 대체 뭘 증명할 수 있느냐? 당문제일수는 시대마다 있다. 네가 당가에서 가장 강하다는 게 당가가 바뀌어야 할 이유는 되지 않는다. 당문제일은 언제고 사천제일을 논하던 이들이었다."

그 모든 말을 듣던 당보의 얼굴이 일그러졌다.

"그럼 어디 가서 천하제일이라는 걸 증명이라도 하고 오라는 겁니까? 비무행이라도 해서?"

"……."

"누군 증명하기 싫어서 이러고 있습니까? 제 문파에 꼭꼭 숨어서 나오지도 않는 놈들과 무슨 수로 싸우라고요! 무당에 가서 빌어라도 볼까요, 무당제일검과 싸우게 해 달라고? 그 빌어먹을 남궁세가 정문에서 농성이라도 하면 됩니까? 이제는 회합에도 얼굴을 내밀지 않는 창천검왕(蒼天劍王)과 제발 한번 붙게 해 달라고?"

이게 무슨 말도 안 되는 억지란 말인가. 당보가 다시 소리치려는 찰나, 당철악이 손을 가볍게 들더니 말했다.

"그 창천검왕 말이다."

"예! 그 창천검……."

"패했다더군."

"……예? 지금 뭐라고 하셨습니까?"

순간 당황한 당보는 자신이 하려던 말도 잊고 눈을 크게 떴다.

"창천검왕이 패했다고 하더구나. 심지어 손도 제대로 못 써 보고, 일방적으로."

"그게 뭔 말도 안 되는 소리입니까."

어느 구석으로 보나 어처구니가 없는 말이다. 창천검왕이 누구인가? 저 남궁세가의 태상장로이자, 무당의 태극검제와 함께 천하제일검을 다투는 이다.

지금은 검수의 시대다. 천하제일검이 곧 천하제일인임을 고려한다면, 창천검왕의 패배는 곧 천하제일인이 결정 났다는 말과 다를 바 없다.

"사실입니까?"

"아직은 은밀한 소문일 뿐이다. 그리고 앞으로도 영원히 소문으로만 남아 있겠지."

얼핏 뜬소문이라는 말처럼 들리지만, 이는 이 소문이 사실이라는 뜻이다. 만약 이게 사실이 아니라면 남궁세가가 거품을 물고 사실이 아니라고 외쳤을 테니까.

"……누굽니까? 태극검제?"

"아니."

"그럼……."

"청명."

당보가 짧게 몸을 떨었다.

"청명? 그…… 화산의?"

당보의 얼굴에 당황이 어렸다.

"일절매화(一節梅花) 청명이 그 정도로 고수였단 말입니까?"

소문이야 물론 익히 들었다. 일절매화 청명. 화산제일검수이자, 어쩌면 섬서제일검으로 불릴 만한 이.

하지만 그는 실력보다도 괴팍한 성정으로 더 유명했다. 듣기로는 섬서 내에서는 일절매화라는 고상한 별호보다 서안낭객(西岸浪客)이라는 별호로 유명하다고 했다. 낭객이란 보통 거처 없이 노니는 불량한 이에게 붙는 별호다. 그런 별호가 명문인 화산의 장로에게 붙었다니, 이것만 보아도 어떤 인간인지 불 보듯 뻔했다.

그런데 그 일절매화 청명이 다른 이도 아닌, 창천검왕을 꺾었다고?

"네가 무슨 생각인지는 안다. 하지만 사실인 모양이다. 알려진 것보다 청명의 무위가 높은 것이겠지. 섬서 일대에서는 이제 일절매화가 아니라 매화검존이라 불리기도 한다는구나."

"검존? 광오하군요."

"아니, 광오하지 않다. 소문이 사실이라면 말이다. 어쩌면 천하제일을 다툴 정도로, 아니……. 창천검왕을 꺾었다면 그가 당대의 천하제일인 임에는 의심의 여지가 없겠지."

"……또 누가 알고 있습니까?"

"아직 구파는 모르는 모양이더구나. 세가에서 먼저 접한 듯하다."

당보가 고개를 끄덕였다. 오대세가는 구파에 비해 서로 적극적으로 교류하고 있다. 아마 아랫사람들이 서로 교류하는 과정에서 말이 샜겠지. 세상에 영원한 비밀은 없는 법이니까.

"남궁세가가 필사적으로 사실을 숨기려 할 테니 세간에 알려질 일은 없을 것이다. 보아하니 화산도 적극적으로 알릴 생각은 없는 듯하고."

"어째서요?"

남궁의 입장에서야 더없는 치욕이지만, 반대로 화산의 입장에서는 다시없을 경사다. 굳이 숨길 이유가 없지 않은가.

"글쎄. 그 대현검이 하는 일이니 반드시 연유가 있겠지."

대현검 청문. 그의 이름은 다른 이로 하여금 모든 것을 납득하게 했다. 화산을 현재의 거대한 문파로 키워 낸 데는 그의 힘이 팔 할 이상이었다고 해도 과언이 아니라고들 평한다. 그만큼 대현검은 위대한 장문이었다.

"그리고 사실 이유야 중요한 게 아니다. 중요한 건, 우리가 그 일을 알고 있다는 사실이지. 당연히 원로원도 알고 있고."

원로원 이야기가 나오니 당보의 눈빛이 다시금 싸늘해졌다. 이제야 이 이야기를 꺼낸 이유를 명확하게 알 수 있었다.

창천검왕과 태극검제는 가문과 문파의 울타리 안에 꼭꼭 숨은 존재들이다. 그들과 비무를 한다는 건 꿈에서나 가능할 일이다. 도전 자체가 무례인 데다가 만에 하나 벌어질지 모를 사태를 대비해 각 문파에서 철저히 막아서니, 당사자들의 의지가 있어도 싸울 수 없다. 하지만…….

"너도 알고 있겠지만, 일절매화는…….."

"심심찮게 서안에 나와 술이나 퍼먹는 한량이지요."

"그래. 누구처럼 말이다."

"다른 이들과는 겨룰 수 없지만……."

"그와는 겨룰 수 있겠지."

"화산이 이제 와 그를 숨길 가능성은요?"

"없다. 내가 아는 바로는 화산이 그를 통제할 수 없다고 하더구나. 그리고 애초에 통제가 가능했다면, 적어도 도사의 이름 앞에 그런 악명이 붙지는 않았겠지."

당보도 동의하며 나직이 웃고 말았다. 악명을 떨치는 도사라니, 이 무슨 말도 안 되는 존재인가. 생각보다 재미있는 놈인 듯했다. 가문의 상황 때문에 몰려 있지 않았다면 한 번쯤 재미로라도 찾아가 봤을지 모른다.

'하지만 이제는 악연이 되겠군.'

당보가 자리에서 일어났다. 소매 안이 허전한 걸 곧바로 깨달은 그가 차게 물었다.

"제 비도는?"

"……무인이라는 놈이."

당철악은 눈살을 찌푸리며 작게 나무랐지만 이내 덧붙였다.

"공방에 맡겨 두었다. 날을 최대한 벼려 두라고 말이다."

"굳이요?"

"상대가 상대다. 할 수 있는 건 뭐든 해야겠지. 다른 일을 다 제치고 먼저 해 두라 했으니 지금쯤은 정비가 끝났을 것이다."

 당보가 고개를 끄덕였다. 여전히 쓸데없다고 생각은 하지만, 상대의 실력이 정말로 창천검왕을 꺾을 정도라면 이 정도 준비도 과하지 않았다.

 "할 수 있겠느냐?"

 "할 수 있는 게 아니라 해야 하는 겁니다."

 당보의 어두운 눈빛이 날카롭게 번뜩였다. 썩어서 점차 가라앉는 가문을 구하기 위해서는 그 방법밖에 없다. 아니, 그런다고 해서 이 가문이 크게 바뀔 것 같지는 않지만, 적어도 실마리 정도는 얻을 수 있을 것이다.

 천하제일임을 증명해야 얻을 수 있는 실마리라니. 실로 터무니없는 조건이지만, 당보의 눈빛은 더 이상 이전처럼 몽롱하지 않았다. 확실한 길이 보인 이상 앞으로의 일은 그의 몫이었다.

 "네가 그를 꺾는다면 원로원도 더 이상 거절할 명분이 없을 것이다. 당연히 네가 원하는 바를 어느 정도는 손에 넣을 수 있겠지."

 "그렇겠지요."

 천하제일의 비도술을 전하지 않는 가문. 이런 수치스러운 이름과 비웃음을 얻고 싶은 자는 아무도 없을 테니 말이다.

 "다녀오겠습니다."

 "바로?"

 "시간을 끈다고 될 일도 아니지요. 놈이 숨어 버리기 전에 가겠습니다. 며칠이고, 몇 달이고 기다리면 반드시 한 번은 눈에 띌 겁니다. 그때가 제가 천하제일임을 증명하는 순간입니다."

당철악이 무겁게 고개를 끄덕였다. 북산맹호를 제자리에 선 채로 박살 낸 당보다. 제아무리 일절매화가 강하다지만 그를 이길 순 없을 것이다.

"다녀오거라."

당보는 가타부타 말없이 방을 나서서 공방으로 향했다. 그의 눈빛이 시리게 빛났다.

'청명이라…….'

그의 입꼬리에 미소가 걸렸다.

'고맙다고 해 두지.'

　　　　　　　◆ ◆ ◆

빈 술잔이 탁자 위에 탁 소리 나게 놓였다. 잔을 쥔 손등에 푸른 핏줄과 힘줄이 도드라졌다.

"이게 뭔 개 같은 상황이야."

공방에서 잘 벼려진 애병을 되찾을 때까지도 당보의 마음은 결의로 가득했다. 아니, 사천 성도에서 이곳 서안까지 바람같이 달려올 때까지만 해도 그의 마음은 한껏 부풀어 있었다. 이제야 기회를 잡았다는 쾌감이 그를 설레게 했다.

거기에 그의 무학을 증명할 수 있다는 기대와 천하에서 가장 뛰어날 것이 분명한 이와 무학을 겨룰 수 있다는 즐거움까지. 당보 역시 무인이니 이번 비무가 더없이 설레고 기대될 수밖에 없었다. 그런데…….

"갇혔다니!"

하루, 이틀, 그리고 자그마치 한 달.

당보가 내내 떠나지 않고 기다렸지만 그 일절매화인지 서안낭객인지

하는 놈은 코빼기도 보이지 않았다. 그저 사람들이 수군대는 이야기 속에서나 가끔 등장했을 뿐이다. 그 와중에 놈이 이곳에서는 서안낭객도 아니고 화산망종(華山亡種)쯤으로 불린다는 쓸데없는 정보를 얻기도 했지만, 그런 건 아무래도 좋은 일이었다.

서안에는 화산 제자들이 심심하면 하나씩 보일 정도로 흔했다. 그러나 그중에 일절매화는 없었다. 눈이 빠지게 기다려도 일절매화는커녕 비슷한 놈도 보이지 않았다. 참다못해 화산 놈들을 미행하며 돌아가는 상황을 수집해 봤는데…….

"갇혀 있다는 게 말이 되냐고!"

그래, 갇힐 수도 있지. 잘못을 저지르면 참회동에 처박힐 수도 있다. 그건 잘못된 게 아니다.

"그런데 그 이유가 창천검왕을 때려잡아서라고?"

개도 이 소리를 들으면 개소리라 할 것이다. 문파 내의 고수가 천하제일검으로 손꼽히는 이를 상대로 승리했는데 상을 주기는커녕 벌을 준다고? 화산 장문인이 미치기라도 했나?

"어으…….”

당보가 제 머리를 벅벅 긁었다. 대현검 청문이 미쳤을 리야 없으니 분명 그가 알 수 없는 복잡한 연유가 있었겠지만, 외인인 그는 그 사정을 캐낼 수도 없으니, 그저 속만 타들어 갔다.

게다가 듣자 하니 화산의 제자들도 일절매화가 언제 풀려나는지는 알지 못하는 모양이었다. 그러니 당보로선 그저 술로 타는 속을 달래 가며 속절없이 기다릴 수밖에.

"어쩐지 뭐가 잘 풀린다고 했다."

그는 앓는 소리를 흘리며 탁자에 머리를 툭 처박았다.

모든 게 지긋지긋했다. 한없는 기다림도, 이 맹숭맹숭한 섬서의 음식도. 고작 한 달 자리를 비웠는데 사천의 매운 음식이 그립다 못해 병이 날 지경이었다. 하지만 혹시 그새 일절매화가 서안에 다녀갈까 봐 자리를 비울 수도 없었다.

누군가와 제대로 말도 해 보지 못하고 한 달을 넘게 죽치고 있다 보니 사람이 반 미쳐 가는 기분이었다. 당장 혼잣말만 해도 엄청 늘었다. 고개를 처박은 채 죽은 듯 있던 당보가 돌연 머리를 번쩍 들었다.

"아니, 그런데 이게 진짜 말이 되는 일인가?"

갇힌다고? 화산제일 고수가? 자그마치 창천검왕을 이긴 당대 최고의 고수가?

아무리 장문인의 권위가 드높다고 해도 결국 강호는 강호다. 강자가 더 많은 것을 가지는 게 당연하다. 제아무리 장문인이라고 해도 문파 내의 최고수를 함부로 다룰 수는 없다. 당장 당가만 봐도 그렇지 않은가? 법규의 엄격함만 따지자면 소림과 천하제일을 다툴 당가조차도 당보를 어찌하지 못했다.

"그런데 순순히 갇혔다고?"

대체 어떻게 그런 일이 벌어질 수가 있지? 알고 보면 그 대현검 청문이 천하제일인 건가? 그래서 일절매화를 때려잡아 찍소리도 못 하게 뇌옥에 처넣어 버릴 수 있었나? 그럴 리가 없지 않은가!

'화산은 대체 뭐 하는 문파지?'

어떻게 생겨 먹은 문파길래 그런 말도 안 되는 일이 버젓이 일어날까. 그리고 저 화산의 제자 놈들은 어떻게 그런 말도 안 되는 일이 벌어졌는데도 별생각 없이 태연하게 서안을 돌아다닐까.

"……모르겠다."

당보는 다시 힘없이 엎어졌다. 생각할수록 고통만 더해질 뿐이다. 차라리 생각하기를 잊어버리고 시간에 몸을 내맡기는 것이…….

"으아! 뒈지는 줄 알았네! 망할!"

그때 웬 목소리가 쩌렁쩌렁 들려왔다. 요란하고 경박하기 짝이 없었다. 어디서 파락호 같은 놈이 하나 들어온 모양이었다.

'저게 확 뒈지려고.'

안 그래도 기분 안 좋은데 어디 난동만 부려 봐라. 그 자리에서 모가지를 꺾어 줄 테다. 당보는 애먼 데 이를 갈았다.

다행인지 불행인지, 안으로 들어온 놈이 딱히 사고를 치는 일은 없었다.

"점소이! 여기 궁보계정이랑 홍소육 가져오고! 완탕도 하나 말아서! 아, 그리고 화주! 화주 열 병! 아니, 스무 병! 당장!"

"예이! 지금 당장 준비하겠습니다!"

쩌렁쩌렁한 목소리와 점소이가 분주하게 달리는 소리까지 모두 당보의 심기를 어지럽혔다.

"여, 여기 화주부터!"

"그렇지, 잘 아네! 이리 내!"

"예. 음식도 금방…….'

"크아아아아아아아! 으아! 이 맛이지! 이거지!"

당보의 눈가가 파들파들 떨렸다.

'더럽게 시끄럽네.'

평소 같았으면 '그놈 참 호탕하군!' 하고 넘겼을 테지만, 지금은 심사가 무척 어지러워 뭐 하나 곱게 보이는 게 없었다. 그러나 일절매화를 만나기도 전에 사고를 칠 수는 없다. 괜히 정체라도 드러났다간 소문을 들은 일절매화가 칩거해 버릴 수도 있으니.

꾹 화를 눌러 참으며 당보는 생각에 잠겼다. 이럴 게 아니라 화산으로 찾아가서 비무를 청해 봐? 아니. 아니다. 상식적으로 그런 비무에 응해 줄 리가 없다.

"찹찹찹찹찹!"

그럼 일단 개방에라도 들러서 정보를……

"짭짭짭짭! 크으! 오늘 완탕 다 뒈졌다! 이거 한 그릇 더!"

"예이!"

당보의 이마에 핏대가 불거졌다. 저놈은 알까? 지금 완탕 조지다가 자신이 조져질 위기에 처했다는 걸? 이 와중에도 술 넘기는 소리는 꼴꼴꼴꼴 시원하게도 이어졌다.

"크아아아! 화주도 열 병 더! 아니, 귀찮다. 그냥 남은 거 다 가져와!"

"소, 손님. 돈은…….”

"아, 돈 없을까 봐서 그래?"

"……예."

"에이, 걱정하지 말라니까."

말을 하면서도 망나니 같은 놈이 술 조지는 소리는 끊길 줄을 몰랐다. 한 병을 한꺼번에 목구멍으로 때려 붓는 모양인데 얼마나 호쾌하게 들이켜는지, 의욕 없이 엎어져 있던 당보의 입에 침이 다 고일 정도였다.

"아오! 이제야 좀 살 것 같네. 망할, 왜 맨날 나만 가지고 그래. 젠장, 그깟 영감 좀 팬 게 뭐 그리 잘못이라고."

당보는 엎어진 채 생각했다. 영감은 패면 안 되지. 혼날 짓 했네.

"칭찬은 못 해 줄망정, 아오."

쯧쯧. 저건 진짜로 안 될 놈이다.

"여, 여기 술 더 가져왔습니다."

"홍소육도 하나 더."

"소, 손님. 정말로 돈이 있으신……."

"아, 있다니까? 그리고 외상 달면 되잖아!"

"저번에도 외상으로 달아 두신 걸 어르신이 오셔서 갚아 주셨는데……."

"이번에도 갚을 거니까 걱정 안 해도 된다고. 일단 가져와!"

"……예."

당보의 입가에 피식 웃음이 걸렸다. 망나니도 저런 망나니가 없다. 저 놈이 서안이 아니라 사천에서 저 난리를 피웠으면 벌써…….

'어? 잠깐만.'

망나니? 종남파 제자들이 득시글거리고 심지어 화산파 사람들도 종종 보이는 이곳의 주루에서 대놓고 난동을 피우는 놈?

격하게 몸을 일으킨 당보가 소란스러운 곳을 향해 휙 시선을 틀었다. 그리고 그는 보았다. 눈에 확 띄는 화산의 흰 무복과 거의 허리까지 내려오는 긴 꽁지머리를.

당보가 눈을 크게 부릅떴다.

"크아아아아아아아! 이거지! 이거 없이 어떻게 살아!"

곧 입도 슬그머니 벌어졌다. 맞네. 저거(?)네. 저거. 그는 살짝 떨리는 마음으로 몸을 일으켜, 음식을 조지고 있는 괴상한 도사 놈을 향해 다가갔다.

"저기……."

"응?"

도사 놈이 입에 술병을 꽂은 채 휙 돌아보았다. 그 눈빛이 얼마나 불량스러워 보이던지, 천하의 당보조차 순간적으로 '아, 잘못 봤네요. 그럼 이만.' 하고 몸을 돌릴 뻔했다.

"뭐야?"

"혹시 그쪽이……. 일절매화……. 아니, 매화검존 청명 도장이시오?"

"엥?"

도사가 삐딱하게 당보의 전신을 짧게 훑었다. '이 새끼는 뭐지?'라고 생각하는 게 분명한 눈빛으로.

"매화검존인지 나발인지는 모르겠고 내가 청명은 맞는데. 왜?"

"아, 그러시오?"

당보의 입가에 빙긋 미소가 떠올랐다.

긴 시간이었다. 정말 길었지만…… 드디어 때가 왔다!

"나는 사천당가에서 온 당보라고 하외다. 세상은 나를 일수탈명이라 부르오."

"그래서?"

당보는 양손을 모아 포권을 하려다 그만뒀다. 이놈에게는 그런 방식보다 이 방식이 더 먹힐 것이다.

"그쪽이 좀 친다고 하던데."

"……응?"

"한판 뜹시다."

당보가 턱짓으로 밖을 가리켰다. 잠시 침묵하던 도사 놈이 술병을 뽁 소리 나게 입에서 뽑아내더니, 히죽 웃었다.

◆ ❖ ◆

털썩.

"끄으……."

 눈앞에 시커먼 게 어른거렸다. 여전히 이해하기 어렵지만, 그 시커먼 건 흙이었다. 그리고 그의 뺨과 맞붙은 건 땅바닥이었다.

 '이, 이럴 리가…….'

 졌다. 아니, 그건 너무 고상한 표현이다. 처발렸다고 하자. 좀 더 풀어 설명하자면 '뭘 해 보지도 못하고 일방적으로 얻어터진 끝에 쓰러졌다.'가 될 것이다.

 그가 자랑하던, 북산맹호를 단번에 꿰뚫었던 비도는 '뭐야?' 하는 심드렁한 목소리와 함께 도리깨에 얻어맞은 메뚜기처럼 튕겨 나갔다. 몰리고 몰린 끝에 눈물을 뿌리는 심정으로 썼던 독마저 손짓 몇 번에 멀리멀리 날아갔다.

 질 수는 있다. 항상 이길 수 있는 건 아니다. 맞붙는 두 사람이 비슷한 실력이라면 이길 때도 있고, 질 때도 있는 법이다. 당보 역시 절대 승리하리라 자신하지는 않았다. 그저 천하제일검과 그의 격차가 크지 않음을 증명하는 것만으로 충분하다 여겼다. 그런데…….

 '차이가 이렇게나 크다고?'

 이건 청명이 더 강하단 말 정도로 표현될 수준이 아니었다. 그냥 차원이 다르다. 열 번이 아니라 백 번을 덤벼도, 단 한 번도 이기지 못할 것이다. 그 정도로 아득한, 절망적이기까지 한 차이였다.

 그의 노력은 다 뭐였나. 그간 치열하게 해 왔던 고민은 또 다 뭐였나.

 더욱 끔찍한 건 마지막 순간에 자신이 독을 꺼냈다는 사실이었다. 당가의 가법 때문에 몸에 지니기는 했지만 단 한 번도 사용한 적은 없었다. 그랬던 그가 절망적인 차이를 느낀 순간 그걸 극복하기 위해 노력할 생각은 못 하고, 그간 비웃고 욕했던 다른 당가 놈들처럼 독을 뿌리고 말았다. 그 사실이 당보를 더없이 초라하게 만들었다.

'아닌 척했지만 나 역시 당가의 습성이 뼛속까지 스며든 인간일 뿐이구나.'

그러니 이길 수 있을 리 없지. 저 사람은 검 한 자루에 매달려 저만한 실력을 쌓았다. 그리고 자신이 얻어 낸 걸 자랑하지도 않았다. 얼마나 피 나는 고련을 해 왔을까. 그가 술이나 처먹으며 신세를 한탄하고 인생을 낭비하던 시간에.

당보는 쓰러진 채 속으로 자신을 향해 폐물이라고 신랄하게 손가락질했다. 애초에 이길 자격조차 없었던 거라고…….

푸욱!

그런데 그 순간 그의 머리맡에 무언가 떨어져 꽂혔다. 비도였다. 그의 애병들이 그의 손이 아닌 다른 이의 손에 회수되어 돌아온 것이다.

"어이, 너."

머리 위에서 떨어지는 목소리에 당보가 힘겹게 고개를 들었다. 도사 놈이 재수 없는 표정으로 히죽 웃고 있었다.

"재미있는 수를 쓰던데."

당보는 입술을 꽉 깨물었다. 패자를 조롱하는 건 승자의 권리다. 반대로 패했다면 조롱까지도 응당 감내해야 한다. 그가 북산맹호를 비웃는데도 북산맹호가 아무 말도 못 했듯이 말이다.

그런데 그때, 도사 놈이 제 턱을 문지르며 줄줄 말을 쏟았다.

"맞닿는 순간 내력의 운용을 바꿔서 혼란을 주는 건 굉장히 재미있었어. 이거 잘만 하면 순간적으로 네 비도에 엄청 힘이 실렸다고 느끼겠네. 사실은 접점이 어긋난 것일 뿐인데 말이야."

당보는 순간 멍해져서 그 얼굴을 보기만 했다. 도사 놈은 아랑곳하지 않고 진지하게 말했다.

"그런데 그럴 거면 중심을 위로 틀 게 아니라 아래로 트는 게 낫지 않나? 검 끝보다 아래에 힘이 더 실리는 건 당연하잖아. 그게 효과가 더 좋을 텐데. 그럼 운용이 이렇게? 으음, 아니지. 이렇게?"

저도 모르게 그 말대로 머릿속에 그려 보던 당보는 '아.' 하고 짧은 탄성을 흘렸다. 손으로 요리조리 비도의 방향을 꺾는 시늉을 하던 청명이 어깨를 으쓱했다.

"뭐, 아무튼 재밌었다. 너 생각보다 세던데? 당가 놈들은 다 등신인 줄 알았는데 너 같은 놈도 있었네. 너 같은 놈이 둘만 더 있었어도 당가가 남궁 따위에 기죽어 살지는 않을 텐데 말이야. 왜 안 키웠지? 당가도 등신……. 아, 내가 아까 당가 놈들은 다 등신이라 그랬지. 그럼 뭐 그럴 수 있지."

당보는 이제 혼이 빠질 지경이었다. 대체 이자는…….

"그 남궁……. 이름이 뭐더라? 창천검……. 어……. 여하튼 그 무게만 잡는 쭉정이보다는 네가 좀 더 재밌었다. 다음에 좀 더 재밌는 거 완성하면 찾아와. 또 놀아 줄 테니까."

멍하니 고개를 끄덕이려는 찰나, 청명이 한 걸음 더 다가오더니 앞에 쭈그리고 앉았다. 그러고는 당보의 허리춤에서 주섬주섬 뭔가를 챙기기 시작했다.

"아, 여기 있네. 묵직한데?"

청명이 몸을 일으키더니 손에 든 무언가를 장난감처럼 던졌다 다시 잡았다. 금색 주머니. 당보의 전낭이었다.

"놀아 줬으니 술값은 받아 간다. 또 외상 달고 가면 장문사형이 입에 거품 물고 난리 칠 게 뻔해서 말이야. 다음에 올 때도 전낭에 돈 두둑하게 넣어 오고. 그럼 간다."

청명이 몸을 획 돌렸다. 전낭을 열어 봤는지 혼자 '오!' 하며 기뻐하는 소리가 들려왔다. 시시덕대는 소리가 점차 멀어지는 걸 느끼며 당보는 천천히 돌아누웠다.

한없이 맑은 하늘이 보였다. 저토록 까마득히 높다. 그런데 그는 하늘이 저리 높은지 모르고 살았다. 그저 아래만 바라보며 디디고 선 땅이 좁다고 불만을 토해 내는 얼간이에 불과했던 것이다.

작게 웃음이 터졌다. 웃음은 점차 박장대소가 되었다.

"하하하! 하하……. 쿨럭! 하하하하하하!"

어쩐지 웃음을 참을 수가 없었다. 얻어맞은 곳이 끔찍하게 쑤시고 아파 왔지만 웃음은 계속 터져 나왔다. 눈물이 찔끔 배어날 정도로.

"하하하하하하하하하하하!"

한참 동안 웃어 젖혔다. 사람들이 보건 말건, 체면이 상하건 말건 아무래도 좋았다. 그의 생을 통틀어 이보다 더 유쾌한 날은 없었으니까.

"하하하하하하하하하하하!"

그의 웃음소리가 서안에 한동안 울려 퍼졌다.

◆ ❖ ◆

그로부터 한 달이 지났다.

"……아오, 씨!"

"왜 또 성질입니까?"

청진이 한숨을 쉬며 청명의 잔에 술을 따랐다.

"아니, 왜 자꾸 구박이냐고! 왜! 내가 뭘 잘못했는데?"

"……사형. 세상에는 응당 통용되는 상식이란 게 있습니다."

"그래, 상식! 야. 말 잘했다. 상식적으로 사제가 어디 가서 천하제일입네 하는 놈 이기고 왔으면 보통 쌍수를 들고 환영하지 않냐? 그게 장문인의 당연한 처사 아냐?"

"……그렇죠."

"그런데 왜 그러냐고!"

"그 천하제일입네 하는 양반이 얻어맞은 곳이 자기 집 후원이고, 그 양반을 두들겨 팬 인간이 다짜고짜 말도 없이 남의 집 후원에 뛰어든 인간이면 당연히 문제가 되죠."

"안 만나 주잖아!"

"안 만나 주면 안 만나야죠."

"아니, 너 내 말을 뭐로 들었어? 남궁 새끼들이 사형을 무시했다잖아! 이 새끼들이 뒈지려고."

말이 안 통한다. 청진은 막막한 심정으로 눈을 딱 감았다.

사건의 전말은 이러했다.

구파일방과 오대세가가 회합을 가졌는데, 남궁세가의 가주가 청문에게 거슬리는 말을 했다. 왜 있지 않은가? 표면적으로야 딱히 무례하진 않은데 듣는 사람은 묘하게 기분이 나쁜 그런 말. 명문이라는 허울에 취해 있는 이들의 입에서 자연히 나올 수 있는 작은 말실수. 고작 그 정도에 지나지 않았다.

그런데 그것도 듣는 사람 나름이다. 하필이면 그 말을 들은 이가 청문이었고, 하필 그 소식을 들은 이가 청명이었다는 게 문제였다.

동석한 제자들로부터 이 이야기를 전해 들은 청명은 남궁세가 가주 놈의 모가지를 뽑아 버리겠다고 길길이 날뛰었다. 기겁한 청문은 남궁가주의 털끝 하나라도 건드렸다간 당장 파문하고 평생 참회동에 가둬 버리 겠다고 청명에게 윽박질렀다.

'그런 면에서 진짜 말을 잘 듣기는 한다니까.'

청명은 들은 말은 철저하게 지킨다. 문제는 안 들은 말은 절대 안 지킨다는 거다.

말을 잘 들은 청명이 선택한 방법은 가주가 아닌 다른 놈을 두들겨 패는 거였다. 그리고 공교롭게도 그 '다른 놈'이 남궁세가에서 신줏단지 모시듯 하는 창천검왕이었다.

청진은 마음속으로나마 창천검왕에게 다시 한번 유감을 표했다. 그 양반 입장에서는 말 그대로 마른하늘에 날벼락이었을 것이다. 살아 있는 재앙이나 다름없는 놈이 눈이 돌아 달려들었는데, 그 이유도 심지어 남의 실수 때문이라니.

"……얼마나 팼다고 했었죠?"

"한두 달이면 일어날걸."

"고수인 걸 고려하면 보름 정도네요."

"응? 그것까지 쳐서 두 달인데."

차라리 죽이지 그랬습니까?

무위가 화경에 달해 천하제일을 다툰다는 고수를 두 달 동안 병석에 눕게 할 정도면 대체 얼마나 잘게 다져 놨다는 말인가? 아마 자리를 털고 일어난다고 해도 한동안 제대로 걷지도 못하겠지. 가엾게도…….

"사형. 사형은 진짜 장문사형 탓하지 마십시오. 지금 남궁세가가 입에 게거품을 물고 항의하고 있습니다."

"흠, 그래?"

"……그리고 미리 말하는데, 다시 갈 생각일랑 꿈에서도 하지 마십시오. 그때는 진짜 못 돌이킵니다."

"못 돌이키면 개들만 뒈지는 거지."

"예. 그리고 사형도 뒈지겠지요. 장문사형이 검 뽑을 겁니다."

"……다 늙어서 힘도 좋지. 아니, 그리고 왜 계속 잔소리야? 내가 간대?"

"그럼요?"

청명이 히죽 웃었다.

"그냥 갈 거라고만 해."

"……예?"

"그냥 넌지시 말만 하라고. 자꾸 이러면 내가 계속 혼나고, 그러다 보면 내가 또 눈 돌아서 어느 순간 안휘에 나타날 수도 있다고. 그럼 조용해질 거야."

청진이 고뇌하는 표정으로 창밖을 바라보았다. 참 웃기지도 않는 협박이지만, 솔직히 틀린 말도 아니다. 이 말을 넌지시 흘리면 남궁세가는 금세 조용해질 것이다. 다른 사람은 몰라도 창천검왕은 무조건 눈이 돌아 가주의 입을 틀어막아 버리겠지. 청명을 한번 겪어 본 인간에게 가장 공포스러운 건 청명을 다시 보는 거니까.

그런 의미에서 진짜 인세의 지옥은 화산이 아닐까. 무슨 죄를 지어서 이 인간의 얼굴을 매일 보며 살아야 하는 걸까?

"알았어?"

"예, 예. 알겠습니다. 제가 조용히 시키지요."

"진작 그럴 것이지. 자, 해결했으니까 술이나 먹자."

네가 뭘 해결하셨습니까? 일은 다 내가 하는데.

"그 새끼들이 조용해지면 장문사형도 화가 풀리겠지."

"화가 난 줄은 아십니까?"

"항상 화나 계시잖아."

"그게 누구 때문인데."

"조용히 해, 새끼야. 이건 심심하면 기어올라, 사형한테."

"나이는 내가 더 많……."

"이 새끼가 또 슬그머니 배분 무시하네? 장문사형한테 이른다?"

"이럴 때만 장문사형이죠, 어휴!"

청진이 얼굴을 일그러뜨리자 청명이 낄낄 웃으며 술잔을 들었다. 그렇게 막 잔을 기울이려 할 때였다.

"어이, 거기!"

"엥?"

청명이 뒤를 돌아보았다. 녹색 장포를 걸친 훤칠한 사내가 주루 안으로 걸어 들어오고 있었다.

"청명 도장!"

청명이 반색하듯 사내를 바라보며 입을 열었다.

"오! 누구세요?"

"……."

"어디서 본 적이? 야, 너 쟤 아냐?"

"모르는데요?"

녹색 장포를 걸친 사내, 당보의 이가 악물렸다. 뭐 이런 인간이…….

"뭐 아무튼. 나한테 볼일이라도?"

"……더 재밌는 걸 완성하면 오라고 했었지?"

말로 설명하느니 보여 주는 게 빠를 것이다. 당보가 소매에서 비도를 꺼내 보였다. 그제야 청명이 생각났다는 듯 눈을 빛냈다.

"아, 너구나!"

"……무기로 사람을 기억하지 말라고!"

"와, 너였어. 이야……. 응?"

말을 하던 청명이 이해가 가지 않는다는 듯 고개를 갸웃했다.

"그때 한 보름치는 팼던 것 같은데. 아직 두 달밖에 안 지났잖아."

"한 달 지났다."

"엥? 그럼 더 말이 안 되는데. 그새 새로운 무공을 완성했다고?"

잠시 멍하니 보던 청명이 히죽 웃었다.

"열심히 했나 보네?"

그를 노려보는 당보는 속이 부글부글 끓었다. 말이야 쉽지, 지난 한 달간은 정말이지 그의 인생에서 가장 힘든 시기였다. 뼈를 깎았다고 해도 과언이 아니다. 무너진 자존심을 회복하기 위해 이놈이 지적한 부분을 모두 보완하고, 거기에 새로운 심득까지 열한 자루의 비도에 모두 불어넣었다.

"한판 붙자."

"하핫, 재밌는 놈이네. 전낭은 두둑하게 챙겨 왔냐?"

"강도 같은 놈! 그래!"

"그래, 그래. 그럼 붙어야지. 가자."

청명이 히죽 웃으며 자리에서 일어나 밖으로 나갔다. 당보는 이를 뿌득뿌득 갈며 그 뒤를 따라갔다.

"술병은 내려놔라!"

"필요하면."

"그러다 진짜 죽는다."

"해보시든지."

홀로 남은 청진은 그렇게 밖으로 나가는 두 사람의 등을 멍하니 바라보았다.

'제 발로 사형을 찾아왔어?'

그것도 처맞은 지 불과 한 달 만에? 헛웃음이 흘러나왔다.

"이번에는 반드시 죽여 주마."

"그래, 그래."

"술병 내려놓으라고 했다."

"필요하면 내려놓는다니까. 빨리 시작이나 해."

"죽어어어어엇!"

주루 밖에서 도란도란 들려오는 험한 소리를 들으며 청진이 피식 웃었다.

'잔을 하나 더 놔야겠네.'

과연 비무가 끝나고도 마실 수 있을지는 모르겠지만 말이다.

　　　　　　　　　　◆ ❖ ◆

딸깍, 소리와 함께 목함이 열렸다. 당군악이 비도를 조심스레 꺼냈다. 면포로 날을 닦는 손길이 섬세했다. 낡은 비도에 숱한 상흔이 새겨져 있다. 당가의 가주가 사용하기에는 얼핏 적절치 않아 보이는 물건이다. 하지만 당군악의 손길은 경건하기 이를 데 없었다.

그때 밖에서 인기척이 들려왔다.

"아버지, 패입니다."

"들어오너라."

문을 열고 들어서던 당패는 당군악이 비도를 손질하는 모습을 보더니 살짝 멈칫했다.

"……암존(暗尊)의 비도입니까?"

당군악이 고개를 끄덕였다. 눈은 여전히 비도에서 떨어지지 않았다.

"그래. 암존의 비도이고, 당가의 혼(魂)이지."

당가가 독을 쓰는 이유는 그것이 전통이기 때문이 아니다. 독은 약자를 위한 방편. 한 가문이 이어지다 보면 자신의 힘으로 이겨 낼 수 없는 적을 마주할 때가 있다. 항거할 수 없을 정도로 강하지만, 피할 수도 없는 적 말이다.

그럼 어찌할 텐가? 고개를 조아리고 살려 달라 빌 텐가? 아니면 묵묵히 멸망을 맞이할 텐가?

그럴 수는 없다. 패할 수 있고, 멸망할 수도 있다. 하지만 싸우는 것을 포기해서는 안 된다. 당가의 독(毒)은 독이 아니다. 어떤 상황에서도 무슨 수단을 써서라도 항거하기를 멈추지 않겠다는 당가의 의지다.

하지만 한때 당가는 그 사실을 잊었다. 어째서 독을 들었는지를 잊고, 독 그 자체에 집착했다. 그 아집을 깨뜨려 준 게 바로 이 비도였다.

"너는 기억해야 한다. 지금 네가 자연히 익히고 있는 그 비도술이 그냥 주어진 게 아님을. 한때는 당가의 직계가 그 손에 비도를 들지 않던 때도 있었다는 것을."

"소자 기억하고 있습니다."

"그래."

당군악이 무겁게 고개를 끄덕였다. 마교와 싸운 암존. 그는 멸망 직전에 이른 가문을 구해 냈다. 사람을 구했으며, 당가의 미래를 구했다. 그는 고여 가던 당가가 걸어갈 길을 이 비도로 직접 만들고 열었다. 그리고……

정비를 마친 당군악은 조심스레 비도들을 목함 안으로 다시 정리해 넣었다. 이제는 가보가 되어 버린 낡은 비도들은 당가를 상징하는 녹빛 목함에 담겨 고급스러운 장식장에 들어갔다. 이곳에서 가장 잘 보이는 위치다.

잠시 눈을 감고 예를 표한 당군악이 이제야 당패를 제대로 보았다.

"그래, 무슨 일이냐?"

"화산에서 의뢰해 온 함이 완성되었습니다."

"……그래?"

당군악의 눈썹이 살짝 꿈틀했다. 화산은 당가에게 있어 가장 중요한 손님이다. 아니, 손님이라기보다는 가장 중요한 동맹이다. 당군악의 입장에서는 사사로이 '친우'라 칭하는. 그런 이들의 의뢰니 한 치의 소홀함도 있을 수 없다.

"이리 내 보거라."

"예."

귀한 백목(白木)으로 만들어진 새하얀 목함을 받아 든 당군악이 이리저리 돌려 가며 만듦새를 확인했다.

"잘 만들어졌구나."

"그런 것 같습니다. 장인들이 애를 많이 썼다고 합니다."

"흐음."

당군악의 입가에 흡족한 미소가 맺혔다. 당가의 장인들은 유독 화산을 좋아한다. 하기야 함께 겪은 일이 있으니 더욱 그럴 것이다.

"그래. 가져가거라."

하지만 당패는 자리를 뜨지 않고 남은 용건을 전했다. 입가에 작은 미소가 맺혀 있었다.

"아, 그리고…… 화산에서 선물을 보내왔습니다."

"선물?"

"예. 자소단이라고, 화산에서 만든 영약인 듯합니다. 저희가 만든 백목함에 그 영약을 담아 아버지께 선물로 드리고 싶다고 합니다."

생각지도 못한 선물에 당군악은 잠시 침묵하다 작게 웃었다. 목함은 본디 귀한 물건을 보관하거나 중요한 이에게 줄 선물을 담는 용도로 쓰인다. 그러니 이 목함 역시 당군악에게 주는 선물이란 의미였다.

함을 열자 청아한 향기가 훅 풍기고, 단약 한 알이 눈에 띄었다.

"물론 뭐…… 안을 채울 비단은 보내지 않았기에 제가 따로 준비하긴 했습니다만."

"화산답군."

"그렇지요?"

당군악의 입가에 번진 부드러운 미소가 오래도록 환했다. 당패는 화산과 교류한 이후로 당군악이 웃는 일이 잦아졌다 생각했다.

"재미있지 않으냐?"

"예?"

"네 선조께서 과거 가문의 막혔던 길을 열어 내셨다. 그런데 백 년이 넘어 이곳을 찾은 화산이 다시 고이기 시작한 가문의 문제를 해결해 주었구나."

"……그렇습니다."

"기꺼워하시겠지."

당군악은 새로이 받은 목함을 장식장 중 가장 잘 보이는 곳에 놓았다. 공교롭게도 그 자리는 비도가 든 함의 바로 옆이었다. 당가를 상징하는 문양이 새겨진 녹빛 목함과 붉은 매화가 새겨진 하얀 목함이 나란히 놓었다. 지금 당가와 화산의 관계를 보여 주듯.

"그러고 보니 이 목함은 누가 만들었느냐?"

"어르신께서……."

"종조부님이?"

"예."

당군악이 황당하다는 듯 당패를 보며 말했다.

"화산의 물건이라지만 고작 목함인데 그걸 무려 종조부님께 부탁드렸단 말이냐?"

"부탁드린 게 아닙니다. 제가 아무리 정신이 나가도 그럴 수는 없지요."

"그럼?"

"다른 장인들이 목함에 매화 문양을 새기는 것을 본 어르신께서 만들던 것을 다 때려 부수더니 직접 만드셨다고 합니다. 지금 남은 것들도 모두 직접 제작 중이시고요."

"허허……. 하기야, 가문의 목함을 만든 분도 종조부님이시니."

당패는 겸연쩍은 듯 머리를 긁적였다.

"자꾸 검존께서 부탁하신 일을 자기가 직접 하지 않으면 숙조부님께 혼꾸멍난다고 하시는데, 도통 무슨 말씀을 하시는 건지……."

"……뭐, 정신이 온전치 않으시니."

쓰게 중얼거린 당군악이 넌지시 물었다.

"즐거워 보이시더냐?"

"예. 그건 확실합니다. 근래에 증조부님께서 이리 즐거워하시는 건 처음 보았습니다."

당군악이 고개를 끄덕였다. 부담이 되지 않는다면야 당조평에게도 좋은 일이리라.

"그래, 그럼 되었다. 가 보자꾸나."

"예? 직접 가시게요?"

"어쨌거나 내가 종조부님께 일을 하나 얹어 드린 격이 되었으니 가서 뵈어야지."

"예. 그럼 제가 앞장서겠습니다."

당패를 따라나서던 당군악이 문 앞에 서서 문득 뒤를 돌아보았다. 나란히 놓인 두 개의 함이 보기에 좋았다.

'잘 어울리는군. 애초에 하나였던 것처럼.'

흐뭇한 미소가 절로 나왔다. 그렇게 가주실을 나서며 문을 닫으려던 당군악은 순간 멈칫했다. 갑작스러운 의문이 스친 것이다.

'분명 암존의 대에도 비도는 가문 내에서 제대로 된 무학으로 취급받지 못했었는데……. 암존께선 대체 어떻게 가문의 가풍을 바꿀 수 있었던 걸까?'

암존의 명성이 사해에 널리 퍼졌던 건 사실이나 마교대란 이전에는 명성이 그리 높진 않았다. 그런 상황에선 엄격한 가문의 율법을 혼자의 힘으로 바꾸기 더욱 어려웠을 텐데?

아직 덜 닫힌 문을 통해, 당군악은 나란히 놓인 두 개의 함을 다시 보았다. 어째 사이좋아 보이는 그 모습을 보다 당군악은 그만 헛웃음을 흘리고 말았다.

"과한 생각이지."

* ❖ *

"그래서 뭐가 불만인데."

"……아니, 그 답답한 가문 놈들이!"

고주망태가 된 당보가 건너편에 앉은 청명을 보며 삿대질을 했다.

"말하는 건 좋은데, 손가락질은 가려서 해라. 확 잘라 버리기 전에."

당보가 슬그머니 손가락을 접으며 신세 한탄을 이어 갔다.

"글쎄, 그 가문 놈들이 말귀를 못 알아듣는다니까요, 말귀를! 내가 독은 한계가 있다고 그만큼 말을 하는데!"

"흐음."

"말해 봐야 들어 처먹지도 않고! 내 속만 터지지, 어휴……."

"흐으음."

뭔가 생각하는 듯 가만히 듣고 있던 청명이 별안간 두 눈을 반짝였다. 히죽 웃는 얼굴이 어째 불길했다.

"야. 그거…… 내가 해결해 줄까?"

"……예?"

청명의 얼굴이 사악함으로 물들었다.

"들어 보니 별것도 아닌 문제구만. 대신에 네가 해 줘야 할 게 있다."

"그게 뭔 소리요, 대체?"

"마침 나도 화산에 있기가 영 껄끄럽던 참이거든? 우리 장문인이 요즘 나만 보면 성질이라."

"그럴 만하지."

"뭐 이 새끼야?"

"아, 아니, 그게 아니고. 아무튼 내가 뭘 해 주면 된다는 거요?"

"너 우리 장문인한테 가서 나 좀 데려가야 되겠다고 해라. 당가의 요청이라고. 그거만 해 주면 돼. 그럼 내가 가서 다 해결해 줄 테니까. 알았지?"

당보는 말문이 막히고 말았다. 하지만 청명은 그의 반응은 조금도 신경 쓰지 않고 의기양양하게 웃었다.

"자, 그럼 가자."

"뭐, 뭘 갑니까! 아니, 나도 고민 좀 해 보고……."

"아, 빠르면 좋지. 가자! 화산으로."

"고민해 봐야 한다니까, 이 양반아!"

"대가리도 나빠 보이는 게 뭘 자꾸 고민을 해. 고민하면 답이 나오냐? 잔말 말고 따라와."

"……확 죽일 수도 없고, 진짜."

왁자지껄 떠들며 나란히 걷는 두 사람 사이로 밝은 달빛이 내려앉았다.

한 해가 가고 두 해가 가고……. 그리하여 십 년, 수십 년, 백 년이 흘러도 변치 않을 달빛이었다.

화산귀환 5

발행 I 2024년 5월 31일

지은이 I 비가
펴낸이 I 강호룡
펴낸곳 I ㈜러프미디어
디자인 I 크리에이티브그룹 디헌
기획 편집 I 러프미디어 편집부

ISBN 979-11-93813-35-5 04810
       979-11-93813-32-4 (set)

출판등록 I 2020년 6월 29일
주소 I 경기도 부천시 송내대로 29 리슈빌딩 3층
전화 I 070-4176-2079
E-mail I luffmedia@daum.net
블로그 I http://blog.naver.com/luffmedia_fm

해당 도서는 ㈜러프미디어와 독점 계약되었으며, 저작권법에 의해 보호받는 저작물입니다.
무단 전재와 무단 복제를 엄금합니다.